关东乱世

景文玺★著

群众出版社
·北京·

图书在版编目（CIP）数据

关东乱世／景文玺著．—北京：群众出版社，2014.1

ISBN 978-7-5014-5194-4

Ⅰ.①关…　Ⅱ.①景…　Ⅲ.①长篇小说—中国—当代　Ⅳ.①I247.5

中国版本图书馆CIP数据核字（2013）第293194号

关东乱世

景文玺　著

出版发行：群众出版社
地　　址：北京市西城区木樨地南里
邮政编码：100038
经　　销：新华书店
印　　刷：北京兴华昌盛印刷有限公司

版　　次：2014年1月第1版
印　　次：2015年11月第2次
印　　张：14.5
开　　本：890毫米×1270毫米　1/32
字　　数：420千字

书　　号：ISBN 978-7-5014-5194-4
定　　价：30.00元

网　　址：www.qzcbs.com
电子邮箱：qzcbs@sohu.com

营销中心电话：010-83903254
读者服务部电话（门市）：010-83903257
警官读者俱乐部电话（网购、邮购）：010-83903253
文艺分社电话：010-83901330　010-83903973

目　录

目　录

引　子

小时候常听父母说，我们家不是农村的，而是佳木斯市的城里人，因为爷爷曾经在那里开过码头。

还听父亲和几个叔叔讲，奶奶可不是一般人，在爷爷被害后，她一个小脚女人背着老叔到桦川县衙和依兰府衙告状。

隔三差五还听母亲私下唠叨，老姑更是个了不起的人物，是个手使双枪的女胡子（指土匪）头，还给过父母洋票子，给过奶奶两棵棒槌（老山参）和一块虎骨。

当时虽然年龄小，但我也知道佳木斯市要比桦川县和依兰县大得多。心想：爷爷被害后奶奶不在佳木斯市告状，而大老远地跑到桦川和依兰告状，有些风马牛不相及呀！

家族的故事倒是听了不少，可我压根儿就没有相信过。甚至认为，这些故事都是老辈人故意编造出来的。

一晃几十年过去了，就在前几年，我为了写一部长篇小说查阅了本地近百年的历史。据《佳木斯市志》、《桦川县志》、《依兰县志》和《汤原县志》记载，原来佳木斯是桦川县的一个小镇，那时候还不叫佳木斯，而叫东兴镇。而依兰是东北路兵备道府衙所在地，相当于副省级，管辖着包括桦川县在内的一府十三县。

原来如此啊！因此，我对家族的故事不再怀疑了，并且还详细探究了细节……

上　部

磨难

第一章　险象环生

北大荒的冬天，夜长日短。下晌儿，天色便暗了下来，灰蒙蒙的天空像得了瘟疫一样无精打采，奶奶像天空一样无精打采，狗爬犁像奶奶一样无精打采。松花江的冰面似乎有些涩滞，狗爬犁磨磨蹭蹭，半天也挪不了几步，像是在故意跟谁作对。

狗爬犁好歹过了江，可是在爬江坎子时，这条“四眼儿狗”说啥也拉不上去。奶奶从狗爬犁上下来，背起一岁大的老叔，牵着狗一步一步地向江坎子上爬去。她的两只金莲小脚踩在雪坡上，如同两只角锥扎进沙堆里，每一步都那么艰辛，每一步又都那么坚定。

好不容易爬上江坎，天已经擦黑了。“哎！”奶奶望了一眼桦川县城，把包裹着的老叔放在狗爬犁上，跟在狗爬犁后面小步紧倒腾。奶奶想：反正今儿到县城也得半夜，还不如走一段路暖暖脚，不然，脚会冻得像猫咬一样疼。

“哇——哇——”

老叔在狗爬犁上哭闹起来。奶奶噔噔地跑了几步。“四眼儿，停下！”奶奶挓挲着胳膊，如同鸟的翅膀大幅度扇动，两只小脚跑起来像在踩高跷，一栽愣一栽愣的。

四眼儿狗回头看看奶奶，停下了脚步。奶奶坐在狗爬犁上，撩起棉袄给老叔喂奶，北风裹着雪粒一起灌进奶奶的棉衣里冰凉冰凉的，她不由自主地打了个冷战。老叔吃了几口奶，又哭了起来。奶奶揉了揉奶子，还是没有奶水。奶奶知道，这段时间一心为爷爷告状，着急上火奶水少了，老叔能否活下来只能听天由命了。看着老叔还在哭闹，奶奶解下贴身的围巾拿出一个玉米饼子，掰开一半扔给四眼儿狗，自己啃着另一半。她边嚼边将嚼碎的饼渣送到老叔的小嘴里，老叔总算不哭了。

“哎！”奶奶望一眼苍天，看着眨着眼睛的星星，眼泪簌簌地流了下来。自从爷爷被害后，奶奶曾三次到桦川县衙告状，但每一次都没有结果。

奶奶是个不服输的女人，不信这有理的状还告不赢，她不能让爷爷活不见人死不见尸。

奶奶看看昏暗的苍天，又看看惨白的雪地：“四眼儿，咱们走吧！”四眼儿狗回头看看奶奶，好像还想要饽饽吃，可是它见奶奶脸色阴沉，摇了摇尾巴一弓腰，狗爬犁嗤嗤地走了起来。

大约走了不到三里地，“汪汪汪！”四眼儿狗支棱着耳朵朝旷野一阵儿狂叫。

奶奶有些不安起来，莫非是遇到了……她不敢往坏处想。就在这时，“呜嗷——呜嗷——”远处传来阵阵狼嚎声。接着，看到一串串蓝光向这里窜来。“汪汪汪！”四眼儿狗在烦躁不安地叫着。

以前奶奶听老猎人说过，狼对着天空“呜嗷”是召集狼群围攻猎物；“嗷——呜——”是寻找同伴；要是把嘴插在地上，通过地面震动“呜——呜——”地叫，是向远方的同类传递遇难信息，告诉同类远离此地；小狼崽“嗷、嗷、嗷”地叫，是它饿了在召唤母狼。

生活在北大荒平原的人都知道，自古这里就是狼的领地。这里的所有动物，当然也包括人类，都是狼的食物，想要逃过狼群的围攻，比天上落陨石还要罕见。

奶奶一看到狼群，浑身像长了毛一样，鸡皮疙瘩直起。她不怕死，但她不甘心，她还没为爷爷讨回公道呢！奶奶一看情形不妙，便把四眼儿狗的绳套解开，拍了拍它的脑袋说：“四眼儿，赶紧回去给孩子们捎个信儿，让他们好好地活下去。我们娘儿俩的命今天算撂在这儿了。”

解开绳套的四眼儿狗，围着奶奶警惕地听着周围的动静，根本没有离开的意思。“四眼儿听话，快走!”奶奶用有力的小脚狠狠地踢了它一下，可是这条狗还是不走，仍然警惕地盯着四周黑洞洞的旷野。

奶奶再也顾不上四眼儿狗了，她忙把老叔背在身后，拿起火镰想把棉花点燃，可是奶奶越着急，棉花越点不着。奶奶摩擦着火石冒出一溜溜火星子，狼群突然后退了几步。“哧溜哧溜!”奶奶费了好大的劲儿，才使棉球冒了烟儿，她用力地吹了几口，棉花燃起了火苗，将松明火把点燃。当松明燃起时，狼群又不由自主地扩大了包围圈。狼不马上围攻，它们要观察观察，嗅嗅味道，闻闻有没有火药味儿，绝不会冒昧地往枪口上撞。

大约僵持了一袋烟的工夫，狼群慢慢地围拢过来。四眼儿狗坐在雪地上，观察着狼群的一举一动。

不一会儿，一条大灰狼试探着向前爬，它弓着腰随时准备一跃而起。就在这时，四眼儿狗噌地向大灰狼扑去。奶奶也操起木棒奔向大灰狼。没想到这条四眼儿狗猛然一回身，将奶奶撞了个跟头。奶奶还没反应过来怎么回事儿呢，四眼儿狗与奶奶身后的一只母狼厮杀在一起。好险哪，要不是四眼儿狗回身撞倒奶奶，恐怕老叔就没命了。十几只狼一齐参战，厮杀得满地是血。奶奶仔细一瞅，这群狼有三十多只，不觉倒吸一口凉气。

人到了穷途末路的时候，一切都无所畏惧了。奶奶一生就认准一个死理儿，伸头一刀，缩头也是一刀。反正都是一死，还不如拼个你死我活。奶奶举起松明火把向狼群打去，松油落在雪地上发出“啪啪”的响声。没想到，奶奶的动作，却将狼群吓退了几步。

左一圈、右一圈地轮着火把，奶奶心里清楚，等到火把熄灭的瞬间，就是她和老叔葬身狼腹之时。奶奶累得气喘吁吁，浑身冒着虚汗。

奶奶先前就听说过，本屯有个妇女背着孩子到野外割柴草时发现了狼群，她拔腿就跑。当她咧咧歪歪跑回屯里时，别人见她慌慌张张的样子便问，怎么了？她说，遇到狼群了，好不容易才逃了出来。稳了稳神，那女人突然喊了起来，不好，孩子还扔在野外哪！当十几个男人拿着棍棒铁叉来到野外时，见柴草堆旁只有一摊撕烂的衣服和满地血迹，孩子被狼叼走了。有人说，幸亏有那个孩子，不然这个女人早就没命了。可是那个女人后来疯了，整天见人就喊："还我孩子，还我孩子！"

想到这里，奶奶不觉出了一身冷汗，后脊梁骨都嗖嗖冒凉风。虽然奶奶不甘心被狼吃掉，但要舍出孩子，她万万做不到。火把将要燃尽时，奶奶回身将狗爬犁上的棉被点着，顿时，滚滚浓烟升向天际。狼群被烟火吓得又扩大了包围圈。

"豁出去了！"奶奶心中发出低沉的怒吼。借着棉被的火光，奶奶看到了四眼儿狗被十几只狼撕扯着。"这群畜生！"奶奶不知道是心疼四眼儿狗，还是疯了，捡起木棒向撕扯的狼群砸去。四眼儿狗为了救主人，拼尽了最后一滴血，它的两条后腿已被狼群撕扯得稀巴烂，嘴巴仍然死死地咬住那只母狼的脖子。母狼已经断了气儿。

四眼儿是只大笨狗，有藏獒血统，个头大，很通人性，是奶奶将它一手养大的，对奶奶有着特殊感情。看着四眼儿被狼群撕扯得七零八落，奶奶像自己孩子被撕扯一样难过，她可能真疯了，不顾棉被的火势，扯起被角向狼群抡去。"你们这群畜生，太没人性了！"说完眼泪不知不觉地流了下来。

是啊，奶奶怎么能理解狼性呢！狗虽然是它们的同类，但狼有它们自己的生存法则，饿急了连自己的孩子都要吃掉，更何况那是一条狗呢！生存第一，弱肉强食，这是狼的法则，也是生活在这片土地上的人的逻辑。

"啪啪啪啪！"一阵儿枪声在悦来镇"虞姬堂"窑子响起。"砸窑（指抢劫）的来了，砸窑的来了！"窑姐尖叫着抱头鼠窜。

当这帮马胡子闯进窑子时，有一个人并没有慌张。"告诉你，孟大虎，老娘认得你，你吃了熊心豹子胆了，竟敢到这里来抢码头？"老鸨指着一个满脸大胡子的人说。

这时，大茶壶也走了过来："孟大爷，咱们有话好说。"

"啪！"孟大虎扇了大茶壶一个嘴巴，把匣子枪顶在他的太阳穴上："少……少他妈的废话！"

“孟大虎，你知道老娘的靠山是谁吗?”老鸨乜斜着眼睛。

孟大虎嘿嘿一笑。“我……我知道，你不就是……是有刘县令（时称知事）做靠山吗？你……你不就是老来好的老相好吗?你他……他妈的少跟我装蒜，老……老子今天非要……要摸摸你这个老虎屁股，砸了你……你们这些吃人不……不吐骨头的王八犊子。啥他妈的刘……刘县令、老来好，老……老子不尿他们。”孟大虎是个结巴，说起话来很费劲儿。

一向狂妄的老鸨，一看硬的不行便改招撒泼，她坐在地上呼天喊地：“老天爷呀，我不活了!”

孟大虎看着老鸨撒泼，倒觉得很好玩儿，斜瞪着眼睛看着她。可是老鸨不知趣，表演起来没完没了。“啪!”孟大虎连看都没看一眼，一枪将天棚上一盏宫灯打落在地。“臭……臭婊子少来这套，你……你以为黑白两道都为你撑腰，就……就可以为所欲为啊，快把……把银子拿出来！不……不然，老子让你和……和大茶壶一起见阎王。”

“只要你饶了我们性命，银子你们都拿走!”大茶壶用贼溜溜的眼睛瞄着孟大虎。

孟二虎上来，扭着大茶壶的耳朵向二楼走去。老鸨一看银子就要没了，她一边用手拍打着地面，一边哭号着：“老天爷呀，还让不让人活了，你们这帮丧尽天良的东西!”

孟大虎嘿嘿一笑：“少……少他妈的来这套，你……你逼迫良家妇……妇女为娼时，怎么不说不……不活了？你……你把嫖客的钱偷走，还把人家送……送进大牢里打成残废，你……你怎么不……不说丧尽天良?”孟大虎着急时，结巴起来更厉害了，说起话来前仰后合，把脸憋得通红。

这时，孟二虎一手拎着金银财宝，一手扭着大茶壶的耳朵来到楼下。“大哥，货齐了，咱们‘拔嚼木’（黑话，走的意思）吧!”

十几个胡子也从楼上窑姐的房间出来，一些嫖客吓得哆哆嗦嗦，窑姐们都眼泪汪汪的。孟大虎看了一眼：“把……把窑姐的钱给留下，她……她们也不容易。”看得出，孟大虎跟窑姐有某种瓜葛。

“拔嚼木！”孟大虎命令手下弟兄撤离。

孟二虎把手中的金银财宝扔给大虎，从腰间抽出一把快刀，刷地一下将大茶壶的耳朵割下一半：“活王八，老子今天给你留个记号。”大茶壶捂着耳朵哭哭咧咧地说：“财宝都给你们了，还割我耳朵，让我咋出去见人哪！”孟二虎把眼睛一瞪：“当年你害我三舅吃官司被打成残废，现在他还瘫在炕上呢，今天我不杀了你算留情面了。”

“你三舅是哪一个？”大茶壶看着孟二虎问。

“看来，你们虞姬堂坑害的人还不止我三舅一个哪，今天我应该把你这个王八头剁下来，为他们报仇。”听了孟二虎的话，大茶壶吓得缩了缩脖子。

孟大虎领着这帮胡子来到院子里，大家上了马，他回头对大茶壶说：“你……你给刘县令那个老犊子捎个信儿，让……让他以后少欺负黎民百姓，不……不然，说不定哪天我就宰了他。”说完，胡子们一溜烟儿地奔向柳条通老窝。

那时候桦川县城还没有城墙，在民国七年（1918 年）才开始修建，胡匪进县城如入无人之境。

自从孟大虎离开虞姬堂窑子，老鸨就骂大茶壶：“你这个绿盖儿王八，还是爷儿们吗？胡子让你去拿钱你就去呀？”

“不去咋整，他用枪顶着我脑袋呢。”

“你这个缩头乌龟，这辈子嫁给你算倒血霉了，还不赶紧去找刘县令带兵把财宝追回来！滚犊子！”

1912 年的冬天，桦川县衙刚刚从东兴镇搬到悦来镇不久。这个县衙公署是新建的，仪门七间，两进大堂。大堂正房七间，东西厢房各五间，后身是两个套院，西套院后身是关押犯人的牢房；二堂正房五间，厢房各三间；后院正房三座，各五间，住房共五十间。仪门外两个石狮子把门，门侧有一面大鼓。

刘县令在县衙后院正抽大烟，他听到了砸窑的枪声，也听出了这枪声是来自虞姬堂窑子方向。这个老奸巨猾的家伙，他不会为一个合伙开窑子的老相好去拼血本。虽然这个窑子有他的红股，但他没投入一文钱，就算是把窑子砸黄了，他只不过是少收点儿银子而已。

正在这时，手下三老歪跑了进来。“刘大人，不好了，有人砸窑了。”他歪着个脖子看着刘县令说。

“什么事情这么慌慌张张？”刘县令责怪三老歪。

“有人来报，胡子进城了。”

“我咋没听见。”刘县令在故意装糊涂。

“刘大人，你看这事儿咋办哪？”

“三老歪，你烦不烦人，滚犊子！”三姨太厉声说道。三老歪被训后，一甩手走了。

三老歪走后，刘县令对三姨太说：“现在不比从前了，以后你少骂他们，现在大清朝已经倒台了，万一他们都撂挑子不干了，我靠谁给你弄银子去？”

“嗨，这年头能活几天算几天，连宣统皇帝能不能活到明天还很难说呢。”三姨太拿起大烟枪，继续吞云吐雾。

“明天，我得把这点儿家底子藏起来，说不定哪天，‘老来好’‘老战东’‘镇中华’‘柳条通’‘托天’这帮胡子就会抢到县衙来。”

“人都说，三年清知府，才十万雪花银。你来桦川县还不满三年，就弄了个沟满壕平，这么大一堆白花花的银子，你往哪藏啊？”三姨太喷了一口大烟说。

“我把钱埋在依兰老家的祖坟里。”

“拉倒吧，你自己能搬动呀？如果你让三老歪、四斜楞帮你埋，这帮王八羔子第二天就得把财宝挖出来溜了。”

“实在不行，我把财宝送回依兰的老宅里。”

“得了吧，你以为你那两个太太跟你一条心哪？说不定哪天看上了唱戏的小白脸跟着私奔了，让你人财两空。”三姨太撇着嘴说。

“刘大人，大茶壶来了，说他们家的堂子被砸了。”这时，四斜楞栽栽愣愣地闯进来。

“你怎么不事先通报一声就进来了，这么不懂规矩，滚犊子！”三姨太呵斥道。

“这不是着急嘛！”

“你娘死了，这么着急呀!”三姨太还想骂四斜楞，这时大茶壶走了进来。“刘大人哪，你可要替我们做主呀，柳条通砸了堂子。”大茶壶捂着耳朵，满手是血地哭诉着。

听了大茶壶的话，刘县令扑棱一下坐起来。“什么时候的事儿，哪个绺子干的?”他装出一脸惊讶的表情。

“是江北柳条通孟大虎干的。”大茶壶又重复了一遍。

“他们抢走多少银子?”刘县令显然对银子很关心。

“十根金条，三百两银子，还有翡翠首饰都被抢走了，我们没法活了!”

“走，带我去看看，这帮马胡子真是无法无天了!”刘县令带着几个巡警，装腔作势地去了窑子。来到虞姬堂窑子门前，刘县令借着灯光抬头看了看匾额，他似乎很欣赏自己的才华。这个窑子的名字是刘县令亲自起的，匾额也是他的手迹。看了几眼后，他满意地点了点头。

刘县令，光绪年间的举人，早年清高，还联名参奏过依兰道台贪赃枉法。可是他就任桦川县令后，比当年的依兰道台还要贪心十倍。他常用“社会是个大染缸，常在河边站哪有不湿鞋”来安慰自己。在他的客厅里还挂着一幅亲笔手迹，“兴也百姓苦，亡也百姓苦”，好像他很同情水深火热中的黎民百姓似的。你再看看大堂前的那副对联：治桦川，一柱擎天头势重；爱邑民，两袖清风不染尘。

还没等刘县令走进窑子，便听到老鸨哭天喊地。“没法活了，没法活了!”看到刘县令，她哭得更伤心了。

“玉珍，别哭了，银子这东西没了再赚。当初我就劝你把银子都存放在县衙里，可是你不听呀。”刘县令关心地说道。

“你这个黑心肝的，你那点儿心眼儿老娘还不知道，这两年老娘该分给你的都分给了你，该搭上的我都搭上了，就连新来的姑娘开苞我都给你留着，你还不知足啊，想着法子来算计老娘。你要是个男人，立马带着巡警到柳条通把孟大虎给我灭了。”老鸨似乎有些疯了，她竟敢当众数落起刘县令来。刘县令满脸通红地站在大厅里，坐也不是，站也不是。就在这时，刘县令看到有几个大胆的窑姐在偷偷地笑。“臭婊子，给脸不要脸。”刘县令这句话看似在骂窑姐，其实是在骂老鸨。

刘县令摆出一副县太爷的架势："三老歪，把巡警队的人都给我叫来，今晚就把孟大虎剿了。"

三老歪、四斜楞出门召集人马，不一会儿工夫便召集了三十多个巡警。刘县令骑着马挎着匣子枪，带领一群虾兵蟹将奔松花江北而去。走出悦来镇不远，刘县令领着这些人在城外转了一圈回家睡觉去了。

第二天一大早，刘县令把三老歪叫起来。"去，到虞姬堂窑子要五十两银子，就说昨晚剿孟大虎时伤了两个官兵。"

三老歪有些犯难了："昨晚她家刚刚被抢过，哪里还有银子?"

"你这个笨蛋，你以为老鸨会把所有的金银财宝全放在窑子里呀！他们没有现银，不是还有银票吗?"刘县令说完，三老歪明白了，"嗻"了一声走出县衙。

刘县令回到屋里，三姨太醒了。她斜着眼睛对刘县令说："哟！瞧瞧我们的刘大人，这手腕耍得真高明啊！"刘县令得意地说："为官的不耍手腕我还没听说过呢。"

爷爷当年曾经对奶奶说过，养官如同养猫，在你富裕的时候它围着你献殷勤，当你家道败落时，它会离开你另寻富贵。这就是养猫不如养狗的原因，狗是忠臣，猫是奸臣。

奶奶这次离家告状已经走了三天了，可是连个人影儿都没有。五岁的老姑想奶奶想得哭得鼻涕老长。父亲哄了一阵儿，老姑还在哭；二叔哄了一阵儿，她也在哭。最后三叔趴在地上让老姑当马骑，老姑才有了笑模样儿。

爷爷没了已经一年了，奶奶家没过上一天安生日子。

那是宣统三年（1911年）八月，奶奶一看爷爷三个月没回家了就感觉不对劲儿。往常，爷爷不管多忙，都要一个多月回来一趟，送些银子和生活用品。每当爷爷回来，这个家就像过年一样，爷爷的三个儿子围着他要糖球和槽子糕吃，老姑骑在爷爷的脖颈上就是不下来。

奶奶说："翠花，你咋这样不懂事儿，你爹走了那么远的道多累呀！”老姑说：“不嘛，我就是愿意骑在爹的脖颈上！”爷爷经常笑呵呵地说：“就让她骑吧，你别管了。”

“你就惯着她吧，看将来能把她惯成啥样儿！”奶奶有些生气地说。

爷爷仍然乐呵呵地说：“将来我还指望着翠花养老呢，是不是，老闺女？”

“将来我长大了，给爹买酒喝，买肉吃。谁要敢欺负爹，我就跟谁玩儿命。”老姑的嘴像抹了蜜糖一样甜。

“等着吧，你个臭丫头片子。”奶奶说完便去做饭。

老姑是个磨人精，每当爷爷回家，她都要跟爷爷形影不离。即使是晚上睡觉，她也要跟爷爷一个被窝，骑在爷爷的身上拍着他的肚皮大笑不止。人们常说，女儿跟爹亲，这话一点儿不假。

爷爷很长时间没回家了，屯子里人议论啥的都有。有人说在东兴镇看到爷爷了，还领了个小老婆在逛集市呢。也有人说，在哈尔滨看到爷爷了，领着一个俄罗斯娘儿们在吃“大列巴”呢。还有人说，在悦来镇大烟馆里看到爷爷了，瘦得像鬼一样。屯里人传得有鼻子有眼儿，没有不信的。

要说爷爷去哈尔滨，奶奶相信。要说爷爷在哈尔滨领着俄罗斯娘儿们，奶奶有可能相信。因为爷爷在东兴镇开码头，爷爷要把木材卖到哈尔滨，所以去哈尔滨是经常的事儿。要说爷爷在东兴镇娶了个姨太太，奶奶也有可能相信。因为那个年代，凡是有点儿能耐的男人都跟那些民国官员和军阀学，娶个三妻四妾不算啥事儿。只有一件事儿，打死奶奶她也不敢相信，那就是有人说爷爷抽大烟。

爷爷的半生，奶奶一清二楚。早年，在爷爷还没有发迹时，他去萝北老金沟淘金。那年爷爷二十八岁，撇下奶奶和孩子独自去闯荡。爷爷想着，去了老金沟一边干木匠活儿，一边再跟着苦力一起淘金，吃点儿苦受点儿累多挣点儿钱，回来买三匹马两头牛，将当年放荒时买的六十垧地全部开起来，再雇几个伙计，这一辈子也算吃穿不愁了。可是爷爷没有想到，金沟的天是黑的，金沟的地是黑的，金把头的心更黑。他们官匪勾结，杀人越货，无恶不作。从晚清到民国，东北人提到胡子不觉得可怕，虽然有“江北胡子不开面”之说，但他们对穷人很少作恶。可是一提到“金匪”，不管穷人富人都会吓掉魂儿，像见了阎王一样。

金把头为了不让苦力拿走一文钱，他们还在老金沟附近开了窑子和大烟馆。爷爷也不是圣人，在老金沟淘金的时候也跟着苦力们去抽大烟，逛窑子。

到了大烟馆，爷爷也像其他人一样，蜷缩在炕上抽起了大烟，可是他刚抽几口便昏了过去，后来被人用凉水泼醒。金把头说，这是第一次抽大烟，以后再抽就好了，并说抽完大烟干活儿有精神。听了金把头的话，爷爷在第三天收工时又去了大烟馆，可是刚抽了几口爷爷又昏了过去，这回差点儿丧了命。从此，金把头不再逼着爷爷去抽大烟了。不抽大烟还有窑子呢，爷爷也去逛窑子，可是他看到一个窑姐满身生黄梅大疮就恶心想吐。后来，金把头知道了这件事儿，他让老鸨给爷爷另找一个，可是老金沟的窑姐都有性病，那种难闻的气味能熏死一头牛。也许是心理作用，爷爷一个壮年小伙子竟然阳痿了，窑姐怎么撩骚都不行。

“完犊子一个，没见过你这样的废物!”在窑姐的鄙视和怒骂声中，爷爷只好赔点儿钱灰溜溜地逃出了窑子。

从那以后，爷爷在窑子里的丢人事儿便传开了，人们都说他是废物，叫他太监。

爷爷也曾经怀疑过，是老金沟的气候恶劣，整天泡在水里已经作病了，从此那个玩意儿永远也硬不起来了。可是每天晚上，当那些苦力们抽大烟的抽大烟，逛窑子的逛窑子，只有爷爷在破败的工棚里孤单寂寞。每当这时，爷爷便会想起奶奶。每当想起奶奶，爷爷的那玩意儿都会把裤子支起老高。爷爷想，自己肯定没病。

依奶奶对爷爷的了解，她怎么会相信爷爷在东兴镇抽大烟呢?

又过了两天，奶奶再也坐不住了。她生了老叔还没满月，就想去三家子码头看看到底是咋回事儿。她背着老叔来到松花江边，一看连一条船影也没有。奶奶本想回家等到第二天起早再来，可是她望望回去的路有二十多里，心里有些打怵。这时天快黑了，奶奶就在打鱼人用过的戗子里坐了一夜。第二天，天刚蒙蒙亮，奶奶求打鱼人把她摆渡过江。

东北人都热情，在奶奶寻找三家子码头的路上，人家问她是哪来的，她说是江北赵家窝棚的，来找男人的，人家摇摇头走开了。路上，奶奶遇到一个姓温的老人，奶奶说自己是赵家窝棚的，来找自己男人。老人说，还有七里路哪，你先歇歇脚吧！在歇脚的时候，老人掏出烟袋，吧嗒吧嗒一个劲儿地抽烟。当老人抽完两袋烟后，长长地叹了一口气。“哎！这年头……”温先生把话说了一半便咽了回去。

奶奶似乎从老人的言语里听出了话中有话：“温大叔，我男人他咋了，你说吧，我挺得住。”

老人叹了口气：“唉，可惜一个好人，不明不白地被人给害了。”

“你说啥？”奶奶听到这里，脑子嗡地一下。在来的路上，奶奶曾经想过，爷爷可能娶了姨太太，也想过爷爷有个俄国相好的，甚至想过爷爷有钱了抛弃他们娘儿六个，就是没有想到爷爷被人害了。“温大叔，是谁害的我男人？”此时，奶奶的眼睛都红了。

“还能有谁，就是与他合伙做生意的谢宝山和独眼龙呗。”

“不可能吧？”奶奶做梦也不会想到，这两个曾经与爷爷同甘苦共患难的拜把子兄弟会害了他？

“怎么不可能，亲兄弟受穷时都是好兄弟，可是赚了大钱就只认钱不认人了。”

奶奶说什么也不能接受爷爷被害的事实，她在不停地告诉自己，不可能，这是在梦里吧？

接着，姓温的老人告诉奶奶，他是三家子码头的账房先生，什么事情都看在眼里记在心上。冬天的时候，爷爷带着伐木工到浩立岗深山老林里伐木材。春天的时候，爷爷带着伐木工从阿凌达河放木排。夏天的时候，爷爷要把大红松用火轮运到哈尔滨卖给外国人建房子。爷爷一年四季在东兴镇待不上几天，可是他的拜把子兄弟谢宝山和独眼龙，从来不跑外，只在家里组织一些伙计加工木梓子。没事儿的时候，他们骑着马到悦来镇，不是赌钱，就是逛窑子、抽大烟。时间长了，爷爷发现赚了这么多钱都被谢宝山和独眼龙造光了，就劝他们两个不要再糟蹋银子了，好好做生意吧。可是，独眼龙当时就翻了脸。“你凭啥管我们，找茬儿啊!”

独眼龙是刘县令三姨太的远亲，依仗刘县令的势力到处为非作歹。谢宝山、独眼龙祸害银子不说，三家子码头还得向刘县令纳贡拜码头。爷爷一看这样下去也不是个事儿，尽管木材生意很赚钱，但用不了几年就得关门。于是，爷爷跟谢宝山和独眼龙商量，咱们散伙吧，你们只要给我二百两银子就行，我撤出去让给你们。独眼龙说，要银子没有，要撤现在走人。爷爷说，当初我投进三百多两银子，看在当年拜把子的分儿上，只给我二百两就行，从此咱们该是好兄弟还是好兄弟。

谢宝山是个阴险狡猾的家伙，他表面答应给爷爷二百两银子，私下里让独眼龙买通胡子老来好。那天老来好夜间带人过江，表面看是抢劫三家子码头，实际上是想要爷爷的命。他们把爷爷捆绑起来装进麻袋，还在麻袋里装了一块大石头，扔进了松花江里。

听到这里，奶奶一下子昏厥过去。

“闺女，闺女!”温先生不停地叫着。老叔不停地哭着。

奶奶醒来的时候，老人说：“闺女，赶紧回家领着孩子过日子吧。你千万不能去三家子码头了。”

“不行，我一定要找那两个畜生算账!”奶奶抹了一把泪水坚定地说。

“你一个小脚女人，怎么能斗得过他们，闹不好你们娘儿俩性命都要搭上，家里的孩子可怎么活呀!”

“反正也没法活了，死一个人也是死，死一家人也是死，一定要为我男人讨回公道。”

“讨公道，这年头还有公道吗?”

“实在不行我到县衙门去告他们!”奶奶坚定地说。

“闺女，你可知道到县衙告状是要先挨板子的，你一个女人扛得住吗?”

"就算被打死，我也要让那两个坏种偿命!"

老人无奈地摇摇头："随你便吧！我也该回家了，这个狼窝没法待了。"

老人背起行李刚走几步，奶奶"扑通"一声跪在地上。"温大叔，求你给写个状子吧!"

老人迟疑了一下，看到奶奶坚定的表情，他放下行李，从里面拿出砚台纸笔，可是他左看右瞧也没有水泡子。"看来这状子是写不成了，不是我不帮你，而是老天不帮你。"说着，老人准备将砚台纸笔重新收起来。"等等!"奶奶真的有些急了，她从老人手中拿过砚台，走进半人高的茅草棵里，撩起衣襟将奶水挤进砚台上端到老人面前。老人看了看砚台里的奶水，拿起墨研了起来。也许老人是被奶奶的行为所感动，提笔疾书，刷刷刷一挥而就。

小的时候，当听到父亲讲述"奶汁书状子"的故事时，我说："这老头真笨，撒泡尿研墨不就得了?"父亲听后狠狠地在我头上拍了一下，"你这个混球，亏你想得出来，笔墨纸砚那是文房四宝，在读书人眼里是圣洁之物，能用你那臭尿研墨吗?"

老人写完状子，读给奶奶听。

知县大人：

民女赵宋氏系江北赵家窝棚人，状告三家子码头谢宝山和独眼龙害死我夫一案。自古有云：杀人偿命，欠债还钱。二人见财起意，谋害我夫，霸占我家财产，天理难容，其罪当诛。望青天大老爷为草民做主，还我们一个公道。

呈状人：赵宋氏

读罢状子，老人将它递给奶奶。"如果你真想告状就直接去桦川县衙吧！三家子码头你去不得，那里是龙潭虎穴。"

"谢谢温大叔提醒，三家子码头就是龙潭虎穴我也要闯一闯，我倒要看看害死我男人的两个混蛋到底长什么样儿!"奶奶说完，接过状纸揣进怀里。

送走老人，奶奶背起老叔坚定地向三家子码头走去。奶奶走路一步三摇，小脚噔噔噔地踩在地上，把黑土地踩出一溜坑。

太阳偏西时，奶奶来到三家子码头，当时独眼龙不在，只有谢宝山在前堂。他看到奶奶进来后，语气很生硬地问："你找谁?"

奶奶盯着他说："我是赵家窝棚来的，找我男人。"

听到奶奶的话，谢宝山当时蒙了，脸上一阵儿红一阵儿白，半天也说不出一句话来。谢宝山向外面望了一眼，见没有车马，他万万没有想到，这么一个小脚女人大老远地能找上门来。谢宝山搓着两只手，在地上来回转悠，脑子里飞快地想着对策。突然，他停下来："你是大嫂吧，咋来的?"没想到，谢宝山会突然变得热情起来。

"你就是老二谢宝山吧?"奶奶故作镇静。

"屋里头的，快给大嫂预备饭菜，收拾个干净屋子歇着。"

这时，从后堂走出来一个小脚女人。谢宝山向奶奶介绍说这是贱内，同时也把奶奶介绍给那个女人说，这是江北赵家窝棚的大嫂。那个小脚女人很热情地将奶奶让进内屋。

以前奶奶只听说过谢宝山，可是从来没有见过面，今天一见才发现，谢宝山长着黄镜子脸，黄眼珠，几根弯曲的黄胡须挂在下颌上，像沙漠里长着几棵枯萎的草，说起话来皮笑肉不笑。从面相上看，他就是个难斗的主儿。奶奶心想：我男人咋会跟这样的人拜把子呢?

独眼龙在悦来镇赌场博得昏天黑地。那时候虽然桦川县临时县衙还设在东兴镇，但悦来镇比东兴镇要热闹得多，商铺、赌场、烟馆、窑子一应俱全。那个时代赌博实行押会，可是独眼龙这小子偏偏喜欢推牌九，而且是十赌九输。

说起来真是怪事儿，一向手气不佳的独眼龙，今天却时来运转，手气大顺。"揭牌，揭牌！你是三九点，你是闭十勒个八，你是五点王爷。哈哈，我是七点皇上，通吃!"独眼龙高兴得手舞足蹈，将牌桌上的碎银子全部搂了过来。"再来，再来!"独眼龙坐庄，打完骰子分发牌九。独眼龙的牌技真是了不得，他不用眼睛看，只用手指抠一遍，便能配出前后牌。"亮牌，亮牌！哈哈，你们又输了，我是前牌对地，后牌对天，通吃，通吃!"独眼龙用手搂着碎银，独眼里放出凶光。三锅牌九推下来，他竟然赢了几十两银子。

独眼龙想去窑子放松放松，有两个赌棍输干爪了，伸手向他“抽红”，可是他说什么也不给，几个人拉拉扯扯往外走。就在这时，三家子码头的管家陈二跑进来。“三掌柜，二掌柜让你马上回去，有急事儿商量。”

独眼龙一愣神儿，手中的碎银被两个赌棍抢走几块。他冲着陈二发了火：“妈了个巴子的，有啥急事儿，难道死人了不成?”

陈二说：“我也不知道，听二掌柜说，江北大掌柜家的女人来了。”

独眼龙一听，手中的碎银“哗啦”一声掉落一地。这时，几个赌棍一哄而上抢着地上的碎银。他一把抓住一个赌棍：“你敢杀人不?”这个赌棍看着他说：“杀谁呀?”

“一个娘儿们。”

“只要给银子我就干。”

“你们俩跟我走!”独眼龙对其中两个赌棍说。

独眼龙长着一脸络腮胡子，一只眼睛干瘪着，而另一只眼睛透着凶光。

出了赌场，独眼龙骑着马先走了，两个赌徒跟着陈二走在后面。

独眼龙想，无论如何也不能让赵家女人离开三家子码头，既然她敢来，说明这个女人很难对付，恐怕杀害她男人的事儿早晚会被她捅到官府去。

独眼龙考虑杀掉奶奶后，还得想办法把几个孩子骗出来，来个斩草除根，不然，等这帮孩子长大后，一定会找他们报仇雪恨，以前就有过这样的先例。

想着想着，独眼龙面前突然飞过一只乌鸦。他一分神，从马上摔了下来。这一下摔得可不轻，他在地上吭嗤半天也没有爬起来。当陈二和两个赌徒赶上来扶起他时，只听到肋骨“咔吧”一声，疼得他大汗淋漓。真是恶有恶报，这小子摔断了两根肋骨，到悦来镇养伤去了。

第二章　生死关头

奶奶与那个女人进了后屋。前堂这边，谢宝山背着手在地上转圈，心里盘算着怎么对付这个难缠的女人。打发她走吗？看来这个女人没有那么简单，这么远的路她都能自己走来，不能小看了这个女人。杀了她？这个方法倒是省事儿，可是没有不透风的墙。三个月前，他们设计杀死爷爷的时候，江南这一带便传开了，弄得谢宝山整天提心吊胆，半夜里不是梦见官府来抓，就是梦见爷爷伸出血淋淋的手向他索命，经常吓出一身冷汗。怎么办呢？琢磨来琢磨去，他想到了独眼龙。常言道：瞎子狠，秃子愣，瘸子打仗不要命。独眼龙这小子心狠手辣，万一以后事情败露，我谢宝山死活就说不知道，那都是独眼龙自己干的。如果真把独眼龙抓进大牢让他偿命，那岂不是更好，三家子码头的一切财产都归我一个人了，连独眼龙在窑子里赎回来的那个骚货也可以占为己有。想到这里，谢宝山得意地笑了，他打发管家陈二去找独眼龙。

两个时辰过后，陈二骑着独眼龙的马回来了。“独眼龙怎么没回来？”谢宝山急切地问。

“别提了，本来三掌柜在赌场找来两个赌棍，想做了赵家女人，可是他骑马走到半道时，冷不丁地飞过一只乌鸦，三掌柜一惊，掉下马摔断了两根肋骨，现在在悦来镇养伤呢。”

听完陈二的话，谢宝山脊背发凉。这就是“现世报”吧？

他摆了摆手，陈二走了出去。这会儿，谢宝山打消了杀掉奶奶的念头，他怕老天爷惩罚他。怎么才能把奶奶支走呢？谢宝山又开始盘算了。

奶奶给老叔喂完奶，把他放在炕上安稳地睡着了。老叔在我们家就是个倒霉蛋，丧门星，要账鬼。他的到来，不但没给我家带来一点儿福气，反而带来了灾难。爷爷没见过老叔，这样的遗腹子在我们当地叫梦生。按照老人们的说法，梦生的孩子都不吉利。还有一个怪现象，老叔睡觉时总是笑，有时会把他自己笑醒。用迷信的话说，这个要账鬼是在幸灾乐祸呢。

吃完晚饭，天已经黑了，奶奶吹灭洋油灯，屋里立马一片漆黑。奶奶翻来覆去地睡不着，她想起家中的孩子，想起了路上老人说的话，想起了活不见人死不见尸的爷爷。一想到爷爷，奶奶自然想起了爷爷去老金沟淘金的往事。

说起漠北的老金沟，那可有历史了，清代早期这里就有人采金。这个地方河沟纵横，黄金满地，外地淘金者也纷至沓来。盛时有一万多人，就像美国西部淘金热一样。

那年爷爷去老金沟淘金，第一年连一个铜板也没有拿回家，还险些被官府抓去坐牢。爷爷虽然不逛窑子，不抽大烟，可是靠出苦力挣来的钱，在下山时要被层层官站搜身，工钱全部被拿走。爷爷不服气，便与官兵理论。两个官兵上来把爷爷绑了起来，还要送他坐牢。就在这时，有个苦力陈老坦儿上来替爷爷讲情，官兵这才打了爷爷几个嘴巴把他放了，最后人是回来了，钱没了。爷爷还算幸运的。有些苦力采金时，发现了金豆子便往破棉袄里塞，结果被人家翻了出来，不是被剁掉手就是被剁掉脚。有个贺家三兄弟，在老金沟淘金时，哥三个互相掩护，私藏了不少金豆子。一天深夜，贺家三兄弟趁夜黑想逃出金沟时，被站岗的矿警发现了。他们打昏了矿警，还抢走了两杆土炮。金把头发现后，带人在深山老林一直搜查到天亮也没有找到他们。天亮时，把头金大牙带人到各个官站送信，说贺家三兄弟偷走了百两黄金，让官府协查。那年头能在金沟当把头的人，都是混黑白两道的。俗话说，有钱能使鬼推磨。他们有钱。有钱到什么程度？

金把头为了摆阔，把满口好牙拔掉，镶上一口大金牙。本来，金把头姓王，可是人们私下都叫他金大牙。金大牙和金沟官站的人称兄道弟，像一家人一样。

金大牙一帮人从官站回来时，没想到半路撞上了那三个倒霉蛋，双方互相开了枪。贺家三兄弟的枪是两个土炮，打完两枪便没了火药，当场被抓了回来。金把头为了杀鸡给猴看，将贺家三兄弟绑在柱子上点天灯，还让苦力们都瞅着。

点天灯是最残酷的一种惩罚。那就是把人用棉花从头到脚缠起来，外面用绳子捆紧，然后再将受刑人头朝下绑在立柱上，泼上洋火油，从脚上点火一点一点地往下烧。受刑人被烧得鬼哭狼嚎，还一时半晌死不了。“天哪，烧死我了，金大牙你快给我一枪吧，实在受不了了！”“金大牙，你这个绝户，老天会惩罚你的！”“金大牙，我操你八辈祖宗，你不得好死！”贺家三兄弟哭着喊着骂着。

“你们使劲儿喊，使劲儿骂吧！老天惩罚我？我就是天老爷！”金大牙阴沉的脸透着杀气。

那天，贺家三兄弟被点了天灯，足足烧了一个时辰。那股焦煳味儿，让人闻着就恶心想吐。有些苦力看到这种惨相都吓得尿裤子了，还有的把屎拉在了裤兜子里。

金把头心狠手辣远近闻名。有的苦力因为私藏金子被打得脑浆迸裂，有的因为不听话被割耳朵、削鼻子、剜眼睛、剁手指，那都是家常便饭。

第二年开春，爷爷还要去老金沟。奶奶说：“咱家就是穷死也不能再去了，万一你有个三长两短，我和孩子们咋活呀！”

爷爷没有听奶奶的话，还是去了。这倒不是因为爷爷固执，而是爷爷心中有个天大的秘密，但他怕奶奶担心，没告诉她。在老金沟时，爷爷有一天跑到山上拉屎，发现了一块金闪闪的东西。他扒出来一看，是一块金子包着石头、石头包着金子的玩意儿。这是狗头金吧？爷爷以前只是听说过但没有见过狗头金。于是，爷爷把它埋在一棵树下，做了个记号。此后，每次方便，爷爷都要去看一看。后来，爷爷看到了有人因为私藏金子被点了天灯。爷爷想，今年先回家探探路，明年回来再做打算。

第二年入冬，当淘金人下山回家时，金把头要留下三两个人看场子，爷爷主动要求留了下来。除了爷爷之外，看场子的还有两个人，那就是谢宝山和独眼龙。说起来，独眼龙也很可怜。他因为好奇，看到了金大牙给官站当官的送金子，被挖去一只眼睛。这小子脑子灵活，他央求金大牙说："以后再也不敢了，给我留一条狗命吧。我给你白干三年活儿，一个铜板也不要。"这样，金大牙才留了他一条狗命。

其他人撤走后，谢宝山对爷爷和独眼龙说，他知道怎样不走官道下山。独眼龙说，就算能走回家又有啥用，现在天寒地冻也弄不到金子。谢宝山说他有办法。独眼龙问啥办法？谢宝山说："现在还不能说，咱们三个人要是磕头拜把子，我就告诉你们。"当天晚上，爷爷、谢宝山和独眼龙插草为香，像戏里桃园三结义一样郑重其事地磕了几个响头。按照年龄，爷爷为老大，谢宝山为老二，独眼龙为老三。从那时起，三个人以兄弟相称。

在他们三个人当中，谢宝山最有心计。拜完把子，独眼龙便急不可耐地问谢宝山怎么才能弄到金子，可是谢宝山还是不说。

谢宝山狡猾是有来头儿的，他家祖祖辈辈都在河南以盗墓为生。爷爷常听谢宝山讲，盗墓都是父子合伙。按照盗墓的规矩，父亲在墓外等着接财宝，儿子下到墓里盗宝。只有这样，两个人才能平安回来。如果是父亲在墓内，儿子在墓外，要是财宝盗多了，儿子就会红眼，便会灭绝人性地将自己的父亲活活地埋在坟墓里。在盗墓这个行当里，此类事情太多了。

谢宝山的父亲不仅盗坟掘墓，还偷盗龙门石窟的佛像卖给外国人。后来因为被官府追查，他没有办法才领着全家人跑到了北大荒避难。

第二天，谢宝山领着爷爷和独眼龙来到金场。他指着一段河床说，这里就是金溜子，都是高粱粒大小的金豆。爷爷问，现在已经上冻了咋挖呀？谢宝山什么也没说，只让爷爷和独眼龙搬运大鹅卵石，又到山上捡来干树枝点起一堆火，将鹅卵石放在火上烧。等到鹅卵石快要烧红了，再用杆子将烧热的鹅卵石滚到金溜子的冻土上，用不了一天冻土便化了。他们顺着化土挖下去，在冻层下掏洞挖金子。他们这样连续干了半个月，金豆子捡了不少。

有了金豆子，他们准备下山了。爷爷没有分他们的金豆子，只是带上那块狗头金跟着谢宝山一起下了山。

他们下山时，不敢走官道，沿着离官道不远的山林走。在深山老林里，他们蹚着齐腰深的大雪，足足走了半个月。爷爷冻伤了脚跟，谢宝山和独眼龙各冻坏一个手指，三个人连滚带爬地逃出了金沟。

这年的入冬，江河封冻时也没见爷爷回家，奶奶心急火燎地到处打听，可还是没有爷爷的消息。奶奶想，爷爷肯定没命了。

没承想，有一天爷爷冷不丁地推门进来。奶奶一下愣住了，半天才缓过神来，她一下拉住爷爷的胳膊。“你咋才回来，我以为你回不来了呢!”说完，眼泪刷地一下落了下来。

爷爷说：“别哭了，以后咱家就有好日子过了，咱们发财了!”说着，爷爷从怀里掏出狗头金给奶奶看。

奶奶看了一眼：“这是啥?”

“你还做梦哪，这就是狗头金哪，我们家发财了!”爷爷掩饰不住内心的喜悦。

“你要是没命了，就是给我个金山银海我也不稀罕。”奶奶用眼睛剜了一下爷爷。爷爷只是憨憨地笑着。

爷爷回到家的那天，兴奋得像打了鸡血一样，可是一躺在炕上连续睡了三天三夜。奶奶叫他吃饭，他眼皮都抬不起来。奶奶有些害怕了，是不是在深山老林里冲着孤魂野鬼了？奶奶又是烧香，又是祷告。“各路大仙冤魂，放过我男人吧！我给你们烧香磕头了!”

爷爷睡了三天三夜，奶奶的香烧了三天三夜。第四天早晨，爷爷活蹦乱跳地下了地。奶奶问：“你是人是鬼?”

爷爷说：“我咋了?”

“还咋了，刚回到家里时还好好的，咋一躺下就像死人一样?”

“你都不知道啊，这半个月我没有睡过一个囫囵觉。”说完，爷爷突然咧了一下嘴。

奶奶问："你咋了？"

"脚跟咋这么疼？"奶奶一看，可不是，爷爷的脚后跟都有些发黑。奶奶赶紧下地，到菜园子里折些冻茄秆，熬完水给爷爷泡脚。

在奶奶的精心照顾下，爷爷的冻伤经过一个月的洗泡终于好了。

第二年开春，爷爷说要去汤原师兄家看看。奶奶说："还是去一趟吧，两年多没走动了，也不知道人家还能不能认这门娃娃亲了。"

原来，爷爷和师兄陈老三在一起做木匠活时讲好了，把陈家的大丫头许配给我父亲。那时候，父亲七岁，大丫头十岁。按照以前的说法，女大三抱金砖，将来定会过上好日子。

爷爷来到汤原一打听，原来陈老三发了。他在东江开了个柈子场，既卖柈子又卖木材。爷爷见到陈老三才知道，师兄利用汤旺河水从大山林里把木排放到松花江边的码头，然后用火轮将木材运往哈尔滨卖掉。同时，将柈子场的干木柈子供应给来往松花江的火轮，非常赚钱。那个年代的柈子场，相当于现在的加油站，火轮、火犁和火磨都离不开它。爷爷在东江码头住了几天。他听说陈老三要动身去哈尔滨卖木材，也想跟陈老三出去开开眼界，于是陈老三带着爷爷去了一趟哈尔滨。

从哈尔滨回来后，爷爷心里有了谱儿。陈老三能够利用汤旺河放木排开柈子场，我怎么不能利用阿凌达河放木排也开个木材码头呢？

爷爷这一走就是二十多天，别人家都开春种地了，可是爷爷还没回来。奶奶是个急性子，不等爷爷回来便领着我父亲和二叔将自家的半垧地种上玉米、谷子和黄豆。

爷爷回来后，也不管种地的事儿，整天跑到阿凌达河口转悠。转悠了二十几天，爷爷发现在江北岸开码头不适合，如果从山里放木排会直接冲到松花江南岸。于是，爷爷又去了江南的东兴镇，在那里选了一个开码头的地点。

过了几天，爷爷又跟着陈老三运木材的火轮去了哈尔滨。他找了一家钱庄把狗头金换成了三百八十两银子，准备在东兴镇东边建起一个木材码头。

爷爷用狗头金换回的银子，首先把自家的六十垧荒地开垦起来，又买了三匹马、两头牛和一挂马车，还雇了两个扛活儿的长工，帮助种地收割。爷爷想，开码头是赔是赚很难说，只有土地才是庄稼人的命根子，万一买卖赔了，回家种地也能活得挺滋润。

爷爷为了在东兴镇建木材码头，上下打点，处处拜码头，仅请客送礼就花掉一百两银子。可是，这个码头建得一点儿也不顺利。起初，爷爷找了个姓佟的八旗子弟帮忙。眼看着码头要建完了，可是新来的刘县令说啥也不让建。后来，爷爷又去找那个姓佟的，可是这小子害怕刘县令，早就躲了起来。

爷爷回到家里气愤地说："交这帮狗杂种，还不如喂养一条狗哪！你没事儿的时候，他们跟你称兄道弟；有事儿的时候，像个缩脖鸡，早就跑得无影无踪了。"

爷爷筹办码头快一年了，也不能半途而废呀！没办法，爷爷只好托人给刘县令送去一百两银子，这才获准继续开码头。宣统二年（1910 年）阴历九月初八，爷爷的码头终于开张了。

起初，爷爷的木材码头不叫三家子码头，而叫启明柈子场，供应火轮、火犁、火磨木柈子，同时也把成船的木材卖往哈尔滨。由于爷爷在建码头时送礼过多从而导致资金周转不灵，于是他去找拜把子兄弟谢宝山借银子。

谢宝山一听说爷爷开码头能赚大钱，便说："什么叫拜把子兄弟，拜把子就是有福同享，有难同当。我也跟你入伙儿一起干！"在谢宝山的忽悠下，爷爷同意了他入伙。可是没过几天，独眼龙也找上门来。"咋地，差啥呀，同是拜把子兄弟，二哥能入伙我为啥不能入伙?"爷爷为人厚道，也同意独眼龙入了伙。从此，这个码头改名为三家子码头。

奶奶来到三家子码头一夜没睡，谢宝山也因为奶奶的突然到来一夜没睡，他想尽各种办法挤兑奶奶离开。

第二天早上，谢宝山来到奶奶的住屋说："大嫂，本来我不想告诉你实情，大哥的事儿你管不了，还是回家领着孩子好好过日子吧！”

“你大哥他咋了，你给我说说！”奶奶立着眼眉问。

“嗨，怎么跟你说呢？”谢宝山装出很为难的样子，好像爷爷做了什么见不得人的事儿让他难以启齿。他停了停，似乎下了很大决心地说：“大哥他不学好，把钱都拿去抽大烟了。不但他自己抽，还领着一个小娘儿们抽，在哈尔滨已经抽得没人样儿了，为了这件事儿，我们哥儿俩都绝交了。”

“你骗谁呀，要说你大哥娶小老婆、逛窑子，我都可以相信。可要说你大哥抽大烟，打死我也不相信。前几年在老金沟时，你们哪个没抽过大烟，你大哥抽过吗？你别跟我扯那个，今天我活要见人，死要见尸。”奶奶的话说得有劲儿，把谢宝山呛得无话可说。

“这个……这个……”谢宝山有些答不上来了。

“这个啥呀？”奶奶愤怒地瞪着谢宝山。

正当谢宝山面红耳赤不知如何是好时，谢宝山的女人走了进来。“当家的，刘县令让你马上去一趟，说有急事儿商量。”

谢宝山正好借坡下驴，灰溜溜地走出门。奶奶指着谢宝山的背影不依不饶地说：“告诉你，谢宝山，要是今天不把人给我交出来，我就去衙门告你们。”

为什么谢宝山要说爷爷抽大烟呢？因为在那年头，有很多人都因为抽大烟而家徒四壁，也因为抽大烟而死于非命。谢宝山给爷爷安个抽大烟的罪名，这样可以把自己择得一干二净，他既可以不给找人，又可以说爷爷把码头的股份全抽光了，让奶奶死了这条心。

过了两天，奶奶也没有见到谢宝山的人影。谢宝山的女人对奶奶说：“当家的去哈尔滨了，一时半晌回不来。你家里还有孩子，不如暂且回家听信儿吧。”说着，她拿出十两银子递给奶奶，回头对大厅喊：“陈二，你送大嫂去江边！”

奶奶一听，这是人家下逐客令了，她把银锭狠狠摔在地上。“不用送！”说着，她背起老叔便往外走。奶奶出了三家子码头奔向江边。走了一段路又觉得不对劲儿，她应当到东兴镇县衙告状。想到这里，奶奶又掉头往西直奔东兴镇。

奶奶从三家子码头去东兴镇，走了大半天。快到东兴镇时，她连饿带累，感觉脑袋有些昏沉。常言道，屋漏偏逢连夜雨。这时，天边墨黑的乌云铺天盖地压了过来。天是黑的，地是黑的，人间的一切都是黑的，还伴有震耳欲聋的响雷，把老叔吓得哇哇大哭。平原上也没有躲雨的地方，奶奶将老叔解下来，紧紧地抱在怀里，让他含着奶头，老叔终于不哭了。大雨瓢泼一般，可是她愈发将老叔护得紧了。

奶奶一生中经历过很多苦难，都没有被吓倒，可是今天她却感到了从来没有过的恐惧和无助。

暴雨终于停了，奶奶背起老叔趔趔趄趄向前走去，走不到三步便会摔一跤。奶奶的绣花小鞋陷丢了，裤子摔破了，怀里的一点儿碎银和铜钱也摔丢了。奶奶穿着布袜，把头巾撕开缠在脚上，硬是爬到了东兴镇。这时老叔又哭了起来，哭着哭着嘎的一声没气了。

老叔的小脸憋得通红，这可吓坏了奶奶。她在东兴镇好不容易找到了“兴善堂”药房，发疯一般地砸门。敲了半天，终于听到有人说：“谁呀！”

“先生，快救救孩子吧！”

屋里传来：“太晚了，不看病了。”

“先生，求求你，孩子快不行了！”

“你是哪儿的？”

“我是江北赵家窝棚的，快救救孩子吧！我给你磕头了！”奶奶咚咚咚就是三个响头。

“江北的怎么跑到这里来了？”一个老中医嘟囔着把门打开。

借着灯光，老中医被奶奶的模样吓了一跳。“你……你……你是人是鬼？”看来奶奶当时披头散发的样子肯定很吓人。

“先生，我是人，快救救孩子吧！”

老中医稳了稳神，又看了老叔一眼：“这孩子抽羊角风了。”

老中医接过老叔放在医案上，拿出银针给老叔扎进去。不到一分钟，老叔终于“哇哇”地哭出声来。奶奶跪在地上磕头谢恩。

“快起来吧。孩子活过来了，赶紧给他喂喂奶吧！”

在奶奶给老叔喂奶时，她发现自己没了奶水，老叔又大哭起来。她央求老中医：“先生，救人救到底，送佛送到西。你行行好，让我给孩子熬点儿米汤喝吧！我现在没有钱，但我以后一定给你送来。”奶奶一看老中医好像有点儿为难。她又说：“先生，熬粥我也不吃，只给孩子喝口米汤就行，求你啦！”

这时，一个三角眼的小脚女人从里屋走出来。“还啰唆啥，我们这里又不是菩萨庙，看完病赶紧走人！”

奶奶无奈，只好抱着老叔往外走。老中医在关门时，偷偷地塞给奶奶两个铜板。奶奶说：“谢谢恩人！”

走出药房，奶奶看到一个大车店还亮着灯。虽然她知道大车店不是女人该去的地方，但看一眼还在哭闹的老叔，她还是坚定地向灯光走去。

当店小二给骡马添料回来时，一看奶奶的样子吓得连连后退。“你……你……你……”他指着奶奶半天说不出话来。

奶奶说：“你别怕，我是好人。求求你，能不能给孩子弄口米汤喝？”

店小二定了定神说：“店里早就熄火了，我到哪儿给你弄米汤去？”

“求求你，给碗水喝吧！”奶奶乞求着。

不一会儿，店小二端来一瓢凉水。奶奶喝了一口含在嘴里，等水温了便嘴对嘴地送给老叔。老叔果然不哭了。然后，奶奶将瓢里的水一口气喝光。

“兄弟，你行行好，让我们娘儿俩在前厅待一晚吧。我给你一个铜板。”

“不用了，你愿意待就待吧。我去睡觉了。”

不一会儿，老叔饿得又哭了起来。奶奶生怕吵着客人被人家轰出来，就用奶头紧紧地堵住老叔的嘴。可是老叔没有吸到奶水，又是大哭不止。奶奶急得浑身直冒汗。也许是母爱的力量，就在这时，奶奶的乳房突然喷出了奶水，而且还很旺。老叔终于吃饱消停了。

第二天天刚放亮，奶奶迷迷糊糊地听到一个女人说：“怎么能让女人和孩子待在前堂，这里多冷啊！快醒醒，赶紧跟我进里屋去。”

奶奶实在太累了，虽然一天一夜没吃东西，但她抱着孩子还是睡着了。

奶奶跟着那个女人走进里屋。那女人嚷道：“老东西，赶紧起来，给他们娘儿俩腾个热炕头。”

店东家睡眼蒙眬地看了一眼奶奶，赶紧起来穿衣服。奶奶看到那个男人穿衣服，急忙把脸背过去。

那个女人看了看奶奶的狼狈相，翻箱倒柜地找衣服和鞋。“这年头谁家都不宽裕，一会儿你先洗洗，把这些破衣烂鞋换上吧!”

“谢谢大嫂!”奶奶知道遇到好心人了，当时感动得哭了，而且哭得很委屈。

奶奶洗完脸、梳完头、穿戴整齐，那个女人端着饭菜走进来。“赶紧趁热吃吧!”

奶奶真是饿急了，她狼吞虎咽地将饭菜一口气吃光，还把碗盘舔得干干净净。

“从哪来呀?”

“江北赵家窝棚。”

“这么远的路，你来这干啥?”

“来告状，我男人被人害了!”

“你男人是谁呀?”

“三家子码头的大东家赵启明。”

“谢宝山和独眼龙这两个挨千刀的，他们不得好死。”那女人气愤地说。

“大嫂，你也知道这件事儿?”

“咋不知道，江南这一片儿哪有不知道的?”

听到这里，奶奶的眼泪像断了线的珠子，噼里啪啦地落了下来。“大嫂，我得走了。我就这两个铜板，你别嫌少，以后我会报答你的。”说着，奶奶把铜板放在炕上。

“你先别走，这么早你去哪儿呀?”那女人把两个铜板又塞回奶奶的兜里。

“去县衙告状。”奶奶背起老叔便走。

那女人跟在奶奶的后面：“妹子，这年头你没钱怎么打官司呀?”

奶奶说：“我还不信了，这年头没钱就没地方说理了?”

“嗨，你是没有见识过呀，这年头吃人都不吐骨头，更别说讲理了。”

“我不信，这年头还不让穷人活了。”奶奶的倔强劲儿又上来了。

奶奶哪里知道，当时的东北，丛林法则就是人的法则，丛林逻辑就是人的逻辑。

大车店的女主人将奶奶送到大门外后，也没有忘记嘱咐奶奶：“没有落脚的地方，你再回来呀!”

“已经够麻烦你了!”奶奶出了大车店，一路打听，终于找到了县衙。奶奶一看，这个临时县衙与民房没有什么两样。木杖子围墙，木栏大门，正房三间，东西厢房各两间，后面临时加盖了五间牢房，只有门前两个石狮子和一面大鼓与民宅不同。奶奶拿起鼓槌儿狠狠地敲击，“咚咚咚!”“冤枉，冤枉，冤枉啊!!!”奶奶敲了一阵儿，又喊了一阵儿。

不一会儿，三老歪和四斜楞睡眼蒙眬地从厢房冲出大门。“冤什么冤?找死呀!”

“县官大老爷，我冤枉，我冤枉哪!”

三老歪一看奶奶不听劝阻，便上来夺鼓槌儿，可是奶奶死也不撒手。三老歪举手一拳，打得奶奶鼻口蹿血。

奶奶用手抹了一把鼻血，继续喊：“冤枉，冤枉啊!”“咚咚咚”，她把大鼓敲得山响。

几声鼓响，几声冤枉，惊动了刘县令。“民女何人，竟敢在县衙撒野?”

“我要告状，我男人被害了!”

刘县令本来想说，等到升堂时你再来告吧！可是他看到满脸是血的奶奶，心想：这个女人绝不是善茬儿，即使赶她，她也不会离开。刘县令不耐烦地说：“升堂!”

“升堂——”三老歪和四斜楞一听刘县令说升堂，马上也跟着喊升堂！

虽然这是个临时县衙，但大堂也有一块“明镜高悬”的匾额，不失为一种威严。

奶奶走进县衙，三老歪、四斜楞拿着堂棍敲着地面。“威——武！”

刘县令换上朝服，“啪！”把惊堂木一拍：“民女何人，因何告状？”

奶奶跪在地上，从怀中掏出潮湿的状子举在头顶。“我要状告谢宝山、独眼龙，是他们两个害死了我男人。”

刘县令并没有让衙役去接状子。“你可知道本县的规矩？”

“知道，不就是没有钱告状打板子吗？”奶奶此时已经无所畏惧了，竟敢当着县令的面儿揭人家短处。说着，奶奶将老叔从背后解下来放在一旁，然后趴在地上等着挨板子。

因为还没到正式升堂时间，大堂上只有三老歪和四斜楞两个衙役。三老歪歪着个脖子，四斜楞是个对眼，两个人上来各打奶奶五大板。奶奶虽然年轻体壮，但这十大板下来也被打得皮开肉绽，鲜血浸透了裤子。三老歪、四斜楞这两个混蛋，一个眼睛看不准，一个歪着脖子，在给奶奶打板子时，不管是腰部还是大腿一通乱打，奶奶咬着牙一声不吭。

奶奶第一次来县衙告状还是宣统三年（1911 年）。在清朝，也不是每个告状人都要挨板子。桦川县衙门比较特殊，因为朝廷认为这里胡匪众多，民风刁蛮，所以告状必须先打板子杀杀威风。

挨完板子，奶奶皱着眉头重新跪在地上，将状子高高地举过头顶。刘县令示意把状子呈上来，可是四斜楞没有去看县令的眼色，而是斜楞个眼看着正在熟睡的老叔，觉得有些不可思议。“四斜楞，把状子呈上来！”刘县令发话了。

四斜楞激灵一下回过神来，把奶奶手中的状子递给刘县令。刘县令看了一眼模糊不清的状子：“你男人是谁？”刘县令一副冷峻的面孔。

“他是三家子码头的大东家赵启明。”奶奶瞪着滚圆的眼睛看着刘县令。

听了奶奶的话，刘县令脸拉得老长。“你有何证据说谢宝山和独眼龙害死了你男人?”

“江南的百姓哪个不知，哪个不晓！还有三家子码头的温先生也可以为我作证，这状纸就是温先生代写的，不信你去问问他。”奶奶说起话来理直气壮。

“好了，等本县调查清楚择日升堂，回家听信儿去吧!”

“要是下次升堂你不给我个公道，我就一头撞死在这里。”这不是奶奶在恐吓刘县令，而是她是抱着一死的决心来告状的。

看到奶奶这样倔强，刘县令的语气有些缓和。“回去吧，本官会为你主持公道的。”

奶奶虽然第一次见刘县令，但从他的面相上看就知道他不是忠良之辈。这个刘县令，长着一绺山羊胡子，两只小眼睛泛着贼光，纯粹就是贼眉鼠眼。别看奶奶一介草民，可她打心眼儿里瞧不起这个刘县令。

那天，奶奶离开县衙，三老歪说：“这个告状的娘儿们，老爷以后别理她。”

刘县令捋着山羊胡子，眼珠一转乐了：“你懂什么!”三老歪当然不懂刘县令的心思。你以为刘县令真会替奶奶主持公道啊，做梦去吧！是因为奶奶告状，让刘县令看到了发财的机会。在这片天地里，刘县令巴不得有钱人出事儿，事情出得越大，他来钱的道越多。

“四斜楞，给你个发财的机会，你带人去三家子码头，把谢宝山和独眼龙都给我拿来!”

“嗻!”四斜楞领命出去。他走出县衙大门，心里骂道：抓你妈个屁，要不是为了得点儿银子，老子才不跑这冤枉路呢！你刘县令跟谢宝山、独眼龙好得恨不得穿一条裤子，还能真把他们押进大牢啊，不就是为了勒索点儿银子嘛!

四斜楞走后，三姨太从后堂走了出来。“你这个老东西，平日里也看不出你有这么狠毒，你真忍心把我家亲戚拿进大牢啊?”

“不拿他们，他们能主动给我送银子吗?”

“你这个没良心的，这些年独眼龙孝敬你多少银子了，你怎么能六亲不认?”三姨太立着丹凤眼。

“那独眼龙，你还真把他当亲戚了，你以为他是看在亲戚分儿上才给我们送银子啊？他连拜把子兄弟都敢杀，更何况一个八竿子打不着的亲戚了。如果有一天我倒台了，他就敢杀了我们全家，把金银财宝抢走。”

“他敢!”三姨太不服气地说。

“他有什么不敢的？也许到时候会把你留下给他做姨太太，你小模样能勾人。”刘县令看着三姨太诡秘地一笑。

“他敢，论辈分我可是他远房姑姑呢。”

刘县令嘿嘿一笑。“他在窑子里赎出来的那个骚女人，不也是他远房姨娘吗?”听了刘县令的话，三姨太气得一甩手走了。

四斜楞带人来到三家子码头，一问谢宝山老婆才知道，谢宝山没在家，独眼龙摔下马在悦来镇养伤呢。他坐在三家子码头并没有走的意思。管家陈二把谢宝山女人叫到后屋：“看到没有，你不给钱他就不走。”

“那就给他两吊铜板打发他走吧。”

“两吊铜板能送走这个瘟神么，起码得五两银子。”

“五两就五两吧，赶紧打发了，省得在这里看着闹心。”

陈二从柜上拿了五两银子：“差爷辛苦了，这点儿银子拿去买点儿酒喝吧!”

四斜楞掂着五两银子离开了三家子码头。谢宝山老婆对陈二说：“五两银子是不是太多了?”陈二说：“这帮王八羔子，只要栽到他们手里，他们恨不得让你倾家荡产。五两银子不多。”

走出三家子码头，四斜楞没有直接回县衙，而是带着人去了悦来镇。他翻遍了全城，终于找到了独眼龙。刚开始，独眼龙还很硬气：“你知道我是谁不?”四斜楞更狠：“我知道，你不就是三姨太八竿子打不着的亲戚么。刘县令让我拿你，我只能公事公办。”说着，他抓住独眼龙的胳膊使劲儿一拽，疼得独眼龙嗷嗷大叫。最后独眼龙只能服了软儿，给了四斜楞五两银子。四斜楞前脚刚出门，独眼龙就有气无力地骂道：“刘县令这个王八犊子，没事儿的时候老子供着你，一旦有事儿了，你不但不给老子顶着，还派人来拿我。你等着，我非宰了你不可。”

自从奶奶离开三家子码头，谢宝山半个月后才回家。其实他根本没有去哈尔滨，而是跑到悦来镇躲灾去了。

有一天，四斜楞来悦来镇逛窑子，无意中遇到了谢宝山。“好你个谢宝山，我可找了你好几趟了，没承想你躲在这里。走，跟我回县衙去！”

“兄弟！我到底犯了什么法了，你让我去县衙？”

四斜楞说：“那个娘儿们把你给告了，刘县令让我拿你。”

“谁告我呀，我咋地了？”谢宝山假装镇定。

“装，你使劲儿装。在江南一带，谁不知道你们把大掌柜害了，还霸占了人家的财产。”

“谁说我霸占了别人的财产？”谢宝山还想狡辩。

“还敢犟嘴，赶紧拿钱打点打点，要不你和独眼龙的事儿就大了。”

“谢谢官爷指点！”谢宝山终于服软了，他把五两银锭塞到四斜楞手里。

在桦川县告完状，奶奶背起老叔往回走，她每走一步身上的伤都钻心地疼。路上，奶奶遇到一些经过的马车，她本想求人家捎她一段路，可是这些车老板都不怀好意。“小娘们儿，上来呀。你要是让我搂一下，我就送你回家。”

奶奶不愿搭理他们，继续走自己的路。一会儿又赶上来一辆马车，车上坐着几个男人。“大妹子去哪呀？上车让我稀罕稀罕（亲近）呗？”一个人说完便引来哄堂大笑，“是呀，你上来吧。稀罕稀罕怕啥，也不能少块肉。”奶奶一听生气了。“你们一帮大男人欺负一个女人算啥能耐？要稀罕回家稀罕你们家老母猪去！”她气得眉毛都竖起来了。几个男人没趣地赶着马车走了。

奶奶走了两天，终于回到了家。回到家里，奶奶脱裤子查看棍棒伤。裤子都粘在了伤口上，疼得她撕心裂肺，可是她没有掉一滴眼泪。老姑看到了奶奶的伤口，心疼得大哭起来。“娘，这是让谁给打的？”

“是让刘县令打的，老丫头别哭，娘不怕疼。”

“等我长大了，非把那个欺负娘的刘县令杀了不可。”听到老姑的话，奶奶吓了一跳。这么点儿一个小孩儿就敢说杀了刘县令，长大了还得了？

“不许胡说！咱们可是本分人家，不能像胡子一样打打杀杀的。你们都听到没有？”奶奶说完，同时又看了看父亲和两个叔叔。“听到了！”

隔了不到半年，奶奶又到悦来镇县衙告状。刘县令说：“我都派人去拿谢宝山和独眼龙几次了，可是让他们给跑了。你回去等着吧，本县一定还你一个公道。”

奶奶明知道刘县令是在搪塞：“我下次来你再这样推托，我就死给你看！”

奶奶离开县衙时，刘县令问奶奶：“家里有多少土地呀？有几挂车马呀？”奶奶直接告诉他：“车马和粮食早被胡子抢了，家里都要揭不开锅了。”

奶奶告诉刘县令家里被胡子抢了是实情。那年春天，程三响来赵家窝棚砸窑。本来奶奶家在赵家窝棚不是大户，可是因为有了三匹好马，招来了横祸。那年头，胡子拉队伍最需要的就是枪和马，更何况爷爷买的都是鞑子马，最适合骑着打仗。在程三响来砸窑的那天晚上，父亲和几个叔叔都吓尿裤子了。那时，奶奶虽然怀着老叔，但她并没有怕。“车和马你们可以拿走，牛和粮食得给我们留下，要不孩子们都得饿死。”

听到奶奶的话，程三响笑了，心想：这个娘儿们还敢跟胡子讨价还价。他回头对手下说：“把黄牛留下一头，粮食也给留下一点儿。”

等胡子走后，奶奶训斥父亲和几个叔叔说：“看你们那点儿出息，胡子一来就吓尿裤子了，哪像个男子汉？”

父亲尿叽叽地说：“他们都拿着枪和大刀呢，多吓人哪！”

“是福不是祸，是祸躲不过。脑袋掉了不过是碗大的疤，有啥可怕的？”

奶奶后来去东兴镇告状，也没有忘记答谢老中医和大车店那个好心的女人。奶奶去“兴善堂”药房，三角眼女人乐呵呵地迎上前问：“是抓药还是看病啊？我家老头子看病可拿手了，什么怪病都能看好。”她没有认出奶奶。听说奶奶是来答谢老中医时，三角眼女人立刻换了一副面孔：“把钱给我赶紧走吧！”

奶奶到大车店还钱，那个好心的女人说什么也不收。“你一个女人带着一帮孩子过日子已经够难了，这钱我不能要。”奶奶感动得落下了眼泪。

后来，奶奶到桦川县衙告状，父亲总想跟着，都被奶奶拒绝了。奶奶经常对父亲说：“拴柱，你要记住，不管家里出了天大的事儿，都要照顾好弟弟妹子，这样娘才能放心。”

父亲说：“不让我跟着也行，你把老牛骑上，总比走路要快些。”“那可不成，咱家还指望老牛种地打粮呢。”奶奶能够豁出性命，但她舍不得老牛。她想，万一她告状出了事儿，有老牛在还能让孩子们种地有口饭吃。奶奶不让父亲跟着告状，是有她的道理的，因为从古至今凡是告状的都是调皮捣蛋的坏人，不管你有多大的冤屈，忍气吞声的都是好人。

奶奶每次外出告状，都要细致地嘱咐一番，就像临终遗言一样。“拴柱，玉米饼子在房梁的筐里吊着呢。别让弟弟妹子们乱抓，也别太饿着他们。”“宝柱、留柱、翠花，你们都要听大哥的话，别让娘为你们操心。”

每次孩子们都是眼泪汪汪地送走奶奶，特别是老姑，一直哭到看不见奶奶的人影。用不了一天时间，老姑便会哭咧咧地说：“娘咋还不回来呀，是不是掉江里了？是不是被狼吃了？”

“闭上你那乌鸦嘴！”老姑每次都要遭到训斥。

也许是因为老姑的乌鸦嘴，结果奶奶这次去悦来镇告状真的遇到狼群了，还险些丧了命。三十多里路，而且还是冬天，一个小脚女人是怎么走回来的，她又是怎么摆脱狼群的，说起来真是个奇迹。

四眼儿狗被狼咬死后，奶奶彻底绝望了，她手握木棍准备与狼群最后一搏。就在这时，一队人马踏着积雪飞驰而来。马队从奶奶身边跑过，如果不是看到棉被的星火，谁也不会想到这里还站着一个人。

马队还没有走近，狼群便炸了营。也许狼群听到了马蹄声，也许闻到了火药味，反正狼群莫名其妙地跑散了。

孟大虎骑马来到奶奶的身边，起初还在怀疑这里站着的是个鬼魂。看到马队来到身边，奶奶似乎看到了生存的希望。“各位大哥救救我和孩子吧!”

咦！怎么还是个女的？孟大虎问：“你……你是哪个屯的?”

“赵家窝棚的。”

“这深……深更半夜的，你……你一个女人站在这里干啥?”

奶奶说：“我去悦来镇衙门告状，没承想走到这里天就黑了，要不是你们吓跑了狼群，我们娘儿俩早就没命了。”

孟大虎借着火把一看，不光是一个女人，背后还背着一个孩子，敬佩之情油然而生。“真……真是了不起。”他不由自主地说道。

停了一下，孟大虎问奶奶：“你……你咋地了，要……要到悦来镇衙门告状?”

奶奶说：“我男人在三家子码头与人合伙做生意，被人害了，现在活不见人死不见尸。”

“还是跟我……我们回去吧！那个狗……狗官，还能……能替你做主？鬼……鬼才相信呢!”

“我不回，就是死我也要死在悦来镇县衙。”奶奶坚定地说。

孟大虎迟疑了一下。二虎一看，着急了，便说：“大哥，我们赶紧走吧，一会儿巡警追上来就麻烦了。”

孟大虎迟疑了一下，他看奶奶这样倔强，从怀里掏出一张发面饼，又将马鞍上的熊皮睡袋一起扔给了奶奶。“是死是活，就看……看你的造化了。”说完，他挥起马棒一溜烟儿地跑了。

“谢谢恩人，你们是哪儿的?”

“柳条通的!”孟二虎骑着马边跑边说。

孟大虎他们走后，奶奶摸黑向桦川县方向走去。

奶奶这次告状，已经是民国元年（1912 年）冬季，桦川县衙已经从东兴镇搬到悦来镇。

奶奶到了悦来镇，已经是第二天早上。冬天，太阳出来得很晚。奶奶坐在路旁一块石头上将绑腿打开，准备脱下粽子般的棉鞋，抠出里面灌满的积雪。可是，奶奶费了好大的劲儿，也没有将棉鞋脱下来。奶奶心想：坏了，一定是脚和鞋冻在了一起。不能再等了，必须找到一个暖和的地方把棉鞋脱掉，不然这双小脚就彻底冻废了。奶奶一使劲儿站了起来，她左看看，右瞧瞧，也不见一丝灯光。就在这无奈的时刻，她想起了东兴镇的大车店，想起了那个好心的女主人。奶奶心想：要是在东兴镇该有多好啊，可惜这里不是东兴镇，而是悦来镇。奶奶边走边找有灯光的地方，走着走着，她突然发现一个大车店亮着灯。

来到大车店门口，奶奶悬着的心终于落了地，像黑夜里迷路的人见到一户灯光那样兴奋。“吁吁”、“喔喔喔”，一辆拉着粮食的马车从大车店的大门里赶了出来，车辕子的立杆上还挂着一盏马提灯，这是车把式为了赶路才起得这么早。奶奶走进大车店，看到前堂的火盆里燃着红彤彤的火炭。奶奶顾不了那么多了，她扯过一条长板凳，坐在火盆旁将绑腿打开，让红彤彤的火烤着那双粽子般的棉鞋。等到鞋里的冰雪烤化了，奶奶才将棉鞋和布袜脱了下来，露出白净净的三寸金莲。

“哇——”就在这时，在奶奶背上的老叔醒了。奶奶急忙将老叔解下来，正准备给他喂奶。

“瞧，这双小脚多馋人儿。”“嘿嘿，可不是。”不知道什么时候，两个车老板子抱着大鞭子站在奶奶面前。奶奶一慌张，脚碰在了火炭上，她急忙将小脚缩回来盘在长条凳上，用包裹老叔的棉被盖在脚面上。人家都说：“十个老板子九个骚，一个不骚大酒包。”奶奶张张嘴，本想骂他们一通：“要看回家看你娘的小脚去。”可是奶奶不能在人家大车店里骂人，人家没把你赶出去就算烧高香了。

在旧社会，女人最怕被外人看到小脚。你可以看她们的脸，可以看她们的屁股，甚至可以看她们的乳房，可就是不能看她们的三寸金莲。成年女人的小脚，一生中只给一个人看，那就是自己的丈夫，连自己的亲爹也不能看上一眼。

奶奶瞪了一眼那两个车老板子，可是那两个人还没有离开的意思。他们弯着腰，侧着头，眼睛直勾勾地盯着老叔身下的棉被，恨不得钻进去看奶奶的三寸金莲。奶奶索性将老叔的棉被打开，把脚全部包裹起来。那两个车老板子你看看我，我看看你，然后一脸坏笑地走了。刚走出门外，其中一个车老板子说："这三寸金莲贼美，要是晚上搂着这双小脚睡一觉，那该多解乏。"另一个说："可不是，要是能让这个女人陪着睡一觉，就算连续赶上七天七夜的车也不觉得累。"

"伸哪咿呀手，摸呀咿呀妹，摸到啊妹儿头上边噢哪唉哟，阿妹头上桂花香……"其中一个车老板子抱着大鞭子哼起了东北的《十八摸》。

奶奶听到了那两个车老板子的话，肺都要气炸了，她恨不得上前把那两个坏种的脸挠成土豆丝。

奶奶一看周围没了人，赶紧把布袜烤干套在脚上，然后急忙烘烤滴着水的棉鞋。

早上，太阳终于出山了。"大妹子，怎么又是你？"听到有女人说话，奶奶一抬头吃惊不小。她在怀疑这是东兴镇还是悦来镇，莫非自己走错路了？ "大嫂，这……不是悦来镇吗？怎么……"

没等奶奶说完，那个女人便打断奶奶的话。"对呀，这就是悦来镇呀。我们家大车店刚搬来不久。"奶奶有点儿像做梦，半天没有缓过神来。

稳了稳神儿，奶奶歉意地说："大嫂，没承想又给你添麻烦了。"

"什么话，出门在外，谁还能没有个难处？"好心的女人接着说，"要是你不嫌弃的话，咱们也算有缘分，就认个干姐妹吧，以后也多个亲戚走动不是？"

奶奶又受不了了，眼圈突然红了起来。她没有想到，在自己落难的时候，又在悦来镇遇到了这个好心的女人，人家还主动认干姐妹。俗话说，穷在大街无人问，富在深山有远亲。要是一般人，一看到奶奶落魄的样子，早就离得远远的，生怕穷人粘上边儿抖落不掉。再说，奶奶现在已经成了一个寡妇。按照习俗，这样的女人克夫，不吉利。论年龄，那个好心的女人比奶奶大，奶奶称她为干姐姐，她称奶奶为干妹子。后来我们才知道，这个女人的婆家姓战，娘家姓黄。我父亲那一辈儿叫她黄大姨，到了我们这一辈儿应当叫她黄姨奶。

话说昨晚，孟大虎他们砸窑后回到了柳条通。他们没有马上睡觉，而是按照胡子的规矩，干成一绺子活儿后喝起了庆功酒。因为干胡子这一行不管哪朝哪代，都不是正道，有今儿个没明儿个的。要不是这个社会逼的，孟大虎可是个种地的好把式。

喝酒的时候，孟大虎对弟兄们说："刚……刚才在野外，碰……碰见的那个女人，真……真是了不起。就……就算一个大老爷儿们，有……有枪有马，也……也对付不了一个狼群，恐……恐怕早就吓尿裤子了。"孟大虎喝了两口酒，磕巴得更厉害了。

二虎说："别议论她了，恐怕现在早就进了狼肚子里了。咱这个地方狼群成百上千。"

张柏说："我看未必，人要是有这股劲儿，鬼神都害怕。"

孟大虎摇了摇头，"看……看来，她……她真是有天大的冤屈。"

正说着，孟大虎的儿子小虎光着屁股揉着眼睛来到孟大虎跟前。"来……来儿子，跟老子庆……庆贺一下。老……老子今天发财了！"说着，他把光着屁股的儿子往羊皮大氅里一裹，用筷子在大碗里沾了一滴酒，送到孟小虎的嘴里。

张柏看到孟大虎给儿子喂酒："大当家的，你也真是没正溜儿，这么大点儿的孩子，你怎么能让他喝酒？"

"哈哈哈，我……我孟大虎的儿……儿子，不……不能喝酒咋行？将……将来，我……我还指望他打天下呢！"

那年冬天，奶奶去悦来镇告状的第四天中午，她颠着小脚背着老叔回到家，还没等迈进门槛儿，就一头栽倒在院子里。我爹和二叔把老叔解下来，又将奶奶抬到炕上。

奶奶回到家里，躺在炕上不省人事。这下可急坏了父亲，赵家窝棚没有中医和药铺，要想请中医得到二十里外的浩立岗。"娘、娘，快醒醒！"父亲、二叔、三叔都在叫着。老姑哭着说："娘，你可别死呀！你死了，我可咋办哪！"

"都怨你那张乌鸦嘴。"二叔有些急了，举起手要打老姑，被父亲拦住。父亲回头对二叔说：“先给娘烧点儿开水喝，看看能不能缓过来。”

听到父亲的话，老姑光着脚丫跳到地上，用葫芦瓢舀来半瓢凉水，掰开奶奶的嘴就往里灌。父亲把水瓢打翻在炕上。“你想呛死咱娘呀?”听到父亲训斥，老姑委屈地哭了。

没想到，老姑这点儿水还真管用，奶奶渐渐苏醒了过来。

奶奶可能是饿晕了，她下地一看锅里有苞米面粥，也不管冷热，操起铁饭勺就一通狼吞虎咽。

过了两天，奶奶张罗着把自家的六十垧新开的熟地卖了，只给家里留下两垧地。父亲问：“娘，你卖地准备告状送礼啊?”

“我宁可喂狗，也不给那个狗日的刘县令送礼。”奶奶没好气地说。

六十垧地只卖了四十五两银子，奶奶拿出十两银子对父亲说：“你敢不敢去柳条通?”父亲看了看奶奶，“去柳条通干啥，那里不是胡子窝吗?”“这个你不用管了。你去找他们大当家的，就说我谢谢他的救命之恩。”听了奶奶的话，父亲还没明白，杵在那里不动。

“你去不去，不去我自己去!”奶奶说着就要出门。父亲最怕奶奶离开家，这一年，奶奶因为告状，都让父亲担心死了。“娘，我去。”父亲壮着胆子说。

送走了父亲，奶奶把家里家外重新拾掇了一遍。这几天奶奶不在家，家里家外造得扬儿翻天。父亲不会做饭，每天只知道给叔叔姑姑煮玉米粥，还经常把粥煮串烟，那个串烟味儿一闻都恶心。

父亲走了六七天也不见他回来，奶奶有些急了，难道老大出事儿了？此时，奶奶有些后悔，当初不该让儿子去送银子。在父亲去柳条通的第八天，奶奶再也坐不住了，她背起老叔去了柳条通。

原来，父亲来到柳条通，将十两银子交给孟大虎就想回家。可是，孟大虎说什么也不要钱。“银……银子我不要，你……你也先别着急走，在……在这里玩儿两天再回去吧!”

父亲没见过世面，看到柳条通的枪挺好玩儿，拿起枪摆弄起来，一不小心枪走了火，差点儿把人家的马打死。父亲吓得够呛，脑袋上腾腾冒虚汗，可是孟大虎不但没有生气，还让孟二虎教父亲如何打枪。晚上，父亲与大伙儿一起吃饭。这回父亲才见识到，什么叫大块吃肉，大碗喝酒。因为父亲从来没吃过这么多肉，那天晚上把他撑得走不动路了。

孟大虎问父亲："肉……肉香吗？"父亲说："香。"孟大虎又问："枪……枪好玩儿吗？"父亲说："好玩儿。""那……那你别走了，在……在这里入伙吧。"父亲不懂什么叫入伙，就说："行！"

正喝酒时，土城外响起了枪声，屋里的人全部操起了家伙往外冲。父亲也拿起一支枪跟着他们。孟大虎回头看到了父亲，便对孟二虎说："你……你照顾好这孩子，千万别让他伤着。"说着，孟大虎冲到了墙边，向外射击。

孟二虎拉着父亲猫着腰，子弹"嗖嗖嗖"像流星般从父亲的头皮划过。孟二虎按住父亲的脑袋，让他趴在土墙下，他举起匣子枪便打。父亲刚开始觉得有些害怕，后来也壮起胆子开了枪，结果被枪坐了个跟头。二虎看着好笑："把枪顶稳，瞄准再搂火。"父亲又开了几枪，这回他没有被枪坐倒。

原来墙外来的是老来好，他听说孟大虎在他的码头上抢了很多银子，他是来要银子的。

老来好在这一片也算出名的胡子，手下有九十多人。今晚他带来五十人，想教训一下孟大虎，让他把抢来的银子吐出来。孟大虎这边虽然只有二十多人，却让老来好损失惨重，打死了十五人，打伤了十二人。孟大虎手下也死了一人，伤了七人。打了半个时辰，老来好拼命地将死伤弟兄全部抢走，这场激战才算结束。

第八天，孟大虎在屋里喝酒，听到有人喊："大当家的，那天晚上遇到的女人来了。"孟大虎一惊，她怎么来了？

孟大虎乐呵呵地走出大门说："大……大妹子，进……进来坐吧！"

奶奶说："不进去了，我来看看我家老大在不在你这儿？"

"在……在……"

“你让他出来，我领他回家。”奶奶说。

“他不回去了，在这里入伙了。”这时，孟二虎走了出来。

奶奶说：“恩是恩，情是情，理是理。你们救了我的命，我感谢你们。我让孩子给你们送银子，可是你们也不能把孩子给扣下呀！”

“大……大妹子，你误会了，我……我可没扣下他。”

“那好，让他出来跟我回家。”

“这年头让他回家干啥？还不如留在我们这里，有吃有喝有钱花。”孟二虎对奶奶说。

“我男人没了，家里就他这么一个主要劳力，那些地还指望他种哪！”

“地里能刨出几个钱来，到时候让他把钱送回去，还愁没吃的？”

“那可不行，我还指望他给我做个帮手呢。”奶奶坚定地说。

“娘！”这时候，父亲已经走出大门。

“就……就让拴柱回去吧，这也是个讲信誉的人家。”

“谢谢了！”

父亲走到奶奶跟前。奶奶问：“把银子给他们了吗？”父亲说：“他们不要。”“那咋行，拿来。”奶奶伸出手。父亲把银元宝拿出来，奶奶接过来放在地下。“孟大哥，银子给你留下了。”

孟大虎一看也没办法，只好说：“先……先存放在我这儿，等……等以后你们有啥难处了，你……你打发孩子来拿呀！”

奶奶背着老叔，领着父亲一步三摇地走了。

“拴……拴柱，有时间来玩儿呀！”孟大虎说。

奶奶和父亲走了不远，孟二虎赶着马爬犁追了上来。他说要送奶奶和父亲回家。

别看奶奶出身穷苦人家，但她瞧不起整天打打杀杀的胡子。奶奶宁死也不会让父亲当胡子，更不会让孟二虎用马爬犁送他们回家。

自从奶奶开始告状，刘县令没少借机勒索谢宝山和独眼龙。谢宝山一合计，这样下去也不是个事儿。一天，谢宝山拿着二百两银票来到县衙找刘县令。“我给你带来二百两银票，以后那个娘儿们再来告状，你把她押进大牢想法弄死，这样咱们都清净了。”

刘县令捋着山羊胡子，两眼眯缝着看着谢宝山不说话。他心想：那娘儿们死了你倒清净了，可是我的财路呢？想断我的财路，没门儿！

谢宝山看透了刘县令那点儿心思，笑嘻嘻地凑到刘县令跟前。“二百两银子不少了，如果不是看在往日的情分上，我才不会找你呢。我用不了二十两银子，就能找人把那个娘儿们做了。”

“这是大清的天下，岂容你胡作非为？”刘县令正襟危坐，摆出一副县太爷的架势。

谢宝山诡秘地一笑：“刘大人，大清还有天下吗？我听说，宣统早就退位了，袁世凯已经当上了大总统……”谢宝山只把话说了一半，后半句他想说：说不定哪天你就下台了呢，给你二百两银子就知足吧！

刘县令听后吃惊不小，心想：这小子怎么听说大清倒台了？他缓和了口气说：“可不许对外人胡说，不然惹出麻烦来，你吃不了可得兜着走。”

“那么，你同意了？”谢宝山诡秘地一笑，刘县令也笑了。

走出县衙门，谢宝山给了三老歪十两银子，让他在奶奶来告状时通知自己。

奶奶卖完地后，花一两半银子买了一头毛驴，还编了两个柳条筐，搭在驴身上。奶奶做好了打不赢官司不罢休的打算。这段时间，奶奶是一门心思地想把爷爷的码头要回来，让那两个浑蛋为爷爷偿命。

可是奶奶哪里知道，黑龙江这个边陲省份，此时正处于政权半真空状态。清朝旧势力仍然根深蒂固，这里的平民百姓根本不知道有个辛亥革命，也不知道有个民国政府，他们只认大清，所以衙门还是那个衙门，县令还是那个县令。在这种混乱的情形下，要想打赢官司比登天还难。可是奶奶不管这些，她就是认准一个死理儿——杀人偿命，欠债还钱。

第三章　以死相拼

民国二年（1913 年）的冬天。奶奶想，这状告了两年了，始终没有个准信儿。有人告诉奶奶，谢宝山和独眼龙比以前更扬吧了（牛了）。奶奶听了，心里这个气呀，这年头真像人们说的没有天理了？不行，不能让那两个鳖羔子再得瑟下去，得趁着封江时候，去问问那个刘县令，这天下还有没有公理了？

奶奶去悦来镇那天，鹅毛大雪下得纷纷扬扬，天地间白茫茫的一片，看不清村庄，看不清道路，整个儿世界都是迷茫的。

东北的下雪天不是很冷，奶奶背着老叔骑着毛驴，又来到悦来镇县衙告状。刘县令在大堂上，并没有像前几次那样劝奶奶。他那张脸比天还要阴沉："你还有完没完了？"奶奶也不让劲儿："你不是说一定为我主持公道么，怎么了，是谢宝山和独眼龙给你送礼了吧？"奶奶的顶撞让刘县令很没面子。"大胆，来人呐，给我重打五十大板！"听到刘县令的话，几个巡警一拥而上想按住奶奶打板子。没想到奶奶突然站起来，一头撞在刘县令的文案上，头上顿时鲜血如注。在场的人都被奶奶的举动惊呆了，谁也没有想到奶奶这样刚烈。等大伙都稳住了神儿，师爷上前用手试了试奶奶的鼻息。"死了，拖出去喂狼吧！"两个巡警答应一声，将她拖出大堂。

奶奶被拖出县衙后，刘县令让三老歪给谢宝山送信，告诉他赵宋氏已经撞死了，让他放心。三老歪在谢宝山那里勒索了十两银子回到悦来镇。

送走三老歪，谢宝山心里高兴。“媳妇儿，给我们炒四个菜，我要和三掌柜喝几盅庆贺庆贺！”

因为奶奶告状，这些年来谢宝山和独眼龙说是不在乎，其实每天都在提心吊胆。他们怕万一刘县令翻了脸，他们就要倒霉了。这回好了，奶奶一死，他们彻底静心了。

第二天，谢宝山给独眼龙拿了一百两银子，让他送给刘县令。可是独眼龙只给刘县令送去了五十两，余下的五十两他拿着去了赌场，在那里连着赌了十来天也没回来。

独眼龙去悦来镇的第六天晚上，他赎回的女人杏花来找谢宝山。“谢大哥呀，你说独眼龙这些天也不回来，是不是又在悦来镇看上哪个窑姐了？”她见谢宝山没有回答，继续说，“你说他这个人只顾自己舒坦了，害得人家独守空房，你说这像话吗？”谢宝山坐在前堂想着自己的心事儿，没有在意杏花说什么。

“谢大哥，谢大哥，你看，你看这像话吗？”谢宝山也不知道杏花让他看什么，猛然一抬头，吃惊不小。这大冷的天儿，杏花穿着单薄的旗袍，高高隆起的前胸衬托着妖精般的身段，莲步轻摇，浪气四溢，脸上描画得妖冶惊艳。杏花渐渐地向谢宝山靠近。谢宝山不看则罢，一看顿时坐卧不安，心旌摇曳。“这个么……这个么……”谢宝山一时间心绪大乱，说起话来结结巴巴。

后来，杏花又和谢宝山说了些什么，他大脑一片空白，根本没有记住，只记得杏花在临走时不停地说：“谢大哥，谢大哥，我走了，我可走啦！”还有那秋波传情，狐媚勾人的眼神。

杏花刚走出门，谢宝山便鬼使神差地站起来。“干啥去，让那狐狸精把魂儿勾走了？”这时，他的女人从后屋走了出来。

谢宝山也发觉了自己的失态，他故意咳嗽一声：“我出去查看查看护院偷懒没有。”说着，装作一本正经的样子走出前厅。谢宝山在三家子码头大院转了一大圈，不仅查看了各个方位的岗哨护院，也查看了杏花的住房。当谢宝山来到杏花的门前，大老远就听到她浪声浪气地说：“来呀，谢大哥，炕上暖和，快来坐呀！”

谢宝山装成若无其事的样子走进房里。杏花急不可耐地抓住谢宝山的手：“谢大哥，外面冷吧？”谢宝山本来想把手抽回来，可是那只手就是不听使唤，任由杏花那细软的手揉搓着。

杏花发现谢宝山的眼睛直勾勾地看着她。“瞅瞅，瞅瞅，这手都冻红了。来嘛，我给你捂一捂。”说着，她解开旗袍将谢宝山的双手抓住放在乳房上。刚开始，谢宝山像个木偶一样任由杏花摆布。可是渐渐地，他的大脑开始苏醒了，双手在杏花的胸前、腰下不安分起来。随着杏花的呻吟声，谢宝山被撩哧得不能自拔，两个人便滚到一起……

第二天天色大亮，谢宝山醒来发现自己躺在杏花的腿上。他不想离开昨晚颠鸾倒凤的梦境，也不想离开杏花光滑的大腿。谢宝山想：自己曾经逛过无数窑子，睡过的窑姐能站成两大排，可是没见过一个像杏花这样会撩哧人的，怪不得当初独眼龙这小子鼻涕一把泪一把地非要把杏花赎回来呢。

在独眼龙没有回来的几天里，谢宝山每天都要到杏花那里“查看”。他心里清楚，独眼龙不把银子折腾光是不会回到三家子码头的。

也是这年的冬天，孟大虎因为买枪、买马花光了积蓄。马上快要过年了，他手下弟兄和家里人还等银子过年呢。抢谁呢？突然，孟大虎想起奶奶告状的事情，想到了告状的事情便联想到了三家子码头。对，就抢这两个不仁不义的王八羔子。

在去三家子码头砸窑之前，孟大虎对张柏说：“张……张老弟，你……你去三家子码头踩踩盘子。”张柏说：“好嘞！”张柏是柳条通的军师，以前他在依兰府教过私塾，当过记账先生。张柏经过一番打扮，果真像个读书人。他头戴卷檐狐皮帽，身穿细布长衫，脑后一条溜光水滑的大辫子，迈着八字步，一副清代贡生的范儿。打扮完毕，马夫给他牵过一匹鞑子马，张柏稳稳地骑上向三家子码头奔去。

听说要到三家子码头砸窑，孟二虎说：“对，就抢谢宝山和独眼龙这两个狗日的。”“对，不抢他们抢谁呀！这两个伤天害理的家伙，不能让他们过上安稳日子。”半拉子附和着说。胖猪说：“大当家的，还踩什么盘子，晚上带人砸了码头不就行了？”“你……你懂个屁，小孩儿伢子，少……少跟着掺和。”孟大虎训斥道。

现在孟大虎绺子比以前强多了，虽然人马不多，但武器精良，清一色的德国造，这都是他费了好大的劲儿花高价买来的，而且武器的数量多到可以每个人配发三四支枪。不像当初起家的时候，只有土炮、扎枪和大刀片。这些洋枪和马匹，有的是拜把子兄弟关爷资助的，有的是砸虞姬堂窑子抢来的财宝换的。

太阳擦山时，张柏回来了。孟大虎问："咋……咋样?"张柏喝了口水说："没问题，现在三家子码头只有谢宝山在家，护院只有十五六杆枪，而且大多数都是洋炮。"

"谢宝山没有问你去干啥呀?"孟二虎急切地问。

"问了，我说是依兰来的，听说他们那里缺个记账先生，想到三家子码头讨口饭吃。"

"谢……谢宝山没看出啥破绽吧?"孟大虎别看表面粗鲁，但到关键时刻很细心。他早就听说过谢宝山为人狡诈，心细如丝。

"没有，我看他心不在焉的样子，就说过两天再来听信儿。"张柏解释道。

摸清情况后，孟大虎领着二十八个弟兄从柳条通出发时，太阳已经下山了。孟大虎想，反正到三家子码头砸窑，时间也来得及，不如顺路到关家亮子讨碗酒喝。

"砰砰啪啪!"在距离关家亮子不到三里远时，听到前面响起了枪声。"不……不好，有……有人在关家亮子砸窑了!"孟大虎说着，打马向关家亮子大院方向冲去。孟二虎、葛小亮、胖猪、尿瘪子、半拉子一帮人，也打马跟了上来。

三里路，骑马不足一袋烟的工夫就到了。在距离关家大院三百米远的地方，孟大虎便从这伙胡子背后开了火。这伙胡子也不是善茬子，他们依仗人多，兵分两路，一路继续攻打关家大院，而另一路掉头与孟大虎开战。开始的时候，由于孟大虎他们用的都是德国造，虽然射速快，但射程近，发挥不了作用，所以吃了不少亏。没打几下，孟大虎手下死了七八个人。孟大虎一看，急了，骑着马向这帮胡子冲去。等冲到跟前才看清楚，原来这伙胡子是蒋一刀的人马。看到孟大虎不要命地向前冲，蒋一刀举起匣子枪向孟大虎射击，正好打在他大腿上，孟大虎"哎哟"一声栽到马下。蒋一刀又是两枪将马放倒，孟大虎隐蔽在马后还击。就在孟大虎换弹夹的时候，蒋一刀骑马冲了过来。孟二虎一看不好，一梭子弹扫射过去。蒋一刀一低头，子弹从头皮擦过，吓得他拨马便跑。孟二虎喊："弟兄们，给我追，一个活口不留!"

蒋一刀一看形势不好："给我顶住!"手下人拼命阻击孟二虎的人马，结果被打得全部丧命。只有蒋一刀带着八个人，以教堂作掩护向孟二虎还击。孟二虎怕逼急了，蒋一刀穷凶极恶伤到教堂里的孩子，放了他一马。

孟大虎受伤后，他解下腰带死死地勒住大腿根不让血流出来。"妈的，点……点亮子!"手下立即点起了火把。

"哈哈，院外的英雄，难道你是天兵天将，是玉皇大帝派你们来的吧?"这是关家亮子的东家在说话。

"关……关大哥，你……你都被蒋一刀打成这个熊样了，还有……有闲心胡扯!"孟大虎对着高墙嚷嚷着。

"哎哟，我说呢，原来是孟老弟来了。快开门，快开门!"关爷赶紧下了炮台出门迎接。

门一打开，关爷看到孟大虎的腿不停地滴着血，可把他吓坏了。"我的妈呀，孟老弟，你要是完犊子了，我这个当哥的可咋活呀?"接着他向院里喊，"陈先生，陈先生!"关爷没好声地叫着。

"没……没事儿，不……不过是让狗咬了一口。"孟大虎满不在乎地说。

关爷将孟大虎抬进大院时，孟大虎的腿还在滴血。"陈先生，快给孟老弟瞧瞧。"

陈先生是个医生。关家亮子是大户人家，有良田千顷，一个鱼亮子和二十条渔船，还有二十几挂大车马，仅扛活的伙计和护院大排兵就有一百多人，还请了专职的医生。

陈先生用剪刀挑开孟大虎的棉裤，一看是穿透伤，子弹并没有留在大腿里。陈先生给孟大虎的伤口消完毒，在伤口处上了一些红伤药，用绷带把伤口缠好，让他躺下休息。

这时候，孟二虎带着人马回来了。"大哥，伤得不轻吧，要紧不?"

"没……没事儿，这……这点儿小伤算啥，别……别乍乍呼呼的。”

“都伤成这样了还说没事儿，要不是我眼尖看到蒋一刀杀过来，你早没命了。”孟二虎嘟囔着。

“就……就你能，你……你厉害行了吧！”

孟二虎看着大哥，既心疼，又觉得他可气，但又不好说什么。孟大虎问：“对了，咱……咱们伤了多少弟兄？”

“现在还不知道呢，反正没少死人。”孟二虎回答道。

“让……让关大哥套挂马车把他们都拉回去厚葬，回……回去后别忘了给每家多送点儿银子，看……看来我得在这里养几天伤了。”

这次孟大虎与蒋一刀接火，双方都损失惨重。孟大虎绺子伤的不算，共死了十八人。蒋一刀绺子五十多人只跑了八个。

孟二虎领着手下走后，孟大虎问关爷：“按……按理说，在……在这一片儿不该有人砸关家亮子呀，难……难道你跟蒋一刀结梁子（仇）了？”

“哈哈，孟老弟呀，你还不知道我么，交朋友还交不过来呢。我能跟谁结梁子呀？”

关爷的话一点儿不假，在北大荒这个地方，五百里之内没有不认识关爷的。早年，他父亲是私塾先生，可是他没有继承父业，而是到商铺里当学徒。学徒期间，关爷就显示出非凡的经商才能，他精明、干练、能吃苦，最讨顾客喜欢。本来他可以在商铺留下来，可是家里硬给他找了个媳妇儿，从此他干起了货郎。他走屯串户卖针头线脑、烟锅烟嘴、花生大枣，不管到哪个屯，跟前都会围着一群人。有钱的可以用现钱买，没钱的只要你吱一声先赊着。不卖货时，他就把在外面遇到的奇闻怪事儿讲给大家听。关爷的口才好，说话幽默，大家都愿意与他接近，所以他还能混个白吃、白喝、白住。关爷有本事，别的货郎见到胡子就跑，可是他竟敢到胡子窝里卖东西。时间长了，五百里之内那些绺子都成了他的朋友。十几年后，关爷在东兴镇开了一个巨丰绸缎庄和一个巨丰号杂货铺，还在放荒时买了一千多垧荒地，截了一个鱼亮子，置办了渔船，家业越来越大。有了钱，他便仗义疏财，修桥补路，接济穷人。关爷从来不小看穷人，他每次骑马从东兴镇回家，路上遇到穷人都要下马说上几句话，抽一袋烟，唠唠家常。如果遇到要饭的、逃荒的，他都要把人领回家里给顿饱饭吃。特别是冬天，每年都要收留百八十人在他家过冬，没有棉衣给做棉衣，没有棉鞋给做棉鞋。能干活的帮着扫扫院子、挑挑水，不能干活的关爷也不嫌弃。等到来年开春，如果讨饭的、逃荒的愿意留下扛活，关爷给工钱。如果不愿意留下的，关爷就给盘缠将人送走。关爷对本屯的百姓也好，关家大院与屯子只有三百多米，他不仅经常接济他们，还教化他们行善。别看关爷是满族人，在黄旗，也能接受西方进步思想和经商经验。北京、天津、沈阳、长春、哈尔滨，他经常去做买卖，见过大世面。他还从天津带回来一个牧师，在屯子里建了一个基督教堂。

孟大虎也纳闷儿，这样一个菩萨心肠的人，蒋一刀怎么会来砸关家亮子呢？

奶奶走了五天也没有回来，父亲和叔叔、姑姑每天都要到村头张望。家里没了奶奶，这帮孩子就没有了主心骨，整天无精打采。父亲见奶奶这么长时间不回，便想起了奶奶每次出门前嘱咐的话。“拴柱呀，万一家里出了大事儿，你照顾好弟弟妹子。”想到这里，他不觉出了一身冷汗，难道奶奶真的出事儿了？父亲急得整天整夜睡不着，没过几天，他因为着急上火满嘴起水泡。每到晚上，父亲都要将油灯点亮，好让奶奶夜里回来时能看到家。这也是东北人的风俗，谁家有人出门不归，家人都要在夜间点亮灯，盼望着亲人归来。第六天，父亲终于挺不住病倒了。这回家里更乱套了。二叔急得不行，自己偷偷揣了两个玉米饼，拿了一把镰刀去悦来镇找奶奶。傍晚，父亲迷迷糊糊醒来，发现二叔不见了。父亲爬不起炕，三叔和老姑又小，只能瞪眼干着急。哎，听天由命吧！

孟大虎在关家亮子调养了一周，腿逐渐消肿了。他说什么都要回柳条通，关爷再三挽留，可是孟大虎说不放心家里。没辙，关爷只能让两个大排兵套上一挂马车送孟大虎回家。临走时，关爷包了三百两银子让孟大虎带上。“孟老弟，这次多亏你及时相救，这点儿小钱儿不成敬意，你先拿着！”

“是……是瞧不起我，还……还是咱们就此绝交了？要……要是想就此绝交，我就拿着。”听了孟大虎的话，关爷只能无奈地收回银子。临走时，陈先生再三嘱咐孟大虎，回家后三个月内不许碰女人，否则枪伤复发可不是闹着玩儿的。

路上，孟大虎心情不错，与两个大排兵和车老板子侃起大山。“孟爷，你这辈子睡过几个女人呀？”

“你……你小子咋不去问问你老婆，一……一生中睡过几个男人呢？”孟大虎接着说，“你……你以为我们当胡子的就可以随便逛窑子呀？窑……窑姐也不容易啊，挨……挨嫖客欺负不敢吱声，受……受老鸨的窝囊气连屁都不敢放。不……不瞒你说，我……我有两个老婆都是在窑子没开包之前，赎……赎出来的。我……我看她们可怜。”怪不得孟大虎在虞姬堂砸窑时，那么同情窑姐呢。

车老板子自豪地说：“孟爷还不如我哪，我这一辈子都睡过三十多个女人了。”

“我……我也不亏，不……不是跟你吹，前年我在哈尔滨还睡过老毛子娘儿们呢！你……你睡过呀？你……你闻过那膻哄哄的洋葱味啊？”

一议论起女人，这几个男人的眼睛都瞪得滚圆。

当大马车路过悦来镇郊外时，孟大虎远远地看到两个警察在使劲儿拽着一头毛驴。可是这头毛驴硬是不跟着他们进城，它一会儿向后坐，四个蹄子牢牢支在地上一动不动；一会儿掉头尥起蹶子，踢向另一个警察。两个警察轮番抽打毛驴，可是这头毛驴来了犟脾气，又是咬又是踢。

“哈哈，好……好玩儿！”孟大虎坐在车上，看着这头毛驴跟两个警察较劲儿。

两个警察一看来了一挂马车，一撒手往城里跑了。这头毛驴被撒开后掉头往西跑，在一堆黑乎乎的东西前停下，用嘴使劲儿地拱着。

“哈哈，好……好玩儿！”孟大虎刚说完，感觉有些不对劲儿，“停……停下，你们俩过去瞅瞅那是什么玩意儿。”

“吁——”车老板子一勒手闸，马车停了下来。两个大排兵操起枪下了车，一个人说：“是不是哪个绺子砸窑时被人撵的，把金银财宝掉在野外了？”而另一个说：“要是金银财宝我们今天可发财了。”

去了一会儿，两个人跑了回来。“太吓人了，那里躺着一个满脸是血的女人，脑袋好像被打了个窟窿。”

“啥，那……那是个人哪！”

“可不是嘛。”

“你……你没瞅瞅她死了没有？”

“好像没死。”一个大排兵接着说，“即便没死，我看也够呛了，脑袋还往外淌血呢！”

“不行，跟……跟我去瞅瞅。”孟大虎说完从车上下来。两个大排兵扶着他。

“孟爷，你别管闲事儿了，这年头死个人算啥。”车老板子劝孟大虎。车老板子说的是实情，他见过的死人多了，隔三差五便能在路旁看到一个冻死的，有的甚至让狼撕扯得不成样子。

两个人扶着孟大虎来到那个女人身旁，她的头和脸跟血葫芦似的，用手试试鼻息，果然还有气儿。“马……马上把人弄上车，回关家亮子。”这时，孟大虎才看清楚，那个女人身上还背着一个孩子。

两个护院将孩子解下来，将那个女人抬上了车。“快……快回关家亮子。”孟大虎焦急地说。几个人上了马车，那头毛驴也跟在车后。

“哈哈，这……这头毛驴有点儿意思，这……这娘儿们肯定是它的主人。”

快到关家亮子的时候，那个孩子哭了起来。“娘，饿。娘，饿。”几个人也没有理会他。大马车一到关家大院，孟大虎便喊：“快……快叫陈先生！”其中一个大排兵也跟着喊：“陈先生，麻溜过来瞧瞧。”

陈先生连跑带颠地出来，他以为孟大虎出事儿了。可是他跑到马车前一看，孟大虎好好的。这时，关爷也从房中跑出来，他看了一眼车上的女人：“麻溜地，救人哪！”大伙一起动手，把那个女人抬进陈先生的房里。关爷真是个菩萨心肠，他不管穷人富人，有难一定相帮。

这时候，老叔饿得又哭了起来。关爷对家人说："抱去给这个孩子弄点儿粥喝。"不一会儿，家人又将老叔抱了回来。"这孩子宁死也不喝粥，他说要吃奶。"

关爷说："是不是这孩子还不会吃饭，麻溜地让老二给他喂喂奶。"关爷的二姨太，也生了个男孩儿，叫关思恩，都五六岁了也不怎么吃饭，就是恋奶。

把孩子抱走后，关爷小声对孟大虎说："哈哈，这个小东西还挺会要的，我老婆的奶连我都舍不得吃，他倒吃上了。"

听了关爷的话，孟大虎忍不住大笑起来。"哈哈，关……关大哥，你咋那么有才呢！"关爷冲着孟大虎诡秘地一笑。

陈先生给那个女人上完红伤药，用纱布将她的头缠了起来。孟大虎看着那个女人似乎有点儿面熟，但他也不敢确定，因为那个女人的脸有些肿。"嗯，好……好像是……"孟大虎"是"了半天，也没有说出来。

"孟老弟，你认识这个女人？"关爷问。

"我……我也不敢认，好……好像是三家子码头大……大东家的女人！"

"你们见过面？"见关爷问，孟大虎便把奶奶如何去悦来镇告状，如何遇到狼群，如何给他送银子报恩说了一遍。

"看来这也是个了不起的女人，让她在这里养好病再走吧！"接着关爷又说，"呵呵，人不留天留，今晚咱哥儿俩得好好喝两盅。""对，喝……喝酒活血，枪……枪伤好得快。"关爷扶着孟大虎往外走。走出陈先生房屋，他吩咐家人给奶奶腾出一间房子。

奶奶真是撞得不轻，半天一夜过去了，可她还是没有醒来。二姨太为了方便给老叔喂奶，带着思恩与奶奶住在一起。这一宿，虽然有丫鬟陪着，但二姨太也很害怕。她怕奶奶万一死在炕上，那该有多吓人哪！

第二天早上，二姨太实在困得难受，给老叔喂完奶领着思恩回到自己房里。丫鬟去伙房给奶奶熬粥。这半天一夜，奶奶只喝了几羹匙温水。快到中午时，老叔又饿了，他拼命地哭闹："饿，饿！”丫鬟来到二姨太房里，一看她睡得正香，也没敢惊动。

“哇……哇……”老叔还在拼命地哭着。就在这时，奇迹出现了，奶奶在昏迷状态下，将老叔搂在怀里，把奶头塞进老叔的嘴里。丫鬟回来一看，赶紧去叫陈先生。陈先生来摸摸脉，说奶奶能醒过来，马上给她喂点儿小米粥。奶奶一会儿昏迷一会儿半醒，就这样，五天时间过去了。

说来，人真是个奇怪的动物。孟大虎伤了那么多弟兄，他没有担心难过，可是在野外救了奶奶，还挺为她担心，所以一直没走。

也许奶奶命不该绝，她终于在第七天醒了过来。

原来，那天两个警察用毛驴把奶奶驮出城外，一个警察说：“一会儿把这娘儿们扔掉，咱们把毛驴牵回去卖给驴肉馆换酒喝。”另一个警察说：“这个睡觉的孩子好像是男孩儿，问问有没有人要，把他也卖了换酒喝。”

“这年头大人都活不起，谁还愿意花钱买这个累赘，还是让他一起喂狼吧！”

正在两个人对付这头驴时，孟大虎他们赶着马车过来了。警察看见马车上一帮人，才撒开那头驴跑了。

奶奶醒来后，听说是孟大虎和关爷救了她，想起来找二位谢恩。可是她刚一起身，脑袋突然一阵儿眩晕，一头栽倒在炕上。“哈哈，先别急着起来，等好利索了再说。”这时，关爷和孟大虎一起走了进来。

第十天，奶奶能够下炕了。在谢恩的时候，奶奶对关爷说：“帮我写个状子吧！”

“你写状子干啥？”关爷问。

奶奶说：“我要到依兰府衙去告状。”

“依……依我看哪，你……你就别费劲儿了。哪天，我带人去三家子码头，把……把那两个混蛋收拾了算了，省得你告状还……还费事儿。”

“我看她到依兰府衙告状也是个办法，如果你砸了窑把人弄死，她到哪里去要回码头啊？再说，刘县令还不找你算账啊？”

“我……我可不尿他，不像你们怕什么官府，我……可不怕。”

“还是依着她吧！”关爷到书房里为奶奶写好了状子。状子是这样写的：

道台大人：

民女赵宋氏，状告桦川县东兴镇三家子码头谢宝山和独眼龙害死我夫君。民女夫君赵启明与谢宝山、独眼龙合伙在东兴镇开办码头做木材生意。那两个人见财起意，将民女夫君害死，至今活不见人死不见尸，还霸占了我家财产。二犯罪恶滔天，天理难容。民女多次到桦川县衙告状，不曾想刘县令与谢宝山、独眼龙沆瀣一气，要将民女活活打死。民女无奈，只能以死相拼，头撞文案气绝，后被衙役扔到郊外。民女命大，被好心人相救苟活今日。望道台大人明镜高悬，为民女申冤，惩治恶犯，还我码头，以慰夫君在天之灵。

民女赵宋氏顿首

这份状子写得好，不仅将谢宝山和独眼龙告了，还将刘县令一起告了。

到第十一天头上，奶奶执意要回家。关爷一看也留不住，就让陈先生给奶奶抓了几服汤药带回家调养。

孟大虎让奶奶跟他一起走，顺路将奶奶送回家。可是奶奶说什么也不让，她坚持要自己骑驴回家。别看奶奶落魄，但她的思想很传统，不想与任何男人同行，更不想与胡子有任何瓜葛。

奶奶终于回到家。“娘，你可回来了！”病了几天的父亲一下子坐了起来。三叔和老姑一下子扑到奶奶的怀里。奶奶看着几个孩子，心里一阵儿难过。父亲病得不成样子；三叔和老姑的脸像是半年没有洗过一样，皮肤皴裂得像干涸的泥塘。奶奶仔细一看，屋里屋外到处乱七八糟的，饭锅里没有一粒粮食。在大堂之上，棍棒都没有让她掉眼泪，可此刻，奶奶说什么也没忍住心酸的泪水。

奶奶偷偷地擦掉眼泪，放下老叔，边打扫屋子边生火做饭。她心想：孩子们这几天都饿坏了。做饭的时候，奶奶突然发现没有看见二叔。“宝柱哪去了？”奶奶焦急地问。

"二哥看你好几天没回来，偷着到悦来镇找你去了！"老姑告诉奶奶。

奶奶赶紧做饭，告诉父亲、三叔和老姑："饭好了你们就快吃，我去找宝柱。"

奶奶背起老叔，牵着毛驴准备去悦来镇。出门时，一个邻居也牵着马走出大门。"大嫂，干啥去？"

奶奶说："去悦来镇找宝柱。"

"你别去了！"

听到这句话，奶奶心里咯噔一下，心想莫非是二叔出事儿了？

邻居又说："我在悦来镇的小酒馆看到宝柱了，他说去找你。"听到这里，奶奶的心才算落了地。"大嫂，我正好去悦来镇买东西，顺便把宝柱带回来。"

奶奶一想，也行。"大兄弟，拜托你了！"邻居骑着马走了。

奶奶从悦来镇回来半年了，她虽然整天迷迷瞪瞪，但是没有歇一天。开春时，她带着父亲、二叔、三叔、老姑和老叔去种地。夏天时，她又领着孩子们除草铲地。别看三叔和老姑年龄小，他们也跟着点种、薅草。在挂锄的时候，奶奶又开始反复地叮嘱孩子们，她准备骑着毛驴去依兰府衙告状了。

说起依兰，那可是值得关注的地方。小时候还不太懂事的时候，常听大人们讲起八百年前，宋朝徽钦二帝在依兰"坐井观天"的故事。特别是男人们，一提起依兰眼睛都放光，因为依兰的女子个个长得水灵灵的。依兰出美女，还得感谢徽钦二帝。他们被女真人掠到依兰时，带来三千佳丽，后来都流落到民间。她们的后代不仅女子长得漂亮，男孩儿也英俊。依兰不仅因为有徽钦二帝"坐井观天"的故事，也不仅因为"依兰出美女"，更重要的是依兰在北大荒有着重要的战略地位。从唐朝开始，依兰就有设防，清雍正十年（1732 年）设三姓副都统衙门管理松花江两岸、黑龙江下游以北、乌苏里江以东到苏联的库页岛广大地区的军政事项。光绪三十一年（1905 年）撤三姓副都统衙门，设置依兰府。

奶奶去依兰告状的时候，正是民国三年（1914 年）七月，这时的北大荒才算真正改朝换代，民国改东北路巡兵备道为依兰道。

奶奶去依兰府衙告状也不容易，因为依兰离赵家窝棚一百八十多里，松花江南岸是崇山峻岭路不好走，奶奶选择了走松花江北岸。北岸到依兰都是一马平川的草甸子，辽代时这里就是五国部鹰路。奶奶想，走松花江北岸，顺便到汤原东江码头看望爷爷的大师兄和大师嫂。奶奶也有私心，想试探一下师兄、师嫂，当初订的娃娃亲还算不算数，因为父亲已经十四岁，他家大丫已经十七岁，也到该结婚的年龄了。

奶奶还像前几次出门告状一样，在临走的前几天，将做好的玉米饼装满篮子吊在房梁上。出门那天，她对孩子们千叮咛万嘱咐，万一自己有个三长两短，让他们好好活下去。

奶奶背起老叔，还没等骑驴走出家门，四个孩子便开始号啕大哭，那情形像是在发丧，引来邻居观看。四个孩子的哭号，让奶奶心疼。是啊，几个孩子都让奶奶出门告状给吓怕了。奶奶走出大门，四个孩子哭得更厉害了，特别是老姑像狼一样嗥叫，叫得奶奶一阵儿心酸。

奶奶是个刚强女人，但她还是不忍心就这样走了，孩子都是娘身上掉下的肉，她能不心疼吗？奶奶在门前转悠半天也没能下定决心，结果她抹了把眼泪又回来了。

老姑一看奶奶不走了，破涕为笑。“娘，你赶紧上炕歇歇。娘，你喝水不？娘，你饿不？”老姑屁颠屁颠地一会儿端来水，一会儿端来饭送到奶奶面前。奶奶忍不住笑了，将老姑搂在怀里。

第二天，奶奶照常洗衣做饭，照常收拾屋里屋外。“拴柱，你领着弟弟妹妹割点儿草回来喂牲口。”

“哎！”父亲答应一声，领着二叔、三叔和老姑去割草。

奶奶见父亲他们走远，赶忙背起老叔骑着毛驴奔着依兰方向去。

奶奶骑着毛驴走了一天，天擦黑了也没有走出五十里路。天渐渐地暗了下来，可是她仍然没有看到住户人家。远处传来狼的嗥叫声，奶奶这时才觉得后悔，当初孟大虎给了她一条熊皮睡袋，后来她因为急于去悦来镇县衙告状，将睡袋扔了。要是现在有了那条熊皮睡袋，也能为自己壮壮胆子。奶奶想，千万不能停下，宁可迷了路，也要找到一个屯子。她骑着毛驴又走了大半夜，终于来到一个只有十几户人家的村庄。

奶奶找到一家草垛，将老叔解下来放在草堆里，又从毛驴身上拿下饽饽和水吃了起来。七月的气候比较适中，不冷也不算太热，奶奶吃完饽饽又给老叔喂喂奶，然后躺在草堆里睡着了。

“哎哟我的妈呀，可吓死我了!”第二天早上，一个女人到柴草垛抱柴火时，突然发现有两个黑乎乎的东西，吓得她一屁股坐在地上。奶奶听到喊声醒了过来，她太乏了，一觉睡到太阳一竿子高。

“对不住了，大妹子，我睡着了!”奶奶对那个女人歉意地说。

“可把我吓死了，我还以为是两个熊瞎子趴这里呢!”那个女人镇定了一会儿问，“你是哪儿的，怎么来到这里的?”

“我是赵家窝棚的，去依兰告状。”

“赵家窝棚在哪儿，我咋没听说过，是不是老远了?”

“不算远，也就是六七十里地。”

“进屋吧!”那女人抱起柴火说。

奶奶回头瞅瞅不远处吃草的毛驴，跟着那个年轻的女人走进屋里。这时，这家的男人刚起来。“怎么，咱家里来亲戚了?”

“是个路过的大嫂。”那个女人向自己丈夫介绍说。

那个年轻的男子看了看自己的媳妇儿，似乎还想说些什么，但没有说出口。他回头问奶奶：“你这是要到哪儿去呀?”

“去依兰衙门告状。”

“你是哪来的?”

“赵家窝棚。”

“哎呀大嫂，你绕远儿了，再往前走就进山里了。”男人说完，看了一眼奶奶手中抱的孩子，“把孩子放在炕上，歇歇吧!”

这时，奶奶把老叔放在炕上，打开被，老叔一骨碌爬起来，奔向他家的孩子。两个小孩儿都说话不全，咿呀咿呀地玩了起来。

“看看这两个孩子，有缘分。”年轻女人端着饭菜走进来。

奶奶一看人家要吃饭了，抱起老叔想往外走。

“大嫂，你干啥去，坐下一起吃饭。”

奶奶说："不了，我自己带着呢，给我一碗水喝就行。"

"那哪行，你也该饿了，一起吃饭吧！"

听到年轻女人的话，奶奶感动得差点儿掉泪。可是那个男人不解地看了媳妇儿一眼。奶奶一看人家挺热情的，也就不客气了。

奶奶被让到炕桌上，她发现老叔正和他家的孩子一起抢饭吃。人们常说，小孩儿都爱吃抢饭，自己家的饭即使再好他也不愿意吃，别人家的饭就是再不好他也吃得特别香。再说，老叔由于恋奶，在家里根本不吃饭，可是今天却抢着吃。奶奶想，从今以后没有奶吃老叔也饿不死了。

那个年代，谁家的粮食都不多，特别是在这青黄不接的季节，吃人家一顿饭可是好大的人情，奶奶打心眼儿里感谢这对年轻夫妇。

吃完饭，奶奶准备起程了，那家男人为奶奶指了路。"从这里直接走奔大道就能找到汤原了。"临走时，奶奶才知道，这里叫王家抢子，十几户人家都是从河南逃荒来的，全部姓王。

奶奶背起老叔，骑着毛驴上了路。等奶奶走远后，那个男人用奇怪的眼神看着媳妇儿说："平日里你抠搜得要命，见到要饭的都往外推，今天怎么变得这么大方了？"

那个年轻女人说："你可不知道啊，早上我去柴草垛抱柴火时，明明看到了两个熊瞎子躺在草堆里，可是我一吵吵，那两个熊瞎子一下子变成了两个人。听人说，熊瞎子托生的人将来一定能大富大贵，人家以后当官发财了还能忘了咱们哪？"

"你就是为了这个才对人家热情的，瞧瞧你那点儿歪心眼儿吧。"男人说完，先走进了院子里。

奶奶一边走，一边打听汤原东江桦子场，在太阳快要落山时，终于找到了爷爷的师兄陈老三家。

陈老三两口子知道是奶奶来了，很热情地接待了她。晚上，陈老三和大太太在油灯下与奶奶聊了很长时间。陈老三夫妇问了奶奶家最近几年的情况。奶奶就将爷爷如何捡到狗头金，如何办码头，如何被害，她如何告状都详细地讲了一遍。听到伤心处，大太太还落了泪。陈老三也是唉声叹气。

第二天早上，奶奶找到大师兄，想顺便搭乘他们运木材的大船到依兰。陈老三说，明天正好有条火轮要去哈尔滨，可以顺便带上奶奶。离开陈老三，奶奶去找大太太，提出想见一见大丫。奶奶早有准备，想把自己娘家陪嫁的一对银镯子送给大丫作见面礼。

听奶奶这么说，大太太沉吟半天没说话。过了一会儿，大太太对奶奶说："弟妹呀，我看这门亲事还是先放一放，我家大丫死懒死懒的，怕到了你家给你添累赘。"

奶奶一听啥都明白了，这是因为家道败落，人家嫌弃了。奶奶在心里说，赵启明呀赵启明，你这一死倒好，一切都变了。接着，奶奶又想起大儿子，拴柱呀拴柱，不怨天，不怨地，都怨你爹死得早，你好命苦啊！

奶奶没有在大师兄家吃早饭，也没有搭乘他们的火轮，而是悄悄地牵着毛驴走了。其实，奶奶离开东江柈子场时，陈老三和大太太也知道，可是他们没法出面挽留，也没法出面相送，见了面儿说啥呀？说啥都难听。也难怪，谁家父母愿意把自己的女儿往火坑里推？

奶奶心里憋着一股劲儿，一定要打赢这场官司，让谢宝山和独眼龙偿命，把三家子码头夺回来。到那时，她一定为大儿子娶个大户人家的闺女，为赵家争回面子。

又走了两天半，奶奶终于过了江来到依兰。依兰的衙门可比桦川县衙门气派多了。大门脸，高墙深院，青砖碧瓦，古色古香。一道红漆大门，庄严而神秘。门前两个大石狮子有两人来高，一面大鼓摆在门旁，大门前还有四个巡警站岗。对于告状的草民来说，还没进大门就会吓掉三分魂。

奶奶来到衙门前，拿起鼓槌，咚咚咚。"冤枉，冤枉啊！"咚咚咚！奶奶使劲儿地敲。

"传！传！！传！！！"从高墙深院里，不断喊着"传！"回声悠远，余音绕梁。

奶奶被领进大院，她不觉地倒吸一口凉气。这个院落太大了，有十亩地。走进大院，仪门前是一块很大的场地。两侧东西厢房各七间，是个举行大型活动的场地。再往里走分三进大堂，头堂七间，两配厢房各五间。大堂是议大事和审理重大案件的地方，大堂之上挂着"明镜高悬"匾额。东西各配两个院落，每个院落正房三座，每座七间，厢房各两座，每座五间。西院隔道是“狱轩”，也就是押犯人的院落。东院隔道是府衙一般官吏办公的场所和育正堂。二堂正房七间，两配厢房各五间，是审理不公开案件的地方，二堂之上挂着“正大光明”的匾额。三堂正房七间，两配厢房各五间，是巡府的私人空间，三堂之上挂着“清慎勤”匾额。

奶奶被人领进大堂，她跪在地上举起状子。“民女冤枉，民女冤枉啊！”

“公民，有何冤屈，起来回话！”大堂上有人说话了。

奶奶听到“公民”这个新词儿感觉挺别扭，啥叫公民？以前只听说过草民，难道公民比草民还低一等？奶奶哪里知道，虽然衙门还是那个衙门，道台还叫道台，但天下已不是大清的天下了。更奇怪的是，那个姓王的道台还称奶奶为公民，公民比草民地位高，与道台平起平坐。

奶奶还是没敢站起来，仍然跪着手举状子。有人将奶奶的状子呈上来。实际依兰衙门只有几个主要官员换了，大部分还是清朝旧人，法度还是延续原来的旧法度，所以奶奶跪在那里也没有人再管。

“状子所言可是实情？”王道台问奶奶。

奶奶回答：“千真万确。”

“你用什么证明？”道台身边一个矮个子师爷问。

王道台刚想制止他，可是那个人小声对道台说，对付这些刁民，你不用客气，一旦开了头，你会不得消停。你听我的，这么这么办。王道台听后点了点头。

奶奶抬头一看，这些人穿戴与以前大不相同，不但没穿大清官服，那个道台还把辫子剪了。奶奶说：“要是我说的不是实情，民女宁愿上刀山、下油锅。”

“你敢滚油锅吗？”矮个子师爷问。

“我咋不敢！”奶奶豁出去了。

滚油锅是古代一种残酷刑罚，到了清朝已经演变成了把油锅烧开，里面放着一枚铜钱，让罪犯用手去捞。如果捞不到铜钱，证明这个人心虚，不用审讯便可以定罪。奶奶以前听说过滚油锅，也听说过有人因为滚油锅被炸得骨肉分离，一辈子残废。

“架油锅！”师爷阴着脸看着奶奶。

大堂之上，那个道台倒像个摆设，任由那些清朝旧官瞎折腾。

师爷来到院子里亲自指挥，架锅、倒油、点火，不一会儿油锅翻开，滚着油花。一个巡警将一枚铜钱扔到锅里。在众目睽睽之下，奶奶挽起袖子，毫不犹豫地将手伸到油锅里，一下把那枚铜钱捞了上来。奶奶手上滴着热油，可是她一点儿没感觉到疼。奶奶纳闷，平时在家炒菜，一滴油崩在手背上都疼得要命，今天怎么一点儿没疼呢？奶奶举起右手又看了看。

“别看了，伤不了你。”矮个子师爷露出一脸的坏笑。王道台也笑了。

原来，这个油锅里放的都是老醋，只是表面滴了一些豆油。老醋烧开了也不过三四十度，根本不能烫伤人。矮个子是从变戏法那里学来的把戏。以前唱戏的都用这种方法骗人。

奶奶的举动，让王道台相信了她确实有冤情。从此，奶奶敢于滚油锅的事儿在依兰道传开了。后来越传越神，等传到我们赵家窝棚时，变成了上刀山，下火海，滚油锅了。奶奶成了那个时代的女英雄，不仅十里八村的乡亲知道，连绺子里的胡子也都听说了，没人敢招惹奶奶。

借着英雄的名号，奶奶也捞到不少好处。秋天收割时，邻居自己家地还没割呢，都来帮助奶奶家收割。有时候，奶奶早上起来便会发现门口放着粮油和蔬菜，甚至还能收到银子。人们敬重奶奶。

从依兰回来，奶奶天天盼着依兰府衙能给一个公正的判决。奶奶曾经对孩子们说：“咱家的冤案马上要出头了，等到依兰府衙处决谢宝山和独眼龙的那天，我要雇一挂马车把你们都拉去，让你们亲眼看看杀害你爹的这两个坏蛋的下场。”奶奶还对父亲说：“等到把三家子码头夺回来，你当东家，我在背后给你支招。等咱们家有钱了，给你娶个大户人家的闺女做媳妇儿。等到老二、老三都成人了，也都给他们娶个好媳妇儿。”父亲说：“娘，给我多娶几个媳妇儿呗！”奶奶说：“好，将来都给你们多娶几个媳妇儿，让你们多生孩子，让赵家人丁兴旺。”

奶奶说这些话时，父亲、二叔、三叔和老姑都在场。

这段时间，父亲、二叔、三叔，撒着欢儿地抢活干，只有老姑有情绪，啥也不干。

“翠花，你把针线笸箩给娘拿来。”

“我才不管呢，愿意拿你自个儿拿去。”老姑嘟着小嘴说。

“你是咋了，又抽哪门子风?”奶奶不解地问。

“你不是说给大哥、二哥、三哥娶好几个媳妇儿么，你让他们拿去!”

“这个小丫头片子，你……”没等奶奶把话说完，二叔抢过话茬儿说：“将来也给你多找几个男人，行了吧!”

“那样还行。娘，将来就让二哥当大东家。”老姑高兴地说。奶奶听了他们的话，又想哭又想笑。“别胡咧咧，哪有女孩子找好几个男人的，多不吉利呀!”

“不嘛，我就要好几个男人!”老姑什么都不懂，以为嫁的男人越多越好。

“对了，翠花你也这么大了，这几年娘只顾告状了，也忘了给你裹脚，女人不裹脚将来没法嫁人。”

第二天一大早，老姑说：“娘，该给我裹脚了，不然我就嫁不出去了。”奶奶找来长长的裹脚布，又给老姑用热水烫了脚，将她的小脚紧紧地裹了起来。裹完脚，老姑便哭闹起来。“娘，我脚疼，给我放开行不行?”奶奶说：“那可不行，挺大的脚板子将来哪个男人还敢娶你?”老姑说：“娘，我不嫁人了，我也不要那么多男人了!”说完，她哇哇大哭起来。奶奶没有办法，将裹脚布松了松。

自从老姑裹了脚，她从来没有站起来走过路。奶奶在时，她只是站着，奶奶不在时，她就在地上爬，没几天裤子磨破了。奶奶训斥道：“以后不许爬着走道，听到没?”老姑可怜巴巴地看着奶奶。其实，古代女人裹脚就是活受罪，裹脚不仅让脚长不大，而且还把四个脚趾和脚面骨都活生生地折断，相当残忍。民间早有“小脚一双，眼泪一缸”的说法，那是女人裹脚的真实写照。

第四章　难见天日

民国三年（1914年）初冬，阴沉沉的天空飘起了雪花，雪花落在地上半凝半化。东北的下雪天并不寒冷，可是奶奶的心却一天比一天凉。“依兰衙门咋还不来信儿呢？”她不止一次地自言自语。奶奶去依兰衙门告状回来已经四个月了，她天天盼着依兰道能把谢宝山、独眼龙和刘县令正法。

又等了一个多月，还不见依兰衙门捎信来。奶奶有些坐不住了，她要趁着江河封冻时再去一趟依兰，问问王道台，将谢宝山、独眼龙和刘县令押进大牢没有？啥时候开刀问斩？啥时候把码头还给我家？

为了去依兰告状，这几天奶奶暗自做着准备，她不想让孩子们知道她要走，可还是被父亲发现了。“娘，你蒸了那么多饽饽，是不是又要去告状？”

奶奶说：“你在家中是老大，自己心里有数就行，娘不用再嘱咐你了。”

“娘，你打算啥时候走？”

“我后天走，你不要告诉弟弟妹子们，免得他们鬼哭狼嚎的让娘不放心。”

“行，后天我早点儿领他们出去玩儿，你好早点儿上路。不过，娘你路上可要小心。”

第三天一大早，父亲说：“宝柱、留柱、翠花，哥领你们出去打鸟啊？”

老姑说：“我脚疼，哪儿也不去。”奶奶说：“拴柱，你背着翠花。”老姑被父亲背着，乐颠颠地走了。

等父亲他们走后，奶奶赶紧收拾东西，背起老叔骑上毛驴又奔向依兰。

打鸟回来，父亲、二叔、三叔、老姑都把脸和手冻得通红。“娘呢？”老姑进了家门便问父亲。

“可能去邻居家串门了。”

“你唬谁呀，咱娘从来不串门子，是不是娘又去告状了？”老姑出息了，她不仅能猜出奶奶是去告状了，还第一次表现得那么坚强，没有哭着喊着找娘。

不一会儿，老姑偷偷找来剪刀，将裹脚布剪开。

“噢，怪不得你没有哭呢，原来你是想剪开裹脚布呀？你等着，看娘回来怎么削你！”二叔吓唬老姑说。

“娘，我要找娘。”老姑开始大哭起来。没办法，几个哥哥只能顺着她。

从老姑裹脚到现在已经一个多月了，当裹脚布打开时，满屋都是臭味儿，能熏死一头驴。老姑仔细看看脚趾，都化脓了，她又哇哇大哭起来。二叔给老姑端来温水把脚洗了，父亲到野外找来“马粪包”给老姑敷在伤口上。

奶奶告状路过汤原时，老天好像故意跟她作对似的，天空下起了鹅毛大雪。在漫天大雪中，奶奶看到了堆得像小山一样高的木材，她认得这个地方，这就是爷爷师兄家的东江桦子场。要是以前，她说啥也要到桦子场借住几天避避风雪，等天晴了再起程去依兰衙门。可是，奶奶是个有志气的人，她宁可冻死在野外，也绝不会去爷爷的师兄家了。奶奶牵着毛驴，一步三回头地离开汤原，心里那个不是滋味儿。“唉，要不是自家男人被害死，也许拴柱和大丫早已结婚了。要不是码头被人霸占，家里变穷了，也许亲家早会提前十里来迎接自己。要不是……唉！”奶奶叹了一口气，骑上毛驴继续往前走。

过了汤原不远的地方，奶奶发现在草原上有个地窨子，旁边还有露天牛马圈。她钻进去一看，里面堆满了干柴草，有土炕，有锅台，还有口大铁锅。这一定是大户人家放牲畜的牧场，到了冬天人家将牛马羊赶回屯里，地窨子空了下来。奶奶看了看天空，也不知道啥时辰了，她估计太阳快要落山了，心想：在荒郊野外有了这样一个地窨子那就是天堂了，这里能遮风挡雪，还能躲避狼群，今晚可以安稳地睡上一觉了。

奶奶将老叔放在铺好茅草的土炕上，把毛驴身上的棉被拿进来，又用棉袍大襟兜了一些雪放在锅里，然后点燃了干柴。不一会儿，地窨子里暖烘烘的。铁锅里的水翻开着，奶奶用水葫芦装了一些开水，把身上带的饽饽往锅灶草灰里一埋，一会儿工夫饽饽冒出了诱人的香味儿。奶奶正要吃玉米饼时，老叔说："娘，我饿。"

不知道啥时候，老叔揉着眼睛醒了，奶奶赶紧将滚热的玉米饼掰给老叔一块。"娘，香。"老叔边吃边说。有了老叔陪着，奶奶在这野外还真不会感到孤独。

在奶奶将要睡觉时，外面的毛驴"哏嘎——哏嘎——"地叫了起来。奶奶打开门，让毛驴走进地窨子里。毛驴走进地窨子，趴在了干草上。

奶奶这次去依兰告状，要比夏天艰难得多。夏天时间长，起点儿早贪点儿黑，毛驴每天能走六十里，可是冬天走上四十多里天便黑了。奶奶走了这么远的路辛苦自不必说，最艰难的是这一路没有住的地方。在这一百八十多里的告状路上，奶奶住过草堆，住过地窨子，住过马棚牛圈，偶尔也住过好心人家。她自己还好说，啥苦都能吃，可是还带着瘦小多病的老叔哪，全靠奶奶带的两床旧棉被勉强熬过。

到了依兰衙门，门前站岗的巡警不让进。奶奶拿起鼓槌便敲了起来，咚咚咚！"大人，我要告状。我冤枉，我冤枉啊！"不一会儿，大门内走出一个迈着八字步的人，看样子像个讼官。"冤枉什么，你告状有状子吗？"

奶奶说："夏天我来告状时，已经把状纸呈给王道台了。"那个人说："你不知道一朝天子一朝臣么，下任不管上任的事儿，去写状子吧！"

奶奶想，不管上任还是下任，这不都是民国的天下嘛，我们小老百姓哪知道你们谁当官，谁说了算？

一看奶奶站在门口不走，那个讼官说：“还站在这里等什么，找人写状子去！”

奶奶无奈，只好向街里走去。路上奶奶一打听，原来依兰道台已经换人了，王道台换成了刘道台。奶奶想，这些当官的怎么像孩子的脸说变就变呢。

奶奶走到街上，到处找代笔写状子的先生。奶奶上次来依兰告状时，没有心思到繁华的地方去逛一逛，今天一看，依兰真大，真热闹，到处是商铺、客栈、酒馆、摊床，当然也有大烟馆和妓院。妓院是明的，烟馆是暗的，都在澡堂子后院。在闹市中，奶奶还看到一件怪事儿，一群年轻的女子在抛头露面地发表演说。“女同胞们：裹脚是封建社会对女人的残害，是对女同胞们的残酷压迫，我们都要放开脚，让那臭脚布见鬼去吧！有些男人说，大脚女人不要，不要更好，让他们都打光棍断子绝孙去吧！”呵呵呵！周围听演讲的人哄堂大笑。一些十来岁的女孩儿，在演讲人的鼓动下，当众将裹脚布放开扔掉。演讲之后，这群年轻女子还唱起了《放脚歌》。还有人带头喊口号：“现在放脚不晚！”“现在放脚不晚！”一人喊，百人应。

奶奶听懂了，这是女人要求不裹脚。因为奶奶是裹过脚的人，她深知裹脚的痛苦，特别是这几次出门告状，小脚给她带来很多不便。奶奶站在那里听傻了，她越听越有道理，心想：回家后一定要给丫头把脚放开。她没有想到的是，老姑在她刚出家门时，已经把脚先给解放了。

等众人散去后，奶奶左打听，右打听，好不容易找到了一个代笔写状子的先生。状子写完后，奶奶给代笔先生十个铜板，可是代笔先生说什么也不要铜板，而要袁大头或者银子。奶奶从来没有听说过袁大头，没办法，只好给了代笔先生一小块碎银子。可是那个代笔先生说：“这些不够，至少半两银子。”奶奶说：“我的妈呀，半两银子够我们全家一年生活费了。”

“这还贵呀，我看在你们孤儿寡母不容易的分儿上，才收半两银子，要是搁有钱的主儿，至少二两银子。”

奶奶无奈，只好给了他半两银子。

奶奶走到一个包子铺前买了两个包子，顺便问店小二：“你们这个地方写状子咋能用上半两银子？”店小二悄悄地告诉奶奶：“半两银子算便宜你了，你看看，依兰还有第二个写状子的吗？那个先生是刘道台家的亲戚，他收的银子要跟刘道台分红的，也只有他写的状子衙门才收。要是你有钱，还可以找那个先生帮你给刘道台送礼，包你打赢官司。”

奶奶一听，这也太黑了，简直比清朝那些官员还要黑百倍。

重新回到依兰衙门，奶奶跪在大门外，手举状子喊：“冤枉！冤枉啊！！”

“传！传！！！”奶奶被领进大堂，她跪在地上手举状子。啪！一声惊堂木响，有人说：“把状子呈上来！”

奶奶想，这个依兰衙门的规矩咋又变回来了，上次告状没有听到惊堂木声呀！

啪！又是一声惊堂木响。“民女状告何人？”刘道台问。

奶奶一听，上次是称公民，这次又称民女，难道宣统又重新当了皇帝？

“民女状告桦川县东兴镇三家子码头谢宝山和独眼龙，他们害了我男人，霸占了我家码头。”

“你为什么不去桦川县告状？”

“桦川县刘县令与谢宝山、独眼龙串通一气，不但不为民女申冤，还想把民女活活打死。”

“嘿嘿，你抬起头来，看看我是谁？”听到刘道台的话，奶奶一抬头，看到一个贼眉鼠眼一绺山羊胡子的人。虽然他没穿满清官服，而且还剪了辫子，但奶奶一眼就认出来他就是那个刘县令。

奶奶霍地一下站起来：“你、你、你……”

“你什么你，跪下！”原先那个站在王道台身边的矮个子师爷也换了，他逼着奶奶下跪。奶奶又看看两侧站班的衙役，三老歪和四斜楞都在那里。奶奶心想：苍天呐，这是啥世道，还让不让百姓活了？

想到这里，奶奶抱定一死的决心。“这是中华民国了，讲究平等，公民告状不让下跪，难道你不知道？”说完，奶奶把脖子一梗，爱咋咋地。

刘道台，也就是那个刘县令嘿嘿一笑。“不管什么国，依兰管辖的一府十三县还不是我的天下吗?”

奶奶一听来劲儿了：“既然是你的天下，有能耐你把百姓全部杀光，让我给你下跪，没门儿!”

三老歪听到奶奶的话后，举起棍棒要打。可是刘道台摆了摆手。“打你还得费力气，你不是能告嘛，那你就继续告吧。你可以到吉林省去告，你还可以到袁大总统那里去告，你越告我官升得越快，我还得托你的福哪!”说着，他将状子撕得粉碎扔到堂下。“退堂!”刘道台甩手走了。

奶奶站在那里像做梦一样，半天没缓过神儿来。她不明白这世道究竟怎么了，已经改朝换代了，可是那些恶人却越来越骄横了。

本来，刘知县在民国三年（1914 年）春，因巡警局与保卫团争夺势力互相火拼被撤了职，由黄怀岳接替桦川县知事，可是这个混蛋不知道通过什么门路，在半年后反倒升了官，当上了依兰道台。

奶奶从依兰回来，边走边想，自己连续三年告状，可是告来告去，人家刘县令升官了，谢宝山、独眼龙还在霸占码头。奶奶越想越没盼头，越想越没有活头。要不是松花江结冰了，她恨不得投江自尽。奶奶无精打采地走着，毛驴无精打采地跟着，天也无精打采地阴沉着。奶奶一边走一边生气，啥年月才能还老百姓一个公道呀!

奶奶这次告状，来回走了十天，可是老姑并没有像往常一样盼望奶奶回来，她那个小心眼儿是怕奶奶回来后重新给她裹脚。可是奶奶回到家，压根儿就没有提起给老姑裹脚的事儿，老姑暗自庆幸。

父亲发现奶奶这次回来有些打蔫儿，既不提谢宝山、独眼龙被处决的事儿，也不提要回码头的事儿，更不提为爷爷讨回公道的事儿了。几个孩子还发现，奶奶经常莫名其妙地发火，有时还偷偷地落泪。

在奶奶到依兰告状的时候，孟大虎带着人马将三家子码头给抢了。在孟大虎打进三家子码头时，谢宝山去了哈尔滨，只有独眼龙在家。独眼龙能在码头待着，说明三家子码头账房里已经没钱了，不然独眼龙这个赌棍还能在家里待住，早跑到悦来镇赌钱逛窑子去了。

孟大虎在三家子码头砸窑，没有抢到多少银子。孟二虎说："反正也是来一趟，把独眼龙绑了，等谢宝山回来，让他拿三百两银子赎人。"别看孟大虎是个胡子，他认为绑票的做法最丢人，不想将独眼龙绑走。独眼龙一听不绑他，忙跪在地上给孟大虎磕头。"谢谢孟爷放我一马，等谢宝山回来我把银子给你们送过去。"

"你以为你是什么好鸟啊，杀了大东家还霸占人家码头，对你这样的恶人不能手软！"孟二虎拿出麻绳，三两下便将独眼龙捆了个结实。"走！"孟二虎拎起独眼龙，在他屁股上狠狠地踹了一脚，独眼龙扑通一声栽倒在地上。孟大虎将护院都放了，把三家子码头的十多条枪全部缴了。

临走时，张柏给谢宝山留下纸条，让他派人到柳条通拿银子赎人。

三天后，谢宝山从哈尔滨回来，他看到了张柏留下的纸条，刚开始还很紧张，可是后来想想他笑了。谢宝山想，怎么才能既不给孟大虎银子，又让人们知道他谢宝山为了赎独眼龙到处张罗钱，同时再激怒孟大虎撕票。到那时候，码头和杏花都是自己的，来个人财两得。

第二天，谢宝山派出三路人马，一路人马到处散布消息，说他在哈尔滨被人骗了，没有拿回卖木材的钱。第二路人马到依兰向刘道台借兵，围剿柳条通。其用意是逼迫孟大虎撕票。第三路人马到柳条通送信儿，说三家子码头没有银子，独眼龙任其处置。人马派走后，他带着两个护院亲自到东兴镇和悦来镇到处借银子。谢宝山心里清楚，以他的人品，不会有一个人借给他银子的。

独眼龙被绑票的第四天，谢宝山回到三家子码头。他刚坐下想喝口水，杏花来了。"谢大哥呀，你想点儿办法吧，不然我男人可就没命了！"谢宝山抬头一看，这哪是向他要男人呀，明明是来勾引男人的。只见她穿着一件贴身蓝旗袍，外套一件短身貂皮坎肩，脸上涂抹得像妖精一般，几滴鳄鱼眼泪，硬装“梨花带雨”。

“你先回去吧，我正在想办法呢。”谢宝山虽然说话一本正经，但在心里恨不得将杏花搂在怀里。

“谢大哥，那我可回去了，晚上等你回信儿。我可回去了！”杏花的贱声贱气撩哧得谢宝山骨头都酥了。

杏花刚出门，谢宝山就说：“这个浪货，还真挺招人……”谢宝山把话说了一半，猛然回头看见老婆没好气地盯着他。“你要是想找女人，就堂堂正正地娶个好人家的黄花大闺女，实在不行可以花钱买个逃荒人家的女子，干吗要招惹那个狐狸精？小心沾到晦气。”

“你少管闲事儿。”谢宝山对老婆说。那个女人一耸肩回到了后屋。

谢宝山想，得赶紧想办法买几条枪回来，不然其他胡子乘虚而入将自己绑了，那可不是闹着玩儿的。“陈二！”

“来了！”管家陈二跑了进来，“东家，有什么吩咐？”

谢宝山说：“你马上到悦来镇找赌场的路老大，给我买十支枪回来。”说着，谢宝山从钱褡子里拿出三根金条。“你和卢五一起去，今晚务必把枪支弹药给我弄回来。”

陈二拿着三根金条去找卢五。他边走边想，不是没有钱赎独眼龙吗，怎么有金条买枪呢？

傍晚，陈二和卢五带着六支快枪和弹药回来了。谢宝山问：“怎么才买了六支？”陈二说：“路老大没有那么多现货，说以后再给咱弄。”谢宝山吩咐把枪发给护院，这才放心。吃完晚饭，他哼着小曲儿来到杏花屋子里，杏花正等着呢。两个人见了面，压根儿就没提独眼龙被绑架的事儿。他们俩都心知肚明，恨不得让独眼龙永远也别回来，那样他们可以天天混在一起。

一阵儿鬼混后，杏花对谢宝山说：“听说哈尔滨老大了，还有许多外国洋人，是吗？”

“嗯，是很大，老毛子多得是。”

“来年开春你带我去一趟呗？”杏花见谢宝山没有吱声，“你到底带不带人家去呀?”杏花撒起娇来，能让不到季节的公牛发情。“行！行！行！我带你去还不行吗?”听到谢宝山答应了，杏花将柔弱无骨的身子紧紧地贴在谢宝山的怀里。谢宝山抱着杏花，用手把玩着她的三寸金莲。

在孟二虎带着独眼龙回到柳条通的第四天，谢宝山派人捎来口信说三家子码头没钱，还说独眼龙任由他们处置。孟二虎一听，腾地火了。“我现在就宰了独眼龙!”听了二虎的话，孟大虎摆了摆手。

刚开始，孟大虎还以为谢宝山依仗刘道台的势力故作强硬，来吓唬一下柳条通，可是到了第七天还是没有一点儿动静，既不见巡警队和保卫团来围剿，也不见谢宝山捎信儿送银子。第八天早上，孟二虎来到关押独眼龙的地方。“看来，谢宝山不想赎你了，我得借你耳朵用一用，给谢宝山捎去。”独眼龙一听，当时吓尿裤子了。“孟二爷，你听我说，三家子码头有的是钱，可是谢宝山这个王八犊子不想拿出来，他恨不得把我撕票，这样他就可以独占三家子码头了。”独眼龙看到孟二虎有些犹豫，接着说:“孟二爷，你把我放了，我回去找谢宝山那个犊子算账，把银子给你们送来。”

孟二虎说:“你都敢把拜把子大哥杀了，你以为你这种人说话我会相信吗?”说着，孟二虎去扯独眼龙的耳朵，想用刀子把它割下来。“老二，你过来一下。”这时，军师张柏出现在门口。

走出秧子房，张柏和孟二虎来到孟大虎屋里。张柏对他们哥儿俩说:“我觉得独眼龙说的是实情，那个谢宝山是个阴险狡猾的家伙，他到处派人散布被骗的消息，其实那是借口。他给刘道台送信借兵，是为了不让刘道台的三姨太怀疑他故意害死独眼龙。他给我们捎口信那是激将法，让我们杀掉独眼龙，他好独占三家子码头。”

“那……那该咋办?”孟大虎问。

“对付谢宝山这样的人还得以毒攻毒，放了独眼龙，让他们窝里斗。弄不好独眼龙会到依兰府衙找那个远房姑姑告谢宝山的状，那时候我们就有好戏看了。”听完张柏的话，孟大虎说:“就……就听张先生的，放了独眼龙。”孟二虎满心不情愿，可是大哥发话了，他只能照办。

张柏出来后，回到自己房间代替独眼龙写了一个保证书，让他签字画押。保证书大意是：我独眼龙被放回后，保证不再作恶，三天内派人送来白银三百两赎罪。

让独眼龙签字画押时，张柏说："独眼龙，别以为我不了解你这个坏种，真相信你会立地成佛，如果你回去后秉性不改，我让孟二虎把你抓来凌迟处死，比点天灯还要难受。"独眼龙一听凌迟处死，吓得脊梁骨都冒凉风。

独眼龙被放回的那天，他走到天黑才到三家子码头。进了码头，独眼龙直接奔向伙房。他太饿了，来不及等到伙夫为他做饭炒菜。一阵儿狼吞虎咽后，他擦了一下嘴，直奔谢宝山的正房。"谢宝山！谢宝山！！你这个王八犊子，差点儿害死老子。"他一看谢宝山不在屋，急了，"你给我滚出来！"

这时谢宝山的女人从后屋走出来："三弟呀，你可回来了，先喝点儿水歇歇。"谢宝山的女人赶紧安慰独眼龙。她心里清楚，要是独眼龙知道谢宝山这时正在杏花的房里，非得杀了他不可。"陈二，快去找东家，就说三兄弟回来了，快去！"她给陈二递了个眼色。虽然太太恨谢宝山和杏花鬼混，但到了关键时刻，还是一家人护着一家人。

"谢宝山这个王八犊子上哪儿去了，赶紧给我叫来！"独眼龙吃完饭有了精神。

"三兄弟，你别这样，这几天把你二哥急得到处借银子，可还是没凑够。"那个女人在为谢宝山辩解。

"鬼才相信呢，十来天还凑不足三百两银子，谁信呐！"独眼龙嚷着，"他恨不得我死了，好独占三家子码头。"

"三兄弟，可别这么说……"没等这个女人说完，谢宝山便急匆匆地走进来，如果细心一点，便能看出他衣冠不整。"可把我急死了……"没等谢宝山把话说完，独眼龙上来给了他一拳，打得谢宝山鼻口蹿血。"打死你这个王八犊子！"

谢宝山捂着鼻子："我正在为你筹银子呢。"

"银子在哪儿呢？你他妈的想害死我呀！"独眼龙咆哮着。

谢宝山捂住鼻子和嘴到大柜里拿出一个布袋。“看看，这不是二百两银子吗?”他以为独眼龙就这么好糊弄，可是独眼龙抓起布袋砸向谢宝山的脑袋。

这时，杏花连哭带号地跑进来。她抱住独眼龙不撒手，使谢宝山得以解脱。杏花拉着独眼龙往外走，独眼龙乖乖地跟着她走了出去。看来，真是一物降一物。杏花一个小脚女人自己都站不稳，怎么能拉住一个三十多岁的壮汉，可是独眼龙却不挣扎了。

独眼龙和杏花回到自己房里，可是独眼龙还是没有消气，破口大骂谢宝山要害死他。杏花为了掩盖她和谢宝山鬼混的场面，将被褥重新铺好，让独眼龙上炕坐下。

“别骂了，谢大哥这几天为了你的事儿急得晚上都睡不着觉，你误会他了。”杏花竭力为谢宝山开脱。

“他能为我的事情急得睡不着觉，骗鬼去吧!”独眼龙气愤地说。

“我的话你还不信吗？要是我说半句假话，天打五雷轰。”听到杏花发了毒誓，独眼龙立刻瘪茄子了。

见独眼龙不再骂人了，杏花眼珠一转，当着独眼龙的面编起了瞎话儿。她对独眼龙说，谢宝山从哈尔滨回来后，听说独眼龙被柳条通绑票了，当时上火了，为了解救独眼龙，连夜派人找依兰刘道台借兵。杏花还添油加醋地说，谢宝山派人到依兰搬兵时还说，如果能救出三弟，他宁可卖掉码头也要答谢刘道台。接着杏花又说，谢宝山去东兴镇和悦来镇到处借银子，一些大户人家一听说三东家被绑票了，生怕借了银子还不起，谢宝山就给人家磕头，还说借的银子将来加倍奉还，可还是没有借够三百两银子。于是谢宝山将码头抵押给大烟馆路老大，向他借一百两银子，可是路老大说这笔钱明天才能送来。谢大哥说了，钱凑齐了他要亲自去赎你……

杏花把谢宝山说得比圣人还圣人，比关公还关公。在杏花巧舌如簧的劝说下，独眼龙竟然信以为真了，甚至还为自己的莽撞感到后悔。

奶奶从依兰告状回来后一直闷闷不乐，每天心里像堵着块石头，沉甸甸的，可是日子还得过下去。奶奶相信，总有一天，爷爷的仇会报的，三家子码头会归还给我们家。

一天，奶奶正在做饭，突然进来两个警察。“你们找谁?”见来了两个陌生人，奶奶问。

一个警察说：“这是赵宋氏的家吧?”

“你们是哪里的?”

“我们是桦川县衙的，你就是赵宋氏吧?”

“找我有事儿?”奶奶问。

“是这样，几天前桦川县新到任的黄知事，在翻阅案卷时看到你家赵启明被害一案感到很气愤，便将谢宝山和独眼龙拿到县衙审问，可是他们两个死不承认害死赵启明并霸占你家码头之事，所以黄知事让你到桦川县衙与他们对质。”

奶奶高兴得眼泪差点儿掉下来。“你们先进里屋坐，我给你们做饭吃。”

奶奶将平时舍不得吃的大黄米拿出来，还把父亲夏天晾在房梁上的咸鱼干摘下来，给两个警察做了一顿最好的饭菜。

“两位官爷快来吃饭吧!”奶奶催促两个警察。一听吃饭了，不懂事的老叔也凑到饭桌前。奶奶一看老叔上了炕桌了：“拴柱、宝柱，快把老疙瘩抱下来，领他到外面玩儿去。”老叔被抱下炕桌后，哭了起来。

两个警察吃饭时，三叔、老姑在窗外抠破窗户纸用一只眼睛往里看。他们盯着桌上的饭菜，馋得哈喇子都流下来了。那时老叔还不懂事，说话都费劲儿：“看、看，我要。”看到三叔、老姑扒着窗户往里看，老叔也馋。其实老叔也够可怜了，由于营养不良，加上奶奶整天背着他告状，都这么大了，还不太会走，不太会说话。小细脖挺着个大脑壳，整天晃晃荡荡的。

在伺候两个警察吃饭时，奶奶问：“原来那个刘县令，也就是依兰的刘道台，现在不当官了?”

“你还不知道啊，刘道台在前几天被袁大总统给罢官了。”

奶奶想，这个社会变得也太快了，她从依兰刚回来才几天哪，刘道台就被罢官了。不管怎么说，奶奶盼的就是这一天哪!两个警察吃完饭，奶奶把他们送出大门，还给了他们每人一些碎银子。

送走官差，奶奶突然发现瓦蓝的天空上挂着明亮的太阳，照得雪地格外耀眼。奶奶认为这是天意，预示着我们家的冤案将要出头了。

奶奶回到家里，听到老姑正在哭。“那两个人把好饭都吃没了，也不给我剩一点儿。”奶奶说：“别哭，别哭，我给你们做玉米面菜包子。这回我们家的苦日子快要到头了，以后有了钱，天天给你们包饺子吃，天天给你们炖肉吃。”老姑一听不哭了，立刻跳将起来：“以后天天有饺子有肉吃喽！”

第二天一大早，奶奶把饭做好，她没等孩子起来，自己先吃完饭，接着把老叔叫起来，用棉被包好背在身后。奶奶来到牛圈牵出毛驴，可是这个毛驴磨磨蹭蹭不愿意走。奶奶对毛驴说：“快点儿赶路吧，咱们家的好日子就要来了。”

二十多里路，这头毛驴足足走了一天。傍晚时分，奶奶来到悦来镇，她首先想把好消息告诉干姐姐，让她为自己高兴高兴。

“姐姐，我来了！”奶奶一进门便嚷嚷起来。

“你啥时候到的，可是挺长时间没有见到你了。”战黄氏看到奶奶高兴的样子，接着问，“官司打赢了？”

奶奶来到后屋，将自己如何到依兰告状，桦川县衙两个警察如何送信的事儿通通讲了一遍。

第二天一大早，战黄氏早早起来为奶奶做饭，奶奶高兴得几乎一夜没睡，也和干姐姐一起忙活起来。

吃完早饭，太阳还没有出山。战黄氏发现奶奶一个劲儿地看太阳：“别着急，太阳三竿子高县衙才能升堂呢！”话虽这么说，但奶奶觉得今天时间过得特别慢。

当太阳升起一竿子高时，奶奶说什么都要走。战黄氏一看留也留不住，便送奶奶出门。奶奶出门后，直奔马圈准备牵驴。战黄氏说：“才几步路你牵驴干什么，先放在这里喂着吧。”听了干姐姐的话，奶奶有些不好意思，她大概是乐昏头了。

来到桦川县衙，奶奶发现有两个警察把门，便问：“请问官爷，啥时候升堂？”

其中一个警察问：“你是干什么的？”

“是黄知事让我来的。”奶奶说。

另一个警察说：“黄知事让你来的？不会是坐牢吧！”

奶奶说：“怎么会呢，我是原告。”

两个站岗的警察你看看我，我看看你，一个说：“时间还早呢，等着吧！”

太阳已经过了三竿子高，可是还不见黄知事传奶奶。奶奶有些急了，她拿起鼓槌正要敲，这时一个人叫她：“赵宋氏，知事大人让你进去。”奶奶一看这个说话的人她认识，正是那天去赵家窝棚捎信儿的警察中的一个。奶奶跟着他走了进去。

奶奶走进大堂一看，原来这个黄知事她也认识，是奶奶第一次去依兰告状时，让她滚油锅的矮个子师爷。奶奶忙下跪。“谢谢青天大老爷为民女做主，民女就是当牛做马也报答你的恩情。”

啪！“赵宋氏，有人告你诬陷他人，该当何罪？”

奶奶一听有些蒙了。“不对呀，黄大人，我才是原告啊！”

“三家子码头两位东家，联名告你诬陷他们和刘道台，你还敢狡辩？”黄知事说。

“黄大人，是谢宝山和独眼龙害死了我男人，他们还花钱买通了刘道台，差点儿将民女打死。”

“胡说，刘道台是什么人，岂能容你诬陷？给我掌嘴！”

一个警察上来给了奶奶两个嘴巴，打得奶奶的脸顿时红肿起来。这一巴掌，彻底把奶奶给打醒了，两天来的希望此时荡然无存。奶奶腾地一下站起来，她什么都明白了。“狗官，原来是你们合计好的骗我到悦来镇。”奶奶不顾老叔哭叫，她猛然向前撞去，结果被两个警察拉住。“呵呵，你少来这个，本官不吃你这一套。”黄知事继续说，“给我押进大牢。”

“狗官！狗官！”奶奶气得两眼充血，她骂着喊着。黄知事对奶奶太了解了，滚油锅她都敢，一切刑罚对于她来说都无济于事，只能将她关起来。

奶奶也算是见过世面的人，可是她万万没有想到，这个黄知事和刘道台一样狠毒。

冰冷的牢房只有一捆草，这数九寒冬的，别说一个女人，即使一个壮汉也会被冻得透心凉。奶奶被关进大牢，心里气愤难消。她想：桦川县衙左一个刘道台，右一个黄知事，都没有一个好东西，这个县衙趁早黄铺算了。

本来奶奶被关进大牢前里面鸦雀无声，当奶奶被关进单间牢房后，听到栅栏隔壁有人小声嘀咕。“怎么，还关进来一个小娘儿们？嘿嘿。”奶奶听到后，没理会他。“哎？小娘儿们，你偷汉子了吧？偷汉子可要坐木驴的，那玩意好，坐着过瘾。”奶奶一听生气了。“你娘才偷汉子呢，回家让你娘坐木驴过瘾去吧！”奶奶一生很少骂人，但她懂得对付这帮流氓就得以牙还牙，不然会被他们欺负死。

“哎？小娘儿们你敢骂我，小心老子日了你。”那个人刚把话说完。啪！有人给了他一个嘴巴。“欺负一个女人，算什么本事！”被打的是个盗马贼，那个打人的是辛张绺子的胡子，叫张三。他来悦来镇踩盘子时，被人认出关进大牢里。

傍晚时，战黄氏通过牢房伙夫给奶奶送来一床被褥。奶奶这个干姐姐真不是一般人，昨晚奶奶和她讲到依兰告状，又讲到有两个警察来送信，她就觉得不对劲儿，心想：这个刘道台狡猾得很，不可能在短短的几天内被袁世凯罢了官，这也太离谱了！可是她又不想给奶奶泼冷水，于是在奶奶走后，她派小二来县衙打探消息。

俗话说，江山易改，本性难移。独眼龙回到三家子码头，开始时还担心孟二虎再来绑票，可是一个礼拜过去了，一点儿动静也没有。他看着钱袋里的银子，手又开始痒痒了。第八天，他又跑到悦来镇赌场，拿着二百两银子开始赌了。

一天，独眼龙在赌场赌累了，来到虞姬堂窑子，在那里遇到了刚来几个月的黄知事。

黄知事知道独眼龙是刘道台三姨太的亲戚，便客气地说道：“三东家，兄弟初来乍到，还得仰仗你在刘道台面前多美言几句。”独眼龙做梦都没有想到，一个县知事对自己这么客气，于是他挺了挺腰杆。“好说，好说。不过我有一个条件，你带兵到柳条通把孟大虎给我剿了，我给你一百两银子作为酬劳。”

“你求我别的什么事儿都行，可是这件事儿我办不到。别说你给我一百两银子，就算给我五百两银子，我也做不到。”

“为啥？难道你怕孟大虎。”独眼龙有些不解。

“松花江北那是黑龙江地界，不归吉林管辖，如果去江北剿孟大虎，万一引起两省摩擦，那可不是闹着玩儿的，就是刘道台也没有这个权力。”

“那么，你把那个告状的娘儿们押进大牢折腾死，免得她到处乱告。”

“去江北赵家窝棚拿赵宋氏，也需要打点一下汤原县衙，这笔钱不知道三东家肯不肯出？”

“妈拉个巴子的，抓个人还需要打点哪？你办吧，等把她抓进大牢后，我给你五十两银子作为酬劳。”

“好，三东家办事儿就是爽快。”黄知事与独眼龙互相施礼后，便离开了虞姬堂窑子。

将奶奶抓进大牢后，黄知事派警察去找独眼龙，把将奶奶抓进大牢的消息告诉他。可是独眼龙不但不提银子的事儿，还打起官腔来。“回去告诉你们黄知事，说我会在刘道台面前给他多多美言的。”

警察回来后，把独眼龙的话原原本本地告诉黄知事。这个黄知事不但没有发火，反而一笑。黄知事心想：这个独眼龙还真拿自己当人物了，等将来刘道台不吃香了，看我怎么收拾你。

奶奶在大牢里蹲了半个月，好在干姐姐托人照应才没有挨饿、受冻。虽然大牢里冷点儿，但奶奶有老叔互相取暖，也算熬了过来。

春节前两天，衙役将奶奶和胡子张三一起叫去过堂。啪！惊堂木一响，黄知事问：“张三、赵宋氏，你们两个可知罪？”张三说：“我没犯法，是你们的人误将我抓了进来。”奶奶用眼睛瞪着黄知事，就是不回答。正在这时，有人高喊：“不好了，后院着火了，快来救火呀！”黄知事与众人一起跑到后院。水火无情，奶奶背着老叔也要去救火，可是被张三一把拉住。“你干啥去？”奶奶说：“救火呀，不然大火烧起来可不得了。”张三拉住奶奶：“救啥火，还不赶紧逃命？”他拉起奶奶往外走。

奶奶被张三扯出大门，发现门前一个站岗的警察也没有。那个张三早就有人在门前接应，他骑上马一溜烟儿地跑了。奶奶在大门外望了望，见四处没人，也背着老叔向大车店走去。

奶奶急匆匆地来到大车店，她看到战黄氏正在大门口。“姐姐，赶紧给我把毛驴牵来，我马上离开。”

“你忙啥，既然出来就在家里住上一宿，明天再走不迟。”战黄氏说着拉奶奶进屋。

“那怎么能行，我是从大牢里逃出来的，不能连累你们。”奶奶急切地说。

听到奶奶的话，战黄氏笑了。“放心吧，你就安稳地在我家住上一晚，我保证你不会被抓回大牢。”

“咋回事儿?”奶奶没有明白战黄氏的意思。

原来，奶奶被抓进大牢后，干姐姐一边给奶奶送被褥，一边找人给奶奶送些吃的。她不能让奶奶饿着，因为奶奶还有个吃奶的孩子。办完这些事儿，战黄氏托人给黄知事送去十两银子，让他将奶奶放出来。

在战黄氏为奶奶疏通关系时，辛张绺子的胡子头辛长庚也托人给黄知事送去五十两银子，让他放了二当家张三。黄知事是个明白人，他看清了民国时期的动荡局势，将来天下是谁的都很难说，他想给自己留条后路，所以导演了伙房起火的闹剧。

奶奶听了干姐姐的话，对战黄氏说：“姐姐，谢谢你的救命之恩，等我回家把地和黄牛卖了，凑齐了十两银子给你送来。”

“你可千万别这么做，把地和黄牛卖了，你们一家人还活不活了?”看着干姐姐这样为自己着想，奶奶不好意思地说：“你们家也是小本生意，这十两银子可不是个小数目，咋能让你白搭十两银子呢?”

战黄氏一看奶奶这样固执，劝她这笔钱先记着，啥时候有钱啥时候还。同时，她还对奶奶说：“君子报仇十年不晚。”让奶奶现在不要再告了，等到以后情况好转了，她会通知奶奶来告状，毕竟大车店人来人往，是个消息灵通的地方。

奶奶从悦来镇回到家，老姑突然发现奶奶的头发白了不少，脸上的皱纹也添了许多，还整天愁眉苦脸。

春节刚过。一天，孟二虎对张柏说："独眼龙这个王八蛋回去后就没信儿了，当初我说把他给做了，你却坚持要把他放回去让他与谢宝山窝里斗，结果谢宝山还不是活得好好的？"

张柏说："要杀掉独眼龙容易，现在正是要钱的高峰，可以派几个人到他常去的赌场盯着，等他单独离开时便可以下手做了他。可是你想啊，弄死独眼龙，就像打死一条癞皮狗、碾死一只臭虫，谁也不会在意，但那样做成全一个人。"

"你又来了。"孟二虎打断张柏的话。

张柏说："二当家的，你听我把话说完。可以这样，你找几个弟兄到悦来镇赌场盯着独眼龙。我听说他有个习惯，每次赢了钱，不管深更半夜还是大白天，都要到虞姬堂窑子去消遣。那时候你让弟兄们动手，可以把钱下了，再给他一点儿教训。"

这几天，孟二虎派了几个独眼龙不认识的人来到赌场。为了不引起别人的注意，这几个人也在旁边或赌或看热闹。可是两天过去了，独眼龙也没有赢钱，反而输个精光。赌徒就是赌徒，越赌越红眼，独眼龙输了钱总想捞本，赖在赌场不走，一会儿向这个借钱，一会儿向那个抽红，累了就在赌场的长条椅子上睡一觉。第三天晚上，路掌柜看独眼龙输光了还赖在赌场不走，就借给他一百两高利贷。这天晚上，独眼龙手气大顺，赢了八十两银子。可是当赌场路掌柜让他还本钱时，独眼龙反而急了。"还能欠黄你的钱哪，等明早回来再还你不行啊？"

独眼龙乐呵呵地走出赌场，孟二虎派来的人一前两后跟着他。到了僻静处，三个人一起动手将独眼龙捆绑起来。独眼龙刚要喊，一把凉飕飕的刀架在他的脖子上。"你喊，我就宰了你！"说着，三人把独眼龙的钱袋拿走，将他装进麻袋里，扔在街上。

孟二虎手下离开后，一个喝醉酒回来的狗肉铺掌柜发现路旁有个麻袋，他用脚踢了一下，听到麻袋里"哽"了一声。他以为这是一条狗，扛起来便走。"别说，这条狗还挺大呀，死沉死沉的。"

狗肉铺子掌柜气喘吁吁地将麻袋扛到家，扔在肉板上。当他打开麻袋一看时，顿时吓呆了，原来是一个人，嘴里还堵着一块破抹布。“你是谁?”

独眼龙被拿下堵嘴抹布，开口就骂：“你他妈的敢踢我，还差点儿把我摔死，看我怎么收拾你，赶快把绳子给我解开!”听到独眼龙的话，狗肉铺子掌柜赶紧把他放出来。独眼龙站起来扇了他一巴掌。“妈拉个巴子的，给我拿一百八十两银子咱们算完事儿，不然我让黄知事派警察来把你家铺子给拆了。”

狗肉铺子掌柜一看，原来这是刘道台家的亲戚。他哭丧着脸说：“三东家，我们是小本生意，哪有一百八十两银子呀!”

“妈的，穷鬼。有多少拿多少!”独眼龙用一只眼睛恶狠狠地瞪着他。

狗肉铺子掌柜急忙进到里屋，哆哆嗦嗦地拿出十两银子。“三东家，我们家就剩这么点儿银子了，你要是都拿走了，明天我们就得关门了。”

“关了更好，省得明天还得费事儿把你铺子给拆了。”独眼龙夺过银子走了。

第二年开春，奶奶带着父亲、二叔、三叔和老姑种地。父亲扶犁，二叔牵牛，三叔、老姑和奶奶点种。一家人干得热火朝天，让邻居好生羡慕。

这一年，老叔走路还是侧侧歪歪，把他放在地头上他还不老实，到处乱爬，有时拿起土块往嘴里塞，弄得满嘴满脸都是泥土。二叔赶着牛犁在地头转弯时，差点儿踩死老叔，吓得奶奶出了一身冷汗。没办法，奶奶只好带着老叔回家，把老姑的臭裹脚布找出来，将老叔拴在窗框上。

到了吃午饭时，奶奶回到家里一看，老叔趴在炕沿边上睡着了，脸上挂满泪痕。看着老叔，奶奶心里一阵儿难过。这么多年来，她一心为爷爷告状申冤，经常着急上火没奶水，才使老叔体质这么弱。奶奶把老叔解开，铺好小被将他放在上面。奶奶开始做饭，父亲、二叔、三叔喂牛喂驴。老姑躺在炕上：“哎哟，我的娘噢，我的腰都要累折了。”

奶奶听后笑了。“小孩儿伢子哪有腰，七十二岁才长腰芽呢!”

老姑说："小孩儿咋没有腰，你看看不是在这呢吗？"她说着，撩起衣服让奶奶看她的腰。奶奶没理她。

吃完午饭，奶奶又拿起老姑的臭裹脚布准备捆老叔。老叔一看便往炕里爬，像杀猪一样号叫："娘，不绑。娘，不要。"

奶奶看着老叔，眼圈都红了，眼泪在眼眶里打转。"唉，不是娘狠心，是娘没办法呀！"

老姑看出了奶奶心里难过，便对她说："娘，你看老弟哭得多可怜哪，下午不如我在家里看着他，这样你也放心了不是？"

"少给我耍滑头，你那点儿小心眼儿我还不知道，不就是想偷懒吗？"奶奶狠了狠心，又将老叔捆绑在窗框上。没办法，老姑只能跟着奶奶下地干活儿。

奶奶走出大门时，老叔还在不停地哭叫："娘，别走。娘，别走！"奶奶停下脚步回头看看窗户，一狠心还是走了。

这两年，奶奶没少挨累，她养了四头大肥猪，还养了很多鸡鸭鹅，可是这些家畜不是给自家人吃的，都换了钱。奶奶想，自己省吃俭用尽快凑够十两银子好还给干姐姐。有饥荒压着，始终直不起腰来。

到了民国五年（1916年）初春，奶奶终于攒够了十两银子。她趁着还没开江时去了悦来镇，将银子还给干姐姐。

到了悦来镇，战黄氏告诉奶奶，袁大总统去年就死了，现在又换上黎元洪大总统。奶奶说："又改朝换代了？那个刘道台、黄知事换没换？"干姐姐告诉她："朝代换没换她说不清，反正刘道台和黄知事都没换。"听到战黄氏的话，奶奶心里这个憋屈。

奶奶从悦来镇回来时，干姐姐给奶奶拿了十块大洋。"这些钱你拿着，回家领着孩子好好过日子，终究有那么一天，会让谢宝山和独眼龙偿命的。"奶奶听了干姐姐的话，带着十块大洋回到赵家窝棚。

第五章　善恶有报

民国六年（1917 年）十一月七日，也是俄历十月二十五日，俄国爆发了一场震惊世界的“十月革命”。在这场大革命冲击下，十万白俄贵族蜂拥到哈尔滨避难。他们的到来，给哈尔滨带来了商机，也给三家子码头带来了前所未有的发财机会。以前都是谢宝山屁颠屁颠地跑到哈尔滨卖木材，即使求爷爷告奶奶，木材还是积压如山。而到了民国七年，也就是 1918 年年末，三家子码头的木材根本不够卖，一些木材商因为缺木材，经常跑到三家子码头催货。那个时期，哈尔滨的外国教堂、学校、医院、宾馆、饭店、商场、工厂，几乎在一夜之间铺天盖地拔地而起。俄国人来了，日本人来了，法国人来了，英国人来了，意大利人来了，还有带着不同国籍的犹太人也来了。他们带着雄厚的资本，抢占了哈尔滨这个远东大市场。尽管中东铁路的建设让哈尔滨打开了门户，可真正意义上的“东方莫斯科”、“东方小巴黎”却是从这时开始的。

这段时间，谢宝山尽量满足独眼龙的嗜好，只要他不干涉码头经营，不干扰自己与杏花幽会，尽量让他去赌去嫖。

三家子码头的生意越做越火，每年都有十万块大洋进账。码头有钱了，刘道台和黄知事都是这里的常客。俗话说，拜庙不如拜商。三家子码头因此门庭若市，车水马龙。一天，刘道台带人来到三家子码头，给谢宝山送来十支破枪，硬管谢宝山要了一千块大洋。可是谢宝山连个扁屁都不敢放，还得好吃好喝招待人家。临走时谢宝山不仅给了刘道台一千块大洋，还另外加了二百块孝敬这个父母官。

那天刘道台没有在三家子码头住，而是跑到悦来镇虞姬堂窑子住。第二天，他骑着马沿着松花江冰道回依兰。在快到依兰不远的地方，刘道台看到依兰府灯火辉煌，心里这个高兴。这次去桦川县不仅在三家子码头弄来一千二百块袁大头，还有黄知事和窑子孝敬的五百块大洋，他发财了。这些钱都在前面的马爬犁上，他得看紧点儿，别让那些长着歪心眼的人趁着黑夜下手偷了。这样想着，刘道台骑着马紧跟在马爬犁后面。

走着走着，马爬犁黑灯瞎火地一头扎进清沟里，刘道台没反应过来，也跟着出溜进了清沟里。“救命！”还没等刘道台喊完，就被松花江激流冲到冰下。结果，一千七百块袁大头陪同刘道台一起葬身江底。

刘道台忙碌一生，枉费心机，万贯家财没人继承，也没有留下一男半女，连三个老婆都要成为别人的填房。

两天后，这个消息传到了三家子码头。谢宝山不但没有难过，反而让伙房炒了八个菜，他要与杏花喝酒庆贺一番。正在谢宝山与杏花推杯换盏时，独眼龙从悦来镇回来了，他想把刘道台被淹死的不幸消息告诉谢宝山。独眼龙风风火火地直奔谢宝山的正房。“二哥，大事不好了，刘道台被淹死了！”他喊了几声，也不见谢宝山回应。这时候，谢宝山的老婆从里屋出来了。“是三弟呀，怎么了？”

“二嫂，大事不好了，刘道台被淹死了！”

谢宝山老婆一听，赶紧叫“陈二，陈二”可是喊了半天也没有听到有人答应。“三弟，你先坐下喝口水，我去找你二哥。”

“不用了，我先回去把这个不幸的消息告诉杏花。”

谢宝山老婆一听独眼龙要回自己房里，急得不知道咋办才好。她颠着小脚，跟在独眼龙后面干着急。“陈二！陈三！”没走几步，她突然摔了个跟头。谢宝山老婆顾不得疼痛，喊道：“来人呐，快来人哪！”

独眼龙管不了谢宝山老婆的大喊大叫，他急匆匆地奔向自己的住房。“杏花，大事不好了，刘道台被淹死了！”还没等进门，独眼龙便迫不及待地喊了起来。

“乍乍呼呼地喊啥？”没等独眼龙进到里屋，便听到了谢宝山的声音。

咦？不对呀！谢宝山怎么会在自己屋里。当独眼龙看到谢宝山正和杏花喝花酒时，顿时气不打一处来。“你们这两个狗男女，怪不得你为谢宝山说好话儿呢，原来你们趁我不在家早就勾搭在一起了！”说着，独眼龙举手给了杏花一拳，可是被谢宝山硬生生地给挡了回去。

“你敢挡我？”独眼龙回手又给了谢宝山一拳，被谢宝山躲了过去。“来人呐！”谢宝山一喊，陈二和陈三从西屋窜了出来，将独眼龙按倒在地。以前谢宝山不敢得罪独眼龙，是因为惧怕刘道台，可是现在刘道台一死，还怕你独眼龙？

“谢宝山，我杀了你这个狗娘养的！”独眼龙气急败坏地喊着。

“你想杀了我？看看今天谁杀了谁。”谢宝山对陈二、陈三说，“把这个败家子给我拉出去做了！”

还没等陈二、陈三将独眼龙拖出去，独眼龙骂道：“谢宝山，你个王八犊子，将来你不得好死！”

“给我把他拖到马圈去，先把他的嘴塞满马粪用布勒上，再拉到野外毙了喂狼。”

本来杏花想为独眼龙求个情，放他一条生路。可是当她看到谢宝山这样狠毒时，话到嘴边又吞了回去。杏花战战兢兢地与谢宝山喝着酒。“怎么了，杀了独眼龙你心疼了，不然你也去阴曹地府陪着他？”听了谢宝山阴森森的话，杏花当时吓没魂儿了，她跪在炕上给谢宝山磕头。“谢……谢……大哥饶命，我……我……这一辈子都……都……听你的还不行吗？”一贯说话浪声浪气的杏花，此时也吓得结结巴巴。

独眼龙被陈二、陈三拖了出来，可是他还在大骂谢宝山：“盗墓贼，你个狗娘养的，将来你会跟我有一样的下场。”

陈二说：“三东家你别骂了，不然可别怪我们不讲情面真给你嘴里塞马粪了。”

“陈二、陈三，这些年你们也看明白了吧，虽然我好赌不走正道，但他谢宝山也太心狠手辣了。以前他出主意害死大当家的，现在又想害我，他是司马昭之心路人皆知。”见陈二、陈三有些犹豫，他接着说，“今天我死了无所谓，想当年我在老金沟已经死过一回了。可是我临死之前给你们哥儿俩交个底，别死心塌地地为谢宝山卖命，不然你们会后悔的。”独眼龙一番掏心窝子的话，让陈二、陈三的心里有些松动，架着独眼龙的手显然有些松懈。独眼龙一看机会来了：“陈二、陈三，这些年咱们兄弟也算相处得不错，一会儿你们哥儿俩开枪时给我来个痛快的，别让我遭罪。”

见陈家哥儿俩没吱声，他接着又说：“还有，在我住的房子西北角，埋了个坛子，里面有我准备私买枪支的大洋，现在看来已经用不上了，这些钱你们哥儿俩拿去吧，娶个媳妇儿过日子，赶紧离开三家子码头。我把话说在前头，你们知道的事情越多，离危险就越近，我的今天就是你们的明天。”听了独眼龙的话，陈家兄弟你瞅瞅我，我看看你。

不是陈家兄弟轻易听信独眼龙的蛊惑，而是这么多年他们哥儿俩把很多事儿都看清楚了，只是为了生活不得不听从谢宝山的指使。来到野外二里远，陈二把独眼龙放开。“三东家，你先跑出一百五十米后我们再开枪，是死是活看你的造化了。”

独眼龙听到陈二的话，撒丫子就跑，他恨不得爹娘多给他生几条腿。当他跑出二百米时，听到身后“啪啪啪啪”连响四枪，独眼龙腿一软瘫在地上。等了一会儿，独眼龙见枪不响了，才从雪地上爬起来，以百米冲刺的速度向东兴镇跑去。

等到天黑后，独眼龙偷偷摸进赌徒齐老三家，在他家简单吃了点儿饭。“齐老三，把你的马匹和匣子枪借我用一用。”他发现齐老三有些为难，又说：“我不是白用，给你二十块大洋。”可是齐老三还是不想借给他。“齐老三，你也太没人味儿了吧？当初你抽老千时，要不是我为你说情，你的一只手早被人剁下来了。”说着，独眼龙掏出二十块袁大头放在炕桌上。

“你到底是咋了？跟逃命似的。”齐老三有些不明白地问。

“你别问了，也别说我到你这里来过，不然咱们俩都有麻烦。”

齐老三虽然感到莫名其妙，但独眼龙给了钱，他也就没再说什么。独眼龙骑着马，挎着枪，沿着松花江冰道，朝着依兰方向飞奔而去。

民国八年（1919 年）阴历五月初三，奶奶早早起床蒸馒头，杀小鸡。今天是爷爷的忌日。每年的这一天，奶奶都要领着孩子到江边给爷爷上供，让他们记住家族的仇恨。奶奶蒸好馒头，天还没亮。当奶奶准备到鸡窝抓小鸡时，刚一出门就被一包东西绊了一跤，她以为又是谁给送来了粮食，也没在意。当奶奶从鸡窝抓小鸡回来时，顺便将那个袋子拎进屋里，她感觉袋子很沉。奶奶杀完鸡，打开袋子一看：“啊!”里面原来是一百块袁大头。她当时蒙了，哪来的这些钱，会不会是谁把钱放错了地方？可是翻来翻去，袋子底下有张纸条。奶奶虽然早年跟着念了几天私塾，但纸条上的字认不了几个。

蒸好白条鸡，奶奶没有急于去江边祭奠爷爷，而是拿着纸条去找赵家窝棚掌包赵老大。赵老大看了看纸条，给奶奶念了起来：大嫂，告诉你一个好消息。依兰刘道台去年冬天掉进松花江给淹死了，独眼龙也差点儿被谢宝山枪毙了，真是恶有恶报呀。今天是大哥的忌日，我们哥儿俩送上大洋以表心意。孩子们都不小了，给他们说个媳妇儿吧！现在谢宝山势头正盛，劝你暂时不要再告了，这个人心狠手辣，免得你吃亏。好好活着，君子报仇三十年不晚，终有一天人不报天报。落款：陈有财、陈有富。

“完了?”

“没了。”

奶奶拿着纸条迷惑不解。赵老大问：“弟妹，你不认识陈有财和陈有富?”奶奶摇摇头。

“看这两个人的口气，好像了解三家子码头的内情。”赵老大分析道。

在回来的路上，奶奶开始琢磨，这两个人到底是谁呢？奶奶前前后后想了一遍，可是始终没有想起这两个人到底是谁。

奶奶回到家里，将一百块袁大头装进坛子，在屋内挖个坑埋了起来。

在领着孩子给爷爷祭奠时，奶奶摆好贡品，点燃香火。“当家的，你要是在天有灵就挨个儿地惩罚那些仇家吧。你要是在天有灵就助我打赢这场官司，讨回三家子码头。你要是在天有灵就保佑孩子们长大成人，为赵家争光。”

祭奠完毕，老姑和老叔这两个小馋猫便急不可待地抢起了清蒸鸡。奶奶没有心思理会他们，闷着头想心事儿。

从江边回来时，奶奶看着父亲和二叔，心想这两个孩子都长成大小伙子了。那两个姓陈的说得对，也该给两个儿子娶媳妇儿了。那年，父亲十九岁，二叔十七岁。在民国时期，一样大的男孩儿早成家了。

回到家里，奶奶托媒婆为儿子找媳妇儿，还给悦来镇的干姐姐捎了信儿，让她给留点儿心。

家里刚种完地，悦来镇的战黄氏托人捎信儿来，让奶奶领着父亲和二叔去一趟。奶奶急忙收拾收拾，骑着毛驴领着父亲和二叔去了悦来镇。临走时，奶奶不放心老叔，再三嘱咐三叔和老姑要好好哄着他，并答应回来一定给他们买好吃的。

夏天去悦来镇要比冬天费事儿，干等船也不来。终于过了江，天已经黑了。当奶奶骑着毛驴走到悦来镇，已是半夜时分。奶奶领着父亲和二叔坐在大车店前堂的板凳上，等待天亮。

半夜时，店小二给骡马添草料回来，发现奶奶和两个小伙子在前堂坐着，他一眼认出了奶奶。“你们啥时候到的？”

“哦，我们刚到。”奶奶回答。

“我去告诉太太吧！”

“别告诉了，姐姐都累一天了，我们在这里坐着就行。”

店小二一看父亲和二叔困得东倒西歪，将他们安排到车老板子的通铺上歇着。

第二天一大早，战黄氏看到奶奶在前厅坐着。“你啥时候到的，咋不叫我一声呢？”

奶奶说：“没事儿，在这里坐着挺好的，你是不是该起来做早饭了，我帮你。”

“黄花，黄花！该起来了，跟大姨一起做饭。”战黄氏对着里屋喊。

不一会儿，一个面黄肌瘦的小姑娘走了出来，看年龄大约十四五岁。战黄氏冲着奶奶努了努嘴：“你看看，这个闺女就是。”

奶奶这时候才明白，原来黄花就是给父亲和二叔介绍的媳妇儿。在黄花出去抱柴火时，奶奶说：“这个姑娘也太小了。”干姐姐说：“还小啊，都十六了。俗话说，端动盆，驮动个人儿，不小了！”

“还有一个哪，是哪家的闺女？”奶奶急切地问。

“没有了，这个闺女还是花钱从马贩子手里买的哪。我想看看两个外甥哪个更合适，实在不行就哥儿俩先娶一个，这也没啥。”战黄氏说的没错，当时的北大荒，是男人梦想中的天堂和现实中的人间地狱，是逃避战乱、避开人祸的好去处，所以造成了男多女少的局面。另外有钱的男人都效仿官员和军阀娶好几个老婆，没钱人家只能哥儿俩娶一个或者打光棍。

战黄氏告诉奶奶，这个姑娘叫黄花，是从河南逃荒来的。路上她娘饿死了，剩下她和弟弟。为了埋葬母亲，黄花插草卖身，被一个马贩子买了下来。本来马贩子不要黄花的弟弟，可是在黄花的再三请求下，他们被马贩子一起带到悦来镇，是战黄氏从马贩子手里花了十块大洋一起买下的。黄花对战黄氏说，只要不让弟弟饿死，让我当牛做马都行。

听了干姐姐的话，奶奶对黄花倒有几分佩服。奶奶又问：“那个小男孩儿呢？”

“还睡觉呢，一会儿你就知道了，干瘦干瘦的都不成人样儿了。”

这时，父亲和二叔都起来了。奶奶领着他们去见战黄氏。“快叫黄大姨。”父亲和二叔一起喊：“黄大姨！”

奶奶说：“你黄大姨可是个活菩萨，没有她，娘早没命了。”听着奶奶的话，父亲和二叔不停地点头。

“姐，姐！”这时一个穿着破衣烂衫的瘦小男孩儿在找黄花。奶奶一看这个孩子：“唉，瘦得太可怜，都皮包骨了。”

“可不是嘛。”接着战黄氏又说，“你们家孩子多，要是不方便的话，这个男孩儿我养着。”

“孩子再多，也不差一只碗一双筷子。”奶奶接着说，“在咱们北大荒，只要人不懒，就不会被饿死。”

吃完早饭后，奶奶打发父亲和二叔到街上转一转，因为父亲和二叔还从来没有来过悦来镇呢。在父亲和二叔出门前，奶奶狠了狠心，给了他们俩一块大洋，让他们给三叔、老姑、老叔买点儿好吃的带回去。

“小二，你陪两个孩子到街上，别让他们走丢了。”战黄氏不放心地说。

等父亲和二叔走后，奶奶说：“姐，你看把黄花嫁给老大行吗？”

“其实也没啥不行的，他们差三岁也正常。不过，我觉得黄花嫁给老二更合适。”战黄氏说。

奶奶说：“老大还没娶媳妇儿，先给老二娶，怕人笑话。以后谁家的姑娘还肯嫁给老大啊？不知道底细的还以为他有啥毛病呢。”

“我看也没啥，老大以后遇到适当的再娶呗！”听了干姐姐的话，奶奶摇了摇头。战黄氏一看奶奶不同意，便说：“实在不行我看这样，还是先让他们哥俩娶一个，以后遇到适当的再给老大找，也不是只有我们一家这么做，哥儿俩娶一个媳妇儿的多着呢。”奶奶点了点头。

“得问问黄花是啥意思吧？黄花，黄花！”战黄氏将黄花叫了进来。黄花进到里屋站在那里，两手扯着破旧的大衣襟，那个衣服小得只能盖到肚脐，脚上的一双单布鞋，趾头都露在外面。“黄花，大姨跟你说，让你嫁给我两个外甥你同意不？”

黄花看看战黄氏，又看了看奶奶：“能让我弟弟跟我一起去不？要是能，让我干啥都行。”

“让你弟弟留在我这里行不？”听到战黄氏的话，黄花的眼泪刷地一下掉下来了。“大姨，求你了，让弟弟跟我一起去吧。到了婆家我可以不吃粮食，只吃野菜，留着粮食给弟弟吃。”看来，黄花真是个有心的姑娘，她宁愿把自己卖掉，宁愿自己挨饿受冻，宁愿自己当牛做马也要保护着弟弟。听到黄花的话，奶奶和战黄氏都落泪了。

奶奶说："姐姐，你可别逗孩子了，这个媳妇儿我要定了。"奶奶突然发现，黄花这孩子跟自己的性格有点儿相似。

"黄花，把你弟弟叫来，娘领你们到街上买点儿新衣服。他叫啥?"

听奶奶问，黄花说："他叫宝弟。"

战黄氏一听奶奶要上街："我说妹子呀，你少让我操点儿心吧！新来的这个周知事与谢宝山几乎成了一家人了，你还敢上街晃悠?"

"凭啥不敢，我告状光明正大，难道还怕他们不成?"奶奶理直气壮地说。

"正是因为你这个犟劲儿，在周知事接任时我才没给你捎信儿呢。"

奶奶说："姐姐，你别生气，要是不能为你妹夫申冤报仇，我这一生都不能安心，等把孩子送回家安顿好，我还要到县衙府衙去告状，真的。"

"你又来劲儿了。这样吧，我领着黄花和宝弟上街，你好好给我待在家里。"战黄氏拉起黄花和宝弟便走。奶奶在后面喊："我给你拿钱!"

"不用了，全当我给外甥随礼了。"

战黄氏刚走，父亲和二叔回来了。奶奶对他们说："我跟你黄大姨都商量好了，让黄花同时嫁给你们哥儿俩。"父亲一听摇摇头。"她那么点儿岁数嫁给老二正合适。"

奶奶说："不行，要是黄花先嫁给老二，你这一辈子别想再娶媳妇儿了，谁家姑娘还愿意嫁给你呀，那时我们家就丢大人了!"其实奶奶说得没错，那时候就是这个风俗，哥儿俩娶一个媳妇儿不丢人，嫂子成了寡妇嫁给小叔子也不丢人，就是大的没娶媳妇儿小的先娶了丢人，人家会说这家老人没正事儿。

"没人嫁拉倒。"一向老实巴交的父亲此时开始反抗了。

"等回去再说，不用你跟我犟嘴。"奶奶生气了。

二叔一直没有吱声，可是他听了父亲的话，心里暗自高兴。

中午时，战黄氏领着黄花和宝弟回来了。黄花穿得挺鲜亮，是个洋布的花布衫，连奶奶都没有见过。奶奶见过缎子，见过丝绸，可就是没有见过洋布。

奶奶单独把干姐姐叫到里屋，她拿出了二十块大洋递给战黄氏。

“你这是干啥，给我十块大洋就行了，我还能多要你钱哪?”战黄氏不解地说。

“那十块大洋是以前你借给我的，这回一起还给你。”奶奶解释道。

“你哪来的这些钱?”战黄氏疑惑地问。见干姐姐问，奶奶把陈有财、陈有富送袁大头的事儿前前后后说了一遍。

别看战黄氏是见过世面的人，但她听了奶奶的讲述后，也感到很蹊跷。过了一会儿，战黄氏对奶奶十分肯定地说：“是不是当年妹夫交下的朋友。不然，这年头谁还会这样做?”

奶奶说：“姐，你这里消息灵通，以后留点儿心给打听一下谁叫陈有财、陈有富，我们以后好报答人家。”

第二天一大早，奶奶带着几个孩子一起回家。

宝弟瘦小走不动路，奶奶和他共骑一头毛驴。路上，奶奶问宝弟：“你愿不愿意管我叫娘?”

宝弟仰着头看着奶奶，“姐姐管你叫不叫娘，要是她叫我就叫。”

“她当然管我叫娘了!”

“她叫我就叫，娘!”

“哎!”

黄花听到宝弟和奶奶的对话，突然捂着脸哭了起来。在她的脑海里，突然闪现她娘被饿死的情景，想起了她娘最后跟她说：“黄花，娘不行了，你一定要带着弟弟活下去。”还有她娘死后，两个孩子叫天天不应、叫地地不灵的无助。看着黄花在哭，奶奶也一阵儿心酸。

黄花来到奶奶家后，每顿饭吃得都很少，而且还没日没夜地干活儿。奶奶对她说：“黄花呀，你这样可不行，以后可要吃饱了，要是不吃饱怎么能生孩子呢?”

“娘，我已经吃饱了。”黄花每次都这么说，可是下顿饭还是吃一点点。有时候她还用眼神告诉宝弟少吃点儿，生怕吃多了被奶奶赶出门似的。

一天，奶奶把黄花和宝弟叫到跟前。“黄花、宝弟，你们既然都管我叫娘，就是我的孩子，以后可不能吃得这么少了。别看咱家粮食不多，可是多掺点儿野菜，这个夏天能对付过去。等秋天打粮了，除了交地捐，剩下的咱们一斤也不卖，让你们管够造。”

黄花对奶奶说：“娘，我真不饿。我在地里干活时，酸么姜、散落花根、山葱、山韭菜、山白菜、山芹菜我啥都吃。”

奶奶半开玩笑地说：“怪不得整天听你噔噔放屁呢。家里有粮，你干啥要生吃那些牲口吃的东西？”

奶奶本想跟儿媳妇儿开个玩笑，没想到黄花却哭了，哭得那么伤心。奶奶看到黄花一哭，便说：“娘是跟你闹着玩呢，别哭了黄花，你一哭，娘的心里也不好受。”

黄花擦了擦眼泪说：“我知道娘是好心，可是我们在河南老家连这些东西都看不到，更别说想吃了。”

“你们那里不长野菜？”奶奶问。

“唉！”黄花叹了一口气说，“娘你都不知道啊，前年黄河决堤，爹为了救我们被洪水冲走了。大水退后满地黄沙，连树叶、树皮、草根都吃光了。我小妹才五个月，被饿死了。我娘偷着将她煮熟让我们吃肉，我们也不懂，就吃了……”话没说完，她已泣不成声。

奶奶听到这里，差点儿呕了出来。黄花哭得更厉害了。后来她还告诉奶奶，她娘带着他们一路北上讨饭。到了河北，路上讨饭的有十几万人，别说讨饭了，连路旁的树皮、树叶和草根都被吃得精光。她曾见过讨饭路上人吃人，连死猫烂狗都没剩下。他们一路讨饭来到黑龙江，在宾县她娘连饿带病死了。黄花和宝弟跪在那里求人把娘埋了，可是没人理他们，所以黄花想到了插草卖身。这时候走过来一个马贩子，掰开她的嘴看了看牙口说：“还行，已经不算小了。”马贩子并没有给黄花钱，只是雇人买了口简易棺材把她娘给葬了。马贩子本来不想要宝弟，可是黄花求马贩子一定要带上弟弟，所以马贩子带着黄花和宝弟来到桦川县。路上，马贩子也没干好事儿，他还糟蹋了黄花几次。黄花每次反抗，马贩子都要以丢弃宝弟相威胁，黄花只好认了。奶奶听了，不但没有埋怨黄花，还骂那个马贩子是牲口。

到了秋季，老天还真成全人，这年大丰收，粮食堆满了院子。奶奶说："黄花呀，你看看咱家的粮食多不多，以后你得吃胖胖的，给娘多生几个孙子。"

至于黄花来到我们家后，是同时嫁给父亲和二叔了，还是只嫁给二叔了，我们家人从来都是讳莫如深。虽然没有人告诉我们，但我知道她不是我妈，也不是我二婶，听说她后来因为生孩子难产死了。

再说独眼龙从三家子码头跑出来，他骑着马一路奔向依兰。东兴镇距离依兰一百五十多里，又是黑灯瞎火走松花江冰道，日出三竿子才到依兰。

独眼龙到了依兰后，便去了道台衙门，可是衙门口仍然不见个人影。独眼龙想，难道刘道台一死，道台府黄了？又等了老半天，才发现一个老人出门扫院子。

"老头！"独眼龙发现自己的口气不对，便改口道，"老大爷，请问三姨太还住在府里吗？"

老人抬头看了看独眼龙，没有吱声。"妈的，晦气，原来遇到一个哑巴。"独眼龙自言自语地说。

"你这个有娘养没娘教的东西，你在骂谁呢！"老人开口说话了。

正在这时，四斜楞从大门里走出来，独眼龙像见到救星似的。"四……"他刚想喊四斜楞，可是马上改口，"四爷，三姨太还在府上吗？"

四斜楞斜楞个眼睛看着独眼龙，背着个手装起爷来了。当时，独眼龙恨不得掏出枪崩了他，可是转念一想，现在是求人家的时候，不能来横的。"四爷，三姨太还在府里吗？"独眼龙边说边掏出十块大洋递了过去。四斜楞接过大洋用嘴吹了一口气，放在耳朵上听了听，确认是真钱。"你找三姨太呀，现在你去刘道台家老宅也许能见到，再过几天她恐怕就要为刘道台陪葬了。”

“怎么回事儿?”独眼龙急切地问。

见独眼龙问，四斜楞把前前后后的经过说了一遍。原来，刘道台掉进清沟时，四斜楞也在场，可是根本没法救刘道台。他们回来后将消息告诉了三姨太，可是她连个眼泪疙瘩都没掉。她让丫鬟帮着收拾细软财宝，足足装了两箱子，然后叫来两个公差帮她们抬上马车连夜出了城。四斜楞以为，三姨太可能连夜回老家了。可是他没想到，在天亮前三姨太和丫鬟又回来了，只是财宝没有带回来，估计已经藏起来了。四斜楞不知道三姨太是怎么想的，她回到道台府还像往常一样，该吃饭吃饭，该抽大烟抽大烟。太阳升起三竿子高时，她被大太太派来的护院抓走了。听说为了那笔财产，大太太把丫鬟打得死去活来，还要让三姨太为刘道台陪葬。

听到这里，独眼龙心里一阵儿狂喜。原来三姨太把金银财宝都藏了起来，这就好办了。不过他还要装出一副关心远房姑姑的样子，便说：“你和三老歪跟了刘道台这些年，怎么不去救三姨太?”

“这年头都是爹死娘嫁人，个人顾个人。再说，我们俩凭啥为了那个骚货去断送前程呀?”一听四斜楞说到“前程”，独眼龙觉得好笑。看来，四斜楞和三老歪还对这个官差挺依恋的，对未来还抱有幻想。

独眼龙听明白了，在这种情况下，三老歪和四斜楞是指望不上了，还得靠自己想办法。

离开依兰衙门，独眼龙想，怎么才能进入刘道台的老宅又不会引起怀疑呢?想着想着，独眼龙奔向一个商铺买了一丈白布做了个孝帽子，然后打听到刘道台老宅的地址。在离老宅一百米时，他发现大门前挂着挽幛和招魂幡心里才踏实，这说明三姨太还没有陪葬。他牵着马，走到大门五十米处时喊道：“干爹呀，你咋不明不白地过世了呀!”独眼龙一看门口有人出来，哭得更伤心了。“干爹呀，孩儿还没有孝敬够您呢，您怎么驾鹤西去了?”别看独眼龙没有念过一天书，可是这词儿整得挺硬，还真把刘道台的家人给蒙住了。

独眼龙被让进院里，正房前搭着灵棚，里面有一口彩绘大棺材。独眼龙心想：这个刘道台真能整景，连个尸首都没留下还弄个棺材摆着，他活着的时候玩虚的，死了还在玩虚的。独眼龙发现院子里的人都在看着他，急忙跪在棺材前磕头。“干爹呀，前几天咱们爷儿俩还在一起喝酒呢，没想到这才几天哪，你老人家就去了。老天真是不长眼，咋不让孩儿替你去死哪！”

听到哭声，大太太从里屋出来，她身穿孝服走了过来。有人告诉独眼龙：“这是大太太。”独眼龙一听，立刻掉过来头来给刘道台的大老婆磕头。“干娘啊，孩儿来晚了，我对不起干爹呀！”他声泪俱下，好不感人。

大太太说：“起来吧，哭几声就行了。”可是，独眼龙还是不起来，一边烧纸一边哭，连那只干瘪的眼睛都流出泪水来。独眼龙哭了一阵子，又烧了一阵子纸，被人让到了正房。

刘道台家弟兄五个，加上大太太、二姨太没有一个认识独眼龙的。可是大家又不好意思问，因为刘道台这些年在桦川县很少回家，即使回到依兰也很少回老宅住，他们都以为一定是刘道台在桦川县时认的干儿子。

独眼龙的到来，还给刘道台家里带来了一场不小的战争。那天得知刘道台的死讯后，家里人为了筹办丧事，刘道台的大哥跟大太太商量说：“侄儿门前站，不算绝户汉，等到第七天发丧时，让我儿子给他三叔扛灵道幡吧！”

大太太本来因为没生个一男半女感到理亏，也不好争论。便说：“听大哥安排吧。”那个年代扛灵道幡不白扛，老人死后要继承家产，何况刘道台良田千顷，房屋几十间，那可不是一个小数目。

大太太带着独眼龙进了正房坐下，她试探地问：“家里有几口人哪?”独眼龙见大太太问，便告诉她，自己住在桦川县悦来镇，家有良田千顷，院落两套，有赌场，有码头，有商铺，家里有几十口人，仅雇工上百人。独眼龙没边没沿地吹牛，愣是让大太太信以为真了。

“你这次来，还有别的想法吗?”大太太继续试探。

“我大老远跑来就是为了给干爹送葬。干爹在桦川县时没少照顾我，这天高地厚之恩让孩儿永远也报答不完，我能有什么想法？”独眼龙说完，见大太太很高兴，接着又开始忽悠。“要是干娘发送干爹的钱不够的话，孩儿马上回家取银子，为干爹尽孝，这是干儿子应尽的孝道。”

“钱倒不用，你有这份孝心就行了。”大太太这才放心地说。

“要是没啥大事儿，孩儿给干爹守灵去了。”说完，独眼龙走了出去，恭恭敬敬地跪在棺材前烧纸上香。

大冬天的，独眼龙跪在刘道台棺材前，一跪便是一个时辰，让大太太好不感动。

看到干儿子来了，大太太也硬气起来。她找到大伯哥说：“既然干儿子来了，我看别让你儿子扛灵道幡了。”大太太有自己的歪心眼，她怕发丧后侄儿要房子要地，可是用独眼龙扛灵道幡，什么都不用给。

刘道台的大哥一听，火了：“怎么能让外人扛灵道幡哪？”

这次大太太可没那么好欺负了：“怎么不能，干儿子就等于儿子，比侄儿关系近多了，就让干儿子扛灵道幡，这件事儿我说了算！”

听到大太太跟大伯哥吵了起来，独眼龙霍地一下站起来到东厢房。“谁敢欺负我干娘，我宰了他！”独眼龙将手里的匣子枪高高举起来。

刘道台的哥哥弟弟们一看，生气了：“我们都走，不管她们家的破烂事儿。”

看到刘道台的家人一走，独眼龙暗自高兴。他一会儿指使丫鬟婆子干这，一会儿指使护院干那，好像他真的成了刘道台的亲儿子。

在独眼龙跪在刘道台棺材前烧纸时，他在心里说：“刘道台呀，刘道台！你这个王八犊子做梦也不会想到有今天吧？你不是能算计么，你不是狡猾么，今天我不但要把你的三姨太弄走让你当王八，还要把你的家产弄走，看你能把我怎么样？”独眼龙心里想着，嘴里还小声嘟囔着，大太太听了还以为干儿子和他干爹叙旧呢。

已经连续三天了，大太太都没有休息好，这回干儿子来了，今晚可以好好休息一下了，便把一切事情全部交给了独眼龙。

在大太太休息前，她告诉独眼龙，明天一大早，依兰各界名流都要来吊唁。听了大太太的话，独眼龙吓出了一身冷汗，明天万一三老歪和四斜楞也跟着来凑热闹就穿帮了，说不定自己会死无葬身之地。

等大太太上炕休息了，独眼龙让护院领着把大院前前后后查看了一遍，他也知道了三姨太被关在哪个屋子里。

把大家都安顿好，独眼龙规规矩矩地跪在刘道台的棺材前继续烧纸。别看独眼龙表面挺冷静，可是心里急得要命。

想着想着已是三更天了，独眼龙发现前后院都静了下来。他悄悄来到护院更夫的房子，用棉被裹着枪把十多个人全部枪杀了。他重新装好子弹，来到大太太、二姨太的房间里，将她们全部捆绑起来，堵上嘴。然后逼着她们交出大柜的钥匙，独眼龙将金银大洋装了一大包拎了出来。他没有急于去解救三姨太，而是来到马圈，用枪逼着马倌儿把车套好，将马倌儿打晕后扔进水缸里。独眼龙来到关押三姨太的房间，给她松了绑拉起来就走。

当三姨太看清楚是独眼龙时，心里这个高兴，心想：到底还是亲戚，能在关键时刻救自己一命，如果他再晚来一步，自己肯定完蛋了。

那天，刘道台的大老婆将三姨太抓到老宅时，抬手给她两个嘴巴。“狐狸精，你把当家的财宝都藏到哪去了？”

“我没看到当家的有什么财宝，要财宝你去问他呀！”三姨太硬气地说。

“好，不用你这个狐狸精得瑟。这些年你不是始终陪着当家的么，等下葬那天让你一起陪葬。”大老婆气愤地说。三姨太一听泄气了，心想，这回彻底完了。

当独眼龙解救出三姨太，她说什么都要带着丫鬟一起走。独眼龙说：“带她干什么，还是个累赘。”

“独眼龙，你要是不带着丫鬟，我就不走了。”三姨太摆出一副长辈的派头。

“告诉你春红，以后你少给我摆谱，不然我连你一起整死，你信不信？”三姨太一听，独眼龙不但不管她叫姑，反而叫她的小名，当时蒙了。独眼龙为了让三姨太以后服服帖帖跟着自己，把丫鬟活活地勒死了。三姨太一看，傻了，她做梦都没有想到独眼龙会这么狠。

马车赶出刘道台家老宅，独眼龙问三姨太：“财宝藏到哪去了？马上取出来，咱们远走高飞！”

三姨太不知道是被独眼龙给吓破了胆，还是她另有心机，乖乖地带着独眼龙到野外将埋在雪里的财宝挖出来。

独眼龙赶着马车，沿着松花江冰道奔向哈尔滨。

第六章　锲而不舍

从民国五年至民国十年（1916—1921年），民国大总统换了一个又一个，桦川县知事也跟走马灯似的换了一茬儿又一茬儿。每次换人，奶奶都似乎看到了希望，但每次告状回来都让她特别失望。赵老大也劝过奶奶："这么多年过去了，你就别告了，还是领着孩子好好过日子吧！"

奶奶说："孩子他爹死得不明不白，我就不信那个劲儿了，还告不倒谢宝山了？"

"你醒醒吧。那个谢宝山在桦川县是数一数二的大商户，即使换了一百个县知事他也会用钱摆平。"赵老大继续劝奶奶。

"我还不信了，不管什么世道，就不能出现一个包青天？"

真让奶奶给言中了。民国十一年（1922年）八月，奶奶听说依兰道台和桦川县知事又换人了。这个时期，黎元洪又重新当了大总统，据说这两个人都是黎元洪大总统的嫡系军人，办事儿麻利。特别是那个桦川县公署的李知事，为人耿直，一身正气，为百姓办了不少好事儿。他不仅敢为百姓做主，还在悦来镇通往松花江北岸开设"善船"渡口，雇几个老船夫为过往民众摆渡，工钱由官家出。

李知事到任后，谢宝山也曾经托人给他送过礼，都被他拒绝了。听到这个消息，奶奶似乎看到了光明。这几天，奶奶看什么都是新鲜的，花是艳的，草是绿的，阳光是灿烂的，天空是通透的，连翻起的麦田黑土都泛着油光。

父亲还发现，奶奶这几天心情特别好，见到外人都要主动打招呼。“他大叔地铲完了?”“他大婶你吃了吗?”有时在家里边干活边哼上几句。

这几天奶奶又开始忙着蒸饽饽了，还把玉米面里掺些白面和豆面，蒸出的发糕甜丝丝的。

“娘，你是不是又要去告状了?”见父亲问，奶奶说：“是呀，听说桦川县来了个清官，我要去为你爹申冤，让谢宝山和独眼龙为你爹偿命。”

一向不善言语的二叔说：“娘，你还真信了? 哪个县官上任时不都说自己是清官，可是县太爷换了一茬儿又一茬儿，哪一个为咱家主持公道了?”见奶奶没有反驳，他又说：“要想为爹报仇，不如像孟大虎他们一样，我们哥几个拉上一帮人，宰了谢宝山把三家子码头抢回来。”二叔刚说完，老姑也跟着起哄。“娘，我说二哥能当大东家嘛，要是拉起一竿子为爹报仇，也算我一个!”

“一边待着去，小孩儿伢子咋都不学好?”见奶奶拉下脸，二叔和老姑再不吱声了。

忙完家里的活儿，奶奶去求赵老大为她写了状子。临走前，奶奶对孩子们说：“你们在家别偷懒，好好干活，看好老疙瘩，别让他摔了。”奶奶出门最不放心的就是老叔，别看他已经十一岁了，两个罗圈腿拐拉拐拉地连路都走不稳。

奶奶嘱咐完，骑着毛驴去了桦川县公署告状。来到县公署，奶奶发现大门两旁站岗人都换了，由原来的巡警换成了穿军服的人。奶奶跪在县公署大门外，高举状子。“冤枉，我冤枉啊!”

“起来，起来，你要告谁呀?”一个站岗的上前问。

“我要告三家子码头的谢宝山和独眼龙，是他们害死了我男人。”奶奶仍然跪着不起。

“你等着，我去通报李团长一声。”那个人转身进了公署大门。奶奶一听，咋不叫李知事而叫李团长了，难道这个世道又变了?

“报告!”

“进来，啥事儿?”一个三十岁左右的军官问。

“报告李团长，外面来个女人告状。”

“我跟你说过多少遍了，以后叫李知事，不许叫李团长。让她进来吧!”

奶奶被人带进县公署，她跪在大堂上。

“起来，起来，现在是民国了，不兴下跪那一套，赶紧起来说话。”李知事对奶奶说。

奶奶站起来，将状子递给李知事。李知事让身边的一个年轻军官把状子念了一遍。奶奶一看，原来这个李知事也是个大老粗啊。还是大老粗好，能替平民百姓说话，不像那些秀才出身的，心眼儿贼鼓捣，死拉地坏。

李知事对奶奶说：“你仔细说说这到底是咋回事儿!”

“民女赵宋氏，是江北赵家窝棚的，我家夫君在宣统二年与拜把子兄弟谢宝山、独眼龙合伙开办一个三家子码头……”

“停下，停下，啥宣统，啥民女，啥夫君，别跟我甩那些酸不溜丢的文词儿，你有啥事儿直说!”还没等奶奶说完，李知事便打断奶奶的话。“你家男人叫啥?”

“叫赵启明。”

“咋被人害的?”

“谢宝山、独眼龙两个合伙人一看码头挣钱了，就买通胡子老来好把我男人用麻袋装着扔进松花江里了。”

“这帮胡子，等我腾出手来再挨个收拾他们。”接着，李知事又说，“你说的事情有人证明吗?”

“三家子码头原来有个记账的温先生，还有江南这一带的百姓都知道。”

“你说的可是真话?”

“民女说的要是有半点儿虚假，你枪毙了我。”

“你又来了，啥民女不民女的。你说的那个姓谢的，还有那个叫独眼龙的在哪?”

“独眼龙在哪我不知道，反正谢宝山还在三家子码头。”

“张良、徐生，你们俩多带点儿人马，到三家子码头把他们两个给我抓来!”

“是！”张良、徐生打了个立正转身走了。

张良、徐生走后，李知事对奶奶说：“你回去吧，等把那个姓谢的和独眼龙抓来立刻枪毙。”

奶奶说：“那得把三家子码头还给我们。”

“我要三家子码头干啥？是你的就还给你。”

奶奶走出桦川县公署，回头看一眼大门，心想：这个县衙虽然不见了“明镜高悬”牌匾，但这个县知事办事儿真是利落。自古以来还没听说过，不升堂审问就把谢宝山和独眼龙抓来枪毙，想想心里真是痛快。

奶奶离开县公署，直接去了大车店。她还像上次一样，要把这个好消息告诉干姐姐战黄氏。

见奶奶走进来，战黄氏说：“妹子来了，这几年你告完状急忙慌就走，也没有好好在我这住上几天。”

“那不是怕连累你们嘛。”奶奶解释道。

“怎么样，家里还好吧？黄花和宝弟怎么样？”

“宝弟挺好的，可惜黄花生孩子时憋死了。”奶奶难过地说。

“嗨，这都是命啊！”

奶奶去悦来镇告状的第二天，宝弟出门跟赵四爷家里两个小儿子一起玩儿，可是他们玩着玩着翻脸了，宝弟被赵四爷家的成福、成禄给打得鼻口蹿血。这还不算完，这两个小子还找上门来要打死宝弟。

那天，父亲和二叔到野外割青草还没有回来，三叔不敢招惹赵四爷家的成福、成禄，吓得一个劲儿地赔不是。“成福、成禄，你们俩先回去，一会儿等我大哥和二哥回来，让他们收拾宝弟，给你们出气。”

“凭啥收拾宝弟呀？他们两个都比宝弟大，还打得宝弟满脸是血，你们也太欺负人了吧！”没想到，老姑从屋里走出来。

“小丫头片子，你别把我惹急了，惹急了我连你一起揍！”成福气势汹汹地说。

老姑一听急了，操起铁锹将成福、成禄一顿猛拍。“让你们欺负人，让你们欺负人！”老姑将他们打得满脑袋大包。

别看老姑二八年龄，而且长得如花似玉，可凶起来像一头发疯的母狮。

打跑成福、成禄后，三叔说：“翠花，你惹祸了，看一会儿赵四爷家的成虎、成豹不来找你算账?”

“怕啥，天塌了我顶着。”老姑满不在乎地说。

三叔说：“你净逞能，你能打过两个二十多岁的小伙子呀!”

“你和大哥、二哥都是死人哪，他们敢来就把他们打出去!”老姑的话让三叔听了瘆得慌，这哪是没出阁的大闺女呀，简直就是胡子。

不一会儿，赵四爷家的成虎、成豹来了。“臭丫头片子，你给我滚出来!”

老姑一听，操起铁烧火叉来到大门外，三叔、宝弟和老叔也都跟了出来。老姑看着成虎、成豹说：“你们想咋地吧?要打架放马过来，不敢打赶紧滚犊子!”

“你个臭丫头片子，在赵家窝棚还没人敢跟我叫号呢，我看你是活腻歪了。”成豹乍乍呼呼地冲上来，可是他没想到，老姑劈头盖脸就是一烧火叉，打得成豹脑盖流血。成虎一看这还了得，上来抓老姑，可是老姑抬腿一脚，正好踢到他裤裆上。成虎突然蹲在地上，疼得满脸冒汗。

正在这时，赵家窝棚老掌包的赵老大看到几个孩子在我们家门口打架，赶紧喊：“小兔崽子们，都给我住手!”他以为是成虎和成豹把我们家孩子打伤了。可是当他走近一看，老姑把成虎、成豹打成这样，笑了。“没看出来你这丫头还真有点儿能耐，行了，都回家吧!”

赵成虎委屈地说：“大爷，咱家都让人欺负成这样了，你还向着外人说话。”

“什么外人，咱们不是都姓赵么，回去!”

赵老大在赵家窝棚特别有威望，他说话没有人敢不听。

赵老大是赵四爷的亲哥哥，也是赵成虎、赵成豹的亲伯父。而我们家虽然也姓赵，但和他们已经出了五服。

老姑的性格有点儿像奶奶，骨子里透着豪侠之气，从来不服输。自从老姑打了赵四爷家的四只虎，人们都把她比作杨门女将中的烧火丫头杨排风。

奶奶在悦来镇干姐姐家等了一天。快到中午时，战黄氏派丈夫去打探消息。奶奶在院子里急得团团转，无意中她看到三老歪和四斜楞在帮一个马车扛粮食。只见他们俩穿得破破烂烂，也不见了往日的神气和威风。

奶奶感到很纳闷，去问战黄氏："姐姐，三老歪和四斜楞咋扛起活来了？"

"这两个人因为和三姨太合谋害大太太，被杨道台给关进大牢两年，并查抄了全部财产。今年，新道台上任才把他们放出来。"战黄氏接着说，"这两个人被放出来后回到桦川，连要饭都没人给，我见他们可怜，就给他们找点儿活干。"

"姐姐，你咋能帮助这两个浑蛋呢！饿死他们才活该呢！"奶奶气愤地说。

"人哪，得饶人处且饶人。这年头一时三变，谁也不知道谁将来咋样？"听到干姐姐的话，奶奶觉得也在理。从宣统退位到现在才十多年，今天你掌权，明天他掌权，可是到了后天又变了，奶奶弄不清这个世界到底是怎么了。

看到奶奶的表情，战黄氏说："妹子，这年头啥事情都得想开点儿，也不要过分指望谁就是包青天在世。"

奶奶说："道理我都明白，可是不管到了啥社会都得杀人偿命，欠债还钱。我不能让我男人就这样不明不白地死了。"

对于奶奶的固执，干姐姐早就领教过了，也不再劝了。

到了午饭时，干姐夫老战头回来了。奶奶急不可耐地问："姐夫，谢宝山和独眼龙抓到没有？"老战摇摇头。

"啥，没抓到？"奶奶一下呆在那里。

战黄氏问："到底哪出岔了？"

"听衙门里当兵的说，几年前独眼龙已经被谢宝山给崩了。谢宝山在一个月前带着那个叫杏花的窑姐去了哈尔滨一直没有回来，张良和徐生扑了个空。"

"姐夫，这些事情的细节你是咋打听到的？"

"这是张良听一个叫陈有财的管家说的。"

"啥，陈有财?"奶奶听到这个名字有些激动不已。

"怎么，你认识这个人?"老战头感到很惊讶。

听干姐夫一问，奶奶对着战黄氏说："姐姐你忘了，前年我来悦来镇时不是跟你说过，陈有财和陈有富半夜给我们家送来一百块袁大头，我还让你帮我打听这两个人呢。"

"可不是嘛，时间长了我差点儿忘了。那时候我是帮你打听了，可是姓陈的人多了，没有听说谁叫陈有财、陈有富。连三家子码头也问了，他们有两个人叫陈二、陈三，我都忘记告诉你了。"

奶奶说："我去找陈二、陈三，也好打听打听谢宝山和独眼龙的下落，不能让这两个浑蛋消停了。"

奶奶的脾气战黄氏了解，想拦也拦不住。"马上吃饭吧，吃完你好赶路。"

"不了，姐姐你给我带点儿饽饽和咸菜，我灌点儿水就走。"奶奶马上收拾东西。

"小二，把妹子骑的驴牵过来!"战黄氏喊着。

将奶奶送出大门后，战黄氏说："打听完消息你赶紧回来!"

奶奶说："知道了!"

送走奶奶，战黄氏对丈夫说："我这个干妹子呀，就有这种天不怕地不怕的劲头。"

"嗯，说起来也挺让人佩服的。"老战闷着头边吃饭边说。

"怎么，你看上她了?"

"就是看上她了，当着你这个母老虎的面儿也不敢说呀!"

战黄氏一听，丈夫这样一个老实巴交的人都说出这样的话来了。"老东西，怕你没那个能耐。你要真能把我这个干妹子娶到家，我给你们老战家的祖宗烧高香、磕响头。"

奶奶离开悦来镇，走了一个多时辰，远远地看到了三家子码头的木材堆成山，心里一激灵。尽管十几年过去了，奶奶仍然对三家子码头有一种说不清的情结。

在奶奶边走边想的时候，一个人骑马迎着奶奶走了过来。"是去三家子码头的吗?"

奶奶看了看这个人不认识，没理他。

“你是赵家窝棚来的？”那个人继续问。

奶奶警惕地看着这个人：“你咋知道？”

那个人一听高兴地说：“你是赵家大嫂吧？”

奶奶愣了：“你是谁？”

“大嫂，我是三家子码头的陈三，叫陈有富。这回你知道了吧？”

奶奶说：“是你？”

“大嫂，快跟我来。”那个人说着，还向三家子码头围墙上站着的那个人挥了挥手。

“那个人是谁？”奶奶也许经历的事情太多了，所以警惕性很高。

“那个人是我二哥陈有财。大嫂，你就放心吧！”

奶奶心想：这回不会有错，因为在这里没人知道他们叫陈有财、陈有富，不然干姐姐早打听到他们的下落了。

陈三领着奶奶绕了很大一个圈子来到松花江边。“大嫂，这里没人，咱们在这儿说说话吧。”

“你咋知道我要到三家子码头？”

“是这么回事儿，昨天县公署派兵来拿东家谢宝山和独眼龙，还把我二哥和大太太叫去分别问话。”陈三看一眼奶奶接着说，“二哥回来后说，江北赵家大嫂到悦来镇告状，这回没有抓到谢宝山和独眼龙，说不定大嫂要来三家子码头，我们得瞅着点儿。”

“你咋能大老远地看出是我，难道你见过我？”

“这不是明摆着么，你看看在悦来镇通往东兴镇的路上，还有第二个骑毛驴的女人吗？”

“哦，原来是这样啊。”奶奶看了一眼陈三又问，“咋没有抓到谢宝山和独眼龙，他们两个都哪去了？”

陈三告诉奶奶，谢宝山在一个月前带着杏花到哈尔滨开眼界去了，现在还没回来。

“老天爷瞎眼了，让谢宝山这个王八犊子躲了过去。”奶奶接着又问，“那独眼龙呢？”

见奶奶问，陈三就把刘道台死后，谢宝山如何想杀死独眼龙，他们哥儿俩如何放了独眼龙说了一遍。

奶奶听后，半天没有说话。她心里想，陈二、陈三不应把独眼龙放了，可是自己又不能这么说。这时，奶奶突然想起了陈二、陈三送银元的事儿。“兄弟，谢谢你们给我家送去一百块大洋。”

“大嫂，你可别这么说。当初没有你家大哥两次救我的命，现在我骨头渣子都烂没了。”

说起爷爷来，陈二、陈三都感激不尽。宣统二年（1910 年）冬天，爷爷领着陈三和三十多人在山里伐木倒套子。一棵三搂粗的大红松倒下时，陈三吓傻了，站在那里一动不动。要不是爷爷跑上去将他推开，他早被砸死了。也许是受了惊吓，从此陈三一病不起，整天胡说八道。一会儿说在天上见到玉皇大帝了，一会儿说入地见到阎王爷了，说的话可吓人了。爷爷没办法，按照当地风俗，又是烧纸又是烧香，可是陈三的病还是不见好转。于是爷爷下山，为陈三请来大神、二神（萨满）看病。两个跳神的来到山里，不仅好吃好喝供着，还让爷爷搭神坛，一切都要按照他们的说法去做。这天晚上，大神让爷爷他们将陈三抬出来放到神坛上，旁边放着一个火盆。大神坐在神坛的西北方向，二神坐在神坛的东南方向，众人都站在神坛下。当太阳下山后，大神突然跳将起来，她一边敲着萨满鼓，一边跳着萨满舞，身上的铜铃、铜镜哗啦哗啦作响。“日落西山哪！日落西山就黑了天，家家户户把门关，各路神仙散开道，先请家神下人间……”大神亮开嗓门唱了起来。二神问，大神答，请来家神请诸神，一个一个地问诸神，到底陈三冲了哪路神仙，听得爷爷浑身汗毛直立。最后大神说，陈三冲撞了山神，因为他伐木累了时，坐在一个树墩子上休息。那个树墩子是山神爷的宝座，凡人坐不得。大神还让爷爷请个山神供着，每天都要烧香叩拜，爷爷答应了她的条件。还别说，跳完大神后，没过几天陈三的病还真好了，但爷爷也花了不少银子。

第二年春天开河后，爷爷领着他们放木排。可是陈三干活毛毛愣愣，木排放出不远撞散花了，陈三掉进河里。陈三不会水，抱着木头向下游冲去。爷爷一看不好，骑上一匹马便追，在下游将淹得半死的陈三拖上岸。打那以后，陈三私下里管爷爷叫大哥。

宣统三年（1911 年）夏天，爷爷从哈尔滨卖木材回来，他一进三家子码头，就听到陈二哭天喊地。“二东家、三东家，你们行行好吧，借我点儿银子吧，我爹生毒疮躺在炕上都快不行了。”

“你爹生毒疮跟码头有什么关系？没钱！”这是谢宝山的声音。

“求求你们救救我爹吧！”陈三刚说完，这时爷爷扛着钱褡子走进来。

一看到爷爷，陈三像见了救星一样。“大哥，我爹生毒疮了，救救我爹吧！将来我们哥儿俩一定加倍报答你。”

“大胆，这大哥也是你叫的吗？”谢宝山训斥陈三。

爷爷放下钱褡子说：“你们哥儿俩起来吧。”他转过脸又对谢宝山和独眼龙说：“这样吧，先借给他们十两银子给老人看病，这笔账记在我头上。”爷爷说着，从钱褡子里拿出一锭银子递给陈二。

陈二、陈三走后，爷爷对谢宝山和独眼龙说：“交朋友就交孝顺的人，不孝顺的人不要跟他来往。他拿爹妈都不当回事儿，别人能交透吗？”

陈二、陈三拿到独眼龙留下的银元后，念起了爷爷的好。两个人商量来商量去，还是决定将一百块袁大头全部送给我们家，因此才有了前面的一码事儿。

听完陈三的讲述，奶奶对他说：“要是你还念着大哥的好，等谢宝山回来，你们俩不要惊动他，麻溜地到悦来镇大车店告诉我。我在那里等信儿。”

“行。不过大嫂你也得小心点儿，谢宝山这个人我知道，他心黑着呢。”陈三又说，“大嫂，我得走了，时间长了怕大太太引起怀疑，我就不送你了。”

“你不用担心我，我都死过几回了，不怕死。回去后跟你二哥说一声，就说大嫂谢他了！”

告别了奶奶，陈三急忙上马一溜烟儿地跑了。

奶奶回到大车店天已经黑了，她对干姐姐讲了详细经过。战黄氏安慰奶奶说：“你得沉住气，在这里多住几天吧。”

奶奶这一等就是七天，可是还不见陈三送信儿来，奶奶有些坐不住了。干姐姐说：“妹子别着急，不信谢宝山还能在哈尔滨住上一辈子？”

“我知道着急也没用，可是在这里住怕给你们添麻烦。”奶奶歉意地说。

“你说这样话不昧良心么，我们家啥时候说过你给添麻烦了，我是缺你吃还是少你喝了？从明天开始，你跟我给车老板子做饭，省得你闲着没事儿光胡思乱想。”干姐姐真是个热心肠。

第九天晚上，陈三呼哧带喘地跑进来。他对奶奶说：“谢宝山刚到家，正在收拾东西准备连夜逃走呢。”

陈三给奶奶送完信儿，马上走了。在陈三走到门口时，奶奶说：“谢谢你了，兄弟！”

陈三走后，奶奶也出了门，她颠着小脚噔噔噔噔向着县公署跑去。奶奶小脚跑起路来也不慢，两只胳膊大幅度摆动，两只小脚紧倒腾。

奶奶气喘吁吁地来到县公署，她发现县公署的大门紧闭。“当当当！”奶奶不管不顾地敲打着门环。这时，有两个官兵端着枪冲出大门。奶奶一看大门开了便往里面闯。“快抓谢宝山，谢宝山从哈尔滨回来了！”

“站住，你再往里面走一步我可开枪了！”

奶奶管不了这么多了，继续往里闯。“李知事，快带兵抓人哪，再晚一会儿谢宝山就跑了！”奶奶边闯边喊。

“啪！”一声枪响，奶奶顿时被惊呆了。她回头一看，一个官兵向天空开了一枪，枪口还冒着白烟儿。

“何人这样大胆，竟敢深更半夜擅闯县公署？”这时一个军官模样的人走了出来，后面跟着张良。

奶奶一见军官急忙说：“军爷，谢宝山已经回来了，赶紧派人去抓吧，再晚一步他就跑了。”

那个军官说：“李团长不在公署里，等明天他从依兰回来才能派兵抓人呢。”

“官爷，明天一切都晚了，赶紧派兵拿人吧！求你们了！”

“不行，没有李团长的命令谁敢出兵？”那个军官说。

“我告状十几年了，没有一个人替我做主，这回可算来了一个青天大老爷，可是又赶上谢宝山不在家。这回谢宝山终于回来了，李知事又不在。苍天呐，你睁睁眼吧！”说完，奶奶号啕大哭起来。

那个军官一看，便劝奶奶：“大嫂，你先回去吧。李团长不在我们真不敢贸然出兵，这是军纪。”说着，他示意张良将奶奶送出去，可是奶奶抓住大门就是不撒手。

张良好不容易把奶奶连拖带拽送出去，还没等将另一扇大门关上，奶奶抽下腰带穿进大门环想上吊，被张良拦住。

“报告，那个女人要在门口上吊了！”一个官兵跑进来报告那个军官。

那个军官转身出来，一看奶奶真要上吊。“张良，带上几个人到三家子码头把谢宝山抓来。”

“是！”张良带着十几个人，骑着马向三家子码头奔去。

自古以来，女人的一哭二闹三上吊，是对付男人最有效的方式。这回奶奶一上吊，硬是逼得衙门公署出了兵。

官兵骑马走出大门后，奶奶也回到大车店等待消息。

张良带着官兵来到三家子码头大门外：“开门，我们是县公署的，要缉拿要犯，快开门！”

“你们等着，马上给你开门。”陈二立刻将大门打开。

官兵在大院里翻了个遍，也没有找到谢宝山。他们把谢宝山的老婆抓过来，问：“你把谢宝山藏哪去了？”

太太说：“他在哈尔滨还没回来。”

“撒谎，有人看到他今晚回来了。”张良用枪指着大太太，吓得她脸都白了。

这时，陈三跑进来。“官爷，你别伤害大太太，东家回来后又走了，她根本不知道。”表面看陈三是为了大太太开脱，实际上他是怕谢宝山走的时间过长官兵追不上。

“集合，马上给我追。”张良带着人马向哈尔滨方向追去。

张良万万没有想到，谢宝山离开三家子码头上了船。他没有往哈尔滨方向逃跑，而是驾着小船向松花江下游梧桐河驶去。一个从陆路向松花江上游追，一个从水路向松花江下游逃跑，正好是两个方向。

张良带着人马一直追到天亮，也没有发现谢宝山的人影，只好带着人马回到悦来镇。

谢宝山真是个狡猾的家伙，他回到三家子码头后，听说官兵正在捉拿他，赶紧开箱拿出所有的金条和一部分袁大头装进钱褡子里，骑上马要离开码头。就在这时，杏花出现在他面前。“谢大哥，带我一起走吧。我离不开你！”

“陈二，快把杏花关进她的房里，要是她敢胡咧咧，你给我宰了她。”谢宝山骑马来到松花江边，那里拴着一条自用渔船。他早年在松花江上跟人打过鱼，对渔船驾轻就熟。

杏花被陈二送回自己房里，她哭得梨花带雨，脸上的浓妆都哭花了，就像黄土高坡被雨水冲出了一道道沟。杏花哭得很伤心，她知道谢宝山一定是逃往哈尔滨了。“这个没良心的，又自己跑回哈尔滨逍遥去了，也不带着我。这次去哈尔滨我给你出了多少力，拿下多少商客?”

这次谢宝山带着杏花去哈尔滨，一住就是一个多月。她坐过洋马车，逛过中央大街，进过秋林买东西，住过马迪尔饭店，吃过俄国大列巴，喝过啤酒和格瓦斯，还参加过商人组织的“party”。

在一次晚会上，谢宝山发现一些外国人死盯着杏花献殷勤，还时不时地送给她一些洋礼物。为了拉拢一些俄国和英国的建筑商，他鼓动杏花和他们接触，以色相勾引他们，因此谢宝山与这些外国建筑商签下了不少木材合同。对杏花来说，这一套早已驾轻就熟。她知道如何撩拨男人的欲望，如何投其所好。将杏花推到那些外国商人的怀抱后，谢宝山找那些人高马大的俄国娘儿们逍遥去了。两个人在哈尔滨玩儿了一个月，各得其所，各行其乐，有点儿乐不思蜀了。要不是谢宝山为了兑现合同回来运木材，还得在哈尔滨住上一阵子。

第二天一大早，奶奶来到县公署大门前等着，可是站岗的官兵说：“你先回去吧，捉拿姓谢的人马还没有回来呢。”

奶奶没有走，一直在县公署门前站着。

等到太阳三竿子高时，张良带着人马回来了，身上的衣服都被露水打湿了，他们显然追了一夜。

缉拿谢宝山的人马走到奶奶跟前，她从前看到后，可是没有发现谢宝山。她急忙问张良：“官爷，谢宝山怎么没抓到?”

“追了一夜，也没有看到谢宝山的人影，这个狡猾的家伙不知道钻到哪里去了!”张良回头又对手下说，“都回去休息吧!”

一听到没有抓到谢宝山，奶奶当时栽倒在地上，她因为一股急火鼻子流出了血。当奶奶醒过来时，她已经被小二背回到大车店。

早晨，奶奶出门时，干姐姐不放心：“小二，你去县公署看看，别让我妹子干出傻事儿来。”

奶奶醒来后目光呆滞，一句话也不说，这可吓坏了干姐姐，她让老战头请来中医为奶奶号脉。中医号脉后对战黄氏说：“从脉象看是急火攻心，不要紧，喝几服汤药就好了。”战黄氏听了中医的话才放心。

两剂汤药喝下去后，奶奶的病情有所好转。战黄氏说：“妹子，想开点儿。俗话说，君子报仇十年不晚。”

“唉！当家的，我对不起你呀，不知道猴年马月才能抓到谢宝山为你报仇啊!”说完，奶奶泪如雨下。

“哭吧，哭出来就好了，别憋在心里作病。”

第三天早上，奶奶对战黄氏说：“姐姐，我该回去了，不知道家里的地孩子侍弄得咋样了。要是陈三来送信儿，你无论如何也要派人告诉我。”

战黄氏说：“你放心吧，不过你要保重身体，你病倒了谁给妹夫申冤报仇啊!”

奶奶骑着毛驴来到“善船”渡口，她发现远处有一匹枣红马佩戴着马鞍，拖着缰绳在江边吃草。奶奶想，这是谁家的马，咋会没人管呢?

奶奶等了半天，一只船才从对岸划了过来。奶奶上了船，毛驴也下了松花江，不用人管，它自己向对岸游去。船夫看了毛驴一眼，笑了：“这头驴真通人性！”奶奶笑了，并没有说话。

奶奶回到家里一看，父亲领着二叔、三叔和老姑把地里的大草又割了一遍，连老叔都拐着罗圈腿跟着下地薅草。奶奶想，现在孩子们都大了，即使没有自己他们也能活下去，从今以后自己便可以无牵无挂地为男人告状申冤了。

奶奶回来没几天，柳条通的张柏就找上门来，他要替孟小虎向老姑提亲。本来孟小虎有大名，叫孟昭虎，字子聪，可是因为他是孟大虎的儿子，所以人们都习惯叫他孟小虎。

奶奶说：“恩是恩，情是情，当着真人不说假话，孟大虎对我有恩，也曾经救过我的命，但不能因为这个我就把翠花嫁给整天打打杀杀的胡子。”

“妹子，你说这话就不对了，胡子也是被逼的，他们也得活着。你看看我，曾经也是读书人，早年在山东老家府试时得了贡生，入国子监读书，光绪二十六年科举乡试得了第一名，可是因为家里没有靠山，张榜时名落孙山。那时年轻气盛，扬言要告御状，结果被府衙追杀，跑到了黑龙江省避难，按理说我更看不起打打杀杀的胡子。可是我和他们在一起时间长了才知道，这些胡子大多数都是朴朴实实的庄稼汉子，也是有血性的儿郎。”张柏一席话，说得奶奶哑口无言。

奶奶为了给自己找托词，便说：“翠花这丫头，性格倔强，我怕嫁到孟家给你们惹麻烦，这件事儿以后再说吧！”

“呵呵，妹子，听说你不在家这些天，翠花因为赵四爷家的儿子欺负你家宝弟，她一怒之下打伤了他们哥四个，这件事儿在十里八村都传开了，说她是杨门女将中的杨排风，女中豪杰，难道你不知道？”

“什么，啥时候的事儿？”奶奶感到莫名其妙。

“妹子，这门亲事我也不急于让你马上答应，你可以慢慢考虑。”张柏说完，还给奶奶留下一些银元，“你领着孩子日子也挺难的，这是大当家的一点儿心意。”

奶奶说：“张先生，请你转告大当家的，他的心意我领了，但钱不能收，不是我驳你面子，你要是拿我当人看，就把钱带回去。”

张柏一听奶奶说得有道理，便带着钱回到柳条通。

晚上父亲他们干活回来，奶奶说：“拴柱、翠花，你们俩都给我进来!”

“娘，啥事儿?”父亲和老姑乐呵呵地走进来。

“翠花，你给我跪下!”奶奶有些发怒了。

“凭啥让我跪下，我咋了?”老姑梗着脖子硬是不跪。

“你咋了，难道你自己不知道?你怎么敢打赵四爷家的儿子?”

老姑一听乐了。“他们欺负咱家宝弟，都打上门来了，我不打他们，他们就敢把咱家房子拆了。”

“娘你别生气，是他们仗势欺人。”父亲有意庇护老姑。

“拴柱，娘嘱咐你多少回了，好好带着弟弟妹子，别让他们惹事儿。”奶奶回过头来又对老姑说，“你个姑娘家家的，破马张飞地跟人打架，不知道臊得慌，看将来谁还敢娶你。”

“不娶拉倒，省得像你一样操一辈子心。”老姑倔强地说。

奶奶听到老姑的话被气乐了：“你这个死丫头。”

这件事儿没过几天，关家亮子的关爷也打发媒人来提亲，他的儿子思恩正在哈尔滨读书，想娶老姑做儿媳妇儿。奶奶想，真是奇怪了，翠花这丫头整天破马张飞地跟人打架，怎么提亲的一个接一个?

因为奶奶没有答应孟大虎的亲事，也不好立即答应关爷，毕竟孟大虎救过奶奶的命。奶奶对媒人说：“我家的闺女没有管教好，一个丫头竟敢跟人打架。关爷家是啥门户，家业大，有教养，有钱有势，这门亲事不合适吧?”

媒人说：“论门户，你们也是大户人家，要不是因为你男人被人害了，你们家在桦川县也是数一数二的富户。再说，关爷敬重你的人品，这么多年了，你为了男人申冤，竟敢扛板子，上刀山，滚油锅，让十里八村的人好生佩服。”

“哪有那么玄乎，再说是我闺女嫁人，也不是我嫁人。”

“你可别说，自从你家翠花打了赵四爷家的四虎，十里八乡的人都佩服得不得了，说这闺女是杨门女将中的杨排风，为人仗义。”媒人鼓动着三寸不烂之舌，尽挑好听的说。

奶奶说：“这样吧，我看这桩亲事还是先放一放，你回去代我谢谢关爷，说我谢谢他能看得起我们赵家。”

“还等啥呀，我告诉你吧，过了这个村就没有这个店了，有多少人家的闺女想攀高枝都攀不上呢。你还拿上了。”

“不是我拿上了，而是我觉得高攀了关家，我看这事儿还是以后再说吧。”

送走关家媒人没两天，王家烧锅、何家油坊都托媒人上门提亲。

奶奶心想：这是怎么了？这几天一股脑的都来提亲。她对王家烧锅、何家油坊的媒人还是采用老办法，不是说门不当户不对，就是说老姑破马张飞打八街，这门亲事不合适。

据父亲后来讲，那个阶段提亲的人都踏破了门槛儿，人家之所以相中了老姑，除了她的长相外，还因为一身豪气。在那个混乱的时代，人们都缺乏安全感，都希望家里有个厉害的不被外人欺负。

后来听母亲讲过，老姑长得俊俏，中等个儿，瓜子脸，高鼻梁，丹凤眼，走起路来风风火火，一看就是个厉害主儿。

奶奶告状回来已经两个多月了，天天惦记着悦来镇那边能传来好消息。每天奶奶干完活儿，都要到村头向悦来镇方向张望。如果遇到有人从悦来镇回来，她就向人打听悦来镇有没有发生什么新鲜事儿。可是，高粱都定浆了她也没有听到心中盼望的消息。奶奶再也坐不住了，秋收前她又骑着毛驴来到了悦来镇。

奶奶没有去大车店，还像上次一样直接去了县公署。

“你找谁？”一个站岗的巡警问奶奶。

“官爷，我是来告状的，请通报一下李知事，民女要见他。”

“我不认识什么李知事，我们这里只有一个鲁知事。”听巡警这样说，奶奶又蒙了，这个世道怎么又变了，这才几个月呀，李知事怎么又换成了鲁知事。

当奶奶平静下来，她对巡警说：“麻烦官爷通报一声，我要见鲁知事。”

“鲁知事没空，你回去吧！”另一个警察说话还挺横。

“冤枉，冤枉啊！鲁知事，民女要告状。”奶奶跪在大门外喊了起来。

“何人在这里大喊大叫，找死呀！”听到那人的话，奶奶抬头一看，原来是三老歪。奶奶自从告状以来经历事情多了，对很多事儿已经见怪不怪了，可是当她看到三老歪时还是吃惊不小。

奶奶腾地一下站起来，甩开小脚便往里面蹿。“站住！”一个警察用枪拦住她。

三老歪这些年已经了解奶奶的性格，他知道硬拦也拦不住，于是他对奶奶说：“你等着，我进去给你通报一声。”

三老歪进了县公署：“鲁知事，有个女人告状，正在大门外闹呢！”

“不见！”鲁知事说话时连头都没抬。

“鲁知事，这个女人小的认识，她告状十几年了，如果你不见她，她就敢撞死在大门口。”三老歪对鲁知事说。

“哦，有点儿意思，我倒要看看她有什么能耐。”三老歪见鲁知事答应了，来到大门外将奶奶领进大堂。

奶奶进来后，看了一眼鲁知事，并没有下跪。

鲁知事抬头看着奶奶：“听说你连续告状十多年了，是不是吃饱了撑的？”

奶奶说：“民女确有天大的冤屈，我男人被人害死了。”

“是谁害死了你男人？”

“是三家子码头的谢宝山和独眼龙买通胡子将我男人害死了。”

“胡说，谢候补怎么会害死你家男人，你是不是看人家有钱了想讹诈？”

“大人，说话可不能昧良心，讹诈？我讹诈什么，三家子码头本来就是我男人开的，被谢宝山和独眼龙给霸占了。”

“你说他们杀害了你男人，霸占了你家财产，谁来证明？”

“江南这一带人都知道，不信你问他。”奶奶说完，用手指着三老歪。

听到奶奶的话，三老歪慌了神，摆着双手向后退：“这事儿你可不能往我身上赖，我可不知道。”

“大胆民女，无理取闹，你竟敢状告民国官员，这要是在大清朝非打死你不可，给我拖出去！”奶奶听到鲁知事说她状告了民国官员，当时就傻了。她怎么被人拖出县公署，怎么被扔到大门外的自己一点儿都不知道。

当奶奶缓过神来时，她发现自己已经走在去往大车店的路上了。她心想：自己没听错吧？啥时候谢宝山成了民国官员了？这世道还有没有老百姓的活路了？

第七章　逼上梁山

奶奶晃晃悠悠地走进大车店。战黄氏一看："你咋来的，啥时候到的？"她问了奶奶好几遍。奶奶眼里含着泪水，目光呆滞，始终不说话。

战黄氏一看，奶奶这是又病了，与上次生病时的状况一模一样。"老头子，快把先生请来，给妹子看看病。"

"这就去！"一向肉筋筋的老战头，这回倒是挺痛快。

不一会儿，老中医来了。他给奶奶把完脉，半天没有吱声。战黄氏看到老中医的表情："先生，我妹子的病是不是很重？"老中医抻悠半天，又想了想，然后拿出一包银针给奶奶扎了进去。大约一刻钟的工夫，奶奶睡着了。这时，老中医才松了口气。

老中医开完药方对战黄氏说："你这个妹子由于长时间着急上火，已经积郁成疾了。"

"那咋办？"

"能咋办，只能慢慢调理，没有别的办法。"先生走后，奶奶还在睡着，战黄氏看看奶奶："唉，这都是命啊！"

奶奶经过半天一夜的休息，神志清醒了许多。干姐姐便劝她："妹子，不管遇到天大的事儿都得想开点儿。你十几年都等了，还差这一时半会儿吗？"

"唉，这个世道是咋了，好不容易有点儿盼头，可是县知事又换了。还有谢宝山那个恶棍，什么时候变成民国官员了?”说到这里，奶奶好像突然想起了什么，便问战黄氏：“姐姐，啥叫候补知事呀?”

战黄氏说：“其实啥叫候补知事我也说不清楚，估摸着是比知事小一点儿的官吧!”

“这么说，谢宝山那个混蛋也变成了民国的官了。这天下还有没有说理的地方了?”奶奶气愤得不知说啥好了。

原来，那天县衙派兵去抓谢宝山扑了空，他驾船向下游跑了，几经辗转来到哈尔滨。在哈尔滨的那段日子里，谢宝山没有了往日的神气，像流浪狗一样东躲西藏，今天住在道里，明天躲到道外。一天，他在道外远远看见独眼龙，差点儿把他吓掉了魂儿。他心想，独眼龙不是已经被陈二、陈三给枪毙了么，怎么在道外跟一帮地痞混在了一起?谢宝山庆幸独眼龙没有发现自己。从此，谢宝山再也不敢去道外了。

后来，在英国商人史密斯的帮助下，他给大总统黎元洪送去五十根金条，就这样买了一个桦川县候补知事。

谢候补回桦川县，是乘客轮回来的，那个威风劲儿别提了。在桦川县公署，谢宝山接受社会各界名流的道贺后回到三家子码头。“东家回来了!”陈二还像往常一样打着招呼。可是谢宝山没有像往常那样“嗯”一声过去了，而是看着陈二皮笑肉不笑，态度极其和蔼。

陈二找到陈三说：“我发现二东家这次回来好像什么地方不对劲儿。”

“什么地方不对劲儿了?”陈三问。

“以前他每次回来只是‘嗯’一声便回上房，不一会儿就吩咐我干这干那，而这次回来好像眼神里暗藏着什么。”

“暗藏着什么了?”

“暗藏着什么我一时说不清，反正觉得不对劲儿。”陈二若有所思地说。

“是不是因为升了官儿，他心里高兴才这样的?”

“不知道，反正和以前不大一样。”陈二说完好像突然又想起了什么，“对了，我想起来了，他们杀害大东家时就是这个眼神。”

“那他要杀谁?”陈三不解地问。

“他要杀谁我不知道。”陈二心里越来越沉重。

随后，陈二还发现，谢宝山和大太太有事儿不叫陈二、陈三了，而是叫卢五和狗剩。这样，陈二心里更没底了。

第二天晚上，陈二换岗休息，他发现自己枪里的子弹不知道什么时候被人卸了。他又拿起陈三的枪一拉大栓，发现也是空的。“老三，快起来，穿好衣服。”

“啥事儿呀，人家睡得正香呢。”陈三翻个身还想接着睡。

“起来，恐怕今晚要出事儿，我们俩枪里的子弹都被人偷着卸了。”

听到二哥的话，陈三扑棱一下坐起来：“谁卸的?”

“嘘，你小点儿声!”陈二说完，在棚顶拿出一包用黄油纸包的子弹，立刻将两支枪全部压满。然后，他把两床被子弄得像有人在睡觉的样子。

“走，咱们先躲到草垛上，看看他们要干什么。”陈二拉起陈三就要走，陈三急忙到枕头下划拉起大洋揣在兜里。

两个人躲到柴草垛上，大约到了三更天，围墙上下来两个人，直奔陈家哥儿俩住的厢房。摸进屋子里，卢五和狗剩各拿一把杀猪刀向他们的棉被一阵儿乱捅。捅了一阵儿，狗剩说：“卢五，我感觉不对劲儿，怎么一点儿动静也没有呢。”他们俩揭开被子一摸，原来是两袋面粉。

正在卢五和狗剩发愣之际，陈二、陈三把枪顶在他们的脑袋上：“别出声，不然就打死你们。”

陈三一脚将卢五踹在炕上，拿起绳子将他捆了起来，并把臭袜子塞进他嘴里。绑完卢五，陈三又开始绑狗剩，把另一只臭袜子也塞进狗剩嘴里。

“现在该怎么办?”陈三问。陈二没有说话，又拿起三条绳子拉着陈三上了围墙，把放哨的几个人都绑了起来。

“咱们把谢宝山也宰了吧，免得留下祸根。”陈三说。陈二想了想：“不行，那样动静太大。这黑灯瞎火的惊动了其他人，拼起来我们就走不了了。”

从城墙上下来，陈二和陈三来到马圈。他们一看，马倌儿睡得跟死猪一样。他们用麻袋将马蹄包好，悄悄地溜出大门，往驼腰子方向跑去。

谢宝山一直没有睡觉，他手握着匣子枪等待卢五和狗剩的消息，可是过了三更天也没一点儿动静。谢宝山本想出去看一看，可是外面一片漆黑，而且静得让人害怕。他又回到了屋子里，紧握着那把枪，手心在不停地出汗。直到大天亮，一个护院跑进来：“东家不好了，我们早上起来到城墙上换岗时，发现几个放哨的都被绑了起来。”

“卢五和狗剩呢？”谢宝山焦急地问。

“不知道啊！”

“那陈二和陈三呢？”

“也没看到啊！”护院战战兢兢地说。

“赶紧把人都叫起来！”谢宝山说。

“哎！”护院答应一声，走了出去。

等护院都起来了，谢宝山领着他们到陈二和陈三住的厢房里一看，原来卢五和狗剩都被绑了。谢宝山问：“陈二、陈三呢！”

“不知道，他们可能跑了。昨晚我们两个摸进屋子里，用杀猪刀一顿乱捅，可是后来发现不对劲儿。正当我们转身想出去时，他们把枪顶在我们的脑袋上，又把我们绑了起来。”卢五告诉谢宝山。

谢宝山看了一眼陈二和陈三的棉被都是用刀捅的大窟窿，心想，这帮人哪个也不如陈二、陈三精明，可惜这两个小子背叛了我。

奶奶在大车店养病的第二天，三老歪突然来到大车店。他对战黄氏说：“你赶紧想办法送走赵宋氏，谢宝山知道她来了，要抓她坐牢呢。”

“谢宝山知道她住我这里吗？”

“可能现在还不知道，就怕他带兵全城搜查。”三老歪说完，赶紧走了。

战黄氏立刻让店小二送奶奶过江。

这次到悦来镇告状，奶奶受了刺激，又在紧急情况下逃走，回到家里便一病不起。

看着奶奶病成这样，父亲和三叔赶着牛车去浩立岗请中医，老姑、二叔、宝弟和老叔在家里干活、做饭、伺候奶奶。

这天早上，奶奶对二叔、老姑和宝弟说："要是我不行了，你们一定要好好照顾老疙瘩，不管好孬，将来也要给他娶个媳妇儿。宝弟呀，娘一直把你当成亲生儿子，你们哥几个要抱团，不管谁有难处，都要互相帮衬着点儿。记住，家里不和外人欺呀！"奶奶咳嗽两声对老姑说："翠花呀，你也老大不小了，该嫁人了。前段时间，关家亮子、王家烧锅、何家油坊、柳条通都来提过亲。娘以为关家亮子的思恩挺可心的，他们家产业大，人有出息。这几天趁着我还能挺住，找赵老大给关爷回个信，这门亲事就定了吧。"奶奶可能有些累了，喘息了一会儿对二叔说："宝柱，你和拴柱、留柱、宝弟，遇到相当的都娶个媳妇儿吧。人长得俊不俊都是次要的，关键是能过日子，能传宗接代就行。"奶奶说得口干舌燥，老姑不让她说了，可是她还要说："宝柱、翠花，你们俩的性格都像娘，要是我有个三长两短，为你爹告状的事儿不要再提了。要是有那么一天，你们中间谁当了官，发了财，不要忘了谢宝山、独眼龙、老来好都是咱家的仇人。"奶奶一字一句的像是在立遗嘱。听完奶奶的话，老姑再也忍不住了，转身跑到房山头大哭了一场。

是啊，这些年来，奶奶真不容易。爷爷死后她带着一帮孩子过日子，还要为爷爷告状申冤。为了给爷爷报仇，她挨过板子，滚过油锅，撞过文案，还大闹过依兰府衙和桦川县衙。一个刚四十出头的人，被折磨成了满头花白的老太太。

老姑在房山头哭了一阵儿，进屋为家里人做饭。做好饭，她对二叔、宝弟和老叔说："二哥、宝弟、老疙瘩，你们好好照顾咱娘，一会儿别忘了给娘喂点儿稀粥。"

"你干啥去，莫不是去告状？你可千万别去悦来镇，那不是在往枪口上撞！"二叔阻止老姑。

"你别管了！"老姑从饭锅里铲出两个饼子走出门。

老姑出了家门，直接去了赵老大家：“大爷，能不能把你家的马借给我？”

“噢，是翠花呀，你借马要干啥去？”赵老大关心地问。

“我娘病了，我给她抓几服汤药回来。”

本来赵老大还想问问奶奶的病情，可是他看到老姑火急火燎的样子也没来得及问。牵出马，备好鞍，老姑一跃上了马。

“翠花，你悠着点儿，这可是一匹烈性马！”

“知道了！”老姑骑着马，一阵风似的跑了。

孟大虎这几天一直在喝闷酒，他心里不痛快。因为前几天去兴山煤矿砸窑时，没得手，反而搭上了几个弟兄的性命。

孟老大闷着头正在喝酒，张柏走了进来：“大当家的，不管遇到什么事儿都要想开点儿，当初谁也没料到半路会杀出一个保卫团来。”

“可……可不是，真……真他妈的倒霉。”说完，孟大虎把碗里的酒一口闷了进去。

“爹，你别喝了，酒喝多了伤身子。”这时候孟小虎也走了进来。

孟大虎一听瞪起了眼睛：“小……小崽子，你少教训老子。这么大了，连……连个媳妇儿都没混上，还……还敢在老子面前说三道四。”

“那怨我呀，要不是因为你是胡子，我早娶上媳妇儿了。”小虎顶撞了一句。

“小……小兔崽子，你……你敢跟老子顶嘴，我揍你！”孟大虎说着举起拳头要打，可是他喝多了，刚站起来，“扑通”一声摔倒在炕上。

张柏一看，这样不行：“昭虎，你赶紧出去。”

在这时，半拉子跑进来：“张叔，外面来个大姑娘找你。”

孟大虎一听：“哈哈，我……说张柏呀，你……你小子艳福不浅哪，啥……啥时候勾搭上一个大姑娘，是不是人家已经怀上你的孩子找上门了。”

“大当家的，别胡说八道，我张柏是什么人你还不知道？”

“蔫……蔫吧人儿咕动心儿……哈哈，我……我哪知道啊?”孟大虎真的喝多了。

张柏没有再理会孟大虎，跟着半拉子来到大门前。张柏一看这个姑娘不认识：“姑娘你找谁?”

“我找张柏张大爷。”那个姑娘说。

“你是哪里的?”

“我是赵家窝棚的。”

“哦，你就是那个杨……”张柏刚想说你就是那个杨排风吧，可是一想不对，“你是那个翠花吧？快进来!”

“你是张大爷?”

“是是是，我就是张大爷，快进来吧!”张柏说完，回过头来喊，“老二，是侄媳妇儿上门来了!”张柏边说边把老姑往屋里请。

“谁呀?”孟二虎问张柏。

“这就是三家子码头大掌柜赵启明家的千金翠花。”张柏乐滋滋地向孟二虎介绍老姑。

老姑牵着马往里走。孟二虎说：“小虎，看看你这个孩子也没个‘眼力见儿’，赶紧把马接过来送到马圈里好好喂着。”

孟小虎看见老姑眼睛都直了。他想：这就是张叔给我提亲的媳妇儿吗？怎么长得跟仙女似的。孟二虎跟他说话，他也没听见。

孟二虎看到侄儿在发呆，上去给了他一脚。“还不去把马牵过来?”孟小虎这才反应过来，接过老姑手里的缰绳时，激动得手都发抖。

张柏在前面领路，老姑在后面跟着，孟二虎和孟小虎在老姑后面。孟二虎发现老姑的腿有点儿瘸，便小声说：“你看到没，这姑娘原来是个瘸子。”

孟小虎看了看说：“不会吧，一个瘸姑娘咋能打得过赵四爷家的四虎呢?”

来到正房前，张柏喊：“大嫂，咱家来亲戚了。”

“谁啊，哪来的亲戚呀?”随着说话声，一个小脚女人走了出来。

“大嫂，我跟你说，这就是赵家窝棚的翠花。”张柏向大太太介绍说。

“快进来，咱们到东屋坐。”大太太拉着老姑的手往东屋走。

进了东屋，大太太让老姑坐在炕上，可是老姑仍然站着。

“张柏，你也进来坐吧！”大太太说。

“不了，我站在外屋就行。”张柏站在外屋没有进去。

“张大爷，你进来吧，我有话要说。”老姑发话了。

张柏没有办法，便和孟二虎一起走进大太太的屋子里。

“听说咱家来亲戚了，让我们看看长得俊不俊？”三姨太说着，跟二姨太一起走了进来。

“哎呀呀，这闺女长得真水灵，跟仙女下凡似的。”三姨太对着二姨太说。

“闺女，你咋不坐呢？”说着，二姨太拉着老姑的手便往炕沿上按。老姑龇牙咧嘴地勉强坐下。

“闺女，你是咋了？”大太太关心地问。老姑只是勉强地笑了笑，没好意思说。

张柏一看明白了：“大嫂，你出来一下。”

大太太出来后，张柏对她说：“大嫂，翠花姑娘可能是骑马磨破了屁股，一会儿你让二姨太和三姨太先回自己房里，你给翠花把药敷上。”

“噢，原来是这么回事儿呀。我说刚才看她走道拉吧拉吧的，原来是马鞍子磨的。”孟二虎说。

大太太接过药回到东屋：“二妹三妹，你们俩先回自己的屋里，我有话要跟翠花说。”听到大太太的话，二姨太、三姨太都走了出来。张柏和孟二虎来到西屋，一看孟大虎躺在炕上呼呼大睡。

二姨太、三姨太走后，大太太把门关上：“翠花，你趴在炕上，让大娘给你上点儿药。”

老姑心里纳闷，她怎么知道我屁股磨破了？便说：“大娘，不用上药，我没有那么娇气。你让张大爷他们进来吧，我有话说。”

没办法，大太太来到西屋，让张柏和二虎回到东屋。“闺女，你有什么事儿说吧!”

老姑说:“张大爷,听我娘说你到过我们家保媒,是真的吗?”

“那还能有假?”

“张大爷,不瞒你说,我今天来这里我娘不知道,是我自己做主来见你的。我想问问你能不能为我爹报仇,抢回三家子码头。”

“闺女,当着自家人不说外话,你娘不知道可不行。我们都敬重你娘的为人,如果我这样私下答应了你,你娘会怎么看大当家的?”张柏的话,大太太和孟二虎都赞同。

“张大爷,我说的话也不再重复第二遍。要是你们不同意,我马上去找老战东和镇中华绺子。他们有儿子,我就嫁给他们儿子。他们没有儿子,我宁可嫁给他们做小。谁能为我爹报仇,我就嫁给谁。谁能为我们家夺回三家子码头,我就嫁给谁。”老姑的勇敢让见过大世面的张柏都感到吃惊。“这样吧,闺女,你在这里养几天伤,我去见见你娘。我相信,凭我们两家的交情,你娘肯定会答应的。”

张柏说完,老姑二话没说就往外面走。孟二虎上前拦住老姑:“大侄女,你别走,二叔答应你,行了吧?”

大太太说:“即使老二答应了,张柏也应当去见见赵宋氏,有啥事儿都要商量着办。”

“你现在去见我娘,她也没有办法答复你,她病得一时明白一时糊涂。”老姑说着眼泪在眼圈里打转。

“她怎么了?”张柏焦急地问。

听到张柏问,老姑流着眼泪将奶奶到悦来镇县衙如何告状,如何得知谢宝山成了候补知事,如何气得晕倒鼻子出血,谢宝山如何要抓奶奶坐牢通通说了一遍。

张柏、孟二虎和大太太听了老姑的讲述,都感到很气愤。这个世道真是黑得没边了。

张柏说:“现在还是救人要紧。”他接着说:“老二,我听说悦来镇新成立了一个‘义善堂’,你无论如何都要想办法,把老中医请来。我先带些药去赵家窝棚,一定要把翠花她娘救过来。”

“行，我亲自到江南去，不行我就绑了他狗日的。”孟二虎说着便往外走。

“老二，你先等等。你亲自去也行，不过你要带上葛小亮，一路上你都得听他的，不要莽撞。”张柏不放心地嘱咐孟二虎。

“行，我都听葛小亮的。”

张柏对老姑说：“闺女，你在这里养几天伤，有什么事情等我回来再商量。”

“这样也行，不过张大爷，你得把我骑来的马带回去，让我二哥还给赵大爷。”

“你放心，一定给你把马带回去。”张柏走到门外，“昭虎，你跟我去赵家窝棚！”

“哎！”孟小虎答应一声，心里美滋滋地跟着张柏一起出了柳条通。

“听说侄媳妇儿来了，可得让我好好看看！”不见其人，先闻其声，说话间孟二虎的媳妇儿走了进来。

看到老姑的脸都红了，大太太说：“老二家的，你能不能有点儿正形，让人家闺女多不好意思！”她转过脸来对老姑说：“闺女，你别在意，这是昭虎的二婶，整天大大咧咧的，没个正溜儿。”

“哎呀呀，这闺女长得真可人儿，跟仙女似的，这回我们老孟家可算烧高香了。”孟二虎老婆口无遮拦地说。

孟二虎老婆一来大呼小叫，把孟大虎给吵醒了。“谁……谁来了，啥仙女仙姑的？”

大太太一听，孟大虎醒了，急忙来到西屋。“我说你能不能小声点儿，灌了几口猫尿胡咧咧啥？”

“咋地了，这……这是我的家，还……还不准我说话了？”孟大虎无拘无束地说着。

大太太说：“你消停点儿行不，是赵家窝棚的翠花来了。”

孟大虎一听是翠花来了，声音立刻降了八度。“她……跟她……娘一起来的呀？”

“不是，是她自己来的。”接着大太太把老姑来的经过学了一遍。当孟大虎听到老姑要求为爷爷报仇时，他对大老婆说：“你……你去答应她，我……不信了谢宝山那个狗犊子还成精了，就……就是没有翠花家的仇，我……早晚也要收拾他，让……众人看看啥叫恶有恶报。”

“老二已经答应她了。”大太太接着说，“不过，收拾谢宝山也不是那么容易，他手里掌握着商团的兵，还有那些警察和保卫团也不好对付。”

“我……我那么傻呀，还……能等他把兵力聚齐了，再……再打呀！”

大太太一听也是，不过她还是有点儿担心。“要是攻打三家子码头，你得好好跟张柏商量商量。”

“不……不跟他商量跟谁商量，他……是军师有头脑。跟……跟你一个娘儿们商量能行吗？你……你干那事儿还行，打……打仗就不行了。”

“你能不能有点儿正形，都快当老公公了，以后别满嘴胡咧咧……”还没等大太太把话说完，听到东屋传来孟二虎老婆的声音。“我说侄媳妇儿，我们家小虎可是个好孩子，你嫁给他不亏，呵呵！”

“看到没有？你这个兄弟媳妇儿跟你一个味儿，要说你们是两口子，没人不相信！”

“别……别他妈扯犊子了，哪……有拿大伯子和弟媳妇儿比的？”

大太太没理孟大虎，赶紧回到东屋，她怕孟二虎媳妇儿说多了老姑接受不了。“我说老二家的，你有活儿先忙去吧，我有话跟翠花说。”

“烦我了，烦我就走，不过大嫂我跟你说，这样的闺女可是天上难找地下难寻，可别让她飞了呀！”

孟二虎老婆走后，大太太对老姑说：“闺女呀，报仇的事儿你也不用太心急，小不忍则乱大谋。”

老姑说：“大娘，你说的那些我都不懂，可我知道谁欺负我，我就找谁算账。我不像我娘，都让人欺负死了，还在相信那些当官的能主持公道。”

听了老姑的话，大太太心想，这个姑娘可不是个好惹的主，将来还不知道她能作出什么大妖来。

张柏带着孟小虎离开柳条通，一路狂奔来到赵家窝棚。张柏进了奶奶家，发现奶奶烧得满嘴是泡，浑身滚烫。

张柏问父亲："你们家有烧酒没?"

父亲说："没有!"

二叔说："我去赵大爷家看看，顺便把马给他家送回去。"

"快去吧，怎么能让你娘烧成这个样儿?"张柏说。

父亲眼泪汪汪地说："我们也没招儿，去了浩立岗请大夫，可是人家说啥也不来。我们给人家磕头，脑袋都磕破了，后来被人赶了出来。"父亲说完，还让张柏看看脑门的伤。

"你不会多给他点儿钱吗?"

"说了，可是人家一看我们哥儿俩穿得穷嗖嗖的，说啥也不来。"

张柏一看，二叔半天没有回来，便对父亲、三叔和宝弟说："你们三个，把你娘的衣服脱下来抬到地上，用凉水往她身上猛浇。"

"能行吗?"父亲怀疑地问。

"你听我的，我在外面等着。"张柏用命令式的口吻对父亲说。

在给奶奶往身上浇凉水时，老叔说什么也不让浇。"你们别浇了，再浇娘就死了，哇……"老叔哭了起来。

"昭虎，你去把那个孩子给我拽出来。"

孟小虎进屋将老叔扯了出来，他还被老叔咬了一口。

浇了一会儿，张柏说："行了，你们把你娘身上擦干，把衣服穿上。"

等父亲和三叔把奶奶的衣服穿完抬到炕上，张柏进了屋一摸奶奶的脑门，有些退烧了。"有开水吗?"

"有!"父亲赶紧去大锅里舀来温水。张柏给奶奶灌了一些药。

这时二叔回来了，他满头是汗，手里拿着个酒葫芦。父亲说：“你咋去了这么长时间？”

“全屯子都找遍了，谁家也没有烧酒，我骑马去了王家烧锅才买回来的。”

一看有了白酒，张柏让父亲给奶奶浑身搓了一遍。

时间过得很慢很慢，奶奶就这么一点儿一点儿地熬着。熬到了二更天，张柏发现奶奶又发烧了，把他急得直跺脚。这时，孟二虎他们来了，除了把“义善堂”的老中医请来，还绑来一个洋大夫。

张柏一看，赶紧给洋大夫松绑，由于言语不通，他只能给人家赔笑脸。

老中医扎了一会儿银针，可是奶奶的高烧还是不退。这时张柏走到洋大夫面前，很客气地做了一个“请”的姿势。洋大夫没理张柏，他拿出听诊器给奶奶听了半天，又从药箱里拿出注射器给奶奶打了一针。

洋大夫很负责，始终在奶奶身边守着，一会儿拿听诊器听听，一会儿拿温度计测测体温。

天快亮了时，奶奶终于醒了。她看到了张柏，看到了孟二虎，还看到了两个不认识的大夫。奶奶说：“咋惊动这么些人？”

父亲说：“娘，你终于醒了过来。你都两天不省人事了，要不是张大爷和孟二叔把大夫请来，恐怕就要没命了。”

奶奶看看这些人，强支撑起身子。“谢谢诸位的救命之恩，容我以后再报。”

这时候，洋大夫走过来，给奶奶测测体温，又拿听诊器给奶奶听听。“ok！”洋大夫收起药箱要走。

“老二，赶紧把两位大夫送过江，这里也没有什么好吃的，你多给他们一些钱回悦来镇下馆子吧！”张柏吩咐着。

送走了两个大夫，张柏对奶奶说：“要不是翠花这孩子去了柳条通，恐怕你的命真没了。”

奶奶一听，一下子坐了起来。“啥，翠花去了柳条通了？啥时候的事儿？”

“是昨天。昨天，翠花去了柳条通，她说你病得不行了。还说，只要能为她爹报仇，她就嫁给昭虎。”

“这个死丫头咋这么有老猪腰子，真是气死我了。”奶奶气得眼泪都出来了。

“大妹子，我们柳条通的人个个都敬佩你的人品。我这次来，一是来看看你的病怎么样了，二是也想问问你的意思。不能因为翠花的一时冲动去了柳条通，我们就顺水推舟将生米煮成熟饭，那样我们成什么人了？”张柏说得振振有词。

奶奶说：“不管咋说，一个姑娘家的，咋能自己找婆家呢，丢人不？”

“大妹子，话可不能这么说。以前我来提过媒，答不答应是你的事儿，提不提亲是孟家的事儿，可不是翠花姑娘自己找的婆家。”

奶奶一看说也说不过张柏，即使她能说服张柏，她能说服老姑吗？知女莫如母。最后，奶奶气哼哼地说：“你给那个死丫头捎个话儿，说我老赵家没她这个闺女，你们都走吧！”

张柏一听，奶奶虽然不太同意，但也算给足了面子。“昭虎，过来给你娘磕头。不管她将来认不认你这个姑爷，她都是你娘。”

孟小虎过来给奶奶磕头：“娘，你别生气，以后我们会孝敬你的。”

奶奶连眼皮都没抬：“走吧，走吧，你们都走！”

张柏领着孟小虎走出门外，奶奶不由自主地从窗纸的窟窿往外看。她看到孟小虎长得虎头虎脑的一个大小伙子，心里才有几分安慰。

这一切都被父亲看在眼里：“娘，昭虎这个小伙子不错，也挺勤快的。”

“你别跟我说这些！”奶奶说完，一头躺在炕上。

二叔把张柏送出大门：“张大爷，不管我娘同不同意，我老妹儿结婚那天，你得给我们送个信儿。”回头又对孟小虎说：“告诉你小虎，以后对我老妹儿好点儿，不然我把你脑袋拧下来。”

张柏笑了笑说：“你放心，结婚的时候我派人来给你们哥儿几个捎个信儿。我也敢保证，如果昭虎敢欺负翠花，我都不饶他。”

张柏回到柳条通，孟二虎随后也回来了。张柏对孟二虎说：“你怎么这样莽撞，竟然把洋大夫给绑来了，我不是告诉你全听葛小亮的吗？”

“这就是葛小亮的主意。”孟二虎辩解道。

“葛小亮，你跑哪去了？”张柏喊着。

“你别嚷嚷了，他在悦来镇还没有回来呢。”

张柏一听，问：“怎么回事儿？”

孟二虎告诉张柏，他们到义善堂请中医，葛小亮给了他们五十块大洋，老中医同意来了。路过“兴华医院附属西洋药社”，葛小亮让我们到江边等着，带着胖猪进了医院。他找到崔院长，任凭怎么说，崔院长死活不派大夫给奶奶治病。葛小亮让胖猪从钱褡子里拿出一个自制炸药包塞进崔院长的怀里。葛小亮还告诉崔院长，如果他敢反抗的话，不但他自己没命，还要炸死他们全家。崔院长没办法，只好派洋大夫出诊。过江的时候，洋大夫说啥也不来，他们只好把他绑来了。

“葛小亮呢？”张柏问。

“葛小亮向崔院长保证，洋大夫不回来他不走。”

正当张柏和孟二虎在院子里说话时，孟大虎出来了。“张……张老弟，翠……花她娘的病好了没有？”

“好了！”

“她……她答应这门亲事没有？”

见孟大虎问，张柏说：“咱们当着翠花的面儿说吧！”

“好好好，咱……咱们进屋说。”

来到屋里，老姑见到张柏急忙问：“张大爷，我娘的病怎么样了？”

张柏说：“你娘的病已经好了。”

“你……你快说说，翠……花她娘到底答应这门亲事没……没有？”孟大虎急切地问。

还没等张柏回答，老姑说：“我娘她不会答应的，这你们不用管了，我的婚姻我说了算。”

张柏笑了。“这话还真让翠花说中了，她娘还真没答应，但也没有完全反对，只是说以后赵家不认翠花这个闺女了。”

“当娘的心我理解，当初我嫁给大当家的，我娘也是这样说的。”大太太深有感触地说道。

“孟大爷，张大爷，我现在还要问一遍，你们能不能为我爹报仇，能不能把三家子码头夺回来？”老姑又提了一遍自己的条件。

“能，咋不……能。”孟大虎急忙答应。

听了孟大虎的话，张柏说：“闺女，攻打三家子码头，那是早晚的事儿，要想抓住谢宝山还得筹划一番。现在谢宝山的身份地位变了，我们不能盲目地攻打，闹不好不但抓不到谢宝山，还会打草惊蛇。至于夺回三家子码头的事儿，还得从长计议，如果生打硬拼夺回来，官府能允许你家经营吗？”

听张柏这么一说，老姑觉得也有道理，但还是不甘心。“不让经营我一把火烧了它。”

正说话间，葛小亭带着胖猪回来了。

民国十一年（1922 年）秋，老姑结婚了。她结婚的那天，柳条通来了不少人。有关家亮子的关爷、何家油坊的何爷、王家烧锅的大东家、陈家客栈的陈掌柜、葛记杂货铺的葛掌柜、姜家粮栈的姜掌柜，还有明山好、李二愣、辛张等绺子，也有警察所的警察和保卫团的团兵。

关爷是孟大虎的拜把子兄弟，所以提前两天来到柳条通当起了支客人。“我说孟老弟，从今儿起，柳条通的大事小情都得我说了算，连你和几个弟妹都得听我的指挥。”

“行，关大哥，我……我们都听你的，一切事……事情都由你来做主。”

“老二、几个弟妹，你们可都听见了吧，话说出口可别后悔。来，先给我挑选二十支好枪，把收礼的钱都交给我，一会儿忙活完了就带走。哈哈！”关爷爽朗地笑着。

“行，关大哥说咋办咱就咋办，有能耐你把柳条通都搬你家去。”孟二虎笑着说。

大太太说：“关大哥家大业大，咱这点儿玩意儿还能看上眼儿？”

“看看，弟妹小心眼儿了吧？哈哈！”关爷的笑声在柳条通的每个角落都能听到。

这两天，关爷走到哪里，哪里都是笑声。喂马的、伙房的、绺子弟兄，男女老幼都愿意和他搭讪。

结婚的头一天，关爷一本正经地开始分派活儿了。他让孟大虎和二虎招待客人敬酒，大太太、二姨太、三姨太和孟二虎老婆管酒席上菜，张柏、葛小亮负责安全，胖猪、尿瘪子和半拉子专管喂好来人的马匹。

老姑结婚那天早上，关爷带着孟大虎、孟二虎在大门外迎接客人。“哈哈，诸位亲戚老友，今天是柳条通大喜的日子，不管诸位往日有多大恩怨，今天都要把枪码在院子里，该喝酒喝酒，该吃肉吃肉，谁也不能闹事儿，请各位爷给个面子。”关爷一遍一遍地跟道喜的人解释，按照上房胡子下房兵的规矩，将各路客人安排就座。

张柏在院子里专门观察形势，暗地里让葛小亮带着二十个人埋伏好，不管是谁，只要敢在柳条通闹事儿，就用马枪（德国造的最早冲锋枪，也叫伯格曼）突突他。

社会就是这样，官家、匪家、兵家、商家，难免沾亲带故。

张柏也不失信，他派人到奶奶家给二叔送信。老姑结婚那天，二叔、三叔、宝弟、老叔都来参加了婚礼。虽然老姑没有像别人那样风风光光从娘家接亲，也免了下聘礼的程序，但场面也非常热闹。这一天，大太太和孟小虎乐得合不拢嘴，孟大虎和孟二虎到各屋为客人陪酒敬酒。

等送走了客人，孟大虎和孟二虎还没尽兴。大虎对二虎说：“来，二弟，今……今天你侄儿结婚，咱们高兴多喝点儿。”

“行，大哥，咱们不醉不归。”孟二虎说。

孟大虎说：“这……这个儿媳妇儿我太满意了，咱……们家娶回来一个杨排风。不对，是……是娶回来一个穆桂英。”

“对，是穆桂英！”孟二虎迎合着。

“老二，我……我看，这丫头将来就是咱们绺子大……大当家的。”

“对，是大当家的，以后咱们都听她的。”

张柏看着这哥儿俩出洋相，心里这个好笑。张柏没有时间搭理他们，他还要张罗着把屋里院外打扫一遍。

再说，二叔他们来柳条通参加老姑婚礼走后，只有父亲陪着奶奶。奶奶对父亲说：“你妹子结婚，你咋不去?”

“娘，我怕你生气。”

“唉!”奶奶叹了一口气，然后莫名其妙地跟父亲发脾气，“你还站在这里干啥，该干啥干啥去!”

父亲见奶奶发火了，感到莫名其妙，默默地走了出去。

中　部

乱世

第八章　初露锋芒

老姑结婚后的第二天早上，二叔带着三叔、宝弟和老叔要离开柳条通回家。

老姑一听，情绪立刻低落下来。本来，人家的闺女出嫁，都是热热闹闹地在娘家上轿，而老姑结婚，是在柳条通大院的一个屋接到另一个屋，好在有二叔、三叔、宝弟和老叔陪着，才没有感到凄凉。可是二叔他们今天就要回去了，老姑的心一下子空落落的。她祈求道："二哥，你们能不能多住几天再走？"

"是呀，二哥，你们就多住几天吧，也陪陪翠花。"孟小虎也跟着劝二叔。

二叔说："不行啊，时间长了娘该惦记了。"

"我不走，我在这儿陪着姐。"不太懂事儿的老叔对老姑说。听了老叔的话，老姑一把将老叔搂在怀里，眼泪顿时流了下来。

二叔看到老姑哭了，心里也酸酸的。"老疙瘩听话，来的时候咱娘都跟你说啥了，她最不放心的就是你，你必须跟我们回去。"听了二叔的话，老叔"哇"的一声哭了。

"老弟不哭，你再哭姐就更受不了了。"老姑边说边给老叔擦眼泪。

二叔过来想扯住老叔的手："老疙瘩，咱们走！"可是老叔一甩手，钻进老姑的怀里。

老姑搂住老叔："二哥、三哥、宝弟，以后翠花不在家，你们可要好好孝敬娘，别惹她生气。”说完，她又蹲下来，边给老叔擦眼泪边说：“老弟还小，以后有啥事儿都得让着他点儿。这些年他跟娘风里来雨里去告状也不容易，他身子骨又这么弱，挺可怜的。”

二叔说：“老妹儿，你放心吧，过段时间咱娘不生气了，我就来接你回娘家。”二叔又对三叔、宝弟和老叔说：“天不早了，咱们快点儿走吧！”

老姑无奈，只得让他们走了。出了大门，二叔对老姑和小虎说：“别送了，你们回去吧！”

可是老姑还是不回去，她送了一程又一程，大家就这样默默地走着，谁也不说话。

走了大约七八里路，二叔说：“老妹儿，你别送了，再送我们啥时候才能到家呀？”听了二叔的话，老姑突然蹲在地上哭了起来。小虎去拉老姑，老姑一转身还是哭。这时候，三叔、宝弟、老叔也跟着哭了起来。二叔含着眼泪，拉起三叔、宝弟、老叔便走。可是老叔被二叔拽得咧咧歪歪，还是不停地回头看着老姑。当他们走出很远了，老姑突然站起来：“二哥，家里有啥事儿赶紧给我送个信儿！”

“放心吧！”

“老弟，你要听话！”

“知道了！”

老姑一直站到二叔他们没影儿了，才红着眼睛跟孟小虎往回走。老姑在回来的路上想：要不是为爹报仇，咋也不至于走上这一步呀！

老姑结婚的第三天，按照东北的习俗该回门了，可是老姑没有办法回娘家，因为奶奶不认这门亲事。

老姑早上起床后，梳洗打扮了一番。可是她又一想，打扮完干啥去，也回不了娘家，心里不免有些失落。老姑在屋里转磨磨，不知道如何是好。孟小虎看着老姑，也不知道劝啥好，在地上搓着手干着急。

老姑来到外面，看着三个婆婆和一个婶婆都在伙房忙着做饭。她想，闲着心里难受，还不如跟她们一起做饭呢，就钻进了伙房。

“翠花，你赶紧回屋待着去，哪有新媳妇儿跟着做饭的?”小虎娘把老姑推了出来。

老姑回到自己的屋里还是闷闷不乐，小虎没辙了，来找孟大虎。“爹，翠花今早上不知道是怎么了，咋整都不高兴，连早饭都没吃。”

“傻……傻小子，那是她想家了。别……别人家的媳妇儿都是三天回门，她……没地方去，心里闷得慌。”孟大虎对小虎说。

“那咋办?”

“咋……咋办? 你……领她出去溜达溜达散散心。”孟小虎听了孟大虎的话，似乎有点儿明白了。

回到自己屋里，孟小虎对老姑说：“翠花，我带你去外面溜达溜达呀?”

“溜达啥呀，愿意溜达你自个儿去!”老姑有些不耐烦地说。

“要不，咱们骑马到浩立岗去逛逛集市，顺便给你买点儿东西回来?”

“愿意去你去，别烦我!”老姑说着便躺在炕上。

一看老姑这么不开心，孟小虎一时不知所措。他把镜面匣子枪往炕上一放，也准备陪着老姑躺下，没承想老姑一脚将他踹到地上。孟小虎站起来拍了拍身上的灰土。“你这是干啥?”说着往老姑跟前凑。

老姑顺手抽出匣子枪对孟小虎说：“你再敢往前贴乎，别说我崩了你。”孟小虎一看老姑拿着枪对着他，当时脸都吓白了。看到孟小虎的狼狈相，老姑突然笑了。“呵呵，你还老爷儿们呢，看把你吓的那个熊样儿。”

孟小虎说：“这枪可不是闹着玩的，万一走火了是要打死人的。”

老姑拿着枪，左看看，右瞅瞅：“小虎，你教我打枪呗!”

“只要你高兴，咱干啥都行!”孟小虎听老姑这样说，似乎找到了让老姑开心的良药。

老姑拿着枪往外走。孟小虎说：“你等等，我去管张叔要点儿子弹。”

孟小虎兴冲冲地出了屋找到张柏。“张叔，给我点儿子弹呗，翠花要学打枪。”

张柏说：“你能不能让她过些日子再学，现在子弹有限，万一有点儿急事儿，那可是性命关天的大事儿。”

“张叔，你答应了吧！今天一早起来翠花就不顺心，我爹说她是想家了，可是又不能回娘家。”

张柏一听可不是，按理说今天正是老姑三天回门的日子。张柏让郝老七打开弹药库拿出二十发子弹：“现在子弹可金贵，你们省着点儿用！”

“哎！”孟小虎拿着二十发子弹跑了出去。

当孟小虎带着老姑走到大门时，正好遇到了小虎的弟弟小彪。“大哥大嫂干啥去？”

小虎说：“带你嫂子学枪去！”

“我也去！”孟小彪说。

孟小虎本来不想带他去，可是老姑说：“让他一块儿去吧！”

孟小彪是孟大虎和二姨太生的孩子，比孟小虎小四岁。

他们三人出了大门，门外二百米处有棵老柳树。孟小虎走到柳树前，用刀子把树皮剜去一块，露出白色树干。他对老姑说：“一会儿你往这白点儿上打。”

孟小虎退回五十步，站在那里教老姑如何压子弹，如何看标尺，如何看准星，如何看三点成一线，如何扣动扳机。“啪！”说着，还给老姑示范了一枪。

“没打上，没打上！”孟小彪幸灾乐祸地边喊边跳。

“去去去，一边待着去！”孟小虎对孟小彪说。

教完打枪要领，孟小虎便让老姑试一试。

老姑端起枪，“啪！啪！”便是两枪。由于镜面匣子枪的后坐力大，第一枪打在树叶上，第二枪打在天上了。“呵呵，没打着，没打着！”孟小彪又蹦又跳。

老姑不服气，“啪啪”又是两枪，还是和刚才一样。

这时，孟小彪掏出弹弓“啪”的一下，不偏不倚正好打在那个白点上。

老姑回头看看孟小彪：“来，二弟，你说说，你的弹弓为啥打得那么准?”

孟小彪牛哄哄地说:“看啥标尺,看啥准星,看啥三点成一线,我就不看,心里想哪就打哪。”说着,他又举起弹弓,“啪”,正好击中白点。

“去去去,别听他瞎说,打枪怎么能跟打弹弓一个样?”孟小虎训斥孟小彪。

老姑站在那里琢磨着小彪的话有道理。老姑早就听说过,有些老炮手为了上山拿枪轻巧,把准星、标尺都扭掉,而且把枪托都要锯掉半截,可是见到猎物手起枪响,百发百中。

“开枪啊,你想啥呢?”孟小虎看老姑发呆,急忙催促道。

老姑想了想,举起枪把注意力放在了目标上,“啪”这一枪打在离白点有五巴掌远的大树上。

“低了,低了!”小彪喊了起来。

“啪”老姑又是一枪,离白点还差两巴掌。

“高了,高了!”小彪急得又喊了起来,他恨不得上去自己开两枪。

老姑举起枪又要打,可是枪里没子弹了。她抽下弹夹,向孟小虎要子弹。这时候孟小虎也愣了,他没想到,老姑第一次打枪就这么准,比当初自己学枪时强百倍。还有那个孟小彪,压根儿没有摸过枪,也跟着指手画脚。

老姑压好子弹,又开始射击,她把柳树的那个白点都看作谢宝山、独眼龙和刘县令的脑袋,十指、五指、三指、靶心,每枪都不离白点左右。二十发子弹打光了,可是她还余兴未尽。

“好,好,大嫂打得好!”小彪跟着起哄。

听到小彪的话,老姑心里也美滋滋的。

孟小虎有些呆了,心想:以前就听张叔说过,人哪,是七分天分,三分努力。难道翠花天生就是块儿使枪的料?

又过了几天,老姑来找孟二虎:“二叔,当初你答应了我的,说是要为我们家报仇,你们可不能失信哪!”

“不瞒你说,侄媳妇儿,这几天我们正想辙呢。葛小亮已经去哈尔滨八天了,我们现在弹药不够,怎么打三家子码头?”听孟二虎这么说，老姑来找张柏。张柏说：“侄媳妇儿，你要沉住气，君子报仇十年不晚，还在乎这几天吗？”

老姑说：“娘告状告了十多年也没个头绪，我再等十年还不得窝囊死呀！”

第二天，老姑又去找孟大虎：“爹，啥时攻打三家子码头？”

孟大虎一看老姑来了：“翠花呀，你……你别急，葛……葛小亮已经去想招儿了！”

“他啥时候回来？”

“这……这个说不准。不……过你放心，爹说话算数。”

原来，柳条通用的枪，大部分是德国造的，这种子弹很难买。葛小亮到哈尔滨通过各种关系也只买了不到两千发，他还想通过军火商到胶州湾再弄一些，可是一时半会儿还没货。

这几天，老姑总是嘟噜着脸，整天披头散发，见到谁都不吱声。孟小虎没辙了，来找大太太。“娘，翠花成天不高兴，你说可咋整。”

大太太来到老姑屋里：“媳妇儿呀，你这样下去也不是个事儿，报仇也得等待时机，大伙儿都在想招呢。”可是老姑低着头就是不吱声。大太太一看老姑这是要倔了，笑了笑走了。

不一会儿，孟二虎媳妇儿来了。“侄媳妇儿，谁欺负你了，二婶替你出气。”她一看老姑没有吱声，又说：“有啥大不了的，等葛小亮弄回子弹，不用你说，我去找大哥说，一定给你报仇。”可是，她说了半天，老姑也没有抬头。她心想：这丫头可够拗的。然后，讪不答地走了。

孟小虎一看老姑也不搭理他，在屋里待了一会儿感到很憋闷，走到外面转了一圈，又怕老姑一个人孤单，转身往回走。“昭虎，你转悠什么呢？”孟小虎一转身，看到张柏走过来。“张叔，翠花咋哄都不行，你说可咋整？”他说话的时候，还皱着眉头。

张柏一听笑了，一招手：“你跟我来！”

孟小虎跟着张柏来到弹药库前，张柏对郝老七说：“你打开枪库，给昭虎再拿二十发匣子枪子弹。”

孟小虎一听给子弹，就明白了张柏的意图，可是抠抠搜搜才给二十发也太少了。没等郝老七动手，孟小虎上来拿起五盒子弹就跑。

“小虎……”没等张柏把话说完，孟小虎已经跑远了。

跑回自己屋子里，孟小虎乐呵呵地把五盒子弹往老姑面前一放。

老姑抬头看了孟小虎一眼：“这是啥呀？”

孟小虎眉开眼笑地说：“这是子弹。走，咱们骑马练枪去！”

说完，孟小虎去马圈备马，老姑执拗拗地捧着五盒子弹走出屋。

二人骑马走出大门，孟小虎把匣子枪递给老姑。“咱们走远点儿，让我爹听见该生气了。”孟小虎骑马在前面跑，老姑在后面追。

跑出去五里远，有棵歪脖树，老姑要练枪了。刚开始离歪脖树七十步，每打十枪向后退十步，最后坐在马上开枪。好端端的一棵树，在一人高的地方被老姑打烂了。

连续几天，孟小虎算是把郝老七缠上了，天天从弹药库里拿子弹。小虎天天陪着老姑去骑马练枪，硬是把老姑的枪法练出来了。

老姑天天出去骑马练枪。孟大虎、孟二虎和张柏都知道，但都没有阻拦，由着老姑的性子作。

这些天，张柏看着老姑消耗子弹，心疼得不得了。葛小亮带着胖猪走了半个月了，还没有把子弹弄回来。正在张柏一筹莫展时，在梧桐河金矿当矿警的老乡李黑子来找他。

“好长时间没来了，最近忙啥呢？”张柏问。

“也没忙啥，就是金矿把头管得紧，不能随便出来。”

张柏一看李黑子蔫头耷脑的样子，便问：“你这是咋了？”

“唉！”李黑子叹了一口气，然后把左手举起来给张柏看，“金把头太狠了，我们一个屯的老乡因为站岗睡着了，被金把头吊起来打，我为老乡求情，却被剁下两个手指头。”

张柏一看可不是，只见李黑子左手的无名指和小手指已经齐刷刷地断了。“金把头对你们矿警都这么狠，他还能拿苦力当人吗?”张柏气愤地说。

“金把头把苦力更不当人了，每天都要让他们干八个时辰的活儿，累得苦力死去活来，哪天不拖出去几个死人。”李黑子皱着眉头说。

“人哪，怎么会对别人这么狠，还不如对待一个牲口呢!”张柏叹息道。

“张大哥，你有酒吗?”

“有酒，可惜没菜，不行我让伙房给你炒个鸡蛋?”

“不用了，我喝两口就行。”

张柏把酒葫芦递给李黑子，他咕咚咕咚灌了两口。“张大哥，金矿有十几个弟兄因为受不了金把头的折磨准备反了，你能不能接应我们一下?”

“砸金矿可没那么简单，那都是官办的。再说，除了你们之外还有四十多个矿警，不好对付啊。”张柏说。

“也没有什么不好对付的，里面的事儿我来办。”张黑子看了看张柏，接着又说，“我知道，你们现在正缺少德国造枪支弹药，金矿昨天刚到一批。”

“什么?”张柏听了眼睛一亮，“有多少枪，多少子弹?”

“多少枪多少子弹我说不清，反正今天发给岗楼四挺轻机枪，马枪还没有发呢。我估计起码得有几万发子弹。”李黑子说完又喝了一口酒。

“如果拿下金矿，你要什么好处?”张柏问李黑子。

“拿下金矿，你给我一半沙金，我给弟兄们分一些，愿意走的可以回家养老，不愿意走的留在柳条通入伙。”李黑子说完还要喝酒，被张柏拦住。“你不能再喝了，今晚必须回去，不要引起金把头的怀疑。”

“这么说，你同意了?”李黑子问张柏。

张柏说：“同意我倒是同意，可是我得跟大当家的商量商量。”说到这里，张柏好像突然想起了什么。“你说一下岗楼、火药库和金房的位子，我画个草图。”

“不用了，我画好了。”李黑子说着拿出一个草图。

接过草图，张柏问：“你觉得什么时候动手合适?”

“后天。后天我领班，大多数都是我们自己的人。”

“以什么为信号?”

“你们三更天之前埋伏好，我在大门岗楼用香火画圈。见到信号你们就进大门，大门是半开的。三更天不见信号，你们赶紧撤离，说明情况有变。”没想到李黑子还是个细心的人。

“我们先说到这儿，如果我们商量好了，明晚我派人在远处拢一堆火，后天准时行动。不要忘了，告诉你们的人，胳膊上扎着白手巾的都是自己人。”张柏再三嘱咐李黑子，如果开始行动，一定要控制好四个岗楼上的机枪。

送走李黑子，张柏来找孟大虎。“大当家的，今天我一个老乡来了，说他们十几个人因为受不了金把头的虐待想反水，让我们里应外合，砸了金矿。”

“这……这事儿可得好好考虑考虑。”孟大虎说。

“我听李黑子说，他们昨天刚进回一批德国造枪支弹药，估计有几万发子弹。”听完张柏的话，孟大虎立刻瞪起了眼睛：“那……那还等啥，赶……紧布置一下，真……真是老天助我，咱们缺的就是弹药。”

送走李黑子的第二天，葛小亮从哈尔滨回来了，他和胖猪带回来不到两千发子弹。就是这些子弹运回来也不容易，他们乘坐老毛子的火轮回来时，不但给了人家高额运费，而且还给船上的人买了两箱伏特加酒。

葛小亮听说要攻打梧桐河金矿，不觉倒吸了口凉气。“哪有在家门口砸窑的?再说，如果跟金矿结下梁子，那可不是闹着玩儿的。”

孟大虎说：“张……张柏已经安排好了，再……再说有李黑子做内应，万无一失。”

葛小亮说：“实在要砸也行，但一定不能打着柳条通的旗号。”

“嗯，我……我们可以打着李二愣的旗号。”

葛小亮摇摇头，不再说什么了。

第三天晚上，孟大虎、孟二虎、葛小亮、胖猪各带一队人马来到金矿附近，将马桩打在隐藏的塔头甸子里，一直趴到三更天也没有发现李黑子的信号。胖猪小声对孟大虎说：“看来情况有变，赶紧撤吧！”

“等等再……再说。”孟大虎两眼直盯着大门岗楼。

一直等到四更天，孟大虎发现大门岗楼上有一把香火在画圈。孟大虎带着人来到大门一看，大门有条缝刚好能进去一个人。孟大虎带着人摸进了金房，孟二虎带人直奔弹药库，胖猪带人上了岗楼。李黑子早把站岗的矿警绑了起来。

说来不巧，当孟大虎的人进入院里时，一个起夜撒尿的苦力发现院子里有很多人。“不好了，胡子闯进来了！”不知道这个苦力是吓蒙了，还是吓疯了，掉头往回跑。

听到喊声，窝棚里的一千多苦力都跑到了院子里，有的趴到墙根下，有的跑向大门外。警哨里的矿警也听到了喊声，拿起枪也分不清哪个是胡子，哪个是苦力，开枪一阵儿乱打。

李黑子一看警哨出来人了，抱过来一挺轻机枪对着房门前扫射，可是苦力和矿警都混在了一起。“大家都往大门跑！”听到李黑子一喊，一梭子弹向他扫过来，还有些矿警向四个岗楼上冲。

葛小亮一听李黑子喊话，害怕露馅儿就喊道：“我们是李二愣绺子的，不打穷人，你们赶紧趴在墙根下别动！”这时候一梭子弹又向葛小亮扫来。警长孙大德大喊一声：“胳膊上带白手巾的都是胡子，给我打！”

李黑子端起机关枪向孙大德扫射过去，孙大德当即中弹身亡。

胖猪也看出了门道，他端起轻机枪向警哨门扫射。

这次砸窑，别看张柏精明，部署严密，可是百密也有一疏，他没有派人围住警哨。

因为明天就是金矿向外押运沙金的日子，每到这一天金把头都非常紧张。他对休班的矿警说：“今晚都给我精神点儿，一个时辰一换岗。”部署完毕后，他又来到城墙。“今晚都给我精神点儿，谁敢睡觉明天我扒了他的皮。”

李黑子说：“头儿，你放心歇着吧，这里有我哪。”

金把头用马提灯照了照李黑子：“今晚你给我盯住，万一出了什么事儿，我把你另一只手给剁下来！”

“你放心吧，我拿脑袋担保。”李黑子将金把头送到城墙下，又装模作样地查看了一遍大门。矿警半夜要换岗，李黑子对他们说：“没必要一个时辰一换岗，两个时辰一换岗就行，你们放心地回去睡觉，这里有我盯着呢。”

正好这些人都睡得迷迷糊糊，谁也不愿意站岗，就接着回屋里躺下睡了。

孟大虎冲进金房，看见四名矿警正睡眼蒙眬地发愣，他端起马枪就是一梭子。听到外屋的枪声，金把头拿起枪一脚踹开窗户跳到房外，可是他发现院子里都是胡子，根本冲不出去，急忙回身从窗户又跳回屋里。可是，这时候孟大虎已经进了里屋。金把头还没来得及站稳脚，就被孟大老按倒在炕上。孟大虎挥起拳头，砸在他的脑袋上，把他砸晕了过去。

孟大虎夺过金把头的枪，从他的身上找钥匙，翻了半天也没找到。孟大虎急了，对准铁柜的锁头便是两枪。打开铁柜一看，里面有个锡金盒子，他用被单将金盒子包好背在身上。孟大虎刚一转身，苏醒过来的金把头一刀向他刺来。孟大虎回手一枪，打得金把头脑浆迸裂。

“枪库在哪?”孟大虎问一个受伤的矿警。

“在后院。”矿警龇牙咧嘴地告诉孟大虎。

孟大虎带人来到后院，发现孟二虎已经被看管火药库的人打死，一挺轻机枪正在向外面扫射。孟大虎一看弟弟死了，红眼了。“操……操你祖宗，今……今天我非得整死你们这帮瘪羔子。”就在火药库里的人给轻机枪换弹夹时，孟大虎端着马枪冲进门，打死三个人。还没等他转身，背后挨了两枪，幸亏这两枪打在金盒子上，他回手用半梭子子弹结果了那个矿警的性命。

孟大虎来到外面，抱起孟二虎一看，他已经被打成了筛子。孟大虎眼睛都红了，他夺过手下的轻机枪冲到院子里，对着冲出来的矿警一阵儿扫射。“你……你们这帮狗日的矿警，都……给我听着，我……我是柳条通的孟大虎，要……要是再敢反抗，就……把你们打成肉酱。”回头孟大虎又对没有跑出去的苦力说：“兄弟们，有……愿意入伙的到柳条通来，不……不愿意入伙的都回家去，别在这里等死！”

葛小亮一听，完喽！大当家的也没有按事先约定好的打李二愣的旗号，而是自己报了号。

还别说，孟大虎一乍呼，十几个矿警还真扔下枪投降了。

孟大虎回到后院，将孟二虎抱了出来。“我……我的马呢？”

这时候，有人到野外将马牵进来。孟大虎把孟二虎放在马背上，疯了一样打马跑了。

葛小亮将李黑子一伙人叫过来，让他带人将火药库的枪支弹药全部装上车。这时，二十几个准备入伙的苦力，也上来帮忙，将岗楼、大院散落的枪支都划拉到车上。

葛小亮让另外两挂马车，分别将柳条通打死打伤的人抬上车，其余的人在葛小亮和孟小虎的带领下，骑着马回到柳条通。

孟大虎一个人带着孟二虎回来了。他还没到大门前，郝老七远远地看见孟大虎满身是血，前面马鞍子上还搭着一个人，赶紧打开大门。

一进院，孟大虎大喊：“来……来……来人呐！”

这一夜，张柏没有睡觉。孟大虎进院里一喊，张柏知道肯定是出大事儿了，不然孟大虎不会这样没好声地喊叫。

张柏来到院子里一看，躺在地上的人是孟二虎。“怎么了，老二他怎么被打成这样了？”

孟大虎一屁股坐在地上，号啕大哭起来，也不理张柏。

这时，大太太、二姨太、三姨太和孟二虎的媳妇儿也来到了院里。二虎媳妇儿一看：“当家的，你咋死得这么惨哪！”说着，一下子扑到孟二虎的身上昏了过去。

郝老七带着几个人，将孟二虎媳妇儿抬到屋子里。

老姑出来后，一看孟大虎坐在地上浑身是血，又看到惨死的孟二虎，她先是一惊，然后觉得有些内疚，站在那里默默地落泪。

张柏赶紧吩咐郝老七搭灵棚，将孟二虎的尸体放在台子上，用被子盖好。

这时候大队人马都回来了，张柏吩咐胖猪和尿瘪子马上去买棺材，让孟小虎、孟小彪和山花披麻戴孝。山花是孟二虎的女儿。

柳条通大部队回来时，一共带回来五十多人，其中有李黑子的手下十三人，剩下的都是金矿的苦力。

第三天中午，又有十几个苦力跑到柳条通来。他们说，县公署李知事听说梧桐河金矿被抢，派了警务所、保卫团一百多人奔向柳条通。

安顿好新来的人，孟大虎来找张柏问怎么办。张柏想了想说："组织起没有打过枪的人，让李黑子尽快教会他们打枪，把枪支弹药马上发放下去。"张柏看了看孟大虎又说："你和葛小亮、胖猪分别带着两队人马埋伏在柳条毛子里，等到这边一打响，你们从背后包抄，打他们个措手不及。"

"好、好，就……就按照你说的办。"孟大虎说完去找葛小亮。

柳条通这个地方很特殊，东南西三面环水，只有北面一条旱路，余下的便是一望无际的柳条毛子。进可攻，退可守。万一遇到强敌，东西大门一打开，人便可以钻进柳条通里，很难寻找。

傍晚时，张柏和孟大虎商量了一阵儿，又召集李黑子、孟小虎、尿瘪子和郝老七等人部署任务。张柏和李黑子守住北门，这里用两挺轻机枪封锁道路。西门由孟小虎带人把守，炮台上放一挺轻机枪。郝老七带人守住南门，带一挺轻机枪。东门压力最小，让尿瘪子带领新入伙的把守，炮台上放一挺轻机枪。

吃完晚饭，孟大虎、葛小亮和胖猪各带十五人埋伏在柳条毛子里，其他人各就各位。

老姑在厨房干完活也上了城墙，她找到张柏："张叔，你也给我一支枪吧。"

张柏说："这是打仗不是过家家，你一个女孩子上来干什么？"

"张叔，我也会使枪，就给我一把枪吧！"老姑坚持着。

"侄媳妇儿，我求求你了，别给我添乱了行不行？"

老姑一看张柏有些不耐烦了，便下了围墙。

天黑后，老姑在屋里听到了密集的枪声，她赶紧上了城墙直奔西门，因为孟小虎在那里。

老姑在西门炮台往下一看，只见下面黑压压的一片人。县衙派来的警察和保卫团的官兵没有直接进攻北门，而是涉水绕到柳条通从东西两门进攻。西门的进攻最猛烈，有六七十人，打得孟小虎手忙脚乱。孟小虎抱着一挺轻机枪扫射，老姑来了他也没看见。“把弹夹递给我！”老姑从木箱子里将弹夹递给孟小虎。老姑一看孟小虎身上还带着镜面匣子枪，伸手把枪握在手里。孟小虎一激灵，这时才看到是老姑。“快下去！”

“不。”老姑举起匣子枪就打。

这时老姑发现有人抱着炸药包溜着墙根冲向大门，她伸手一枪，将那个抱炸药包的团兵打死。与此同时，一颗子弹从她头顶飞过，打乱了她头上的发髻，还带有一股焦煳味儿。老姑缩了一下头发，对着一个喷火的轻机枪又是一枪，结果轻机枪哑巴了。这一切都被赶来增援的张柏看在了眼里。

张柏递给老姑一把马枪：“看准了，哪个地方冒火你就往哪里打，注意趴在墙上隐蔽。”

老姑回头看了一眼张柏，端起枪专打冒火的地方。

马枪是骑兵用冲锋枪，射击距离比较近。张柏说：“昭虎，把机枪给你媳妇儿，你配合她。”

老姑抱起轻机枪，照准枪火密集的地方开火。由于第一次使用轻机枪，一时还有点儿不太适应。

这时，老姑发现在这群官兵背后的柳条毛子里，有人开了火，而且枪声很密集。老姑刚想抬高枪口，被孟小虎用手压了下来。“姑奶奶，后面那帮人是我爹。”说完，孟小虎用嘴吹了吹手掌。手掌散发出烤猪蹄的煳焦味儿，显然是被枪管烫伤了。

打了不到一个时辰，官兵四处逃散，有的奔原路返回，有的胡乱跑到松花江里，黑灯瞎火的被激流卷走不少。

向陆地撤退的官兵，没想到会被葛小亮和胖猪截杀，又钻回柳条毛子里。葛小亮也不追击，就在路上等着，来一伙伏击一伙。

一直等到了天蒙蒙亮，孟大虎发现葛小亮和胖猪还没回来，便带着人沿路寻找。走了不到三里地，葛小亮一帮人突然从草丛里钻出来，吓了孟大虎一跳。“你……你们搞啥鬼？”

“大当家的，吓着你了。官兵都被打死了？”葛小亮嬉皮笑脸地问孟大虎。

“哪有那么容易全打死了，这是一二百号人哪！”

“没打死，人哪？”

“你……你问我，我……我问谁去！”

葛小亮说：“不对呀，在我这里跑掉的还不到二十人。”

听葛小亮这样一说，孟大虎把眼睛一瞪：“人……人不从你这里跑出去，还……还能从哪里跑，这……这里除了柳条毛子，就……就是塔头甸子大酱缸，他们还能上天哪？”

葛小亮说：“对呀！看来那些人肯定在柳条毛子里藏着呢。”

“你……在这里守住！”孟大虎说着，一刻不停地返回柳条通大院。

进了大门，孟大虎找到张柏说明了情况。张柏根据打死的人数判断，起码还有七八十人在柳条毛子里藏着。

孟大虎挑选了五十人，分成三伙，孟大虎、李黑子、孟小虎各带一伙。“在柳条通里面藏着的人都听着，你们跑是跑不掉了，赶紧出来投降吧，我们保证不杀你们！”李黑子喊完，众人都喊，“缴枪不杀，缴枪不杀！”

“孟大爷，别开枪，我们出来了！”说着，从柳树毛子里钻出来十几个人。

孟大虎一看，愣了。“这……这不是宝柱嘛，你……你咋在这里？”

原来这个人是二叔，身上还背着一口铁锅。其他人有的用马驮着米袋子，有的背着炊具。

孟小虎来到二叔身边：“二哥，你咋也当上了官兵？别走了，在这里入伙算了！”

二叔说：“不行啊，我不回去就是逃兵，我娘就要遭殃了。”看二叔身上穿的服装，就知道他是保卫团的兵，而且还是个火头军。

孟大虎一听二叔不愿意留下，便说：“小……小虎，送……

他们出去，别……让葛小亮那小子给突突了。”

路上，二叔问孟小虎：“翠花还好吧？”

“挺好的，现在都会打枪了，还打得挺准哪。”孟小虎又问二叔，“二哥，你咋当兵了？”

二叔告诉孟小虎，从柳条通回去后，赵老大带着保董找上门来，说奶奶家四个男孩儿，必须有一个到保卫团当兵，如果不去也行，拿五十块大洋雇人顶替。奶奶本想把大洋挖出来交给保董，可是二叔说什么也不让。今年春天大雪连续下了三天，平地三尺厚，天暖融化后，田地里一片汪洋，根本没法种地，等地里风干透了，抢种了还不到一半已经过了农时。俗话说，祸不单行。到了夏天下了几场大暴雨，庄稼几乎被淹没，秋天恐怕又要挨饿了，所以二叔坚持要去当兵。

二叔和孟小虎说话的时候，后面有人偷偷议论。孟小虎猛然转身看着他们：“要是你们敢回去胡说八道，小心你们脑壳开花。”

“不敢不敢！”

孟小虎送走二叔，回到柳条通。孟大虎一帮人又向柳条毛子里喊话，不一会儿又出来几伙残兵败将，还有几个警务所和保卫团当官的，也出来缴了枪。

孟大虎对当官的说：“回……回去告诉你们那个李知事，要……要是他胆敢再派兵来，我……砸了他的县衙。”

“是是是，不敢再派兵了。”几个当官的连忙说。

临走时，孟大虎看到有三个伤兵：“小虎，给他们牵过来三匹马，让伤兵骑上。”

走了不到三里路，三个当官的一看，前后没人了，将三个伤兵从马上推下来。“下去，老子走路你骑马，真他妈的活腻了？”

可是三个当官的刚上马，葛小亮和胖猪突然出现在他们面前。“好啊，你们三个禽兽不如的东西，竟敢把伤兵踹下马，看我怎么收拾你们。给我打！”胖猪带着手下，将那三个当官的一顿狠揍，打得他们求爷爷告奶奶。

“行了，别打了，让那三个畜生背着伤兵走。如果你们再敢欺负伤兵，当心前面的人枪毙了你们。”听到葛小亮的话，三个当官的乖乖地背起伤兵走了。可是又背了四里多路，他们一看根本没有伏兵，便将背着的伤兵摔在地上。“妈了个巴子，让老子背你，等回去看我怎么收拾你。”

其中一个伤兵说：“也不是我让你背的呀。”

“住嘴，你再敢犟嘴小心我踢死你!”说着，向那个伤兵踹了一脚。三个当官的各自上马扬长而去。

孟大虎带人在柳条毛子里搜索了半天，再也没有发现官兵，估计他们是从东西江叉子涉水跑了。

二叔和那几个火头军，骑着马来到靳庄，这里只有六七户人家。他们都饿了，就找了户人家烧火做饭。从昨晚开始，他们就没吃饱，现在已经过了晌午，早已饿得前胸贴后背了。没等把饭完全煮熟，他们就各自拿着碗抢了起来。

吃完饭，二叔他们开始收拾东西，准备离开。就在这时，那三个当官的骑马进了屯子。“你们几个，别他妈的走，赶紧给我们做饭!”

没办法，二叔他们只好将米袋子重新卸了下来，给那三个当官的做饭。饭还没做好，警务所所长发现这家门口拴了一头驴。“去，把那头驴杀了。”

他看到二叔他们谁也不去，操起一把铁锹便打：“狗日的，你们敢抗令不遵哪?”

没办法，二叔操起刀要去杀驴。这时，老太太出来了。“你们这些丧尽天良的，我家就这么一头毛驴，还指望它种地呢!”她说着去拉二叔。

“老不死的，吃了你的驴肉算我们瞧得起你，孝敬父母官是你的本分，给我把驴杀了!”警务所所长说着，一把扯过老太太，将她摔出一丈多远。老太太翻着白眼没气了。

“丧气，把老东西拖到野外去喂狼!”警务所所长继续命令着。

二叔杀完驴，将锅里的饭掏出来，开始烀驴肉。可是这头驴太老了，肉煮了半个时辰也煮不烂。保卫团团长用铁铲子捅了捅驴肉，发现还冒血筋呢。“妈的，怎么搞的，这么长时间还没有烀熟，抓紧点儿！”说完，又在二叔的屁股上踢了一脚。

二叔出去抱柴火，发现仓房里有个尿罐子，里面结了厚厚的尿碱。他前后一看没人，用木棍在尿罐子里一扒拉，尿碱一层一层地剥落下来。他顺手抓了一把，进屋后将尿碱扔到肉锅里。心想：让你们吃，药死你们这帮王八羔子！

二叔一边烧火一边幸灾乐祸。灶坑里蹿着火苗，肉锅里咕嘟咕嘟地冒着热气。放进尿碱，驴肉很快就熟了。驴肉端上饭桌，三个当官的吃得喷香。“好吃，好吃！”“真香，真香！”

二叔在心里说：怎么不噎死你们这群丧尽天良的狗东西。

警务所所长和保卫团团长回到县公署，痛哭流涕地一番诉苦，说他们作战如何如何勇敢，打死了柳条通多少多少胡子，就是没说被柳条通缴了械。

李知事一看他们那个狼狈相，心里早已明白了八九分。如果向绥兰道如实禀报，免了警务所所长和保卫团团长不说，自己也要滚犊子了。李知事贼溜溜的眼睛转了转，提笔写道：

绥兰道台：

本县自到任以来勤政自勉，为汤原百姓操劳不敢有半分之懈怠。今逢大灾之年，胡匪鹊起，抢夺民财，伤害无辜。梧桐河金矿不幸被胡匪孟某打劫，本县得报，举全县之兵力围剿，即日剿灭胡匪百余人，不仅将梧桐河金矿被劫黄金如数缴回，还将胡匪不义之财缴获万余元。剿匪大捷，全县欢呼，为百姓营造一方平安，为民众营造一份福祉，乃民国幸甚，万民幸甚！

汤原县知事李广坤

李知事竟然将剿匪惨败写成了功绩盈天。其实，这也不能全怪李知事，欺上瞒下，谎报军情，吹嘘政绩，是那个时代当官的惯用伎俩。

李知事写完公文，递给警务所所长和保卫团团长看。三个人心领神会，相视而笑。

给孟二虎发丧完毕，张柏来找李黑子。“老乡，劫的沙金还不到五十两，你是全部拿走呢，还是给柳条通留下点儿？”

“不可能啊，每次金矿押送沙金至少在百两以上。”李黑子怀疑孟大虎做了手脚。

“你来跟我看看吧！”张柏带着李黑子来到孟大虎的房里。

孟大虎拿出用被单包的锡金盒子，李黑子一看金盒子被枪打了两个洞，被单上到处都是沙金沫。“好险哪，要不是有金盒子挡着，大当家的肯定没命了。”

打开金盒子，里面还有两颗子弹，显然孟大虎在回来时金沫子撒了出去。“这样吧，给我二十两沙金就行，我给弟兄们分一些，自己留下点儿给老娘养老送终。”

“这……这些沙金，你……你们都拿走，没有你们，我们也搞不到这些枪支弹药。”孟大虎对李黑子说。

“那可不行，没有你们，我们哥儿几个还得在金矿过着提心吊胆的日子呢，我们只要二十两。”

一看两个人僵持不下，张柏说：“我看这样，一会儿拿杆秤称一下，两家各分一半。”

分完沙金，张柏问李黑子：“你什么时候回老家？”

李黑子说：“准备过几天就走。”

“可惜了，过几天还有一场硬仗，就是缺你这一员虎将。”

“怎么回事儿？”

见李黑子问，张柏将老姑如何嫁给孟小虎，如何要为爷爷报仇的事情全部说了一遍。

李黑子说：“既然大当家的这么讲义气，这个时候我说什么也不能走。”接着他又说：“我的那十几个弟兄大多数家里都没有牵挂，我尽量劝他们留在柳条通绺子。”

“你回老家还回来吗？”张柏问李黑子。

“很难说，那要看我老娘的意思了。”

第九章　攻打码头

民国十一年（1922年）粮食歉收，百姓流离失所。黑龙江巡按公署派人到各地赈灾，安抚百姓。

这一年，招兵不如寡兵多，不用摊派，一些挨饿的青壮年都投奔到保卫团和警务所当兵。连柳条通也入伙了很多穷人，这时候柳条通绺子已经达到二百人。

为了摸清三家子码头的兵力部署情况，张柏派葛小亮和胖猪去三家子码头。葛小亮和胖猪穿着破衣烂衫来到三家子码头，扒开大门缝往里看。“啪！”一声枪响把葛小亮和胖猪都吓了一跳。

“干啥的？”卢五站在炮台上问。

“大哥，我们是黑鱼通的，今年粮食绝收，我们想来这里混碗饭吃！”葛小亮对着炮台说。

“我们这里不缺人，走吧！”

“大哥，我们啥活都能干，只要能给碗饭吃就行，我们不要工钱！”葛小亮哀求着。

听到葛小亮不要工钱，卢五说：“你们在外面等着。”

卢五下了炮台，去找大太太。“太太，外面来了两个人，他们说干活不要工钱，给碗饭吃就行。”

“你看看他们的身体壮不壮，能不能干重活？”

“看了，一个挺壮实的一个挺瘦的，不过，他们说啥活都能干。”

大太太一听：“打发他们去柈子场吧。你要跟他们说清楚，不给工钱。”

“哟，不给工钱好啊，这样的便宜事儿到哪找去？”说话间，杏花嗑着瓜子走了进来，她杨柳细腰，走起路来一步三摆。

大太太一看杏花来了，没好气儿地说：“可不是，不要钱的伙计可比整天啥活不干，专门花钱的妖精强多了。”

“哟，你这是说谁哪，当家的还没嫌弃我哪，别人都是干生气。妖精怎么了，当家的就喜欢妖精，不喜欢黄脸婆。”杏花也不示弱，气得大太太脸都白了。

“二位太太别吵了，都消消气。”卢五劝着她们。

“滚犊子，该干啥干啥去！”大太太明里骂卢五，实际是在骂杏花。

卢五出去后，他领着葛小亮和胖猪来到柈子场，那里有五六十个伙计在干活。“黄四，你过来一下，又来了两个人到柈子场干活，给他们派一下工。”

卢五走后，黄四问葛小亮和胖猪：“这里的规矩你们可知道？”

“啥规矩？”

“凡是在这里干活的伙计，每年都要向我缴纳两吊工钱。”黄四说。

“你扒皮呀，我们是白干活不给工钱，你还要什么鸡巴钱！”胖猪立着眼睛看着黄四。

“黄大哥，黄大哥，我这位兄弟是跟你开玩笑哪。我们给钱，我们给钱。”葛小亮用眼睛瞪着胖猪。

黄四一听到给钱，也不再生气了：“你们两个过来。”说着将两把大斧子扔在他们面前走了。

葛小亮临走前跟张柏约好了，两天后让张柏去一趟三家子码头。

第三天早上，张柏对孟大虎说：“今天我去一趟三家子码头，让昭虎去给明山好绺子送封信。”

“你这是啥……啥说道？”孟大虎不解地问。

“我想让明山好在我们动手之前，先砸了商团，那可是一块肥肉，明山好肯定愿意。然后，再让他们顺手端了县衙。”

“让昭虎去找明山好能行吗？不行我去。”孟大虎对张柏说。

“你去不行，目标太大。昭虎是大公子，既能代表你，又可以锻炼他。给明山好的信我都写好了，让昭虎带上就行。”

孟大虎一听张柏安排得很周密，也就同意了。

从孟大虎的屋里出来，张柏回到自己屋里换衣服。不一会儿，张柏站到了院子里，只见他头戴瓜皮帽，身着粗布大襟衫，免裆裤，脚穿一双千层底布鞋，腰扎黑布带，腿系紧口绳，面前一副挑子。孟大虎看见张柏的打扮，差点儿笑喷了。“我……我说张老弟，你……这是唱的哪一出呀？”

“货郎，到江南卖货去！”张柏笑了笑，还晃动了两下拨浪鼓。

渔船将张柏和孟小虎一起送过江，张柏挑着货担奔向三家子码头，孟小虎奔向明山好绺子。

“针头线脑，烟锅烟嘴。”啵唧唧，啵唧唧！

“我说货郎，有没有洋烟儿啊？”黄四喊了一声。

“有，白来姆司的，上面还有个大美女哪。”

葛小亮一看张柏来了：“黄大哥，我给你买去！”

“看看这小子多会来事儿，你们以后都跟他学着点儿。”黄四坐在柈子堆上得意地说。

葛小亮走到张柏跟前，故意说：“哎呀，这不是于大哥么，好久不见了。”

“是呀，都是为了讨口饭吃。”张柏故意抬高声调。

葛小亮低声问：“都准备好了吗？”

“准备好了。这几天谢宝山没出门儿吧？”

“没出门儿，但每天都有十几个商团的兵保护着。”

“盯紧点儿，明天动手时，你和胖猪把轻机枪控制住。”张柏接着说，“为了不伤到伙计，我派人先把柈子场点着，到时候你就喊这些人到柈子场救火。”

“哎！我说你们俩在那里嘀咕什么哪，把洋烟儿给我拿过来，多买几盒呀！”黄四扯着嗓子喊。

“哎，来了！”葛小亮答应一声，又对张柏说，“明天最好四更天动手。”说着，葛小亮塞给张柏几张纸后走了。

“还有没有人买东西了，不买我可走了。”张柏一看没有人搭腔，挑起担子就走。半路上，张柏放下担子，拿出葛小亮给的几张纸，一张是地形图，其余的是火力部署和换岗时间。

傍晚，张柏回到柳条通，一看孟小虎也回来了。“怎么样，见到明山好没有？”

“见到了，他还留我在他那里吃了顿饭呢。”

“他怎么说？”

“他说明晚三更天准时动手，让咱们放心。”

听完孟小虎的话，张柏才放心。接着他又问孟大虎：“大当家的，家里准备得怎么样了？”

孟大虎说：“你……你不是说不让声张么，怕……走漏消息，到……到时候拉上人马就走呗。”

张柏想了想：“大当家的，你还得跑一趟关家亮子，明晚把他家的渔船都调过来，我们准备过江。”

“用……用渔船干啥，过……江时还像以前那样，每……个人扶着一匹马不……不就过去了。”

“不行，现在已经快到封冻了，水太凉怕出危险。”

第二天傍晚，炮台上的岗哨告诉孟大虎，在靠近柳条通的松花江面上，有好多渔船，会不会出啥事儿？

孟大虎告诉他，别管闲事儿，人家打鱼还能不让啊？

到了一更天，孟大虎突然召集人马，二百多人只留下二十几个人留守，其余全部出动。

备马、挎枪、分配子弹，院子里人马喧嚣，吵吵嚷嚷。老姑看到孟小虎一直没有回屋，估计是要攻打三家子码头，她穿戴完毕来到院子里。“张叔，也给我一把枪，我要跟你们一起去三家子码头亲手杀了谢宝山。”

张柏一看，也没有强行阻拦，顺手把自己的镜面匣子枪给了老姑。“这把枪以后归你了。”张柏回头对孟小虎喊：“昭虎，你过来!”

孟小虎一看老姑在这里:“翠花,你出来干啥?”

“去三家子码头报仇呀!”

孟小虎刚想说些什么,张柏拦住他说:“你什么也别说了,到了三家子码头,你要保护好翠花。”他回头又对老姑说:“你穿这身衣服可不行,回去把小虎的衣服换上,把帽子戴上。”

老姑穿好衣服出来,这时候孟大虎过来一眼看到了老姑。“翠……翠花不能去,柳……条通的男人还没死光呢!”

老姑一听孟大虎不让去,眼泪都急出来了。

张柏拽了一下孟大虎的衣袖,来到旁边说:“翠花的性子你不是不了解,你一个当老公公的以后说话注意点儿。”

“那……那也不能由着她的性子来呀,一个女人家打啥仗?”孟大虎严肃地说。

“哎,我说大当家的,当初你不就是看好她敢打赵家四虎么,现在怎么又这样说了!”张柏说完,孟大虎想了想,笑了。

人马集合完毕,打开南门直奔江边,张柏把尿瘪子叫到跟前。“你带上洋火油没有?”

“带了!”尿瘪子提起一个木桶给张柏看。

人马过了江,向着三家子码头靠近。孟大虎、李黑子、孟小虎各带一队,分东南西三面包抄。东门八十人,由孟大虎带队;南门五十人,由李黑子带队;西门五十人,由孟小虎和老姑带队。东门压力最大,这里正对着柈子场,同时又是悦来镇方向。

张柏带着尿瘪子和五六个人潜伏在柈子场附近,他看看天上的星星,大概是三更天了。这时隐约听到悦来镇方向响起了爆豆般的枪声。张柏知道,这是明山好与商团交上了火。又等了半个时辰,张柏觉得差不多了,让尿瘪子往干柈子上泼洋火油,然后将火点了起来。瞬间,柈子场大火冲天。

“柈子场着火了,快去救火呀!”葛小亮和胖猪拼命地喊着。

不一会儿工夫,东大门被打开,伙计们鱼贯而出。借着大门打开之机,孟大虎带着人马冲了进去。狗剩首先发现了孟大虎的人马,开了火。这时,城墙上也开了火,葛小亮和胖猪各抱一挺轻机枪向大排兵扫射。孟大虎占领了大院,卢五和狗剩带领着大排兵向正房撤退。孟大虎可能是打蒙了，忘记派人去开南大门和西大门，李黑子和孟小虎急得直敲大门。

打死城墙上的大排兵之后，葛小亮下了城墙打开西大门，看见进来的是孟小虎和老姑，便说："你们两个带人上城墙，不管下面发生什么事儿，你们都守在城墙上不要下来。"

孟大虎在院子里喊："屋……屋里的人给我听着，赶……紧出来缴枪，不……不然我把房子点了，你……们一个也别想跑！"

老姑一听要烧房子，心想：那是我家的房子，千万可别烧了！

孟大虎喊完话，听里面没有反应。"跟……跟我冲进去，把……把谢宝山这个狗犊子突突了。"

柳条通的人刚靠近正房，突然房子里的十几支冲锋枪响了，撂倒了二十多人。

孟大虎一看急眼了："把……把机枪都给我调过来，狠狠地打！"

"突突突！"四挺轻机枪同时响起来，打烂了正房窗户。柳条通的人冲上来，里面的冲锋枪又响了，打死了七八个人。

葛小亮一看这样不行："大当家的，告诉大伙都隐蔽点儿，不能硬……"

还没等葛小亮把话说完，孟大虎红眼了，抱着轻机枪向正房冲去，他一脚踹开房门向里面扫射。

葛小亮一看孟大虎冲进了屋，带着二十几个人也往屋子里冲。孟大虎在里面扫射了一圈，五个拿着冲锋枪的商团团丁都被他打死了。就在葛小亮冲进门口时，一个蹲在房梁上的团丁向孟大虎开了火，一梭子子弹打在了孟大虎身上。孟大虎一侧歪，几乎倒了下去，却又站了起来，将枪口对准了房梁，"嗒嗒嗒！"轻机枪响了，团丁从房梁上掉下来。打死团丁，孟大虎一侧歪倒在地上。葛小亮一看大当家的受伤了，扔掉枪。"不好了，大当家的中弹了。"说着，他抱起孟大虎就往院里跑。

胖猪一听孟大虎中弹了，急忙跑过来。"大当家的，大当家的！"他借着火把一看，孟大虎前胸后背和鼻嘴都往外冒血，人已经没气了。

这时候，孟小虎和老姑在城墙上听到有人喊大当家的。老姑说：“不好，可能咱爹中枪了，快下去看看。”

孟小虎和老姑跑下来，一看院子里围了很多人。他们分开人群一看，孟大虎胸口还在往外流血。

“爹！”孟小虎一下扑了上去，抱住孟大虎。

“爹！”老姑看到孟大虎的样子太惨了，立刻火了。她从胖猪手中夺过枪，冲进正房，葛小亮也带人跟了进来。

老姑端着枪走进大堂仔仔细细地搜索一遍，可是没有发现谢宝山。她又来到后屋发现一个屋子上了锁，她“啪啪”两枪将门锁打开。在前堂的人听到老姑的枪声，也冲进后屋。老姑借着火把的光亮，发现小屋不大，里面有个佛龛，供着什么人老姑不认识。仔细一看，佛龛下面的大柜被人挪动过。“搬开大柜！”老姑说。

几个人上来挪开大柜，发现在墙壁下有个地道，老姑毫不犹豫地钻了进去。“少夫人，你出来，让他们先进去。”葛小亮对老姑喊。可是老姑不管那么多，举着枪拿着火把下了地道。她一直爬到出口，一看这是江边码头。原来，谢宝山带着几个团兵从这里逃跑了。这个盗墓贼，始终没有忘记祖宗给他留下的手艺，早就挖好了逃跑的地道。

后来老姑听张柏说，那个佛龛里供奉的人就是盗墓贼的祖师爷曹操，可是形象又不像戏里的模样。

老姑从墙外绕进大门，她来到大厅看到了谢宝山的老婆，上前就给了她两个嘴巴。“你这个老刁婆子，是你放走了那个老浑蛋！”

这时张柏也走了进来：“怎么回事儿?”

老姑把地道的事儿说了一遍。张柏听老姑说完，赶紧走了出去。他叫来李黑子、葛小亮、胖猪和尿瘪子：“现在马上撤出大院，谢宝山肯定是划着小船顺着松花江到悦来镇搬兵去了。”

“他们的商团不是被明山好给端了吗?”尿瘪子说。

“商团是被端了，可是还有保卫团和警察局呢，立即撤退。”张柏命令着。

老姑一听要撤退，说：“来人，把谢宝山的两个臭婆娘装进麻袋扔到江里，为我爹报仇！”

“我说侄媳妇儿，你就那么大点儿心胸啊！跟一个女人家过不去，这和独眼龙、谢宝山还有什么区别?”老姑被张柏说得哑口无言。可是她还是不解气，走进大堂分别给了大太太和杏花两个嘴巴。“今天我给你留下一条狗命，等把谢宝山抓到一起收拾你们。”

葛小亮在组织人马撤退时，突然看到了黄四。“黄把头，我们哥儿俩还欠你工钱呢！”

黄四一看是葛小亮，腿都吓软了。“小爷，你饶了我的狗命吧，我以后再也不敢了！”

这时胖猪走了过来，对葛小亮说：“你先走，把他交给我了。”

黄四看到胖猪，顿时吓尿裤子了。“胖爷，饶命！”

“今天我饶了你，明天你还得继续害人，给，你自己动手吧！”说着递给他一把刀子。黄四拿起刀猛地刺向自己大腿。“行了，给点儿教训你好长记性。”胖猪夺下刀走了。

张柏组织好人马，让孟小虎和老姑将孟大虎的尸体直接送到江边的船上。

出了大门，张柏让李黑子、葛小亮带人埋伏在半路上，剩余的人跟着他和尿瘪子埋伏在梓子场附近。

梓子场的大火越烧越旺。也该谢宝山倒霉，五更天风向大变，火舌很快吞没了木材码头。

就在这时，谢宝山带着人奔三家子码头而来，前面是一百多名警察和保卫团的团兵，后面跟着黑压压一片前来救火的百姓。原来明山好打下商团捞到不少油水，于是他耍了心眼儿，没有攻打县衙。

警察和团兵刚过去，李黑子和葛小亮的轻机枪响了，打得那些骑马的头也不回地向三家子码头跑去。他们跑到梓子场附近，又被前面的两挺机枪封锁了去路，这一百来人腹背受敌。不到两袋烟工夫，警察和团丁已经损伤过半，有的跳进江里，有的跑进草甸子里。

后面救火的老百姓一听到枪声，掉头往悦来镇方向跑去。

警察和团丁被打散，柳条通的人马也不追赶，趁着天没亮，坐上渔船回到了柳条通。

张柏带着人马回到柳条通，情绪非常低落。这次攻打三家子码头死了二三十人不说，孟大虎的死给张柏的打击不小。

张柏听到三个太太和孟小虎、孟小彪哭天喊地的声音，也没去安慰一声，而是回到自己的屋里拿起酒葫芦向地上洒。“大当家的，这么多年咱哥儿俩推心置腹，已成莫逆之交。二虎走了，你也走了，来，咱哥儿仨喝一盅。”说着，他咕咚咕咚灌了几口。

张柏喝酒时，葛小亮走进来。“张叔，你别喝了，看看外面的事儿可咋办哪！”

“我不管了，你们该咋办就咋办吧，我累了。”张柏说着，又咕咚咕咚喝了几口。

葛小亮来到院里，老姑问：“张叔咋了？”

“还不是看到大当家的去了心里难受呗！”

“那该咋办？”

“咋办也得办，一会儿我去买棺材，你和七哥找人搭灵棚，挂挽幛。”葛小亮说完走了。

郝老七对老姑说：“我看还得派人通知亲朋故交，这是最后一面了。”

“胖猪，你过来。”

胖猪走过来说：“啥事儿？”

老姑说：“谁跟我公公有交情你知道不？”

胖猪说：“我知道，上次你结婚那会儿都是我去通知的。”

“好，一会儿你去通知一下亲朋好友，不行多派几个人，别忘了也通知我娘一声。”

“知道了！”

胖猪走后，老姑心里这个不是滋味。本来今天这一仗打得还算顺利，伏击了警察和保卫团的团丁，烧了梓子场，她心里应当高兴，可是公爹一死，气氛就变了。

上午，谢宝山领着残兵败将回到悦来镇，他让警察强行逼迫百姓到三家子码头救火，不然不但码头要被烧毁，连院落都很难保全。

颜知事问："谢候补，码头怎么样了？"

"别提了，这伙人不知道是哪个绺子的，这么凶悍，刚一交手他们的人就控制了炮台和机枪，要不是我留了一手，早就没命了。"

"这是谁的绺子呢，难道是老战东留下的残余胡匪？"颜知事好像在自言自语。

"挺奇怪的，一伙人攻打商团，抢去的武器弹药和财产值两万多块大洋，而攻打三家子码头的人只把武器弹药抢走了，钱一文没动，好像是专门冲着我来的，这些人是谁呢？"谢宝山说到这里，猛然想起一件事儿。"听我老婆说，还有一个女的，人长得挺俊的，还打了我老婆。"

颜知事说："你得罪的人太多了，商家、匪家、兵家、草民，哪个不恨你？"

"让他们恨去吧，将来我让他们都知道我的厉害。"接着，谢宝山又对颜知事说，"知事大人，这件事儿你还上报吗？"

"报个屁，如果上面知道了，我们俩的乌纱帽都得丢了。"

听到颜知事的话，谢宝山诡秘地一笑："我少不了你的好处。"

"不过——"颜知事拉着长音儿，"依兰那边你得花点儿银子，让他们帮忙瞒着点儿。"

"你放心吧，就是不给他们送银子，他们也不敢上报到吉林省，难道他们就不怕丢乌纱帽？"谢宝山说完，起身走了。他要回去看看大火灭得怎么样了。

谢宝山走后，颜知事心里犯嘀咕，这个谢宝山真是个人精，一个买卖人，怎么会把官场这套吃得这么透。他知道为什么官官相护，也了解当官的见钱眼开的软肋，更熟悉欺上瞒下的为官之道。桦川县知事换了一茬又一茬，可是他这个候补知事却稳如泰山，真是一个可怕的人。

柳条通这边，这几天来了不少人，关家亮子的关爷、王家烧锅的东家、何家油坊何掌柜，还有明山好、李二愣、辛张等绺子的胡子都来吊唁。老来好、程三响、蒋一刀、秃龙，没人通知也来了，他们是想试探一下柳条通的虚实。还有一些客栈、商铺、粮栈一看孟大虎和孟二虎都死了，柳条通也没什么可怕的，即使接到了通知也没有来。

张柏整天喝得烂醉，而且还疯话连篇。“人哪，都是势利眼，现用现交，真正肝胆相照的朋友不多喽!”一会儿，他又在院里晃晃荡荡，醉话难懂。“人之善恶，一念之间，聪明反被聪明误，反害了卿卿性命。”人们听了张柏不着边际的话，都以为他疯了。

孟大虎死的第三天，老姑万万没有想到，奶奶带着父亲、宝弟和老叔也一起来了。奶奶站在棺材前先施一礼：“孟大哥，我不赞同你走的路，但我敬佩你的为人，救命之恩容我来生再报吧!”奶奶回头又对父亲、宝弟、老叔说：“你们都跪下给你孟大爷磕头。”

“娘!”老姑穿着孝服走到奶奶身边。

可是奶奶却装作没看见，老姑的眼泪顿时下来了。

“亲家母，大老远的你来干啥，打发孩子们来就行了。”大太太走了过来。

奶奶看了一眼小虎娘：“孟家大嫂，你也别太难过了，活着的人总得活下去不是?”

“大男人的心胸还不如一个女中丈夫，人有生死，运有轮回，今晚日落，明早日出，人无远虑，必有近忧，势利小人，早晚必诛。”张柏一番醉醺醺的话，听得众人毛骨悚然，特别是那些不怀好意的，前来探底的，都被他说得心惊肉跳。

奶奶见张柏过来了，向他施了一个万福。可是张柏蒙眬着眼睛，摇摇晃晃地走了。

七天出殡的时候，柳条通除了二十几个值班站岗的和女人外，其余的全部去了坟地。可是张柏没去，他一会儿晃晃荡荡爬到城墙，一会儿又向远方望望。郝老七对半拉子说：“大当家的一走，张叔好像丢了魂儿似的，整天疯疯癫癫的。”

“依我看未必，张叔多聪明，从来不因酒误事儿。”半拉子说。

丧事办完后，张柏还是整天喝酒，说着疯话。“改朝换代了，改朝换代喽!”

三姨太香草一看张柏一天到晚醉醺醺的样子，便对小虎娘说：“大姐，你看张柏整天疯疯癫癫，今后可咋办哪?”

小虎娘说：“唉！他和当家的十几年交情了，也许一时半晌缓不过来劲儿。”

这几天，孟小虎因为孟大虎的死也像丢了魂一样，大脑一片混乱。一百七八十人的绺子，主心骨没了，人心也散了，还有人算计着后路。老姑一看这样下去也不是个事儿，便找到葛小亮。“小亮哥，你看现在该咋办哪，不能总这样下去吧?”

葛小亮说：“你别着急，过几天会有定夺。”

听了葛小亮朦朦胧胧的话，老姑心里还是没有底，便去找大太太。“娘，这样下去也不是个事儿，你得站出来说句话，没有个掌舵的咋行。”

“过两天等小虎缓过神来，还得让他掌包。”小虎娘对老姑说。

到了发丧的第四天，张柏像变了一个人似的，他来找三位太太和孟二虎老婆：“几位夫人，今天该说点儿正事儿了，我们都是长辈，这件事儿到了该定夺的时候了。”

“张老弟，这些年嫂子都看到了，你和大当家的、二当家的像亲兄弟一样，我们都是女人，头发长见识短，还得听你的，你就说吧!”

张柏说：“这样，我先说说我的想法。”

“你说吧!”四个女人都点了点头。

张柏说：“先让小虎撑起这个家，由翠花、葛小亮、半拉子、郝老七、胖猪等辅佐。”

“那你干啥?”香草急不可耐地问。

“我们都是老一辈，也到了该谢幕的时候了。至于我嘛，或者回山东老家，或者找个地方办学校教私塾，实在不行我写字算卦也能生活。”

听到这里，小虎娘有些沉不住气了。“张老弟，凭你这些年和大当家的交情，咋也不能在这关键时候撂挑子不管哪!”

“呵呵，嫂夫人哪，你把我张柏看成什么人了？据我观察，昭虎有翠花和小亮的扶持，一定比我和大当家的时候要好。小亮有勇有谋，翠花敢打敢拼，再加上几个可靠的年轻虎将，柳条通散不了伙。”张柏接着又说，“至于你们几位夫人，我也想好了，还是找个清净的地方过日子吧。你们在这里，不但会束缚孩子们的手脚，还会使他们分散精力。大当家的尸骨未寒，我说句大不敬的话，以后你们遇到适当的该改嫁就改嫁，女人自己过日子不容易，别听那些三从四德的鬼话。”

几个夫人听到张柏的话，都傻了。说实在的，这话要是从别人口中说出来，早把他骂出去了。

“李黑子也走吗？”大太太问。

张柏说：“李黑子是个义气之人，要不是为了攻打三家子码头，他早回老家了。”

“我不能改嫁，现在小彪还小，要是几个姐妹不嫌弃，我们找个清净地方一起过吧！”二姨太说。

“我也不能改嫁，虽然山花不能和我在一起，但能够听到她的消息也好。”孟二虎老婆说。自从二虎死后，他老婆像变了个人似的，以前大大咧咧，没心没肺，可是现在一天到晚也说不上几句话。

“对，我们姐妹就在一起过，一家人总不能散了吧。”三夫人香草也说。

大太太看看香草，又看看张柏。“张老弟，这些年了，我们家从来没拿你当外人，今大嫂子也求你一件事儿，你看看是不是妥当？”

张柏看一眼大太太：“大嫂，你说吧。”

大太太说：“张老弟，你要走我们也不好强留。你说让我们找个清净地方过日子这也对，我们不能给孩子们添累赘。今天我也说句不敬的话，我想大当家的也会同意。你走的时候能不能把香草也一起带走？她年龄也不大，也没有孩子牵着，跟了你也算有个好归宿。”

“大姐，你这是干啥？”香草对着大太太说。

“你别打岔，听我把话说完，张柏这个人大伙都了解，为人端正，又聪明，你跟了他算是祖上烧高香了。”大太太接着对张柏说，“张老弟，按理说现在说这些事儿不是时候，可是我怕过几天你一走，天南海北到哪说不定，现在不说，以后恐怕没这个机会了。”她见张柏没有反对，又接着说：“香草这个人不错，肯吃苦，人勤快，别看性情大大咧咧，但有‘眼力见儿’，跟了你也是个好帮手，我看这件事儿就这样定了吧。”

张柏没有再说什么，他从正房出来又去找孟小虎、老姑、孟小彪、山花和葛小亮他们。人都到齐了，张柏说：“今天我跟你们晚辈说些事儿。”张柏看着大伙儿都低着头不说话，“这是干什么，都给我精神点儿，我今天说的每句话，你们都给我记在心里。”

听了张柏的话，大家才抬起了头。

“从今天起，昭虎就是柳条通大当家的，翠花、小亮、昭彪、山花，你们不管到了什么时候都要抱成团，辅佐昭虎。”张柏看了一眼大家，又说：“昭虎，你是男子汉，要撑起这个家，这一百七八十个弟兄都看着你哪。”他看了一眼老姑和葛小亮，“侄媳妇儿，你报仇心切可以理解，但一定不能莽撞，计划不周不要轻易出山，有什么事情先找小亮商量。他有勇有谋，文武双全，是个好军师。据我观察，胖猪、尿憋子、半拉子、郝老七都是可靠之人，以后让他们各带一路人马，保证万无一失。”张柏又看了看孟小彪和山花，“你们还小，以念书为主，等你们长大了回柳条通帮衬一把。”

“张叔，那你干啥呀？”老姑听来听去，也没听出张柏什么角色。

“张叔，你在家里给我坐镇吧！”孟小虎看着张柏说。

张柏看着他们笑了。“刚才我们长辈们都商量好了，昭虎娘、昭彪娘和山花娘都找个清净的地方过日子，柳条通这个地方不适合她们待了。我和李黑子都要走，他回老家，我还说不定。”讲到这里，张柏一看几个人都愁眉苦脸，“你们几个撑起柳条通绺子没有问题，但你们要记住，老来好、蒋一刀、程三响都不是什么好东西，以后有机会先从他们身上下手，不要留情面，也让其他绺子看看，我们既不与他们同流合污，也非鸡鸣狗盗之辈。至于那些见利忘义的商家，给点儿教训就行，不要太过分。他们都是墙头草，随风倒。”说到这里，张柏停顿一下又说：“记住张叔的话，如果有朝一日这个世道变了，给弟兄们发些钱，都让他们回家种地，绺子永远都是提着脑袋过日子，不得安生。”

“记住了。”

“那好，你们各自干好自己的事儿，明天在院里摆堂子，拜大当家的，否则名不正则言不顺。”张柏出门时把老姑单独叫出来说，“侄媳妇儿，我知道你比昭虎更有魄力，但也要为昭虎考虑，帮他树立威信，家里不和外人欺。对待手下弟兄，一定像对待家人一样，只有这样，他们到了关键时刻才能跟你一条心，为你卖命。还有，你作为嫂子，一定要多关心照顾好小姑子、小叔子，这样也帮助你自己树立威望。”

“放心吧，张叔，你们啥时候走？”

“这几天就走！”张柏边说边去找李黑子。

第二天，在葛小亮的主持下，柳条通绺子开始拜堂子。孟小虎在拜天拜地拜祖宗后，接受了绺子弟兄们的参拜。

几天后，大太太、二姨太和二虎老婆，带着一些钱财由葛小亮、胖猪护送去往山里的穷棒子沟，绺子的全部弟兄都出大门相送。大太太说：“别送了，都回去吧！”

孟小虎说：“娘，你们不能不走吗？”

“你张叔说得对，我们不能在这里给你们添麻烦，想娘了就去看看，也不远，骑马一天的路程。”她接着又对老姑说，“你们做哥哥嫂子的，啥事情都得让着弟弟妹妹点儿，他们还小，你们要有个大样儿。”

孟小彪拉着他娘的手：“娘，我也跟你一起走行不？”

“不行，你都多大了，不是孩子了，以后多听哥哥嫂子的话，别让娘为你操心。”小彪娘很严肃地说。

山花是女孩子，知道她娘要走了，钻到孟二虎老婆怀里哭。“娘，我不让你走，我爹没了娘也走了，山花也不想活了。”听了山花的话，孟二虎老婆再也忍不住了，抱着山花号啕大哭。

听到山花娘儿俩的哭声，大太太也忍不住落下伤心的眼泪。大家哭了一阵儿，大太太擦擦眼泪：“唉，这都是命啊！”接着她又对大家说：“行了，都别哭了，咱们赶路吧！”

山花娘走到孟小虎和老姑面前，将山花交到老姑手里：“以后你们多费心了。”

孟小虎点了点头。老姑说：“放心吧，二婶，山花就是我们的亲妹子。”

老姑把葛小亮拉到一旁说：“到了穷棒子沟，你得拿钱挨家拜一下婆婆的娘家人，让他们多多关照，有啥困难给咱们送个信儿。”葛小亮点头答应。

时间差不多了，大太太说：“都回吧！”

“娘，路上小心！”

“娘，多保重啊！”

大家依依惜别，互相挥着手，告别声在柳条通的上空久久回荡着……

回来的路上，大家心情都不好，老姑低着头想：这是咋了，自己才来几天哪，柳条通就发生这么大的变故，难道这都是自己的错？

又过了两天，张柏、香草和李黑子也要走了。临走前，张柏到孟大虎和孟二虎坟前上了香，烧了纸。回来后，张柏在庙前祷告了一阵子，至于说了什么，谁也不知道，大概是保佑柳条通平安吧。

他们上路那天，老姑给李黑子拿了一百大洋，又给张柏拿了五百大洋。可是张柏说什么也不要，他说自己有本事，靠教书、写字、算卦都能赚到钱。老姑一看张柏不要，跪在地上不起来。张柏无奈，只好收下了这些钱，走了。

第十章　治乱清邪

柳条通一下走了这么多人，老姑的心里空落落的。孟小虎也整天萎靡不振，连屋都懒得出。

张柏走的第三天，老姑对孟小虎说："你已经是大当家的了，不能像以前那么悠闲自在，你得到前屋后院，墙上炮台到处转转。"

"有啥可看的，不是有尿瘪子、郝老七管吗？"说着，孟小虎又躺在了炕上。

"你起来，能不能像个男子汉一样挺起腰杆？"说着，老姑将孟小虎拉起来，带上枪，两个人一起来到外面。

老姑他们来到后院，见几个人年龄大的人在嘀嘀咕咕说着什么。他们又上了围墙，老姑发现有几个人见到他们似乎表情有些慌张。老姑神情自若地跟他们打招呼。

下了围墙，老姑将半拉子和郝老七叫到一起。老姑说："我觉得啥地方好像不对劲儿。"

"啥地方不对劲儿了，我咋没觉得？"郝老七问。

老姑说："啥地方不对劲儿，我也说不清楚，只是感觉。"

老姑发现半拉子始终没有吱声，便问："半拉子哥，你没发现有啥地方不对劲儿？"

半拉子看了一眼老姑，欲言又止。老姑一看急了："你们都跟着公公这么多年，我家没有亏待你们吧？在这关键时候，你总不能看笑话啊!”

半拉子抻悠半天才说：“佟秃子、陈拐子、李麻子、老马倌儿和老伙夫几个绺子的老人，都认为当家的是一个小孩儿，撑不起这个家，柳条通没指望了。”

“这个好办，他们愿意走，可以给他们一些钱回家养老。”老姑说。

“依我看，几个老家伙没有那么简单……”

没等半拉子说完，老姑便打断他的话：“你咋不早说，万一出了事儿可咋整?”

“也没有那么容易出事儿，我这几天派人一直盯着他们呢。万一他们使花花肠子，我肯定收拾他们。”半拉子说。

“那你也得跟我们说一声啊!”老姑有些急了。

“我怕说了你们不信，反而误事儿。”

“还有吗?”这时候孟小虎才感到问题的严重性。

半拉子想了想又说：“还有件事儿，我始终没有拿准，有八个后入伙的人不像是真入伙。”

“那他们想干啥?”孟小虎瞪大眼睛问。

半拉子说：“他们要干啥我还没弄清楚。张叔没走时他们人模狗样的挺老实，可是张叔一走，他们整天凑在一起嘀嘀咕咕的。”

“看来，咱们真得小心点儿了。”郝老七说。

老姑说：“你们看这样行不行，半拉子哥你这几天辛苦点儿，盯住了，一旦觉得不对劲儿立马按住他们，有大当家的和我为你撑腰呢。”回头她又对郝老七说：“七哥，这几天你也辛苦点儿，看紧火药库，那里最容易出事儿。”老姑说完，看了一眼孟小虎。孟小虎点了点头。

有了老姑的话，半拉子和郝老七心里有了底。

过了三天，什么事情都没有发生，这样老姑心里更没底了。她想，这个葛小亮都走了五六天咋还不回来，他在家也有个主心骨。

老姑偷偷地从枪库拿回两支马枪，晚上睡觉前她对孟小虎说：“这几天你先去厢房睡，把小彪和山花都叫到一起。”

“这是干啥?”孟小虎不解地问。

“你别管了，听我的。”

天黑后，老姑把小彪和山花叫到一起。“这几天让你大哥陪着你们住。”说完，还把炕桌立在窗台上。然后，放下一把马枪给孟小虎。回到正房，老姑将被褥都放在炕沿下的地上，穿着衣服躺下，旁边放着马枪和匣子枪。

第一天，一切都很平静。可是第二天四更天时，院子里突然响起枪声，老姑一跃而起，一脚踹开窗户冲了出来，发现是半拉子带着几个人和后入伙的八个人交上了火。

老姑对准他们开了枪，马枪子弹打光了，又用匣子枪射击。这时，孟小虎也冲出门，三面夹击，那八个人全部倒在血泊中。孟小虎看到还有两个人活着，举枪要打。“别开枪，留下活口。”半拉子急忙跑了过来。

原来，半拉子带着人，一直在盯着这几个人。他们发现四更天时，几个黑影从一个房屋里出来直奔正房，还没等他们向正房开枪呢，半拉子带人就在他们后面先开了火。

半拉子抓住两个受伤的人，一问才知道原来他们是蒋一刀的人。在半拉子他们审问那两个人时，郝老七和尿鳖子带人也跟城墙外的人交上了火。老姑和孟小虎上了围墙，发现有几个人用飞抓往墙上爬，老姑和孟小虎一阵儿扫射，几个人全都掉了下去。

孟小虎丢下老姑，端着马枪向另外几个炮台跑去。还好，蒋一刀的人还没有上来。“给我打!”发现城墙下有人，站岗的人抄起轻机枪同时开了火。

听到了枪声，柳条通的弟兄都起来拿着武器来到大院，半拉子说：“赶紧跟我上墙，守住几个大门。”

蒋一刀一看没法攻进大院，丢下一堆尸体跑了。

这次蒋一刀攻打柳条通好险哪，要不是半拉子机灵，要不是老姑聪明，恐怕柳条通早归了蒋一刀。

半拉子带着人院里院外打扫战场，一清点，共打死了蒋一刀二十五个人，至于逃了多少带伤的不清楚。

孟小虎下了墙，气得要将那两个受伤的内奸枪毙，可是老姑说啥也没让。

老姑叫来老马倌儿，为那两个人治枪伤，并告诉半拉子把他们放了。

中午时，老姑亲自下伙房炒了四个菜，让孟小虎将佟秃子、陈拐子、李麻子请来。大家坐定后，老姑向地上洒了两碗酒说："佟叔、陈叔、李叔，现在公公和二叔都没了，你们跟着他们拼了这么多年，柳条通不好的时候，你们都没有离开，我跟小虎代替公公和二叔谢谢你们了！"说着，老姑一仰脖将一大碗酒干了。佟秃子、陈拐子、李麻子你看看我，我看看你，也端起酒碗喝了下去。

干完这碗酒，老姑又对他们说："几位叔叔，我们做小辈的有啥地方做得不对，现在我向你们赔罪了。"说完，端起酒碗咕咚咕咚地又干了下去。孟小虎也陪着干了下去。

佟秃子、陈拐子、李麻子互相看了一眼，他们不知道老姑葫芦里到底卖的是什么药。但这几个老人毕竟是刀山火海里滚过来的，不会轻易被几句甜言蜜语给蒙蔽了，陈拐子撇着嘴看着老姑。

老姑吃了一口菜，又说："三位叔叔，你们要想回家养老，只要跟小虎说一声就行。柳条通虽说不富裕，可是给每个人发三十块大洋还能拿得出，你们愿意回家养老就回去吧！"说着她又端起了酒碗要喝，被小虎给抢了下来。

"三十块大洋就想打发我们？柳条通十五个人拉杆子起家时我们就在，半壁江山都是我们打下的，现在想赶我们走，没门儿！"佟秃子显然是瞧不起老姑和孟小虎。

老姑听后，血往头上涌，可是她还是压了压火说："几位叔叔，我跟小虎是敬你们，可不是怕你们。"

佟秃子一听，刚想举起碗摔在地上。"啥意思，怎么喝酒也不带上我们？"这时，半拉子吵吵嚷嚷地跟着郝老七一起走进屋。

两个人也不客气，进屋连鞋都没脱便上炕了，拿起大碗咕咚咕咚喝了两碗。"这酒真给劲儿！"

小虎看着他们俩："悠着点儿喝，好像谁跟你们抢似的。"

老姑一看他们两个来了，就放心了，精神一松弛，酒劲儿上来了，小虎把她抱到了东屋。

两碗酒下肚，半拉子开腔了：“我说三位老前辈，如果敬重你们管你们叫一声叔叔，如果不敬重你们，就叫你们一声老浑蛋。咋地，还想摔酒碗耍威风啊，我今天倒要看看你们有啥能耐？”

听到半拉子的话，佟秃子、陈拐子、李麻子把眼睛都立了起来，吹胡子瞪眼要来横的。

“半拉子，你喝多了。”孟小虎怕说不好打起来。

“瞪什么眼？你们以为你们几个老不死的私底下合计那点儿事儿我不知道啊？要不是大当家的和少夫人拦着，早收拾你们了。”半拉子轻蔑地看着他们说。

佟秃子、陈拐子、李麻子一听，脸上有些挂不住了。半拉子继续说：“你们没听说书的讲过嘛，古有周公辅佐成王，三国刘备托孤传为佳话，没想到，大当家的刚去不久，你们却在私下谋反，你们对得起谁呀？”半拉子看看他们，又说：“刚才我们在外面都听到了，少夫人左一碗右一碗向你们赔不是，你们还在那里故意摆谱，装他妈的什么大瓣蒜？”

“你别说了。让三位叔叔回去考虑考虑，不愿意留下的，每人发给三十块大洋回家养老。”孟小虎也学着老姑的样子，说起话来有板有眼。

佟秃子、陈拐子、李麻子再也坐不住了，起身走了。他们走后，孟小虎问半拉子：“这样能行吗？”

半拉子笑了。“呵呵，你放心吧，白天夜里都有人盯着他们呢。”

第二天，佟秃子、陈拐子、李麻子准备离开，老姑给了每个人三十块大洋，同时招呼全绺子的兄弟把他们送到大门外。“我知道，陈叔、李叔家里没有啥亲人，要是在外面混不下去了你们再回来，柳条通永远是你们的家。”老姑的一番话，说得陈拐子和李麻子老泪纵横。

送走他们三人，老姑又拿着大洋来找老马倌儿和老伙夫。“二位叔叔，今天多余的话我也不说了，小虎让我给你们每人送来三十块大洋，你们就安心在这里干吧！”

“少奶奶，我们俩都老糊涂了，钱我们不要，你和小虎都不要怪罪我们。”老马倌儿说。

“两位叔叔别推辞了，要是你们再推辞，侄媳妇儿都没法出这个门儿了。”老姑说完，放下六十块大洋走了。

有人看到佟秃子、陈拐子、李麻子三个人走时，每人发了三十块大洋，一些人心里也开始痒痒了。那个年代三十块大洋能做个不错的小买卖。

下午又有十二个人也张罗要走，老姑对其中的四个人说：“要走可以，每个人只给五块大洋做盘缠。”

“凭啥啊，那几个老棺材瓤子都给三十块，欺负人哪！”

老姑说：“你们年轻力壮，不像佟叔、陈叔和李叔他们老了，干不动力气活了。再说，当初他们都是柳条通打天下的老人儿，所以要优厚一些。”

“老子还负过伤呢，难道不是柳条通的功臣吗？”一个说。而另一个接过话茬儿：“我还不信那个劲儿，看今天谁敢不给三十块大洋。”说着，四个人转身回到侧院。

老姑不知道他们干什么去了。不一会儿，四个人从侧院走出来，边往空中放枪边骂道：“不给钱就突突你们两个小崽子！”

这时候，半拉子在炮台上高喊：“大当家的、少夫人，小心！”说着把轻机枪端在手里。

老姑手快，抽出匣子枪“啪啪啪啪”，把虚张声势的四个家伙手中的枪都打飞了。这一下，不仅四个家伙惊呆了，连孟小虎和半拉子也惊呆了。

沉默了一会儿，那四个人才缓过神儿来向大门走去。老姑喊：“站住！”吓得四个人一哆嗦。老姑把二十块大洋撇到他们面前：“把钱拿着。”

这四个人迟疑了一下，然后捡起地上的钱，红着脸走了。

四个人走后，老姑回身又对其余的八个人说：“我和小虎都敬重老战东、镇中华和托天几位前辈侠肝义胆，所以给你们每个人二十块大洋，回家后，能做小买卖做个小买卖，能置地的置办点儿地，好好过日子吧！”

原来这八个人都是老战东、镇中华和托天的手下。民国初年，老战东、镇中华和托天在北大荒威名大震。他们杀富济贫，替天行道，专门与称王称霸的大户和官府作对。民国九年（1920

年）十一月，三人率领一千多人，将东兴镇占领了四十多天。警察所、保卫团和江防军久攻不下，最后这三个人被县知事孟广钧骗出城杀害了，所以这八个人出城后投奔了柳条通。

这八个人被老姑的一番话所打动，他们临走时给老姑留下话，他们还会回来的。

送走十二个人，半拉子说："那四个捣蛋的五块大洋都不应该给。"

老姑说："他们不仁，咱们不能不义。"

老姑虽然年纪不大，但接二连三地处理这些棘手的事儿，让柳条通的其他弟兄都好生佩服。

又过了两天，葛小亮和胖猪回来了，当他们听说这几天柳条通发生这么多事情，不觉浑身冒冷汗，因此葛小亮也对老姑刮目相看了。

在葛小亮回来的第十天，从柳条通走的八个人，在外面转了一圈，把老战东、镇中华和托天旧部又拉来三十多人。这可乐坏了葛小亮，他领着这些人来见孟小虎和老姑。老姑一高兴，每人又赏了他们二十块大洋。孟小虎也高兴得不得了："小亮，你去找七哥弄点儿好吃的，晚上绺子弟兄们整一顿。"

那天晚上，柳条通的人都喝得东倒西歪，特别是老战东、镇中华和托天的旧部，你敬一碗，他敬一碗，全被灌趴下了。

又过几天，老姑与孟小虎和葛小亮商量，想把小彪和山花寄宿在关家亮子念书。孟小虎和葛小亮都同意，因为那里有专门的教书先生。

民国十二年（1923 年）春节刚过，宝弟和老叔来到了柳条通。老姑吓坏了，她想一定是家里出了什么大事儿，否则宝弟和老叔不会到柳条通来。

她急忙打开大门迎了出去。"宝弟、老疙瘩，你们咋来了，家里又出啥事儿了?"

宝弟没有吱声，老叔一脸苦相。老姑一看老叔的表情急得汗顿时下来了："到底咋回事儿，快说呀!"

看着老姑着急的样子，老叔憋不住笑了。"呵呵，姐，我们逗你玩儿呢!”

老姑在老叔的头上狠狠地拍了一下。“老疙瘩，你咋这么坏，我以为娘又出事儿了，都吓死我了。”老姑说完，又对宝弟说：“宝弟，你咋也跟着糊弄姐?”

“是老弟不让我说话的。”听完宝弟的话，老姑立起丹凤眼瞪着老叔，恨不得踢他一脚。可是老叔嬉皮笑脸地说：“谁让你总不回家来着。”

老姑举起拳头，咬牙切齿地在老叔眼前晃了晃，可是没有舍得砸下去。

来到正房，老姑赶紧拿出大枣、花生、桂花糖招待宝弟和老叔。宝弟对老姑说：“娘早晨出门抱柴火，发现门口不知道谁放了一百块大洋，娘让我们来问问你，是不是你送去的?”

“没有啊!”老姑一听奇怪了，柳条通接连发生这么多事情，也没来得及顾上家里，是谁给家里送的钱呢?“小虎，小虎!”

孟小虎从外面走进来。老姑问：“你派人给我家送大洋了吗?”

“没有啊，钱都在你那里掌管，我拿啥送啊?”孟小虎被问得莫名其妙。

难道是葛小亮?怪不得他到穷棒子沟送婆婆一去就是那么多天呢。想到这里，老姑风风火火去找葛小亮。见到葛小亮，老姑问：“小亮哥，你去穷棒子沟时，到过赵家窝棚吗?”

见老姑一问，葛小亮说：“原来我和胖猪还真打算去了，可是到了穷棒子沟一看，大太太家的亲属都那么穷，把带的钱都接济了他们，所以没去你们家。”

“那会是谁呢?”老姑听了葛小亮的话更蒙了。

回到正房，老姑见宝弟把一百块大洋放在炕上了。“这是干啥?”

“娘说了，就是饿死也不用胡子抢来的钱。”老姑一听，眼泪下来了，这是娘不肯原谅自己。可是这些钱也不是柳条通送的呀，于是她把柳条通没有送钱的事儿跟宝弟学了一遍。宝弟也在纳闷，不知道该咋办是好。

老姑说：“这样，过几天你们俩回家把钱带回去，你跟娘说，这笔钱不是柳条通送的。”

第二天，葛小亮、胖猪要送孟小彪和山花去关家亮子教堂上学，孟小虎、老姑、半拉子和郝老七都出大门相送。老叔愿意看热闹，也出了大门看他们告别。回来时，老叔问老姑：“他们这是要去哪呀？”

“送他们去上学。”老姑还沉浸在离别的心酸中，没有在意老叔问话的意思。

老叔看看老姑：“姐，我也想上学。”

老姑听老叔一说，她急忙跑出大门：“小亮哥，你等等。”

“吁！”葛小亮跳下了马车问老姑，“少奶奶，还有事儿吗？”

老姑跑到葛小亮跟前说：“这次去关家亮了，你问问关爷，我们家宝弟和老疙瘩也想去上学行不行，钱由咱们这儿掏。”

“行，我去问问关爷！”葛小亮答应一声重新跳上马车，“驾、驾！”赶着马车走了。

老叔一听葛小亮答应了，他以为这就妥当了。“姐，我啥时候去上学呀？”

“等葛小亮回来有了准信儿，你们俩就可以去上学了。”

回到屋子里，老姑把上学的事儿跟宝弟说了。宝弟说：“还是让老弟上学吧，我不上了，在家还能帮娘干点儿活儿。”

“家里不是有大哥、三哥嘛，等葛小亮跟关爷说妥了你就去上学，钱由我来出。”

过了三天，宝弟带着老叔要回家。孟小虎说什么也要送他们回去，因为宝弟带着一百块大洋，不放心他们自己走。孟小虎和郝老七一直将宝弟、老叔送到赵家窝棚才回来。

奶奶一看，宝弟和老叔回来了。“咋回来的，道上没碰见啥麻烦事儿吧？”

“是姐夫骑马送我们回来的。”老叔兴奋地说。

“他人哪？”奶奶一边说一边往外望。

“他们没敢到家，怕你生气。”宝弟对奶奶说。

“唉！”别看奶奶不愿意老姑嫁给胡子，但她还是惦记着看看这个姑爷。

“宝弟，你把钱送还给你姐了？”奶奶问。

“没有，姐问了很多人都说没有送，我把钱又带回来了。”宝弟解释道。

奶奶一听，也发蒙，难道又是陈有财和陈有富送的？

奶奶这几年没少到悦来镇告状，每当听说换了县知事都要去告，她早已把生死置之度外，哪怕谢宝山把她害死她也要告。时间长了，谢宝山也不理奶奶，反正她也告不赢。在去悦来镇告状时，奶奶听战黄氏说，三家子码头的陈二、陈三已经跑了。这些年一直没有消息，难道他们还活着？

“娘，姐姐说让我和宝弟去上学。”老叔说。

“啥时候的事儿？”奶奶问宝弟。

宝弟见奶奶问，便说：“听姐说的，关家亮子有个教堂能念书，姐让我和老疙瘩也去上学，钱她给掏。”

“咱们不用她的钱，明儿娘领你们去关家亮子找关爷，钱咱们自个儿拿。”奶奶坚定地说。

第二天，奶奶早早起来给宝弟和老叔收拾东西，吃完饭她对父亲和三叔说：“你们好好照看家里，我送宝弟和老疙瘩去关家亮子上学。”

“人家能收他们吗？”父亲担心地说。

“关爷这个人我以前见过，我估摸着他怎么也不能不给这个面子。”奶奶说完，又有点儿像自言自语，“咱们家也该出两个读书人了。”

奶奶牵出毛驴骑上，宝弟和老叔跟着。走了没有多远，老叔说：“娘，我腿疼。”说完，还故意拐了几下罗圈腿。

“上来吧！”老叔听到奶奶的话，紧跑几步窜到驴背上。这头驴顿时脚步沉了起来，腰也塌了下去。

走了五里多地，宝弟看这头驴浑身出汗，便对老叔说：“老疙瘩，快下来，看把驴累的。”

“我腿疼，走不动道儿。”老叔故意皱着眉头，做出很痛苦的样子。

宝弟一看，生气了。“去柳条通那么远，你也不说腿疼，跑起来比我还快呢。快下来！”

老叔一看被宝弟揭了底，用眼睛斜着宝弟，很不情愿地下了驴。

到了关家亮子，正好关爷在家。“哈哈哈，快请，快请！我说今儿早喜鹊怎么喳喳叫呢，原来是贵客临门哪！”

奶奶一听，这个关爷真是名不虚传，总是那么招笑。奶奶说：“关爷，今天给你添麻烦来了。”

“哈哈哈，添什么麻烦，一个敢上刀山、滚油锅的女英雄能把孩子送到我这里，这是老关的荣幸。”

奶奶一听，关爷为人真是仗义，当年的关公也不过如此。“开玩笑是开玩笑，孩子放在你这里肯定要添麻烦。”

玩笑过后，关爷一本正经地说：“昨天柳条通的葛小亮来把孩子上学的事儿都跟我说了。”

奶奶一听关爷的话，脸顿时挂不住了。“关爷，咱们把话说到前头，孩子上学的事儿与柳条通没有任何关系。这二十块大洋是两个孩子的半年费用，你拿着。”

关爷一听，奶奶还在生老姑的气呢，便说：“拿什么钱，我老关大家大业还能承担起两个孩子上学的费用。”他说完，一看奶奶的脸色都变了。“哈哈哈，我拿着，我拿着，不然那是瞧不起大妹子了。”说着，把钱接了过去。关爷是什么人，他察言观色入木三分，不然当年做货郎时早被胡子给砍了。

奶奶一看关爷接了钱，高兴起来。关爷还在开玩笑：“当年吃我老婆奶的是这小子吧？”他摸着老叔的头说：“告诉你小子，到学堂你可得好好给我念书，要不然我还得管你要奶钱哪。”奶奶被关爷的话给逗乐了。

奶奶说：“关爷，天不早了，我得回去了，孩子的事儿托付给你了。”

“那可不行，到我关家亮子不吃饭就走，将来传出去还不得让人骂死我呀。开饭。”说着，关爷领着奶奶、宝弟和老叔到了一个屋子。奶奶一看，这是关爷特意为他们安排的，有猪肉炖粉条、熏塔拉哈（塔拉哈，赫哲语，意思是烤生鱼）、鹿肉炖萝卜、蒸大马哈鱼坯子。看来，关爷真把奶奶当成贵客了，当年孟大虎来也不过如此。

“哈哈，你们吃，我已经吃了，就不陪你们了。”关爷说着走了出去。

奶奶家从来没有见过这么多好吃的，关爷刚出门，老叔迫不及待地抓起一块塔拉哈想往嘴里塞。“放下，这么没规矩。”奶奶用筷子抽在老叔的手背上。老叔手一哆嗦，塔拉哈掉在饭桌上。奶奶回头对宝弟说：“宝弟，你以后要管着老疙瘩点儿，别让他坏了关爷家的规矩。”

民国十二年（1923 年）四月的一天深夜，葛小亮慌慌张张来正房敲门。“大当家的、少奶奶，赵家窝棚的你二哥来了。”

老姑一听，扑棱一下坐起来。“小虎，快起来，我二哥来了，可能有啥急事儿。”老姑推着孟小虎。

“啥事儿呀，这深更半夜的。”孟小虎睡得迷迷糊糊，翻了个身还想睡。

“快起来，我二哥来了，咱们去看看到底咋回事儿。”老姑又推了孟小虎两下。孟小虎磨磨蹭蹭地起来。他们穿好衣服来到厢房。老姑一看，二叔带着两个姑娘和一个小伙子来了，而且二叔没有穿保卫团制服。

“二哥来了！”孟小虎打了个哈欠说。

“二哥，你深更半夜来柳条通是不是有啥急事儿，他们是谁?”老姑问二叔。

二叔指着一个姑娘说：“翠花，这是你未来的二嫂，叫苦杏。”那个姑娘的脸顿时红了。二叔又指着另一个姑娘和一个小伙说：“这是你二嫂的姐姐，叫苦花。那是她姐夫，叫二颟。”然后，二叔又向他们三个人介绍说：“这是我老妹子翠花，那是我妹夫小虎。”三个人向老姑和孟小虎点了点头。

老姑问二叔：“二哥，这到底是咋回事儿?”

二叔对老姑说，这三个人都是梧桐河附近辛庄的。苦杏家一共七个闺女，苦杏是老四，苦花是老三。辛庄一共三十二户人家，一百六十多口人。由于靠近梧桐河，那里有朝鲜人种水稻，家家户户都跟着学，所以很富裕。几年前，蒋一刀在关家亮子被孟大虎打败后，又拉起三五十人的队伍来到辛庄附近安营扎寨。

那个年代，胡子都有一个不成文的规矩，兔子不吃窝边草，可是蒋一刀不一样，他不但祸害身边的村屯，还把辛庄、刘庄控制在自己手里。老百姓被官府收完捐税，他还要再收一遍。蒋一刀的狠毒老百姓早都领教过了，所以一见到他好比见了阎王。蒋一刀还给辛庄和刘庄立下规矩，不管谁家娶亲，第一晚都要把新媳妇儿送到蒋一刀那里过夜，第二天还要陪王老道睡一晚才让回家，稍有反抗便会杀了他们全家，所以辛庄和刘庄的人，都把生下的第一个孩子掐死，为的是不留孽种。那个妖道更不是东西，早年为生活所迫，入了青云观。他在道观里不好好修炼反而偷鸡摸狗、奸淫良家妇女，后来被师傅打出了山门。由于臭味相投，在蒋一刀被打败后，二人勾结在一起。妖道还自创了一套养生之法，只要是辛庄和刘庄谁家生孩子，初乳都要送给蒋一刀和王老道喝。为了养生，王老道还弄来干枣发放给有十岁到十二岁女孩儿的人家，让她们夜里将干枣放在阴道里浸泡。干枣越泡越涨，疼得女孩儿哭爹喊娘。第二天早上，家里大人要将泡枣送到王老道那里。如果发现谁家送来的大枣不饱满谁就倒霉了，轻者被打一顿，重者将要丧命。妖道到处宣扬养生之法，说这种泡枣能壮阳补精，延年益寿，还将这种偏方推荐给黑龙江省督军吴大舌头。吴大舌头权力大，妻妾成群，为了壮阳补精，祸害的女孩子更多，平民百姓只能饮泣吞声。

苦杏大姐出嫁早，逃过了蒋一刀的魔爪。二姐苦菊在出嫁时，被送到蒋一刀和王老道那里。苦菊不堪忍受折磨，跳井自杀了。在三姐苦花要与二蔫结婚的前几天，蒋一刀派人送信提醒二蔫家，不要忘了新婚之夜将新娘送去的规矩。这回可愁坏了二蔫。二蔫早年也在保卫团当过兵，因此与二叔结识并结拜为把兄弟。去年，在剿胡子时，他腿部中弹后只好回家养伤，就再没有回保卫团。二蔫一看蒋一刀给送信了，愁得没办法，只好去找二叔。他想与蒋一刀拼命，所以二叔才来找老姑。

“你们哪天结婚?”老姑问二蔫。

“日子已经定在了后天。”二蔫愁眉苦脸地说。苦花听后，眼泪一对一双地落下。

“妈了个巴子的，蒋一刀和王老道这两个鳖犊子也太不是东西了，不灭了他们我就不姓孟。”孟小虎愤愤地说。

老姑说：“你冷静点儿，我们找葛小亮商量商量。”回头，老姑又对二叔他们说：“你们先坐着，我们商量好了再告诉你们。”说完，老姑跟孟小虎走了出去。

找到葛小亮，老姑把事情的来龙去脉说了一遍。葛小亮沉思片刻说：“马上让你二哥他们回去，避免走漏风声，后天我们准时赶到辛庄，来个里应外合，灭了蒋一刀。”

老姑回到厢房，让二叔他们立刻回去，并告诉他们不要怕，后天会准时到辛庄参加婚礼。

第二天早上，葛小亮挑着货担走了，随后胖猪带着三个人也出了大门。

直到傍晚，葛小亮和胖猪他们才回来。他们来到老姑的正房，老姑问：“情况咋样？”

葛小亮说：“蒋一刀绺子土墙不高，沟也不深。他们手下的人不是抽大烟就是耍钱，都是一群地痞无赖，好对付。”

“你打算咋办？”孟小虎看着葛小亮问。

“我打算让胖猪、半拉子、尿瘪子各带一路人马，后天晚上包围蒋一刀绺子。大当家的、少奶奶和我带着十几个人参加婚礼。天黑后少奶奶扮成新娘由我和大当家的送到蒋一刀绺子，端了他们的老巢。”

到了第三天，老姑带着结婚时穿的衣服和孟小虎、葛小亮领着十几个人去了辛庄，装扮成远道亲戚参加婚礼。

二颟和苦花的婚礼人也不少，虽然新房也布置得红红火火，接亲、跨火盆、放鞭炮、拜天地，结婚的程序一样不少，但婆家、娘家人一点儿都高兴不起来。

可是辛庄参加婚礼的人可不管那么多，那时候一年到头都吃不上一顿肉，所以见到婚宴上的鱼、肉眼睛都发蓝。全屯男女老少一起出动，婚宴席上来一道菜抢光一道菜，直到最后一道菜被搂光为止。

过午，大多数人都撤了，只留下一些婆家的远道亲戚。太阳落山时，蒋一刀又派人来催：“还磨蹭啥呢，大当家的都等不及了。”二颟爹点头哈腰地说：“就去，就去，你回去告诉蒋爷宽限一会儿，让新媳妇儿打扮打扮。”说着，还给了那个送信人两块大洋。

送走蒋一刀手下，葛小亮让老姑来到新娘屋里装扮一番。老姑还在包袱里携带了两支匣子枪。老姑出门一看，只有孟小虎和葛小亮在等她。老姑低声说：“人哪？咋剩咱仨了？”

葛小亮说：“哪有一帮人送新娘去狼窝的？”

老姑想想也是，人多会引起蒋一刀怀疑，可是她发现孟小虎和葛小亮都没带枪。便问：“你们咋不带枪，那不是白白去送死吗？”

孟小虎说：“走吧，你别管了。”

老姑、小虎和葛小亮一起上了马车。“驾！”葛小亮扬起鞭子赶着马车出了辛庄。

辛庄距离蒋一刀绺子不到四里地，赶马车不到三袋烟的工夫。马车走到半路，突然从草甸子窜出几个人来，老姑赶紧去摸枪，被葛小亮给按住。不一会儿，那几个人来到马车前，将一条大麻袋放在车上。麻袋里装着一挺机关枪、两支马枪，还有子弹袋。老姑这才明白，这是早就布置好的。

他们来到蒋一刀绺子门前。“干什么的？”炮台上一个胡子问。

“爷，我们是来送新媳妇儿的。”葛小亮回答道。

那个胡子冲着院里喊：“快开门，让马车赶进去，告诉大当家的，新娘子来了。”

大门打开，葛小亮一看，蒋一刀手下在院里齐刷刷地摆好刀阵，那阵势让没见过的人能吓尿裤子。马车刚赶进院里：“妈了个巴子，咋才来，不想活了？”蒋一刀迈着方步从正房里走了出来。

“蒋爷，这不是得让新媳妇儿打扮打扮嘛。您老人家别生气，好饭不怕晚嘛。”葛小亮对蒋一刀说。

本来蒋一刀还想骂几句，可是当看到车上坐着的新娘时怒气全消了。“呵呵，让我看看新媳妇儿长啥样儿？”说着，他用手揭开了老姑的盖头，不觉眼前一亮。“啧啧啧，真俊，心肝宝贝儿可想死我了。”说着就去抱老姑。

老姑迅速从布包里抽出匣子枪顶在蒋一刀的下颚上。“让你的人把刀枪都放下，不然我打死你！”

孟小虎和葛小亮早已从麻袋里拽出抢来。“别动，都给我把刀枪放下！”

这时候，胖猪、半拉子、尿癔子各自带着人马，将三个炮台的几个人全部缴了械。

“有话好说，有话好说，不知各位英雄是那个绺子的？”蒋一刀说。

“呸，少废话，他们再不放下枪，我让你脑袋开花。”老姑厉声说道。

“都放下，都放下！”蒋一刀命令着手下。

听了蒋一刀的话，有三十多人把刀枪码在院子里，还有几个不愿意放下枪的，被孟小虎一梭子子弹打成了筛子。

这时，柳条通的人马全部进入大院，将他们围了起来。

放下枪的人都靠到一边。葛小亮问：“哪个是王老道，站出来！”可是，喊了几声也没人答应。葛小亮把枪顶在一个胡子的脑袋上问：“说，哪个是王老道？”

那个胡子哆哆嗦嗦地说：“道长在他自己屋里打坐念经哪。”

“胖猪，赶紧带几个人把王老道抓来，其他人都给我围住，别让人跑掉。”孟小虎命令着。

蒋一刀毕竟是见过世面的人，他一看这些人的武器清一色德国造，知道遇到了麻烦。反正也是死，他伸手去夺老姑的枪。老姑手疾眼快，顺势给了他一脚。这一脚“黑狗掏裆”，疼得他蹲了下去。

胖猪在一个胡子的带领下，来到妖道住的房子。“王老道出来，不然我可开枪了！”可是，胖猪喊了几声也没有人应答。“嗒嗒嗒”，他端起轻机枪照准窗户便是一梭子。还是没有人吱声。胖猪一脚踹开窗户冲了进去，其他人也踹开门进了屋里。可是进屋后胖猪发现屋里根本没人，只有供桌上的香火燃烧着。

“搜！”胖猪带着人搜遍东西两屋，也没有发现王老道。只有这三间房，王老道会跑哪去呢？出门前，胖猪发现中间屋放着几捆苞米杆子，他用脚踢了踢。“别开枪！”王老道从草捆后钻了出来。

"王老道，你不是能掐会算通阴阳嘛，今天你算一算自己还能活多长时间?"胖猪嘲笑道。

"那都是蒙别人混碗饭吃的。"

"听说你还自创了养生之道，你说说你还能有多长时间寿命?"

"胖爷，饶命，我是假老道，只要给我留下一条狗命，让我当牛做马都行。"

"走!"胖猪一手握枪一手扯着王老道的脖领子，将他扔到了院子里。

葛小亮说："蒋一刀、王老道，这么多年你们两个狼狈为奸，坑害百姓，今天我们要为民除害。"

"等等，即使枪崩了我，也得让我知道你们是哪路人马。"蒋一刀就是蒋一刀，死到临头了还不忘问问这些人的来路。

孟小虎说："妈了个巴子的，老子现在就告诉你，让你死个明白。我们是柳条通的。"

蒋一刀一听泄气了，今天算是遇到了冤家对头了。孟小虎一梭子子弹结束了这两个人的狗命。

枪毙了蒋一刀和王老道，蒋一刀的手下跪倒一片。"爷爷饶命，爷爷饶命!"

葛小亮一看，只有三个人没下跪，便问："你们怎么不下跪?"

其中一个人说："我们三个刚被蒋一刀抓来入伙，也没干坏事儿，凭啥下跪?"

葛小亮说："你们三个跟我走!"

老姑他们带人走出大院不远，听到院里一阵儿枪声。接着大院里一片火海。

老姑回头看了一眼，对葛小亮说："是不是太狠了点儿?"

"你别忘了，张叔临走时嘱咐我们的话。"葛小亮说。半路上，葛小亮将那三个人放了。

老姑回到柳条通，心里这个高兴呀。今天没开几枪，便将蒋一刀绺子给灭了，这个葛小亮确实有勇有谋。智取这一招真高，而且还出了一口恶气。

第十一章　打劫商船

民国十四年（1925年）三月，奶奶听说桦川县知事又换了，她又到悦来镇告状。这么多年来的告状生涯，让奶奶也长了记性。她穿着厚棉袄厚棉裤，还在棉裤里面做了一个厚棉垫，这样骑驴不硌得慌，挨打时还能扛一阵子。奶奶到了悦来镇县衙，站岗的警察说："郑知事不在县衙里，你回去吧！"

奶奶问："郑知事不在县衙去哪了？"

"去佳木斯行署办公去了，你管得着么！"站岗的警察凶恶地说。

奶奶早就知道，东兴镇原来就叫佳木斯，但她不知道现在又改回来还叫佳木斯。奶奶这个人，是不到黄河不死心，不见棺材不落泪。她一定要见到郑知事，即使是打板子，下大狱，她也不在乎。

奶奶骑着毛驴奔往佳木斯，在经过三家子码头时，看到有四五十个工匠，在江边造两艘大船。她一问过路人才知道，谢宝山正准备开办一个松江航务公司。

奶奶听完，心里这个恨哪，心想：今年那场伤寒病死了一千多人，谢宝山咋不瘟死？真是好人不长寿，坏人活不够。

到了佳木斯行署，郑知事说什么也不见，奶奶在行署衙门大闹一场，被警察打了出来。

奶奶这次没有被气病，十五年的告状之路让奶奶已经习惯了。

从佳木斯回来的路上，葛小亮遇到了奶奶。因为孟大虎死的时候，奶奶去过柳条通，葛小亮一眼就认出了她，可是奶奶却没有认出葛小亮。

葛小亮骑马赶上了奶奶："大娘，你这是去哪呀？"

奶奶警惕地看着葛小亮，没有说话。

葛小亮说："大娘，你好像是赵家窝棚的，看着面熟。"

"你是哪的，咋认识我？"奶奶还是警惕地看着葛小亮。

"你这么多年为了告状上过刀山，滚过油锅，三五十里谁不知道你老人家呀！"葛小亮没敢说出自己是柳条通的，反而忽悠起奶奶来。

奶奶一见小伙子说话和气，便打消了戒备之心。"小伙子你去哪呀？干啥的？"

"我去何家油坊，做点儿小买卖，正好与您顺路。"葛小亮顺着奶奶说。

其实，葛小亮觉得天色已晚，奶奶到家前肯定要天黑了，所以想陪她一段路。

"小伙子，你的马快，我的驴慢，你还是先走吧！"

"不急，不急，我今晚到何家油坊就行，咱们娘儿俩一起走，省得孤单。"

奶奶想，这个小伙子真不错，人也会说话，要是老姑没自作主张地嫁给了孟小虎，将她许配给这样的小伙子多好。

路上，奶奶闲聊时，把这次如何告状，如何没有见到郑知事，如何被打出行署衙门，还有谢宝山开办了航务公司的事儿都跟葛小亮讲了一遍。两个人说着话，时间过得也快，马上要过江了。葛小亮突然勒住马："大娘，前面的苇塘里好像有人。"

奶奶满不在乎地说："有人又咋样，我都死过几回的人了，鬼都不怕，还能怕人？小伙子，你赶紧骑马跑吧！"

"前面的兄弟听着，借个火。前面的兄弟听着，借个火。"葛小亮一遍一遍地喊着，他跟奶奶安全地走过了芦苇塘。

"小伙子，你会抽烟吗？"奶奶问他。

葛小亮说："我不会抽烟。"

“那你吵吵借火干啥？”

“前几年，有个老人告诉我，遇到胡子埋伏就说借火，这是他们的黑话，意思是借道走走。”

奶奶说：“没想到你年龄不大，还挺有经验的。”

“常在外面走，就得多学点儿，免得吃亏。”

到了赵家窝棚和何家油坊的岔道，葛小亮对奶奶说：“大娘，你也快到家了，我们就在这里分手吧。后会有期。”

葛小亮看着奶奶走进屯子里，才快马加鞭奔向柳条通。路上，葛小亮在想，你谢宝山不是开了航务公司么，我就让你赔个底儿朝天。

第二天，葛小亮找到孟小虎和老姑，说了想打劫谢宝山船只的想法。老姑当然同意。

“在哪打劫？”老姑问。

“我想好了，在大通打劫正合适。因为谢宝山要将粮食山货运往哈尔滨，正好是逆水，他们跑不掉。”

“你有把握吗？”孟小虎问。

葛小亮说：“我观察好了，他们船运无非两种，一种是拉纤，一种是风帆，没有外国人的火轮那么快。”

老姑说：“好，你安排吧！”

葛小亮找到半拉子，让他带几个人乔装成扛包苦力。他自己扮成货郎与半拉子接头，打探谢宝山船运的消息，必要时把三家子码头也端了。

一个月后，正是松花江开江的时候，谢宝山的航务公司招人，半拉子带着几个人也顺理成章地进入了码头。

葛小亮对孟小虎和老姑说，这几天要组织人打劫谢宝山的商船。老姑也要去，孟小虎没办法，也只能让她跟着。

据半拉子打探的消息说，谢宝山这两艘船都是运粮食的，因为是今年的首航，所以谢宝山要亲自押运。老姑一听兴奋得不得了，她要提着谢宝山的脑袋，在爷爷去世十五周年时为他祭奠。

葛小亮亲自到大通两次探察地形，还在那里租了三十多条渔船。如果这次打劫成功，两个时辰就能将大船上的粮食卸完，然后运到江北陆地，在那里安排马车等着。那个年代粮食金贵，有了粮食就等于有了一切。

春天，刮东南风较多，谢宝山运粮的两艘大船挂起风帆向上游驶去。起锚时，各路商户和乡绅前来道贺，码头还燃放了很多鞭炮，祈求一帆风顺，财源滚滚。

这两艘船的粮食，是顺济粮栈李掌柜运往哈尔滨的。一船是稻谷，卖给哈尔滨来福粮栈。另一船大豆是运往哈尔滨江北的小火磨，卖给张作霖七姨太驻地用来烧锅炉。当时，李掌柜听说用大豆烧锅炉取暖，惊得瞠目结舌。可是军需官说：“你管那么多干什么，赚你的钱就是了。”

粮船起航后，不到三个时辰，老姑和孟小虎在山头远远望见船帆。孟小虎给江面发了信号，让他们注意。旱鸭子毕竟是旱鸭子，他们装作下网打鱼还东张西望，被船老大一眼看穿。

“这么多的渔船，又不像是在打鱼，告诉后船的人都精神点儿，把所有的船帆都升起来，其他人都抄家伙。”船老大命令着。

可是，在两艘运粮船超过了十几条渔船后，也没见有什么异常。船副说：“老大，你是不是精神太紧张了，人家在打鱼撒网哪……”话音还没落，渔船上响起了枪声，三十几条小船像蜜蜂一般围了过来。

“打他们的船帆，打他们的船帆哪，真是笨蛋！”老姑在山上急得暴跳。

“嗒嗒嗒”一阵儿枪声淹没了老姑的喊声。

“把机枪递给我！”听到老姑喊叫，孟小虎赶紧把轻机枪递给老姑。

孟小虎想，岸上离大船至少有四百多米距离，即便是神枪手也打不到啊！可是他万万没有想到，老姑将轻机枪架在树杈上向桅杆射击，一梭子弹还没打光，两艘船帆全被打落。要说老姑是瞎猫碰上死耗子，那是胡扯，两艘船的风帆都被打落可没有那么好运气，老姑天生是个神枪手。

船帆一落下来，粮船上的人都慌了，有的跳到水里逃命，有的干脆投了降。三十几条渔船围着粮船，粮船顺水向下游漂去。

“船上的人听着，只要不反抗，我们是不会伤害你们的！”胖猪对着大船喊。

"你说话算数?"

"当然算数，把枪都扔进江里!"

三十几条渔船上的人端着枪步步紧逼。船老大说："听他们的，把枪都扔进水里!"

胖猪和尿瘪子上了船，告诉船上的人都下到小船。可是他们搜遍两艘粮船，也没有见到谢宝山的人影。"谢宝山呢?"胖猪冲着船副问。

"今天他没来。"

"怎么回事儿，不是说他亲自押送吗?"

"他是想亲自押送来着，可是杏花非要上船一起去哈尔滨。船老大说女人上船不吉利，被杏花大骂一顿，说船翻了淹死我们这帮王八羔子才好呢，被东家打了两个嘴巴。杏花不依不饶，搅得一团糟。谢东家认为晦气，没跟着一起来。"船副解释道。

"把他们都送到南岸去，让他们走着回去，其他人卸粮食。"胖猪对着手下喊。

不到两个时辰，船上的粮食被卸完了。当地的老百姓看到打劫粮食，一些胆大的也上来帮忙，胖猪给他们分一些粮食背走。一辆辆马车装满粮食消失在远方。

两艘大船空了，向下游漂流的速度更快了。船老大非常有经验，他沿着江边跟着，盯着向下漂流的大船。当船老大看到柳条通的人马撤了，脱下衣服跳进江水里向大船靠近，回头对船副说："快下水，上另一艘船!"

刚开江的江水，其寒彻骨，而船老大和船副硬是赶上了两艘大船。他们上了船，摆舵向南岸靠近，将岸上的人接上船，顺流摆回码头。

当谢宝山听到粮船被劫的消息时，气得黄眼珠都要鼓出来了。也活该他倒霉，首次开航就被打劫，不仅没有赚到钱，还赔了一千六百大洋。一些粮商和货商从此再也不找谢宝山了，他的航务公司因此停业。

这次打劫商船，柳条通虽然劫了很多粮食，但没有抓到谢宝山，老姑的心里挺不是滋味儿的。这几天，老姑经常骑着马出去练枪。孟小虎摸不清老姑这是怎么了，只见她整天闹心。老姑平时没有那么狠，可是这几天见啥打啥，野狼、狍子、獾子、大雁、野鸭打了一大堆。

一天，老姑和孟小虎骑着马，不知不觉地来到赵家窝棚。她看到这里的一切都那么亲切。老姑心想：娘现在咋样了，是不是老了？大哥、三哥还好吗？他们把家里的土地侍弄得怎么样了？二哥在保卫团还当火头军吗？不知道他和苦杏啥时候结婚？还有宝弟和老疙瘩，他们在关家亮子上学有长进吗？

老姑把家里的事情通通想了一遍，就是不愿意想爷爷的忌日。可是她越是不愿意想，爷爷的影子越在她脑海里出现，爷爷的笑容、爷爷的话语不停地在老姑的脑海里翻腾着。“老闺女，爹将来还指望你养老呢。”“来，老闺女骑在爹的脖颈上。”“老闺女，爹可想死你了，你想爹不？”

老姑骑在马上一会儿沉思，一会儿愁云密布，一会儿喜笑颜开，一会儿望着赵家窝棚发呆，弄得孟小虎不知所措。“实在想家了，就进屯回家看看，你娘还能把你骂出去呀！”他说完，见老姑还是没吱声，又说：“回家看看吧，反正也到家了。”

“你能不能不烦我？”老姑突然发了火。

老姑从赵家窝棚回来，当天晚上做了一个梦。她梦见爷爷满脸是血，伸出一只很长的手来抓老姑。这只手伸到面前时，又变成了尖利的鹰爪。“爹，别抓我！爹，我是你老闺女呀！”

“醒醒，醒醒，你这是咋了？”孟小虎本来是个大觉迷，也被老姑的喊声惊醒。

老姑被孟小虎推醒后，还是沉浸在梦境里。

“你到底咋回事儿，又是喊又是叫的。”

“我梦见了我爹，他满脸是血的来抓我。”老姑沉思了一会儿又说，“我听说梦见血不好，要有血光之灾。”

“别瞎扯，那都是算卦先生骗人的，帮你破一破他们好赚你的钱。”

老姑想了想，突然起身去翻看黄历。“唉，再有半个月就是我爹的忌日了，每年我爹的忌日，我娘都要带着我们去江边祭奠。”

“今年，咱们也去江边祭奠祭奠吧，也好了却你一份心愿。”

“拿啥祭奠？”老姑又说，“小虎，我想这几天攻打三家子码头，捉住谢宝山为我爹报仇。”

“行，天亮后咱俩就去找小亮商量。我还不信了，连一个谢宝山都抓不住？”别看孟小虎平时言语不多，可是到了关键时刻还真有点儿虎劲儿。

天亮后，老姑和孟小虎来找葛小亮。“小亮哥，我想这几天攻打三家子码头，为我爹报仇。”

葛小亮想了想：“报仇也不在乎这一天半天，我得去踩盘子，探听一下谢宝山在不在家。”

“你打算怎么打探消息？”老姑急切地问。

葛小亮说：“三家子码头有我安插的人，你们别管了。”

“你安插的人我咋不知道？”孟小虎问。

葛小亮诡秘地一笑：“大当家的管大事儿，我专门管鸡毛蒜皮的小事儿。”

老姑说：“好，那就托付给你了。”

过了两天，葛小亮回来了。

“你咋才回来，干啥去了？”老姑有些急了。

葛小亮笑了笑：“好饭不怕晚，你急什么？”

“那是为我爹报仇，我能不急吗？”

葛小亮说：“我打听好了，后天谢宝山用老毛子的火轮运木材，他也随船去哈尔滨，到时候我们可以活捉谢宝山。”

“你倒是麻溜地布置呀，千万别让谢宝山再跑了。”孟小虎也着急，他心里明白，爷爷的仇一天不报，老姑就一天不得安生。

“你们听我说，这次劫老毛子的火轮，不像上次打劫帆船那么容易，火轮要比帆船快，而且还比帆船离水面高。”

葛小亮说完，孟小虎问：“那咋办？”

葛小亮说：“我打算利用拦江索拦住火轮，就像当年中国人打老毛子的船只那样。”他看老姑和孟小虎还没明白，接着说：“就是用铁索把江面拦住。”

“那不是胡扯嘛，那么宽的江面铁索咋拉得起来？”孟小虎认为根本办不到。

“用马拉绞盘哪。”葛小亮又说，“铁链我都准备好了，这次打算在竹帘与依兰相对的大砬子山拦截。”

说起大砬子山，还有一段神话传说。早年，山上有条大锁链子一直通到江底。人们说，以前山下的松花江里有个恶龙经常作怪，每年都要掀翻很多渔船。后来出现一位民族英雄把恶龙制服了，用铁锁链把恶龙锁在深渊里，从此恶龙再也不能作怪了。还有一个传说，有个渔民在大砬子山下打鱼时，见到了一条锁链拴着一条黑鱼精，鱼头有磨盘那么大，都长青苔了。

葛小亮为了探察地形亲自到过大砬子山，那里确实有条粗锁链直通江底，可是他知道那条锁链不是栓什么恶龙或者黑鱼精用的，而是清朝时拦截沙俄炮舰的拦江索。

头天晚上，葛小亮召集人马分派任务。他派半拉子第二天带人去佳木斯运铁链，让尿爊子带人到江北挖坑固定马拉绞盘，派胖猪沿江租用渔船，让郝老七组织人马带足弹药到拦截地点等待。老姑一听，没有她和孟小虎的事儿，便问：“我和小虎干啥？”

“你和大当家的在柳条通坐镇，绺子也不能唱空城计呀。”葛小亮说。

“不行，还是让七哥在家坐镇，我和小虎都去。”老姑说。

“小亮，我看就这样定了，还是让七哥守在柳条通。”见孟小虎发话了，葛小亮只能同意。

第二天一大早，各路人马分头准备，老姑、孟小虎和葛小亮带着人马弹药去往大砬子山。

那天也不顺利，半拉子雇了十二辆马车拉铁链子去大砬子山，可是他们走到半路，天上下起了雨，木轮车不是陷在泥里就是断了轴，等把铁链子运到大砬子山，太阳已经落山了。没办法，葛小亮只能连夜组织人和船连接铁索，灯笼火把照亮江面，过往的火轮还以为这里在打鱼呢。

天亮时，总算将铁索连接完毕，孟小虎让大家抓紧时间眯愣一会儿。太阳升起三竿子高时，一个人骑马来给葛小亮送信，说谢宝山的运木材船午时起锚，这艘火轮是老毛子的“印葛瓦德号”，让他记住这艘船别打错了。

看到有人来送信儿，胖猪仔细一瞧这个人他认识。他就是克扣伙计工钱的小把头黄四，不知道葛小亮用什么方法把他收买了。

中午刚过，葛小亮将人分派完毕后，上了大砬子山的最高点。他带着五个人和一挺轻机枪，还有一面指挥用的大黄旗。

那时候的松花江也很繁忙，每天都有十几艘火轮和帆船通过，还有一艘往返佳木斯与哈尔滨的客轮。

太阳落西时，又有两艘火轮经过，可是不见葛小亮发信号。老姑在渔船上有些沉不住气了，站在船上张望。“闺女快坐下，这样站着危险。”听到老船夫的警告，老姑不好意思地坐下。

就在这时，大家发现葛小亮在山上挥动着大旗。“快拉绞盘。”尿瘪子发出命令。“驾驾！”三匹马拉着绞盘，铁链在水下被缓缓拉起。大约不到两袋烟的工夫，铁索渐渐地升到水面，“印葛瓦德号”火轮也驶了过来。当火轮上的人发现铁索时已经晚了，火轮与铁索相撞发出“咔嚓”声音。这是逆水行船，火轮速度不快，不然准会将铁链撞断。这艘船晃了几晃，木材也从船上滚落到了江里。

渔船围拢过来，老姑举手一枪打落火轮上的旗帜，接着响起了一阵子枪声。这些老毛子也不好惹，他们用清一色苏式轮盘枪向渔船扫射，打死了三十多人。老姑一看，打死了这么多弟兄，她操起轻机枪架在小渔船上还击，虽然渔船摇晃得很厉害，但并没有影响到老姑的枪法，不一会儿打得船上的老毛子再不敢露头了。由于老姑把船上的火力压制下去，有人将土制的炸药包扔在船上，接着“轰轰”两声，炸药包在火轮上爆炸了。一个老毛子在船上叽里呱啦地大喊，举起一块白布示意他们投降。孟小虎和胖猪不顾一切地利用飞抓抢占火轮。

孟小虎上了船，到处搜寻谢宝山。在船舱里，孟小虎发现了杏花。“妈拉个巴子，谢宝山藏在哪了？”

杏花吓得哆哆嗦嗦，用手指着船下货舱。孟小虎进入货舱，发现里面装着杂七杂八的土特产。“谢宝山，出来，不然，我可开枪了!”　“突突突”，孟小虎端着马枪对着一堆麻袋就是一梭子。

孟小虎发现还是没声音，就将弹匣卸下换另一个弹夹。就在这时，谢宝山从麻袋后面钻出来给了孟小虎两枪。孟小虎倒下后，谢宝山从船舱里跳了出来。这时胖猪听到了枪声也奔了过来，谢宝山隐藏在圆木后又给了胖子一枪，然后跳进江水里。胖猪忍着疼痛，向谢宝山跳下去的地方打了一梭子弹。

“快来人哪，下到船舱里看看大当家的!”胖猪喊着。

几个人下到货舱，将孟小虎背了上来。他受伤很重，胸口在不停地向外冒血。

这时候，老姑也上了火轮。她本想找谢宝山算账，可发现孟小虎受伤时，一下傻了。孟小虎的鼻口和胸部都在冒血，看着那鲜红的血，老姑心里十分着急。“快来人哪，救救小虎!”她的喊声都变调了。可能是老姑的喊声让孟小虎睁开了眼睛，他攥住老姑的手，嘴一张一合好像要说什么，但始终没有发出声音来。

半拉子也上了火轮，他来到孟小虎跟前，摸了摸脉搏，然后站起来无奈地摇了摇头。“半拉子，快救救小虎呀!”老姑还在不停地喊，并用手去捂孟小虎出血的伤口。可是她发现孟小虎浑身在不停地发抖，手也渐渐地凉了，气息也慢慢地弱了下来。老姑眼睁睁地看着小虎离开人世，心比刀绞的还疼，她死死地抓着小虎的手拼命地摇晃，撕心裂肺地呼喊，眼泪扑簌簌地掉落在他的手上。

半拉子不得不让手下的人将孟小虎抬下船。老姑转身发疯似的拿起枪，要将这些老毛子全部打死。半拉子手疾眼快，将老姑的枪夺了下来。“也不是他们打死了大当家的，你打死他们有啥用?”其实，半拉子不让老姑打死老毛子是有道理的，他怕黑龙江省督军出动陆军围剿，那样麻烦就大了。

“谢宝山，谢宝山，我要把你剁成肉酱!”老姑歇斯底里地喊着。

“别喊了，谢宝山已经跳进江水里，我给了他一梭子。”胖猪对老姑说。

“给我枪，给我枪，往江里面打，往江里面打!”听到老姑的命令，几个手下向江面又打了几梭子。

老姑回头一看，有人把杏花从船舱里扯了出来。她立刻扑向杏花，一脚将杏花踹到江里。她还想抢手下的枪，把杏花突突死，被半拉子抱住。“少奶奶你冷静点儿，今后弟兄们还指望着你哪！”

半拉子好歹把老姑弄下船，回头发现杏花在水里不停地挣扎。“救命，救——”没等她喊完，又沉进江水里，不一会儿杏花又从水中冒了出来。

“快下去，把那个女的捞上来！”半拉子喊道。有人跳下水，把杏花送到小船上。

临下船时，半拉子命人将船上的十二支轮盘枪全部带走。

这时候，柳条通的人都向北岸靠拢，葛小亮从江南岸回到北岸，当他看到孟小虎死了，大吃一惊。葛小亮暗自后悔，昨天运送铁链的大车不是陷在泥里就是断轴，那时候他心里就咯噔一下，隐隐约约就有一种不祥之兆。他本想改变计划，可是又怕老姑和孟小虎不同意，就没有说出口，没想到今天果然出事儿了。

葛小亮张罗着把三十多具尸体装上车，组织人马回柳条通。

路上，遇到了一个土地庙，老姑上前磕头，在那里默默地祷告了一阵儿，她祈求孟小虎一路走好。

在老姑去土地庙磕头的时候，半拉子一看杏花的可怜相，便对葛小亮说：“把那个女的放了吧，不然回到柳条通，少奶奶非宰了她不可。”

接近半夜时，老姑他们才回到柳条通，葛小亮让郝老七带人连夜搭起灵棚。老姑被送回自己屋子里，由半拉子、尿癔子看着，他们都一夜没有睡觉。

第二天早上，葛小亮派郝老七到棺材铺买棺材，可是一下子买三十几口棺材谁也没有这么多现货，郝老七只拉回来十几口棺材。

郝老七回到柳条通，葛小亮问：“怎么才买了十几口棺材？”

“浩立岗的几家棺材铺子都没有现货。”

郝老七刚说完，葛小亮突然一拍脑门：“坏了，我怎么没考虑周全？”

郝老七一听愣了：“什么没考虑周全?”

葛小亮没有吱声，怕引起大家的恐慌。他心里明白，昨天发生打劫火轮，今天柳条通就去买这么多的棺材，这不是此地无银三百两吗?

想了一会儿，葛小亮对郝老七说：“你马上带人过江，分别去悦来镇和佳木斯把棺材买回来，别说是柳条通买的。”

老姑还沉浸在失去亲人的痛苦中，不断地流泪，第二天早上两只眼睛红得像两个樱桃。葛小亮有事儿也没有办法找她商量，只能自己独自安排半拉子和尿瘪子加强防范。

看到老姑精神稍好一些了，葛小亮便来找她。“少奶奶，我看大当家的和死去的弟兄发丧就别等七天了，明天是丧葬的好日子，就葬了吧!”

“那可不行，不放七天至少也得放三天哪。”一看老姑这个态度，葛小亮不得不将郝老七买棺材的事儿说了一遍，也说出了自己的担忧。

“怕啥，即使官府知道是柳条通干的，又能把我们咋地?”葛小亮一看很难说服老姑，也不再说了。

葛小亮走后，老姑身穿重孝来到孟小虎的棺材前跪下烧纸。她在心里唠叨：“小虎呀小虎，咱们才结婚几年哪，你这么年轻就去了，我也没有给你生下个孩子，我对不起你呀！我知道你喜欢我，为了我你才被谢宝山这个犊子打了黑枪。现在谢宝山跳江后被打死了，我的仇报了，可是你也没了。要是知道是这个结果，我宁可不找谢宝山报仇。”想着想着，老姑的双眼又模糊了。

给孟小虎烧了一阵子纸，老姑又给三十几个死去的弟兄每个人烧了一些纸。“弟兄们，对不起了，为了给我爹报仇让你们搭上了性命。不过你们放心，只要我翠花活一天，就不会让你们的家人挨冻受饿，放心吧!”

这时，郝老七带着人将另一部分棺材拉了回来，大家忙着把没有装进棺材里的尸体装了进去。

这几天为了劫老毛子商船、活捉谢宝山，大家已经很疲倦了，现在个个都无精打采。“都精神点儿!”“都给我瞪起眼睛!”半拉子和尿瘪子从院里到炮台，警告了无数遍。

傍晚，大太太、二姨太、山花娘、孟小彪、山花都回到了柳条通，老姑与大太太抱头痛哭了一阵儿。大太太给老姑擦了擦眼泪："翠花别哭了，人也不能活回来，认命吧！"

"娘，是我对不起小虎，要不是为了给我爹报仇，小虎他也不至于……"老姑再也说不下去了，失声痛哭起来。

"少奶奶，不要哭坏了身子，还有一百多弟兄指望着你哪！"葛小亮走过来对老姑说。

葛小亮回身对大太太、二姨太和山花娘说："几位老人家，先进屋，我有话说。"几个老人往屋里走，老姑在后面跟着。葛小亮回头对老姑说："少奶奶，你先忙着，我和她们唠唠嗑。"老姑一听，这个葛小亮搞什么鬼，还不让我在场。她心想，不让听拉倒，起身去看望胖猪的伤势。

几位太太进了屋，葛小亮说："几位婶子，现在柳条通的形势非常严峻，七哥去买棺材时，哪家棺材铺都没有那么多现货。这时我才想起来，要是官府追查下来肯定要露馅儿，谁家一下会死掉三十几口人哪？"

"那又咋样，官府的那些兵谁能真心卖命，也没那么可怕，来了就打呗。"大太太说。

"大婶，我们这次劫的可是老毛子的火轮，怕中东铁路公司给民国政府施加压力，调来陆军那可不是闹着玩儿的。"

"那你说咋办？"

"我和少奶奶商量明天下葬，可是她不同意。"

大太太说："别说翠花不同意，连我也不同意，就算不放七天，至少也得放三天哪！"

葛小亮一听，完了，他本来和老姑没有商量妥，想通过大太太做老姑的工作，可是没想到大太太也是这个意见。

想到这里，葛小亮好像突然想起了什么。"婶子们，现在大当家的不在了，柳条通总得有个主事儿的。我想先跟你们合计合计，应当让小彪回来接替大当家的。"

"可是他现在还在念书呢，我看还是让翠花接替当家的最合适。"二姨太这样说是因为她有自己的私心，孟大虎、孟二虎和孟小虎一个接一个地死去，她在为自己的儿子担心，不愿意让小彪做当家的。

大太太一听不高兴了："是念书重要还是柳条通重要，难道不念书就不能活了?"

"别人我不管，我也管不着，可是小彪是我的儿子，我说了算。"母以子贵，现在的二姨太也硬气了，不像以前那样唯唯诺诺、忍气吞声了。

"还反了你了，大当家的就剩下小彪一个儿子了，他不挺起这个家谁来挺?"大太太气愤地说。

"谁愿意挺谁挺，反正小彪得把书念完，将来我还指望他当个一官半职的呢。"二姨太也不让劲儿。

"做梦去吧，我还没听说过胡子的儿子当县令哪!"

"你没听说过的事儿多了，我儿子也许将来还能当个道台呢!"

葛小亮一听两个太太顶起牛来了："二位老前辈，一家人何必伤了和气，有话好好说。你们都是长辈，总得给晚辈做个榜样不是?"

"做啥榜样，做榜样就得让我儿子当胡子头?"二姨太的怨气又冲着葛小亮来了。

葛小亮一听笑了："你别生气，听我说，论能力和人品，少奶奶是撑起这个家的最佳人选，可是你见过哪个绺子有女人做大当家的?"

"没人做大当家的就散伙，反正我儿子不当。"二姨太说完还是怒气未消，便说，"葛小亮，给我备车，送我回娘家。"说着，拿起包袱就走。她来到外面去拽孟小彪："走，跟我回娘家!"可是孟小彪说什么也不走，气得二姨太火冒三丈。葛小亮为了平息矛盾，只好派人连夜送二姨太离开。

二姨太走后，大太太伤心地掉下眼泪。她心想：当初要不是大虎从窑子把她赎回来，她还在窑子里当窑姐哪。今天倒好，大虎和小虎一死她还来劲儿了。人哪，真不值得可怜。

大太太冷静下来对葛小亮说："大虎和二虎创下的绺子说啥也不能散了，翠花要是愿意当这个家，你就尽心尽力地扶持她。要是她不愿意，就把她送回娘家，这个大当家的由你来当，也算我求你了。”

葛小亮说：“你看这样好不好，一会儿我去找小彪商量一下，如果他愿意，就让他做大当家的，少奶奶做二当家的，然后他还可以继续念书，有什么事儿我找少奶奶商量。”

“唉，只能这么办了，这也是没有办法的办法。”大太太唉声叹气地说。

葛小亮说：“柳条通还真离不开少奶奶，她不但枪法好，而且手下的弟兄都敬佩她。”葛小亮想了想又说：“我有个想法，你看行不行，如果小彪接替大当家的，在百天以后让他娶了少奶奶。”

大太太说：“我看这样挺合适的，小叔子娶嫂子在咱们这儿多的是。”

就在这时，半拉子气喘吁吁地跑进来。“小亮，不好了，北面路上黑压压的来了几队人马。”

葛小亮一听坏了，他曾经想过官军要来围剿，可是他万万没有想到会来得这么快。

葛小亮来到院里：“半拉子、尿瘪子，你们两个各带二十人分别从东西门出去埋伏，能打便打，不能打就躲起来。郝老七和我守住城墙炮台，少奶奶站在炮台上用轻机枪专门打击他们的火力点。”葛小亮分派完毕，他们各自行动。

这次打劫“印葛瓦德号”，真是惊动了中东铁路公司。那时候已经有了电报，所以消息很快就传到了哈尔滨。中东铁路公司通过苏联领事馆找到了吉林、黑龙江两省督军，要求缉拿凶手。黑龙江省督军吴大舌头下令汤原县公署，一定要剿灭这股胡匪，否则让高知事到省里卸任。高知事接到命令后，迅速派人到各地调查，结果发现是柳条通绺子干的，气得他脸都青了。

高知事仅用了半天时间，便调集了警察局、保卫团和商团所有的兵力，还找到陆军连的“白龙”助战，三百多人趁夜围剿柳条通。

老姑上了炮台。葛小亮一看老姑还穿着重孝，赶紧跑过来。“少奶奶，你赶紧把孝服脱了，这样目标太显眼。”

葛小亮说完又跑了，老姑赶紧脱掉孝衣。这时，官兵在城外已经悄悄地摆好了进攻阵势。

保卫团的陈团长嘴里叼着烟，指挥着三百多人向柳条通大院进攻。“啪”一声枪响，他的脑袋开了花。原来是老姑看到了火光，便给了他一枪。

警察局局长魏蛮子一看，还没等攻打柳条通呢，保卫团长已经没命了。“各队人马，给我踏平柳条通，不要留下一个活口！”

各路官兵向大院发起进攻，枪声此起彼伏。老姑专打官军的火力点，他们带来的几挺轻机枪全部哑巴了。老姑也遭到了密集的火力攻击，她的肩膀上挨了一枪，有人上来用布给她包扎。

陆军连连长“白龙”是个狡猾的家伙，为了保存自己的实力，他让地方武装往前冲，而他的陆军连却在后面督战。他从柳条通发出的枪声判断，这些枪都是德国造，冲到前面也是白送命，还不如让柳条通把地方兵打光，自己少损失一点儿弟兄。

“白龙”一看，打了半天也攻不进柳条通大院，他派手下排长大龙组织十几个人炸大门。轰的一声，北门被炸开，弄了老姑一身尘土。白龙高喊：“把其他大门也给我炸了！”在枪声中，老姑听到有人喊要炸大门，寻声便是一梭子，打死了他的坐骑。白龙就地一滚藏在草棵里装死。

就在这时，半拉子、尿瘪子带着人抄了官军的后路。官兵腹背受敌分散了精力，进攻的官兵开始大乱。

虽然北门被炸开，可是官军硬是没攻进来。“点火把，点火把！”警察局局长魏蛮子高喊着。借着官军火把的光亮，老姑忍着疼痛看准了他，一枪结果了魏蛮子。一个三百多人的队伍没有了统一指挥，像一群无头的苍蝇到处乱撞。

“当官的都死了，我们跑吧！”这时不知道是谁高喊了一声，后面的陆军连忙掉头就跑。

那些冲在前面的保卫团、商团和警察局的傻蛋，被炮台上的轻机枪一顿扫射，死伤惨重。

前面的地方官兵一看后面的陆军跑了，也掉头开始逃跑。半拉子和尿瘪子也不拦截，钻进了柳条毛子里。

这次官府围剿，还不到一个时辰便宣告失败，他们扔下七十多具尸体全部撤退。而柳条通只伤了五人，其他人毫发无损。

这次反围剿大战，柳条通胜得蹊跷。这里不得不说说陆军连长白龙。白龙原名叫沈桂林，原来是汤原县西区的一个警士，因为痞性难改被撤了职，后纠集了一些地痞无赖成了胡子头，到处抢劫绑票，手下有四龙、二虎、一君子。起事的第二年，也就是民国六年（1917 年）冬月，他纠集二百多个胡子占领佳木斯达七天七夜之久，保卫团、江防团、商团、警察署和依兰府，派近千人三面围剿都无济于事，因为他手中有人质。后来，白龙便更加猖狂了。他攻打过富锦，绑架过前知事孟广钧，索要赎金二百五十万大洋。官府对白龙束手无策，只好派黑龙江省独立团长李梦庚前来招抚，就这样，白龙摇身一变成了陆军连连长。

官兵撤退后，半拉子、尿瘪子、郝老七带人打扫战场，将官兵尸体全部扔进了松花江里，把他们丢下的武器弹药收回院里。

葛小亮急忙召集了老姑、半拉子、郝老七和尿瘪子等人来到大太太的房里。葛小亮对大太太和老姑说：“天亮后必须将小虎和三十几人下葬，然后所有人马立即撤离柳条通。这次官军损失严重，吴大舌头肯定不会善罢甘休。”

提起督军兼省长吴大舌头，东北人没有不知道的。他是奉系军阀张作霖手下有名的悍将，作战凶猛，以狠著称。谁家孩子晚上哭夜，一说到“吴大舌头来了”，都会吓得立即憋回去。

大太太说：“就听小亮的吧，今天差点儿被官军吃掉，真够悬了。”

听了葛小亮的话，老姑也感到问题很严重。“你赶紧通知弟兄们，连夜收拾东西，明早发丧后，马上离开这里。”

“知道了。”葛小亮出门后立刻通知手下做准备。

俗话说，破家值万贯。柳条通虽说家底不厚，但要想一下子把东西全部搬走那也是不可能的。

在大伙忙得团团转时，老马倌儿来找老姑。“闺女，你们都走吧，我留下。万一官兵不来呢，也好有个人照看院子不是？”

“大叔，你不能留下，这里太危险。”老姑坚定地说。

听了老姑的话，老马倌儿笑了。“古代六十岁不死活埋，我今年都六十五了，难道还怕死？”说着，他把一袋钱递给老姑，

“闺女，这些钱先给我存着，要是咱爷儿俩还能见面儿的话，你再还给我。”

老姑还要劝他跟着走，可是老马倌儿摆了摆手说：“闺女，啥也别说了，我活这么大岁数啥事儿心里都清楚，你是个值得敬佩的人。”说着，老马倌儿走了。

太阳还没出山，柳条通开始发丧。本来是一个隆重的葬礼，因为情况紧急只能从简了。

葬礼结束，关家亮子的关爷到了。关爷昨个半夜回到家，听说柳条通派人急急忙忙地将孟小彪和山花接了回去，就感觉不对劲儿，今早天还没亮就奔往柳条通，想来看看到底是咋回事儿。

看到关爷来了，葛小亮把他叫到一旁，将前前后后的事儿跟他说了一遍。关爷说：“既然二姨太不同意孟小彪做大当家的，我看这事儿先缓一缓，让他先回关家亮子念书。还有小彪和翠花结婚的事儿，也先放一放，有机会我再劝劝他。”

“唉，只能先这样了。不过，少奶奶现在当家，对外面好说不好听啊！”葛小亮担心地说。

“只要内部不说，外人怎么会知道，还是打着孟小虎的旗号不就行了？”关爷真是见过世面的人，让葛小亮好生佩服。

撤退时，葛小亮派人将大太太和山花娘送走，关爷把孟小彪和山花带回关家亮子，其他人都向山里的熊瞎子沟撤退。

一百四五十人的队伍离开了柳条通，车拉马驮的除了枪支弹药就是生活用品，队伍浩浩荡荡拉开一里多长。老马倌儿站在墙头上像个木头人似的，望着远去的人马。

老姑回头看了一眼老马倌儿：“大叔，你可要保重啊！”老马倌儿冲老姑扬了扬手，那神情泰然自若。老姑自从来到柳条通，都没有仔细打量过老马倌儿，可是现在她觉得老马倌儿的形象特别高大，让她打心眼儿里佩服。

柳条通的人马到了熊瞎子沟，一晃二十几天过去了。一天，老姑问葛小亮：“柳条通那边还没有动静吗？”

葛小亮说：“我每天都派马哨去看，可是一点儿动静也没有，而且老马倌儿还把被炸坏的大门重新修好了。”

老姑感觉奇怪，是官府害怕了，还是设了啥圈套，专等这些人回去一网打尽？

这几天，老姑发现葛小亮、半拉子、尿瘪子和郝老七都在一门心思地掘壕筑墙、盖房子、搭炮台，好像没有回柳条通的打算。

老姑把葛小亮、半拉子、尿瘪子和郝老七叫到一起：“你们是咋打算的，是不是不想回柳条通了？”

他们四个人你看看我、我看看你，最后半拉子说话了：“少奶奶，就算回柳条通，熊瞎子沟这里也应该建好。俗话说，狡兔三窟。多一个老窝有好处。”

“你也是这样想吗？”老姑问葛小亮。

“我也有这个想法，但一直没有说。”葛小亮回答。

“你们私下商量过？”

“没有，没有，我们商量还不得通过你吗？”尿瘪子解释道。

老姑说：“要是论起来，你们都是我公公手下的老人儿，是我翠花的哥哥，现在柳条通的形势变了，又接二连三地出了这么多事儿，希望你们今后把我当成亲妹子看，有话就直说。”老姑看了看他们四个人，又说：“要是你们认为女人当家不光彩，那我们现在就可以推举你们中间的一个人做大当家的，反正小虎死后还一直没有拜堂子呢。”

“那可不行，除了小彪和少奶奶，谁也没有这个资格。我原打算等到关爷和小彪商量后咱们再决定，可是今天关爷捎信来了，小彪说他还想再念几年书，先让大嫂当家，这样明天便可以拜堂子了。”听了葛小亮的话，半拉子、尿瘪子和郝老七都同意，老姑也消除了戒心。

第二天，在葛小亮的主持下，老姑接受众弟兄的朝拜，成了大当家的。

老姑说：“暂时先由我担着，等小彪回来后，还是由他说了算。从今天开始，众弟兄不要称我为大当家的，就叫二当家的吧！”

众人听了老姑的一番话后，打心眼儿里佩服她，以后都叫她二当家的。

三个月后，熊瞎子沟的城堡基本有了模样。葛小亮对老姑说：“二当家的，我得去一趟县城，这么长时间官兵没有动静，其中必有蹊跷。”

老姑说：“你去吧，路上小心点儿。胖猪的枪伤还没好，你带着半拉子去吧，也好有个照应。”

“我想这次去还是带着胖猪，顺便绕道去悦来镇找洋大夫给他瞧瞧，都三个多月了怎么枪伤还不好？”葛小亮说。

葛小亮和胖猪来到汤原县城，花了好多钱才打听到准确消息。原来白龙和商团团长回到县衙公署后，向高知事汇报说，柳条通绺子有三百多人，他们如何如何厉害，自己的队伍又如何如何勇敢，双方激战都损失惨重。为了掩盖真相，白龙把脑袋和大腿都裹上了纱布，还抹了点儿猪血，给人受伤很重的假象。商团团长也用纱布吊着胳膊装成受伤的样子。民国当官的都是这个德行，没有一个真心卖命的，不然，北大荒也不会出现一百多股敢和官府对抗的胡子。

高知事怕被免职，便写了一份报告派公差常青给黑龙江省督军吴大舌头送去。报告的大概意思是说，本次剿匪由他亲自出马，亲自指挥，经过一天一夜的激战，三百胡匪全部被歼，无一人漏网。为了使吴大舌头更加相信，还把大牢里三个盗马贼砍了，又找了一个女要饭花子也杀了，将四颗人头一起带去。

吴大舌头接到报告后非常高兴，但他毕竟是军人出身，对激战了一天一夜还是有点儿疑。他说：“妈了个巴子的，三百多个胡子还打了一天一夜，真他妈的废物。”

公差常青非常机灵：“吴大人哪，这帮胡子老厉害了，使的都是清一色德国造。高知事怕自己人伤亡太大，经过缜密安排炸开了大门才把胡子一网打尽。”

“妈了个巴子的，看起来高玉堂这小子还有点儿军事才能，哪天把他调到我身边来当个参谋。”

常青从督军府出来后，吓出一身冷汗。如果这次被吴大舌头看出了破绽，不仅是高知事被免职那么简单，连自己小命都难保。常青回到县公署，眉飞色舞地向高知事讲述见到吴督军的过程，他还向高知事炫耀这次去督军府认识了一个当副官的老乡。本来他以为可以得到高知事的重赏，可是没想到，他只在高知事那里喝了一顿酒，回到家里就一命呜呼了。他死的时候满脸铁青，郎中说是中毒而死。

葛小亮和胖猪打探到准确消息后离开汤原，他们过江来到悦来镇。葛小亮几年没来悦来镇了，县城修了十四里城墙，五个大门，八座炮台。十字街上还修建了一个木制牌坊，非常精致，上面有四个手书大字“佳气春来”。县衙公署也修了六百米的高大院套，四座炮台，一副戒备森严的样子。葛小亮和胖猪绕过县公署来到兴华医院附属洋药社找崔院长，当时把崔院长吓得够呛。“你……你们怎么来了？”说完他马上把门关上，“你们快走吧，别给我找麻烦了。”崔院长吓得都结巴了。

葛小亮一听笑了：“怎么，难道不认老朋友了？”这时，胖猪将手伸进钱褡子里准备摸枪，被葛小亮拦住。

“不是不认老朋友，而是今天搜查得太紧，官府的人刚在医院抓走两个有枪伤的人。”崔院长说话时，脸色煞白。

“到底发生了什么大事儿？”葛小亮问崔院长。

崔院长告诉葛小亮，昨晚双龙攻打县公署没成功，却抢走了炮台上的机枪，还死伤三十多个官兵。陈三因为受了伤，当场被抓进了大牢里，今天又全城搜查受伤的胡子。

葛小亮听完，说：“这样，我们也不给你们添麻烦，我这个弟兄你也认识，他在三个月前受了伤一直没好，让你们的洋大夫给瞧瞧病我们就走。”

崔院长抽抽着脸，很不情愿地带着胖猪来找洋大夫，并在洋大夫耳朵旁嘀咕几句后离开。洋大夫让胖猪脱下裤子，一看伤口还在流脓，说明子弹还在里面。他示意胖猪躺下，用刀子、镊子把子弹硬是给取了出来。胖猪在没有麻药的情况下，吃了一点儿烟土，咬牙挺了下来。洋大夫简单地给胖猪处理了一下发炎的伤口，包扎后又给了他们一些外伤药，示意他们赶快离开医院。葛小亮向洋大夫抱了抱拳：“多谢了！”

出了医院，葛小亮发现街上有很多人在围着告示看，他也凑了过去。原来，县公署要在三天后处决陈有富等十五名胡匪。并警告大小绺子，不要与官府作对，否则没有好下场。葛小亮看完告示，回头又看了胖猪一眼。这一看不要紧，差点儿把葛小亮吓死，原来胖猪的大腿还在往外流血。“我们快走。”葛小亮说完又看了一眼胖猪的大腿。这时，胖猪才发现伤口的血已经湿透了裤子。

二人牵着马来到西门，发现那里有十几个团丁把守，他们根本出不去。葛小亮在离大门二百米地方，毫不犹豫地走进了一家杂货铺。“掌柜的，有黑布卖吗?”“我们这里不卖布匹。”掌柜回答道。

“掌柜的，你家有茅楼吗？我们解个手。”

“有有有，就在后院。”掌柜把他们领到后院厕所。无意中，发现胖猪的裤子里在流血，他脸上紧张了一下，可是马上又装着没看见。就是这么一个眼神，一个表情，也被葛小亮发现了。掌柜刚要转身，葛小亮说：“掌柜别走，我这位兄弟杀猪不小心刀子碰到了腿上，刚从医院出来。”

“是是是，是杀猪碰伤了腿，你们先解手，我到前面铺子看看。”掌柜说着就要走，葛小亮上前一步挡住了他的去路。

一看掌柜要跑，胖猪喊：“回来!”吓得掌柜一哆嗦。接着胖猪又说：“掌柜，一会儿把你的裤子卖给我，多给你钱。”

掌柜愁眉苦脸地说：“我就这么一条裤子，卖给你我穿啥呀?”

“我多给你些钱，你可以再买呀!”胖猪嬉皮笑脸地说。

掌柜站在那里，既不敢走，又不愿意留下。胖猪进到茅楼，把自己的裤子撕成布条，紧紧地将伤口勒住。“把裤子脱下来!”听到胖猪的喊声，掌柜吓得一激灵，然后很不情愿地脱下了裤子。胖猪一看，这个掌柜和自己一样穷，连个裤衩都没有。“呵呵，看来你也是个穷光蛋，和我一个鸡巴味儿。”

葛小亮一边向铺子里看，一边望着铺子外面的马。“别逗了，我们抓紧时间走吧!”

胖猪穿好了裤子往回走，掌柜光着屁股跟在后面。回到杂货铺，葛小亮给了掌柜的五块大洋。“你给我们打二斤酒，再卖给我们一条塔拉哈。”

掌柜给他们打了两提烧酒放在碗里，然后站在柜台里看着胖猪。胖猪一看掌柜站在柜台里不动了，便说：“给我们拿塔拉哈呀！”掌柜苦着脸说：“那不是在窗户上挂着么，我这样咋出去给你们拿呀！”他说完，还把衣襟往下拉了拉。

葛小亮上前扯下一条烤鱼坯子，一撕两半，递给胖猪一半，然后喝了一大口酒，咬了一口鱼坯子，把剩下的酒泼在衣服上。胖猪心领神会，也按照葛小亮的做法喝口酒，咬了一口鱼坯子，将剩下的酒泼在身上。二人出了门，各自牵着马，晃晃悠悠一副醉酒的神态向西大门走去。在来到距西门不到五十米远，胖猪一边咬着鱼坯子，一边朝着葛小亮嚷嚷：“你占我便宜，请我喝酒还得我给你付钱。”

“谁、谁占你便宜了，咱们上次喝酒不是我给的钱吗?”

“你、你真抠，铁公鸡一毛不拔!”

“你说谁是铁公鸡呐，你再得瑟我揍你。”说着，葛小亮就给了胖猪一拳。可是这一拳打空了，葛小亮摔了个狗吃屎，把嘴都磕破了。“呸呸呸!”葛小亮将嘴里的血和泥土一起吐在胖猪的裤子和鞋上。因为他发现胖猪的鞋上有血迹。

二人拉拉扯扯来到大门下。“你还我钱。”“我就不还，能咋地，再得瑟我还揍你。”

本来团丁想上前搜查他们，可是一看他们是两个醉鬼。一个团丁上前说：“你们两个别打了，赶紧回家吧!”

“我、我不回家，我还要喝酒!”葛小亮说完，还没忘了往胖猪身上吐了一口血。

“行了，都打出血了，别再打了!”团丁劝阻道。

“打架谁怕谁呀，有能耐咱俩到城外找个没人的地方单挑。”胖猪抹了一把身上的血说。

“单挑就单挑，谁怕谁呀?”

其他团丁都站在那里抱着枪，乐呵呵地看着这两个醉鬼耍活宝。

胖猪和葛小亮你扯着我，我拽着你。“走，咱们离大门远点儿，省得崩到大门上血。”“走，谁怕谁呀，到城外去打，谁不敢打，谁是母狗养的。”

两个人拖拖拉拉出了西大门，走的速度越来越快，叫的声越来越高。一直走到看不到团丁的地方才上马，两匹马奋起四蹄，一溜烟儿跑出十几里。

胖猪回头看看葛小亮：“你的嘴还出血吗，今天多亏你心眼儿多，不然非露馅儿不可。”

“出点儿血没啥，总算蒙混过关了。”葛小亮这时候才松了一口气。

葛小亮和胖猪没有从悦来镇“善船”渡口过江，而是跑到三家子码头附近坐渔船过的江。

一路颠簸，还没有回到熊瞎子沟，胖猪伤口的血又把裤子浸透了。

第十二章　法场救人

山里的天气渐渐有些凉了，特别是早晚都得穿上棉袄。这天早晨，老姑站在炮台上望着南方，想到了穷棒子沟和赵家窝棚，想到了柳条通。几个婆婆现在不知道咋样了，娘和大哥、三哥还好吗？今年家里庄稼受灾了没有，家里还有粮食吃吗？老马倌儿一个人在柳条通生活，他不孤单吗？

半拉子在远处看着老姑想心事儿，他估计老姑一定是想家了。老姑一回头，无意中看到他。"半拉子哥，你过来。"

"来了，二当家的，有什么吩咐？"

"你明天到穷棒子沟去看看几个婆婆，给他们送点儿大洋。顺便到我家看看，家里有粮食吃没有。你去的时候不要见我娘，你找我大哥，给他们也送点儿钱。"

"知道了，我明天就去。"半拉子说完转身要走。老姑说："我还没说完呢。你回来时到柳条通看看，老马倌儿那里早就该没粮了。你在赵家窝棚给他买点儿粮食和油盐，再给他留下十块大洋，他身上一文钱都没有。"老姑继续说："你也要到关家亮子去看看小彪、山花、宝弟和老疙瘩，问问关爷，小彪啥时候才能回来？"

"行，我记住了。"半拉子回答道。

老姑下了炮楼回到屋子里，打开钱箱，看里面的金银和大洋已经不多了，在上冻之前一定要把截获的粮食卖了，不然这个冬天就难过了。

太阳偏西时，葛小亮和胖猪回来了。老姑看到胖猪骑的黄骠马都被血染红了：“怎么，又受伤了?”

葛小亮说：“没有，是那个洋大夫把子弹给他取出来了。”

“咋会出这么多血，我看看。”老姑担心地说。

胖猪一听老姑要看他的伤口，急忙说：“不用不用，一点儿都不疼，一会儿让小亮给我换换药就行了。”说着，胖猪向自己的房间走去。

“小亮哥，这次去汤原打听到消息了吗?”老姑问葛小亮。

“消息是打听到了，但也费了不少劲儿。”

“咋回事儿?”

葛小亮告诉老姑，这次去汤原找了好多人才打听到确切消息，还把高知事如何骗吴大舌头的事儿也讲了一遍。

“这么说，没危险了？咱们该回柳条通了。”老姑似乎很兴奋。

“现在山里凉了，我们也该回去了，不过不能像来时一下子把东西都搬走，这里也得留下一些人。”葛小亮说。

“行，可以一点儿一点儿地搬。不过我得先回柳条通，山里抬眼看不到天，都憋屈死我了，哪有柳条通眼亮。”老姑接着又说，“咱们回到柳条通，你赶紧找人把上次劫的粮食卖了，还有一些烟土都换成钱，现在咱们的钱不多了。”

葛小亮说：“好，我们马上安排人去办。二当家的，你先忙着，我给胖猪看看伤口。”

“我也跟你一起去。”老姑说完起身要走。葛小亮一听老姑也要去，急忙拦住她。“二当家的，你就别去了，他连条裤衩都没有，你去了他该不好意思了。”葛小亮对老姑说。

老姑听到葛小亮的话，笑了。“等把这批粮食卖了，给每个人买两条裤衩，缺棉衣的也得买些棉衣。”老姑说完，觉得不对劲儿，就问葛小亮：“你咋知道他没穿裤衩?”

葛小亮见老姑问，就把他和胖猪在悦来镇发生的事情通通地学了一遍。

听了葛小亮的讲述，把老姑乐得肚子都疼。“呵呵，这个胖猪呀，也够逗的，没发现你们还会演戏。”说完，她又止不住地大笑起来，笑着笑着，老姑突然不笑了。她问葛小亮：“你刚才说告示中写的要枪毙谁?”

“双龙绺子的二当家的，叫陈有富啊。”葛小亮说。

“陈有富？是不是原来三家子码头的陈三?”

“大概是吧，怎么了?”葛小亮奇怪地问。

听到葛小亮的话，老姑一惊。“那是我家的恩人，咱们得想办法救他。”

葛小亮被老姑的话吓了一跳。“他和你们家有啥关系?”他感到莫名其妙。

老姑见葛小亮不明白，就把爷爷当初开办桦子场，陈二、陈三都在桦子场当伙计。爷爷如何在深山老林里救了陈三的命，他爹死的时候爷爷如何给他们钱，陈二、陈三如何给奶奶家送大洋的事情前前后后都讲了一遍。老姑最后还说了一句：“唉，这些年我都没有往家里送过钱，他们却送了那么多。”

葛小亮一听，陈二、陈三都是重情义的人，而且还对奶奶家有恩，一定要想办法救下陈有富。

葛小亮来到胖猪的房里，他一边给胖猪换药，一边想着后天怎么去救陈三。

“我说小亮，你是在换药哪，还是在杀猪哪，能不能轻点儿?”听到胖猪的话，葛小亮才缓过神来。

给胖猪换完药，葛小亮回到自己屋里，他在考虑如何劫法场。葛小亮想，按照常规，枪毙人桦川县的警察和保卫团都要出动。保卫团在法场外围负责警戒，而警察负责押送，并打造声势，恐吓百姓。可是，桦川县枪毙人有两个地点，一个在西边江边，一个在东边江边，这次会在哪里枪毙陈三呢?

“开饭喽!”这时有人喊开饭，才打断葛小亮的思路。

吃完晚饭，葛小亮来找老姑，他说：“我想这样，明天我去悦来镇一趟，看看能不能打探到具体消息。让半拉子去驼腰子一带打听双龙绺子的住处，他们一定会去劫法场，我们两个绺子联合起来肯定能将陈三救出来。”

老姑说：“半拉子还没有回来呢，我派他出去了。”

“那就让尿鳖子去驼腰子找陈二。”葛小亮接着说，“明天，你和七哥带着全部人马回柳条通，就说我们要搬家，但只带上简单的生活用具。后天一大早，我们就过江，能走渡口的走渡口，不能走渡口的扶马过江，分别埋伏在东西两个城门附近。城中也要有人传递消息，不管押送陈老三从哪个城门出去，另一队人马都要靠拢过来，这是没有办法的办法。”

“分散人马可够悬的。”老姑担心地说。

“眼下也只能这样了，明晚在柳条通聚齐后如果有什么新情况再商量。”葛小亮说完走了出去。他让尿鳖子和郝老七告诉大家，明天搬家。

第二天一大早，葛小亮和尿鳖子先走了，其他人在老姑和郝老七的带领下，离开了熊瞎子沟，浩浩荡荡地向柳条通走去。后面的几辆马车，也拉着东西跟了上来。

快到柳条通时，老姑发现城墙上好像有两个人，一会儿指指点点，一会儿又趴在墙头上。“七哥，你骑马快走，告诉老马倌儿给咱们开门。”

“好嘞！”郝老七打马跑到前面。

一袋烟的工夫，郝老七来到北门。“老爷子，快开门，我们回来了！”

“这就给你们开门！”老马倌儿和半拉子在墙上探出了头。

“半拉子，你怎么也在这里？”郝老七问。

“我再不来，老马倌儿就要饿死了，呵呵！”

“别扯犊子，赶紧帮老爷子开门去！”

“好嘞！”半拉子跑下城墙。

老姑带人到了院里。“终于到家了，各自回到自己住的屋子里打扫一下。”她吩咐完，回头看了老马倌儿一眼，不觉一愣。“大叔，你生病了？”

还没等老马倌儿说话，半拉子接过话茬儿：“他是饿的，你没看到柳条通的耗子都不见了，都让他给造没了。”

老马倌儿对老姑说：“这小子也太小看我老人家了，江里有鱼，岸上有飞禽，还能饿着我？不过，没有油盐吃真难受，管打鱼的要个一星半点儿的，也只能吃几顿。”

别看老马倌儿这样说，其实他一个人在柳条通生活很艰难。他套过鸟，抓过鱼，也吃过老鼠。但他一想到官兵没有来围攻，心里就高兴。他心想，柳条通的人马早晚会回来的。

“大叔，都怨我考虑不周，对不起了！”

“别说了，二当家的赶紧回屋吧！”老马倌儿乐颠颠地帮着老姑拎东西。半拉子也拿着东西跟了进来。

老姑回到自己的屋里一看，更惊呆了，屋里屋外都干干净净。“大叔，难道你能掐会算，知道我要回来？”

“哪是呀，自从你们走后，我每天都要打扫一遍，反正闲着也难受。”听了老马倌儿的话，老姑感动得眼泪都流下来了。

“大叔，要是你不嫌弃的话，我就认你做干爹，半拉子哥给我们作证。”老姑说着，跪下就给老马倌儿磕头。“干爹！”

老马倌儿一下子愣在那里，半拉子捅了他一下。“快答应啊！”

“哎，哎！”老马倌儿慌慌张张地答应一声，然后用手遮着眼睛走了出去。

老马倌儿走后，半拉子对老姑说：“现在老爷子不像以前那样耳聪目明了，我来的时候，他就在城墙上站着，可是他硬是没认出是我。”

“那你是咋进来的？”老姑问。

“我给他讲了几件柳条通的事儿。还告诉他，那年往他被褥上泼尿是我干的，这样他才下来给我开门。”

“你也够缺德的。”老姑说。

老姑认了老马倌儿当干爹的事儿，不一会儿就在柳条通传开了，一些年轻人也都跟着叫干爹。老马倌儿背着手可牛了，在院子里晃来晃去。

以前，老马倌儿在柳条通没人拿他当回事儿。他这个人平时就不愿意说话，整天瞪着牛眼睛看不上这帮年轻人，所以这些人就叫他“老不死的”、“盗马贼”、“老犊子”。

太阳偏西时，伙房把饭做好了。大伙都饿了，两笸箩大饼子，一大锅粥，被吃得一干二净。

吃完饭，老姑来找半拉子，问问婆婆家的情况，问问家里和关家亮子的情况。半拉子告诉老姑，大太太挺好的，奶奶家今年遭灾了，恐怕秋后粮食不够吃了。老姑告诉半拉子，过几天别忘了给她婆家和娘家送些粮食。半拉子还告诉老姑，关爷准备将山花、宝弟和老叔送到佳木斯国高去念书。老姑问，小彪啥时候回来？半拉子说，问题就在这里，小彪不愿意回柳条通，可关爷不同意。

老姑听了半拉子的话，心头掠过一丝愁云。孟小虎死去快百天了，孟小彪又没有娶她的意思，她不免有些惆怅。

傍晚，葛小亮从悦来镇回到柳条通。他对老姑说："悦来镇防范得非常严，每个人出入城门都要搜查。"

老姑说："你打听到没有，他们啥时候押送犯人去刑场？"

"具体时间和地点都不知道。有人告诉我，时间和地点只有郑知事、警务所的宋所长和保卫团的宋团长才知道。"

老姑说："现在尿鳖子还没有回来，只能按照昨晚商量的办了。"

"也只能这样了。"葛小亮想了想又说，"我还有一个想法。"老姑说："你说吧！"葛小亮说："我想，咱俩都扮成陈三的亲人。我在东门，你在西门。如果发现了囚车就连哭带号地上前截住，就说给他送酒送饭。这样一旦动起手来也好保住他的性命。"

老姑说："行，我是没有问题，可是你一个大小伙子，人家能让你靠近囚车吗？"

"我想好了，就装扮成老头的模样跪在囚车前挡住他们的去路。"葛小亮胸有成竹地说。这时候老姑才想起来，葛小亮原来在戏班里跑过龙套，化装不成问题。

这一夜，老姑一直没有睡觉，她等待着尿鳖子的消息。可是，尿鳖子一夜都没有回来。

第二天天还没亮，葛小亮、半拉子和郝老七就把人马叫起来，吃完早饭等待过江。天刚放亮时，葛小亮和郝老七带着柳条通的人扶马过江，分头埋伏起来。

太阳升起一竿子高时，半拉子带着两个人陪着老姑从"善船”渡口也过了江。到了悦来镇，半拉子从北门进城，老姑从北门外直奔西门。可是快到中午了还是一点儿动静也没有，老姑想，是不是今天不枪毙陈三了？

又等了两袋烟的工夫，听到城里有锣声，还有人高喊着什么。

渐渐地老姑听到有人喊：“黎民百姓都听着，通匪的以胡匪论处，不举报的以通匪论处，五户一保，十户连坐。你们看到没有，当胡子都没有好下场，早晚要被剿灭。”押解的警察有五十多人，分两旁押送，前面是开道的，紧跟着是喊告示的，后面有七个人骑马压阵。

押送犯人的队伍来到西门时，百姓自动回避。可是，老姑发现有几个白发苍苍的老人连哭带号。“青天大老爷呀，我儿不是胡子，他们是打牲的，你们抓错人了！”

“滚犊子，离远点儿！”几个老人被警察连推带搡倒在壕沟里。

老姑还看到，鸣锣喊告示的人身后是木笼囚车，囚车里的人肯定是陈三，囚车后面还捆绑着十五六个人，全部带着伤，走起路来很艰难。

老姑正想上前拦住囚车，却被一个人扯了一下。她回头一看，原来是半拉子，他用眼神告诉老姑再等等。就在这时，老姑还无意中看到了尿鳖子，他也混在看热闹的人群里。

大约出了西城门有一里远，老姑提着篮子连哭带号地向囚车跑去。“三叔啊，我给你送饭来了，你就吃最后一口吧！”

“拦住她，拦住她！”警务所所长打马冲到老姑的面前。他正举着马鞭想抽老姑，老姑伸手从饭筐里抽出匣子枪对准他的脑袋：“告诉他们都放下枪，不然我打死你。”

看热闹的老百姓一看不好，“轰”的一下全都散了。

这突如其来的变故，把那些警察都惊呆了。就在这时，后面压阵的郑知事高喊：“不要听他的，把胡子都打死。”他话音还未落，就被半拉子跳起来扯到马下：“让他们都缴枪，不然我崩了你！”

半拉子用枪顶着郑知事的脑袋：“快喊！”

就在这时，埋伏的人马一跃而起。“别动，谁动打死谁！”柳条通六十多人将五十多个警察团团围住。

这时，法场方向响起了枪声，城里也响起了枪声。只有这里柳条通的人与警察僵持着。老姑一看这样僵持下去也不是个事儿，她抬起脚正好踢在警务所所长的马肚子上。这匹马向前一窜，将警务所所长摔到地上，还撞倒了一排警察。老姑将另一支匣子枪也拿到手里，“啪啪！”两枪，一枪让朱所长脑袋开了花，而另一枪打断了木笼囚车的铁链。老姑跳上囚车，将陈三扯了出来。

“都放下枪，都放下枪！”郑知事一看朱所长死了，马上高喊起来。

听到郑知事的喊话，一些警察扔掉了枪，可是还有几个不愿意缴枪的。老姑在车上看得清楚，“啪啪啪！”连续打掉他们手中的枪。有个警察瞪着眼睛看着老姑。老姑说：“不服气呀，我让你跑出去一百米，然后我再开枪，看看我能不能打掉你的大檐帽。”

那个警察一动不动仍然瞪着眼睛看着老姑。就在这时，一个瘦子警察撒腿就跑。当他跑出一百米以外，老姑抬手就是一枪，将他的大檐帽打飞了。这小子吓得立刻趴在地上，再也不敢跑了。

郑知事看到老姑的枪法这么准，顿时害怕了。“各路英雄，千万别开枪，都是乡里乡亲的伤到谁都不好，我们是职责所在，你们看怎么办就怎么办吧。”

老姑说：“把人都放了！”

“放了，放了，都放了！”

“你派人去告诉法场的保卫团，让他们也放下枪！”老姑看着郑知事说。

“三老歪，去告诉宋团长，让他们放下枪。”听到郑知事的话，三老歪跑着去了。

老姑说：“告诉你们这帮警察，都靠一边儿站着！”

“都靠一边儿！”郑知事命令完警察，对老姑说，“女英雄，我们都把人放了，你得把枪还给我们，不然我对上面没法交代。”

郑知事不愧为见过世面的人，在这个关键时刻也没有忘记跟胡子谈判。

还没等老姑说话，半拉子说："狗官，都到了这个时候你还敢讨价还价，小心我让你脑袋开花。"

老姑说："我说了也不算，他是大当家的。不过我可以给你讲个情，好枪我们得拿走，其他的给你们留下。"

半拉子一听老姑说他是大当家的，便拿出了威风。"你们都听到没有，把好枪都拿着，破枪也都给我卸了子弹带走，免得他们在咱们身后打黑枪。"

"不敢，不敢。"郑知事点头哈腰地说。

法场的枪声已经停了。老姑说："去几个人，把马都牵过来。"

十几个人将马从一人多高的草甸子里牵了出来。老姑对陈三说："三叔，让你的人都上马。"

陈三看了老姑一眼，觉得奇怪，可是他还是让自己的人上了马。

半拉子对手下说："把车卸了，将他们的几匹马都骑走！"

就在老姑他们要离开时，发现三老歪、宋团长带着八十多个团丁回来了，而且是两手空空。

郑知事刚想发火，可是他看了一眼老姑又憋了回去。他心里清楚，一百二十多个团丁，除了被打死的外，枪支弹药全被人家给缴了。

老姑一帮人骑着马奔驼腰子走了，跑到离悦来镇三里远的时候，陈三追上老姑："这位姑娘，你是谁家的？"

老姑勒住马说："三叔，你不认识我，我可知道你。"

"姑娘，不要叫我三叔，我还不知道你是谁呢，让我怎么谢你？"陈三还是感到莫名其妙。

"三叔，我是赵启明的老闺女，不管你叫三叔叫啥？"

"哎呀，你是赵家窝棚大哥家的闺女呀？我说哪，在这生死关头，谁会拼死相救？"接着他又说，"侄女，那三叔就不言谢了，一家人说感谢就见外了，呵呵！"

大约走出十里地，老姑对陈三说："三叔，我们就此告别吧，侄女不远送了。”

“你不到我们绺子去呀?”

“三叔，我们得绕道回去了，后会有期。”

陈三一看老姑非要走，便对手下说：“你们都下来，两个人骑一匹马，把马还给我侄女。”

“三叔，你们都有伤，还是让我们两个人骑一匹马吧!”老姑说完，打马走了。

老姑走后，有两个被误抓的打牲人，也想回家。陈三说：“你们回去吧，别忘了伤好后把两匹马送到驼腰子双龙绺子。”

“谢谢当家的!”二人道谢后骑马走了。

陈三又走了十里路，陈二带着人马追了上来。陈三一看只剩下三十几个弟兄了：“二哥，那些人哪?”

“回来这些人算不错了，那些保卫团的人打起仗来也挺狠，打得我们都招架不住了。要不是有人捎信儿让他们缴枪，我还不知道能不能回来呢?”他前后看了看又说，“柳条通的人怎么把你们救出来的，咋一个人都不少?”

陈三见陈二问，便把老姑如何解救他们讲了一遍。陈二说：“看来，咱们这个侄女可真不简单，你说她的性格是不是有点儿像赵家大嫂?”

“反正不像大哥那么窝囊。”陈三若有所思地说。

老姑带人绕了一大圈过江回到柳条通。她一进院，发现有五六具尸体在院里摆着，心想：葛小亮这小子肯定去攻打县衙了，不然不会有人伤亡。

老姑看到老马倌儿从这个屋里出来又奔向另一个屋：“干爹，你两手都是血，干啥哪?”

“噢，干闺女呀，我给他们抠子弹哪!”说着就走了进去。

老姑回头对半拉子说：“你把小亮给我叫来。”

不一会儿，半拉子笑着回来了。“二当家的，你快去看看吧，老爷子跟小亮干起来了。”

“为啥?”老姑一边走一边问。

“别提了，小亮说老爷子眼神不好，不让他给受伤的抠子弹，可是老爷子说不抠出子弹将来人就残废了。小亮说：‘他给牛马看病还行，给人看病不行。’就这句话，老爷子急了，说小亮骂他了。呵呵，你说有意思不？”

老姑来到厢房，一看他们两个还在吵架。“干爹，小亮哥，你们俩都别吵了。我看这样，让干爹指挥，小亮哥动手不就行了？”听到老姑的话，两个人不再吵了。

傍晚，老姑找到葛小亮，问他今天是怎么回事儿。葛小亮告诉老姑，他们本来是想绕过城墙到西门，可是他们刚到中门，就被城墙上的岗哨发现了，他们就从中门打了进去，端了炮楼。后来一想，反正一不做二不休，就直接攻到县衙。县衙里只有七八个护院的警察，他们就端了四个炮台，砸了县衙的银库，抢了金条五十根，大洋三万多块。从葛小亮的表情上看，今天虽然死伤了几个人，但也值了。

这年秋天，老马倌儿不知道是怎么了，一天到晚不出屋。老姑来看他：“干爹，这几天你咋了，是不是病了？”

老马倌儿强支撑着身子坐了起来，老姑一看他脸色蜡黄就觉得不对劲儿。老姑来到院里：“葛小亮哪，让他来一趟。”

一个手下将葛小亮叫到老马倌儿的屋子里。“你给我干爹看看，他是不是病了？”

葛小亮走进看了看，把把他的脉。“看来老爷子病得不轻，得到悦来镇请大夫看看。”

“你给我请郎中，我不看洋医生。”老马倌儿有气无力地说。葛小亮看着老马倌儿心想：老不死的，说道还不少，看个病还挑三拣四的。要不是看二当家的面子，愿看不看，死了才好呢。

“小亮哥，还得麻烦你跑一趟，别人去我不放心。”老姑乞求着葛小亮。

“好吧，那我就去一趟。”葛小亮说完，骑马去了悦来镇。

太阳偏西的时候，葛小亮带着“义善堂”的老中医来了。老中医给老马倌儿把了把脉，又看看他的瞳孔、舌苔，然后转身走了出去。老姑急忙跟着老中医出来：“先生，我干爹他咋样？”

“你们准备后事吧，他不行了。”老中医告诉老姑。

“求求你了先生，你无论如何也要救救我干爹，我多给你钱。”

“这不是钱的事儿，有钱也买不来命，他太老了。”老中医说完就要走。老姑尽量挽留，可是中医说：“再晚一会儿，我就进不了城了。”

老姑一看老中医执意要走，就给了他五十块大洋，让尿鳖子送他过江。

这一夜，老姑没有睡觉，她一直守在老马倌儿身边。天快亮时，老马倌儿突然精神起来，把老姑高兴得够呛。

老马倌儿对老姑说：“闺女，干爹心里什么都清楚，你一个女人在这里支撑这个烂摊子不容易。你心里有苦就是不说，可是干爹都看得出来。”

老姑一听，干爹的话句句都说在她心里。平时看起来不起眼儿的老马倌儿，把这个世界都看透了。

老马倌儿一看老姑没有说话，接着说：“听干爹的话，不要把事儿都憋在心里。过几天你到关家亮子去找小彪，你可以当面问问他，愿不愿意娶你。要是不愿意，你也不用勉强。葛小亮、半拉子、胖猪都是不错的小伙子，你要抓住他们的心，首先要抓住他们的人。干爹说句张狂的话，男人都有三妻四妾，女人为啥不能有，我的话你明白吗？”

听到老马倌儿的话，老姑脸上一阵儿发烧，但她已经感觉到了干爹说的句句都是实在话。

老马倌儿看了老姑一眼，继续说：“闺女，柳条通就你这么一个女人，时间长了也不是个事儿。这帮生龙活虎的小伙子，也不能让他们不食人间烟火呀。可是逛窑子还会得病，这是毁了他们，还不如见到逃荒的、要饭的、卖身为奴的，只要舍出两个大饼子，就能给这帮小伙子换个媳妇儿，也好与你有个照应。”

老姑听了老马倌儿的一番话，真是佩服得五体投地，没想到一向不善言语的老人，对人间世故看得这么清楚。“干爹，我都记下了。”

老马倌儿听到老姑的话，欣慰地笑了。“闺女，我也没啥挂心的了，也该走了。”说完，他脖子一歪咽气了。

“干爹，干爹，你醒醒啊，你醒醒啊！”老姑的哭喊声，惊动了柳条通。正在熟睡的人们赶紧来到老马倌儿的屋里，有人将老马倌儿抬到院里。

老姑回到自己屋里换上孝服。她来到院里，一看老马倌儿躺在一个车铺板上，被放在地上。

老姑发火了：“这是谁干的，把我干爹放在地上了？”

平时，人们还从来没有见过老姑发火，都蒙了。葛小亮跑了过来：“二当家的，怎么了？”

老姑不高兴地说：“快叫人搭灵棚，买彩绘棺材，要一尺厚板子的，就按照发送公公的礼节发送我干爹。”

葛小亮看了看老姑表情，没敢再说什么。他派郝老七带着一帮人搭灵棚，派半拉子起早去买棺材，要最好的，不要怕花钱。他分派完后，感觉很纳闷，老姑今天是怎么了，还真拿老马倌儿当亲爹了？

灵棚搭好了，有人将老马倌儿抬到灵棚里，老姑很认真地跪在前头给老马倌儿上香烧纸。老姑边烧纸边想，看来，人不可貌相，海水不可斗量，干爹简简单单的一席话，是他一生总结的经验，也让自己受益终身。

别人一看老姑这样对待老马倌儿，有人感动，有人不理解。老姑虽然也看到了别人异样的眼神，但她不管那些。

临近中午，半拉子拉着一口彩绘大棺材回来，不论是木材质量，还是彩绘工艺，都要胜过孟大虎那口棺材。大伙儿忙着把老马倌儿装进棺材里。

一连七天，老姑每天都只睡几个小时，其他时间都在为老马倌儿守灵。大家一看老姑这样重视老马倌儿，也不敢怠慢，没事儿的时候都过来给老马倌儿烧烧纸，上上香。半拉子一边烧纸一边说：“老爷子，你这辈子可够本了，摊上这么个孝顺的干闺女，多有福气呀！”

出殡的那天，是老姑给老马倌儿扛的灵道幡，柳条通除了留下十几个人站岗，其余人都到坟茔地送葬。老马倌儿的坟就埋在孟大虎和孟二虎旁边，比孟小虎还要高一等。

送葬回来，老姑召集葛小亮、胖猪、半拉子、尿鳖子和郝老七到一起。老姑说："你们是不是认为干爹的葬礼过重了?"听到老姑的话，他们几个人你看看我，我瞧瞧你，但都没有吱声。老姑接着说："一个人不重情义，谁也不会跟你一条心。别看干爹他看不上我们这些年轻人，可是他重情重义。"老姑又说："他一个人守着柳条通是因为他怀念当年公公创下的家业。我们走后，他天天打扫各个房屋，是因为他相信总有一天我们还会回来的。他一个人在柳条通没吃没喝坚守三个多月，我想问问在座的哪个能做到，我们不感到惭愧吗?"

葛小亮听完老姑的话，觉得有道理。"这样看来，他还真是一个值得尊敬的老爷子。"

"他老人家值得尊敬的地方还多着呢!"老姑继续说，"你们都不知道，就在他咽气的那天早上，干爹可能是回光返照，他跟我说了很多事儿。至于其他事儿我就不说了，仅一件事儿就让我佩服得五体投地。"

"什么事儿?"半拉子问。

"干爹在咽气前嘱咐我说，柳条通都是一帮生龙活虎的年轻人，也不能不食人间烟火，让我们多找一些逃荒的、要饭的、卖身为奴的女人，能嫁给谁就嫁给谁，也好……"

还没等老姑说完，葛小亮接过话茬儿说："这个老马倌儿真是诚心诚意为柳条通着想，我们怎么没有想到?这样的灾荒年，收留一些妇女简直太容易了，就是给她们一顿饱饭吃呗!"

大家听了也都很感动，像打了鸡血一样兴奋。他们都想过这件事儿，但始终没人敢说出来，老马倌儿把他们的心里话都说出来了。

看到大家跃跃欲试的样子，老姑说："小亮哥，你就分派吧，让柳条通也像个家样儿。我们这里不是寺庙，也不是道观。"

葛小亮考虑了一下，说："我想这样，半拉子带着人去把粮食运到关家亮子，用他们的'火磨'给加工成粮，一半运到山里，另一半留在柳条通。尿鳖子、胖猪、郝老七，你们撒出人马，只要是逃荒的、要饭的、插草卖身的，只要她们愿意，都收留到柳条通来，这里住不下就去熊瞎子沟。良家妇女也要，给她们钱，咱们明媒正娶。"

“行，行，马上就去办。”大家答应一声，立即去准备。

看到大家的兴奋样子，老姑在心里说，干爹呀，你真是个活神仙，这件事儿咋不早说呢？

刚走出老姑的屋子，半拉子就对大伙说：“没想到，这个老马倌儿真成精了。”

“他肯定是神仙下凡，要不他怎么知道我们想的是啥？”尿鳖子又感慨地说，“要知道这样，我早就认他当干爹了。”

老马倌儿临终前，不仅只告诉老姑要为手下兄弟找媳妇儿安家，他还告诉老姑到关家亮子去找孟小彪把事情挑明。老姑想了想，还是亲自去一趟关家亮子，顺便也看看山花、宝弟和老叔，还要给关爷带去一些大洋。

老姑收拾一下，把两支匣子枪往包袱里一放，带着一千大洋骑马离开柳条通。老姑来到关家亮子，没有直接去关家大院，而是去了教堂。红十字架下的哥特式建筑，显得庄严神圣，教堂里传出朗朗的读书声。

老姑在教堂外下了马，伸手去敲教堂的大门。一个蓝眼睛黄头发的牧师开了门，他问老姑：“姑娘，你找谁？”

老姑说：“我找里面念书的孩子。”

“进来吧，他们都在上课，你安静地等着吧。”老姑没想到，这个外国牧师汉语说得这么好。

老姑悄悄来到教堂门口，从门缝往里一看，原来里面有五十多个学生。他们大小不等，高矮不一，都在认真地读书写字。

老姑等了一会儿，这帮学生像撒欢的小鹿一样跑了出来。老叔第一个看到了老姑：“姐，你咋来了？”“姐，你来了！”宝弟也走了过来。老姑没有回答他们两个的话，而是眼睛始终盯着教堂的门。

“姐，你看啥呢？”老叔问。

“噢，我咋没看见小彪和山花呢？”老姑像是自言自语。

“姐，我给你叫他们去。”老叔说着，拐着罗圈腿跑进教堂。

不一会儿，孟小彪和山花出来了。“大嫂。”孟小彪很不自然地叫了一声。

“大嫂，你咋来了？”山花一下抱住老姑。

老姑看了一眼孟小彪：“我来看看你们。”说话间，老姑发现孟小彪真的长成了大小伙子，不觉胸脯扑通直跳。

老姑又看了看宝弟、老叔和山花，好像是自言自语，又好像是对孟小彪说：“你们都长高了。”

孟小彪站在那里，低垂着眼睛，好像在想着心事儿。

“上课了！”就在这时，先生喊了一声，打破了尴尬的局面。老姑说：“你们赶紧进去吧，有话晚上再说。”她说完，又看了一眼孟小彪。孟小彪头也不回地走进教堂。

老姑走出教堂，她牵着马向关家大院走去。路上，老姑在想，这个小彪变化太大了，绝不是当年那个天真无邪的跟屁虫了。同时，老姑也告诉自己，不管怎样，她这次来都要把话对关爷和孟小彪说出来。

“干什么的？”见有人在炮楼上问，老姑才发现，在不知不觉中已经走到关家大院。

老姑振作了一下精神，说：“通报一下关爷，就说柳条通的翠花来见他。”

“关爷没在家，我去告诉大奶奶。”说着，护院跑下了炮台。

等了一会儿，大门开了，里面出来个小脚老太太。“是柳条通二当家的吧？快进来。”

“大婶，打扰了。”

“这是说哪的话，我们请都请不来呢！”听了大太太的话，老姑想，真是不是一路人，不进一家门。关爷心地善良，他的太太也这么敞亮。

老姑跟着太太走进大院，护院接过老姑的马。

“快进屋歇着，这么远的道，冷了吧？”

“谢谢大婶，我不冷。”

进屋坐定后，大太太仔细端详着老姑，然后自言自语：“这姑娘长得真受端详，可惜我们家思恩没有这个福分哪！”老姑听后不觉脸上一阵儿发烧。

“哎哟，听说咱家来戚了，可得让我好好看看。”说话间，二姨太风风火火走进屋来。

“这是我们家老二，你家老疙瘩还吃过她的奶呢!”大太太向老姑介绍说。

“婶子。”老姑起身给二姨太让座。

“你坐，你坐。啧啧啧，这闺女长得真俊哪!”二姨太夸奖老姑。接着她又问：“你娘她还好吧?”

“我娘她挺好的。”老姑说完这句话自己都心虚，因为她自从出嫁以来，一直都没敢回家，也没办法跟外人解释。

大太太说：“你娘这个女人不简单，挺让人佩服的。”

“我娘也不容易，这些年告状吃了这么多苦，遭了这么些罪，可是她还是年年告状。我这个做闺女的也无能，不能把三家子码头夺回来。”老姑心情沉重地说。

“这个世道到哪讲理去，咱们能活着就算不错了。”二姨太发着牢骚。

“你以后少胡咧咧，小心言多有失。”大太太阻止二姨太不让她瞎说。

“也都不是外人，说说心里话怕啥。”二姨太说完，转身要走，“你们先唠着，我去伙房帮他们做饭。”

二姨太走后，老姑问大太太：“关叔啥时候回来?”

“大概快了，这一趟出去也有十来天了。”

下午，关爷骑着马回来了。他带着一身灰尘，没来得及洗一把就来见老姑。“哈哈，听说侄媳妇儿大驾光临，有失远迎了!”

“关叔，打扰了。”老姑客气地说。

“欢迎打扰，欢迎打扰！你不来，过几天我还要到柳条通讨杯酒喝哪，你公公没了咱们交情也不能断哪，哈哈!”

大太太说：“看你关叔，跟小辈说话也没个正形。”

“都不是外人。”接着关爷又说，“侄媳妇儿，你先坐着，我去洗洗脸。”

晚上，孟小彪、山花、宝弟和老姑都放学回来。他们吃完晚饭，山花、宝弟和老叔都来到老姑住的屋子，只有小彪没来。老姑问：“小彪干啥去了?”

宝弟说：“他跟关爷出去了，大概去刘家抢子看他娘去了。”

“噢。”老姑一听，关爷真是细心，他大概已经猜到了老姑这次来的目的，所以找小彪娘商量他们的婚事去了。

这一夜，老姑没有睡觉，天亮时才迷糊糊睡着。

“闺女，该起床了，吃完早饭，你关叔有话对你说。”大太太来叫老姑。

老姑不好意思地看了大太太一眼，然后起床梳洗打扮。老姑这次来关家大院，还特意挑选了一些女人穿的衣服，不像在柳条通穿戴那么随便，她想给孟小彪留下一个好印象。

早饭老姑没吃下几口。吃完饭，老姑来到关爷的屋子里。“哈哈，进来坐吧，侄媳妇儿。”

老姑坐下：“关叔，找我有事儿？”

“哈哈，侄媳妇儿，咱们都是家里人，我就不用绕圈子了。”关爷看了老姑一眼，接着说，“昨晚，我和小彪去他娘那里商量你们的婚事。”

“她娘怎么说？”老姑急切地问。

“她娘对你们的婚事没有意见，可是小彪说他还想继续上国高，暂时不想回柳条通。”

“关叔，要是小彪不愿意就算了，你也别逼他。”

“侄媳妇儿，你听我说，昨晚我和小彪娘商量好了，小彪暂时不回柳条通做大当家的，年后还要去佳木斯国高念书，但过几天他回到柳条通与你成婚。”

“谢谢关叔，让你费心了。”老姑想，这样的结果已经不错了。她原来想，孟小彪肯定不同意和自己结婚。

民国十五年（1926 年）深秋，关爷带着小彪娘、孟小彪、山花、宝弟和老叔一起回到柳条通。他把结婚的一切物品都带来了，根本不用柳条通做准备。

葛小亮问老姑：“用不用给家里捎个信儿？”

老姑说：“不用了，有宝弟和老疙瘩在就行了。”

婚礼在关爷的主持下，也算挺热闹。虽然没有老姑第一次跟孟小虎结婚那么隆重，也没来那么多客人，但老姑还是很高兴，小彪娘也是欢天喜地。

小彪娘说：“翠花，娘可盼着早一天抱孙子哪。”

老姑听后满脸通红：“娘！”

老姑结婚的第二天，关爷要走，宝弟和老叔也要回去。老叔对老姑说：“娘说了，来年让宝弟哥去佳木斯念国高，我就不去了。”

“为啥不去？”老姑问。

“咱娘说了，家里没有那么多钱供两个人，宝弟哥学习好，就让他去。”听了老叔的话，老姑觉得奶奶的心地真善良，根本不是因为老叔学习不好，而是因为老叔是她亲生的，宝弟是买来的。

“老弟，来年你也去佳木斯国高念书，你告诉娘，就说关爷出的钱。”

“好嘞！”老叔答应着。

众人离开柳条通后，孟小彪因为新婚一切都感到新鲜。老姑宠着他，顺着他，加上老姑是结过婚的人，知道如何抓住一个男人的心。他整天缠磨着老姑，不离开半步。绺子的大事小情都由葛小亮决定，他们很少来找老姑。

一天，老姑和孟小彪一起走出来。半拉子因为早就和小彪关系不错，上前打招呼：“二少爷！不对，我应当叫你大当家的，恭喜大当家的新婚大喜！”说完还调皮地抱拳鞠躬。

“滚犊子，告诉你半拉子，你再敢叫我大当家的，别说我跟你翻脸。”孟小彪满脸涨红地呵斥着半拉子。

半拉子一听有点儿下不来台了：“小彪，你怎么变得六亲不认了？”

孟小彪还想说什么，老姑说：“看看你们哥儿俩，见面儿就闹。半拉子哥，以后见面就叫二少爷，别叫什么大当家的。”她回头对众人说：“弟兄们，都记住了？叫二少爷！”

从大门走到松花江边，老姑一看前后没人了，便对孟小彪说：“小彪，以后你别这样，他们都是咱爹的旧人，跟亲兄弟差不多。”

“谁跟他们是兄弟，当年要不是爹看半拉子可怜，他早就饿死了。”

“行了，咱们不说这件事儿了。小彪，你记得不，那年我刚来柳条通时，你还教过我打枪呢。今天咱们练练枪?”老姑用温柔的眼神看着孟小彪。

“我才不学那玩意儿呢，将来我要当个文官。”孟小彪不屑地说。

“哟，咱家要出县令了，不，也许将来能出个省长、道台啥的。可是练练枪有啥，也许将来你就是个文武双全的大总统呢!”老姑的几句话，把孟小彪忽悠得心花怒放。

老姑一看有门儿，就在大柳树上用枪口戳了一下，然后退出一百米，“啪啪”两枪，把刚才戳掉树皮的地方打了一个白点。孟小彪上前一看，原来两个子弹都在白点上。“真神了!”他惊讶地说。

“这不是你当年这样教我的么。”老姑真会拍马屁。

“把枪给我，让我来试试，不是吹的，当年我打弹弓谁都比不了。”孟小彪拿起枪，第一枪打飞了，他不服气地又打了第二枪、第三枪……最后打得八九不离十。

“二当家，发生什么事儿了?”这时候炮楼上聚了十几个人往下看。

“没啥事儿，是二少爷在练枪，你们都回去吧!”

第十三章　整肃纲纪

过了年，山花到佳木斯国民女子师范上学去了。孟小彪结婚的新鲜劲儿也过了，也想去佳木斯国高上学。老姑本想劝他留下，可是当初讲好的，孟小彪要上国高，自己也不好再劝，便亲自将他送到佳木斯。

老姑去了佳木斯，正好赶上关爷的书店开业，她也送上一份贺礼。这个时候的关爷可不得了，他担任了佳木斯商会会长，还当选了吉林省议会议员。

老姑私下对关爷说："关叔，你怎么能当民国的官呢？这些狗官不是贪赃枉法就是欺负百姓，没有一个好东西，你咋能跟他们一路货色呢？"

"哈哈，侄媳妇儿呀，这个你就不懂了。商人如果没有个头衔，还不如小老百姓呢，就连保卫团的大头兵、警察狗子和税收那帮小崽子都能把你欺负死。我有了这些头衔他们就会发憷，就像过年贴个门神一样，专门吓唬小鬼呢。哈哈！"

"关叔，以后只要有人欺负你，你就给柳条通送信儿，侄媳妇儿给你报仇。"老姑对关爷说。

"行，有了侄媳妇儿这句话关叔就够了。哈哈！"说完这句话，关爷心里说，连你爹的仇还没报呢，谢宝山还不是照样经营着三家子码头。可是关爷不能直接告诉老姑谢宝山并没有死，他怕老姑报仇心切，干出莽撞的事儿来。关爷是什么人，他已经了解到，谢宝山和吉林、黑龙江两省的督军、省长都打得火热。

老姑这几个月，没有过问柳条通的事儿，整天与孟小彪腻歪在一起，别人也不敢打扰他们。这不，春节后送走孟小彪，她才发现柳条通突然多了很多人，有男有女，有老有少。老姑叫来葛小亮一问才知道，一个秋天柳条通就收进来一百五十多人，山上还有七八十人。

老姑说："尽量把一些年龄大的安排到山里，这里留下一些妇女和青壮男人就行了，柳条通毕竟是绺子，打起仗来也不方便哪。"

葛小亮说："知道了，我去安排。"在葛小亮快要走出门时，他稍微迟疑了一下，然后走出门。

老姑感觉到葛小亮有话要说，但没有说出来。老姑想，这几个月大伙似乎跟她生分了许多，好像没有以前那样贴心了。

吃完饭，老姑上了城墙、炮楼转了转，半拉子看到老姑："二当家的。"然后躲开了。

"半拉子哥，你干吗躲着我？小彪他年龄小不懂事儿，你不要跟他一般见识。"老姑对半拉子解释说。

"我没有啊！"半拉子说完下了城墙。

老姑想，柳条通来了这么多女人，也不知道都跟谁成亲了。本来有了这些女人柳条通应当有了活气儿，可是反而显得死气沉沉的。也许这都是自己的错，只顾讨好孟小彪，却冷落了绺子的弟兄们。老姑又想，这几天一定要问问葛小亮绺子的情况，不行就给大伙置办一场集体婚礼，谁结婚都是人生的一件大事儿，不能就这样蔫了吧唧地搭伙。

老姑走下城墙，前院后院转了一圈。当她走到后院时，发现一间房子上了锁，里面传来一个女人有气无力的哭声。

老姑趴在窗上听听，里面果然有个女人在哭。"你是谁，为啥要哭？"听到老姑在问，那个女的说："我是宋庄的，被胡子抢到这里来了。我不从，他们就打我。我想跳井，又被他们给抓回来不给饭吃。"

"你来多长时间了？"

"已经有二十天了。"听了那个女人的话，老姑气不打一处来，拔出枪“啪啪”两下就将门锁打开。

听到枪声，葛小亮、半拉子、郝老七都跑了过来。老姑进屋给那个闺女松了绑，回头问葛小亮：“这是咋回事儿？”

葛小亮说：“二当家的，你先把这姑娘领到你屋子里，有话一会儿再说。”

“为啥一会儿再说，现在就说。”老姑发火了。

葛小亮看了一眼老姑，没有吱声。老姑一看他不说话，必有隐情，回头问那个姑娘：“姑娘，是谁把你抢来的？”

“是谁把我抢来的我叫不上名。”姑娘接着说，“他带着十几个人来我们家，给我娘扔了两块大洋，非要娶我不可。我娘不同意，他还打了我娘。我哥要跟他拼命，他要枪毙我哥。”

“谁这么缺德。”老姑又看了看葛小亮、半拉子和郝老七，“姑娘，你仔细看看，他们中间有没有那个人。你别怕，我给你做主。”

姑娘借着灯火看了半天，然后摇摇头说：“没有。”

“姑娘，你跟我走！”老姑回头又对葛小亮说，“军师，把所有人都叫来，开堂子。”

葛小亮偷偷地扯了老姑袖口一下，意思是想私下跟她说这件事儿。老姑把胳膊一甩：“你扯我干啥，赶紧把所有的人都叫到院子里开堂子。”老姑的口吻不容置疑。

葛小亮、半拉子、郝老七叫人集合，老姑扶着姑娘走到院子里。

灯笼火把将院子照得如同白昼，手下的弟兄不知道发生了什么事儿，还以为要出去砸窑呢，所以都带着枪。

院子里站满了人，葛小亮说：“现在开堂子，有请二当家的。”

有人搬来香案，老姑点燃三炷香，拜天拜地拜祖先，然后把香插进香碗里。老姑坐定后看了看大家：“都来齐了？炮楼上的人也都下来。”

这时候，胖猪和尿鳖子带着十几个人都下来了。那个姑娘一眼就认出抢她的人：“就是他！”

随着姑娘手指的方向，老姑一看是尿鳖子。“尿鳖子，给我跪下，你咋敢抢男霸女坏绺子规矩？”

尿鳖子说：“凭啥让我跪呀，再说抢女人也不是我一个。”

“还有谁？”老姑气愤地问。

“胖猪的媳妇儿也是抢来的，凭啥对我一个人这样？”尿鳖子满不在乎地说。

就在这时，人群里冲出一个女人。“我们家胖猪抢亲是有原因的，他可不是抢男霸女，是我愿意的。”

“咋回事儿，你叫啥？”老姑问。

那个女人说：“我叫豆花儿，家是孟家岗的。那个新上任的警务所所长，带着警察来我们家给了我娘十块大洋，非要娶我做五姨太，我不同意，那个老东西就把我绑了起来。在去悦来镇的路上，胖猪看我哭哭啼啼觉得不对劲儿，他路见不平，带着人打跑了警察把我救了下来。”豆花儿怕老姑不相信，又说，“二当家，我说的都是真的，是我自己愿意的。”

老姑听完，说：“尿鳖子，你还有啥说的？”

“没啥说的我也不跪，抢一个女人有啥了不起，胡子抢女人的多了，再说我也没把她怎么样啊！”尿鳖子牛哄哄地站在那里。众人听到尿鳖子的话，有人起哄，有人笑。

老姑更生气了：“咱们绺子就是跟别人不一样，不准抢男霸女。”

“你以为你是谁呀，梁山好汉哪？操！”尿鳖子撇着嘴，回头看着自己的手下。

“尿鳖子，不用你得瑟，你再不认错可别怪我手下无情，跪下！”

“我也告诉你赵翠花，老子不是被吓大的，看你能把我怎么样？”尿鳖子抱着膀子，一副傲慢的样子。

这时候，葛小亮一看尿鳖子有些过分了：“尿鳖子，你太不像话了……”

还没等葛小亮把话说完，老姑拔出枪，“啪”的一枪打在尿鳖子的膝盖上。尿鳖子扑通一声跪在地上：“臭娘儿们，你敢朝我开枪？”尿鳖子也拔出了枪。老姑“啪啪”又是两枪，一枪打掉他手中的枪，另一枪打在他的脑袋上。

众人一看都惊呆了，就连葛小亮、半拉子都惊呆了。

“来人，把尿鳖子扔到野外去。”听到老姑的命令，两个手下将尿鳖子拖了出去。

老姑看了看大家，问道："还有谁是被逼来的？都站出来！"

还别说，真有一些老人和小女孩儿站了出来。老姑说："是谁把你们抢来的，给我指出来！"

就在这时，葛小亮接过话茬儿："是谁逼来的暂时就不追究了，不愿意留在柳条通的可以走，每人给两块大洋做盘缠。二当家的，你看这样行不？"

老姑看了看葛小亮，很不情愿地答应一声："你看着办吧！"

葛小亮打断老姑的话，是有原因的，要不是因为老姑的枪法震住手下，她在打死尿鳖子的同时，恐怕自己也没命了。胡子毕竟是胡子，只知道你对他好他就对你好，你对他不好他就敢跟你玩儿命，尿憋子手下还有四五十人哪。

拜堂子结束，老姑说："军师、半拉子、胖猪和七哥，你们都跟我来一下，其他人就地散了。"

老姑和那个姑娘在前面走，葛小亮、半拉子、胖猪和郝老七都跟着来到正房。老姑把那个姑娘安顿在自己屋里，然后来到西屋。"小亮哥、半拉子哥、胖猪哥、七哥，这个阶段发生这么多的事儿，你们咋都不跟我说一声，难道都忘了张叔临走时的嘱咐了？"

胖猪说："这段时间小亮什么事情都不让打扰你，我们的钱都被他借去给绺子用了，现在我们一点儿钱都没了。"

"是啊，尿鳖子发生抢亲的事儿，小亮劝了他好几次，可是尿鳖子说，二当家的只顾自己舒坦了，还不让我们舒坦舒坦哪？"半拉子对老姑说。

"小亮哥，这就是你的不对了，有事儿干吗不跟我说？"老姑有些歉意地说。

葛小亮说："没事儿，还能过得去。"

"现在柳条通有多少人找到媳妇儿了？"老姑问。

"大概有二十几个吧，还有十几个寡妇也都嫁给年岁大的了。"葛小亮告诉老姑。

"小亮哥，我想咱们这样办，这几天你准备一下，给每个找到伴的女人都买一些衣服，然后置办一场大婚礼。女人这一辈子结婚是大事儿，不能含糊。"葛小亮、半拉子、胖猪和郝老七都同意。

老姑说：“你们等一下，我去拿钱，该还给谁还给谁，该花的花，我已经对不起弟兄们了。”

拿完钱，几个人刚想走，老姑说：“小亮哥，你等一会儿。”葛小亮留了下来。

“小亮哥，我发现你今天好像有很多话要说。”

葛小亮说：“我确实有话想说，从尿鳖子破坏柳条通的规矩时我就想，这么大一队人马，没有纲纪就会大乱。以后我们应当立下规矩，让大伙都知道应该做什么、不应该做什么，不能像一群乌合之众。”接着他又说，“今天处罚尿鳖子，就有点儿名不正言不顺，这样会让兄弟们寒心的。”

“你说的对，我不识字也不懂那么多，你就立规矩吧，让大伙都知道该做啥，不该做啥。”老姑挺佩服葛小亮的，他是个难得的人才。

葛小亮刚要跨出门，老姑说：“小亮哥，你叫人给那姑娘做点儿好吃的。”

“好嘞！”葛小亮答应一声走了出去。

老姑回到东屋，发现那个姑娘已经梳洗完毕。她抬头一看，不觉一震，这个姑娘说不上惊人的漂亮，但给人一种厚道的感觉，挺受端详的。

“姑娘你叫啥？”

“我叫麦子。”

“你为啥不愿意嫁给尿鳖子？”老姑问。

麦子说：“这不是愿不愿意嫁的事儿，他不是娶，是抢。”

“要是我们给你家多送彩礼，明媒正娶，你愿意嫁吗？”老姑问。

麦子说：“就算给我金山银海，我也不嫁给胡子。”

“我们胡子也是穷苦人出身，也有杀富济贫的好汉。”老姑解释说。

“我没看到什么杀富济贫的好汉。”麦子显得无所畏惧。

“你咋这么恨胡子？”

“杀父之仇，我能不恨吗？”麦子眼里透出仇恨的目光。

"咋回事儿，你爹也被人害了?"老姑惊讶地问。

麦子说："唉，提起来这件事儿都恨死我了。我爹是个做小买卖的，一年到头挣的钱只够养家糊口的。就在三年前，我爹在路上被程三响的人给劫了，他们还捎来口信，让我们家准备五百大洋赎人。我娘把地卖了又找亲朋好友借钱，也没有凑够五十块大洋。我娘借钱的时候，一些平时来往很密切的亲友都躲着我娘，有人不但不借钱还说风凉话。"麦子停顿了一下继续说，"唉，那段时间我们整天提心吊胆，都把我娘吓死了。他们今天给我家送来一只耳朵，明天给我家送来一个鼻子，后天又给我家送来两根手指。我娘为了借钱挨家给人磕头，最后人家连大门都不开了。没过几天，我娘早晨起来做饭，看到我爹的尸体被送回来了，那个惨哪，简直没法说了。"麦子边说边哭。

老姑说："唉，你咋跟我一样苦命呢?"

"怎么，你爹也被人害了?"麦子问。

老姑一听，便把爷爷被害、奶奶告状、她自己嫁给胡子就是为爷爷报仇的经过通通说了一遍。两个女人说罢又哭了一通。

这时候，有人把饭菜送过来了。老姑说："先吃饭吧，报仇也得活着。"老姑似乎劝着麦子，同时也在劝自己。

吃饭的时候，老姑说："麦子，要是我替你报仇，你愿意嫁吗?"

"你让我嫁给谁?"

"葛小亮和半拉子都是智勇双全的英雄好汉，刚才你都看到了，我们这个绺子和其他胡子不一样。"老姑真的很喜欢麦子，想让她在葛小亮和半拉子中间选一个。

麦子说："姐姐，你办的事情我都看到了，要是你能为我爹报仇，我可以为你当牛做马，但不能嫁给胡子，我在我爹坟前发过毒誓。"

"报仇的事儿，以后再商量。麦子，咱们睡觉吧!"老姑说完，就为麦子铺好被褥。半个月来麦子被折腾得疲惫极了，这一夜她睡得很香、很踏实。

早上，老姑一看麦子还在睡，便悄悄地掩上门去找葛小亮。她把昨天晚上麦子说的话都说了一遍。葛小亮想了想，说："二当家的，为麦子报仇可以，但你不要逼迫她嫁给我们。俗话说，强扭的瓜不甜。”他沉思了一下又说，“我们现有的子弹不多了，我得走一趟，还得破费点儿银子。”

老姑说：“你就去办吧，临出门前你得把规矩定好，把大伙的婚礼办了。”

“好，我去张罗。”

老姑从葛小亮房里回来，麦子已经起来了。老姑一看她身上的衣服这么脏，就翻箱倒柜，想把自己的衣服给她穿。“一会儿把衣服换下来洗一洗。”

“不了，我得赶紧回家，我娘都惦记死了。”

“今天我就派人把你送回去，你的衣服就别穿了，穿我的。”老姑好心地说。

“不能让你们的人送，我也不能穿你的衣服，要是让人看到了，还以为我跟胡子有什么瓜葛呢！”麦子也是个心直口快的人，她说话时，没有考虑老姑的感受。

“呵呵，我娘就是这么个性子，当年她告状时病了，我公公要送她回家，可是她说啥也不让，就是不想跟胡子有任何瓜葛。”老姑自豪地说。

“你娘挺让人佩服的。对了姐姐，你们家现在几口人？”

“我们家呀，有我娘、大哥和三哥。我二哥当了团丁，宝弟和老疙瘩都念书呢。”

“噢。”

这时候有人送来早饭，老姑说：“咱们快吃饭吧，一会儿我亲自送你回家。”

麦子一听老姑要送她，不再推辞了。吃完早饭，老姑牵出两匹马，可是麦子不会骑马，老姑就跟她骑一匹。

走出七里路时，老姑发现后面有五个人跟着她们。她知道这是葛小亮不放心老姑一个人出门，所以偷偷地派了人。

路上，老姑跟麦子说，过几天葛小亮买回子弹，我们就砸了程三响的绺子。

“你要为我报仇？”麦子问。

老姑说：“不是全为你，也是为我们家报仇。”

“你们家和程三响也有仇？”

“他打劫过赵家窝棚，抢走了我家的鞑子马，他还算计过柳条通。”

“你要是真能抓住程三响为我爹报仇，就是让我死了都行。”麦子说。

老姑一听：“干吗要死，这么个好姑娘死了不可惜了？”说到这里，她突然想起了什么，便说：“我剿灭程三响，你就给我当大嫂吧，我大哥可不是胡子。”

正在说笑间，从柳条毛子里窜出一伙胡子。老姑喊：“哪个绺子的，借个火儿。”

“嘿嘿，两个娘儿们也想借火，你他妈跟谁学的？下来吧，老子给你火儿！”说着，一个胡子还把那个见不得人的玩意儿掏了出来，在老姑面前使劲儿晃了晃。

“你们是哪个绺子的，报号上来，不然别怪老娘不客气！”老姑继续喊话。

“哎？他妈的小娘儿们，还挺硬气，老子是程三响的人，怎么着？”

这时候，老姑发现麦子都吓哆嗦了。她小声说：“你抱紧我的腰。”老姑一伸手，从包袱里拽出两把枪，“啪”的一枪就打在胡子那个见不得人的玩意儿上。“啪啪啪”她左右开弓，脚蹬一磕马，这匹梨花马就窜了出去。“啪啪啪”又是几枪。老姑的枪法，那是枪枪夺命，打得这帮胡子晕头转向。

这帮胡子，压根儿就没有见过这个阵势。以前他们劫到女人，没说几句话便尿裤子了，从来不用动枪。女人任由他们糟蹋。

老姑跑了半里地，也不见有人追来，她让麦子下来等着，然后一拨马又杀了回去。

这时候，暗中跟随的人也赶到了，他们两面夹击，打得这帮胡子往草甸子里逃。这里虽然茅草有一人多高，但人跑到哪里都能看到草梢在动。老姑“啪啪啪啪”一阵儿凤凰乱点头，草甸子里顿时没了动静。

老姑拨过马，来到麦子的跟前。“上马！”

麦子上了马，老姑接过包袱，从里面拿出子弹，将两支匣子枪压满。

“没想到你这么厉害。”麦子夸奖道。

“有啥厉害的，他们都是一群熊蛋包。”

大约过了一个时辰，麦子说：“我到家了，你也进庄里坐一会儿吧！”

老姑说：“不了，我还要赶回去吃午饭呢！”

“那你啥时候打程三响？”麦子问。

“麦子，你回家可不许对外人说，不然让程三响知道了，他会先杀了你全家。”老姑说完，一拨马，一溜烟儿地跑了。

老姑回到柳条通，她刚进院，半拉子带着几个人也从佳木斯回来了。他们买回来十几匹女人穿的绸缎，还有棉花和粗布一大堆。

老姑纳闷地问：“你们咋这么快就买回来了，飞看去的？”

半拉子说：“哪呀，我们天没亮就走了，到了佳木斯城里直接去找关爷。我大概说了一下情况，关老爷说不用我们管了，一会儿工夫让伙计把东西置办齐了。”

“你得给人家钱，关叔做买卖也不容易。”老姑说。

“给了，关老爷只收了个本钱。”半拉子高兴地说。

“咋一口一个关老爷，好像关帝庙的神仙。”

“二当家的你不知道呀，在佳木斯那疙瘩都管他叫关老爷。”半拉子解释道。

正是午饭时间，可是不管是要办婚礼的，还是不搭边的，都围着大车看绸缎布匹，一会儿夸这匹布好，一会儿又夸那匹绸缎好。

老姑也上前稀罕吧嚓地摸了摸绸缎。“好了，都吃饭吧，一会儿让半拉子哥给大家分一分。”

吃完午饭，半拉子和胖猪给大家分布匹。办婚礼的分的是大红大紫的，几个寡妇都分给蓝色的，不搭边的都分的是粗布。大伙拿着布，乐滋滋地回到自己房里。大家互相帮忙不分昼夜地裁剪赶制衣服，柳条通好像从来没有这样热闹过。

第二天早上，葛小亮吃完早饭来找老姑，准备一会儿就开堂子，宣布纲纪。

老姑说："不等大伙把衣服做好和婚礼一起举行吗？"

葛小亮说："拜堂子是一个严肃的事儿，婚礼是一个喜庆的事儿，不能搅和在一起。"

老姑一听有道理。"要是你准备好了，现在就可以开堂子了。"

准备停当，葛小亮让半拉子、胖猪和郝老七召集弟兄们。不一会儿，人都在院里站定。

葛小亮高喊："拜堂子喽！"

老姑一本正经地上香、磕头、拜天拜地拜祖宗，然后坐在太师椅上。老姑说："请军师宣布纲纪！"

葛小亮清了清嗓子说道："古人有云：名不正则言不顺。柳条通要想万众一心，就得制定纲纪。"

下面有人小声嘀咕："才二百多人，哪有万众。"另一个帮助解释："那是打比方。"

葛小亮继续说："制定纲纪，就得人人遵守，王子犯法与庶民同罪。"

下面又有人嘀咕："民国大法也是这样说的，当官的胡作非为，你看谁把他们治罪了？"

葛小亮接着宣布："我们的总纲领是四句话：杀富济贫，惩恶扬善，替天行道，为民除害。"接着他又说："为了严肃纲纪，我们又制定了五不准：不准抢男霸女，不准鸡鸣狗盗，不准抽大烟，不准临阵脱逃，不准里通外国。如有违者，人人诛之。"

下面还有人嘀咕："就是绺子，哪有国？还猪（诛）之呢，狗之吧！"

"你们都嘀咕啥呢，今天我把丑话说在前头，要是有敢违犯的，别怪我不讲兄弟情义。"老姑接着说，"你们不要以为这是嘻嘻哈哈闹着玩呢，昨晚的事情你们都看到了，尿鳖子可以说是柳条通的元老，但他坏了规矩就得惩罚。还有几个人，你们不要以为我啥都不知道，那些老人、小女孩儿你们都往柳条通抢，往柳条通骗，还说人家女孩儿小养几年就能当媳妇儿了。呸，畜生不如。你们想媳妇儿都想疯了？你们咋不去抢县令的姨太？咋不去抢保卫团团长的老婆？咋不去抢警务所所长的媳妇儿？量你们也不敢。"老姑越说越激动，"告诉你们，昨晚没惩罚的那些人，我把这笔账给你们记着，等我哪天翻了脸就找你们算账。军师，再说一遍，让他们都记住!”

葛小亮又重新宣布了一遍纲纪，大家听得真真切切。这回下面没有一个人敢再嘀咕了。葛小亮暗自佩服老姑，心想：明不明事理，不在于有没有文化，别看二当家的目不识丁，但说起话来句句在理，让人心服口服。

又过了五天，柳条通开始举办婚礼。结婚仪式是一个一个的来，她们分别从不同的屋子接出来，就像从娘家接亲一样，照样有上轿下轿，放鞭炮、跨鞍、拜天地、拜祖宗、夫妻对拜，然后入洞房、闹洞房。这场婚礼，从早上开始，一直折腾到半夜，那个热闹劲儿就别提了。

这酒席一天没空桌，喝得扬儿翻天。老姑也喝多了，被葛小亮和半拉子送回自己屋里。

都过了二更天了，葛小亮发现还有一些人溜墙根听人家洞房的悄悄话。“咳，咳!”葛小亮咳嗽两声说，“都别听了，回去睡觉吧，别忘了换岗。”

老姑回到屋子里虽然有些醉意，但心里很清醒。她想到了与孟小虎的新婚之夜，想到了孟小虎宠着自己、顺着自己、娇惯自己、呵护自己，想到这些心里不觉美滋滋的，可是那时候自己并不懂得珍惜，认为这一切都是孟小虎应该的。老姑又想到第二次与孟小彪结婚，这一切似乎都倒了过来。她宠着小彪、顺着小彪、娇惯小彪、小心翼翼地呵护着小彪，生怕孟小彪跑了。有时老姑也有怨气，哪个女人不需要被呵护？想完小虎，又想小彪，想完小彪，又想到这帮结婚的人。他们都在干啥？想到人间最美好的时刻，她觉得周身鼓胀，欲火中烧，两个乳房都涨得生疼。她甚至对那些搂着自己丈夫过夜的女人产生了妒忌，有些怨恨。她还想，这几天该去佳木斯看看小彪了，给他送些大洋，送些衣物，再和他住上一夜。

第二天早晨起来，老姑感觉脑子昏沉沉的。她梳洗完毕，又精心挑选了一套衣服穿上，没吃早饭就去了佳木斯。那个年代女人骑马的不多，这样的女人走在大街上无疑是一道亮丽的风景。

有人猜测，老姑不是官府小姐，就是军官的姨太，再不就是窑姐，否则没有人敢这样张扬。

老姑在国高见到了孟小彪、宝弟和老叔。孟小彪装作不认识老姑，老姑当时觉得很生气。宝弟把老姑拽到避净处：“姐，你咋这么张扬?”

老姑看了看自己：“咋了，有啥不对吗?”

“你看你骑着马，还穿得大红大绿的多扎眼哪，不知道的还以为是窑姐呢。你让孟小彪怎么面对你?”

老姑说：“噢，我也不知道你们城里啥规矩，穿得新鲜还不行啊?”她接着又说：“晚上你们都到关老爷那里去，我在那等着你们。”说着给宝弟塞了五十块大洋。

老姑来找关爷。关爷一看到老姑的穿戴就笑了。“哈哈，侄媳妇儿你穿得怎么跟唱戏似的?”

老姑往自己的身上看了看：“咋了关叔，宝弟也这样说我，难道城里不让穿大红大绿?”

“哈哈。不是不让穿，而是不合时宜。”

老姑也不知道自己究竟哪不合时宜了。关爷看出了老姑心中的疑惑。“侄媳妇儿，我让人马上给你做一套衣服，以后就按照这个尺码，每年给你做几套。”关爷对着外面喊，“陈掌柜，来给侄媳妇儿量量尺寸!”

“来了!”随着声音，一个戴着老花镜的掌柜走了进来，给老姑量尺寸。

关爷对陈掌柜说：“马上就做，越快越好。”

陈掌柜走后，老姑问：“关叔，你们这里做套衣服得几天哪?”

“哈哈，我这里缝一套衣服也就两个时辰吧!”关爷自豪地说。

老姑感觉非常惊讶：“那得多少人缝啊?”

“哈哈，不用那么多人。走，我领你去见识见识。”关爷带着老姑来到后院的一个屋子。还没进屋，老姑就听到“嗒嗒嗒”的声音。进了屋子，关爷指着一台机器说：“哈哈，侄媳妇儿，这就是‘飞人’牌缝纫机，一台机器能顶三十人哪，哈哈。”

老姑一看，怪不得关爷这么牛，原来他有三台缝纫机。这回老姑算是开眼界了。

不到两个时辰，给老姑做的衣服就缝完了。老姑换上后对着镜子一照，大方得体，不过这套衣服就是不适合骑马打仗。

太阳偏西时，关老爷把小彪、宝弟和老叔都请来了。关爷陪着他们吃了晚饭，说："宝弟、老疙瘩，你们一会儿还回学校住，小彪你跟侄媳妇儿就在我这里住，今晚我有应酬就不回来了。"

听完关爷的话，老姑的脸腾的一下红了。"关叔，别麻烦了，我一会儿去客栈，小彪回学校住就行了。"

"都听我的，什么这个那个的。"关爷说完起身走了。

关爷刚走，老叔笑嘻嘻地凑到老姑跟前："姐，刚才你脸一红更漂亮了。"

"去去去，小屁孩儿，你懂啥?"老姑故作生气的样子。

"着急赶我们走啊，那我们就走了。"老叔拉着宝弟就往外面走，还冲着老姑和小彪做了个鬼脸。

老姑离开柳条通，葛小亮和胖猪也启程去了哈尔滨。就在这天上午，一个女人来到柳条通。"干什么的?"炮台上有人问。"我找二当家的。""二当家的不在，你过几天再来吧!""你们撒谎，她七天前才把我送回家。"

"谁呀?"这时候半拉子上了炮台一看，原来是麦子，"快给她开门。"

因为老姑不在家，半拉子把麦子送到了豆花儿那里。

麦子来到豆花儿的房里始终闷闷不乐。豆花儿说："二当家的不在，你就在我房里住下，胖猪出门了，正好我还缺个伴呢。"

这时，谷子、糜子也来了。糜子说："你还没吃饭吧，我给你到伙房做点儿。"说完，她走出豆花儿的房间。

豆花儿仔细一看，麦子脸上有哭过的泪痕，便劝她："姑娘，这年头啥事儿都得想开点儿，没有过不去的坎儿。"

"是呀，这年头活着都不容易，哪有都顺心的事儿。"谷子也劝她。

不一会儿，糜子端着一碗汤面走进来。"来姑娘，吃点儿吧!"

可是麦子没有吃，就在那里呆呆地看着墙角。糜子看了一眼豆花儿、谷子说：“这姑娘，不是半路冲着啥了？”

“别胡说，她可能有啥心事儿。”谷子瞪了糜子一眼。

晚饭的时候，大伙都去吃饭，豆花儿不放心把麦子一个人放在屋里，就跟糜子说：“你把我们的饭菜给端来。”

“好嘞!”糜子答应一声去了。

端来饭菜，豆花儿说：“姑娘，吃点儿吧，不然二当家的回来我可不好交代。”可是，麦子还是粒米没进。

晚上，豆花儿想，我可得精神点儿，这个姑娘被尿鳖子抢来时就差点儿跳井自杀，今天晚上可千万别出事儿。

这一夜，麦子没有躺下，就在炕角坐了一宿。天亮时，豆花儿实在熬不住，一忽悠睡了过去。天大亮时，她看麦子还在那里坐着才放心。

“麦子，凡是都要想开点儿。”豆花儿劝说道。麦子点了点头。

“来，下地洗洗脸吧!”

麦子蹭到炕沿边，穿鞋下了地。

豆花儿一看有门：“你等着，我去端饭。”

不一会儿，豆花儿把饭菜端了回来，还把炕桌放在炕上。“来，咱们吃饭!”

可能是麦子真的饿了，一碗饭她狼吞虎咽几口就吃光了。豆花儿一看，把自己碗里的饭也拨给了她，然后又到伙房去打饭。可是到了那里一看饭没了，她看到老伙夫正在铲锅巴，豆花儿抓起一块煳嘎巴边走边吃。

吃完饭，豆花儿说：“麦子，你到底遇到啥事儿了？”

麦子还是唉声叹气地不肯说。这时，谷子、糜子也来了，她们说说笑笑一个上午过去了。

到了下午，可算把老姑盼回来了。老姑一进院里，就听半拉子说麦子来了。老姑觉得很奇怪，莫非她回去透漏了消息被程三响把家人杀了？

老姑把马交给半拉子，直接拎着包袱去了豆花儿的屋。“麦子，你啥时候来的？”

麦子一抬头看到了老姑，像一个受了委屈的孩子见到亲娘一样，眼泪刷地一下流了下来。

老姑说："麦子，跟我回屋。"她又对豆花儿、谷子、糜子说："你们几个受累了！"

"二当家的，别说见外的话。"豆花儿对老姑说。

老姑领着麦子来到正房，她把包袱放在大柜上，对麦子说："到底出啥事儿了？"

见老姑一问，麦子又哭了起来。"别哭别哭，到底遇到啥事儿了，你说出来咱们想办法。"老姑对麦子说。

麦子稳了稳神，说："那天我回到家里，我娘高兴得够呛。她说不管怎么说，人总算活着回来了。我娘看到我这狼狈相，就问我，你是怎么逃出来的？我说，一个姐姐把我救了出来。"

"后来呢？"老姑追问。

"我娘看我衣服脏得那样，让我上炕围着大被，把衣服给我洗了。"

老姑问："你没有别的衣服？"

"姐，我们家一人一套衣服就算不错了，还有的人家孩子多，就一两套衣服谁出门谁穿。"麦子解释道。

老姑一想也是，当初自己在家当姑娘时，也就一套衣服，夏天穿，冬天就用它套棉袄。"后来又发生了啥事儿？"

麦子说："我回去的第三天，庄里有个韩大屁股来到我家，见了面就问我娘，听说你家麦子找了个胡子头，这回你们家吃穿不愁了。"

"你娘咋说？"

"我娘说，没有啊，她被一个姐姐给救回来的。可是韩大屁股说，哎哟，谁信哪，一个黄花大闺女在胡子窝一待就是半个多月，那还能有好？"说到这里，麦子又哭了起来。

"后来呢？"老姑追问。

"后来，全庄都传开了。有的人见到我娘就笑，有的人还躲着我娘。我娘回到家里就哭，问我到底是咋回事儿？我说，我宁可死也不会嫁给胡子。"麦子继续说，"我在家又待了四天，实在待不下去了，就来找你，我在庄里没法活了。"

老姑想了想，说："你再等几天，等我们把程三响的胡子窝给端了，然后我再求关家亮子的关爷去你家提亲，风风光光地把你娶走给我当嫂子，到那时候谣言不攻自破。”

麦子听老姑一说，心里踏实不少，但她还是有点儿担心，不知道我爹长得什么样儿。

老姑看出来麦子的顾虑，便说：“明天没啥事，我带你到我家溜达溜达，咱不提这门婚事，就是串个门。”

见麦子没有吱声，老姑想了想又说：“自从我出嫁后，还没敢登娘家门呢。也许有你在，我娘不好意思把我给撵出来。”

第二天吃完早饭，老姑和麦子骑着一匹马，另一匹马驮着两袋面去了赵家窝棚。她们走出五里地，发现半拉子带着四个人在后面不远不近地跟着。临近中午，老姑和麦子到了赵家窝棚，老姑一点儿没犹豫走向家门。这个时节已经快到谷雨了，父亲和三叔正忙着往地里送粪没有在家。奶奶在屋里做饭，她听到院子里好像有动静，以为是父亲和三叔回来了，便说：“别送了，洗洗手吃饭吧！”

老姑说：“正好我饿了，咱们进屋吃饭。”

奶奶一听声音不对，赶紧推开房门一看，原来是老姑。她便气呼呼地说：“我以为你永远不回家了呢，是不是走错门了？”

老姑一听奶奶说的是气话，便说：“我是走错门了，我本想去赵大爷家感谢他当年借给我那匹马。可是我不知道咋回事儿，一直奔家里来了。”老姑说完，对麦子说：“咱们走！”

“死丫头片子，你给我回来，是不是想气死我呀！”闺女再不好也是娘身上掉下的肉，其实奶奶也想老姑。

奶奶抹了一把眼泪，看到老姑身后还有个姑娘，便笑着说：“闺女别见笑，赶紧进屋坐吧。”

“娘，这几年你可真见老了。”老姑看着奶奶说。

奶奶本想说，你在外面疯，还有心思管你娘老不老啊！可是奶奶一看有外人在，没有说出口。

这时父亲和三叔送粪回来了，他们看到院子有两匹马，就知道有人来了。奶奶在屋里喊：“拴柱、留柱，你妹子回来了，赶紧洗脸洗手，咱们吃饭！”

老姑一听父亲和三叔回来了，一下子跑了出去。“大哥，三哥！”

"翠花回来了?"父亲边卸牛车边说。

"三哥,你把马上的面搬下一袋放在家里,那袋送给赵大爷,说我谢谢他当年借给我马。"

三叔走后,老姑对父亲说:"大哥,你赶紧洗完脸进屋。"父亲说:"赶趟,我还得给老牛添草加料呢。"

"给我。"老姑一把将父亲手中的缰绳夺了过去,随手推了一下他,"快去洗脸进屋。"

老姑把牛牵到牛棚里转身出来,看到父亲着急忙慌洗了两把脸就想进屋,她一个箭步蹿上去把父亲拽住。"用胰子好好洗洗。"说完又把父亲扯到脸盆旁,父亲莫名其妙地看着老姑,只能从命。

父亲重新洗完脸,老姑又从屋里拿出一把木梳给他梳了梳头,然后才让他进屋。

父亲进屋,一看还有个陌生姑娘便显得不知所措。老姑介绍说:"这是我大哥,这是麦子。她家也和咱家一样,爹被人给害死了。"

奶奶一看老姑上蹿下跳的觉得挺纳闷。刚才麦子进屋时,她都没有把麦子介绍给奶奶,而偏偏介绍给父亲,奶奶心里明白了几分。

"吃饭,吃饭,我饿了。"老姑催促着奶奶。

"等你三哥一会儿。"

"别等了,我三哥给赵大爷送面去了,也许在他家吃了。"老姑边说边放炕桌,然后拽着麦子上了炕开始吃饭。

奶奶、父亲、老姑和麦子将饭吃到一半,三叔回来了。老姑隔着窗户纸喊:"三哥,老牛还没给拌料呢,你去给拌点儿。"

三叔刚拌完料回到门前准备洗脸,老姑说:"我的两匹马还没喂呢,你把草铡得细一点儿,我的马可吃不了喂牛的草。"

"好嘞!"三叔答应一声又去铡草。这时父亲放下碗,也要出去。老姑说:"大哥,你干啥去?"父亲说:"我去帮老三铡草啊。""你坐下吃饭,三哥一个人就行,是吧娘?"

知女莫如娘,奶奶一看老姑这个得瑟劲儿就知道她是有目的的,所以没有吱声。

老姑他们吃完饭，三叔还没有忙活完。老姑说："娘、大哥，我们该走了。"说着，她拉起麦子往外走。走到院里，老姑也没有忘记当着麦子的面儿称赞奶奶和大哥勤快，院里院外干净得不见一棵草刺儿。

老姑走后，奶奶看着麦子的背影，回头又看看父亲和三叔，叹了一口气回到屋里。自从黄花难产死后，奶奶无时无刻不惦记着给儿子娶媳妇儿的事儿。去年闹灾荒时，奶奶给父亲和三叔买了两个逃荒的媳妇儿，可是没过几天都跑了。

葛小亮和胖猪从哈尔滨回来，他们买回来两万发子弹，还有十箱手雷。

老姑从箱子里拿出一枚鹅卵石大小的东西。"这个小玩意儿叫手雷啊?"

"别看这东西小，一下可以炸死七八个人。"葛小亮解释道。

"有那么厉害吗?"

葛小亮说："你放心吧。这个玩意儿叫 M39 式小型卵形手雷，号称是马铃薯捣碎机，都是外国的玩意儿。"

葛小亮回来的第三天傍晚，老姑把麦子交给了豆花儿，带着人马去围剿程三响。柳条通的行动从来都是这样神秘，不到时候绝对不能让手下知道。当他们快走到程三响的绺子时，老姑下令了："今晚围攻程三响，一个活口不留。"接着她又补充一句，"如有违反者，按里通外国论处。"柳条通的人马可知道老姑的厉害，谁也不敢反驳。

"干什么的?"老姑一听炮台上有人问，抬手一枪，那个人掉进城壕里。这时，其他炮台也打了起来。几个飞抓手没费多大劲儿便上了墙，打开大门。

房子里冲出三四十个睡得迷迷糊糊的人，还击的枪声也稀稀拉拉。葛小亮抛了四枚手雷，把他们都炸灭火了。因为是初次使用手雷，还炸伤了两个自己人。葛小亮一看，这个小东西威力真大，就舍不得再用了。"给我用机枪打!"还剩下几个受伤的程三响手下，一顿机枪突突，顿时没声了。

葛小亮带人冲到正房前，一挺轻机枪开火了，当时就打死柳条通五个人。葛小亮示意大伙躲避机枪，他背着手雷绕到墙根下，顺手扔进两个手雷，“砰砰”两声，机枪顿时哑巴了。可是葛小亮还是不放心，又往三间正房每个里面都扔了一枚手雷，“砰砰砰”，窗棂子和窗纸被炸得粉碎。

老姑一听，程三响绺子没有了还击的枪声。“点亮子，外围把住不许一个人跑掉，其他人都进去挨个屋子搜。”

手下搜查了大约半个时辰，有人把程三响和姨太太的尸体也抬了出来。“有人认识程三响吗？”老姑问。

“我们认识。”这时走过来两个手下。

“你看看是他吗？”

那两个人看了一眼血肉模糊的人，没敢拿准。其中一个人抓起一只手一看：“就是他。”原来程三响是个六指儿。

“把他们的枪支、弹药、粮食和马匹都集中一下带走。”老姑命令着。

老姑走进程三响的屋子里，发现有个上锁的大木柜。她对着铜锁“啪啪”就是两枪，打开柜盖一看，里面还有不到二百大洋和一些不值钱的纸币。

不大一会儿，半拉子跑过来，手里拿着几个子弹带。“二当家的你看，他们的子弹袋里大部分装的都是高粱秆瓤子，根本就没有几颗子弹。”

老姑一看可不是嘛，程三响绺子都混成这个模样了，还在吃喝玩乐，不完蛋才怪呢。

临出门，老姑下令：“烧了这个狗窝，寸草不留。”

点燃房子，柳条通人马撤了，大火烧了一天一夜。没用多长时间，江湖中就传出了，柳条通把程三响给灭了。

葛小亮回到柳条通后，还当着老姑的面儿夸赞手雷的威力，同时也惋惜当初怎么没多买几箱。

第十四章　出人意料

民国十七年（1928 年）七月，老姑听说三家子码头有个姓雷的掌柜在经营，肺都要气炸了。“凭啥让姓雷的经管哪，三家子码头是我家的。”

葛小亮一看老姑暴跳如雷，便劝她：“二当家的，你别着急，我去踩踩盘子，回来再作打算。”

“快去，快去，夺不回三家子码头，我一把火烧了它，也不能让别人经管！”老姑气得满脸通红。

葛小亮和胖猪一起过江，打探三家子码头的消息去了。

临近中午时，半拉子从梧桐河买回两车大米。

看到大米拉回来，老姑又发火了。“半拉子，以后粗粮淡饭就行了，别弄那么多细粮，能吃得起吗？”她说完还觉得不解气，“明天你去山上熊瞎子沟，把那些年龄大的、吃闲饭的统统赶走，柳条通又不是菩萨庙。”

半拉子看了一眼老姑，心想：这段时间二当家的是怎么了，火气也忒大了！可是，他哪里知道，这个阶段，老姑已经去了好几次佳木斯，每次都小心翼翼。孟小彪说她骑马扎眼，老姑就坐车去；孟小彪说她说话土气，她就故意练着洋腔洋调。即使这样，孟小彪对她还是很冷淡，就连寒暑假也不回来。小彪不回柳条通还不算，每个月花钱如流水，打扮得一副少爷派头。孟小彪还对老姑说，他要做个文官，将来想当佳木斯行署教育委员。老姑原打算等到小彪国高毕业回来做大当家的，没想到他想当民国官员，因为她一肚子苦水没地方倒，所以经常发火。

葛小亮和胖猪去了三家子码头，他们来到梓子场找黄四。

“干什么的?”一个面色黝黑的大汉问。

葛小亮说：“兄弟，向你打听个人，黄四在吗?”

“你和他啥关系?”

“我们是老乡。”

黑大汉自言自语道：“老乡?”他又问葛小亮：“你们说话怎么不是一个味儿，听你口音好像是山东人。”

“是这么回事儿，黄四老家原来也是山东的，后来去了河北。”葛小亮解释道。

“你等着，我去叫他。”黑大汉说着就向三家子码头大院走去。

黑大汉走后，葛小亮发现其他人都用奇怪的眼神看着他们。葛小亮给胖猪使眼色，示意他如果发现情况不对就跑。胖猪把马调了过来。

不一会儿，三家子大院东大门打开，突然窜出来十几个骑马端枪的人。“不好，快跑!”葛小亮和胖猪骑上了马，一溜烟儿地奔着驼腰子方向跑去。这些人追了十五六里，也没追上。真悬哪!

天黑时，葛小亮还是有些不甘心，便来到佳木斯找关爷，可是关爷回关家亮子了。葛小亮以前来过巨丰绸缎庄，掌柜认识他。葛小亮问陈掌柜：“听说三家子码头现在由一个雷掌柜经营，这个人什么来历?”

陈掌柜说：“你还不知道啊，雷掌柜只不过是个替身，谢宝山才是大东家。”

“什么?”葛小亮的脑袋嗡的一下。

“谢宝山没有死?不对呀，他跳江时我还给了他一梭子子弹，怎么还活着?”胖猪惊讶地张着嘴。

陈掌柜说：“我也是听关老爷说的，谢宝山自从那次出事儿后经常待在哈尔滨，只是商会有活动或者运木材时才回来。”

“陈掌柜，你知道商会什么时候有活动吗?”

“这个我可不知道，你得去问关老爷。”

葛小亮和胖猪蔫头耷脑地从绸缎庄出来，两个人找了一个驴肉馆吃了顿饭，又到渔火客栈住下。

当天晚上，葛小亮和胖猪到江南打探消息没有回来。点灯时分，老姑问半拉子：“小亮他们回来没有？”

“二当家的，你先回屋歇着，他们回来我立马告诉你。”

“咋回事儿，他们办事儿从来没有耽搁过呀？”老姑好像是在自言自语。她现在真有点儿后悔，早上他们出门时，自己不应当发脾气，这样不吉利。

老姑回到自己屋里，有些坐卧不安，不由自主地在神位上了三炷香，保佑葛小亮和胖猪平安。

这一夜，老姑没有睡觉，她屋里的油灯一直点到天亮。

天刚亮，老姑拎着枪走出了房门，她冲着大门炮台喊：“小亮回来没有？”

“没有，二当家的。”郝老七站在炮楼上回答。

“七哥，他们回来立马告诉我。”老姑说完就往回走。老姑边走边想：人都说，天作有灾，人作有祸。难道因为我乱发脾气，他们真出事儿了？

太阳升起两竿子高时，葛小亮和胖猪回来了。葛小亮来到老姑屋里，把去三家子码头找黄四的事情前前后后讲了一遍。

老姑听后，一屁股坐在炕上半天没有说话。

葛小亮说：“二当家的，你别着急上火，这几天再找关爷打探一下谢宝山的消息，攻打三家子码头不迟。”

老姑缓了缓神儿，说：“不管谢宝山在不在三家子码头，我们都要把它打下来，能占就占，不能占就一把火烧了它。”

“既然二当家的这样想，我们就打。还不信了，凭我们现有的武器，一百六十多号弟兄还打不过他们那几个护院？”半拉子满不在乎地说。

葛小亮想了想，说：“即使强攻我们也得准备一下，半拉子你明天去一趟兴山煤矿弄点儿炸药回来。”

“干什么？”半拉子问。

“炸他们大门哪。”

“胖猪，你组织飞抓手训练一下。”葛小亮吩咐道。

第三天下午，一切准备就绪。郝老七给每个人发了两张白面油饼，一个咸菜疙瘩，大伙就知道又要砸窑了。

老姑也穿戴整齐，只见她穿着藏蓝对襟粗布衣，腰扎黑布带，下身免裆裤，黑腿绑，脚上一双千层底布鞋，头系浅蓝包头巾。老姑这身打扮，没有一点儿女人味儿，绺子人一看就知道她肯定要冲锋陷阵了。

葛小亮小声对半拉子说：“今晚你负责二当家的安全，你手下的弟兄由我来带。”

就在这时，炮楼上有人喊：“二当家的，外面有个人找你。”

“谁呀？”老姑问。

“不认识！”

老姑感到奇怪，什么人在这个关键时刻来找麻烦，她气哄哄地来到大门前，顺着门缝往外一看原来是大哥。

老姑急忙打开大门：“大哥，你咋来了？”

父亲看到老姑一愣，但马上又认出了她。“翠花，你咋这个打扮？”

“别管了，你来是不是有急事儿，咱娘咋了？”老姑边说边拉着父亲往里走。

“咱娘没咋地，黄大姨家出事儿了。”

“黄大姨家出啥事儿了？”老姑焦急地问。

父亲说：“咋回事儿我也不知道，反正听娘说大姨夫被绑票了，娘问你能不能借给一些钱赎大姨夫？”

“黄大姨在哪儿？”

“她……”还没等父亲说出战黄氏在哪儿，老姑急了。“看看你吭哧瘪肚的，快说呀！”

“她在咱家里。”父亲慢吞吞地说。

老姑一听：“备马，半拉子一会儿把我哥送回去。”老姑进屋，将两支匣子枪往背后一插，骑上马冲出柳条通大门。

跑出三里地，半拉子也追了上来。“你咋跟来了，我不是让你送我哥吗?”

“你哥有人送，咱们快走吧!”半拉子说。

老姑想：我娘是个万事不求人的主儿，更何况我是个胡子，不到万不得已，娘她绝对不会让大哥来找自己借钱，绑票的胡子一定要钱很急。会是哪个绺子干的呢?

十八里路，也就几袋烟的工夫就到了，跑得梨花马浑身是汗，气喘吁吁。

老姑一直骑到院里，跳下马急忙进屋。进屋里一看，除了奶奶外，还有一个老太太，这个人肯定就是黄大姨了。

没等奶奶介绍，老姑便问：“黄大姨，到底咋回事儿?”

还没等战黄氏说话，奶奶就说：“翠花，你把大洋带来了吗?”

“我还没弄明白咋回事儿呢，也不知道要用多少大洋啊!”接着，老姑问战黄氏：“黄大姨，他们要多少大洋，哪个绺子干的?”

战黄氏说：“他们要五千大洋，我东挪西凑好不容易才凑够一千五百块大洋，我到你妈这里看看能借多少是多少。外甥女，大姨求你伸把手，怎么也不能让他们撕票呀!”战黄氏说完急得直哭。

“你还没告诉我，是哪个绺子绑的?”老姑焦急地问。

“还能有谁，就是帮助谢宝山杀死你爹的老来好。”

“他们啥时间要钱?”老姑问。

“他们捎信说，最晚明天下午让我把钱送去。”

“绺子倒是有些钱，不过我没有带来，一会儿我回去给你准备准备。”老姑说。

奶奶一听“绺子”二字便不高兴了，她不想让战黄氏知道老姑是个胡子，便说：“你家有多少钱拿来多少，啰唆个啥?”

奶奶想得太单纯了，其实大车店的消息非常灵通，战黄氏早就猜到了老姑可能是胡子，不然她不会找奶奶借钱。既然奶奶不愿说，战黄氏也不愿意把这层窗户纸捅破。

老姑说：“黄大姨，你住在我家等着吧，明天我把钱准备好来接你。”

“那我先谢谢你了，要是把你大姨夫赎出来，大姨打个祖宗板儿把你供起来。”

“黄大姨，你这是说的哪里话，你是我家恩人，没有你我娘早就没了。”老姑说完，风风火火往外走。

“翠花，不坐一会儿就走了?”

“大嫂我有急事儿，以后我再来看你。”被老姑叫作大嫂的就是我妈，也就是麦子。

老姑和半拉子一起上了马回到柳条通。

葛小亮一看老姑他们回来了，便问：“还去不去三家子码头了?”

“还去啥呀，小亮、半拉子、胖猪和七哥，你们都到我屋里来。”

葛小亮一听，肯定出大事儿了，便跟着老姑进了正房。

大家坐下后，老姑说：“我娘有个干姐姐在悦来镇开大车店，我娘到东兴镇和悦来镇告状时，是她救了我娘。”老姑继续说，“我大姨夫被老来好绑了票，他们要五千大洋赎金，黄大姨没办法来向我借钱。”

“这么黑呀，绑了一个大车店掌柜就要五千大洋，那么绑了钱庄和绸缎庄东家还不得要两万哪?”胖猪不理解地说。

“这个老来好，早晚得收拾他，把他的心挖出来看看，到底黑到什么程度。”一向不愿意说话的郝老七也开腔了。

老姑一看葛小亮闷着头一言不发，便问：“小亮，你倒是拿个主意呀!”

葛小亮慢慢抬起头，说：“为了安全起见，应当先把人赎出来。”

老姑一听，把丹凤眼都瞪圆了：“赎回来，那么五千大洋不是打水漂了吗?”

“晚上，我们再打进去把钱抢回来。我考虑过，对于老来好，我们早晚要打一仗，因为他是二当家的杀父仇人。”

“照你的意思，在赎我姨夫的当天晚上就打老来好?”老姑看着葛小亮问。

“就在当晚动手。按照绺子规矩，凡是干成一宗大买卖都要摆庆功宴，这时候我们下手一定是败少胜多。”葛小亮胸有成竹地说。

可是半拉子有些不同看法，他说：“老来好不是一般绺子，他们比我们人还多。虽然家伙不如我们，但那些人都不白给，打进老来好大院，没那么容易！”

老姑说：“还有其他的办法吗？”

葛小亮说：“还有一个办法就是智取，可是那样太危险了。”

“你说说看。”

“那就是在天亮之前，我带人埋伏在老来好大院周围。二当家的，你带着黄大姨、半拉子和几个化装的老人，再从伙房里叫来几个婆子、孩子麻痹老来好。”他停顿了一下又说，“到了老来好的大院，见到老来好和大姨夫，二当家的用枪逼住老来好，半拉子你带着几个化装的老人保护好二当家的，撤出大院，我们接应。”

半拉子说：“没那么容易，我听说老来好手下有两个‘内四梁’都是炮手出身。”

“如果我们发现你们没撤出来，我就带人攻进去。”葛小亮说。

“不行，这也太冒险了。”郝老七不同意。

老姑说：“别呛呛了，就这么定了。”

当天半夜，葛小亮和郝老七带着人马走了。第二天天刚亮，老姑和半拉子赶着马车去接战黄氏。到了奶奶家，老姑发现黄大姨瘦了一圈，眼圈都发黑，显然她一夜没睡。奶奶问老姑：“你把钱准备好了？”

老姑说：“准备齐了。”

战黄氏上了马车，奶奶说：“翠花，你也跟着一起去吧，还能为你大姨壮壮胆。”

“知道了。”

老姑上了车，半拉子赶着马车走了。奶奶还是不放心：“姐姐，你也小心点儿。”

“知道了。”战黄氏回答道。

老姑他们回到柳条通一看，除了几个站岗守院的外，就是几个老人、小孩儿在院子里守着一堆炸药、两挺轻机枪和一个钱匣子。老姑知道，这都是葛小亮事先安排好的。

半拉子带人把东西都装上车，用麻袋将机枪伪装好，把钱匣子放在上面。老姑打开钱匣子一看，下面是手雷，上面摆了一层红纸包的现大洋。看完后，老姑不得不佩服葛小亮的细心。

看到这一切，战黄氏心里有些犯嘀咕，赎人带着枪，好比拿着火把进洋火油库，太危险了。“外甥女，你打算怎么赎人呀?”

老姑说：“你就别管了，我都安排好了。”

“这样去赎人，恐怕不但人赎不回来，还要搭上性命。”战黄氏似乎在自言自语。老姑装作没听见。

半拉子说：“一辆马车坐不下这么多人。”

老姑看了看马车：“这么大的车还不坐个十人八人的?”

“炸药上不能坐人，太危险。”半拉子解释道。

老姑说：“我和几个男的都在地下走，你们坐车。”

“这路途可不近哪，还有三十里呢。”

“实在不行，我们四个骑马，半路上把马藏在大草甸子里。”

“这是个好办法。”半拉子赞同道。

这时，战黄氏说：“我说大外甥女，赶紧走吧，万一去晚了，你姨夫被撕了票，大姨可就没法活了!”

“马上就走，备马上车!”老姑命令着。

几个老人和孩子都上了车，老姑的马还没有备好鞍呢，战黄氏便催促半拉子赶车走。半拉子看了老姑一眼，老姑示意他先走，他们四个人在后面追。他们出了柳条通还不到三里路，老姑便追上了马车，一起奔向老来好。

这一路，老姑想着如何动手，既能将老来好生擒，又能尽量减少伤亡。而战黄氏想的是，怎样保证老战头毫发无损，又不被老姑牵制，到了关键时刻，她会不惜自己性命为老战头挡枪子儿。

还有五六里路就到了，老姑和其他三个人把马藏好后，跟着马车走。

“二当家的，你上车吧，这里还能坐一个人。”一个伙房的老妈子说。

“你们几个人记住，到了那里不许喊我二当家的。”老姑告诫他们。

“咱们这是去哪呀?”另一个老妈子问。

老姑回答：“大婶，你先别问了，到了你就知道了。”

马车吱吱呀呀向前走着，不一会儿便到了老来好大院的西大门。

“干什么的?”炮台上有人问。

“我是来赎人的。”战黄氏说。

“你赎哪一个?”

老姑一听，原来老来好绑的肉票还不止一个。“赎大车店战掌柜!”

“等一下，我给你们开大门。”说着一个胡子从炮台上下来。

这个地方比柳条通大多了。大院东西长差不多一里，南北宽大约半里，四个大门，八个炮台，周围壕沟三米多深，加上土墙有六米多高。那个年代，东北的城堡都是掘壕起墙，讲究一点儿的夯土版筑，像样一点儿的大院，门楼和炮台才用红砖垒砌，一般的都用土坯砌炮台，不像关内城池用砖石垒砌得那么牢固。

大门打开后，出来三个胡子。一个胡子说：“大当家的说了，让你们把马车赶进来。”而另一个说：“等等，咋来这些人?”

老姑刚想说话，可是战黄氏发话了。“这位爷，这些人都是我们家里亲戚，是给我壮胆的。”

“那就赶进来吧!”

“驾!”半拉子刚想赶车。

“等等，告诉你们大当家的，我们就在门口赎人。”战黄氏突然变了卦，这让老姑感到措手不及，她看了一眼半拉子，半拉子又看了一眼老姑。然后老姑说：“不仅要在大门外赎人，还必须让你们大当家的亲自把我姨夫送出来，不然我们把钱拿走不赎了。”老姑的想法，只要见到老来好你就别想跑，至于后果如何，老姑不管那么多。

“臭娘儿们，谱摆得不小，你们等着，我去问问大当家的。”一个胡子说完跑进大门。

不一会儿，这个胡子又跑了回来。“大当家的说了，不进来拉倒，你们等着收尸吧！”

战黄氏一听着急了：“赶紧把马车赶进去！”

“等等，即使赶进去也得让大当家的亲自把我姨夫交到我们手里。”老姑说着跳上车，打开钱匣子将一卷大洋掰开，大洋落了一车。

“妈拉个巴子的，是谁这么硬气，还非得让老子亲自出马啊，把车赶进来！”听了这个人的话，老姑想，这个人可能就是老来好。可是老姑仔细一看，面前站着的是一个又瘦又小的干巴老头，怎么看他都不像一个绺子的大掌包。老姑在心里嘀咕，就这么个干巴小老头，是害死我爹的凶手？

马车和人都进了院，可是战黄氏没有看到老战头，心里“咯噔”一下。“大当家的，我男人呢？”

“妈了个巴子的，你拿你家男人当个宝，他在我这里算个屌。把那个姓战的给我弄过来！”老来好说完，又问，“钱呢？”

“在这呢。”老姑拿起一个用红纸卷的大洋给老来好看，“见不到我姨夫，钱可不能给你。”

“哎，小娘儿们，找死啊！”说着，便围拢过来几个胡子。

老姑下了车，笑着说：“爷，你们别生气，这是我娘教我这样说的。”她一转身，对老来好说：“大爷，江湖上都说你是英雄好汉，是个重信誉的人，我在这里给您老人家赔不是了。”说着，老姑向前跨了一步，要给老来好施礼。

“不用了。”老来好摆着手说。

这时，老战头被人带了过来。“带到我这里来。”老来好回头说。

就在老来好回头的一刹那，老姑嗖地一下从背后将两把匣子枪抽出来，一个箭步上前顶在老来好的脑袋上。“让你手下的弟兄把枪放下，不然我就搂火了！”

这突如其来的变故让老来好吃惊不小，但他毕竟是在江湖上滚过来的人，伸手就想夺枪。老姑突然飞起一脚，踢在他的胯裆上，老来好疼得蹲了下去。老姑一辈子就会这一招儿，但这一招儿非常管用，使她受益终身。

“都放下枪！”半拉子端起轻机枪，冲着天上便是一梭子。“嗒嗒嗒”这一梭子子弹是在向外面发信号。

柳条通扮成老人的三个人，上前将老战头抢了过来。同时让其他人都蹲在马车下。

“半拉子，赶紧带着我大姨他们出大门，现在他们不敢开枪。”老姑命令着，但眼睛始终盯着老来好。

老来好原来没有思想准备，他认为一个赎票的，进到大院就得吓尿裤子，谁敢闹事儿？

二当家的和四当家的听到了机枪声觉得不好，抄起枪就往院里跑，一看大当家的被一个小娘儿们用枪顶在脑袋上，他们示意手下不要轻举妄动。

老姑见人都围了上来，便对老来好说：“老来好，我告诉你，我是柳条通的，想从我枪下逃生的人还没出生呢！”

这时候，墙头的三当家的已经把枪口对准老姑的脑袋。老姑看也没看说：“墙上的老东西，你把枪收起来，不然我让你们大当家的脑袋开瓢，不信你就试试。”

二当家的示意他不要开枪，三当家的站了起来。

老姑回头又看了一眼马车。“你们看看车上，那都是炸药和手雷，要是你们敢放肆就炸平你们大院。”老姑一看，有几个老来好的手下在笑，便说：“烧火的，让他们见识见识手雷的威力。”

听到老姑的话，一个老人嗖地一下甩出一枚手雷。“砰！”手雷炸响，把土地炸个坑。虽然四当家的手下离手雷落到的地方有七八米远，还是被手雷炸伤了。老来好的人向后退了几步。

“让他们放下枪！”老姑对老来好喊着。可是老姑发现，老来好的脸还是不阴不阳，并没有让他手下缴枪的意思。

老姑这个气呀，她对烧火的说：“过来，把手雷给大当家的揣在怀里一个！”

老姑太小看老来好了，就在烧火的给老来好往怀里放手雷时，老来好抱住烧火的就地一滚，躲开了老姑的枪口。砰的一声，手雷将老来好和烧火的同时炸死。

老姑一愣神儿，正在为烧火的惋惜时，老来好的手下冲了上来。

“不好，二当家的快撤!”这时，半拉子端着机枪掩护着老姑，另一个装扮成老人的也端着挺机枪向炮楼射击。

密集的枪声响起，马匹毛了，奔着老来好手下的人群冲去。老姑一看正是机会，她对准马车上的炸药包“啪啪啪”便是三枪。“轰”的一声，炸药包连同手雷一起炸响，车马旁倒下五六十人。马车和马匹都被炸上了天，震得老姑两眼直冒金星。

这时，柳条通的人马都冲了进来，双方展开了激战。虽然老来好死了，但他们手下的人马一点儿都不乱，每个“梁子”的各带一群人，有组织地向柳条通的人马进攻。葛小亮给了羊倌儿十几枚手雷，让他炸掉炮台。羊倌儿接过手雷，在机枪的掩护下，将手雷抛向炮台。羊倌儿从小放羊，石头打羊是他的拿手绝活儿，撇得又远又准。他炸完炮台炸人群，炸得老来好的手下晕头转向。

葛小亮、胖猪、半拉子和郝老七各带一路人马，追击老来好被打散的胡子。

葛小亮说：“胖猪，你带上一伙人上墙，哪里有他们的人就往哪里打。半拉子，你骑马跟我正面追击，专打街道上跑的家伙。郝老七，你专门攻打房屋里的人，不缴枪的统统打死。”

由于老来好绺子的人没有准备，来不及备马，所以一个地下跑，一个马上追，吃了不少亏。加上柳条通绺子都使用的是马枪，更适合马战，不一会儿，将老来好的人打得七零八落。只有老来好绺子二当家的，带着五十多人从西门跑了出去。胖猪追击到草甸子了，打死他们二十多人。

这一仗是柳条通有史以来打得最惨烈的一次，也是打得最漂亮的一次，打死、打伤老来好绺子一百三十多人，逮住了四十多人。柳条通也死伤了四五十人。这次攻打老来好收获也很大，缴获金银、哈洋和纸币折合大洋五万多块。得到粮食十车，马八十多匹，长短枪一百多支，还有许多弹药。

柳条通人马撤退时，一把火烧了老来好的胡子窝，老姑这个解恨呀。

回来的路上，战黄氏想，翠花这个丫头真是有胆有识，这么一大帮胡子都听她的，她是二当家的，那么谁是大当家的呢？于是她试探地说：“外甥女，一会儿回到你们那里，你得给我引见一下大当家的，也好当面儿谢谢人家帮忙，不然显得咱们不懂规矩。”

“大姨，不用谢他，再说他现在也没在家。”老姑解释道。

一个多时辰，老姑一班人马回到柳条通。进了大院，老姑将战黄氏和老战头让到上房。“大姨，今晚你和姨夫就住在我的屋子里，我马上让人做饭，都饿了吧？”

“外甥女，我们怎么能住你的屋子呢？你给我和你姨夫找个屋子住就行。”

老姑说：“大姨你就别客气了，我还等你打个祖宗板儿把我供起来呢。”说完，老姑向战黄氏做了个鬼脸儿走了出去。

“七哥，快告诉伙房做饭，大伙都饿了。”老姑吩咐着。

老姑回到自己屋子里，看到战黄氏盘着腿坐在炕上与老战头正说着被绑架的经过。原来老战头是被老來好的人给骗出去绑票的。

战黄氏气愤地说：“这帮胡子，都不得好死。”她说完，抬头看了老姑一眼，马上觉得这句话说得不太合适，便说：“外甥女你别多心，你和他们不一样。”

“大姨，你和姨夫都是我的长辈，愿意说啥就说啥吧。”老姑笑呵呵地看着战黄氏。

就在这时，有人把饭菜送了进来。老姑一看四个菜，顺手摘下墙上的酒葫芦。“来，大姨、大姨夫，外甥女给你们压压惊。”说着，给每人倒了半碗白酒。

这酒喝的，从下晌一直喝到晚上。

第二天早上，老姑让伙房做了几道供菜，她要到江边祭奠爷爷。老姑摆上供桌，然后点着三炷香，冲着三家子码头磕头。“爹，老闺女给你报仇了。老闺女向你发誓，不把仇人杀光我誓不为人！”接着她又说，“老来好啊，老来好，你这个狗东西，想不到会有今天吧？这就是善有善报，恶有恶报。老来好，我还听老人讲过，不报当世报子孙，以后你到了阴曹地府少干点儿缺德事儿。”

祭奠完爷爷，老姑回到柳条通大院，心情有点儿不好。她怕黄大姨看出来多心，便到豆花儿的屋里坐了一会儿。

豆花儿说：“二当家的，我和谷子、糜子都商量好了，我们也要跟你学打枪，将来再砸窑时，我们都跟着你，也好有个照应。”

老姑似乎很沉重地说：“唉，我劝你们能不学就不学。俗话说，常在火里钻，早晚冒青烟。你们看看，在咱们这疙瘩有一百多个绺子，哪有女人出马砸窑的。”

“二当家的，我听说太平川就有个女胡子头，还有关家亮子、何家油坊、王家烧锅那些大户人家的女人都会骑马打枪。”豆花儿说。

老姑说：“豆花儿，你们几个以后私下都叫我姐姐，别一口一个二当家的，听着别扭。”她停了停又说，“你们练枪的事儿，我得跟葛小亮他们商量商量再说。”

老姑情绪稳定后，回到自己房里。她从钱箱子里拿出二百大洋递给战黄氏：“大姨，这是外甥女孝敬你的。”

“这可使不得，你救了你姨夫我还没感谢你哪，怎么能拿你的钱？”战黄氏摆着手说。

“大姨，让你拿着就拿着，跟晚辈还客气啥。”老姑故作生气的样子。

“使不得，使不得，昨晚我都跟你姨夫说了，回家我们就把家里的一千五百块大洋都给你送过来。这年头办事儿，就得亲是亲，钱是钱，我们不能让你白出力。”

老姑说：“家里的钱，你们该还给谁就还给谁，要是你们送来，我就敢把钱扔出去。啥世道也不能没有亲情啊！”她说完，又把二百大洋塞给了战黄氏。

“不行，不行，这成啥事儿了。”一向不善言语的老战头说话了。

老姑说：“我们干胡子这一行，都是整天把脑袋别在裤腰带上，说句不吉利的话，将来外甥女有那么一天，你们就给我买点儿纸烧吧。”

老姑把话都说到这个分儿上了，战黄氏和老战头也不再推辞了。

吃完早饭，老姑派半拉子送大姨和大姨夫，并告诉他一定将他们送到家。

收拾停当，老姑亲自将战黄氏和老战头送到江边。“大姨、大姨夫，你们多多保重啊!”

“知道了，你回去吧!”战黄氏上了船还掉了几滴眼泪。

送走战黄氏，老姑回到柳条通大院，她发现葛小亮将从老来好那抓来的四十多人叫到了院子里。“愿意留下的留下，不愿意留下的每人给五块大洋回家。”可是葛小亮问了几遍，只有一个人站了出来。因为那个年代，回家没饭吃还得挨欺负，当胡子不白当可以养家，每次砸窑绑票都能分到大洋。

葛小亮问要走的人：“别人都不走了，你为啥要走?”

那个人说：“老来好救过我的命，我得回去把他老人家埋了。”

葛小亮一听，这个人有情有义，便问：“你叫啥名?”

“猪倌儿。”

“胖猪，你带着猪倌儿去买一口上好的棺材，把老来好埋了。”

胖猪带着猪倌儿一帮人走后，老姑问：“小亮哥，能找到烧火的家里人吗?”

葛小亮说：“能找到，明天我就派人给他们家里送些钱去。”

第十五章　夺取码头

民国十八年（1929年）三月的一天，有个人骑马来到柳条通大院外。“这里是柳条通吗?”

“你是干啥的?”郝老七在炮台上问。

“兄弟，告诉二当家的，就说我是悦来镇大车店来的，找她有急事儿。”

“你等着!”郝老七下了炮楼来找老姑，“二当家的，院外有人找你。”

老姑问：“啥人找我?”

“他说是悦来镇大车店的，找你有急事儿。”

“来了几个人?”老姑问。

“就他一个人。”

“一定是黄大姨家出啥事儿了，跟我去看看。”老姑说着便来到大门前。

大门打开，老姑一看不认识。“你找谁?”

“你就是二当家的吧，你黄大姨让我来找你。”那个人说。

“进来说吧。”老姑领着那个人走进正房西屋。这时，葛小亮听说有人来找老姑不放心也跟了过来。

老姑问来人：“黄大姨有啥事儿?”

“我是悦来镇大车店的伙计，你黄大姨让我告诉你，说你娘去县衙告状时，被打了板子，现在还在大车店里养伤呢。”

“我娘也真是的，吃一百个豆不嫌腥，怎么还去告状，那些狗官谁能为她主持公道?”

小二说：“你娘就是这么个人，不到黄河不死心。”

老姑问：“我娘是不是又大闹县衙了才被打的?”

“别提了，你娘只是喊了一声知事大人，就被打成那样了。”

“叫知事大人有啥不对，难道应当叫他狗官?”老姑不理解。

原来，奶奶这次到悦来镇告状，桦川县衙公署已经改为县政府，县知事也改为县长。就因为一个称呼，奶奶被打了一顿，然后被拖出了县政府大院。

奶奶从地上爬起来后，一看自己骑来的毛驴也不见了，还发现门前几个站岗的警察一脸坏笑。她心里有了数，一定是这帮坏种将毛驴牵走换酒喝去了。奶奶心里这个气呀，她看着这帮警察，眼睛都立起来了。

“看啥，不服气呀?滚犊子!”一个警察呵斥着奶奶。

奶奶回头狠狠地瞪了那个警察一眼。就在奶奶回头瞪警察时，无意中看到谢宝山从县政府大门走了出来。她看到谢宝山一激灵，心想：谢宝山不是早死了吗，怎么还会出现在县衙?

谢宝山走出县政府大门，仰着脸装作没有看见奶奶，骑上马走了。几个警察都跟他点头哈腰的。

奶奶以为是在做梦，她掐了一下自己的大腿，生疼。这才知道，自己不是在做梦，那个人真是谢宝山。“谢宝山，你这个挨千刀的，老天爷咋不睁开眼淹死你这个鳖羔子!”

站岗的警察一看到奶奶敢在县衙门口骂人，上来就给她一个嘴巴。“臭娘儿们，找死啊!”

奶奶气得眼眉都立起来了，骂道：“警察狗子你等着，不用你们得瑟，等我儿子当了官，非收拾你们不可。”

奶奶盼着能当官的儿子，是指宝弟。宝弟在佳木斯国高上学一直名列前茅，关爷想把他保送到中华哈尔滨工业大学。

奶奶见谢宝山已经走远，根本不理会她，便一瘸一拐地奔向大车店。战黄氏一看到奶奶便问：“又是哪个浑蛋把你打成这个样儿?”

奶奶说：“别提了，我去县衙门告状，人家根本不问我状告的是谁，而是怨我把县长叫成了知事大人。”

“唉，我的傻妹子呀，那根本不是你叫对叫错的事儿，人家是故意找茬儿打你。”战黄氏对奶奶说。

“对了姐姐，你不是说谢宝山被胡子劫了掉进江里淹死了么，咋又出现在县衙门口了？”

战黄氏扶着奶奶往里屋走。“进屋吧，我先给你看看棍棒伤，一会儿再跟你细说。”

来到里屋，战黄氏一看奶奶的屁股和腰部全被打得紫青，心疼得直掉眼泪。“这帮挨千刀的，下手也太狠了。”

“老头子，你赶紧去给我妹子找个先生治伤。”听到战黄氏的话，老战头走了出去。

老战头走后，战黄氏回到了里屋。“你先趴着，我给你用酒揉揉。”

“姐姐，你先别忙着给我揉。我想问你，谢宝山这个损犊子到底是咋活过来的？”奶奶迫不及待地问。

“上次我不是跟你说了嘛，谢宝山坐着老毛子运木材的火轮在大砬子山被一个绺子给劫了，当时听说那个胡子头也被打死了，谢宝山也掉进了松花江里。”战黄氏停了停，说，“后来听牢头说，谢宝山在河南老家时，就在洛河边上长大，水性极好，他能在水里换气待上半天，这样他才逃过一劫。”

奶奶叹口气说：“这个坏种，老天咋也不睁睁眼，把他淹死呢！”

“你知道打劫谢宝山运木材火轮的是谁吗？”

奶奶说：“我哪知道！”

“打劫谢宝山运木材火轮的就是你们家丫头翠花。”战黄氏对奶奶说。

“啊？咋会是她？”奶奶腾地一下爬起来，然后龇牙咧嘴地问，“这么说小虎出事儿了？”奶奶关心孟小虎似乎胜过老姑，但实际上奶奶是怕老姑守寡。

“你怎么起来了，快趴下，快趴下！”战黄氏急忙将奶奶按在炕上。

“是这次翠花跟你说的？”奶奶急切地问。

“翠花倒是没有跟我说，是半拉子送我们回家时说的。”战黄氏说道。

“唉！我们娘儿俩咋都是这个命哟。”奶奶叹息道。

战黄氏知道奶奶说的是什么意思，便说：“妹子，你也别上火，我听说翠花已经嫁给她小叔子了。”

正在奶奶和干姐姐说话的时候，老战头领着老中医走了进来。老中医看看奶奶的伤势，叹了一口气，从药包里拿出一些红伤药。“你给她抹上就不疼了。”说完，老中医收拾东西走了。

送走老中医，战黄氏给奶奶上药。奶奶觉得凉哇哇的，顿时减轻了疼痛。

战黄氏叹了一口气：“这个世道，老百姓真是没有活路了。我就是个小脚女人，不然我也去当胡子，把县衙一把火烧了。”

奶奶用奇怪的眼神看着干姐姐：“你咋也这么想？”

“傻妹子呀，你都告了快二十年了，哪有青天大老爷为你做主呀？要不是翠花打死老来好，谁能为妹夫报仇？”战黄氏感慨地说。

“一个丫头片子整天打打杀杀的，也不嫌砢碜。”奶奶有些不屑。

“妹子呀，一提起翠花当胡子的事儿，你就觉得脸上无光。她当胡子不也是为了给妹夫报仇吗？”

“自古替父报仇都是男儿的事儿，哪有一个丫头片子破马张飞地到处报仇的。”

“我说妹子，你不也是女人嘛，整天到处告状就不怕别人说你破马张飞了？”

“我可不一样，替夫申冤自古就有。再说，我走的都是正道。”

“走的是正道，可是妹夫的仇你报了么，还不如外甥女杀了老来好来得痛快。”

“我咋不信老来好是她打死的？”

战黄氏说：“你没看到啊，翠花打老来好的时候，简直就是穆桂英，不对，比穆桂英还要厉害一百倍。当时她用双枪顶住老来好，面对着一百多个拿枪的胡子脸不变色心不跳，这回我算长见识了。”

奶奶说：“你别听那帮胡子瞎吹，他们都是有骆驼不吹牛。”

战黄氏摇了摇头说：“这都是我亲眼看到的，那可不是瞎吹。”

“胡子再厉害也招人恨，我这一辈子遇到至少三伙胡子，他们都说杀富济贫，结果还是欺负穷人，没一个好东西。”奶奶愤愤地说。

“你知道蒋一刀和程三响都是谁整死的吗？那都是翠花干的。”战黄氏继续说，“妹子呀，我把话先放在这儿，谢宝山和独眼龙早晚得死在她手里，你看着吧！”

“我不稀罕那一套，整不整死谢宝山，我都要告，不把三家子码头要回来，我死也不甘心。”

战黄氏一听，已经说到这个分儿上了，她这个干妹子还是这么固执，也就不再说什么了。

战黄氏走出里屋，来到马圈对小二说：“你去柳条通找二当家的，告诉她谢宝山已经回到三家子码头了。”

老姑一听到有谢宝山的消息喜出望外。“小亮，你赶紧布置一下，今晚咱们去砸三家子码头，活捉谢宝山为我爹报仇。”

葛小亮听了老姑的话，没有立即回答，而是问了小二有关奶奶和大车店的情况。老姑一看葛小亮有些不太信任小二，便说：“快召集人马，不然明天恐怕来不及了。”

葛小亮明知道现在组织人马有些仓促，但也不好驳老姑的面子。葛小亮出门后，对郝老七说：“二当家的今晚就要攻打三家子码头。我们走后，你把那个来送信的给我看紧点儿，如果我们回不来，说明其中有诈，你就枪毙了他。然后他去找胖猪和半拉子，告诉他们马上准备。”

晚饭后，老姑回到屋里开始换衣服。不一会儿，老姑站在院子里，只见她身穿羊皮大氅，头戴白狐狸皮帽子，腰扎牛皮带，脚上一双毡疙瘩，怎么看都不像一个女人，与其他胡子没有什么区别。

临出发时，豆花儿、谷子、糜子也来找老姑，她们要跟老姑一起攻打三家子码头。老姑本来不同意，可是胖猪说：“二当家的，你就让她们去见识见识吧，现在她们都会骑马打枪了。”

老姑一看，胖猪都把老婆舍出去了，也不好阻拦。人马齐备后，老姑与半拉子带一队，葛小亮和胖猪各带一队。刚出发，老姑对葛小亮说：“这回可千万不能让谢宝山从暗道里跑了。”

葛小亮说：“你放心吧，如果谢宝山跑了，你把我脑袋扭下来当球踢。”

老姑瞪了葛小亮一眼：“你打算让谁堵住暗道出口?”

“不用人堵暗道，打响后我让人把洞口炸了不就完了。”

老姑想了想，这也是办法，你谢宝山就算再有能耐，也别想从暗道跑出去。但老姑心里还是没底儿，只怕谢宝山不在三家子码头。

三月的北大荒，余寒凢烈。柳条通的人马顶着严寒过了江，马头上、皮帽上和人的眉毛上到处挂满了霜花。老姑抬头看了一眼天上的星星，她似乎看到了爷爷的眼睛。老姑在心里说，爹，你等着，老闺女这就给你老人家报仇去，要是你在天有灵，保佑我抓住谢宝山。

柳条通的人马在三家子码头半里远的地方埋伏好。夜静得让人害怕，几乎一点儿声音都没有。隔了一会儿，三家子码头传出了有气无力的打更声。

三更的梆子声响起，三路人马在向三家子码头大院靠近。“轰轰轰轰!”几声巨响，东南西三个大门和谢宝山的暗道同时被炸开。等炮台站岗的人迷迷糊糊刚反应过来时，柳条通的人马已经冲进大院。四个炮台零星开了几枪，老姑双枪并举，没几下炮台上的枪声就全部哑巴了。

“围住各个房屋，别让一个人跑了!”老姑高声命令。

这时，正房里顿时枪声大作，这是柳条通的人马和谢宝山的手下交上了火。不一会儿，打得里面的人都趴在炕沿下不敢抬头。

老姑一看，这三家子码头也太不禁打了，没有一点儿反抗能力。

胖猪带着人把伙计赶了出来，他们大部分光着身子披着棉被，站在院子里瑟瑟发抖。

葛小亮也带着人将屋里的三十几个护院用枪押了出来。

“把那个黑大汉给我捆起来。”胖猪说。黑大汉用眼睛看了一下胖猪。“怎么不认识呀？我让你认识认识我。”胖猪说着，举起枪托照准黑大汉的脑袋便是一下，打得黑大汉头上立刻流了血。

半拉子带着二十几个人冲进正房，把没打死的雷掌柜和他的太太押到院子里。老姑问：“谢宝山在哪？”

“他、他、他没有回来呀！”雷掌柜结结巴巴地说。

老姑一看雷掌柜的眼神游离，知道他在撒谎。老姑对雷掌柜说：“你等着，一会儿把谢宝山翻出来，我再找你算账。”说着，老姑带着豆花儿、谷子和糜子闯进正房。

老姑进屋一看，半拉子正带着人搜查呢，便问：“找到谢宝山没有？”

半拉子说：“连暗道里都找了，就是不见谢宝山。”

老姑借着火把光亮看了一眼上锁的大柜，拔出匣子枪，“啪啪啪”就是三枪，将铜锁打得粉碎。“你是自己出来呢，还是我请你出来？”

“别开枪，别开枪！”谢宝山顶开箱子盖出来了。

“把谢宝山捆起来！”老姑话音刚落，半拉子解开自己的绑腿将谢宝山绑了个结实。

老姑回到院里，一看大部分人都披着棉被光着脚，便问葛小亮：“枪支弹药都缴了吗？”

“正在清理。”葛小亮回答说。

“清理完枪支后，让伙计都回去穿衣服。”老姑回头又对半拉子说，“你负责看管好谢宝山和雷掌柜，千万别让他们跑了，等一会儿我一个一个地收拾他们。”

“你放心吧！”半拉子说完，将谢宝山和雷掌柜押到西厢房。

“胖猪，你带几个人将四个大门重新修好。”听完老姑的话，胖猪有些不明白，心想：修好大门还想在这里长住啊？

老姑带着豆花儿、谷子、糜子来到正房。“把灯都点起来。”

老姑说道。

当所有的灯都点亮时，老姑仔细打量着这座房子。前堂正房七间，有五间都是相通的，清一色五檩五臼的建筑，两侧住着账房先生和伙计。后屋是个小套院，五间正房，两侧各三间厢房，是以前爷爷、谢宝山和下人住的。老姑看了一圈房子心里难过，这些房子都是爷爷在没有与谢宝山和独眼龙合伙前盖的，倾注着爷爷的心血。

正在老姑思绪万千的时候，葛小亮走了进来。“二当家的，这些人都分别看押起来了，你打算怎么处理?”

老姑说：“让弟兄们辛苦点儿，把机枪都架在炮台上防止外面人打进来，我现在就开始过堂，一会儿你也过来。”

老姑让手下人将太师椅摆在大厅中间，前面放了一个木桌，两侧各站七个柳条通的弟兄端着枪，豆花儿、谷子、糜子都站在老姑身后。

这时，葛小亮在外面布置完毕回到大厅，他一看这个阵势便知道老姑要惩治谢宝山了。老姑一看葛小亮进来，让豆花儿给他搬来一把凳子坐在老姑左侧。

“把谢宝山给我押进来!”听到老姑的话，一个手下弟兄跑出去。不一会儿，半拉子亲自将谢宝山押了进来。

谢宝山进了大厅，便对老姑说：“各位老大，不知道你们是那个绺子的，有话好说，想要多少钱只管说。”

老姑看着谢宝山那张黄镜子脸，猛地把白狐狸皮帽子往木桌上一摔。“谢宝山，你以为姑奶奶是奔着砸窑来的吗?告诉你，今天我是索命来了!”

老姑的话让谢宝山震惊，那张黄镜子脸顿时吓得煞白。可是他稳了稳神，黄眼珠一转说：“不知道我什么地方得罪了老大，就算死也得让我死个明白吧。”

“谢宝山，你揣着明白装糊涂，你与我有杀父之仇、灭夫之恨。”老姑接着说，“第一次我们打进三家子码头让你从暗道里跑了；第二次劫粮船你又漏了网；第三次打劫‘印葛瓦德号’，你打死了我男人跳江逃了，这次我看你还往哪里跑。”

“你们是柳条通的人，可是我不明白，我怎么与你有杀父之仇了?”谢宝山这个老家伙，不愧为江湖老手，即使到了这个时候，他也要问个清楚。

老姑一听谢宝山可能真不知道自己是谁。“谢宝山！你不认识我，你肯定认识结拜大哥赵启明吧，我就是他家的老闺女。”老姑以为，当谢宝山听到赵启明三个字肯定会吓得没魂儿了，可是没想到，谢宝山突然一阵儿狂喜。“大侄女，原来是你呀，自家人有话好说。”

老姑听到谢宝山的话，气得小脸煞白，一句话也说不出来。她伸手去摸枪，被葛小亮按住。

“谢宝山！见过不要脸的，可是没有见过像你这样不要脸的！你杀了结拜兄弟，霸占了三家子码头，还勾结官府陷害到处告状的大嫂，难道你真无耻到了这个地步?”葛小亮气愤地说。

听到这里，半拉子气得上去一脚将谢宝山踹趴下了。谢宝山在地上拱哧半天才爬了起来，脸色苍白。他心里清楚，尽管使出浑身解数，恐怕今天也在劫难逃了，回想自己的一生，机关算尽，坏事儿做绝，自己攒下的这么大家业，后无子嗣，到头来还是竹篮打水一场空。他不由自主地哀叹一声：“唉！啥也别说了，任由你们处置吧。”

“啪!”老姑恨得一枪打在房梁上，房顶上的灰尘纷纷落下。“把他推出院外去，我要亲手毙了这条癞皮狗。”老姑愤愤地说。

“等等!”半拉子看了老姑一眼说，“给他松绑，让他签字画押，把三家子码头还给二当家的。”

老姑说：“对，让他签字画押，把码头还给我们家。”要不是半拉子提醒，老姑会稀里糊涂地将谢宝山枪毙了。

葛小亮怀疑地说：“即使让谢宝山签字画押，这个世道官府能让你家经营吗?”

“不让经营，我就铲平县衙。”老姑说完，将匣子枪狠狠地摔在木桌上，吓得谢宝山一哆嗦。

半拉子找来笔纸，放在谢宝山面前：“写!”

谢宝山提起笔，半天没动。半拉子将枪顶在他的脑袋上：“不写我现在就打死你!”

谢宝山说：“不是我不想写，是我真不会写字，都到这个地步了，我还有啥可说的?”他说完，满头冒虚汗。

“把账房先生叫过来!”听到半拉子的话，一个手下出去到厢房把账房先生扯着袄领子拽到大厅。

账房先生不知道半拉子要干什么，哆哆嗦嗦地说：“老朽可没干什么坏事儿，你们放过我吧。”

半拉子说：“我说你写!”他想了想然后说：“偿还契约，我谢宝山于宣统二年杀害了结拜大哥赵启明……”

老姑打断半拉子的话：“不是宣统二年，是宣统三年(1911年)。”

“对，是宣统三年。”半拉子接着说，“杀害了结拜大哥赵启明，霸占了三家子码头，现在我自愿将三家子码头还给赵启明家人，以此谢罪。立字人：谢宝山。民国十八年三月十一号。”

账房先生写完将字据递给谢宝山。谢宝山接过字据，感慨地说：“唉，老话儿说得好，世有轮回。没想到隔了不到二十年，就是这样的结果。知有今日，何必当初!”谢宝山说完，毫不犹豫地签字画押。

半拉子把字据递给老姑，拿起绳子把谢宝山绑了起来，架着胳膊就往外走。老姑坐在那里一动不动，像丢了魂儿一样。葛小亮看了她一眼，然后走了出去。

等了半天也没有听到枪声，老姑对豆花儿说：“咋回事儿?”

这时候，葛小亮走了进来。“二当家的，谢宝山他跑不了，半拉子把他装进麻袋，准备扔进冰窟窿里。”

一听说要把谢宝山扔进冰窟窿里，老姑一下想到当年爷爷被老来好扔进江里的残忍场面，她腾地一下站起来。“快去把谢宝山带回来，别让半拉子把他推进冰窟窿里!”

葛小亮看着老姑有些不明白。“看着我干啥，还不快去!”老姑发火了。说着，她急匆匆地向大门外跑去，葛小亮、豆花儿、谷子和糜子紧随其后。

老姑刚跑出东大门，还没来得及喊半拉子，就听到“一二三，扑通”一声，谢宝山被扔进了冰窟窿里。

“半拉子……”可是一切都晚了，装着谢宝山的麻袋里有块大石头，一扔进冰窟窿里立刻沉了底。

等半拉子带人走进大门时，老姑急了。“谁让你把谢宝山扔进冰窟窿了？”

半拉子愣眉愣眼地看着老姑，又看了葛小亮一眼，心想：这不是费力不讨好吗？

老姑从大门回到屋里像泄了气的皮球一样，呆呆地坐在椅子上。

葛小亮看了一眼老姑问：“快天亮了，那些人怎么处理？”

“别烦我，你愿意咋处理咋处理！”老姑还是余怒未消。说完，她似乎显得很疲惫。

“豆花儿、谷子、糜子，你们三个陪二当家到后屋歇着。”葛小亮吩咐道。

第二天太阳升起三竿子高，老姑赖在炕上不愿起来。她不知道怎样面对这新的一天，如何处置三家子码头，她看着谢宝山留下的字据发呆。

早饭后，葛小亮将三家子码头的人全部集中到院子里。“愿意留在三家子码头的站在左边。”

这些人听到后，呼啦一下都站在了左边，只有一人没有动，这个人就是黑大汉。

葛小亮问黑大汉：“难道你不愿意留下？”

黑大汉满不在乎地说：“我得罪了你们，还能有好吗？别说留在三家子码头了，能不能保住性命都难说。”

葛小亮觉得这个黑大汉挺有意思，便说：“我给你十五块大洋你可以走了。不过，以后你要记住，别干缺德事儿。”

黑大汉走后，葛小亮对雷掌柜说：“你愿意留在三家子码头继续当掌柜吗？”

“我愿意，我愿意，不管谁是东家，我都会尽心尽力经营，保证码头盈利。”雷掌柜满脸堆笑地说。

“你这个奸商，有奶就是娘，有钱便是爹，没骨气的东西。”葛小亮用蔑视的眼神看着雷掌柜继续说，“即使让你经营盈利，伙计也得倒血霉，你不榨干他们的骨髓才怪呢！来人哪，给我把他拉出去毙了！”葛小亮话音刚落，胖猪带着五个人，拉起雷掌柜往外走。不一会儿，传来“砰”的一声枪响。

三家子码头的其他人，该留下的留下，该赶走的赶走。一切安排妥当，葛小亮来到大厅等老姑。等了半天，老姑披头散发地从后屋走了出来。当老姑坐定后，葛小亮一看老姑颓废的样子便有些担心起来。“二当家的，有句话不管你愿不愿意听我都得说。”葛小亮看了老姑一眼接着说，“你是不是认为自己大仇已报，没有活下去的劲头了？可是你不要忘了，独眼龙现在还没有下落呢，柳条通还有一百多个弟兄呢！”

葛小亮的一番话，老姑根本没听进去，他在怀疑老姑是不是灵魂出窍了？

葛小亮从大厅出来，找到半拉子和胖猪。“一会儿我到江北赵家窝棚去一趟，如果官府来攻打，你们不要生打硬拼，保护好二当家的先撤出去。”

说完，葛小亮带着羊倌儿骑马出了三家子码头大门。

临近中午，葛小亮来到奶奶家。奶奶以前见过葛小亮，还以为他是做小买卖的，便说：“小伙子，咋找到我家的，快进屋暖和暖和。”

葛小亮走进屋里坐定：“大娘，今天我就不绕弯子了，我根本不是做小买卖的，而是柳条通绺子的葛小亮。”

奶奶一听是柳条通来的，热情劲儿立刻没了。“你找我干啥？”

“大娘，是这么一回事儿，昨晚我们打下了三家子码头，也活捉了谢宝山……”

还没等葛小亮说完，奶奶便急切地问：“谢宝山在哪儿？”

“已经装进麻袋扔进冰窟窿里了。”

“活该，没承想他谢宝山也有今天，老天开眼了！”可是停了一会儿，奶奶又莫名其妙地说，“胡子就是胡子，都一样残忍。”

听到奶奶的话，葛小亮竟然不知道该往下怎么说了。他稳了稳神：“大娘，谢宝山在临死前已经把三家子码头还给你们家了，还立了字据。”

“是你们逼着他写的吧？一会儿割个耳朵，一会儿削掉鼻子，他敢不写吗?”奶奶没好气儿地说。

“大娘，我们柳条通自从翠花当家后，从来没有绑过票，没有欺负过平民百姓。我们杀过蒋一刀，枪毙过程三响，炸死过老来好，这些人都是千人骂、万人恨的胡子，我们与其他绺子不一样。”

“别说了，就算说出大天来，我也不会接受抢来的码头。你回去告诉翠花那丫头，说我们老赵家不领那份情。”

葛小亮一听，这是白菜地里拽镰刀——把棵（磕）捞（唠）散了吗?“大娘，我先走了，三家子码头的事儿你再考虑考虑。”

“没啥可考虑的。小伙子，我还得谢谢你那天晚上送我回家。”奶奶说。葛小亮一听，这个老太太还不糊涂，但骨子里有那么一股子说不出的劲儿。

告别了奶奶，葛小亮和羊倌儿过江回到三家子码头。他刚进院里，就看到老姑已经梳洗得干净利落。看来，老姑的心情有了好转。

“听说你去我家了，白跑一趟吧?”听完老姑的话，葛小亮心里想，真是知母莫如女。便说：“可不是，你娘说什么也不接收码头。”

老姑笑了笑说：“我早就知道是这个结果。”她停了停又说：“今天太晚了，明天你再辛苦一趟，把我二哥请来。”

第二天一大早，葛小亮和羊倌儿去找二叔。说起二叔宝柱，骨子里更多的是奶奶遗传的基因，不服输，也有着一股子倔强劲儿。在保卫团干了几年后，他由一个火头军升为军需官。二叔也不是省油的灯，在保卫团当兵时，一个叫秦耀祖的军需官经常克扣手下粮饷，二叔拿起菜刀找到秦耀祖。“你凭啥克扣我们粮饷?”

面对一个小小火头军，秦耀祖满不在乎地说：“妈了个巴子的，找死啊?克扣粮饷怎么了，当官图啥，不克扣你们克扣谁呀?”

二叔一听急了。“你骂谁妈拉个巴子的，克扣粮饷你还有理了?”说着举起菜刀就砍秦耀祖。

秦耀祖拔出枪顶在他的脑袋上：“再往前走一步，我就崩了你!”

没想到二叔不但没有退却，反而将脑袋伸了过去。“你有种就开火儿，不敢开枪就不是你爹揍的!”二叔瞪着血红的眼睛，逼着他开枪。

俗话说，软的怕硬的，硬的怕愣的，愣的怕不要命的。二叔的举动，让秦耀祖反倒害怕了。他看准机会拔腿就跑，二叔举着菜刀，满院子追赶秦耀祖。那些团丁都恨秦耀祖克扣粮饷，没有一个上前劝架的，都站在那里抱着膀子看热闹。“给我拦住他，给我拦住他，你们都是死人哪!”秦耀祖边跑边喊，可是那些团丁就是站着不动。

秦耀祖实在跑累了：“赵……宝柱，赵大爷，赵爷爷，你别撵了，我把钱都发给你们还不行吗?”

二叔说：“现在就发，不然我今天非砍死你不可。”

“我发，我发，谁不发谁是王八犊子。”秦耀祖累得气喘吁吁，蹲在地上再也跑不动了。

“弟兄们，都过来，秦耀祖补发克扣的粮饷了!”二叔话音刚落，呼啦一下涌上来一百多人。秦耀祖没办法，只好打开箱子又给每个人补发了五块大洋。

从此，二叔在保卫团的威信渐渐地树立起来，仅拜把子兄弟就有十几个，不管年龄大小一律管二叔叫大哥。两年后，秦耀祖被调到江防队去了，二叔当了军需官。

二叔当了军需官后，刚开始还真挺廉洁公正的，后来渐渐也变坏了，一年便能贪占一千块大洋。二叔有了钱，风风光光地把苦杏娶到县城，过上了好日子。二叔的风光，让奶奶感到非常自豪。她总认为二叔走的才是正道，给赵家光宗耀祖了。

这一天，葛小亮受老姑的委托来到汤原找二叔。

“你是哪儿的，找我有啥事儿?”二叔问葛小亮。

葛小亮一看屋里没有外人，便说：“我是柳条通的葛小亮，你妹子让我来请你出山，接管三家子码头。”

二叔一听：“怎么回事儿?”

见二叔问，葛小亮便把活捉谢宝山，夺取三家子码头的经过通通讲了一遍。

“谢宝山被翠花给处死了?”二叔问。

葛小亮说:“处死了。装进麻袋扔进了冰窟窿里。”

“老天总算开眼了,让谢宝山得到了报应。”二叔叹息一声接着说,“唉,没承想我一个男子汉还不如我妹子,惭愧呀!”

“大仇是报了,可是三家子码头你们赵家总得有个人出头接下来吧?”葛小亮本想二叔会很痛快地答应下来,可是二叔抻悠半天才说:“这个世道开买卖没那么容易。这些年我都看清楚了,官府勒脖子,警察揩油,保卫团生打硬要,捐税局敲诈勒索,胡子绑票砸窑,地痞无赖收保护费。俗话说,开买卖的不如站班的,站班的不如当官的。要想搂钱容易,还是当我的军需官吧。”

话已经说到这个分儿上了,多说没用,葛小亮从汤原回到了三家子码头。

葛小亮骑马刚走进三家子码头大院,老姑便迎了上去。“怎么了,我二哥不愿意来?”

葛小亮说:“不是你二哥不愿意来,而是他更贪图当官。”

“我二哥当啥官了?”老姑急切地问。

“你二哥呀,他升了保卫团的军需官了。”

“真没想到,我二哥咋变得这么快,当官的哪有一个好东西。”老姑有些气愤地说。

老姑曾经记得,小时候她就与奶奶说过,三家子码头要回来后就让二叔当东家,可是二叔现在对这个东家却不屑一顾。

晚上,老姑翻来覆去地睡不着,她想过让宝弟来掌管三家子码头,可是后来一想,宝弟再好,但他毕竟不是爷爷奶奶的亲生骨肉,怎么能将爷爷的心血拱手让给外人呢?考虑再三,老姑决定亲自到佳木斯去找老叔。他毕竟念过国高有文化,经营起来不成问题。

第二天一大早,老姑亲自到佳木斯去找老叔,也想与孟小彪见见面住上一宿。可是,当老姑来到国民高级中学时,孟小彪明明看到了老姑,可他却装作没看见。那天,老姑的心里挺不是滋味。

从国高出来,老姑去找关爷,把在学校见到孟小彪的情形说了一遍。

关爷说："侄媳妇儿，你别着急，晚上我把他们都叫过来。"

关爷的话老姑相信，这么多年来，从金钱资助到公开亲戚身份，孟小彪、宝弟和老叔在佳木斯国高念书都要仰仗关爷，孟小彪也不敢不给关爷面子。

傍晚时，关爷派人把孟小彪、山花、宝弟和老叔都请了过来。孟小彪一见到老姑显得别别扭扭。吃完晚饭，关爷将孟小彪单独叫去。

宝弟对老姑说："老姐，你不要对小彪抱有什么幻想了，他看上了女子师范学校一个姓张的女生。"

老姑问山花："这是真的吗？"山花点了点头。

老姑并没有生气："他想娶小就让他娶吧，只要他说一声我没意见。"

"老姐，你是犯傻呀，还是迂腐。如果他娶了那个姓张的女生，他这一辈子就不会再理你了。"宝弟愤愤地说。

"宝弟别说了，我这个人信命！"老姑不知道是自我安慰，还是有意护着孟小彪。宝弟一看老姑这个态度，便不再说什么了。

老姑沉默了一会儿对老叔说："老疙瘩，你愿意当三家子码头的东家吗？"

老叔说："我才不干呢。一提起三家子码头，我就想起了跟娘一起告状时的情景，那个倒霉地方，我才不当东家呢。"

"老疙瘩不许胡说，那是咱爹一生的心血。"老姑感慨地说。

"爱谁的心血谁的心血，反正我也没见过爹，我才不管呢。过几天我要到佳木斯行署公安局当警察，那多牛呀！"

老姑问："谁给你介绍的，是关爷？"

"还用他介绍啊，公安局已经到国高挑选过好几回人了，是我自己决定的。"听完老叔的话，老姑心想：他要为民国政府卖命，把赵家的仇恨抛到九霄云外去了。

老姑气得满脸铁青，不再理老叔了。这时，宝弟突然想起了一件事儿。"老姐，你知道昨天我碰见谁了？"

"谁呀？"老姑漫不经心地问。

"这个人是柳条通的张柏，他给我们同学讲了很多大道理。"

宝弟眉飞色舞地说。

“你确定是他?”老姑急切地问。

宝弟说:“错不了,听同学说他是清朝的贡生。”

“他都跟你们说什么了?”

“他讲了俄国的十月革命,还讲了弗拉基米尔·伊里奇·列宁。”

老姑听不懂宝弟说的是什么,她只关心能不能见到张柏。“你知道他住哪儿吗?”

“他住在哪儿我不清楚,但听说他在哈尔滨教书。”

那天晚上,宝弟和老叔回到学校后,孟小彪在关爷的劝说下,勉强与老姑住了一夜。

其实老姑也够悲哀的,孟小彪与她住了一夜仿佛是对她天大的恩赐。

第二天一大早,老姑还在回忆着昨晚的甜蜜时,孟小彪像逃命似的离开了巨丰绸缎庄。

老姑梳洗完毕后来找关爷,求他无论如何也要找到张柏,可是一个上午过去了,仍然没有张柏的消息。

老姑对关爷说:“关叔,我先回三家子码头了,要是有了张叔的消息,一定告诉我。”说到这里,她猛然又想起了什么。“关叔,实在不行你给我找个会经营的厚道人接管三家子码头吧。柳条通的人长住那里早晚是个事儿。”

“现在这个乱糟糟的时候,官府没有那个闲心过问三家子码头的事儿,那些当官的只顾搂钱。”

“关叔,我还是先回去了,小彪、山花、宝弟和老疙瘩的事儿就托付给你了!”老姑临走前给关爷扔下了三千块大洋。

老姑回到三家子码头后,始终闷闷不乐。原来一心想夺回三家子码头,可是现在夺回来了又是一件棘手的事儿。

几天后,张柏来到了三家子码头,一个柳条通的老人一眼便认出了他。“张叔,是你吗?”

张柏抬头看了一眼炮楼:“是小秃呀,快给我开门哪!”

“赶紧告诉二当家的,张叔回来了!”小秃对着院内喊着。

老姑一听说张柏回来了,赶紧下炕,连鞋都没提上便往外跑。“张叔在哪儿，张叔呢？”

只见张柏一袭暗灰色长衫，头戴水獭卷檐帽，手提一个柳条箱，风度翩翩地走进大门。这时候，葛小亮、半拉子、胖猪和郝老七听说张柏回来了，也喜笑颜开地迎了出来。

“张叔，快进来，进屋坐。”老姑将张柏让进大厅。葛小亮、半拉子、胖猪和郝老七也跟了进来。

大家坐定后，老姑急不可耐地问：“张叔，这么多年你都去了哪儿，日子过得咋样儿？”

张柏笑了笑说：“先别着急问我这些年都干什么了，我都渴死了，快给我上杯茶解解渴。”

听到张柏的话，老姑愣眉愣眼地看着他。“张叔，喝茶干啥，咱们还是喝酒吧！”

张柏一听，可不是柳条通哪有茶叶，便说：“我的箱子里有，赶快让人给我烧水沏茶。”说着，他打开箱子拿出一包茶叶。

老姑一看，张柏的柳条箱里还放着很多书。“张叔，你真的去教书了？”

“是啊，我现在叫张尔寿，在中华哈尔滨工业大学教国学。”

“这么厉害呀！张叔，听关叔说，要把宝弟保送到你们那里，以后你可要多操心了。”老姑高兴地说。

正在这时，豆花儿用大海碗将沏好的茶水送到张柏面前。张柏皱了皱眉头，但还是端起碗喝了起来，他实在太渴了。

喝了几口茶，张柏说：“听关爷说，你们抓住了谢宝山，还让他立了字据？”

“可不是，都愁死我了。三家子码头是要回来了，可是家里谁也不接。张叔，你快给我出个主意吧！”老姑见到张柏像见到救星一样。

张柏又喝了两口茶：“你把字据拿给我看看。”

老姑急忙到后屋，将谢宝山留下的字据拿给张柏看。张柏拿起字据看了半天才说话。“这个字据有问题，如果官府追究起来，会一眼看出这是逼迫谢宝山写的。”

“张叔，你咋看出来的？”老姑急切地问。

“小亮，你过来看看，这个谢宝山的‘宝’字玉下缺一点。”

葛小亮拿过字据一看，“宝”字真是缺一点，便说：“半拉子，你怎么搞的?”

半拉子哭丧着脸：“我才念几天私塾呀，根本就看不出来缺不缺个点?”他好像猛然想起了什么，“我去找账房先生。”半拉子出去一会儿，将账房先生带到大厅。

账房先生哆哆嗦嗦来到大厅。老姑问：“老先生，你看看谢宝山的签字画押有没有问题?”

账房先生仔细看了看字据：“没有错啊，是谢东家的签字呀!”

张柏说：“你没看见谢宝山的‘宝’缺一点吗?”

“你们都不知道啊，谢宝山的‘宝’字他就是这样写的，他怕别人仿冒自己签字故意少写一个点，连他的手戳都是这样刻的，不信我把账拿给你看看。”账房先生解释说。

老姑一听：“这个谢宝山也太狡猾了，那天我还可怜他，想给他来一枪痛快的，看来把他扔进冰窟窿里就对了。”

张柏拿着谢宝山立下的字据反复看着：“字据上的字是谁写的?”

“那是我写的，签字画押是谢东家的。”账房先生解释道。

听到账房先生的话，张柏心里有了谱，便对老姑说：“把字据先放在我这里吧。”老姑点了点头。

傍晚，张柏来找老姑：“三家子码头你有什么打算?”

老姑说：“张叔，我盼你来就是让你给拿个主意。”

张柏想了想说：“听关爷说，你娘反对用这种方式接收三家子码头?”

“不仅我娘，还有我二哥和老疙瘩都不接手，愁死我了。”老姑为难地说。

“侄媳妇儿，咱们都是自家人，不用绕圈了。”张柏看了老姑一眼接着说，“我看三家子码头就交给我吧，这样对你也是一个解脱。”

“好呀，张叔，你不回哈尔滨教书了?”老姑既惊讶又惊喜。

张柏说：“咱先不说我回不回哈尔滨的事儿，我有个想法你听听行不行?”

“你说吧，张叔。”老姑回答道。

张柏说：“三家子码头你交给我经营，不过，盈利的钱我们可得平分。”

当张柏说出自己的想法后，老姑感到更惊讶了，心想：张叔这是怎么了？当年他离开柳条通时，送给他钱他都不要，而今天他却主动要求盈利平分，难道张叔这几年变了？“张叔，这几年你遇到什么难处了？有难处你跟侄媳妇儿说，我们永远是一家人。”

听到老姑的话，张柏笑了。“呵呵，侄媳妇儿呀，你张叔一不抽大烟，二不要钱，凭自己的本事赚钱，生活上还过得去。我赚钱不是为了自己，具体的事情以后你就知道了。”

老姑听完张柏的话，觉得他有些神秘。她猛然想起宝弟曾经说过，张叔跟他们同学讲过俄国十月革命，还有什么弗拉基米尔·列宁。老姑对张柏说：“张叔，你不说就算了，大道理我也不懂，我只知道你是翠花最亲的亲人，一切都听你的。”

“侄媳妇儿，我还有个不情之请，你们撤走后，让半拉子带着四十人留下。你如果有用得着他们的地方，可以来叫他们。”张柏说。

老姑说：“一切都听你的，张叔。”

“呵呵，以后你们记住，我叫张尔寿。”

老姑笑了。“好，对内还叫张叔，对外叫张尔寿行了吧。”

“这个鬼丫头，哈哈！”张柏笑着走出了大厅。

走出大厅，张柏来到西厢房找到账房先生。“老先生，我们得重新写一份买卖契约。”

账房先生看了一眼张柏，没明白啥意思。张柏拿起毛笔，刷刷写了一张契约：卖受人谢宝山自愿将三家子码头以二百一十五万哈大洋卖给哈尔滨张尔寿经营，钱款即日付清，永不反悔。买受人张尔寿，卖受人谢宝山，民国十八年（1929 年）三月二十六日。

张柏写完：“老先生，你在这里给签个见证人。”

账房先生拿过契约一看，张柏仿自己的字和谢宝山的签字丝毫不差，让他好生佩服。账房先生签完字画完押，张柏又从怀里掏出一个手戳，沾着印泥摁在契约上。就这样，一纸契约算完成了。

第二天早上，老姑来找张柏。“张叔，再有几天快到清明了，我想趁着没开江前把人马撤到江北柳条通，半拉子他们就给你留下了。”

“趁着没化冻赶紧走，不过你们也要小心，春天的冰都是立碴很危险。”张柏很不放心地嘱咐道。

老姑从张柏那里出来，马上来找葛小亮。“小亮，你立即召集人马，我们过江回柳条通。”

葛小亮说：“码头不要了？”

“我和张叔说好了，这里交给他了。”老姑解释道。

葛小亮出门找到胖猪和郝老七，组织人马过江。尽管葛小亮再三嘱咐，但还是有几匹马掉进了江里，根本没法营救，这让老姑非常心疼。

老姑对葛小亮说：“等到天气转暖后，你得想办法去一趟呼伦贝尔草原买一批鞑子马，柳条通的马，老的老，病的病，得替换一茬儿了。”

葛小亮说：“还是等到六七月青草长起来再去买吧，那时候的马膘肥体壮也好挑选，顺便到哈尔滨弄些弹药回来。”

老姑想了想又说：“今后不是砸窑，尽量少耗费子弹，这些德国造子弹越来越难弄了。”

葛小亮说：“实在不行就逐渐换成苏联造，老毛子我认识的人多，枪支弹药都好弄。”

民国十八年（1929 年）七月二十日，宝弟在关爷的关照下，被保送到中华哈尔滨工业大学念书。与此同时，老叔也在佳木斯公安局当了警察。老叔进了公安局后，人家一看他是个罗圈腿，走起路来一摇三晃，这样的人抓小偷不行，更别说打胡子了。公安局的人琢磨来琢磨去，最后让他骑马送信。老叔那两条罗圈腿专为了骑马长的，他骑在马上严丝合缝。老叔穿上警察那身黑狗皮，还骑着马耀武扬威地回到赵家窝棚逛了一圈。奶奶虽然见到老叔身穿黑狗皮心里觉得不舒服，但她认为老叔干的是正业，不像老姑，一说起当胡子来让她脸上无光。

民国十九年（1930年），张柏通过关系给桦川唐县长送去哈洋券五千块，取得了三家子码头的合法身份。为了取悦唐县长，张尔寿还毛遂自荐，担任师范讲习所的训导，大讲国民政府的治国方略，偶尔也掺杂一些俄国十月革命和欧洲文艺复兴的思想。因为张尔寿讲课生动，他还经常到拯救妓女的“济良所”讲课，号召妓女自立自强。张尔寿在济良所讲课期间，那帮妓女整天缠着他，拍拍打打，抛媚眼儿。他愣是没把持住，被一个叫野百合的妓女给拿下了，并收为二房。唐县长听说后找到了他。“张尔寿先生，你这个训导怎么当的，怎么能娶一个妓女做二房呢，不有损你的形象吗？”

张尔寿理直气壮地说：“你把一只猫送到渔场里，不让他吃腥可能吗？”

唐县长从此总结了经验教训，让一些读过私塾的守旧老太婆担任训导。从此桦川县还总结出了先进经验，在吉林省乃至全国推广，参观学习的人络绎不绝。

八月，葛小亮、胖猪、马倌儿七八个人赶着五十多匹马回来了，他们还带回来两挺重机枪和弹药。大家一看葛小亮他们带回来马匹和枪支弹药，柳条通所有的人呼啦一下都来到院子里，比过年还要热闹。

葛小亮对老姑说：“那两挺重机枪叫马克沁，一眨眼儿的工夫就能打出十发子弹。”

老姑说：“这么厉害吗？哪天我试试。”她说完回头一想不对：“一眨眼儿的工夫能打出十发子弹，那还不得把枪管打红了？”

“不能，这挺重机枪是水冷循环的。”葛小亮解释道。老姑眨了眨眼睛，没明白啥叫水冷。

老姑看到葛小亮和胖猪一帮人满身尘土，衣服脏得像要饭花子，便说：“赶紧进屋，都洗洗脸换换衣服，这一个多月可够你们受的！”

葛小亮、胖猪和马倌儿他们各自回到自己的屋子里，老姑对郝老七说：“七哥，你叫人把马匹送到后院马圈去好好喂着，将枪支弹药锁进弹药库里。”

“二当家的你就放心吧！”郝老七回头对众人说，“弟兄们都听到了吧，动手干活儿。”众人抬枪的抬枪，扛子弹的扛子弹，牵马的牵马。

老姑转了一圈，觉得还有什么事儿没办，便不由自主地走到葛小亮的房子里。她刚拉开门，发现葛小亮脱得精光在换衣服。

“别进来！”葛小亮发现老姑走进来了，慌忙用棉被挡住了下身。老姑脸一红装作没看见，端起葛小亮洗脸的黑泥盆走了出去。老姑本想将脏水泼到院子里，可是她突然发现脸盆里的水埋汰得像泥浆，因此老姑心疼起葛小亮来。正在老姑胡思乱想时，“轰”的一声巨响，一颗炮弹落在离老姑十五米远的地方爆炸了。听到爆炸声，葛小亮光着脚跑了出来。当他发现老姑的右胳膊出血时，刚想上来为老姑包扎，可是又一发炮弹带着撕裂声从空中飞了过来。葛小亮一个箭步冲上去将老姑按倒在地，炮弹在离老姑不到十米远的地方爆炸了，将东厢房的房檐掀掉一半。好险哪，要不是葛小亮反应快，老姑早就没命了。

葛小亮撕开自己的衣襟给老姑包扎好，然后光着脚丫跑上城墙一看，原来是苏军的两艘炮艇借着松花江涨水，向柳条通大院靠近。

本来，柳条通距离松花江水道有一里半地，可是因为松花江涨水只剩下不到一里了，在一片柳条毛子的高处，老毛子看清了这里有一个大院落，以为是大户人家的宅院想抢些东西，所以才将炮艇靠了过来。没想到，苏军还没等靠到岸边，一艘炮艇的螺旋桨就被柳条毛子缠住了。

“胖猪、马倌儿，你们快去把重机枪扛出来，其他人跟我从南门冲出去，千万别让炮艇靠近！”葛小亮高声喊道。这时，葛小亮带着七八十人从南门冲到江边，轻机枪响了起来。

“轰！”一颗炮弹擦着炮台顶落到院外爆炸了，炸得尘土飞扬。土坯炮台被打掉一角。

“轰！”又一颗炮弹飞进院里，将伙房炸起了火。

这时候，胖猪、马倌儿带着几个人，砸开弹药库，将两挺重机枪和弹药扛到江边，他们架好重机枪向炮艇还击，子弹像雨点一般打在炮艇前方的水面上。一艘炮艇掉头就跑，而另一艘炮艇也慌了神，有几个老毛子下到水里用刀割缠在螺旋桨上的柳条。就在这时，老姑不知道什么时候也来到了江边。她抢过重机枪，“嗒嗒嗒”将炮艇上的几个老毛子撂倒，接着又把下到水里的老毛子打死两个，其他几个在水下的老毛子都隐藏在炮艇后面不敢露头。葛小亮一看老姑来了：“二当家的，危险，你快回去！”

葛小亮的话，老姑似乎没有听见，她接着向舵手室开枪，打碎了舵手室的玻璃。

这时，听到老毛子叽里呱啦地喊着什么，从船舱里钻出几个人来。他们刚一露头，老姑“嗒嗒嗒”又放倒两个老毛子。“轰轰！”就在这时，刚才逃跑的那艘炮艇向江边开了两炮，柳条通的人都向柳树毛子里躲藏隐蔽。等到他们重新出来时，那艘被困的炮艇也“突突突”的调转方向跑了，最后又向柳条通开了两炮，可惜距离太远，没有打进柳条通的院子里。

炮艇跑出了很远，老姑仍然在向炮艇开枪，可惜这重机枪的子弹最远也只能飞出二里。

苏军炮艇跑远后，老姑和葛小亮他们都回到大院里。伙房被炸塌了，大火还在燃烧。葛小亮喊道：“都抄家伙，快去救火！”话音刚落，有人打水，有人扒房，有人端着泥盆向伙房泼水，不一会儿将伙房的火扑灭。

老姑从来没有见过炮弹爆炸，这个玩意儿究竟有多大威力她根本不知道。今天她算开眼界了，一颗炮弹落在院子里竟然能把房檐掀掉一半，竟然能将伙房炸塌。以前老姑见过苏联炮艇从松花江经过，也听说过老毛子向悦来镇、佳木斯和依兰开过炮，但他们从来没有进攻过柳条通。

老姑看了一眼院子里半米深的炮弹坑，她问葛小亮：“炮弹咋这样厉害，你能弄到这玩意儿吗？”

葛小亮说：“听说江防团有迫击炮，可惜没有见过。”他看了一眼老姑受伤的胳膊，“先进屋，我给你看看伤口。”

这时候，老姑才感到伤口隐约有些疼痛。来到葛小亮的屋子里，葛小亮打开包扎在老姑胳膊上的布，发现血还在往外流。

当天晚上，老姑开始发高烧。豆花儿、谷子和糜子都围在老姑的身边伺候着，可是葛小亮还是不放心，一直守在老姑身边。他一会儿让豆花儿弄些凉水给老姑降温，一会儿让谷子给老姑用白酒搓身子。老姑高烧时，还经常说胡话，不断喊着葛小亮和半拉子的名字。当老姑喊葛小亮时，他总要答应一声。“我在这儿呢！”当老姑喊半拉子时，葛小亮的脸上显得有些不自在。豆花儿把一切都看在眼里，急忙帮老姑打圆场。“二当家的这是烧糊涂了，你别在意。”葛小亮的脸上像飘过一片乌云。

终于熬到了天亮，老姑也退了烧。葛小亮没吃早饭，便叫起了胖猪。“快跟我去一趟悦来镇，把洋大夫请来，给二当家的把弹片取出来。”

胖猪说：“二当家的伤严重吗？”

“看样子挺严重的，昨晚烧了一宿。”葛小亮红着眼说。

葛小亮和胖猪来到“善船”渡口，一看那里等了好多人。他往远处望了望，也不见一只渔船。葛小亮给胖猪递个眼色，两个人骑马向下游走去。这时的松花江由于涨水，江面有五里多宽，上游不断有木头之类的漂浮物冲下来。葛小亮顾不上那么多了，他要与胖猪扶马过江。

胖猪说：“水流太急了，这样渡过去太危险。”

葛小亮什么也没说，牵着马下到江水里。胖猪被逼无奈，也只好牵马下江。人马游到一半，一棵从上游漂下来的红松原木差点儿撞到葛小亮的马，吓得胖猪出了一身冷汗。胖猪在心里不停地祈祷：龙王爷保佑我千万别出事儿，我死了豆花儿可咋办？

葛小亮和胖猪终于过了江，可是当他们来到悦来镇城门下一看，城门还没有打开呢。

等了半个时辰，城门终于打开了。葛小亮和胖猪来到兴华医院，可是人家还没有上班。于是，他们就在路旁简单吃了些早点。太阳三竿子高时，兴华医院终于上班了。葛小亮来到院长室，他让胖猪在外面等着，自己走了进去。

“你找谁，怎么进来连门都不敲？”那个人冷冷地说。

葛小亮一看，这个人不是原来的崔院长，是一个不认识的陌生人，便说：“对不起，我以为是崔院长哪！”

“你是他什么人？”

“我是他远房亲戚。”

“崔院长已经不在这个医院了，你走吧！”

葛小亮站在那里，想了半天没有动。“怎么还不走？”那个人说话连眼皮都没抬。

葛小亮想了想，从怀里掏出一枚手雷走到那个人面前，把手雷放在那个人的办公桌上。

葛小亮想，那个人看到手雷一定吓得魂不附体，没想到那个人却说：“我警告你不要在医院闹事儿，我这里到处都是便衣警察。”

葛小亮一听，急忙将手雷揣进怀里，赔着笑脸说：“院长，你别介意，我确实有急事儿，请你帮帮忙让你们的洋大夫把病人的弹片取出来。”

那个人问：“什么弹片？”

葛小亮说：“是老毛子炮艇上的弹片。”

那个人一听说是老毛子炮艇的弹片，立即转变了脸色。“这样吧，让我们的大夫出诊是不可能的。不过我给你开些药，你拿回去用吧！”

那个人开完药方说：“赶紧去交钱取药，最好快一点儿离开医院，免得有人盘问。”

葛小亮拿着药方出来，还是有点儿不甘心，他让胖猪去交款取药，自己到各处转了一圈想找原来给奶奶看过病的洋大夫。可是每个屋子都找了一遍，也没有见到那个认识的洋大夫。

“干什么的？”一个眼睛瞪得像牛眼睛似的人问。

葛小亮猛然想起了那个院长说的话，医院里有便衣警察。他忙赔着笑脸说：“我有个亲戚病了，听说在这里看病我来找他。”

“没找到赶紧滚犊子！”那个人瞪着眼睛对葛小亮说。

葛小亮赶紧来到门外，不一会儿胖猪拿着药也走了出来。葛小亮和胖猪骑着马迅速出了城。

葛小亮和胖猪来到“善船”渡口，他们听到有人议论。“昨天老毛子炮艇轰炸了悦来镇、佳木斯和依兰，炸坏了不少民房，可厉害了。”

有个教书先生模样的人说，老毛子窥视东北很久了，派出多艘炮艇借着松花江涨水之机，有几队炮艇进入黑龙江和吉林，沿岸轰炸了不少城镇。七天前，依兰镇守使李杜接到命令，所属九旅、依兰保卫团、各公安局警察实行重点防御，于三道岗、土龙山、道台桥、双河镇构筑工事，严密防守。可是几道工事都没有阻挡住苏军的炮艇，没几天，他们就打到了吉林。

葛小亮一听，原来不是只有两艘炮艇。他问那个教书先生：“老毛子的炮艇什么时候进入松花江的？”

“七天前就过去了。”

听到这个消息，葛小亮肺都气炸了。他心想：国民政府的军队真是完犊子，如果李杜也像当年对付沙俄那样，架设几道拦江锁，别说炮艇打到哈尔滨和吉林了，即使依兰府他们也别想过去，都是一帮笨蛋。

葛小亮带着药品回到了柳条通。如果不是老姑病重，他一定带领绺子的人去大砬子山拦截老毛子的炮艇，上次打劫“印葛瓦德号”的拦江锁还在江里。

老姑的伤口在葛小亮的精心照顾下不到两个月就好了，但弹片始终留在她的胳膊里。每到下雨阴天，封江开河，老姑的胳膊都会酸痛。

下部

抗战

第十六章　国土沦陷

民国二十年（1931 年）九月十八日，日本关东军攻占了沈阳北大营，仅用一天时间沈阳就全部沦陷。“九一八”事变没几天，依兰、桦川、佳木斯、汤原、同江、富锦的中学、师范师生走上街头，举行声势浩大的示威游行，到处散发传单，抗议日军侵略东北。

一天，半拉子回到柳条通送大洋，把这个消息告诉了老姑。

半拉子说：“小日本打进来还能有咱们好啊，咱们都成了人家的奴隶了。”

“别听他们瞎掰，难道日本人比民国政府那些当官的还坏，我才不信呢！”老姑说。

半拉子说：“这些话都是那些发传单的学生说的。”说着，他拿出几份传单让老姑看。老姑也不识字，顺手把那些传单扔在炕上，准备过年时用这些彩纸剪窗花。“别听那些学生瞎说，我听老辈人说，小日本都是小矮人，一只手能抓起十几个，拿着扫把就能拍死他们，能成什么气候？”还没等老姑把话说完，葛小亮、胖猪和郝老七听说半拉子回来了，都来看他。

老姑一看他们都来了，便说：“听说小日本打败了张少帅的东北边防军，还占领了沈阳，你说可笑不？”她看了一眼众人继续说：“不管是真是假，听了都让人心里痛快。七哥，你去告诉伙房马上杀猪宰羊，今晚咱们高兴高兴。”

“我这就去。半拉子好长时间没回来了，今晚咱们可得好好闷几碗酒。”

半拉子说：“我也想跟你们好好喝点儿，时间长了不见面儿还真挺想的。”

郝老七走出门后，老姑问半拉子：“张叔干啥呢？不对，是张尔寿大经理在忙活啥哪？”老姑说完，自己都憋不住地笑。半拉子、胖猪也被老姑给逗乐了。

可是老姑发现葛小亮没有笑，她回头一看，原来葛小亮拿着那些传单反复地看。“小亮哥，你咋不跟大伙说说话儿，看那破玩意儿干啥？”

葛小亮表情凝重地继续看着传单，眉宇间拧成一个疙瘩。老姑一看乐了。“干啥呢军师，一群小日本还至于把你吓成这样吗？他们要是敢来，不用你们动手，我一手抓十个，像捏臭虫一样把他们捏死。”

葛小亮抬起头看了老姑一眼：“日本人可不像传说的是小矮人，他们和我们一样高，我和胖猪在哈尔滨都见过。”

“不能吧？小时候听邻居胖婶说，小日本还不到一寸高哪，一只手能抓起十几个。”老姑好像很有经验地说。

胖猪说：“二当家的，日本人真不是像传说的那么矮，他们和我们差不多高，只是穿戴不一样，有的穿和服，有的穿开领西服戴礼帽，男的鼻子下都留着一撮嘎嘎胡。”

“那有啥了不起的，东北军也太熊了，连日本人也打不过，也就是欺负老百姓的能耐。”老姑恨民国官员和军队。

葛小亮说：“这个很难说，别看东北军武器装备挺好，但日本人有飞机、大炮、坦克开路。”

“飞机是啥玩意儿，像鸟一样啊？我拿匣子枪打鸟一枪一个，这是你们都看到的，有啥可怕的？”老姑边说边做着打枪的姿势。

“飞机可不像鸟，一架飞机比我们的院子还大呢。它也比老鹰飞得高多了，别说匣子枪了，即使是重机枪都够不着，还能扔炸弹哪！”

“你听谁说的？啥飞机、大炮、坦克，那些玩意儿有苏军炮舰厉害吗？连炮艇都被我们打跑了，还在乎这些玩意儿？”老姑自信地说。

葛小亮一看老姑真是孤陋寡闻，气乐了。也难怪，这些东西其实自己也没见过，只是在哈尔滨买枪支弹药听军火商说的。于是，他对老姑说："飞机、大炮、坦克可比炮艇厉害百倍，这么说吧，柳条通这个大院，飞机扔下两枚炸弹就能将房子炸上天，二十枚大炮弹就能把大院夷为平地。"

"有这么厉害吗？你别听那些说书的瞎玄乎。"老姑根本不信像葛小亮说的那么厉害。

"这可不是说书的讲的，而是在哈尔滨听军火商说的，不会有假。"葛小亮告诉老姑。

虽然觉得葛小亮不会胡说，但她还是不服气地说："别看东北军表面看起来挺威风，其实都是一群熊蛋包，听说他们的一个营在同江被苏军炮艇打得屁滚尿流，可是我们柳条通硬是把苏军炮艇给打跑了。这帮王八蛋，被小日本打败活该！"

"二当家的说的也有一定道理，关键是东北军一枪不放就撤了，这太可怕了。"葛小亮拿着传单心思沉重地说。

老姑说："我们不管他们，今天高兴，半拉子又给我们送回来一万块哈洋券，晚上大伙都放开量喝酒吃肉。"

那天晚上，柳条通像过年一样热闹，大碗拼酒，大块吃肉，吃得柳条通的弟兄们满嘴流油。有的肉吃多了还拉稀，半夜里往茅房跑。老姑也和大家一样，拼命喝酒，结果她先把自己给灌醉了。

1932 年（伪大同元年）元旦，几年没有回柳条通的孟小彪突然回来了，这可乐坏了老姑。这几天老姑甩掉了白狐狸皮帽子，脱下了光板羊皮大氅，换掉了乌拉鞋，把关老爷送给她的衣服不管冬夏装轮番穿了一遍，有时候冻得哆哆嗦嗦直打牙帮骨。

这几天柳条通的弟兄们，怎么看老姑都感到别扭，所以见到她也不像以前那样愿意打招呼，甚至有人背后议论说："二当家的在犯贱。"

其实，大伙都不理解老姑。孟小彪从佳木斯回来一副洋派头，水獭卷檐帽，一身水獭长大衣，脚上穿着能够照人的长筒皮靴。老姑怎么也不能穿原来那身胡子装啊！

自从孟小彪回到柳条通后，葛小亮、胖猪和郝老七不但跟孟小彪相远，而且跟老姑也见外。可是孟小彪这次回来，却比上次对待手下弟兄热情多了，不像结婚那次回来，看谁都不顺眼。

老姑看着孟小彪的变化心里高兴，除了无微不至的体贴关怀外，还经常帮助孟小彪树立威信。当她看到孟小彪与大伙说话时，人家都不搭理，她心里老生气了。过后老姑去质问人家："大当家的跟你们说话，咋待答不理的？"

老姑观察几天，发现这样下去不行，便来找葛小亮。"小亮哥，我看这样下去可不行，非得把大当家的气走不可。你准备一下，明天马上拜堂子，为大当家的树立威信。"

葛小亮看老姑穿得那么单薄，冻得很可怜，实在有点儿忍不住了，便说："二当家的，我说一句不该说的话，你冻得这样何苦呢？"他看了老姑一眼接着说："我觉得，小彪和咱们不是一路人。"

老姑一听急忙为孟小彪打圆场："知夫莫如妻，我看他这次回来变了很多，你看他对弟兄们多热情啊！"

葛小亮停了半天才说："我说话你别生气，绺子人都感觉到小彪现在变得虚情假意了，不像绺子人那么实在。"

听到葛小亮的话，老姑立刻眼眉立了起来。"我告诉你葛小亮，谁对大当家的不敬，我就跟他没完。明天摆堂子，拜大当家的。我还不信了，谁瞧不起大当家的，我就崩了他！"

晚上睡觉的时候，老姑趴在孟小彪身上说："小彪，明天早上拜堂子，你要挺起腰板，一切都有我哪！"

没想到，孟小彪却冷冷地说："拜什么堂子，搞那一套俗气。"

老姑一听，扑愣一下坐起来。"你是大当家的，不拜堂子咋树立威信，今后咋让弟兄们服你？"

"愚昧！"孟小彪话一出口，老姑有些蒙了，她不知道孟小彪葫芦里到底卖的是什么药。孟小彪接着说："我想把柳条通带到一条正路。"

"啥正路？"老姑急切地问。

孟小彪说："你听说过'九一八'事变吗？"

"听说过，咋了？"

"我跟抗日自卫军十三团的姜团长说了，我有个远房亲戚是柳条通当家的，我去招抚他们的人马，跟随抗日自卫军军长李杜去哈尔滨阻击日本关东军，让他保举我当上佳木斯行署教育委员。"

"他同意了？"老姑问。

孟小彪说："姜团长说了，只要我能够招抚成功，他还可以继续保举我。"

"那个姜团长原来是干啥的？"老姑问。

孟小彪说："他原来是保卫团的姜团长，现在保卫团、江防队、警察局联合起来了，整编为抗日自卫军第十三团。"

"你说的原来是保卫团的姜大胡子呀？那个人可不是个好鸟，他能抗日？还不得见到小日本扔下枪就跑啊！"老姑蔑视地说。

"看来，你是不想成全我了？"孟小彪说完，把脸子撂下了。

老姑一看孟小彪不高兴了，立刻上前搂住他的脖子，学着唱戏的腔调说："为妻从命便是。"听到老姑的话，孟小彪才虚情假意地跟老姑亲热起来。

一阵儿颠鸾倒凤，孟小彪累得沉沉睡去。老姑翻来覆去睡不着，她看了一眼酣睡的孟小彪，心想：老话说，嫁鸡随鸡，嫁狗随狗，嫁个扁担挑着走。

第二天早晨吃完饭，葛小亮急忙摆堂子，集合人马。柳条通除了四个炮台留下四个人站岗外，其他人全部集中在院子里。老姑出门一看，香案都已经摆好了。本来很高兴，可是她发现孟小彪见到香案脸突然阴沉下来，忙说："军师，快把香案撤了！"

葛小亮用奇怪的眼神看着老姑，老姑很严肃地挥了挥手。葛小亮说："羊倌儿，过来几个人把香案撤了！"

撤走香案后，老姑说："各位弟兄，今天大当家的有话要说，大伙都仔细听着。"说完，老姑示意孟小彪讲话。

孟小彪清了清嗓："诸位同仁，现在是民国时期，不时兴封建社会那一套，什么拜把子、拜堂子，俗气！"众人听了孟小彪的话，"哗"的一下乱了。

“正经点儿!”老姑一看有点儿乱了，急忙压服众人。

孟小彪继续说：“大家都看到了，自古以来做胡匪的都没有好下场……”还没等他说完，院子里更乱了。羊倌儿小声嘀咕：“你爹、你二叔都是胡子出身，这个逆子。”

“静一静，不说话还能把你们当成哑巴卖了呀!”老姑眉毛都立起来了。

孟小彪倒是很沉着，他并没有发火。“各位同仁，你们听我说，柳条通这样下去永远也没有出路，今天我要给大家指个明路……”

“啥明路，西南大路吧!”有人在下面嘀咕。

“我已经跟姜团长说好了，从今以后柳条通将成为自卫军十三团的一个独立支队，跟着李杜将军去哈尔滨抗击日本关东军。”他清了清嗓又说，“李杜将军号召全体军人，现在国难当头，大敌当前，军人不能苟且偷生，除奔赴疆场、为国杀敌、报效国家外，再无选择。”

“什么李杜将军，他不就是依兰府的道台吗?还有那个保卫团的姜大胡子，尽欺压百姓，搜刮民财，哪有一个好人!”猪倌儿再也按捺不住了，高声喊了起来。

“还瞧不起胡子呢，你不是胡子养大的?”“这个民国政府真他妈的王八蛋，卖命的时候让我们去打仗，平时欺负我们都没有活路。”“让姜大胡子指挥我们，去他妈的，不干!”众人议论纷纷，乱成了一锅粥。

“啪啪!”老姑再也压不住火儿了，拔出匣子枪对着天空便是两枪，正好有群乌鸦从大空飞过，被她打掉两只落在了院子里。众人不觉一惊，认为这不是好兆头。“都给我住嘴，还反了你们了!”老姑说话的声调有些歇斯底里。

葛小亮也没有想到会出现这个局面，赶紧打圆场。“弟兄们，都冷静一下，有意见可以商量，都是自家人何必过激呢!”

葛小亮刚说完，老姑说：“家有千口，主事一人。这个家由大当家的说了算，我看你们谁敢不听!”

“什么大当家的，他孟小彪跟咱们根本不是一条心，他是在害我们柳条通哪!”猪倌儿高声喊着。

“我看你是不想活了!”老姑说着就要举枪打死猪倌儿。猪倌儿也不在乎，往前迈了一步站在空地上。葛小亮一看不好，上前挡在猪倌儿前面。“二当家的，猪倌儿一时糊涂，你饶过他吧!”

胖猪也来到老姑面前：“是呀，二当家的，平时我们都像亲兄弟一样，别因为这点儿小事儿闹翻了。”

老姑举着枪，开枪也不是，不开枪还没有面子，最后一生气将镜面匣子枪摔在地上。“啪!”这支枪走了火儿，把地面打个坑。老姑气得一转身回到自己的房屋。走到正房门前，老姑回头喊道：“葛小亮、胖猪、郝老七你们都给我进来!”看来老姑是真的生气了，今天也不叫哥了，而是直呼其名。

葛小亮回头给胖猪和郝老七递个眼色，并对众人说：“都散了吧，该干啥干啥去。”

大家散去，葛小亮、胖猪和郝老七向正房走去，谁也没理孟小彪。

来到西屋，葛小亮看到老姑铁青着脸。“二当家的，你平时对待弟兄们像大姐一样，今天为了这么一点儿小事儿翻了脸，不值当。”

“啥不值当，这还算小事儿吗？告诉你们，张叔曾经对我说，要为小虎、小彪树立威信，今天我有错吗？”老姑说着，气得眼泪都要下来了。

“二当家的，你今天做得没错，可是弟兄们说的也有道理。如果今天张叔在场，他也不会同意姜大胡子招抚的。”葛小亮一看老姑平静了一些，接着说，“二当家的，你先冷静一下，让弟兄们也冷静一下，一会儿派人把张叔请回来。他毕竟见多识广，有学问，比我们懂得多，让他拿个主意，然后我们……”

还没等葛小亮把话说完，孟小彪从外屋走进来。“请张叔来也得抗战，这是民族大义，柳条通是我爹拉杆子起家的，这个家我说了算。”其实，孟小彪在外屋已经听半天了，在关键时刻他冲进西屋。

葛小亮一听，这个孟小彪正像大伙儿私下议论的那样，他跟柳条通的弟兄根本不是一条心，好像还有其他目的。想到这里，葛小亮对孟小彪说："小彪，你为啥这么怕张叔回来？"

孟小彪想都没想说："我听佳木斯的人风言风语说，他是个激进分子，早被官府盯上了。"

葛小亮一听生气了。"小彪，你是张叔看着长大的，他对我们如同父子，还会坑害我们吗？"

"这很难说，他坑不坑害柳条通谁知道？"孟小彪说得振振有词。

葛小亮一听更生气了，但他还是压了压火儿。"小彪如果你这么说，就是大不敬了。"

"张柏不过是我爹以前的一个军师，跟我爹不过是主仆而已，他能当得了柳条通的家吗？"孟小彪的语气让人听了很不舒服，连老姑都觉得刺耳。

这回葛小亮没有生气，他反而笑了。"说起张叔跟孟大爷的关系，那可不能用主仆来形容。他们是交命的兄弟，俗一点儿说，也就是多个脑袋差个姓，连孟二叔都没有他们关系好，你不是都看到了吗？"

葛小亮问得孟小彪哑口无言，他接着说："孟昭彪先生，我想问问你，如果柳条通成为自卫军跟着李杜去哈尔滨打保卫战，你去不去冲锋陷阵？"有学问的人就是不一般，他专往孟小彪的软肋上捅。

"我一个读书人是国家的栋梁之材，怎么能跟着当兵的一起冲锋陷阵，国民政府对我另有委任，干的都是大事儿。"孟小彪说出了自己的真正目的。

"对了，这才是问题的关键。你是舍得把我们送上前线，而你在后方升官发财。请问大当家的，在国难当头之际，您不应该带领我们奔赴疆场，为国杀敌吗？"

葛小亮句句在理，问得孟小彪瞠目结舌，无言以对。"这个，这个——"

老姑一看，孟小彪满脸通红，没法下台阶了，便说："大伙都别呛呛了，等把张叔请来再做决定。"说着，她拉起孟小彪回到了东屋，还不断地安慰他。"小彪，你别生气，他们都是粗人，跟你没法比，再过几天他们会转过弯儿的。"话虽然这样说，但老姑一切都听明白了。葛小亮这个私塾教出来的人，比孟小彪国高毕业说话还在理。

孟小彪闷着头想了一会儿说："翠花，我马上回悦来镇向姜团长汇报，过三天让他们派人来接收。队伍能不能拉出去，你看着办吧！"孟小彪抓住老姑怕休妻的心理，给她施加压力。

孟小彪坚持要走，老姑只能贱兮兮地帮他收拾东西。

老姑为孟小彪收拾完柳条箱，出门叫马倌儿牵出两匹好马，她要送小彪到"善船"渡口。在"善船"渡口，等了好半天摆渡船，孟小彪阴沉着脸始终没有说话。孟小彪上船时，老姑还依依不舍地掉下几滴眼泪疙瘩。

在回来的路上，老姑的心里很难过，这倒不完全是因为孟小彪的离开，而是因为她看到葛小亮跟孟小彪顶牛。这两个人，一个是她的心理依靠，一个是她名义上的丈夫，看到他们互相抢白，老姑的心里真是五味杂陈。老姑心里更明白，自从孟小彪回到柳条通这几天，葛小亮始终带有一种醋意，只是表现得不明显而已，今天终于爆发了。

老姑送孟小彪刚出大门，有一百多个弟兄收拾完东西准备离开柳条通。葛小亮本来想在老姑离开后和羊倌儿偷偷跟在他们后边，怕老姑出现意外。可是，他们俩刚从马圈牵着马出来，看到院子里乱哄哄的全是人。有的正在互相告别，有的拿着枪已经出了大门。"这是怎么了？"葛小亮急切地问。

"不干了，回家，在这里让孟小彪那小子出卖，还不如回家种地。"

"都停下不要走，我已经派人去找张叔了，让他老人家回来定夺，你们不会连张叔都不相信吧？"听了葛小亮的话，大家都转身回去了。有人说："我们暂且信你一回。"

有人告诉葛小亮："你快去追吧，猪倌儿已经领着三十人走了。"

葛小亮急忙骑上马，冲出大门往外追，羊倌儿紧随其后。大约追出不到三里远，葛小亮高喊："猪倌儿，你给我站住！"

猪倌儿一看葛小亮追来了，转身站在那里。"小亮，没跟你告别是怕你劝我们留下，不用送了。"

葛小亮急忙跳下马。“我说猪倌儿兄弟，你怎么像个小孩子似的，这么多年出生入死的兄弟，你们一点儿情义都不顾了?”

“还有啥兄弟情义了，二当家的为了孟小彪都跟我翻脸了，还差点儿枪毙了我，要不是你挡着，恐怕我早就没命了。”猪倌儿涨红着脸说。

“呵呵，我说兄弟你是不是糊涂啊！如果二当家的真想要你命，以她的枪法和出枪的速度，我还能有机会挡住你吗?”看到猪倌儿有些迟疑，他接着说，“兄弟，我跟你们说，一会儿张叔就能回来，我已经派人去请了，让他老人家给我们掌个舵。如果张叔说的没道理，不用你们张罗，我葛小亮首先提出跟你们一起走。”

猪倌儿看了一眼葛小亮，又看了一眼众弟兄：“咱们信他一回?”

愣头说：“别人我们不信，小亮的人品从来都是说到做到，我们回去看看再做决定。”

葛小亮趁热打铁：“愣头兄弟说的对，即使不想干了，也得等到张叔回来，走的时候二当家的必须给我们发路费，否则我们不答应。”

葛小亮心里着急，他怕耽搁时间长了，老姑一个人出现意外，那可不是闹着玩儿的。

没想到，有个叫孙瘸子的人端起枪说：“别听他忽悠，他和二当家的啥关系，难道你们不知道？万一我们回到柳条通大院，他叫人把重机枪一架，那可由不得我们了！”

羊倌儿一看孙瘸子将枪口对准了葛小亮，马上从腰间摘下一枚手雷，拉开销子举在手里。“我看你们谁敢动小亮一根汗毛，否则大家一起完蛋。”

众人一看到羊倌儿拔掉手雷销子都很紧张。葛小亮忙说：“羊倌儿，别胡来！快把手雷销子插上。一个头磕在地上都是自家兄弟，万一手雷响了，不小心炸死谁，他的爹娘你给养老送终啊?”

听到葛小亮的话，紧张的气氛顿时消除了一半，有人还笑出声来。“你们说，是不是这么回事儿，谁的父母咱们不应该叫干爹干娘，你不给养老送终行吗?”葛小亮说完自己也笑了。

葛小亮真是聪明豁达，这样一个紧张的气氛，被他几句轻描淡写的话给化解了。

“孙瘸子，你把枪收起来，我们都跟军师回去。”猪倌儿用命令的口吻对众人说。

将猪倌儿他们三十多人送进大门，葛小亮小声对胖猪和郝老七说：“你们两个看住大门，把重机枪架上，如果谁敢再跨出大门一步，格杀勿论。”说完，葛小亮和羊倌儿骑着马一溜烟儿地去追老姑。

追到“善船”渡口，那时候孟小彪还没有上船，葛小亮和羊倌儿从远处看着老姑。老姑送别孟小彪的一举一动，他们都看在眼里，而且葛小亮还有点儿醋意横生。

老姑送走孟小彪，心里不免有几分失落。尽管老姑已经感觉到了孟小彪对她的感情都是虚情假意，但她还是愿意自欺欺人，相信孟小彪对她的感情都是真的，毕竟他们是名义上的夫妻。

老姑蔫头耷脑地骑着马往回走，一直走到柳条通大门，她才发现葛小亮和羊倌儿跟在后面。

葛小亮进了大门，郝老七说：“孙瘸子已经走了。”

“走了?你怎么不拦住他?”葛小亮奇怪地看着郝老七。

“拦住有什么用，能拦住他的人，能留住他的心吗?我让他把枪留下，放了他。”听到郝老七的话，葛小亮一想也有道理，放就放吧，免得留下后患。

吃晚饭的时候，老姑没有像往常一样来到伙房吃，胖猪让豆花儿给老姑把饭菜送到了屋里。可是老姑一点儿食欲也没有，她像过电影一样回想着今天发生的一切……

那一夜，张柏没有回来，老姑几乎一夜没睡，脑子里总是有两个小人在吵架，一个说老姑错了，一个说老姑做得对。直到东方放白，这两个小人还在争吵不休。天大亮了，老姑觉得昏昏沉沉，脑子一片糨糊。

早上，老姑红着眼睛，重新换上羊皮大氅、白狐狸皮帽子和乌拉鞋，到处转了一圈，可是手下的弟兄都躲着她。

吃完早饭，一帮人围着葛小亮质问：“你不是说张叔昨晚上就能来么，怎么直到现在也没见到个人影儿？”

“大家不要着急，早上我又派羊倌儿去催了，都耐心点儿。”葛小亮一遍又一遍地解释。

猪倌儿说：“小亮，别说我们不给你面子，要是张叔到了中午还不来，对不起，我们可要走人了。”

“猪倌儿，你别着急，也许张叔昨晚有什么急事儿没有来。”

“有什么事儿？什么事儿能比柳条通的事儿更急呀？”一个手下问。

而另一个人说：“要是柳条通不去参加他们自卫军，我们就留下。要是拉我们出去为东北军挡子弹，对不起，爷不伺候。”

“大伙儿都回去歇着吧，一会儿张叔会来的。”葛小亮将众人劝了回去。

老姑在屋里，将外面发生的一切听得一清二楚，但她不能出去，免得激化矛盾。老姑心里这个着急呀，张叔咋还不来，是不是他觉得这件事儿太棘手了，所以不敢来了？

临近中午，院子里又乱了，有七八十人背着行李卷准备离开，一些大胆的还背着枪，有十来个人还到马圈牵出了马匹。

葛小亮劝大家：“各位弟兄，即使要走也得吃完午饭再走啊，怎么能一点儿兄弟情义都不顾呢？”

老姑在屋里听得真真切切，也真是难为葛小亮了。好几次老姑都想冲出去，她双手握着匣子枪，急得直冒汗。

李东高喊：“什么兄弟情义，你都骗我们几回了？”

“我葛小亮什么时候骗过自家兄弟，可能张叔真的有急事儿没办完。我求大家了，再等等。”葛小亮解释得嗓子都冒烟儿了。

“就算张叔来了，他还能有什么好办法？不干了，我们走！”那十几个人拉着马带着枪，跟着李东要出大门。

猪倌儿一看，生气了。“我说你们几个也太不讲究了吧。你们走了倒是没啥，怎么能拉上马、带着枪走哪，这也不符合绺子规矩呀！”

“小猪倌儿，你装什么大瓣蒜？不是你张罗要走吗？”李东对着猪倌儿吼道。

猪倌儿说：“你他妈的这么说，我还不走了，弟兄们咱们都回去!”听到猪倌儿的话，众人呼啦一下散了，只有李东领着十几个人还站在那里。

葛小亮说：“李东，咱们都是老乡，如果你真不顾兄弟情分，可别怪我不客气了。”

“呵呵，葛小亮，看你能把我们怎么着?”李东涨红着脸。

听到这里，老姑再也坐不住了，她双手拎着枪冲到院里。“七哥，他们要是敢迈出大门一步，格杀勿论!”

就在这时，郝老七在炮楼上喊：“快开门，张叔回来了!”

大门吱呀一声被打开，张柏和羊倌儿他们骑马走进来，后面还跟着一个抱着枪的大个儿。老姑一看，这个大个子的枪，既没有准星标尺，也没有枪带和枪托。老姑心里嘀咕，莫非这就是传说中的神枪手?

李东一看到张柏回来了，顿时委屈得大哭起来。“张叔，这柳条通没法干了，不知道孟小彪给二当家的灌了什么迷魂汤，她连弟兄们的性命都不顾了!”

张柏下马来到李东的跟前，拍着他的肩膀说：“行了，别委屈了，你先回去，一会儿我给你个说法。”

老姑和葛小亮一看张柏回来了，顿时像打了鸡血一样。葛小亮说：“张叔，你怎么才来呢? 再等一会儿，柳条通就炸营了。”

老姑歪着脖子看着张柏：“张大经理，盼望你好比盼星星盼月亮，这回总算盼到光明了!”

张柏瞪着老姑说：“你这个疯丫头，再敢拿你张叔开涮，小心我抽你。”

老姑嬉皮笑脸地将张柏让到正房。葛小亮、胖猪、郝老七、大个儿也跟着走了进来。大家在西屋坐下，可是那个大个子还是站在地上抱着他的那杆破枪。

老姑说：“这位大哥，你也坐吧!”可是那个大个子好像没听见一样，站在那里一动不动。

张柏说：“忘了给你们介绍了，这个人是我的小兄弟，叫王乡，人送外号王大个儿，是个神枪手，这次我把他带来就是跟你们入伙儿的。”王大个儿只是看了众人一眼，也没说话。

老姑一看，王乡的个头接近六尺，大长腿好像从肚脐眼儿就开始分岔了。

张柏对王大个儿说："这位是当家的翠花，那位是军师葛小亮，那位是胖猪，那位是郝老七。"张柏为王大个儿一一作介绍。可是他不过是点点头，还是不说话。

张柏说："胖猪，你把那个带头闹事儿的小李东给我叫过来。"

"哎！"胖猪答应一声刚要出屋，葛小亮忙说："把猪倌儿也一起叫过来吧。"

不一会儿，猪倌儿和李东红着脸走进屋。张柏说："你们两个都坐下。"

老姑说："张叔，胖猪把事情都跟你说了吧？你掂量掂量这件事儿该咋办吧！"

张柏说："我前天出门，今早才回到三家子码头，现在看来形势相当严峻。日本鬼子已经占领了长春，现在伪军'剿匪'司令干大头正在攻打舒兰、五棵树，马上就要进攻哈尔滨了。"

"张叔，半拉子拿的那份传单里说的都是真的吗？"葛小亮急切地问。

"那都是真的，张学良这个小六子还不如他爹有骨气呢，是他下令不许东北军抵抗，才使沈阳一夜之间沦陷的。"张柏停了停，表情凝重地说，"你们知道当时沈阳有多少飞机、多少大炮、多少东北边防军和地方武装吗？"

"多少？"老姑问。

"二百六十架飞机，迫击炮、加农炮、步炮和山炮上千门，周边军队是日军关东军的几十倍，仅城内的警察都比关东军在南满的总数还要多，可惜只用了一天时间，就全部被缴了械。"张柏痛心地说。

"东北军也太完犊子了，他们只知道欺负老百姓，对外就熊了。还有那些民国的官员和军阀，光知道往腰包里搂钱娶小老婆，不垮台才怪呢！"猪倌儿插了嘴。

张柏说："也不是民国的官兵都不抵抗，黑龙江省督军兼代省长马占山将军，在省城齐齐哈尔嫩江大桥组织全体军民抗战，阻击日军十六个昼夜，打死日军关东军六千多人，一直打到弹尽粮绝才回海伦。这就是传单上说的‘江桥之战’。”

大家听到张柏的话，虽然不了解日本人占领东北还牵涉这么多错综复杂的关系，但外族入侵心里总不是滋味。老姑想：中国人这么多，怎么能打不过小日本，就是撒泡尿也能把他们淹死呀！于是她说：“张叔，你说咱们柳条通应不应该参加自卫军，跟着李杜将军去哈尔滨打小日本？”

张柏想了想说：“全民抗战，守土有责，这是有识之士提出来的。我倒是觉得应当把柳条通的人马拉出去抗日。”

葛小亮没想到张柏会同意柳条通的人马去抗战，便问他：“张叔，你可得好好考虑一下，全东北这么多正规军，他们不抗战我们一个绺子逞什么能？”

“那些有识之士，他们也不是民国正规军，但抗战意志非常坚决。还有那些爱国学生，他们连枪都没摸过，也纷纷起来寻找抗日队伍。”张柏说。

“打到哈尔滨又能怎么样，也不是攻打我们柳条通，跟我们有啥关系？也许日本人来了比民国那些赃官还强呢！”李东实在忍不住了，也上来插话。

张柏不紧不慢地说：“古人有云：皮之不存，毛将焉附？国家都没了，更何况一个小小的柳条通了。再说了，日本人进来还能有好？他们站稳了脚，我们中国人只能像牲口一样任人宰割。”

猪倌儿说：“就算我们应当去打小日本，可是自古以来官兵和胡子势不两立，将来到了他们手下，那个姜大胡子还不得拿我们当二逼使唤，给他们挡子弹哪？”

“国难当头，我觉得他们不敢，我听说李杜将军是个有血性、有民族正义感的汉子。”张柏解释说。

听了张柏的话，老姑心想：依兰镇守使李杜也未必是个好鸟，要是他真有血性、有正义感，那么我娘这些年告状他咋不给主持公道，还不是我亲自出马将三家子码头夺回来的？想到这里，老姑本想说出心中的想法，但一考虑那样不是自己打自己嘴巴么，为反对孟小彪的人找到口实了。不能说，坚决不能说！维护男人的尊严是为妻的责任。

可是葛小亮转了转眼珠说：“张叔，我觉得猪倌儿说的不是没有道理。那些民国官兵心术不正，都是忽悠别人去卖命，他们在后方吃喝玩乐作威作福，我怕柳条通真去抗战会吃他们的亏。”

“在民族大义面前，必须先放下个人小恩小怨，在这个非常时期，民国官员即使想苟且偷生他们也不敢。”张柏解释道。

葛小亮轻蔑地一笑。“有什么不敢，还用往远了说嘛，咱们柳条通大当家的孟小彪不就是拿着收编作为条件，他去升官发财吗?”

“小彪拿什么条件升官发财了，他要到哪里当官?”张柏不解地问。

葛小亮说：“羊倌儿没跟你学吗？孟小彪与保卫团团长姜大胡子谈好了条件，如果他能招抚柳条通的人马跟随自卫军抗战，姜大胡子就保举他当佳木斯行署教育委员，这跟那些民国官员有什么区别?”他看了一眼张柏，接着说：“如果说，抗击外族侵略人人有责，那么他孟小彪作为大当家的，是不是也应当带领弟兄们冲锋陷阵，体现民族大义?”没承想，一个饱读诗书、见多识广的张柏被葛小亮问得无言以对。

听了葛小亮的话，老姑的脸像被抽了一样难受，不管孟小彪背后的目的有多阴险，但她也必须维护他。“我说小亮哥，你一个男子汉大丈夫跟小彪较啥劲儿？他一个书生也不会舞枪弄棒。再说了，小彪不去哈尔滨抗战不是还有我嘛，古有花木兰替父从军，今天我赵翠花就要代夫上阵。”

葛小亮不慌不忙地说：“二当家的，你是你，他是他。看到没有，小彪他们这些人就是民国教育出来的国家栋梁之材，没学会礼义廉耻、忠贞报国、民族大义，而是先学会了苟且偷安、升官发财之术，竟然拿柳条通弟兄的性命为他自己升官发财做砝码。”葛小亮接着说：“二当家的，你别往心里去，我也不是抓住小彪不放，而是讲一个道理。传单上说，攻打吉林和黑龙江的伪军汉奸都是民国的官兵，不知道张叔听说了没有。”葛小亮一箭双雕。

张柏看了看葛小亮，心里想，几年不见没承想这小子变得这么厉害，心里不免生出几分佩服。于是，他笑呵呵地说：“小亮说的没错，汉奸司令于大头正是民国的高官，攻打舒兰向哈尔滨进军的先头部队也是东北军旧部。”

“对了，这才是问题的关键，不然一个弹丸小国怎么会这么猖狂？几千年了，中国人自相残害的老毛病始终没改，这是民族之大不幸。”葛小亮说完，一看张柏接不上茬儿了，老姑也脸色铁青。“二当家的，张叔，我说了这些不是不想去哈尔滨抗战，也不是逼着孟小彪非跟我们上前线不可。他在我的眼里简直是一堆臭狗屎，我懒得跟他计较。我痛心的是孟大爷一世英名，被小彪这个不肖之子给毁了。”小亮停了停继续说：“张叔，在这里如果再争论下去也没有意义，你老人家说句话，柳条通的弟兄们都听你的。”

“侄媳妇儿，你也不用铁青着脸，小亮的话句句在理，而且心胸豁达。我看抗战的事儿就这么定了，由葛小亮带着绺子弟兄去吧。他不会吃亏上当的，你在家里就等着听好消息吧！”听了张柏的话，老姑再也沉不住气了。“我必须去，我是当家的，不去对不起绺子的弟兄们。”

张柏说：“带兵打仗可不像砸窑，能打即打，不能打就跑。带兵打仗不仅要爬冰卧雪，还不知道要打多长时间呢。再说，你一个女人在外住也不方便哪。”

“有啥不方便的，都是自己家的弟兄。”老姑坚持自己的意见。

胖猪说：“我有个疑问，不知道应不应该说。”

“你说吧！”张柏示意他继续说。

胖猪接着说：“我从来没听说过，绺子与官兵联手打仗，别等到把仗打赢了，他们再把我们给黑了。”

“对于民国官兵我也不信任，但有小亮在我放心，他会随机应变的。不过我要告诉你，不是没有胡子和官兵联手作战的，冯占海将军带领的救国军就有宫长海和姚秉乾两个绿林绺子联手抗日的。”他停顿一下，看看众人的反应继续说，“如果大家没有异议的话，这件事儿就这样定了，外面的弟兄还等着呢，我们得给他们一个交代。”

葛小亮说：“好，我去召集弟兄们。”说完，他走了出去。老姑、张柏、胖猪、郝老七、猪倌儿和李东也一起来到院子里，王大个儿也跟了出来。

绺子的人都来到院子里，张柏施展起演讲才能。他讲了民国政府的腐败迂腐，讲了东北军不抵抗政策，讲了沈阳北大营士兵被日军打得惨不忍睹，讲了日本入侵东北的真正目的，讲了全国各大城市师生游行示威支持东北抗战，讲了马占山的“江桥之战”和冯占海、李杜等爱国将领抗击日本关东军，讲了宫长海、姚秉乾等绿林好汉与救国军联手打击日本侵略者，还讲了如果日本人占领东北国人将沦为亡国奴，并将日本侵略东北和朝鲜半岛的真正目的通通说了一遍。张柏演讲起来慷慨激昂，听得柳条通的弟兄们群情激奋。

葛小亮小声对老姑说：“你看吧，张叔绝不是小彪说的激进分子，他和那个共产党崔高丽的口气一样。”老姑点了点头。

张柏演讲完，大伙听得意犹未尽，还有人不断地问这问那，没有一个人反对出战的。

傍晚，张柏对葛小亮说：“这次去哈尔滨你们多留点儿心眼，别指望自卫军给你们配备多少武器弹药，自己把弹药带足了。”

回头张柏又对老姑说：“记住！打虎亲兄弟，上阵父子兵，大家要齐心协力，尽量把兄弟们都安全带回来，这是柳条通的本钱。”

老姑理解不了那么深的意义，她只知道对手下的弟兄们好，他们就敢于为自己去拼命。于是她说：“明天杀猪宰羊，让弟兄们大吃一顿。”

“应该的，还要在出征前给弟兄们发放大洋，以鼓舞士气。”张柏告诉老姑。

第二天早上，柳条通开始忙活起来。蒸馒头、烙饼、炸咸鱼、切咸菜，这些都是准备路上吃的，同时还杀猪宰羊、备酒、磨粮食。老姑、豆花儿、谷子、糜子都到伙房帮忙。

郝老七清点分配枪支弹药，还派人赶车到熊瞎子沟拉储藏在那里的弹药。葛小亮对郝老七说：“山上的弹药还是留下一些，以备不时之需。”

郝老七说：“知道了。”

正在大家忙得不可开交时，姜大胡子派耿副官来接收柳条通。在离柳条通大院还有一百五十米时，正在炮台上领班的羊倌儿高喊："那个绺子的，报上名号？"

"妈拉个巴子的，你瞎眼了，没看到是保卫团的人吗？"一个官兵大骂起来。

羊倌儿一看生气了，保卫团有什么了不起的，给你点儿颜色看看。他也不搭话儿，操起重机枪便打。"嗒嗒嗒！"子弹打得他们马前的地面直冒烟儿，吓得马匹连连后退。

听到枪声，柳条通的弟兄操起家伙都上了城墙，葛小亮、老姑也来到炮台。葛小亮对老姑说："你看那个当官的多能得瑟，大冬天的还戴着大檐帽，打掉它！"

老姑举起匣子枪，"啪"的一枪将那个当官的大檐帽打飞了，吓得他趴在马上不敢抬头。

"啪！"不知道从什么地方又开了一枪，打掉了那个当官的后背上的匣子枪。

"好枪法！"老姑不由自主地喊了一声。原来是王大个儿从远处那个炮台开了枪。看到王大个儿的枪法，老姑彻底服了。这一枪，高一寸打不到匣子枪，低一寸就会要了他的命。

"各位英雄好汉别开枪，我是姜团长派来接收你们的，开门吧！"那个当官的滚到马下喊着。

大门打开，一帮人牵着马规规矩矩走进院子里。

"报上姓名！"葛小亮在炮台上高喊。

耿副官说："鄙人是十三团的副官耿殿福，奉姜团长之命前来收编柳条通……"

还没等耿副官说完，猪倌儿说："去你妈的，你再敢说收编老子宰了你们这帮狗杂种。"说着举起枪，"啪啪啪"一排子弹从他们头皮上擦过。吓得耿副官这帮人一猫腰。

"猪倌儿，别胡来！"葛小亮喊了一声走下炮台。老姑、胖猪也跟着下来。

葛小亮走到耿副官面前："让我们去抗战有军饷吗？"

耿副官唯唯诺诺地说："有，依兰救济会的救济券。"

"有重机枪、小炮、炸药、马刀吗？"葛小亮继续问。

“这个姜团长没交代，只是说给救济券了。”耿副官回答道。

葛小亮嘿嘿一笑。“巧使唤人哪，没有重武器怎么打仗，用不值钱的救济券打吗?”他一看耿副官低着头没有回答，便说：“你回去告诉姜大胡子，没有重武器我们不去!”

耿副官说：“这是孟昭彪说的，你们是无条件收编。”他看了一眼众人没什么反应，便壮起胆子说：“看来，孟昭彪这小崽子竟敢撒谎，看我回去怎么收拾他。”

“你敢，我看你活腻歪了。”老姑说着，抬手一枪，将空中盘旋的老鹰击落下来。耿副官吓出了一身冷汗。

这时，猪倌儿上前：“还站在这里干啥，回去告诉姜大胡子，给枪、给炮、给炸药就去，不给就让他滚犊子!”

耿副官无奈，只得领着十几个人回去向姜大胡子汇报。

张柏站在远处，看着葛小亮他们与耿副官对话，心里暗自高兴，有这些人在，自己大可放心了。

耿副官走后，张柏对老姑说：“这次去哈尔滨抗战，你让葛小亮领头，这样方便与外界接触，有什么事情让他去应付，这小子脑子灵，智勇双全。我把王大个儿给你们留下，是让他保护你们两个人的安全。”

“放心吧张叔，一切都听小亮的。”老姑表态说。

下午，张柏叫葛小亮、胖猪和郝老七来到正房。张柏说：“大家记住，不管姜大胡子怎么给你们编队，你们都不能拆帮，打起仗来好互相有个照应。”

葛小亮说：“半拉子领着的那些人也去吗?”

张柏说：“三家子码头我只留下肖三儿一人给我跑道送信儿，护码头的事儿我让伙计负责，要不是老夫上了年纪，我也要跟你们去哈尔滨抗战。至于柳条通和熊瞎子沟，留下二十几个老弱病残的把守就行了，抵御外族入侵，能出多少力就出多少力。”

老姑说：“听张叔的吧，熊瞎子沟没人知道那里，柳条通还有豆花儿、谷子、糜子都会使枪，给她们多留下一些弹药。”

隔了一天，耿副官带着孟小彪一帮人来到柳条通。猪倌儿在炮台上老远看到了孟小彪，他告诉站岗的弟兄：“都蹲下，喊也别理他们。”

“嗨，人哪？快开门！”孟小彪喊了几声，见没人搭茬儿，他气急败坏地说，“哎，人都死了，快给我开门哪！”

几个团丁一看还是没人搭茬儿，一齐高喊：“开门！开门！！开门！！！”

房屋里的人听到大门外有人喊，以为出了什么事儿了，呼啦一下拿着枪都冲了出来。

老姑、葛小亮、张柏、胖猪、郝老七和羊倌儿也都来到了院子里。

老姑对着炮台喊：“谁在上面哪，外面是谁来了？”

听到了老姑的话，猪倌儿慢慢地站了起来。“还是那个耿副官。”

孟小彪听到院里是老姑问话，便来了精神，用脚踢着大门喊：“里面的人都死了，快开门！”

老姑紧走几步，准备亲自开门迎接，被张柏扯住。等大门打开时，张柏上前一步，将老姑挡在身后。

孟小彪点头哈腰地将耿副官让进大门。他一看到柳条通的人，立刻把脸阴沉下来。刚想发火儿，抬头一看张柏站在那里用眼睛盯着他，他勉强喊了一句：“张叔。”然后眼睛向后看去，他是在寻找老姑。

老姑从人群里钻出来，说：“你回来了？”可是孟小彪气呼呼地瞪了老姑一眼。张柏一看生气了：“小彪，你跟我进来！”口气不容置疑。

孟小彪看了一眼张柏，只好乖乖地跟了过来。来到正房门前，张柏看到老姑也跟在后面，便说：“侄媳妇儿，你忙你的，我跟小彪有话说。”

他们来到西屋，张柏直言不讳地开了腔。“听说你国高毕业了，姜团长要保举你当教育委员？可是小彪我告诉你，即便你是国立大学毕业，也改变不了你是胡子的身份。”孟小彪听了张柏的话，没敢反驳。张柏接着说：“你爹活着的时候，可是对手下弟兄亲如手足，不要以为你念了几年国高就瞧不起他们。别说你了，即使你张叔我一个中华哈尔滨工业大学的堂堂教授，对他们也要敬重三分。”张柏越说越来劲儿，“告诉你小彪，你拿柳条通的弟兄去哈尔滨作战当砝码，为自己换取功名利禄可不是仁义之举，甚至会留下千古骂名。还有翠花一心一意待你，你却想利用她，于心何忍？要不是她代夫上前线抗日，柳条通谁会去自卫军卖命？你好好想想吧！”

“抗击外来侵略，人人守土有责，难道让柳条通的人马去抗战不对吗？”孟小彪想了半天才找到一个充分的理由。

张柏轻蔑地看了孟小彪一眼。“你唱什么高调？抗击外来侵略，有多少有志学生投笔从戎，参加了抗日队伍。要说人人守土有责，你孟小彪年轻力壮，是不是也应当带领柳条通的兄弟奔赴战场，英勇杀敌？可是你却把你爹拉杆子建立起来的绺子推上前线，为你自己换取功名利禄，这是人干的事儿吗？”

“我也不会扛枪打仗呀！”孟小彪还在强词夺理。

张柏一听火了：“小彪，没听说过谁一生下就会扛枪打仗的。”

孟小彪无言以对，脸一直红到脖子根。

“张叔，你别难为小彪了，他还小呢。”老姑急忙冲进屋里为孟小彪解围。

“侄媳妇儿你别护着他，他都多大了，已经过了而立之年了，我看他这些年的书算是白念了。”老姑一看说也说不过张柏，拉起孟小彪来到东屋。

“唉！”张柏看到老姑这样护着孟小彪，不免叹了一口气。

在张柏把孟小彪叫走后，葛小亮将耿副官领到东厢房。进屋坐定后，葛小亮问耿副官：“姜团长怎么说的，他答应我们提出的条件了吗？”

“答应是答应了，但给你们的不多。马刀没有，重机枪只能给一挺，迫击炮两门，炸药倒是有，用多少给多少。”

其实，姜大胡子原来根本不想给柳条通武器装备，可是唐县长和姜大胡子曾经信誓旦旦地向依兰镇守使李杜保证过，将招抚的柳条通的胡子带到哈尔滨打保卫战，万一柳条通不干了，恐怕他们的乌纱帽要没了，所以死气白赖地从原来的保卫团和江防队抽调下来这些装备。这几天，李杜一天三道军令，催促他们立即到哈尔滨南线战场阻止日本关东军。

葛小亮说："你回去告诉姜大胡子，说柳条通明天起早过江，拿到武器我们立刻出发，拿不到我们就不去。"

耿副官马上说："请支队长放心。"

"你管谁叫支队长？"胖猪急了。

"从今以后，你们就是吉林省自卫军十三团的独立支队了，那不就得叫支队长吗？"耿副官解释道。

葛小亮说："好了，事情先这样定着，你赶紧回去吧。"

耿副官一听葛小亮答应了，想立即离开。在柳条通他多一分钟都不想待，前天他被两个神枪手给吓坏了。

孟小彪听到耿副官要走，他急忙从屋里追了出来。万一张柏逼着他上前线，那他可怎么办？万一自己死在战场上，那个女子师范毕业的张美凤可怎么办？

老姑真是犯贱，她眼巴巴地将孟小彪送出大门。可是孟小彪看都没看她一眼，头也不回地走了。

第十七章　被迫抗战

1932 年 1 月 10 日，天还没亮，柳条通的人马便起床准备开拔。他们要在天亮前赶到三家子码头与半拉子会合，然后再去佳木斯与自卫军十三团一起奔赴哈尔滨前线。至于是不是上前线送死，柳条通的人不在乎，当听说要去哈尔滨都像打了鸡血一样兴奋。他们都想见见，传说中的“东方莫斯科”、“东方小巴黎”到底是什么样儿，瞧瞧那里金发碧眼的外国妞到底有多好看。

队伍离开了柳条通，老姑回头看了一眼，突然有一种莫名的失落。在去佳木斯的路上，她在想：要是没有孟小彪紧逼，要不是为了维护这个小丈夫，即便说出大天来，也不会轻易把柳条通的人马拉出去。日本人占领东北，跟咱小老百姓有啥关系？人家张少帅几十万东北军都不抵抗，柳条通的人马逞啥能？再说，北大荒大小绺子上百个，人家都不管什么民族大义，我们凭啥扯那个犊子？

柳条通的人到了佳木斯，姜大胡子没有失言，拨给他们一挺重机枪，两门小炮，外加子弹、炮弹和炸药。队伍出发时，柳条通人马除了少数人坐马车外，其余的全部骑马。而原来的保卫团、警察局和江防队的官兵，只有少数人能骑马坐车，其余大部分都要扛着枪步行。在柳条通人马超过一帮警察时，一个警察阴阳怪气地说：“哟，挺牛啊，马胡子还成精了！”

“啪！”一声枪响，那个阴阳怪气的警察的帽子被打飞了，吓得他再也不敢放屁了。

葛小亮回头一看，是王大个儿开的枪，便向他点了点头。可是王大个儿好像什么都没发生一样，继续仰着脸，骑在马上走自己的路。

这时，走在前面的姜大胡子和走在后面的警察局局长都派人来问："到底发生了什么事儿?"葛小亮说："一不小心枪走火了!"

老姑回头一看，原来警察局局长派来的不是别人，正是老叔。老姑刚想喊老疙瘩，可是老叔向老姑挤咕挤咕眼睛，示意她不要说话。老姑心里骂道：这个老疙瘩搞啥鬼?

十三团顺着松花江冰道奔往哈尔滨，先头部队的骑兵营和柳条通的人马天黑前已经到了大通，而后面的部队磨磨蹭蹭还没有走出五十里。姜大胡子急了，告诉传令兵，沿途征集车马，催促后面的部队尽快赶上来。可是保卫团、江防队和警察局的那帮人，平时都养尊处优惯了，哪里吃得了这份苦，到了依兰时，已经跑了一百多人。

第二天，老姑对葛小亮说："你看这帮官兵，磨磨蹭蹭一副怕死的样子，等一见到日本关东军还不得扔下枪跑了?我们也慢着点儿，守土有责应当是官兵的事儿，而不是我们柳条通绺子。"

葛小亮看了一眼老姑笑了。"实在不行我们把弟兄们拉回去?"

"那可不行，咱们柳条通绝不能干那些没有信誉的事儿。再说了，要是我们半路回去，还不得让其他绺子笑掉大牙呀?"老姑说这些话时，急得脸都红了。

葛小亮笑了笑说："二当家的，既然我们决定来了，更不能让那些官兵瞧不起，要打就打出威风来，给他们看看，柳条通没有一个孬种。"说完，他催促柳条通的人马跟上先头部队。葛小亮刚下完令不久，柳条通的人马像箭一样窜到队伍前头。

第三天上午，姜大胡子带领骑兵营和柳条通人马到了双城一带防守。又过了四天，后面的部队还没有到达指定地点，气得姜大胡子直骂娘。

1932 年 1 月 19 日，老姑他们突然接到李杜的急令，让他们去拉林仓援救冯占海，姜大胡子的骑兵营也被派来。老姑他们在太阳偏西时赶到了拉林仓，发现伪军重重包围了冯占海，枪声炮声此起彼伏。骑兵营从西侧向包围圈冲击，可是没用多长时间又被打了回来。柳条通的人马从北侧突击，老姑和王大个儿两个神枪手专门负责打轻重机枪手和炮手，几乎将北侧的火力打瘫痪了，硬是将包围圈撕开一个口子，把冯占海将军一伙人给抢了出来。

当天晚上，柳条通的人马将冯占海的队伍送到阿城。冯将军一看救他性命的绿林独立支队，当时对葛小亮说："你们真是好样的，我要通报李杜将军给你们记功。"

葛小亮说："你们不是瞧不起胡子吗，我们打起仗来比官兵强多了吧?"

"谁说我瞧不起绿林好汉了，我部的宫长海和姚秉乾都是绿林武装。"冯占海回头又对副官说，"今晚设宴，酬谢这些绿林兄弟们。"

半拉子说："冯将军，酬谢就不必了，要是你真诚心诚意，把重迫击炮和马克沁重机枪赏给我们一些。"

冯占海一听笑了。"你可真会要，重迫击炮和马克沁重机枪我还真有一些。如果你们要哈洋券不是我吝啬，还真没有。这次我亲自带队去拉林仓就是因为军费告急，才被于大头的伪军给包围了。"

当天晚上，冯占海不但款待了柳条通的人马，还赏给老姑他们五门重迫击炮、十个炮手，外加两挺马克沁重机枪和三挺轻机枪。

1932 年 1 月 25 日，自卫军十三团被李杜一纸命令调回到哈尔滨东郊。当时的哈尔滨是东三省特区，道里区归特区管辖，道外区归吉林省管辖。"九一八"事变后，哈尔滨特区行政长官张景惠于 1931 年 9 月 27 日宣布成立"东省特区治安维持会"，他自任会长叛国投敌，并利用日军供给的大批军火，招募伪特区警察部队，扩充武装力量。李杜进入哈尔滨后，带领自卫军分别去五个警察总队缴械。柳条通干这一套在行，在葛小亮的精心策划下，葛小亮扮成商人，老姑扮成家眷，半拉子扮成伙计，来到道里区警察总队。葛小亮一进大院，用大洋开路，见到上来询问的人便从钱褡子里掏钱，说自己是张总长的亲戚，有急事儿找他。

这些警察听说是张总长的亲戚还给赏钱，所以没人阻拦。老姑他们进了办公室，突然掏出匣子枪顶在张总长的脑袋上。“识相点儿，告诉你们这些手下都放下枪，不然我让你脑袋开瓢。”

葛小亮说：“半拉子，你堵在门口别让任何人进来。”回头他又对张总长说：“张总长，现在五六万自卫军和救国军都进入哈尔滨了，识时务者为俊杰。我们不想打中国人，你赶紧打电话，让你手下的支队把武器码到院子里缴械，不然让你们一起完蛋。”

这时，半拉子与冲进来的警察交上了火。葛小亮高喊：“外面的人听着，你们都放下武器，不然我让你们张总长脑袋开花。”

柳条通在警察总队大院外化装的人听到了枪声，挑挑的、拉洋车的、赶马车的、小商小贩和出苦力的都拿起枪冲进警察总队大院。“缴枪不杀！”“缴枪不杀！”有反抗的警察都被柳条通这帮人给报销了。

这时，张总长办公室的电话也不停地响了起来。他很沉稳地拿起电话：“你们那里也接上火了？放下枪，听他们的。”刚放下，电话又响了起来。“听他们的，放下枪。”

这时候羊倌儿拿着一个手雷走进来：“二当家的，他们的弹药库有很多武器弹药，都是日本造的。”

半拉子说：“你给我叫进几个人来，看住那个当官儿的，我跟你去弹药库看看。”

半拉子和羊倌儿走出去后，老姑对张总长说：“你站起来，把装钱的柜子打开。”

张总长心想：看来这帮人真是马胡子，跟砸窑一个样，先奔武器和钱去。他打开一个立柜，里面还有一层大铁柜，老姑没见过这玩意儿，觉得很好奇。

当铁柜被打开时，老姑一眼看到一把小手枪，随手将那把枪揣进了怀里。老姑回手又拉开张总长的办公桌抽屉，一看里面有一把日本“王八盒子”，她也顺便挎到肩上。

葛小亮让手下把里面的大洋和哈洋券装起来，立即送给郝老七保管。

老姑来到院子里："羊倌儿，你去看着那个张总长，要是他不老实，就炸死他。"

羊倌儿进屋后，葛小亮也出来了，他命令手下将武器弹药全部装车。可是三挂马车都装满了，还是没拉下。猪倌儿就到大街上，不管汽车、马车还是洋车，一律抓来拉武器。

傍晚时，李杜派人到自卫十三团，让把缴获的武器全部上交。老姑说什么也不同意。这些年来，柳条通从来没有把到嘴的肉吐出去的先例。可是葛小亮说："不上交恐怕不行，我们不能因小失大，且不说李杜不能饶过我们，自己也该知道是干什么来了。"

"按你说的意思不交不行，那我们不是白出力了?"老姑问。

葛小亮说："几万人进了城，如果谁抢到的东西就是谁的，岂不是乱套了?"

老姑想了想："我不管了，你看着处理吧!"

在交给李杜武器时，葛小亮私下留下一些弹药和重武器。李杜明明知道他们私自扣留，也没有追究。

老姑他们自从进入哈尔滨，每天都要被临时调动，一会儿被调到上号，一会儿被调到三棵树，一会儿又被调到南岗与日伪军作战。老姑发现，凡是调他们去的地方，那里肯定有最残酷的战斗，大炮飞机狂轰滥炸，柳条通死了八十多人，老姑和王大个儿这两个神枪手也失去了作用。老姑被打急了，她命令架起马克沁重机枪，形成火力交叉专打日本鬼子的飞机。

说起马克沁重机枪，在战场上非常实用，一挺重机枪能顶五十支步枪，小鬼子和伪军一片一片倒下，杀伤力极大。用它打日本飞机，即使打不到，飞机也不敢低飞俯冲，这样大大减少了伤亡。而其他地方被日本飞机轰炸扫射，人员伤亡惨重。

几天的战斗，李杜和马占海也改变了战术，白天尽量利用民房隐蔽作战，而用夜间偷袭日伪军。老姑他们夜间偷袭最拿手，他们绕道伪军背后，打赢便打，打不赢就跑，没用两天时间，日伪军被打得跑回到阿城去了。

这天晚上，老姑一看柳条通只剩下不到一百人了。她对葛小亮说："死了这么多人，连个尸首都找不到，咋跟人家家里交代呀？"

葛小亮说："唉，那也是没办法的事情，这是战场不是砸窑，都被打得跟血葫芦似的，到哪去找尸体？只能记下名字，回去给他们家里送些钱安慰一下。"

老姑半天没说话，她在想着一个问题，自从来到哈尔滨柳条通的人马一直没有跟自卫十三团在一起，哪里战斗最残酷他们就被派到哪里，要是说马队调动快，那么十三团的骑兵营为啥不去？想到这里，她问葛小亮："这几天咱们一直没有跟十三团在一起，你不觉得有点儿奇怪吗？"

葛小亮说："我倒没有考虑那么多，只是觉得那帮伪军可恨，人家日本关东军在后面督战，让他们在前面当炮灰。"

"我觉得，咱们也跟伪军一样，也在给姜大胡子当炮灰。为啥不让骑兵营去打硬仗，而让我们来回调动？昨天跟我们一起打仗的都是冯占海的人马，没有一个十三团的人。"老姑抱怨道。

葛小亮说："我马上派猪倌儿去打听打听，如果是那样的话，我就去找姜大胡子问问，到底是怎么回事儿。"

猪倌儿打听消息还没有回来，老叔找到了老姑。他说："警察局局长顾大牙前天已经回悦来镇了，说他妈病死了回去奔丧，可是有人说他妈早在五年前已经死了。姐，你们别犯傻了，姜大胡子是想利用这场抗战消灭你们。实在不行，你们赶紧跑吧！"老叔说完，急匆匆地走了。

老姑找到葛小亮，将老叔的话学了一遍。葛小亮说："依我看跑是不行的，你没看到哈尔滨的老百姓宁可自己不吃不喝也要把好东西送给我们吃；宁可自己投亲靠友，也要把房子让给我们住。如果我们跑了，起码对不起哈尔滨的老百姓。"葛小亮接着说："明天我去找姜大胡子，如果他敢再拿咱们当二逼，我就去李杜那里告他。"

第二天，葛小亮带着王大个儿和羊倌儿去找姜大胡子。临近中午时，葛小亮蔫头耷脑地回来了。他见到了姜大胡子、李杜和冯占海，原来还真是冯占海副司令要的柳条通人马。前两天跟柳条通人马一起偷袭的几支队伍，也有宫长海和姚秉乾两支绿林武装。

1932年2月4日，日本关东军和伪军全面反攻，飞机大炮坦克轮番进攻。老姑带领的人马，在杨马架子铁路附近与关东军展开了激战，李杜也亲临前线督战。别看日本关东军有飞机、大炮、坦克，却被老姑他们阻击在原地没有前进一步。

老姑这回亲眼看到日本关东军作战，那真是不怕死，可不像老辈人传说的是小矮人。在进攻自卫军的阵地时，那些伪军遇到阻击便往回跑，尽管有日军督战，他们也像潮水一般往后撤。而那些关东军，虽然人数不多，进攻起来心无旁骛，身边的人一个个倒下，他们好像没看见一样。日本的坦克也老厉害了，重机枪打在上面，只见噌噌冒火星子，没有一点儿伤害。用小炮打坦克，只见冒了一股烟儿，坦克毫发无损。羊倌儿一看急了，他带着十几个人夹着炸药包冲了上去，硬是将两辆坦克给炸报废了，可是羊倌儿也被炸死了。

坦克一报废，老姑和王大个儿来了精神。“啪啪啪!”他们连续打死了四个拿军刀的日本军官，轻重机枪手也被他们打灭火了，冲上来的二百多个小鬼子，没有回去一个的。连李杜都感到奇怪，听说有两个绿林神枪手专门打日本人。当李杜来到前沿阵地时，老姑却躲了起来。王大个儿见到李杜，连眼皮都没抬。李杜看了一眼王大个儿，他抱着的明明是一杆新枪，他却把准星和标尺扭了下来。李杜问葛小亮：“支队长，他就是那个神枪手？能不能演示一下给我看看。”

还没等葛小亮回答，王大个儿伸手便是一枪，将一里开外的一匹日本大洋马给撂倒了。

“好枪法，真是神了。你能不能跟着我去当警卫连长?”李杜问，可是王大个儿抱着枪摇了摇头。

王大个儿这一枪惹祸了，关东军又发起了进攻，炮火铺天盖地向阵地砸来，柳条通的人马掩护着李杜撤出了阵地。

炮声停后，一百多个伪军冲了上来。“重机枪准备好，给我狠狠地打!”老姑喊着。眨眼间，一百多个日伪军就被撂倒七八十人，其余的日伪军掉头就跑，还扔下三挺重机枪。

老姑一看伪军要跑，跳出战壕就追，两把匣子枪左右开弓。

柳条通的弟兄一看老姑追上去，也都跟了上来，打得伪军抱头鼠窜。

“去几个人，把重机枪和弹药扛回去！”老姑命令道。

杨马架子战役，老姑他们坚守了两天两夜，直到把日伪军全部打退他们才撤出阵地。

老姑在阻击战中，也使用了一次小鬼子的重机枪，打着打着，重机枪卡壳了。“啥破机枪，比马克沁差远了！”

葛小亮看着老姑笑。“你笑啥，本来这机枪就不如马克沁嘛。”老姑看了葛小亮一眼。

其实葛小亮笑老姑，不是因为她说日本重机枪不好用，而是看到老姑打日本鬼子时像一头疯牛。

第二天，哈尔滨西线告急，从省城齐齐哈尔过来的日本关东军沿着铁路进攻。这时，姜大胡子亲自下命令让柳条通的人马去西线。老姑他们还没等到了王家屯，发现西线的自卫军纷纷撤退，一直打到庙台子时天已经黑了。那天晚上，柳条通的队伍与自卫军十三团失去了联系。半夜时，葛小亮自作主张，将队伍拉出去绕到日本关东军的背后，不管三七二十一打了他们的营地，抢走了五匹东洋马，然后过江向呼兰方向跑去。这回老姑他们惹祸了。他们袭击的是日本骑兵联队，一个日本骑兵小分队紧追不舍。柳条通的人马，边打边跑。在天亮时，将日军马队引到张家堡附近的一个塔头甸子里。这回柳条通的人马可得手了，他们一会儿藏在塔头甸子里，一会儿不知道从哪里又冒了出来，打冷枪、背后偷袭、下绊马索，柳条通的鞑子马在塔头甸子里如鱼得水，而日本人的东洋马寸步难行。不一会儿工夫，打死日军四十多人，只有十几个日本骑兵跑了。柳条通死了两人，伤了八人，还跑丢了一挺马克沁重机枪，把老姑心疼得不得了。

日本骑兵撤退后，葛小亮把战场上的枪支、马刀和东洋马集中到一起。这时，人们累得不行了，纷纷倒头便睡。

太阳升起三竿子高时，葛小亮说：“我们不能在这休息，得到呼兰给受伤的人包扎伤口，还得弄点儿吃的。”

临近中午，当老姑他们来到呼兰时，人家一看这帮人说的都是胡子黑话，吓得赶紧关门。

半拉子一看生气了，他带着一帮人，砸开一家医院和两家饭馆，还把当地保长给抓来了。

半拉子骂道："老子在哈尔滨拼死拼活地抗战，你们却把我们往外推，别把老子惹急了，告到李杜和冯占海将军那里，调来大部队把你们呼兰给平了。"保长认识冯占海，因为这里是救国军的地盘。

那个保长还真让半拉子的话给镇住了。安排好了医院和饭店，保长问葛小亮："你们是哪一部分的，怎么认识冯将军？"

葛小亮说："我们是自卫军十三团独立支队的，我们在拉林仓救过冯司令的命。"

"你们在哈尔滨抗战，咋跑到这儿来了？"保长问。

"昨晚我们和小日本的一个骑兵小队打了一夜，在张家堡结果了他们的性命。"

"看穿戴和说话你们不像自卫军，所以老百姓都怕你们。"保长解释说。

"妈了个巴子的，自卫军十三团独立支队你懂不，那就是绿林军，不信你派人去问问冯司令！"半拉子吹胡子瞪眼地说。

葛小亮对保长说："吃完饭我们休息一会儿就回哈尔滨，这八个伤员先在你们这里养伤，伤好后来接他们。"

临走时，葛小亮让所有人把兜里的大洋掏出来留给伤员。

中午时，柳条通的人马回到了哈尔滨。他们刚进道里区，就看到日本飞机到处撒传单，南线和西线的战事都在吃紧。他们来到南岗没有找到郝老七这帮人。葛小亮派猪倌儿到顾乡和三棵树去找，他们在南岗又和日本鬼子交上了火。

一直打到下午，老姑发现姜大胡子的队伍都在撤退，也没有人通知柳条通的人马。

老姑果断地说："马上撤退，我看姜大胡子没安好心。"

柳条通的人马开始撤退。撤到了三棵树遇到了姜大胡子，半拉子掏出枪顶在他的脑袋上："姜大胡子，操你妈，为啥扔下我们你自己先跑了？"

老姑发现警卫排的兵在掏枪，她"啪"的一枪打掉那个人手中的枪。"看谁敢动，我让他脑袋开瓢！"

老姑的喊话让姜大胡子都惊呆了，柳条通怎么会有女胡子，而且枪法这么精准。姜大胡子对葛小亮笑着说："葛队长，我没通知你们是因为你们每个人都有马，所以先让步兵撤退，不信你问问传令官。"

这时上来一个传令官说："姜团长是这么告诉我的，都是自家人，何必动枪呢?"

"去你妈的，你们拿我们当自家人了吗?"半拉子骂道。

这时，猪倌儿赶了上来："二当家的，郝老七已经在前面走了，我们赶紧追吧!"他一看姜大胡子在场，急忙把目光从老姑的身上转向葛小亮，意思是不让姜大胡子知道老姑是当家的。

"我们走!"葛小亮下着命令。

"葛队长，你带着那些马还累赘，把你们多余的马留下吧。我们这还有这么多人没有马骑哪!"姜大胡子用商量的口吻说。

葛小亮笑呵呵地说："姜团长，不是我们不给你，我们还有一帮人在前面走着呢。"

猪倌儿接过话茬儿说："想要马呀，日本鬼子在顾乡有个骑兵联队，那里都是东洋大马，你们自己去牵哪！小样儿，量你也没那个胆儿。"他边说边拍着自己骑的东洋马。姜大胡子被猪倌儿的话噎得直翻白眼。

出了哈尔滨不远，老姑他们赶上了郝老七。郝老七真是不简单，不知道在哪里又弄了一挂马车，一共四挂马车上装的都是武器弹药和粮食用品。几个人端着枪护着马车，生怕被其他队伍给抢了。

看到老姑他们追了上来，郝老七带领的这些人，每人上来牵了一匹马骑上。老姑一清点，原来柳条通一百八十多人，现在加上冯占海赏给的十个炮手才剩下七十多人，不免心里有些难过。

葛小亮把老姑的表情看得一清二楚，便说："你也别太难过，想开点儿，不知道哪天我们也像他们一样见了阎王。"

"你咋这么说?"

"我不是乱说，你没看到哈尔滨这一仗，打得一点儿章法都没有，跟一群乱哄哄的苍蝇一样?"听了葛小亮的话，老姑一想可不是。

半路上，葛小亮看到一些从哈尔滨撤退下来的散兵，葛小亮说："有没有愿意跟着我们走的，愿意的都过来！"那些散兵可不管你是胡子还是保卫团，顾命要紧。他们能骑马的骑马，不能骑马的上了马车。等撤退到方正时，柳条通收下了三十多人。这帮人一看柳条通的装备好，有马骑，伙食还硬，所以没有一个不愿意留下的。

在方正休整时，姜大胡子经常虚情假意地来看柳条通的队伍。每次来，他都用眼睛色眯眯地盯着老姑。老姑虽然穿着男人装束，但一个三十多岁的少妇，面如桃花，皮肤白嫩，不管怎样穿戴也掩盖不了天然的俏丽。

一天，姜大胡子发现老姑在炕梢挂着一床被单，便对葛小亮说："葛队长，你们绺子那个女的叫什么来着，如果她在这里住不方便的话，团部那里有个房子闲着，还是让她过去住吧！"

葛小亮心想，这个姜大胡子真不要脸，但还是平心静气地说："谢谢姜团长的好意，都是自家兄弟，没什么不方便的。"

可是，姜大胡子有事儿没事儿还是经常来。姜大胡子这个人，别看平时还算沉稳，但一见到漂亮的女人不由自主地亢奋，浑身上下每个关节都在得瑟。老姑一看到姜大胡子贱兮兮的劲儿，掐半拉儿眼珠看不上他。老姑想，怪不得有人说，连毛胡子骚劲儿大，一点儿都不假。

这几天，日本关东军已经占领了哈尔滨，东进的势头正盛，每天都有不利的情报传来。可是姜大胡子却像着了魔似的，每天都往老姑的住处跑，还问葛小亮："那个女的到底跟你啥关系？"

"她是我妹子，怎么啦？"葛小亮问。

"如果你把她介绍给我，我让你当十三团团副兼独立支队长，军费多给，武器人马都随你挑。"姜大胡子有些急不可耐。

葛小亮嘿嘿一笑："我劝你别惹她，我妹子脾气不好。"

"我就是喜欢性子野的女人，越野越勾魂，呵呵！"姜大胡子有点儿得意忘形。

这天傍晚，柳条通的人都在屋里，老姑穿着便服衬衫站在里面洗头。姜大胡子进屋看到老姑的背影，怎么也控制不住自己了，上前一把将老姑抱住。老姑猛地一转身，一看是姜大胡子抬腿便是一脚，姜大胡子被踢得蹲了下去。老姑随手将枕头下的匣子枪操起来顶在姜大胡子的脑袋上。“告诉你姜大胡子，以后少给我得瑟，不然我让你脑袋开花！”姜大胡子被老姑踢蒙了。

柳条通的人看到老姑把姜大胡子踢蹲下了，纷纷起哄。“姜大胡子，这回过瘾了吧，是不是把你卵子踢化了？”“以前骗牛，是用棒子捶，现在骟人改用脚踢了。”“把卵子踢化了好哇，省得到处踅摸人家娘儿们，呵呵！”

老姑听了这些话，又好气又好笑。

“滚犊子！”老姑厉声对姜大胡子说道。

王大个儿抱着枪，一声不吱地堵在门口。当姜大胡子弓着腰满脸通红地往外走时，被王大个儿一脚绊了个狗抢屎。

这天晚上，哈尔滨败退下来的散兵一拨又一拨，方正县城从早到晚都是乱哄哄的。

掌灯时分，老叔来找老姑。他把老姑叫到外面，低声说：“你快派人回去看看吧，柳条通被警察局给端了。”

“啥！你听谁说的？”老姑几乎喊了起来。吓得老叔赶紧制止她：“你喊啥呀，小点儿声。”

葛小亮听到老姑在喊，也出来了。“老疙瘩怎么回事儿？”

老叔说：“你们柳条通被顾大牙给端窝了，赶紧派人回去看看吧。”

还没等葛小亮说话，老姑说：“顾大牙太缺德了，咱们在前线卖命，他却在后面抄咱们老窝。小亮，赶快集合人马，连夜开拔。”

葛小亮急忙找到半拉子、胖猪和郝老七：“有紧急任务，立刻备马套车，把东西全部带上。”

大家正在准备，葛小亮掏出笔纸给李杜写信。

李杜将军：

我柳条通的弟兄为了民族大义，舍命来哈尔滨打保卫战。为了抗击日本侵略，众弟兄舍生忘死歼敌无数，在拉林仓拼死救出冯将军；在上号地区抄伪军后路；在杨马架子阻击炸毁日寇坦克，打掉一架日本飞机；又在四日晚偷袭关东军骑兵小队将其全歼。我们在前线拼死卖命保家为民，而桦川县警察局的顾大牙却将我们绺子给端了，真是天理难容。因情况紧急，不辞而别，非我等不顾民族大义，而是不得已而为之。望李将军顾全大局，为独立支队主持公道，惩治恶人。

顿首再拜

自卫军十三团独立支队支队长葛小亮

葛小亮写完信："猪倌儿，你今晚别走了，明早将这封信亲自交给李杜将军。"

二更天，柳条通的人马开始启程。队伍进入松花江的冰道。老姑对葛小亮说："你派两个人快马回柳条通看看到底是咋回事儿，每人给多备一匹马，歇马不歇人。"

"半拉子，你过来！"葛小亮喊道。

不一会儿，半拉子过来了。葛小亮小声对他说："我们柳条通可能被警察局给端了，你带一个人，速回柳条通看看情况。"

"明白了！"半拉子叫上一个人，打马顺着松花江冰道奔去。

这一路，柳条通的弟兄除了喂马饮水，一刻不停地往回赶。

经过半天一夜的疾走，在刚过依兰不远的地方，半拉子回来了。他告诉老姑："柳条通的确被人端了，而且留下的人除了三人被打死外，其余的全都被抓进了大牢。"

老姑一听这个气呀："告诉弟兄们，尽快赶到悦来镇。"

葛小亮说："弟兄们，都打起精神来，唐县长已经在悦来镇把酒饭都准备好了，咱们什么时候到，他什么时候开席！"

本来柳条通的人已是人困马乏，有的都坐在马上睡着了，可是一听说悦来镇把酒饭预备好了，又来了精神。

太阳偏西时，老姑的人马来到悦来镇县城。在没进县城之前，葛小亮安排半拉子带着一些半路收下的警察和团丁打头阵。

在进入悦来镇西门时，炮台的团丁高喊："回来了，哈尔滨这一仗打得怎么样了？"

半拉子说："打赢了，就等着唐县长给我们开庆功会了！"

"应该的，应该的。"炮台上的人说。

半拉子领着大部队直接奔向警察局。老姑突然下令："到了警察局给我狠狠地打，一个活口不留！”

大家听了一愣。葛小亮说：“还没明白呀？警察局端了我们柳条通，我们要报仇！”

听到老姑和葛小亮的话，半拉子、胖猪和郝老七每人端起一挺轻机枪冲进警察局大院，见到人就“突突”。本来警察局只剩下三四十人，哪能架得住他们穷追猛打。通过在哈尔滨巷战的历练，柳条通的人边打边隐蔽，没有一个伤亡的。而那些警察，哪里是他们的对手。

半拉子带着胖猪冲进牢房，他们一看没有柳条通的人，将大牢打开把所有的犯人都放了。

半拉子从牢房出来对老姑说：“牢房里没有咱们的人，会不会都被顾大牙给害了？”

老姑说：“快抓个活口问问。”

可是院里院外搜了一遍，也没有见到一个喘气儿的，连顾大牙也被打成了筛子。

“反正一不做二不休，去县衙活捉唐县长！”老姑火了。

他们来到县衙，根本没放一枪，几个护院的团丁一看这些人气势汹汹，都乖乖地缴了枪。

胖猪进到县衙，扯着唐县长的袄领子把他扔到了院子里。“说，你们抓来的柳条通的人呢？”

“都放回去了！”唐县长抽抽着脸说。

“啥时候放的，去哪儿了？要是你敢说半句假话，我让你脑浆崩裂！”胖猪红了眼，他在担心老婆豆花儿的安危。

“今天中午才放走，依兰镇守使李杜将军打来电话把我们给骂了。”唐县长战战兢兢地说。葛小亮一听不会有假。

原来，猪倌儿在老姑他们离开方正的第二天早上，找到了李杜，将葛小亮的信交给了他。李杜一看顿时火了，他打了两遍电话，桦川县的电话始终没人接。李杜立即派传令兵火速到桦川县告诉唐县长等着处分。

临近中午时，李杜又给县衙打电话，这回唐县长接了。李杜骂道：“唐纯礼，你找死呀？人家柳条通的人马在前线抗战，你们警察局把人家的老窝给端了，你们还他妈的是人揍的吗？”

“是是是，这件事儿我还不知道呢，我立即去问。”

“你先把那个顾大牙给我撤职查办，不然我饶不了你。”李杜气得吼了起来。

唐县长放下电话，亲自去了警察局。当他听说顾大牙把人都抓进了大牢里，他对顾大牙说：“你闯祸了，这回你可闯大祸了！”

顾大牙说：“我闯什么祸了？警察剿胡子是天经地义的。”他还挺理直气壮。

“告诉你，李杜急眼了，说人家在前线抗战，你在后面端人家老窝，还是人揍的吗？”

顾大牙想了想说：“正是因为他们的人马不在家，我才端了他们的老窝呢。你没看哪，在去哈尔滨的路上把他们牛的，每个人骑着一匹马，还赶着三挂马车拉着炊具和小炮，别人坐他们的车都不行。”

“我说老顾啊，都什么时候了你还狡辩，看李杜回来不枪毙你才怪呢，赶快好说好商量地把人家送回去吧！”唐县长既是在哀求，又是在恐吓。

顾大牙没办法，只好请柳条通的人吃饭赔罪，中午又派马车把豆花儿他们送了回去。

唐县长回到县政府又给李杜挂个电话，说已经把柳条通抓来的人都放了。

“告诉你唐纯礼，谁敢破坏抗战，我李杜就跟他没完，不用你得瑟，看我回去怎么收拾你！”李杜骂了唐县长两句，可是没有告诉他们柳条通的人已经回去了，即使把县衙端了也是他自食其果。

李杜骂唐县长时，顾大牙也在跟前听到了。这回顾大牙彻底蔫了，他心里清楚，轻者撤职，重者没命。

顾大牙对唐县长说：“我不干了，赶紧收拾东西带着老婆孩子回老家，等李杜回来我就完了。”

唐县长说：“你慌什么？看现在的时局，说不定还要改朝换代呢？”他看了顾大牙一眼接着说：“我听说，日本人已经占领了哈尔滨，李杜如果坚持抗战下去，不战死也没有他好果子吃，到时候你再做打算不迟。”

可是顾大牙万万没有想到，柳条通的人马突然杀了回来，不仅警察局被端了，自己还搭上了性命。

本来老姑想一不做二不休，将县衙一窝端，把唐县长也枪毙了，可是葛小亮说什么也不让，便放了他。

打完警察局和县衙，柳条通的人都饿得不行了，葛小亮逼着唐县长给安排饭。唐县长只好屁颠屁颠地跑到清远楼安排了一顿大餐。

酒足饭饱后，老姑、葛小亮带着喝得东倒西歪的弟兄们回到柳条通。由于老姑他们端了警察局，所以在半路上收留的三十多个警察和团丁不敢留在悦来镇，也跟着来到了柳条通。

豆花儿、谷子和糜子一看到老姑回来了，鼻涕一把泪一把地向她诉苦。“二当家的，你们可算回来了。”“二当家的，咱们柳条通都让人家给欺负死了！”“这帮王八犊子当官的，没有一个好东西，今后咱们千万不能再给他们卖命了！”

老姑安慰他们说：“我知道，我知道。我们已经为你们报仇了，端了警察局和县衙，也打死了顾大牙。”

“真的吗？”豆花儿问。

“是真的。”胖猪抢先回答。胖猪刚才看着豆花儿哭诉，心疼坏了，要不是人多，他肯定上来把豆花儿搂在怀里安慰一番。

老姑他们撤出悦来镇后，唐县长回到县公署给李杜打电话。“镇守使，不好了，柳条通那帮胡匪回来把警察局给平了，你快派兵来吧！”

李杜说：“派什么兵，平了活该！”说完，他把电话挂了。

李杜、丁超和冯占海没有顶住日军向宾县和方正的进攻，带领吉林省自卫军回到依兰。李杜回到依兰后，派人到柳条通找葛小亮联系出兵的事儿，可是老姑痛恨唐县长那帮民国官员，不愿意参战了。“你回去告诉李杜将军，要是他不把唐县长撤了，我们就不参加自卫军。”老姑又补充一句，“还要再给我们配齐一百人，都要不怕死的。”

传令官回去将情况告诉李杜。李杜一气之下将唐纯礼撤职，并把同江县县长张锡侯调到桦川县。可是吉林省督军不同意撤了唐县长，又将唐纯礼派往同江县任县长。唐纯礼一看李杜跟他较上劲儿了，即使去了同江也没有好果子吃，就一直没去上任。

老姑他们回来的一个月，在呼兰养伤的八个人也一瘸一拐地走了回来。老姑一看，这些人像逃荒的一样，衣帽破旧，面黄肌瘦，你搀着我，我搀着你，拄着棍子活像个要饭花子。

“怎么了，你们怎么都造成这个样儿了？”这帮人见老姑一问，就像受委屈的孩子见到亲娘一样大哭起来。

一个人说：“你们走后的第三天，日本人就打进了呼兰，我们好不容易才跑出来。”

老姑说：“别哭，别哭，回来就好。”说完，老姑亲自到伙房给他们安排饭菜。

第十八章　国难人祸

1932 年 5 月上旬，日本鬼子占领哈尔滨后，攻下宾县、方正、延寿，正在向依兰进攻。驻守汤原县的守备旅长屠全胜，借着抗日的名义向百姓加捐加税。那时候，一石粮食只能卖到三块哈洋，可是他们每垧地要收四块哈洋。没有钱纳捐的人家，官兵、团丁和警察强行收粮食，一些有背景的保长、甲长还要将部分捐税分派到老百姓头上。

奶奶家本来就不到两垧地，被屠旅长收走了一半粮食。可是没过多久，小日本往汤原县扔了两颗炸弹，屠旅长一枪没放就吓跑了。当时有个童谣是这样说的：“屠全胜、屠全胜，白瞎你爹起的名，一枪不放尥蹶子，心狠手辣坑百姓。”

屠全胜跑了，又来个马占山手下的焦旅长，又向平民百姓加捐要税，又将奶奶家剩下的粮食强征了一半。

奶奶想，这个世道老百姓真是没法活了。奶奶家九口人还剩不到一石粮食，到了青黄不接时，眼看着要被饿死，奶奶犯愁了。

奶奶家的情况还算好的。赵老大怎么样？身为甲长土地又多，去年秋天打了一百多石粮食，结果被官府一次又一次地征捐缴税，胡子也前来勒索。春天刚开头，除了留下的种子，根本就没有吃的，实在饿极了，家人把苞米瓤子煮着吃了，吃得人屎都拉不下。

再说奶奶家，到了种地的时候，父亲、母亲、三叔、三婶都去地里干活。奶奶在家里哄着四个孙子孙女，还要洗衣服做饭。太阳偏西时，胡子大傻子趁着壮劳力下地干活的机会，窜到赵家窝棚，挨家抢粮食。抢到奶奶家时，吓得孩子们哇哇大哭。奶奶急了，要是这些粮食和种子都被抢走，就得等着饿死。“把东西都给我放下，我们家的老丫头可是柳条通大当家的，你们要是敢拿走粮食，我让她平了你们！”

“妈了个巴子的找死啊，你拿柳条通当家的吓唬谁呀，我妈还是王母娘娘呢！”一个胡子说。

听到奶奶的话，从西屋里走出来一个领头的。“你他妈的才找死呢，快把东西都放下，走！”那个领头的胡子骂着手下。

三个胡子出了奶奶家，不一会儿又领来一个傻大黑粗的家伙，这个人就是胡子头大傻子。大傻子问奶奶：“听说你家老丫头是柳条通当家的？”

奶奶说：“是，咋的吧？”

大傻子一听急忙说：“老太太，你千万别跟柳条通当家的说，你是我亲娘、亲奶奶还不行吗？”

奶奶看了他们一眼没有吱声。大傻子对手下说：“快告诉绺子的人，把全屯东西都还给人家。”说完，点头哈腰地退了出去。

奶奶一生最难启齿的就是提起老姑当胡子的事儿，可是今天她实在没招儿了，万般无奈下只有拿老姑当挡箭牌了。想不到，她的一句话，救了全屯的一百多口人。

老姑这个阶段不知怎么了，特别想家。她跟葛小亮说：“给我准备点儿东西，回家看看我娘。”

葛小亮按照老姑的意思，准备了一些米面油和粗布绸缎，还安排王大个儿带着三个人护送。可是半拉子不放心，非得亲自去。

正当老姑要起程时，李杜的传令官来送信儿，让他们去依兰集结，准备收回被日军占领的宾县、方正和延寿。

老姑一听，要反击日本，立即决定先不回家了。可是葛小亮说：“你回家安心地住几天，打仗的事儿交给我们就行。”

老姑说："我回了娘家，弟兄们会咋想？再说了，有我和王乡在，还能打掉敌人的火力点，弟兄们少伤亡一些。"

葛小亮知道老姑的脾气秉性，不再和她争辩。柳条通的人马集合完毕，葛小亮派猪倌儿先到依兰找李杜组织好船只帮他们渡江。柳条通的人马从松花江北岸奔依兰方向挺进。

当柳条通的队伍快到依兰对岸时，猪倌儿骑马跑了回来。"二当家的，不好了，依兰被小日本攻下来了，江北都有日伪军。"

老姑一听完了，这才几天哪，依兰就被日军占领了。"李杜呢？"

"听说李杜、冯占海他们向勃利、宝清方向跑了。"猪倌儿回答道。

葛小亮说："我看这下彻底完了，李杜这么一跑，佳木斯这一片马上会被日本人占领，老百姓又要遭殃了。"他想了想又说："我们回去早作准备撤到熊瞎子沟去。"

老姑问猪倌儿："江北有多少日伪军？"

"起码有百八十人。"猪倌儿回答。

老姑想了想对葛小亮说："我们得教训教训小日本再走。"

"对，教训教训他们。"半拉子和郝老七都说。

葛小亮抬头看了看周围的弟兄，都在瞪着眼睛看着老姑。葛小亮心想：看来柳条通的人马，是跟日本鬼子干出仇了。于是他吩咐半拉子和猪倌儿，到依兰江北踩踩盘子。

老姑说："让七哥带着东西先走，我们趁晚上打完就撤。"

天黑后，半拉子和猪倌儿回来了，说伪军有一百二三十人，还有二十几个日本关东军督战，现在正在一个小屯驻扎，把老百姓全部赶了出来。

葛小亮听后分派炮手全部上阵，由他和老姑带一队，半拉子、胖猪和猪倌儿各带一队，分东南西北包抄。李东带几个人配合炮手。

老姑一听，葛小亮这是下狠茬子了，想把这帮日伪军全部包圆。

到了三更天，十门钢炮一起轰炸，本来这个小屯只有十几户人家，不一会儿，十几座小房子都被炸塌了。帐篷里住的伪军有的连鞋和裤子都没穿便跑了出来，被柳条通人马打得无处躲藏。马克沁重机枪火力真猛，围着日伪军打，即使有跑出来的也全部丧命。这一仗打得漂亮，没用上半个时辰就结束了战斗。老姑不让手下弟兄打扫战场，随手摸起一些武器弹药上马走了。天亮时，柳条通的人马到了佳木斯对岸，日本军队才过了江，一看满地都是尸体，气得大骂“八格牙路”。

老姑他们回到柳条通，葛小亮张罗着将人马撤回到山里的熊瞎子沟。老姑说什么都要回娘家看看奶奶。葛小亮早就安排好了，老姑带着几个人出发了。

到了赵家窝棚，奶奶虽然表面上显得很冷淡，但内心非常高兴，她杀了两只鸡，毕竟老姑这些年很少回家。

孩子们一看老姑回来了，都吓得往旮旯里钻。老姑拿着糖果、点心送给他们，可是他们没有一个敢拿的。奶奶说：“这帮完蛋玩意儿，平时总唠叨想老姑，可是你老姑回来了，反倒藏了起来。”

老姑一看奶奶今天心情不错，没像上次那样绷着脸，便帮助奶奶烧火做饭。“娘，这些年家里过得还好吗?”

“唉！能好么，一年下来收三四次捐税，还有胡子来抢，能活着就算不错了。”奶奶唉声叹气地说道。

老姑干活儿干得有点儿热了，她脱掉外罩继续帮奶奶烧火做饭。

奶奶看了老姑半天没说话。老姑心想：是自己哪句话说错惹娘不高兴了?“娘，我咋的了?”

奶奶说：“翠花，几个月了?”

“啥几个月了?”老姑感到莫名其妙。

奶奶说：“对娘你还隐瞒哪，你没看看自己都有点儿显怀了。”

老姑看看自己的肚子：“不能吧?”

“不能啥呀，你几个月没来事儿了?”奶奶问。

老姑仔细回忆一下：“好像有几个月了。”她说完，陷入沉思。

“你也太粗心了，自己怀了孩子都不知道。”奶奶瞪了老姑一眼。

老姑还在沉思中，奶奶后来说了什么她根本没听见。她在回想孟小彪回来的时间，又觉得时间不对。

正在这时，母亲从地里干活儿回来了，她看到老姑激动得一下子将老姑抱住。“翠花，你啥时候回来的？”

奶奶说：“你轻点儿，她肚子里可有个小生命哪。”

“真的？”母亲看着老姑不太明显的肚子高兴极了，“来，让舅妈听听。”

老姑说：“大嫂，你可别闹了。”

不一会儿，又走进来一个女人，我母亲向老姑介绍说：“这是你三嫂。”

老姑拉着三婶的手，一看三婶黑瘦黑瘦的。后来老姑才知道，三婶也是白捡的，她到奶奶家要饭，是奶奶收留了她。

老姑进屋拿出两块细花布：“大嫂、三嫂，回来也没有带啥，给你们拿了两块洋布，还有一些绸缎粗布，都放在娘那里了，你们用吧。”

三婶不愿意言语，只是感激地点了点头。母亲跟老姑熟悉，高兴得又把老姑抱住了。奶奶又不愿意了：“我说麦子，都告诉你几遍了，还没记性。”听了奶奶的话，母亲对老姑伸了伸舌头。

父亲和三叔喂完牲口也进了屋。父亲说：“我看西厢房里有几个生人，就知道翠花回来了。”老姑笑着看看父亲和三叔。

老姑和母亲拿着糖果逗了四个孩子半天，我的那些哥哥姐姐终于忍不住了，上前抢了起来。

老姑问父亲：“二哥最近没回来吗？”

“你二哥偶尔也回来，有时给家里扔些钱，可是咱娘就是不要，说那些钱不干净，气得你二哥连饭都没吃就走了。”父亲接着说，“倒是那个丧门星，回家给娘扔个十块八块的，娘收了。”

“唉！”老姑叹口气说，“娘这个人哪，真不知道咋说她好。”

吃午饭的时候，老姑和家人在一起，半拉子、王大个儿和其他几个人在西厢房吃的。

老姑说：“大伙也得有个思想准备，日本人要打进来了。”

“啥人打进来，也得让咱老百姓活吧。他们再坏还能有那些民国当官的坏？”奶奶边吃饭边说。

“他们可比民国那些当官的坏多了，听张叔说，他们在朝鲜抓劳工修工事，每天都要累死几百人。日本关东军还抓朝鲜妇女，让那些日本兵随便祸害。”老姑对他们说。

三叔听了老姑的话，便说：“哪有那么回事儿，前天咱们这来了个货郎，说他是从依兰来的，日本人到了依兰，从来不祸害老百姓，他们宁可住在街头，也不到老百姓家。那个人还说，日本人可好了，见到小孩儿给糖吃，见到要饭的给饭吃。”

老姑问三叔：“那个货郎你们以前见过吗？”

“没见过，但看他笑呵呵的肯定是个好人。”听了三叔的话，老姑感到问题严重了。这些都是日本人的阴谋，早已派人到处搞宣传了。老姑也留了个心眼儿，没有跟家人说自己去哈尔滨打保卫战的事儿。

奶奶一看，老姑停在那里想心事，夹起一块鸡肉放在她碗里。“想啥呢？多吃点儿，你不吃我外孙还得吃哪！”

“娘，你说啥呢？”

听到奶奶和老姑的对话，父亲、三叔和三婶都愣眉愣眼地看着老姑。母亲说：“看啥呀，翠花有了。”他们这才明白。

老姑想了想说：“以后大伙都得多长个心眼儿，不要跟不认识的人瞎搭话，最好不要让他们知道家里的情况。”

奶奶不以为然地说：“哪有那么严重？”

“你以后就知道了。”

晚上，老姑偷着把一千哈洋券给了母亲。母亲说：“你把钱给娘吧！”

老姑说：“不行，娘绝不会要我的钱。你收着，万一家里揭不开锅了，你再拿出来。”

母亲说：“这也太多了。”

老姑说：“给你就拿着！”

那天晚上，老姑跟奶奶住在一起，可是我的那些哥哥姐姐一直跟着奶奶住，母亲和三婶也谁都不愿意走。老姑说：“别回了，都一起住吧！”

老姑在家里住了两个晚上，第三天早上，老姑要回去了。奶奶说：“翠花，以后把孩子生下来送回家里。你整天打打杀杀的，别把我外孙子给教坏了。”

“得了吧，送回来你整天背着他去告状啊，我还不放心呢！”老姑故意气奶奶。

“唉，这么多年，不知道独眼龙那个犊子跑哪儿去了，三家子码头也没有名正言顺地要回来。”奶奶还是不甘心。

“娘，你还是那个老脑筋。啥叫名正言顺？这个世道到处是巧取豪夺，官府专门祸害穷人，别做梦了。”

“当官的也有好人，要不是那个……”还没等奶奶说完，老姑打断了她的话，“娘，你还是醒醒吧。这么多年你拼死拼活地告状，谁为我爹报仇了，谁把三家子码头还给我们了？”

奶奶说不过老姑，瞪了她一眼说：“就你能！”

老姑说：“差不多吧！”

跟奶奶说了一会儿话，老姑出来找半拉子。“我们得回去了。”

半拉子、王大个儿他们到牲口圈备马。老姑走的时候，一家人送到村外，我那几个哥哥姐姐这两天都跟老姑混熟了，走的时候他们还哭了。

奶奶担心老姑，嘱咐道：“你慢着点儿，别逞能。”

老姑说：“哪有那么娇气。”

老姑他们出了赵家窝棚，直奔熊瞎子沟。路上听到有人说，日本人已经进了汤原县城，还在县城唯一的二层楼上插了一面膏药旗。日本关东军一个小队住进了学校，把全部师生都赶了出来。

路上老姑遇到了一伙人，说他们是黑金河金矿的苦力。半拉子问他们愿不愿意入伙，他们说愿意。所以，老姑把这些人也带上了山。

回到熊瞎子沟，老姑一看傻眼了，柳条通绺子怎么一下子增加了七八十人。

老姑召集葛小亮、胖猪、半拉子和郝老七，她说：“我看一下增加这么多人不是啥好事儿，别让小日本钻了空子。”

胖猪说：“来的人多还不好，日本鬼子一来到处加捐，他们连饭都吃不上，不入伙儿怎么活？”

葛小亮说：“我认为二当家说的有道理，这混乱的世道，日本人也会利用汉奸拉队伍，咱们也得小心点儿，别让小日本给黑了。”

“我看可以这样，投奔咱们来的人，知根知底的留下，有人担保的也可以留下，其他的人，咱们也别得罪，每个人给五块哈洋，好说好商量送走。”老姑对大家说。

半拉子说：“照这样说，以后凡是来投奔的人都要有保人了？”

老姑说：“你没听小亮哥说嘛，小心驶得万年船。”

葛小亮想了想：“半拉子、胖猪，你们俩领着猪倌儿和李东对新来的人一个一个过筛子，来历不明的都打发走，确定下来后再给发枪。”

这几天，半拉子、胖猪、猪倌儿和李东忙得不可开交，他们一会儿问问这个，一会儿观察观察那个，一会儿骑马出去找保人核实身份，最后只留下不到六十人。

过了几天，猪倌儿来找老姑和葛小亮。他说：“有个姓朴的新入伙的朝鲜人，到处拉帮结伙套近乎，我看这个人可能有企图。”

老姑说：“会不会是日本人派来的奸细，听说佳木斯的日本宪兵队从朝鲜调来一千多‘二鬼子’，专门替日本人干事儿。”

葛小亮想了想，说：“我看未必，从朝鲜调来的二鬼子，汉话说得没这么溜，还是派人盯着点儿，以后再说。”

“这个姓朴的朝鲜人，是谁做的保人？”老姑问。

猪倌儿说：“是梧桐河的朱三爷。”

“你们找朱三爷核实过吗？”老姑又问。

“是半拉子去核实的。”

“噢，那就观察观察再说吧。”老姑说。

柳条通的人马上山不到一个月，张柏和肖三儿就来到了熊瞎子沟，这可乐坏了老姑。“张大经理，你老人家可算来了，这回来一定得多住些日子。”

张柏笑了笑，并没有像以前那样骂老姑是疯丫头。老姑感觉张柏有什么地方不对劲儿：“张叔，你咋了？”

还没等张柏说话，肖三儿抢先回答：“独眼龙回来了，他带着日本田中株式会社的人把三家子码头抢回去了。”

“啥，独眼龙回来了？”这些年来，老姑几乎都忘记了这个人，今天他突然冒了出来，让她十分震惊。

肖三儿说：“独眼龙不但回来了，还成了日伪军的便衣队队长。你没看到他那个得瑟劲儿，头戴日军军帽，身穿黑绸褂子，戴着黑墨镜，那打扮跟朝鲜来的二鬼子一副德行。”

“他咋跟日军搭上的？”老姑不理解地问。

张柏说：“那还用问，物以类聚呗。”

“这么多年，这个坏蛋跑哪去了，咋小日本一来他就冒出来了？”老姑继续问。

张柏想了想说：“这些事儿我也是昨天才知道的。听一个知情的朋友讲，这几年他在哈尔滨道外耍钱输得吊蛋精光。不知道从什么时候开始，他跟一帮二流子混在了一起，专门勒索扛大包的苦力。日本关东军进入哈尔滨后，他摇身一变成了维持会的人。日本人知道他对桦川县的情况熟悉让他当了队长，所以他回到佳木斯的第一件事儿，就是夺下三家子码头，与日本株式会社合伙做买卖。”

老姑听完张柏的讲述，恨得牙根儿都疼，心想：这些人渣咋都成了日本人的香饽饽？老姑说：“这几天准备一下，我们得教训教训这些日本人。”

“不急，我们摸清情况再打也不迟。”张柏从来都是这样老练。

“张叔，你以后就别走了，有你在我们的心里更有底了。”老姑在极力挽留张柏。

张柏说：“我有我的事儿，你们干你们的事儿，说不定我还能帮上你们呢。”

葛小亮说：“张叔，你今后有什么打算？”

“我想趁着现在苏联那边有熟人做点儿买卖，咱们这里离苏联的米高斯克城不远，我想通过鸭蛋河这条路线将洋火、煤油、食盐、布匹、手电筒这些奇缺物资运回来。”张柏看了一眼葛小亮，问：“现在绺子里有没有以前在商铺学过徒又觉得可靠的人，给我挑选几个？”

老姑说：“张叔，你把王大个儿带去吧，他是个好帮手。”

张柏说：“不用了，王大个儿还是放在这里更有用，到时候我在苏联给他弄一支射程远的好枪，那时候他会如鱼得水的。”

“也给我弄一把呗，别忘了，我也是个好枪手。”老姑赶紧说。

“还能忘了你嘛。”张柏这次回来，虽然表面装得很平静，但从情绪上看不如上次。

葛小亮说：“二当家的，我差点儿忘了一件事儿，那个姓朴的朝鲜人，可能跟那年来的梧桐河学校的崔先生是一伙的，不仅到处宣传抗日，还大讲什么建立布尔什维克党，被猪倌儿给看押起来了。”

张柏一听：“别关押呀，他们宣传抗日有什么错，他肯定是共产党。”

老姑说：“张叔，你见识比我们多，还是你拿主意吧！”

“张叔，你是不是也跟他们一伙？”葛小亮问。

张柏没有回答葛小亮的话，而是说：“赶紧把那个姓朴的放了。”

葛小亮看了看张柏：“张叔，你不会让柳条通的人马跟他们走吧！”

“暂时还不能跟着他们走，柳条通的人马另有用处。”张柏的话，让人丈二和尚摸不着头脑。

葛小亮看着老姑。老姑说：“还是听张叔的。不过，咱们不能让小日本消停。”

“把小日本打回老家去，那是早晚的事儿，中国人没那么好欺负。”张柏肯定地说。

张柏在山上又住了两天，便带着五个挑选出来的人走了。临走前，他私下把老姑和葛小亮叫到跟前说：“以后有什么紧急事儿，我打发肖三儿来。你们见到他如同见到我，不管你们有什么难处都要按照他说的办。”他想了想又说：“你们以后要多长几个心眼儿，不要被别人利用了。如果发现内部出了汉奸，千万不能手软，最好神不知鬼不觉地秘密处理掉。”

听了张柏的话，老姑觉得有些云山雾罩，尽管经过哈尔滨保卫战的历练，可还是弄不明白张柏的葫芦里到底卖的什么药。还是葛小亮脑子灵，张柏走后，他对老姑说：“看来张叔跟苏联有特殊关系，我们这支队伍将来就得听他的了。”

“没看出来呀，张叔有这么深的道行吗？”老姑还是理解不了。

葛小亮说：“你不觉得有些事儿奇怪吗？张叔在哈尔滨工业大学教书，那本来是让人羡慕的好差事儿，可是他不干了回来经营三家子码头。你记得不，当年他离开柳条通时，你送给他钱他都不要，而现在经营三家子码头却主动要钱，他要钱干什么用？还有，他对独眼龙的过去掌握得那么细致，你不感到蹊跷吗？”

“不管咋说，反正我相信张叔不会坑害咱们。”老姑说完，好像突然又想起了什么，“小亮，你这几天准备一下，我想灭了独眼龙，省得他坑害人。”

“以现在的形势我们应当谨慎些，过几天先派半拉子和猪倌儿去踩踩盘子。”葛小亮冷静地说。

老姑看了看自己的肚子：“怕时间长了，我就不能去了。”

“你还想去呀，即使现在打你也不能去。”葛小亮坚定地说。

“有我在和没我在，弟兄们的情绪可不一样。”老姑坚持着。

“不一样你也不能去！”葛小亮的口吻似乎很霸道，这是以前从来没有过的。

隔了几天，半拉子和猪倌儿回来了。半拉子说：“情况打听清楚了，独眼龙每个礼拜天都要回三家子码头住上一夜，因为三姨太在那里。”

“哪个三姨太？”老姑问。

“听说就是那个刘县令的三姨太。”猪倌儿回答道。

葛小亮问：“三家子码头有多少武装？”

“听说那里住着三十多个日伪军，轻重武器都有。”半拉子回答道。

“怎么，做买卖的还有军队？”老姑问。

葛小亮说：“听说在东北都是军商一体，从表面上看日本人是在保护商人利益，其实是他们共同对中国进行经济掠夺。”

“这么说，咱们更应该打他们个狗日的。”老姑也学会了骂人。

葛小亮想了想：“这次攻打三家子码头不能像前几次，现在的形势不同了。我想这样，我带一队在东门进攻，同时防备悦来镇的日伪军。半拉子带一队从西门进攻，防备佳木斯的日伪军。七哥带一队困住南门，能打就打，不能打也不能让他们跑了。胖猪和猪倌儿带着一些人，趁着半夜挖通原来炸塌的暗道，如果能进去来个里应外合，我们肯定能打赢。”

老姑说：“我们也不要指望抢回三家子码头了，不行就一把火烧了它。”

这次攻打三家子码头，葛小亮下了狠茬子，柳条通的一百六十多人儿乎全部出动了。

那天上午，葛小亮把人马集合完毕，准备下山。葛小亮临走时嘱咐豆花儿和谷子，要照顾好老姑。

送走队伍后，老姑急忙回去换衣服。豆花儿和谷子一看不对，便问：“二当家的，你干啥去？”

老姑说：“你们别管了，我去关家亮子办点儿事儿。”

豆花儿说：“即使去关家亮子，也得等他们回来呀，什么事儿这么急？”

“我去打听打听小彪和山花的下落，这么长时间了咋一点儿消息也没有？”老姑解释道。

“过些日子再去不行吗？”谷子近乎哀求道。

“我怕过些日子自己行动不方便，没法去了。”老姑继续坚持着。

豆花儿和谷子不知道老姑究竟想干什么，不放心她自己出门，所以也回去换衣服。

因为谷子骑马技术不行，老姑说：“实在要去，豆花儿陪着我就行，谷子你在家吧。”谷子没办法只好听老姑的安排。

老姑和豆花儿骑马走了三四十里路来到关家亮子，正好关爷也在家。

关爷将老姑迎进大门，老姑说："关叔，你这个大忙人咋也回家来了？"

关爷说："哈哈，我老关是谁呀，连小日本来了都得给我面子，铺子他们给我看着呢！"

"小日本给你看铺子？他们荷枪实弹地往门口一站，老百姓还敢进去买东西吗？我咋不信呢！"

听老姑一问，关爷一本正经地说："唉，别提了。小日本人进了佳木斯，没装两天文明便开抢了，他们看我的两个店面都是楼房，抢去做司令部了。"

"你的买卖不开了？"老姑急切地问。

关爷无奈地说："原来打算找个铺面再把绸缎庄和杂货铺开起来，可是那些二鬼子到处抢店铺，看看再说吧！"

"关叔，你最近见到小彪和山花了吗？"老姑问。

"小彪倒是见到过两次，可是这小子总是躲着我。听说山花和一帮学生寻找抗日游击队去了，现在已经一个多月没跟我联系，也不知道这个孩子去哪儿了。"关爷说。

听了关爷的话老姑挺生气的，孟小彪这个人算是没指望了，可是山花也好几年不跟老姑联系了。老姑一直想不通，供着他们上学不但不感恩，反而供出孽了。但回头一想，毕竟是一家人，她对关爷说："关叔，现在时局这么乱，要是你见到他们，让他们去熊瞎子沟找我，免得他们东躲西藏的。"

关爷说："如果我有了山花的消息一定告诉她，不过小彪未必愿意回去。"

老姑听了关爷的话，脸上掠过一丝愁云。但她还是对关爷说："关叔，这几年他们两个让你费心了，还让你搭了不少钱。"

"哈哈，侄媳妇儿，你说这话就远了。我赚的钱，穷人花过，富人花过，当官的花过，团丁警察花过，各个绺子也花过，这些我都不心疼，难道我侄儿和侄女就不该花吗？"关爷真是豪爽，现在买卖都关了还这么大方。

老姑知道关爷是个爱开玩笑的人，逗他说："关叔，我到你这里来，怎么也不张罗给我弄点儿饭吃呀，是不是现在揭不开锅了?”

“哈哈，侄媳妇儿，小看你关叔了，就是阎王爷当了县令，我也照样该吃吃该喝喝。”他看了老姑一眼说，“你先别着急吃饭，一会儿让先生给你把把脉。”老姑一听关爷的话，心里真是佩服，没承想关爷还挺细心的。

把完脉，先生说：“少奶奶一切都正常。”老姑和豆花儿听了都很高兴。

大太太说：“正常就好，咱们去吃饭吧!”

来到厢房，老姑一看饭菜这么丰盛：“大婶，菜也太多了。”

“多吃点儿对孩子好。”大太太说。

老姑吃完饭，对大太太说：“大婶，一会儿能不能给我安排一条船，我想过江一趟。”

听了老姑的话，豆花儿有点儿急了：“你过江干什么?”老姑瞪了豆花儿一眼。

大太太说：“不忙，一会儿让你关叔给安排。”

虽然关爷觉得老姑下午过江有些不对劲儿，可是他并没有多问，便给他安排了一条渔船过江。

老姑她们过江的地方，已经离三家子码头不远了，可是老姑站到江坎子向四处张望了一番，没有发现柳条通的人马。回到江边，老姑对豆花儿说：“葛小亮和胖猪他们肯定早过江了，只能等到天黑后向三家子码头靠拢了。”

豆花儿说：“二当家的，不知道怎么说你才好，柳条通这么多人，还差你一个呀?”

“你跟我来，咱们俩不能站在这里，得进柳条毛子里躲一躲。”老姑故意把豆花儿的话岔开。

老姑和豆花儿一直等到掌灯时分，也没有听到岸上有人马经过。豆花儿听到哗哗的江水声，有些害怕了，不由自主地打了个寒战。老姑为了给豆花儿壮胆，从包袱里将两把匣子枪抽出来，豆花儿也将匣子枪握在手里。老姑心想：常听老人说，人不可分帮，雁不能离群。这句话看来一点儿也不假。即使你有天大的本事，一两个人也干不成大事儿，别说打仗了，就是在这空荡荡的野外待上一夜，都会感到莫名的恐惧。

天渐渐地黑了下来，老姑听到岸上有一队马蹄声。豆花儿刚想喊，被老姑捂住了嘴。

老姑说："别喊，他们不是柳条的人那就麻烦了。"

这队人马过去后，没有听到一个人说话。接着，又有几匹马走了过来，豆花儿勒着细嗓喊："胖猪——"

"吁！"那个人一勒马嚼子，"我怎么好像听到豆花儿在喊我？"

"我怎么没听见。"另一个人在搭话，老姑也听出来这是胖猪和猪倌儿。

"胖猪，二当家的在这呢！"豆花儿大声起来。

老姑说："你小点儿声！"

这时候胖猪和猪倌儿都听到了。胖猪说："二当家的、豆花儿，你们咋来了？"

老姑一见到自己人来了精神："都小声点儿说话！"说着，她和豆花儿牵着马从柳条毛子里钻了出来。

胖猪小声地对她们说："一会儿我把你送到小亮那里，然后我们去挖暗道。"

在去往三家子码头的路上，老姑暗想，真是奇了怪了，胖猪过来时也没说话，豆花儿怎么听出来是他？想着想着，老姑心里有点儿酸溜溜的。

胖猪把老姑和豆花儿送到葛小亮身边。葛小亮并没有感到惊讶，他对老姑说："先等一会儿，胖猪他们挖完暗道，我们就进攻。"

不到半个时辰，猪倌儿跑了过来，他小声对葛小亮说："暗道不知道是谁早就修好了，外面只盖了一层蒿草。"

葛小亮示意猪倌儿马上回去，他看了看天空，有意想再等一会儿。

"啾！"就在这时，南门突然响了一枪。葛小亮一听不好，便对老姑说："打掉炮台上那个抽烟的。"

"啪！"老姑一枪将炮台上那个站岗的打下城墙。同时，东、西、南、北四个方向都响起了枪声。

“机枪掩护，炸开大门!”葛小亮果断地说。

轻重机枪同时向炮台射击。炮台上的轻重机枪也响了起来。老姑毫不犹豫地抢过葛小亮的长枪，“啪啪啪”几枪将两个炮台上的机枪打哑巴了。

“轰”的一声巨响，东大门被炸开。葛小亮高喊：“上马冲进去!”喊着，他带着人马就往里面冲。

老姑刚要上马，被豆花儿一把薅住。“二当家的，你不能去!”

老姑刚想发火儿，“轰”的一声，一发炮弹落在老姑不远的地方炸开了，她立即将豆花儿按倒在地。

“轰!”西大门也被半拉子给炸开了，两队人马冲进大院，与日伪军展开了激战。

胖猪和猪倌儿带着八个人从暗道里进去，他们从前厅打到后屋，将几个日本人打死后，又开始搜索独眼龙。可是搜索了一遍，只发现三姨太死在了炕上，就是没有见到独眼龙的踪影。

胖猪他们冲出大厅，正好有几个伪军隐蔽在墙角向院子里射击，被他们从背后几枪给撂倒了。

前后用了不到半个时辰，战斗基本结束了。胖猪对葛小亮说：“不知道独眼龙跑到哪里去了。”

“赶紧抓个活口问问。”葛小亮命令道。

柳条通的人散开，一个屋一个屋地搜查，结果抓到三个活的。胖猪问：“独眼龙哪去了?”

“今天他没回来，可能在佳木斯要钱呢。”

老姑问：“那个日本鬼子田中呢?”

胖猪说：“日本鬼子都被打死了。”

“带我去看看。”老姑说着奔向正房，胖猪也跟了进去。

这时，有人告诉葛小亮：“佳木斯南大营方向有汽车朝这边开来。”

葛小亮急忙上了炮台，一看有两辆汽车亮着大灯向三家子码头驶来。他回头一看，悦来镇方向也有马队举着火把向这边奔来。

葛小亮高喊："半拉子、猪倌儿，你们去东边截住悦来镇来的伪军，能打就打，打不过就扶马过江。"他又说："七哥，你马上组织人，看看三家子码头有几门迫击炮，都抬过来。我们从西门出去，轰了日本关东军的汽车。"接着他又喊："胖猪，胖猪，你出来！"

胖猪和老姑带着钱票子也来到了院里。葛小亮说："你带几个人，护送二当家的和豆花儿过江！"

胖猪带着老姑和豆花儿上了江边的木船，向对岸划去。

葛小亮和郝老七带着七八十人迎着汽车方向走去，李东和炮手们抬着四门迫击炮架在半路上，两挺重机枪和四挺轻机枪也都埋伏好。

当两辆汽车快到三家子码头时，四门迫击炮同时响了起来，前面的汽车被炸起了火，后面的汽车没退几步也被炸瘫痪了。日本关东军纷纷跳下汽车，有秩序地发起了反攻。双方的轻重机枪都响了起来。

王大个儿打掉几个火力点后，他的腿上挨了一枪。葛小亮用布带给他勒好，可是他趴在地上还在开枪，显然枪法不如以前。

这时候，迫击炮不响了。葛小亮一问，原来是没有炮弹了。葛小亮说："李东，你带着炮手先撤退，三家子码头那里有木船，把迫击炮带回去。"

日本人玩命地往前冲，柳条通的人马有些难以招架。郝老七说："实在不行都上马，打他个狗日的。"

"不行，那样伤亡太大，不如我们立即后撤与半拉子会合，打一下悦来镇过来的伪军，不等关东军赶过来，我们就过江。"葛小亮接着喊，"机枪掩护，其他人上马东撤。"

葛小亮和郝老七他们一撤退，两挺重机枪和四挺轻机枪的机枪手，没有顶住日本关东军的进攻，全部牺牲。

半拉子和葛小亮他们会合后，东侧的日伪军受到了重创，他们边打边撤退。柳条通的人马追了三里路停下来开始扶马过江。一些新入伙的不敢过江，郝老七说："真完犊子，都拽住马尾巴下去，一会儿日本人上来了等死呀！"然后，把他们一个个的都踹进了江水里。

这次战斗，日本关东军和伪军损失惨重，他们一共损失了两辆汽车、四门迫击炮和九十多人。而柳条通的人马损失了两挺重机枪、四挺轻机枪，死伤二三十人。

由于柳条通人马渡江的地方正是关家亮子附近。第二天，日本关东军调来炮艇，对关家亮子一顿狂轰滥炸。那座漂亮的小教堂被活生生地给轰平了，从此这里再也没有了教堂和学校。

从1907年到1932年的二十五年间，虽然北大荒兵匪成灾，但由于关爷为人仗义，关家亮子几乎没有发生过大的激战，甚至官兵与胡子都有默契，在关家亮子三里范围内谁也不开枪，这是给关爷面子。没想到，老姑他们这次惹祸了，日本关东军不仅轰平了教堂，还将关家大院和院外的民房轰塌了十多座。

在回山里的路上，葛小亮问郝老七："昨晚怎么回事儿，是谁先开的枪?"

郝老七说："是新入伙儿的郭三枪不小心走了火儿。"

葛小亮什么也没有说，打马向前去找半拉子和猪倌儿。不一会儿，半拉子和猪倌儿来到郭三跟前。半拉子说："郭三，听说你在悦来镇当警察时认识一个专治枪伤的郎中?"

"认识是认识，可是不知道这个人现在跑到哪去了。"

"不管跑到哪去了，只要有名有姓就能找到，咱们走吧!"

"行。"郭三答应一声，准备跟着半拉子和猪倌儿去悦来镇。

半拉子说："你背着长枪怎么去悦来镇，把枪给七哥，一会儿我给你一把匣子枪。"

在去往悦来镇的半路上，半拉子突然掏枪对准了郭三。"郭三，你给我下马!"郭三一回头，见猪倌儿也把枪口对准了他。郭三被逼无奈只好下了马。

半拉子说："郭三，是谁派你来的?"

"没人派我来，是在哈尔滨败退的路上，你们收留了我。"郭三一脸无辜的样子。

"你他妈的还敢抵赖?说，你昨晚为什么先开枪?"猪倌儿有些急了。

"枪不小心走了火儿，我不是故意的。两位爷，你们饶了我吧，我家里还有八十岁的老母等着我养活哪!"说完，郭三跪在地上给半拉子磕头。

“我再给你一次机会，如果不说我立刻让你脑袋开花。”半拉子打开保险。

“我真不是谁派来的。”郭三还在狡辩。

这时，猪倌儿将一个绳套抛向郭三，正好套在他的脖子上，他一带将郭三拽了个倒仰。“再不说，我勒死你。”

郭三被猪倌儿勒得喘不上气来：“我说，我说，我是剿匪司令于大头的手下，他派我们来做策反的。”

“派来多少人，还有谁？只要你说出来我就留你一条狗命。”半拉子问。

“一共派出了三十多人，那些人去了什么地方我也不知道，这里只有我一个。”郭三说。

“你找谁联系，怎么联系？”

“佳木斯有个江都客栈，那里有个蔡掌柜……”还没等郭三把话说完，猪倌儿一生气将他活活勒死了。

猪倌儿用绳子把郭三拖到草甸子里解开绳套，和半拉子打马回到山上。

没过一个礼拜，肖三儿来了，张柏已经知道了老姑他们攻打了三家子码头，并重创了日本关东军。肖三儿还给他们带来一些迫击炮弹、手榴弹、两支长步枪和一些苏联制造的红伤药。

肖三儿告诉老姑，桦川县的唐县长、姜大胡子、汤原县东北军的屠旅长和焦旅长都投靠了日本人。他还告诉老姑，孟小彪也进入了维持会。

肖三儿走后，老姑心里一阵儿难过，这个孟小彪算是没救了。冷静下来，老姑想起了一件事儿，马上派猪倌儿到关家亮子告诉关爷，不让他将柳条通的去向告诉孟小彪。

猪倌儿回来后告诉老姑，关家亮子被日本鬼子给炸了个稀巴烂，二姨太和二十多个伙计也被炸死了。二姨太出殡那天，奶奶和老叔都去了，因为老叔小时候吃过二姨太的奶，所以老叔也为二姨太披麻戴孝。

老姑说：“你没问问关叔，他咋没给柳条通送个信儿？”

猪倌儿说：“关爷说了，现在风声这么紧，你身子又不方便，所以没有给柳条通捎信。”

老姑听后，知道这都是柳条通惹的祸，觉得挺对不起关爷的。于是她对猪倌儿说：“麻烦你明天再跑一趟，给关叔送去三千块哈洋，你告诉关叔我一定给他报仇。”

王大个儿回到山上后伤势加重，老姑给他送去了苏联产的枪伤药。可是王大个儿说啥也不用，坚持用自己配制的中草药敷在伤口上，七天后竟然消肿了。

攻打三家子码头回来后的第十天，葛小亮派半拉子带着五六个人来到佳木斯江都客栈的日伪军联络点，把蔡掌柜杀了，拔掉了这个钉子。不然，抗日队伍肯定还要损失惨重。

奶奶家经过一个春夏的煎熬，到了8月嫩苞米终于下来了。奶奶啃着鲜嫩的苞米想起了悦来镇的十姐姐。“拴柱，下午你到地里多掰些嫩苞米，我连夜烀了，明天给你黄大姨送去!”

第二天，奶奶骑着毛驴来到“善船”渡口。可是这头小毛驴不像原来的那头老驴那么听话，说什么也不下水。奶奶累了一身汗，在老船夫的帮助下好不容易才将毛驴带过江。

到了大车店，太阳快要落山了。战黄氏说：“你咋来了，莫不是又去县衙告状了?”

“姐，为啥这么说，好像我不告状就不来了。”

战黄氏说：“独眼龙回来了，赶走了那个张先生，抢走了三家子码头，你还能不告?”

“独眼龙咋回来了，原来他没死呀?”听了奶奶的话，战黄氏有些后悔，她不清楚奶奶不知道这件事儿。

“听说他跑到了哈尔滨，这回日本人来了，他却当上了便衣队队长。你只要没去县衙我就放心了。”战黄氏感到很庆幸。

奶奶说：“听你这么一说，我还偏要去告，不能便宜了独眼龙那个孬种。”

战黄氏一听，把肠子都悔青了，自己多那个嘴干啥?她知道奶奶的脾气，越劝越来劲儿，也就不再劝了。

晚上吃饭的时候，奶奶问战黄氏：“姐，听说日本人对待中国人可好了，还给小孩儿糖吃，给要饭花子饭吃。”

“那都是刘备摔孩子收买人心。现在你再看看，好的房子都被他们占了，这叫对中国人好啊?”战黄氏说。

因为伪桦川县政府已经搬到佳木斯镇，第二天，奶奶天没亮就起来了，连早饭都没吃就骑着毛驴去了佳木斯镇的县衙。奶奶来到县衙外，太阳才两竿子高，她在门前等着唐县长。自从日本人占领佳木斯后，县衙就归了日本人，什么参事、副参事、顾问和一个日本宪兵小队都住在县衙里，而唐县长只能搬出去住。

日出三竿子高时，唐县长在几个保安团丁的护卫下，骑马来到县衙。奶奶以前告状时认识他，她急忙跑到唐县长的面前跪下。“县长大人，我要告状，我冤枉啊!”

“你又来捣乱了，滚犊子!”唐县长不耐烦地说。唐县长说完，刚想往县衙里走，却被奶奶一把扯住衣襟。

“你们都是死人哪，还不上来把她拉开!”唐县长近乎咆哮地喊着，同时还踹了奶奶一脚。可是奶奶死活不撒手。

大门外的吵闹声惊动了日本参事官石垣良隆，他带着几个宪兵和翻译来到大门。“八格牙路!”

“嗨!”唐县长毕恭毕敬地站在那里。

翻译说：“石垣长官问，这里发生了什么事儿?”

“有个刁民要告状。”唐县长回答着。

翻译向石垣叽里咕噜地翻译着。然后翻译对唐县长说，石垣长官让她进来。

奶奶一看，这个日本人肯定比唐县长官大，不然唐县长能像孙子一样对他毕恭毕敬。来到大堂，奶奶对石垣说：“宣统二年(1910年)，我男人赵启明在佳木斯东边开了个柈子场，后来他的拜把子兄弟谢宝山和独眼龙非要入伙不可。我家男人讲义气就同意他们入了伙……”奶奶一边说，翻译一边给石垣翻译。

“良民，大大的良民。”石垣听了后，竖起大拇指。

奶奶紧接着说：“后来因为码头赚了钱，谢宝山和独眼龙见财起意，买通胡子老来好将我男人杀了，还霸占了三家子码头……”

“良心大大地坏了。”石垣显得很气愤。

奶奶继续说：“后来谢宝山死了，独眼龙也逃到了哈尔滨，三家子码头由张先生管着，没想到就在前几天，独眼龙突然回来了，他还带着一个日本什么株式会社，抢了三家子码头。我想问问长官，在你们日本是不是也得杀人偿命、欠债还钱？”

石垣听着翻译的话，脸色渐渐地沉了下来。他问翻译，独眼龙是不是伪军于司令手下的那个便衣队队长？三家子码头是不是田中株式会社出事儿的那个码头？翻译回头问唐县长，唐县长说：“是。”

听了翻译的话，石垣良隆突然变了脸，叽里呱啦地喊着什么，并把指挥刀摔在了文案上。

奶奶一看暗自欣喜，一定是石垣听到她的讲述受到了感动，一怒之下想杀了独眼龙。

翻译说：“石垣长官说你是在诬陷大日本帝国的良民。”

奶奶一听蒙了，明明是独眼龙他们杀人害命，巧取豪夺，咋能说我诬陷哪？奶奶没有太惊慌：“长官，我告状都二十几年了，如有半句虚假，你们可以砍掉我的脑袋！”翻译叽里呱啦地翻译着。

翻译说：“太君问你，你刚才说的有证据吗？”

“要证据，唐县长就是证据，江南这一代的百姓都可以为我作证。还有，你们把独眼龙抓来一问，不就知道了吗？”奶奶气愤得眼睛都红了。

石垣听后嘿嘿一笑，他跟翻译又说了些什么。“石垣长官说了，你说你不是诬告，那么你敢滚钉板吗？在大日本帝国，这才是证据。”翻译问奶奶。

奶奶轻蔑地看了一眼石垣：“别说滚钉板了，就是上刀山、下油锅我也敢！”

翻译和石垣小声嘀咕几句，翻译告诉唐县长：“石垣长官让你派人把大牢里的钉板拿来，他要亲眼看看中国女人的骨头到底有多硬。”唐县长一听心里叫苦，别看他平时也挺坏的，但看到日本人这么折磨中国人，心里恨起了日本鬼子。

日本人的钉板可不像中国人的钉板是圆尖的，他们的钉板都是三棱尖，扎进去一滚能撕开皮肉。在日伪统治时期，日本参事就是这样断案的，除了政治犯，哪怕你杀了人、强了奸、盗了马，只要你敢滚钉板，便赦你无罪，这就是他们的强盗逻辑。

闪着寒光的钉板摆在地上，几个日本宪兵虎视眈眈地看着奶奶。

奶奶瞪了一眼石垣，目光带有几分寒气，直直地刺向他。只见奶奶脱下外套，露出粗布衬衣，她毫不犹豫地趴在钉板上，眉头一皱一咬牙，来回滚了两回，看得唐县长胆战心惊。他心里骂道，这帮小日本，简直就是畜生。

奶奶艰难地爬起来，浑身像血葫芦一样，两个乳房和胳膊都被三角钉撕开。奶奶看了一眼自己的身体，鲜血滴答滴答地往外淌，她不能在日本人面前倒下，不能让他们小瞧了中国人。奶奶弯腰捡起了衣服，她狠狠地瞪了石垣一眼，往地上吐了一口唾沫，然后踉踉跄跄地走出县衙。

唐县长一直看着奶奶走出去，真是佩服极了，心想：对，不能让鬼子小看了。

来到大门外，奶奶用力爬上驴背。她想，赶紧去悦来镇找干姐姐，不然流血过多恐怕就要没命了。

人到了愤怒时，即使身上挨了一枪，也能跑出一百步。奶奶余怒未消，也不知道身体疼痛，骑着驴继续往前走，鲜血浸透了白条粗布褂，连驴身上都往下滴血，路过的人们都惊恐地看着她。

说来也巧，我那个倒霉蛋老叔，正好骑着马从悦来镇送信儿回来。他老远看见一个老太太满身是血地骑在毛驴上，他还纳闷呢。这是哪出儿呀？可是当他来到奶奶跟前时，一看奶奶脸色苍白：“娘，怎么会是你？”

奶奶只是转了转眼珠，说不出话来。老叔跳下马，不顾一切地抱起奶奶。他不知道哪里来的一股急劲儿，一蹿高爬到马背上，两只罗圈腿一带马向医院奔去。

“大夫，大夫，快救救我娘!”老叔几乎带着哭腔。

老叔不顾一切地把奶奶放在病床上，大夫一看淌了这么多的血，不高兴了。“把病人放在地上!”

老叔一听火了，他拔出枪对着大夫的脑袋：“你他妈的再敢啰唆一句，我就崩了你!”

大夫抬头一看，原来是一个警察，也不敢再说什么。

洋大夫剪开了奶奶的前襟衣服，老叔一看，奶奶的乳房、腹部、颈部和肩部血肉模糊，白花花的肉翻卷开来，黏稠的血还在渗出。老叔的眼泪刷地一下流了下来，他心疼啊！

那曾经为他讨来盛宴的两只瘦碗，那曾经供养他长大的两股甘泉，那曾经逗他开心的两个鸭梨，那曾经让他双手抚摸着感到安慰的两座大山，如今却变得千疮百孔、支离破碎。“操他八辈祖宗，这是谁干的，我跟他没完！”

听到老叔在骂，大夫看了老叔一眼，为奶奶缝合着乳房和胳膊翻开的皮肉。洋大夫边消毒边缝合，奶奶的前胸像一条被缝补的破麻袋，到处都是针脚。

前胸缝合完了，大夫说：“哎，过来搭把手，把你娘侧过身来。”老叔把奶奶身子搬过来。

大夫小心翼翼地为奶奶剪开背后的衣服。看到这些烂糊糊的伤口，老叔再也忍不住了，呜呜地哭了起来，眼泪噼里啪啦地掉在奶奶的身上。大夫一看急了。“愿意哭你上一边哭去，你还要不要你娘的命了？”他回头对助手说，“你过来把着！”

老叔离开奶奶，两只手捂住脸蹲在了墙角，虽然哭声不大，但眼泪不停地从指缝流出，地面湿了一片。大夫同情地回头看了老叔一眼，发现他哭得似乎要抽过去了……

这几天，老叔请了假，他专心致志地伺候着奶奶。第二天早上，奶奶突然醒了过来，激动得老叔又哭了。奶奶一翻身，疼得直皱眉头，老叔的心像针扎一样，眉宇间拧成一个疙瘩。奶奶艰难地伸出手，摸了摸老叔的脸。老叔看着奶奶一边笑一边掉眼泪。奶奶欣慰地笑了。

要是没有老叔，奶奶这次肯定没命了。

过后，老叔知道奶奶是因为告状滚了日本人的钉板，他一下子对日本人恨到了骨头里。他心想：等有那么一天，我非得整死你们这帮鳖羔子。

老叔看着奶奶苍白的脸心里难过，他找大夫想办法。大夫说，奶奶需要输血。老叔问抽我的血行不？后来老叔真给奶奶输了一瓶子血。

住院的第十天，奶奶说什么都要回家。老叔说：“娘，你现在脸都煞白，大夫说是流血过多，一定要养好再走。”

奶奶说：“不行啊，时间长了你大哥和三哥该惦记了。”

“这好办，我让拜把子兄弟给家里送个信儿不就行了？”

这几天，老叔都累瘦了，奶奶床吃、床拉、床尿，都是老叔伺候着。半夜里，奶奶一翻身伤口疼，老叔在地铺上就会马上跳起来。“娘，你哪儿疼？”奶奶白天总是有意无意地看着老叔，她越看心里越美。

我小时候，听到父亲讲这一段，心想：奶奶也真是的，老叔那个罗圈腿有什么好看的？还看得稀罕吧嚓的。

可是父亲说，谁家老人都这样，对老儿子和老闺女都偏向。

听了父亲的话，我不再反驳了，因为我在家里也是老疙瘩，父母对我也十分偏爱。

第十九章　同仇敌忾

老姑的肚子越来越大了，大得像个蝈蝈。

自从孟小彪从柳条通走后，已经九个月过去了，可是老姑还没有临产的动静。

糜子私下说：“九个月也该生了，是不是有点儿不对劲儿?”

“别瞎嘀咕。俗话说，十月怀胎，一朝分娩。”豆花儿说。

谷子说：“我也觉得不太对劲儿，按照阳历我九个月就生了儿子。”

豆花儿一听不高兴了：“也许是姑娘呢，人家说姑娘懒生。”

谷子私下跟糜子叨咕：“豆花儿不懂装懂，她又没生过孩子。”

伙房里有个婆子，听到谷子和糜子私下议论：“你们是不是闲的，咬那舌头根子干啥?”

老姑生孩子那天，是伙房里那个婆子给接的生。老姑被折腾得死去活来也没有忘了问一句：“是不是带把儿的?”

那个婆子说：“啥带不带把儿的，闺女更好，心疼娘。”

老姑听后，不免有些失落。

奶奶住院回来，身体还没有完全恢复，这几天她始终惦记着老姑。“麦子，不知道翠花生了没有，也不知道生了个丫头还是小子。”

母亲说："娘，你要是惦记翠花和孩子了，不行我这几天去一趟。"

"你上哪儿去找他们呀，还是等我硬实硬实咱们俩一块去吧。"奶奶说。

"有什么找不到的，不就是在柳条通么，让拴柱送我就行了。"

奶奶说："我听老疙瘩说，翠花已经不住在柳条通了。他们究竟去哪儿了，估计关爷能知道。"

又过了半个月，父亲借了一挂马车，按照关爷告诉的路线来到熊瞎子沟。那天，老叔也来到了熊瞎子沟，而且是偷偷摸摸来的，连奶奶和父亲的面儿都没见。

奶奶的到来，让老姑惊喜万分。她想，不管咋说，还是当娘的心疼闺女。可是老叔的到来，让老姑吃惊不小。老叔的打扮像个皮货商，临走时他还向葛小亮要了几张皮子。

老叔走后，老姑再也沉不住气了，她让人叫来葛小亮。那个年代，女人的产房男人是不能进的，不吉利。老姑包着头巾来到西屋见葛小亮。"老疙瘩没跟你说他是咋找到熊瞎子沟的？"

"老疙瘩说了，咱们这里有奸细，让我们小心点儿。"葛小亮告诉老姑。

老姑想了想："他认识这个人吗？"

"老疙瘩说不认识。不过，你也不用担心，我会查出来的。"

"老疙瘩还说什么了？"老姑问。

葛小亮说："最近各地的红枪会起事，打死了很多于大头手下的伪军。一些保安队、山林队和大排队也起来造反，东一下西一下打得日本关东军手忙脚乱。还有双龙绺子最近闹得也挺凶，所以日本关东军准备秋季大讨伐，让我们注意点儿。"

"双龙现在到底有多少人马？"老姑问。

葛小亮说："听说有百八十人吧。"

老姑说："最近你得多费心了，没有特殊情况不要把队伍拉到山下。"

葛小亮走后，老姑回到东屋，奶奶正给老姑的孩子换尿布。一看老姑回来了，奶奶说："你真能得瑟，坐月子你都待不住，东一趟西一趟的，看将来作下病可咋整？”

老姑没有理会奶奶说什么，她在想着老叔说的奸细和陈二、陈三。想到这里，老姑问奶奶：“今年陈有财和陈有富给咱们家送过钱吗？”

奶奶说：“钱没送过，只给送过两回粮食，光指望你拿的那点儿粮食孩子们早该饿死了。”

老姑一听，觉得自己这个亲闺女还不如交下的弟兄。其实这也怪不得老姑，柳条通这么一大摊子事儿，小虎娘、小彪娘、山花娘，还有那些死去的弟兄家里都得照顾，所以就把自己亲娘的事儿给忘了。

老姑经过一个月的憋闷，孩子终于满月了。一天，老姑对葛小亮说：“小亮，你有学问给孩子起个名字吧。”

葛小亮说：“我一直惦记孩子长的什么样儿，看看像不像我？”老姑脸一红，装作没听见。

他们来到东屋。葛小亮看见孩子正在睡婆婆觉，还时不时笑着。老姑说：“这孩子可能是在做梦呢。”

葛小亮一下有了灵感：“就叫她梦梦吧？”

老姑说：“好，正好她姓孟，就叫孟梦。”

听到老姑的话，葛小亮脸上掠过一丝不易察觉的表情。沉默了一会儿，葛小亮说：“老疙瘩说，佳木斯东门外有个皮货栈，那里有一对老夫妻是他干爹干娘，让咱们派个人经常到那里跟他取得联系，警察署和保安团有什么动静他会及时告诉我们。”

“你准备派谁去？”

“这个人我还没想好，他既不能显山露水，还得机灵点儿，所以猪倌儿去不合适。”

老姑说：“我倒是想起一个人来，这个人在柳条通长大，人也机灵可靠。”

“谁呀？”

“小球子。”

葛小亮一拍脑门：“对呀，我怎么没想起他来。”

老姑跟葛小亮说的小球子，是当年孟大虎在半路捡来的，在柳条通长大。这小子从小就淘气，不是上树就是下河，所以人们都叫他小球子。

1933年7月的一天，张柏派肖三儿来到山上，还给柳条通送来七块怀表和十个手电筒。肖三儿说：“明天下午六点，有一列日本运送物资的火车，在经过浩立岗时要加水，车上有三十多日本关东军押送，张叔说让你们去把列车劫了。”

这一晚上老姑有些犯难了，浩立岗离熊瞎子沟有七八十里，自己去了孩子吃奶咋办？不去吧，这是一场硬仗，日本关东军可不像伪军那么好对付。老姑一狠心还是决定去。

第二天中午吃完饭，葛小亮突然集合队伍，部署作战任务，除了留守一些人外，一百二十多人全部出动。

这次拉出的队伍与往常不同，郝老七赶着三挂马车在前头，半拉子和胖猪居中，而老姑和葛小亮压后。

本来一百二十人的马队很长，葛小亮不断催促跟上。中间休息时，谁到草甸子里方便都不得骑马，休息完毕还要清点人数。

在距离浩立岗还有十八里路时，一个叫崔小个子的人突然拨马向南跑去，葛小亮高喊：“站住！”

老姑从马上摘下长苗子枪，“啪啪”便是两枪，崔小个子一哈腰趴在马背上没有打着。

“王大个儿，别让他跑了！”葛小亮拼命地喊。众人都看呆了，不知道发生了什么事儿。

“啪！”王大个儿伸手一枪，眼看着崔小个子从马背上滚落下去。

葛小亮催马来到他的跟前，一看王大个儿这一枪打得太准了，正好打在他的太阳穴上。

说起王大个儿真是个怪人，他和老姑的这两把长苗子枪都是张柏从苏联弄来的，可是他还是习惯性地把准星锯掉，将标尺扭下来。

葛小亮牵着马对老姑说：“这个人很可能就是老疙瘩说的奸细，他想跑去给日本人送信儿立功。”他停了停对大家说：“大伙儿都听着，以后行动谁敢先开枪或者擅自离队，这就是下场！”

队伍继续向浩立岗进发。葛小亮小声问老姑：“今天是怎么了，你对这把枪不熟悉？”

老姑脸一红，什么也没有说。其实，老姑心里清楚，没有打着崔小个子的原因是她奶子胀痛，心里挂记着梦梦。走在路上，老姑还在想：过些日子，一定要把梦梦送到姥姥家去。现在的游击队、自卫队、义勇军、红枪会、大刀会、小刀会、大排队、徒手队、山林队都纷纷起来打日本，硬仗一定不能少，自己拖累个孩子怎么能安心打鬼子？

走着走着，老姑发现奶水将衣服浸透了，她想停下来往外挤一挤，不然一会儿打起仗来还会耽搁事儿，可是葛小亮和王大个儿都不放心，也停了下来。老姑没办法，只能下马钻进草棵里往外挤奶。

到了浩立岗火车站，葛小亮部署大家分散隐蔽。老姑掏出怀表一看，已经是下午六点十分了，可是那辆军列还没有到达。又过了十分钟，列车来了。火车刚停下，闷罐车里的士兵跳下车严阵以待，一个带着指挥刀的军官也下了车，警惕着周围的人群。闷罐车上有四挺机关枪也加强了戒备。

葛小亮对王大个儿说：“看到那个当官的没，先把他撂倒。”

王大个儿手起枪响，在那个军官倒下的瞬间老姑又补了一枪。闷罐车上的机枪如雨点一般地向这边射来，老姑和王大个儿一闪身隐藏在车站墙后。王大个儿速度真快，一个箭步从车站房子另一侧窜了出去，“啪啪”两枪，有两个鬼子从闷罐车上滚了下来。

王大个儿吸引了敌人的火力，老姑腾出手将另外两个机枪手打掉。

日本鬼子哇啦哇啦地冲了过来，打死不少看热闹的百姓。百姓四处逃散。柳条通的人马各自隐蔽，轻机枪、长短枪一起开火，手榴弹炸得鬼子血肉横飞。

还没等下命令，猪倌儿带头迎着鬼子冲过去。他端着轻机枪喷着火舌，十几个小鬼子都被撂倒。

闷罐车背面警戒的鬼子，听到这边打了起来，也包抄过来。半拉子、郝老七各带一队迎着日本兵冲了过去。有几个鬼子刚爬上车厢顶，就被老姑和王大个儿全部包圆了。

柳条通的人马呼啦一下，将三节车厢围了起来，车上车下开始搜索，没有发现一个活的。

郝老七叫人把马车赶过来，大家一起动手装车。一些胆大的百姓，也回来帮忙装车。军衣、军毛毯、罐头、武器、弹药，不一会儿三挂马车已经装满。

老姑说："每个人都带点儿东西，谁拿归谁。"

葛小亮一看，这么多的物资也拉不完，他对着远处的百姓喊："都过来，谁愿意拿谁拿，拿完快点儿跑。"可是一些胆小的百姓还是不敢靠前。

"半拉子，没人拿把火车炸了，立即撤退。"葛小亮下着命令。

在半拉子带人往其他两个车厢搬弹药准备炸了火车时，猪倌儿高喊："二当家的，不好了，西面过来一队人马。"

老姑一看可不是，这队人马有两三百人。"架机枪，准备战斗！"老姑在哈尔滨学来的词儿现在也用上了。

正当大伙准备战斗时，队伍前一个人骑着快马向火车站冲来。"别开枪，我们是老五团的，是抗日的队伍。"

葛小亮说："既然是老五团的，这里就交给你们了，搬完东西把火车炸了。"

那个人问："你们是哪部分的？"

葛小亮想了想："自卫军十三团独立支队的。"说完，还挺了挺腰。

那个人一抱拳："佩服，佩服！"因为原来的东北军都知道哈尔滨保卫战，也知道自卫军十三团有个独立支队，打起仗来灵活勇敢。

把列车交给了老五团，老姑和葛小亮带着队伍向熊瞎子沟撤退。

路上，老姑对葛小亮说："你发现没有，现在咱们的人一见到日本关东军就眼红，不仅敢打敢冲，而且还会掌握时机。"

葛小亮说："一场哈尔滨保卫战，咱们的人马损失一多半，平时在一个窝里滚的弟兄在身边倒下，他们能不恨日本人吗？"

"被打死的都是笨蛋，活下来的才是好汉。"

老姑和葛小亮一回头，这句话原来是王大个儿说的。自从王大个儿来到柳条通，谁也没听他说过一句话，今天他突然冒出这么一句，让大家感到震惊。老姑和葛小亮对视一眼，都笑了。

看着王大个儿，老姑一下想起了他在车站时的动作，简直像个狸猫一样敏捷。便问："王乡，你是打牲出身吧?"

"八岁就跟爷爷在山里打牲。"王大个儿说完，望着远处将要落山的太阳陷入沉思。老姑再也没好意思问下去。

葛小亮回头望了一眼，发现有人将吃完的日本罐头盒子随便扔在路上。"谁把罐头盒子扔在路上了，你们想给日本人通风报信呀?"他对着队伍高喊，"猪倌儿，你带几个人回去，把铁罐头盒子都给我捡起来!"

猪倌儿说："你们几个吃罐头的，跟我回去捡铁盒子，怎么都是一帮饿死鬼托生的?"

二十几个人拨马，向浩立岗方向跑去。

"轰轰轰!"一阵儿爆炸声从浩立岗火车站方向传来。

"哈哈，是老五团把火车炸了，这回日本人非得气死不可。"葛小亮兴奋地说。

一会儿，"轰轰轰"又是一阵儿爆炸声，还可以隐约听到密集的枪声。老姑说："不对，肯定是老五团跟日本援兵打起来了，我们是不是该回去帮他们一下?"

葛小亮说："现在情况不明，我们不能回去。再说了，我们已经走出十五六里了，还带着这么多的东西。"说完，他催促队伍加快了速度。

后来才知道，柳条通的人马走后，老五团把火车上的物资全部搬了下来，还征用了老百姓十挂大马车准备将物资全部运走。

这列火车，日本关东军一直盯着，他们通过铁路电话每到一站都要问问是否安全。由于老姑他们没有经验，没能及时地掐掉电话线，所以在他们攻打火车站的时候，兴山镇和莲江口的日军已经出发了。在南北夹击下，日本人逼迫老五团缴械投降，可是他们没有屈服，扔下物资边打边撤退，死伤五十多人。后来在抗日队伍中一直流传着：独立支队把驴牵走了，老五团去拔橛子。

老姑回到熊瞎子沟，梦梦见到了她委屈得哭个没完。老姑看着弱小的女儿，心里一阵儿难过，再也不提将梦梦送到姥姥家了。

到了这年秋天，粮食开始上场了，日本人也要开始清乡扫荡，大批日军、伪军、警察全部出动。

一天，小球子带回了老叔的消息，后天日伪军兵分两路到永丰和孟家岗清乡，日本南大营空虚，只有二十几个人把守。

老姑对葛小亮说："打不打一个空营无所谓，关键要炸毁他的军火库。"

葛小亮说："这个季节恐怕扶马过江不行了，要想办法弄些船只。"

老姑说："你最好现在就走，去找关叔帮忙，顺便在关叔那弄些粮食回来过冬。"

葛小亮走后，老姑对孩子说："梦梦，娘又要去打仗了，你在家里听话。"

伙房婆子对老姑说："二当家的，有些话不该我说，孩子越晚送走你越舍不得，还是早点儿送到她姥姥家去吧！"

老姑一想，婆子说得也对，梦梦已经一岁了，现在开始冒话了。正当两个大人说话时，正在玩耍的梦梦却无缘无故地哭了起来。老姑想，梦梦是不是能听懂大人说话了？"唉！"她长长地叹了一口气。

第二天下午，葛小亮从关家亮子回来了。由于上次劫火车缴获了很多饼干和罐头，不用提前蒸馒头、烙饼，他简单地跟老姑合计一下便集合了队伍。

柳条通的人马已经习惯了，从来不问去哪里打仗，就连半拉子、胖猪和郝老七也不知道。

天擦黑时，柳条通的人马来到离关家亮子五里的地方开始过江。这个季节，虽然天气不是很冷，但江水里已有冰凌漂过。由于关爷事先准备了二十条船，所以人一趟都能过去。柳条通的马也很有意思，大部分马不用牵着缰绳，它们知道跟着船只游过江。

人马到了南大营十里路时，时间还不到半夜，人下马，马卸鞍，就地下桩休息。

第二天，日出一竿子高，猪倌儿骑马回来了。他告诉老姑，日军已经出动了。可是葛小亮说："等日军走远点儿，再动手不迟。"

日军的南大营，在这片平原的最高岗上，炮台修得五六丈高，周边五里一览无余，再加上日本人有望远镜，能把这片开阔地的人看得清清楚楚，所以要想进攻南大营，必须以迅雷不及掩耳之势冲到跟前。

十里距离，骑马也就是不到两袋烟的工夫。老姑这帮人没等到跟前，炮台上的日军早已经发现了他们，在还有一里远的地方，日军炮楼上的机关枪响了。王大个儿冲到最前面，专打机枪手。打炮楼里的机枪手，可不像打炮台，机枪眼就那么大的小方孔，那得什么样的枪手才能把子弹打进去。王大个儿虽然不能百发百中，但已经让机关枪不能发挥作用。

来到离南大营还有二百米的地方，老姑也学着王大个儿用枪专打炮楼的机枪眼。但老姑的枪法远不如王大个儿，气得她夺过一挺轻机枪对准炮楼的机枪口射击，终于把炮楼里的机枪打哑巴了。郝老七、胖猪、李东和炮手从马背上卸下迫击炮。七门迫击炮一顿猛轰，炮台、大门、院内到处都是爆炸声。

葛小亮不让强攻，因为日本军营都是高墙深沟，周围还有铁丝网，不到万不得已，绝不能生打硬拼。

"把带来的炮弹全部打在院子里，看看能不能炸了他们的军火库！"葛小亮喊着。

可是当炮弹全部打完了，也没有听到军火库炸响，因为炮手不知道军火库的具体位置在哪里。

大门被轰开后，猪倌儿一看炮弹不响了，带着一队人马首先冲了进去，半拉子带着炸药包紧随其后。大营内响起了密集的枪声。

枪声停止时，弟兄们都撤了出来。老姑焦急地问："咋回事儿，半拉子呢？"

猪倌儿说："他没事儿，正带着三个人炸弹药库呢！"

这时候，只见半拉子带着三个人骑马飞一般地从大门冲出来，接着一连串巨响，军火库被炸上了天。

老姑说："白瞎这些弹药了。"

葛小亮说："可惜也得炸掉，一会儿小鬼子杀个回马枪，咱们撤退都来不及，哪有时间搬运弹药啊！"

这次攻打南大营回来，老姑下决心要将梦梦送走。老姑心里明白，进入冬季江河封冻，日本人会有更大规模的清乡扫荡，各种抗日武装也不能让小日本消停。

老姑在半拉子和王大个儿的护送下，把梦梦送到赵家窝棚。她本来想在家住一晚上，可是奶奶说："要走马上走，还在家里恋恋啥，我还能把她掐死呀？"

老姑一看，梦梦还在睡着，在她脸上亲了一下，转身出门走了。没想到，老姑刚走到院子里，以前还不会说话的梦梦突然大哭起来。"娘，娘！"老姑从来没有听过梦梦叫娘，一听到女儿叫自己，心像被揪出来一样难受。

老姑隔着窗户，眼泪汪汪地向屋里看着不知如何是好。就在这时，奶奶说："咋还不走，在院子里转悠个啥？"

老姑一狠心上了马。"娘，娘！"梦梦还在身后叫着。

老姑一勒马跳了下来，她几步就跑到了门口，拉开门一看，奶奶抱着梦梦正用眼睛瞪着她。"你还能不能有点儿正溜？"奶奶的眼神像一把刀子。

老姑看到梦梦张开两只胳膊，扭着身子奔向老姑。"娘，娘！"老姑实在受不了了，冲上去抱起梦梦，在她的小脸上狠狠地亲了几口，然后递给了奶奶，转身出门上马走了。

"娘，娘……"

一直走出赵家窝棚，老姑的眼泪还止不住地往下流。

在回来的路上，老姑骑着马不停地回头张望，走走停停，停停走走，心里从来没有过的空落。她恨自己当了胡子。

走出二十多里，老姑的奶子又涨了。她一带马，在原地转开了圈儿。

半拉子和王大个儿，知道老姑心里难过，但他们不知道怎么劝她。

老姑在那里转了有一刻钟，她一抬头发现半拉子和王大个儿都在看着自己，一打马向熊瞎子沟跑去。

回到熊瞎子沟，老姑这几天怎么也高兴不起来，好像天都塌了。有时，半夜突然醒来，用手一摸孩子不在身边，坐在那里呆呆地直到天亮。有时，想孩子想得受不了想回家看看，可是她又怕被奶奶骂。

1933年年末，日本关东军和于大头的伪军八百多人，打得老五团刘冰一千五百人逃到肇兴镇。没用几天，由于佳木斯附近一带缺少兵力，大部分日伪军撤回到南线，兴山镇只留下二百多人。老五团跑到肇兴镇和鸭蛋河一带兴风作浪，控制了来往苏联的民间贸易。

一天，肖三儿来到熊瞎子沟。他说："老五团在运输线上设了几道卡，张叔让二当家的带着队伍去鸭蛋河一带，保护从苏联运回的物资。"肖三儿说完，还递给老姑一封信，并嘱咐说："张叔把国内国外的形势都写到了这里，你仔细看看吧！"

肖三儿走后，老姑叫来了葛小亮。葛小亮看了半天信，才对老姑说："张叔在信里说，现在的形势很不利，原来的东北军、边防军大部分投靠了日本人，屠全胜和焦景斌两个旅，声言要灭掉抗日武装打到苏联去。红枪会、徒手队、义勇军、大排队和一些哗变的队伍，他们都在打日本鬼子，但也祸害老百姓，借机搜刮民财。一些东北军拉出队伍，住在老百姓家，老百姓受不了还不敢得罪。李杜将军把部队交给了别人，去年也跑到苏联去了……"

"李杜也跑到苏联去了，那么冯占海呢?"还没等葛小亮说完，老姑便急切地问。

"信上没说。"葛小亮接着说，"张叔在信中讲，有一支抗日游击队，受到苏维埃政权的影响，他们是真抗日，里面多数是码头工人和金矿的劳工，但力量很薄弱，装备也不行。张叔还告诉我们，现在的抗日武装名目繁多，真假难分，让我们多加小心，不要轻易联合他们，唯恐吃亏上当。"葛小亮停了一下，又说，"张叔可能是共产国际的人。"

"啥叫共产国际?"老姑问。

葛小亮想了想："我也说不清楚，大概就是苏联吧！"

"怪不得张叔又给弄弹药又给钱的，原来他背后有大靠山呀。"

葛小亮点了点头继续说："张叔告诉我们要保存实力，入伙的一定要严格审查，起码要有担保人。"

"张叔还说啥了？"老姑追问。

"他还说，有一批重要物资要从苏联运回来，让我们押送。并说，刘冰领导的老五团成分太复杂，到处掠夺。"

老姑说："我们应该先礼后兵，以自卫军十三团独立支队的名义告诉老五团一声，毕竟我们跟他们打过交道。"

葛小亮说："这样最好，免得双方打起来各有伤亡。"

"你看谁去最合适？"老姑问。

葛小亮笑了。"这份差事儿我去最合适，因为我是支队长。"

老姑也笑了。"看来你还没有过够官瘾哪！"

"谁不想当官，当官多好，可以吆五喝六的，谁敢不听。"葛小亮半开玩笑地说。

"哟，瞧瞧我们的葛支队长，多牛啊！"

第二天，葛小亮带着胖猪和五个枪手要出发了，老姑让王大个儿也跟着去了。

葛小亮来到肇兴镇，费了好大劲儿才找到刘冰安营扎寨的地方。葛小亮进到一个大院，见有个军官在演讲。他说到马克思、恩格斯、列宁、苏联十月革命和苏维埃政权，并说在两年后就能实现共产主义。听着听着，葛小亮觉得这个人的演讲怎么有点儿像张柏和那个姓崔的共产党呢？

葛小亮问身边的一个人："这个人是干什么的？"那个人回头用奇怪的眼神看着他。"你是哪来的，怎么以前没见过你？"

葛小亮说："我是自卫军十三团独立支队的，来找刘团长。"

那个人一听是自卫军十三团独立支队的，便告诉葛小亮："你别听他瞎白话，日本人一来他就吓跑了，去苏联待了一阵子又回来了，不去打日本在这里瞎喊口号算什么能耐！"

"他不会是共产党吧？"葛小亮问。

那个人说："共产党我也见过，可不是他那样儿的，这次关东军打兴山镇，他比谁跑得都快。”

散会后，葛小亮找到刘冰自报了家门。刘冰一抱拳：“呵呵，真不好意思，在浩立岗火车站你们把驴牵走，我们去拔橛子。”

客套话说完，葛小亮开门见山地说明来意，刘冰在那里半天没说话。葛小亮说：“我这次来，是因为我们还算有点儿交情，免得双方动起手来伤了感情。”

刘冰抻悠半天说：“如果你们能归顺我们抗日救国军，我给你个营长干干，你那个亲戚不用你护送，我一句话随便通行。”

葛小亮说：“抗日不分哪个武装，你抗日，我也抗日，哈尔滨保卫战、打佳木斯鬼子南大营、劫火车，哪一次不是硬仗，何必非得归顺抗日救国军呢？”

刘冰想了想：“不然这样，我给你开个路条让你那个亲戚随便通行，但你得帮我打一次兴山镇。”

葛小亮笑了，心想：也不知道你刘冰是真抗日还是假抗日，就兴山镇那两百多关东军和伪军都不敢迈出城门一步，打这帮日伪军还用我们出马？

葛小亮说的是实情。一次有个激进学生，在离兴山镇三里远的地方用红绸包着笤帚疙瘩就缴了四个伪军的枪，还打死了三人。

“我答应你，到时候你们配合我们。”葛小亮毫不犹豫地答应了他的条件。

刘冰说：“痛快，时间就定在十天后。”

葛小亮带着几个人，在老五团喝了一顿酒回来了。

回到熊瞎子沟，葛小亮发现肖三儿正在等消息。他向老姑和肖三儿说了全部经过。

肖三儿说：“我看这件事儿没把握，他们那支队伍什么鱼鳖虾蟹都有，万一不听他的命令这批货就麻烦了。”

“张叔没说这到底是啥货这么重要？”老姑问。

肖三儿说：“我也不知道，反正张叔对这批货很看重。”

“不用问了，明天全员出动去接张叔。”老姑坚定地说。

第二天，肖三儿带路，老姑带着一百六十多人启程去了鸭蛋河。

在回来的路上，还真遇到了一点儿小麻烦，被老五团一个连给截住了。说是一个连，实际上还不到四十人。张柏拿着刘冰的路条给他们看，那个连长说："我不识字！"

葛小亮走过去："自卫军十三团独立支队你总听说过吧？"

"谁知道你是真的还是假的。"那个连长把脸一扬牛哄哄地说。

老姑一听生气了："你说的是人话吗？"

"怎么，还是个小娘儿们？"那个连长感到惊讶。

"你敢再说一句骚话，我让你脑袋开瓢！"老姑说着手起枪响，打掉他的貉壳帽子。

这时候双方都举起了枪，张柏忙说："这是何苦呢，都是抗日的队伍，哪有自家人打自家人的道理？"

这时候那个连长才不情愿地接过张柏手里的纸条，看了一眼说："走吧！"

在去往蒲鸭河的路上，葛小亮向张柏说起在老五团的所见所闻，张柏笑了。

葛小亮问："张叔，你说演讲的那个军官会是共产党吗？"

张柏笑着说："他连个国民党都不是，就是个假马列。"

老姑问张柏："张叔，你说现在抗日队伍这么乱，能把小日本打跑吗？"

"关键是中国人没有团结在一起，没有统一指挥。不过，现在抗日武装遍地开花，也够小日本受的。"张柏又对葛小亮说，"以后多收一些进步学生和码头、矿山的苦力，现在他们到处在寻找真正的抗日队伍。"

老姑说："张叔，苏联那里还有啥好东西，你再给我们弄点儿呗。"

"我还真有这个打算，等过几天，我给你们送来一部电台，省得肖三儿来回跑道。"张柏说。

老姑问："电台是干啥用的？"

"一句半句也说不清楚，到时候你就知道了。"

"对了，张叔你是那个叫什么共产国际的人么，跟共产党有关系吗？"老姑直截了当地问。

张柏看了看周围柳条通的人马，便对老姑和葛小亮说：“你们两个跟我来。”说着，他们一拨马离开了队伍。

老姑一看，张柏还整得挺神秘，便问：“咋回事儿？张叔，还整得神叨叨的。”

张柏一看前后没人：“今天我跟你们说，有些事儿不管你们知道也好，猜测也罢，只能烂在肚子里，千万不能对外人说。不过，可以跟你们透露一点，我既不完全是共产国际的人，也不是共产党，而是另有一个组织，专门对付日本鬼子。”

老姑越听越糊涂，还想再问。可是张柏说：“别问了，这里面的事儿太复杂了，一句半句说不清楚。”

把物资送到蒲鸭河抗日游击队那里，张柏带着肖三儿等几个人准备返回苏联。

老姑说：“张叔，你这笔买卖亏大发了，咋不管他们要钱哪？”

“受人之托，怎么能要钱呢？”张柏刚说完，一想不对劲儿，“我说侄媳妇儿，你又拿老夫开涮了。”老姑笑着走了，带领人马奔向熊瞎子沟。

从鸭蛋河护送张柏回来已经一个礼拜了，葛小亮对老姑说：“二当家的，明天就是和老五团约定的攻打兴山镇的日子，你说咱们还去不去？”

“去呀，咋不去！别说已经答应人家了，即便没有答应我们该打就打，不能让小日本消停。”

葛小亮说：“我看东北军这帮队伍，都是军阀土匪作风，要不是因为刘冰的父母妻儿都被日军杀了，他早像屠旅、焦旅一样投靠日本鬼子了。”

“我看他们还不如土匪胡子哪，胡子对穷人不杀不抢，他们是大水冲地皮——一溜边光。”老姑气愤地说。

第二天中午，老姑和葛小亮带着人马准备出发，郝老七忙着给弟兄们发放缴获来的饼干和罐头。

葛小亮说：“饼干和罐头就别发了，日本军营里有的是吃的，两支队伍打不下日本军营，还有脸吃东西呀？”

到了兴山镇日本军营附近，只有老五团的炮连等在那里。老姑心里这个气呀，这个刘冰也太不是东西了。

炮兵连孙连长问葛小亮："是现在打，还是按照你们的规矩半夜打。"

葛小亮本来想说，还是半夜打有利。可是老姑觉得孙连长话外有音，便说："有什么了不起的，现在就打。七哥，你也架上重迫击炮，专打他们的大门。"

葛小亮本来想劝阻老姑，可是又怕她觉得没面子，只好在部署兵力上，故意留下了一个西门。

孙连长这个人不错，一心一意打日本，首先轰了大营，然后炸开大门，在日军和伪军从西门撤出时，他把炮口直接对准逃跑的日伪军。

老姑骑马冲进院内，日伪军已经被炮火轰死不少。追到西门一看，关东军在前面逃跑，伪军在后面阻击。因为日伪军大多没有骑马，老姑告诉胖猪："你告诉弟兄们，伪军缴枪的不杀，专打日本关东军。"

"缴枪不杀，中国人不打中国人！缴枪不杀，中国人不打中国人！"喊声此起彼伏。一些伪军扔下枪就跑，日军向正南撤退。

王大个儿停住马，看准一个日本指挥官便是一枪，眼看着他从马上栽下来。老姑也举起长苗子枪，边骑马边向日军射击。旷野上展开了追击战，日军没有几个跑掉的。

在日本军营收缴武器时，院里还有两门野战炮，孙连长想两门野战炮都要。葛小亮说："咱们还是按照规矩办，所缴的武器弹药一家一半，这样你回去也好交代。"

与孙连长分完武器弹药，葛小亮说："孙连长，如果东北边防军都像你一样，小鬼子也进不了东北。咱们后会有期！"

老姑他们在攻打兴山镇日军大营时分到的那门野战炮，回来一看没有撞针，只好把它藏在熊瞎子沟的山洞里。

第二十章　民不聊生

1934年5月的一天，一个女人来到我们家。奶奶看她的穿戴不像是要饭的，便问："闺女，你找谁呀?"

奶奶一问，那个女人哇的一声哭了。奶奶说："孩子你先别哭，告诉我你是从哪来的?"

那个女人哭了半天才说："我爹是陈老三，我叫大丫。"

奶奶一听很惊讶，这不是爷爷的师兄陈老三家的大丫头嘛，上次去东江样子场时没有相见，今天怎么找到赵家窝棚来了?便说："闺女别哭，你到底是咋了?"见奶奶一问，大丫哭得更厉害了，弄得奶奶不知所措。

哭了一会儿，大丫突然跪在奶奶面前："娘，你收下我吧。我活不下去了。"

奶奶被大丫的举动惊呆了，她知道大丫管她叫娘是有原因的，因为她跟父亲定过娃娃亲。奶奶说："快起来，你这是咋了?"

"娘，我真是没有活路才来找你，要是你们也不收留我，我只能去死了。"大丫说着眼泪又下来了。

奶奶说："留下，留下，可你得说说这是咋回事儿呀!"

大丫说："自从日本鬼子前年进入汤原，日本炮艇就占了东江样子场，逼着我们搬家。后来我们家搬到了县城里。"

"后来又咋了?"奶奶急切地问。

大丫说："两个月前，焦旅长发行了自己印制的红票子，百姓不使用都不行。他不知道在哪打听到我家有金条，用红票子强行来换，我爹不干，他们就派一个排的兵力在我们家吃住。那个排长还整天用色眯眯的眼神盯着我，我娘一看这样下去不行，把我送到一个远房亲戚家。"

"这么多年你还没找婆家吗？"奶奶问。

大丫说："我从小儿就订了娃娃亲，好人家不要，穷人家我爹我娘又不同意嫁，一直拖到现在。"

"后来呢？"奶奶又问。

"在一个月前，有人给远房亲戚家捎信儿说，焦旅长把我爹、我娘、我二妈和小弟都杀了。亲戚一听我们家败了，立马对我不像以前了，整天摔盆摔碗，说养了一个吃白食的。为了活着，我整天挑水、劈柴、种地，下人干的活儿我都干了，可是他们还不满意。我那个远房舅母天天当着我的面儿唠叨，日本人收税，伪军加捐，各种名目的队伍整天来要粮，谁家还有粮食养着白吃饱？"大丫说着让奶奶看看她那双干裂的手。

"唉！也别怨你家的亲戚，这个年头大伙儿都一样难，你放心留在婶子家吧。"奶奶十分同情地说。

晚上父亲干活回来，奶奶说："陈家的大丫来了。"

"来就来呗，跟我有啥关系？"父亲还在记恨当年他们家不认这门娃娃亲的事情。

奶奶说："人的一生都有个为难遭灾的时候，也不能看着她无家可归吧？"

"我们家为难遭灾的时候，谁来管过我们了？都恨不得离我们远远的。"父亲倔强地说。

"得饶人处且饶人，咱们往宽了想。"奶奶在给父亲讲大道理。

父亲说："娘，你说了这么半天到底是啥意思？"

奶奶看了一眼父亲："我想跟你商量一下，能不能把她收了二房，麦子那里我去说。"

"用不着商量了，我不干。"父亲一转身回到了自己屋里。

父亲从来不敢这样对待奶奶，但他今天的态度奶奶也理解，因为父亲和母亲从来不吵架，感情一直很好。

此后这几天，母亲情绪也不对，奶奶便说：“行了，你们也不用着跟我赌气了，从今以后大丫就是我干闺女了。”

其实奶奶家的日子也很难，头年打的粮食已经被搜刮得差不多了，有时候甲长赵老大一天要来征几次粮食。

奶奶说：“本家大哥，你就不能为大家想想么，这样下去不等来年秋天粮食下来，全屯人都得饿死。”

“我也不愿征大家的粮食，可是没办法，哪伙队伍来都带着枪，我敢得罪谁呀?”赵老大无奈地说。

大丫来了后，奶奶家的粮食更紧张了，于是她对父亲说：“拴柱，你去关家亮子看看，能不能借些粮食，咱们秋天还给人家。”

母亲说：“恐怕关爷那里也很难，还是给他一些钱吧，也许关爷能买到粮食。”

奶奶说：“家里哪有钱呀，手里有点儿钱都是红枪会印的红票子，现在‘宋倒霉’垮台一文都不值了。”

“我手里还有一些哈洋券，也许给了关爷能换成满洲币，不然留在我们手里也废了。”母亲说。

奶奶看了看母亲：“麦子，你在哪儿弄的哈洋?”

“是翠花给的，她不让我告诉你。”母亲说着将哈洋从箱子底拿出来递给父亲。

第二天，父亲拿着一千哈洋上了路。正如母亲说的，关爷家也挺难，只给父亲拿了三袋皮粮。

日子就这样艰难地熬着，每天大人只能吃半饱，粮食要留给孩子吃。奶奶家一直熬到8月，嫩苞米下来才接济上。有时候，奶奶也恨老姑。“拴柱，你去问问那个没良心的丫头，到底还管不管梦梦了?”

父亲去了一趟熊瞎子沟，回来时带回两袋粮食和一个不认识的人。那个人说他叫小球子，跟老叔也有交情。

奶奶问：“老疙瘩最近都忙啥呢?”

小球子说：“还能忙啥，现在日本人被抗日武装打得顾头不顾腚，他们就得为日本人东跑西颠。”

“你下回见到他，就说我说的，让他回来种地，饿死也不给小鬼子卖命了。”听了奶奶的话，小球子笑了。

父亲一看，奶奶恨死了日本人，便说：“现在你老闺女可给你报仇了，这半年多，劫火车，端大营，攻兴山镇，在这一片可出名了。”

“家里人知道就行，千万别往外说。我这次来，就是要告诉大娘，二当家的不是不顾家，是她太忙了。从年初起，大小仗已经打了十多起，她没时间回家看你们。”小球子为老姑开脱。

奶奶听后笑了。“让她忙吧，梦梦不用她惦记。”接着她又说，“没想到这个疯丫头还真有两下子。”

兴山镇那一仗结束没多久，关爷派人来说，有一个营的山林队，住在他家整整吃了一个月也不走，还每天要吃好的。关爷想，既然是抗日的队伍吃就吃吧，江里有的是鱼，每天换着花样给他们做。可是这伙人鱼吃腻了，想吃鸡、鸭、鹅肉，关爷就把正在下蛋的鸡、鸭、鹅杀了给他们吃。没吃几天他们又吃腻了，想吃猪、牛肉，关爷知道，耕牛是不能杀的，猪是准备年底杀的，现在只能杀了给他们吃。可是时间长了，没有发现他们出去打过一次鬼子，还整天吹嘘在同江差点儿端了于大头的老窝。关爷看到他们有些人来气，想问问老姑有啥办法能把他们赶走。

老姑找来葛小亮：“关叔家住着这些假抗日武装，我们得去一趟把他们赶走。”

葛小亮说：“那也得想好对策再行动。”

“智取怎么样？”老姑姑问。

葛小亮说：“我看行，不服我们就消灭他们。”

第二天，老姑、葛小亮、猪倌儿、王大个儿、愣头骑着马带着枪，大摇大摆地去了关家亮子。半拉子、胖猪、郝老七和李东带着队伍，用马驮着重迫击炮和轻重机枪在后面跟着。

来到关家亮子，炮台上的大排兵看见老姑来了，马上打开了大门。老姑大声说：“我关叔呢？侄媳妇儿来了也不说接一接。”

大排兵说：“关爷不在家，去佳木斯了。”

"大婶呢?"老姑问。

大太太走了出来:"侄媳妇儿来了?"

这时候走过来一个黑大个儿问大太太:"这都是你家啥亲戚,怎么都带着枪,他们是哪部分的?"

还没等大太太说话,老姑开了腔:"哟,家里来亲戚了,谁是领头的我得拜访拜访,不然好像咱家人不懂规矩似的。"

大太太说:"这位爷就是司令。"

"哟,还是个司令哪,那我可得好好拜一拜!"老姑说着从背后抽出双枪,顶在他的脑袋和前胸上,"不知道死活的东西,你竟敢到这里撒野,还恬不知耻地自己给自己封个司令。"

那个黑大个儿并没有惊慌,他对老姑说:"我们是下江抗日纵队,不叫司令叫啥?"

"看看你手下的这些兵,吊儿郎当的,不去打鬼子在这里专门欺负自己人。你再敢得瑟,小心我灭了你们绺子。"老姑说话的时候,眼眉都立起来了。

这时候院子里的山林队,发现老姑把枪对着他们司令,也拔出了枪,被王大个儿一枪打在手腕上。

老姑说:"炮台上的兄弟听着,把机枪对准他们,谁敢动手就灭了他。"然后她对黑大个儿说:"跟我出大门外看看,我的重迫击炮咋样?"

黑大个儿被老姑用枪逼着出了大门。来到大门外,黑大个儿一看,重迫击炮和重机枪都已经架上了。他回头对准院子里喊:"魏八,招呼咱们的人赶紧拔嚼木。"

老姑说:"告诉你黑大个儿,以后少打着抗日的旗号干缺德事儿,不然我灭了你的绺子。"

黑大个儿一听老姑说的都是黑话,知道惹不起她。

山林队的人出了大院,老姑一看哪有一个营啊,一个连都不够。他们只有十几匹马,杂牌武器都不是人手一件。在放走黑大个儿时,老姑说:"你们得快点儿跑,一会儿,我先开枪后开炮,万一伤了谁可别怨我。"

听到老姑的话,黑大个儿上马便跑,后面的人撒丫子跟着。他们跑出有一里路,王大个儿一枪打在黑大个儿的马屁股上。那匹马疼得一尥蹶子将他摔在地上，他也顾不得马匹了，爬起来就跑。见他们跑出二里多地，老姑说："开炮!"

"轰轰轰!"炮弹追着山林队的身后爆炸了，连江南的日军都能听见。可是这个时期，日本鬼子不敢轻易出动，只能龟缩在营盘里。

老姑他们从关家亮子撤回来，一路上遇到好多百姓和各种队伍，还有胡子帮。一伙队伍有几十人，见到老姑他们就问："你们是不是共产党的抗日游击队?"

葛小亮一打听才知道，原来是江口码头的苦力和一些学生，正在到处找共产党的抗日游击队。葛小亮本想把它们留下，可是人家领头的不干。葛小亮建议他们到蒲鸭河一带找找。

本来这一带三五十里没人家，黄花岗、古城岗、梧桐河和鸭蛋河一带的老百姓经受不起日本关东军和伪军的重捐蹂躏，都纷纷地搬了家。梧桐河一带朝鲜人居多，家家种水稻，他们都是黑龙江省督军吴大舌头的福田稻田公司雇来的，现在没法生活也纷纷外逃。

胡子并非都是抗日队伍，虽然北大荒大小抗日队伍有几百股，但也照样有十几股胡子仍旧在绑票砸窑。他们人数多的七八十人，人数少的十几人。不管是抗日武装，还是老百姓，都恨他们。

老姑半路遇到的这伙胡子有四十多人，葛小亮告诉半拉子和胖猪："你们去把他们的枪都下了，有不服气的让他们见阎王。"

半拉子喊："站住，哪个绺子的?"

"我们是战东洋抗日大队的!"一个人回答。

"你们的贾司令跟我是拜把子兄弟，他近来可好?"

那人一抱拳："久仰久仰，我们的贾司令也经常说起你呢。"

半拉子一听笑了。"你们也真敢撒谎，赶紧把枪都放下饶你们不死，不然都让你们见阎王。"

那帮人里有个老太太模样的人突然拔枪，被老姑一枪将他的匣子打飞。

老姑转眼来到他们面前，用枪指着那个人。"你大概就是江湖上传说的'老太太'吧？我看你下巴上长着几根黄毛像个太监，还愣充什么女人。告诉你，姑奶奶才是真正的巾帼英雄，放下枪赶紧滚犊子！”

这帮人一看这个阵势，还是保命要紧，纷纷扔下枪逃命。

“等等！”这时葛小亮也骑马过来，“我说‘老太太’，你能不能干点儿人事儿，人家都在打小日本儿，你却到处砸窑祸害自己人，你损不损？看看你们那个穷酸相，四五十人连一匹马都没有。再看看你们拿的那些‘烧火棍’，一半都是土炮，吓唬鸟还行。”葛小亮停了停又说：“‘老太太’，你不用拿眼睛斜愣我，有志气你也像徒手队一样去抢伪满警察局的枪，如果你以后也抗日，我就赏给你一批武器。”

葛小亮的一番话，说得“老太太”满脸通红地走了。自从被老姑和葛小亮教训一通后，“老太太”还真举起了抗日大旗。

1934 年 10 月末，肖三儿领着三个人来到熊瞎子沟，还带了张柏的一封信。老姑把葛小亮找来，让他念一遍。信上说，近三年来，下江地区各种抗日武装把日伪军打得晕头转向，损失惨重。这回真把日本关东军给打急了，他们从吉林和哈尔滨调来大批兵力准备开展第三次秋季大讨伐。这次讨伐与前两次不同，关东军决心一举歼灭所有抗日武装，并以汤原、桦川、富锦、同江和梧桐河、鸭蛋河地区为重点。张柏还告诉老姑不要轻举妄动，保存实力。

张柏还在信上说，他让肖三儿给老姑带来一部电台和一个报务员，让老姑与他保持联络。他顺便还给老姑带来一份地图和两个望远镜。

老姑见过日本人有望远镜，可是她没有见过电台，便问肖三儿：“电台在哪儿，那玩意儿干啥用的？”

“小曹，你过来，把电台给二当家的演示一遍。”

小曹打开箱子，安上天线，接上电源，让肖三儿摇起发电机。“滴滴答答”，发报机响了起来。

“这个玩意儿倒是挺好听的，不知道有啥用？”老姑问。

“这就是电台，以后不用我来送信，你就可以直接跟张叔联络了。”肖三儿解释说。

小曹说："我已经联系上张柏同志，他祝贺我们联络成功!"

老姑说："这个玩意儿挺有意思。对了，肖三儿，张叔不是说有两个望远镜么，拿出来我试试能看多远。"

肖三儿在掏望远镜时，同时把地图递给了老姑。老姑干脆没理地图，直接奔着望远镜去了。葛小亮接过地图一看，他感叹张柏真是细心，把地图上的俄文都用汉字标注了出来。

老姑拿起望远镜走出屋子，向远方的山峦望去，肖三儿告诉她如何聚焦。"这玩意儿好，能看出老远了!"老姑乐得手舞足蹈。

肖三儿教完老姑使用望远镜，又告诉老姑电台的原理，让老姑开了眼界。她感到柳条通有了这些东西，更加如虎添翼了。

老姑回到屋里，发现葛小亮还在认真地看着地图。"小亮，你看那花花绿绿的东西有啥用，看看这个望远镜有多好玩儿。"

葛小亮慢慢地抬起头："这个地图可是有大用处，连我们住的熊瞎子沟都标得清清楚楚。"

"在哪呢?"老姑也把眼睛凑到地图前，葛小亮给她指了指。

吃完晚饭，肖三儿要离开熊瞎子沟。临走时他告诉老姑："张叔说了，在日本讨伐期间，山里白天不要生火做饭。"

老姑说："这么说，只有晚上才能吃上饭，那还不得饿死呀?小鬼子敢来咱们就敢打，我就不信，这二百来人有重迫击炮、轻重机枪还怕小鬼子不成?"

肖三儿接着说："不要以为咱们有几门重迫击炮就很厉害了，日本这次调来的野战炮就有上百门。"

听肖三儿这么一说，老姑突然想起来藏在山洞里的野战炮。"你回去问问张叔，能不能弄到野战炮的撞针?有大炮，有炮弹，就是打不响，真急死人了。"

肖三儿走后，葛小亮对老姑说："我们真得听张叔的，他知道的比我们多，了解的情况比我们全面，不听他的肯定要吃亏。"

老姑想了想，"你说我们应不应该派人告诉陈有财、陈有富一声。"

"告诉他们也行，但不能说明情报来源。我给他们写封信，就说我去哈尔滨看到了关东军正往这个方向调兵，让他们小心点儿。”说完，葛小亮走了出去，派猪倌儿给双龙送信。

第二天，小球子回来也带来了老叔的消息，说后天独眼龙要到驼腰子镇压抗捐的地户，让老姑出马攻打日伪军和独眼龙的便衣队。

“你把葛小亮给我叫来。”老姑对小球子说。

不一会儿，葛小亮来了。老姑说：“老疙瘩捎信说，独眼龙后天到驼腰子镇压地户抗捐，正好趁机灭了那个浑蛋为我爹报仇。”

葛小亮想了想：“收拾独眼龙用不着我们出马，双龙正好在驼腰子，派王大个儿和半拉子去就行，让他们配合。”

“不行，打独眼龙我必须去，让我爹在天上看看，老闺女也能为他报仇了。”老姑有些激动地说。

葛小亮半天没吱声，他在考虑怎样伏击，怎样撤退。

葛小亮找到王大个儿：“后天独眼龙要去驼腰子镇压地户抗捐，这个人是二当家的仇人，他害死了二当家的爹。到时候你埋伏在山林里将他一枪打死。这个人好认，是个独眼，总戴着墨镜。”

王大个儿听后点了点头：“行。”

转过天，葛小亮对猪倌儿说：“你还得辛苦一趟，再给双龙送封信，让他们先选好伏击地点。我们晚上走明早到，在驼腰子会合。”

猪倌儿也是真够辛苦了，昨晚他才从驼腰子回来，一百多里的路今天又要去。

驼腰子的地户，今年大部分遭受了雹灾和洪灾，秋天粮食收成不好，百姓要求缓收地租、地捐，可是不但大户不同意，日本人更不干，非得强收不可，所以地户反了。闹事儿的人群中还有被苏联赶出来的“古拉克”。

“古拉克”是苏联十月革命前的沙俄地主贵族，十月革命后，他们跑到了黑龙江。在地户受灾后，这帮“古拉克”到处鼓动百姓抗捐。可是当地户抗捐运动掀起高潮时，“古拉克”又两面三刀从中讲和，为自己捞好处。

驼腰子的百姓联合起来抗捐抗税，几个大户也联合起来。他们调来了大排队，雇来了红枪会逼着地户交租、交捐。大户对地户说：“不交不行，就是卖老婆、卖孩子今天也得交。”

地户中还真有不吃生米的，有七八个女人站了出来。“我们没粮食交租捐，把我们都卖了吧！”

没想到几个大户还真敢要，他们让大排队和红枪会把这几个女人带走，结果几百个地户都反了，甚至是老人、妇女和孩子都上来抢大排队和红枪会的枪。红枪会和大户家的大排队也都是由穷人组成的，他们很同情地户，后来全部撤了。

地户集体抗租、抗捐的事儿上报到佳木斯，日军指挥官城野繁太郎下令，让伪警察和伪军出兵镇压，他亲自督战。

老姑他们到驼腰子时，天色已经大亮，陈二、陈三前来迎接。老姑说：“二叔、三叔辛苦了，侄女给你们见礼了。”

陈二说：“都是家里人还客气啥，要说感谢，我们还真得感谢你……”

还没等陈二把话说完，老姑说：“二叔、三叔，你们俩过来一下。”说完，她先离开了人群。

陈二和陈三不知道老姑搞的什么鬼，葛小亮说：“你们过去吧，她有话要说。”

陈二、陈三走到老姑跟前，老姑说：“二叔、三叔，你们不能把日本人秋季大扫荡的事儿说出去，现在的抗日武装啥人都有，要是你们这里不安全就到我们熊瞎子沟去。”

“不用到你们那里，我们都计划好了，如果鬼子来讨伐，我们就到八虎力打游击去。”陈三说。

“二叔，伏击的地点选好了吗？”老姑问。

陈二说：“选好了，在前面的山洼里，那里是必经之路，这回独眼龙跑不了。”

老姑说：“二叔、三叔，我们先开枪你们再动手，侄女和王大个儿可都是神枪手，保证要独眼龙的命。”

“要知道这样，还不如我们俩当初一枪打死他。”陈二说。

老姑说：“二叔、三叔，咱们今天的目的就是枪毙独眼龙，为我爹报仇，不要伤亡太大。”

陈二望了一眼苍天，一抱拳：“大哥，我们今天就要为你报仇了。”听了陈二的话，老姑心里一阵儿难过。

陈三说：“侄女，你娘还好吧？最近老百姓都挺难的，也没有弄到多余的粮食给她送去。”

老姑说：“二位叔叔，我娘已经感激不尽了，我这个亲闺女都没有你们对我娘关心。”

“没有你爹我早没命了，还说那些干啥！”陈三说。

陈二说：“咱们到前面伏击的地方看看，有啥话到那边唠。”

众人上马，来到前面一个山沟。陈三一转身发现王大个儿一个人骑马钻进山林，便问老姑：“侄女，你们那个人怎么一个人走了？”

老姑说：“你不用管，他从小在山林里长大。”

接近中午时，日伪军、警察和便衣队都来了。前面是警察的马队，中间是日本人的汽车，后面的是便衣队和伪军。

陈二、陈三看到了独眼龙。他虽然戴着日本军帽，但还是能让人一眼认出来。独眼龙渐渐走近，可是老姑还是不开枪，急得陈三说：“这丫头，怎么还不开枪？不行我们先打吧！”

陈二说：“等等，还是听她的。”

这时，“啪啪”两枪，只见一个戴墨镜的人中枪倒下。

“这个丫头往哪打呀！”陈三说着，端起手提式向独眼龙开了火，独眼龙带着枪伤，猫腰钻到汽车后面还击。

日军指挥官城野繁太郎隐蔽在汽车后，挥着战刀指挥伪军、便衣队和警察还击，老姑和王大个儿的长苗子枪打掉了城野繁太郎的指挥刀，吓得他头也不敢抬。接着这两个神枪手又打掉了轻重机枪手。

葛小亮对老姑说：“独眼龙已经死了，差不多我们撤吧！”

“不行，二叔和三叔都是为了我，他们不撤我撤了不够意思。”老姑坚定地说。

老姑发现，此时王大个儿已经撤了，只有自己一个人在打击敌人的火力点。

打着打着，驼腰子金矿的一百多个矿警骑着马也过来增援。葛小亮一看：“咱们快点儿向陈二、陈三靠拢，马上撤退。”

老姑骑马过来："二叔、三叔快撤啊，保存实力要紧。"

陈二不解地看了老姑一眼，喊了一声："都拔嚼木！"陈三一拍大腿，也无奈地跟着撤退。

钻进山林，撤出三里多远，陈三再也憋不住了。"大侄女，你是怎么打的，眼看着两枪都奔着后面那个戴墨镜的警察去了，你们怎么不打独眼龙而打别人？"

"啊！那个戴墨镜的不是独眼龙吗？"老姑惊讶地问。葛小亮听了也很惊讶。

"紧跟汽车后面的那个戴日本帽、穿黑缎子棉袄的才是独眼龙哪！"陈二说。

原来，独眼龙这个家伙是个势利眼，他在比他官小的人面前戴墨镜装爷，在比他官大的人面前竟装孙子了，从来不敢戴墨镜。今天由城野繁太郎带队，独眼龙压根儿就没敢把墨镜掏出来。

老姑这个后悔呀，她一拨马想回去，半拉子一把拽住了她的马缰绳。"二当家的，君子报仇十年不晚，以后我们还有机会。"

老姑不知道是气疯了还是在恨自己，她跟半拉子吼了起来。"啥君子报仇十年不晚，那都是他妈的骗人鬼话，我娘都告二十几年了，也没报仇！"说完，眼泪在眼圈里转悠。

陈三听了老姑的话笑了。"呵呵，大侄女说得好，三叔信你的话。"

陈二说："你们爷儿俩正好喝一壶酒，走，回绺子喝酒去！"

那天老姑心情不好，喝多了。"二叔、三叔，以后咱们两个绺子就是一家人，以后谁有事儿知呼一声，两队人马一起上。"说着，老姑端起大海碗咕咚咚一口喝干。"二叔，你们缺枪不，百八十条枪的没问题。"

葛小亮急忙说："二当家的你喝多了，我们还得趁着天黑赶紧回去呢。"老姑的话着实把葛小亮吓了一跳，如果继续喝下去，说不定老姑还会将重迫击炮和野战炮送人呢。

葛小亮和半拉子架着老姑上了马，他们向陈二、陈三说了些感谢的话，然后上了路。

老姑迷迷糊糊跟着葛小亮、半拉子往熊瞎子沟走。路上被风一吹，老姑吐了还差点儿栽到马下。葛小亮没办法，只能与老姑骑一匹马。老姑倒在他的怀里醉得更厉害了。

第二天，老姑醒来跟没事儿人一样。她找到葛小亮说：“昨天，我是不是答应给二叔一百条枪？”

葛小亮说：“是呀，如果不拦着你还不把重迫击和山野炮送人哪！”

“我是看他们的枪多数是汉阳造，才答应送给他们的。”老姑接着说，“说起来，二叔、三叔也挺够意思的，这么多年一直不忘我爹对他们的好，经常给我娘送钱、送粮，我送给他枪不应该吗？”

葛小亮说：“原来你没喝醉呀？”

“喝多了，但没醉。”老姑调皮地说。

“喝醉酒说话还算数呀？现在得到一支枪多不容易，去年亮山队为了缴伪森林警务所的十几支枪，硬是搭上了二十几条人命。”

老姑说：“别说喝酒了，就是喝毒药说话也得算数。你没看到人家抗日游击队的老夏说话就算数，老百姓也愿意帮他们。”

没办法，葛小亮只好让郝老七在弹药库里挑选了八十支杂牌枪给双龙绺子送去。

1934 年 12 月，为了消灭各种抗日武装，断绝他们与群众之间的联系，伪满政府颁布《集团部落建设文告》，强行推行“归屯并户”政策。致使大多数农户弃家舍地，搬到他们不愿意去的大部落。

奶奶家虽然没什么像样儿的家业，但也有七间房、两垧地，一搬家什么都没了，所以就没有搬。赵家窝棚一些胆小的，看到文告后，赶紧搬到指定的部落。

第二年的春天，父亲、母亲、三叔、三婶和大丫都去种地，只有奶奶领着一帮孩子在家。日伪军突然来到赵家窝棚强行把人赶出来，然后点火烧房子。赵佳庚的老母亲说什么也不出去，被活生生地烧死在房子里。

当父亲他们看到赵家窝棚起火时，急忙赶回家，可是房子都快烧落架了。奶奶在大火中冒着生命危险抢出一点儿粮食和一口锅。

母亲、三婶和大丫到家一看都哭了。“这日子可怎么过呀!”几个孩子一看她们哭，都跟着鬼哭狼嚎起来。

奶奶说：“都别哭了，哭有啥用，不能过也得过。”

父亲一看，奶奶的头发和眉毛都烧焦了，衣服烧了几个窟窿。“娘，没烧坏吧?”

“你先别问我烧没烧坏，赶紧弄点儿柴火来搭个窝棚，今晚也不能住露天地呀!”奶奶吩咐着。

在父亲和三叔搬柴火时，母亲要到地里将牛车赶回来。

母亲走后，三婶和大丫忙着支锅灶，父亲和三叔忙着搭窝棚。“大丫，你过来，帮我把柴火递上来。”父亲对大丫说。

平时，母亲和父亲跟大丫不远不近，但心里总有点儿别扭。今天家里出事儿了，一家人反倒显得团结了，奶奶都看在眼里。

窝棚搭好了，奶奶先把几个孩子放到里面。三叔说：“不是说日本人对中国人可好了嘛，他们不打人，不骂人，还给小孩儿糖吃，给要饭的饭吃，今天是怎么了，咋翻脸就不认人了?”

父亲说：“好个屁！你以为小日本大老远地跑到中国来是为了大东亚共荣啊？现在烧你房子、夺你地算轻的，将来还要屠村杀人哪!”一向不善言语的父亲，现在也被逼得说话了。

奶奶说：“我把话先放在这儿，咱们跟日本人这个仇算是结下了，几辈子也别想消除。”

“娘，明天的地还种吗?”父亲问。

“还种啥呀，拴柱你明天去找翠花，让她给日本人点儿颜色看看!”说完她叹口气，“唉，可惜我老了，不然我也拿起烧火叉去抗日。”奶奶说完，父亲和三叔脸上火辣辣的。

这天晚上，奶奶一家人摸黑在两个草窝棚里住了一夜。第二天本来应当搬到指定部落去，可是又拖了几天。

真是故土难离呀，一直等到几天后父亲从熊瞎子沟回来，一家人才不得不搬到日本人指定的部落。

老姑接到父亲送来的信气得要命，她给父亲带了一些粮食，派半拉子和猪倌儿护送父亲，顺便让他们打探一下日本人归屯并户的行踪。

晚上，半拉子和猪倌儿回来了，葛小亮也急忙来到老姑的屋子。

“怎么样，被烧的屯子多吗？”老姑急切地问。

半拉子说：“日本人现在归屯并户是一片一片地收拾，烧得到处烟火冲天。”

老姑说：“打他个狗日的。”

葛小亮问半拉子：“他们有多少人，都是些什么人？”

猪倌儿抢先说：“有日军，有伪军，有伪满警察，还有便衣队，一般都在百人左右。”

葛小亮说：“明天我们早点儿出发，到浩立岗东片等着他们，哪里有冒烟儿我们就去哪儿。”

果不其然，到了第二天，老姑拿着望远镜一看，她发现在高丽屯附近有一群日伪军和警察。

葛小亮也拿起望远镜看了看：“胖猪，你带一队人马从北面包抄。半拉子，你带一队人马从南面包抄。我和二当家的从东面截住他们。”

柳条通的二百多人马散开，围着他们打。伪军和警察一听见枪响纷纷逃散，柳条通人也不追赶，可是见到了督战的日军绝不放过，不一会儿二十多个日军被报销了。一个日军少佐在几个人的簇拥下逃出了五百多米，被王大个儿用长苗子枪给撂倒了。老姑也打中了一个翻译官，但他没有死，在地上爬出五十多米后被老姑赶上。老姑说：“你爬呀，大概走狗这个词就是这么来的吧，让我看看你这条走狗到底能爬多远？”

“姑奶奶饶命，都是为了混口饭吃，我家还有八十岁的老母亲哪。”那个翻译官祈求着。

老姑一听乐了：“你今年多大了？”

“二十五岁。”

老姑又问：“你老母亲多大岁数了？”

“八十五。”

老姑说：“你编，你接着编。你老母亲也真能耐，六十岁还能生你呀?”

那个翻译官突然醒悟过来:“那是我奶奶。”

“你奶奶你也叫老母亲呀,是不是你爹是个畜生,跟你奶奶生的你呀?怪不得你在地上爬呢,原来是你奶奶下了一个日本走狗啊!”老姑说着给了他一枪,他的那颗狗头立刻血花四溅。

这年7月25日,小曹递给老姑一封张柏拍来的电报。老姑不识字让小曹念给她听。张柏在电报上说,7月28日,有一艘从哈尔滨开往佳木斯的客轮上有两个日本特高课的女杀手,一个叫乙津芳子,一个叫山纪子,都是朝鲜人打扮。随船护卫的还有五个日本特高课特务,二当家的无论如何要在依兰带人上船,将两个日本女杀手除掉。船上有我们自己人,他会找你联系。暗号:翠花。

听完张柏的电报内容,老姑问:“日本特高课还有女杀手?”

小曹说:“据我了解,特高课的女特务不是单纯为了暗杀,而是利用色相获取情报或者拉拢一些高官劝降。诱降是日本人惯用的伎俩,许以高官厚禄、香车美女。于大头就是被高桥加代降服的,死心塌地为日本人卖命。”

老姑听得半懵半懂:“小曹,你去把葛小亮给我叫来。”

不一会儿,葛小亮来到老姑的屋子里。老姑把张柏发来的电报给葛小亮看。葛小亮看完电报也有点儿蒙,他也不知道如何对付这七个日本人,到了船上怎么分辨哪个是日本女杀手。

老姑对葛小亮说:“我听说,日本人和朝鲜人说话差不多,去年抗日游击队缴警察署的枪,他们就是用朝鲜人扮成日本人的。现在看来,这两个日本女杀手扮成朝鲜人,让中国人听不懂她们说的是日本话还是朝鲜话,是不是一个理儿?”

听老姑这么一说,葛小亮一拍大腿:“对呀,我怎么没想到,我有办法了。”

老姑说:“啥办法说来听听。”

“我们的队伍里,有好几个朝鲜人,我们听不懂她们说的是日本话还是朝鲜话,可是他们能听懂。”葛小亮兴奋地说。

“我看只认出两个日本女杀手还不够,要想到咋动手,咋撤退，我们到底上船几个人更合适，船上除了这七个人外，还有多少日伪警察，我们咋对付他们都要考虑周全。”老姑经过这么多年历练，现在可不是以前那个傻妮子了。

葛小亮想了想说：“我看这样，一会儿派小球子去佳木斯找老疙瘩，让老疙瘩打听一下船上有多少日伪警察。”

老姑说：“这样也行，关键是你得挑选一些人跟我们上船，到了动手地点也得派一些人和渔船接应。”

“这个好办，我来安排。”葛小亮说完，起身去找小球子。

葛小亮走后，老姑在想着船上如何动手。她从来没有见过客轮是什么样儿，只是听说佳木斯到哈尔滨的客轮每个礼拜跑一趟。管他呢，反正葛小亮和胖猪他们都坐过船，自己跟着就行，只要能在船上遇到那两个日本女杀手，老姑一定不会让她们跑掉。

不一会儿，葛小亮又来到老姑的屋子里。“二当家的，你看这样行不行？我挑选了三个以前在哈尔滨保卫战收留的警察，再挑选两个朝鲜人，加上你、我、胖猪、半拉子、猪倌儿、王乡和五个可靠的弟兄，分别扮成警察、逃荒的、挑担子的、回娘家的。”

“这样行是行，可是我担心没法接近那两个日本女杀手。”

葛小亮说：“我刚才让小曹打电报问了。张叔说，那几个日本人为了不引起别人的注意，买了三等舱，至于上了船有没有变化，张叔不知道。”

老姑不懂得啥是三等舱，只要葛小亮安排好就行。老姑问：“我们在哪儿动手？”

葛小亮说：“就在大砬子山动手，因为这里已经离佳木斯很近，船上的日本人也会因为疲惫放松警惕，到时候让七哥用渔船接应。”

傍晚，小球子回来了，老叔告诉他船上只有五个伪警察。

7 月 27 日，老姑带领一帮人出发了，跟随的还有十几个人。到了依兰江北，老姑和葛小亮一帮人把马匹留在了江北交给郝老七，坐着渡船来到依兰。

老姑以前从来没有到过依兰，乍眼一看它也比悦来镇和佳木斯大得多，而且非常繁华。本来，老姑第一次到依兰应该像其他人一样感觉新鲜好玩儿，可是她一进到依兰就想起了奶奶告状的事儿，不免心里有些沉闷。

葛小亮和半拉子要带着老姑去逛街，顺便到庙里拜拜神，可是老姑说什么也不去，她非要到道台衙门看一看。没办法，葛小亮和半拉子只能陪着她。

第二天上午十点，柳条通的十几个弟兄扮成各种身份上了客轮。葛小亮发现，下船的人没有上船的人多，船上有几双眼睛在盯着他们。半拉子灵机一动，对着老姑和葛小亮说："大哥大嫂干啥去?"

"噢，老三哪，我跟你大哥回娘家下奶去!"老姑说着，还把鸡蛋筐上的围巾揭开给半拉子看。

葛小亮来到甲板上一看，由于天热，人们都在甲板上乘凉。他看了一圈也没有见到那两个穿着朝鲜服装的日本女人。他心想：难道这七个人改变了行程？可是他又发现有三个穿着讲究的男人与中国人不太一样，心里才有了底。

半拉子和胖猪上了船，奔向三等舱。王大个儿挑着箩筐放在甲板上，倚在箩筐上躺下，把草帽往脸上一盖睡觉了。

那两个朝鲜人，哪有女的他们就往哪里凑合，也不说话。

开船半个小时，甲板上终于安静下来，老姑也依偎在葛小亮身边半睡半醒。

客轮冒着白烟，哗啦哗啦地向下游行驶着，不时地拉着汽笛。松花江两岸的翠绿屏障，像剪开的蓝布向后退去。特别是松花江南岸，山峦叠翠，郁郁苍苍，客轮仿佛驶进画屏中。老姑欣赏着美景，心想：这么美丽的大好河山，岂能允许小日本践踏?

葛小亮从盖在脸上草帽空隙中看到老姑东张西望，用手碰碰老姑，示意她注意观察甲板上的动静。不一会儿，胖猪从三等舱出来，在路过老姑时，故意踢了一下她的脚。老姑一抬头，看到胖猪摇了摇头。那意思是三等舱里没有那两个日本女杀手。

老姑心想：难道这两个日本女杀手飞了不成？她刚想坐起来，被葛小亮按住。"你别动，她们应当还在船上。"他小声说。

就在这时，一个教书先生打扮的人一不小心踩到了老姑的脚。老姑刚想发怒，那个人小声说："翠花吗？"老姑点了点头。

那个人前后看了看，把一个纸条扔在老姑的鸡蛋筐里。葛小亮拿起纸条一看，上面写着："两个日本女杀手都在头等舱里，除了那三个穿着讲究的日本人外，后甲板上还有两个挑夫要注意。"

由于后面甲板看不到葛小亮的位置，他用眼神告诉王大个儿和猪倌儿注意后甲板的两个挑夫。葛小亮同时还做了一个挑担的动作。

客轮快到大砬子山了，可是还不见那两个日本女杀手出来，把葛小亮急出一身汗。如果再过半个小时她们还不出来，葛小亮就想带人冲进一等舱和她们拼了。

这时候，有三个警察晃晃荡荡从老姑面前走过。老姑抬头一看是自己人。原来船上的五个伪警察都被半拉子用枪逼在了船舱里。

三个警察在甲板上一晃悠，那三个穿着讲究的日本人以为船上很安全也出了一等舱，接着那两个日本女杀手也跟了出来，看样子她们在船舱里已经憋闷坏了，来到甲板上望着翠绿的山峦大口地呼吸着新鲜空气。

老姑一看，这两个穿着朝鲜服装的女子，一高一矮长得都非常漂亮。高个儿瓜子脸妩媚动人，矮个儿小团脸长得甜甜的，怎么看都不像特高课的杀手，而像女子学校的学生。要不是张柏说她们俩就是日本女特务，怎么也舍不得把枪口对准这样两个清纯的女孩儿。

想到这里，老姑又在提醒自己，不能错过这个机会，什么动手地点、什么预想的方案都没用了，必须马上动手。她将手伸进鸡蛋筐的隔层，抽出勃朗宁手枪，"啪"的一声枪响，山纪子被老姑的枪打中了，她晃了一晃倒在甲板上的同时，还给了老姑一枪，可惜没有打中。还没等老姑开第二枪，"啪"，王大个儿的半截子破枪响了，乙津芳子也应声倒下。

就在这时，柳条通的两个朝鲜人和三个穿着警察服装的人也与三个日本特高课的人打了起来。"啪啪啪"那三个日本人将柳条通三个穿警察服的人全部放倒了。老姑、葛小亮和王大个儿都来进攻，逼得三个日本特高课的人撤回一等舱里。

后甲板的两个日本人刚要站起来，猪倌儿从箩筐里拽出卡宾枪将两个日本人打死了。当猪倌儿冲到前甲板时，没想到被受伤的山纪子一枪打在肩上。猪倌儿用一只手给了山纪子一梭子。

半拉子从关着警察的船舱里冲出来，他打开柳条箱将两颗手雷从窗口扔进一等舱，“砰砰”两声，一等舱的玻璃被炸得粉碎。

枪声一停，船舱里的人都涌上甲板，有人一着急还跳进江里。

葛小亮拽着老姑好不容易挤到乙津芳子和山纪子面前，他把两个日本女杀手踹进江水里。葛小亮抬头一看，离预定地点还有三里远，有些着急。

“啪啪”，谁也没想到，一等舱里露出一个血葫芦脸在向甲板上射击，他分不清哪个是柳条通的人，哪个是乘客一通乱打。“去你妈的！”半拉子又把一颗手雷扔进一等舱里，“砰”的一声，小日本完蛋了。

葛小亮始终不敢离开老姑左右，他怕船上的情况有变，老姑手里的勃朗宁枪已经没了子弹。

猪倌儿伤得很重，他再也支撑不住了，倒在甲板上。胖猪用布带把猪倌儿的伤口勒住。

老姑来到猪倌儿跟前，无意中看到那个与她接头的先生冷冰冰地站在那里也不帮一把，老姑瞪了他一眼。

这时，郝老七带着一帮人用飞抓上了船。他一看有三个人死了，猪倌儿又受了伤，这样没法弄到小船上。他带着两个手下直接奔向舵手舱，逼着客轮靠向北岸。

消灭了七个日本特高课，可是老姑回到熊瞎子沟一点儿都高兴不起来。她认为干掉这么几个人，费这么大的周折不值得，还搭上了三个人的性命。可是没过几天，张柏发来电报，祝贺老姑截杀成功！并告诉老姑，乙津芳子和山纪子都是日本特高课培养了五年的职业杀手，专门追杀共产国际的情报人员和高级抗日将领，两个人可顶一个团的兵力。

“天哪！”老姑听后脊梁骨都冒凉风，柳条通靠着初生牛犊不怕虎的劲头侥幸取胜，截杀了这两个女魔头，就算把柳条通的人都搭上，也觉得值了。“小曹，你去告诉七哥，今天杀猪宰羊摆酒宴!”

这年秋天，奶奶家幸亏春天种了七亩多地，虽然离部落有十几里路，但父亲和三叔在那里挖了一个地窨子侍弄着庄稼，好歹秋天收回一些粮食。其他人家可就惨了，有的出门讨饭，有的壮劳力活不下去只能参加各种抗日武装。可是，那个时候的抗日武装收编也很严格，没有人担保都不要，因为他们经常被汉奸出卖，日本人一出动就来个连窝端。后来，一些人没办法，只好拉起杆子打日本。

第二十一章　烽火硝烟

1936年1月，张柏又发来了电报，说梧桐河一带有一支抗联武装。其中三军的军长叫赵尚志，是黄埔军官学校的高材生。六军里还有一些人是讲武堂出身。这支武装底子好，军纪严明，打仗勇敢。电报中还提到了杨靖宇、李延禄、李兆麟、冯治纲等几个人都是共产党。

老姑说："不是光喊口号不打鬼子的共产党吧?"

小曹解释说："这支武装可不一样，他们跟苏联的布尔什维克有联系。"

葛小亮琢磨了半天，问小曹："张叔是啥意思，莫不是让我们参加抗日联军吧?"

"这个张叔还真没说。"

老姑说："小曹，你给张叔发电报，让他给搞点儿炮弹和子弹来。别忘了，再给我弄点儿勃朗宁子弹!"

"你怎么不早说，勃朗宁子弹我还有两盒，一会儿给你送来一盒。"

小曹走后，老姑问葛小亮："你说张叔到底是干啥的? 他咋啥事儿都知道?"

"人家不说，咱们也不好问，我估计他肯定不是一个人单打独斗。"

过了一个月，抗日联军找上了门。老姑一看，来的不是别人，而是宝弟。

老姑一看到宝弟激动得狠狠地捶了他一下。“宝弟，你这个没良心的白眼儿狼，工大毕业就没影了，这些年都去哪了？”

“咱们进屋说吧。”宝弟说着跟老姑走进屋里。

葛小亮一看老姑是家人见面，也不好打扰，悄悄退了出去。

走进屋里，宝弟说：“老姐，这些年你给咱们中国人没少争气，真行！”

“你咋知道的？”老姑问。

宝弟说：“你就别管我咋知道的，反正你对得起列祖列宗。”

老姑白了白眼睛：“你跟我说实话，这些年你跑哪去了？你是国民党还是共产党？”

宝弟说：“哈工大还没毕业，我和十几个同学跑到了巴彦参加了游击队，后来跟着赵尚志转来转去参加抗日联军。这些事儿一句半句说不明白，以后再说吧。”

“行，你有出息。”老姑说完又想起了山花，“哎，也不知道山花这丫头现在跑到哪里去了，也不跟我联系。”

“她也回来了，现在抗联六军野战医院，有时间我告诉她来看你。”宝弟说完，好像突然想起来什么，“老姐，这么长时间你怎么不回家看看娘和梦梦呀？”

“你最近回家了，娘和梦梦她们都好吧？”老姑问。

宝弟说：“梦梦挺好的，不过娘不咋好，身体大不如从前了。去年秋天，日本人到部落检查卫生，戴着白手套专门往犄角旮旯摸，发现手套有灰就打人，娘被他们给打了。”

“不能吧，咱娘那么干净还能挨打，每次扫地都要洒点儿水生怕起灰，土坯锅台都得擦出亮光来。”

“老姐，你不知道，现在咱们家住的是马架子，整天烟熏火燎的，天棚上能没有灰吗？”

“这帮日本鬼子真缺德，咱们家那么好的房子，硬是给烧了。”老姑又问宝弟，“对了，咱们家搬到哪去了？”

“咱家现在搬到东二保一部落了。老姐不是我说你，梦梦太可怜了，整天叨咕找娘。”

老姑叹了口气说：“唉，不是我心狠，干上绺子这一行没办法呀！”

“什么绺子绺子的多难听啊，穷人都对胡子没有什么好感。”宝弟说。

老姑说：“都叫了这么多年了，改不了了。”

“老姐，我这次来就是要劝你参加抗联六军，到时候你们可以名正言顺地抗日了。”

老姑说：“打日本鬼子没说的，只是……”

宝弟一看老姑欲言又止，这里肯定另有蹊跷，他急忙说：“老姐，我劝你千万别被人给利用了。”

老姑说：“我也告诉你，我赵翠花绝不能做出对不起祖宗的事儿，这个你放心。”

宝弟听到老姑的话，急忙追问：“你到底有什么难处？同样是抗日，抗日联军不比你用自卫军十三团独立支队名号响亮啊？”

老姑一听，猛然一惊。“你咋知道得这么详细，你到底是什么人？”

“我是什么人不重要，不过我要告诉你老姐，抗联才是真正的抗日武装。”

“宝弟，今天我跟你透露一点儿，柳条通这支队伍不能参加抗联，我们由苏联那边领导。”老姑停了停又说，“不过我们也可以跟抗联合作，你指定一个人跟我们联系，直接找我和葛小亮。”

宝弟听完老姑的话，想了想说：“老姐，既然这样我得回去汇报一下再说。”

老姑说：“要是你说了算，看看能不能给我们派个教官来，也像抗联那样训练？”

“这件事儿我也得回去汇报后再说。对了，老姐，再告诉你一个消息，孟小彪心甘情愿地给日本人当走狗，他已经去了日本进修，估计快回来了。”

老姑说：“小彪算是没指望了。我就是想不通，他咋能给日本人当汉奸呢？”接着她又问，“他现在是不是又娶老婆了？”

见老姑问，宝弟实话实说：“老姐，原来我曾经劝过你，不要对孟小彪抱什么希望，他现在的老婆是张大户的千金，山花的同学。”

老姑听到宝弟的话，立时蔫了。宝弟临走时告诉老姑，二叔已经被抗联打死了。老姑听了心里挺难过的，不管二叔是伪军还是坏蛋，毕竟是一奶同胞。

宝弟走的第二天，老姑让葛小亮安排一下，她要回家看看。

葛小亮说：“你回去可以，必须晚上偷偷摸摸地回去，还要带上五十人在部落外警戒。”

“我回家看我娘，干吗要偷偷摸摸的？”老姑说得理直气壮。

葛小亮说：“现在日本人归屯并户，实行的都是五户联保，十户连坐，你回一趟家不但要连累你娘还有可能连累其他乡亲。”

“行，你安排一下吧！”老姑痛快地说。

第二天晚上，老姑把孟大虎留下的两棵老山参和一块东北虎的膝盖骨，外加金银首饰都划拉划拉带上，还拿了一匹粗布。临出门前，她将长枪挂在马鞍上，两只镜面匣子枪别在背后。

快到一部落时，只见有八个人扛着一个长梯子，跨过护城壕搭在围墙上，老姑紧跟着半拉子和王大个儿进入部落里。到了一户人家前，半拉子示意老姑敲窗户。“当当当！”

奶奶问：“谁呀？”

老姑压低声音说：“娘，是我。”

在等待奶奶开门时，老姑心里不得不佩服葛小亮的细心，连奶奶家住在哪个房子都弄得一清二楚。

奶奶打开门，老姑摸着黑跟奶奶走进一个马架子里。老姑说：“娘，你咋不点灯？”

奶奶说：“点上灯，日本狗腿子寻着亮光就来了，还是摸黑说话吧。”

“娘，家里现在还好吧？”

“唉！好啥呀好，都归屯并户了，穷人连地都没的种，还能好吗？”奶奶叹口气道。

“娘，这是两棵老山参和一块虎骨，这是我的金银首饰，这是一匹粗布你都收好。”

正说话间，半拉子对着窗户小声说：“四个半袋粮食都放在门口了，一会儿别忘了拿进去。”

老姑说：“知道了。”

半拉子离开后，老姑问奶奶：“梦梦呢？”

奶奶没有说话，她扯着老姑的手摸到炕梢。老姑一摸，梦梦已经长这么大了，脸上、手上和脚背上皴裂得像个麻土豆。老姑有些心疼了，将脸贴在梦梦的麻脸上，心里一阵儿难过。

“你别把梦梦弄醒了。”奶奶不断小声提醒着老姑。可是老姑实在忍不住总想亲亲梦梦，大滴的眼泪落在她的脸上。

“姥姥！”老姑最终还是把梦梦弄醒了。

“姥姥在这呢！”奶奶推开老姑将梦梦抱在怀里，用手轻轻拍了几下梦梦又睡了。

老姑像个做了错事儿的孩子，坐在奶奶身边看着梦梦，可是由于天黑，她什么也看不清。

奶奶看老姑挺可怜的，梦梦睡稳后，奶奶说：“你抱抱她吧。”

听到奶奶的话，老姑像被大赦一样高兴。她小心地抱过梦梦一动也不敢动，生怕把她弄醒了招奶奶的骂。

隔了一会儿，奶奶说：“你三哥被日本人抓去当劳工了，不知道啥时候才能回来。”

“啥时候的事儿，你知道在哪吗？”

“就在前几天，听说被抓到七号修水渠去了。”

“这帮日本鬼子真可恨！”老姑说话声音有些重了，梦梦吓得乍愣一下胳膊。

奶奶急忙说：“你轻点儿。”

老姑压低声音说：“大哥、大嫂和孩子们都好吧？”

“他们在后面那个马架子住，这么晚了你就别惊动他们了。”

过了一会儿，半拉子轻轻敲了一下窗子。“二当家的，天快放亮了，我们该走了。”

老姑很不情愿地将梦梦递给了奶奶，并在梦梦脸上又亲了一口。“姥姥，姥姥。”

“姥姥在这呢。”奶奶拍着梦梦。

老姑穿好鞋，回头望了一眼梦梦，一咬牙出了门。其实，老姑一直没有看清梦梦现在长成什么样儿了。

没想到，这次见面，竟是母女俩永久的诀别。

回到熊瞎子沟，老姑对葛小亮说：“你准备一下，我们到七号打日伪军，解救那些被抓的劳工。”

葛小亮说：“是不是那里面有你家人？”

“有我三哥。”老姑回答道。

葛小亮问：“他叫啥名？”

“叫留柱。”

第二天，葛小亮派半拉子、愣头装作讨饭的来到七号。临走时，老姑把自己和小曹的勃朗宁手枪给了他们。

“干什么的？”拉杆子（打手）问。

半拉子说：“你们这里有活干吗？一天给多少钱。”

拉杆子说：“我们这里一天能挣五毛钱，管吃管住。”

愣头说：“哥，咱们干吧，挣了钱回家买粮食。”

拉杆子领着半拉子走进水壕工地。另一个拉杆子拎着镐把走了过来：“又送来两个劳工啊？”

“这两个傻蛋是自己送上门来的。”

到了水壕工地，半拉子一看，外围是伪军端着枪看守，里层都是拉杆子，谁干活慢了，拉杆子举起镐把就打。“你他妈的唱戏哪，迈着方步，快点儿！”半拉子眼看着一个六七十岁的老头被一镐把打得脑浆迸裂，然后像拖死狗一样拖走了。愣头气得恨不得冲上去，被半拉子拽住了。

半拉子边挑土边打听：“认识叫留柱的吗？”被问的人摇了摇头。

这里被抓来的劳工太多了，有两千多人，有的是从关里骗来的，有的是从上江和当地抓来的。

太阳快落山时，柳条通的马队从四面八方包抄过来，打得看守伪军东奔西跑。

半拉子高喊：“劳工们，快跑！”听到喊声，劳工们都炸了营。

“顺着水壕跑！”愣头站在壕顶上喊。

这时候，有七八个拉杆子，拿着镐把向半拉子和愣头这里围来。半拉子和愣头掏出枪，“啪啪啪！”撂倒了五个人。

柳条通的人马打跑伪军，骑着马围拢过来。“半拉子，找到留柱没有？”葛小亮高声问。

“没找到。小亮，告诉弟兄们，见到拿镐把的拉杆子就开枪，他们比伪军还缺德哪！”半拉子喊着。

绺子人一听，见到拿镐把的就开枪，打死五六十个拉杆子。

“三哥，三哥！”老姑骑着马来回拼命地喊。工地上有些不敢跑的，老姑都看了个遍，没有三叔。

老姑高喊：“弟兄们，沿着劳工跑的方向去追，问问谁叫留柱！”

“留柱！留柱！！留柱！！！”人腿没有马腿快，在一个砖厂附近，一个人答应了一声：“我就是留柱。”李东一看找到了，对着天空“啪啪啪”就是三枪，这是告诉老姑，三叔找到了。

原来，三叔在跑的时候，跟着一个山东大汉，这个人是被把头从山东骗来的。

他们跑到一个砖窑，刚想歇一会儿，没承想有三个拉杆子也跑到这里。他们拿着镐把对三叔和山东大汉说：“跟我们回去，不然打死你们。”

三叔当时吓尿裤子了，可是那个山东大汉拿起一块砖，用手一劈，红砖被劈成两截。“你们的脑袋有这块砖硬吗？”那三个拉杆子一看，遇到练家子了，撒腿就跑。

老姑找到三叔，一打听原来是山东大汉救了三叔。老姑一抱拳：“请问恩人家住哪里姓甚名谁？”

“在下颜广宇，家住山东郓城，是被把头骗来的。”山东大汉说。

老姑说：“你暂时跟我们走吧，要是想回家我给你拿路费。”那个姓颜的山东人没有钱回老家，只能跟着老姑走了。

“三哥，你也先别回家了，过几天听听动静再说。”老姑对三叔说。

1936 年 6 月，宝弟突然来到熊瞎子沟。见到老姑后，他说：

“明天中午，有一列混合列车经过八号地区停靠站，希望你们配合抗联六军攻打。”

老姑问：“知道这列混合列车都装的是啥吗？”

“据情报上说，有粮食、武器、生活用品和矿山设备。”

老姑说：“我们去，打他个小日本，就是劫不下来物资也得教训小鬼子一下。”

宝弟说：“这次劫火车准备智取，你和一个抗联女战士装扮成百姓靠近火车，然后再进攻。”

“这个我擅长，别忘了，你老姐可是个双手使枪的神枪手哪。”老姑自豪地说。

宝弟说：“早听说过了，大兴安岭有个火凤凰，北大荒有个神枪少奶。”

老姑一听眉毛都立起来了。“哪个缺德兽给人家乱起外号？我是爷，不是奶。”

宝弟笑了。“嘿嘿，前几年在游击队中就传开了，说你还给他们押送过枪支弹药。”他接着说，“不过老姐，你别生气。俗话说，没有外号不发。”

老姑说：“去去去，你们这帮‘红胡子’，竟给人家乱起外号。”

宝弟说：“不过这次行动你可要听我们老夏的。”

老姑说：“行，就听你们的。不过我得问一下，劫了火车东西怎么分？”

“三七分，现在抗日联军是困难时期。”

“你们出多少人？”

“八十人。”

老姑一听不干了：“你们出的人少还得多分东西，还讲不讲道理了？”

“抗日不分你我，就拿我说吧，我本来是抗联三军的，但我还要为六军工作。”宝弟说。

“我没你那么大方！”老姑几乎要喊了起来。

宝弟说：“老姐小点儿声，你听我说，现在我们抗联不像你们条件好，每人一支枪，每人一匹马。可我们有什么，大多数人没有马全靠脚板，还有三分之一的人没有枪，靠徒手作战，可是我们个个都是好样的，打起仗来没有一个后退的。”

“这我倒是听说过。”老姑问宝弟，“听说你们有一千多人，怎么只来八十多人？”

“其他人最近的都在百里以外，而且要经过日军的层层封锁，不像这儿四五十里远没有一个鬼子据点。”宝弟解释说。

第二天一大早，老姑带领着人马出发了，郝老七带了三挂马车紧随其后。

还没到上午十点，柳条通的人马已经到了八号地区，可是老夏的抗联六军还没有到。

过了一会儿，宝弟领回来一个人。那个人递给老姑一篮子熟鸡蛋。柳条筐下面有一个隔层，可以从下层藏两把枪，上面用头巾一盖谁也发现不了，老姑佩服他们的细心。

那个人说：“你装扮成卖鸡蛋的，我们的人装扮成卖麻花的，只要你们枪一响，埋伏在两侧的人便开始进攻。”老姑点了点头。

葛小亮说：“我推测，他们在闷罐车上肯定有几挺机关枪。我们还有一个神枪手，派他趴在房上专打他们的火力点。”

“这样更好了！”那个人又补充了一句，“你们放心，我们一定控制好火车头。”

两侧人埋伏好后，又过了一个小时，一列火车喘着粗气进入了八号站。这列火车进入车站好像没有停下的意思，呼哧呼哧地继续往前开，信号员亮起红灯在手里摇晃，同时将列车道扳向死道岔。火车紧急刹车，道轨上磨出一溜火星子。“吱——”一阵儿刺耳的声音，火车终于停了下来。由于急刹车，车厢上有个机枪手，连人带枪一起滚落了下来。

这一突如其来的变故谁都没有料到。闷罐车打开门，跳下来一个日本少佐。

紧接着下来一个翻译官：“浑蛋，太君问你们是怎么搞的？”

信号员说：“前面道轨的道钉被穷人偷了，正在紧急维修。”

翻译把事情告诉了日本少佐，他拿起望远镜看到远处还真有几个人在维修铁轨，也没再说什么。

那个日本少佐环视了一下四周，发现除了信号员只有两个女人，也没在意。

“鸡蛋，鸡蛋，刚煮熟的鸡蛋！”老姑在喊。

“麻花，麻花，刚出锅的麻花！”一个抗联女战士也在喊。

这时，翻译官走了过来。老姑说：“太君，买鸡蛋吧，还热乎哪！”

翻译官拿起两个鸡蛋吃了起来。几个日本兵和伪军一看翻译官吃得这么香，他们也觉着饿了，都围了过来。

就在这时，女抗联战士抬手给了那个日本少佐一枪，那个军官一侧歪倒在了地上。正当几个日军和伪军回头愣神的时候，老姑把鸡蛋篮子一扔抽出双枪，“啪啪啪”就撂倒三个人。房上王大个儿的枪响了，日本的三架轻机枪手都被他打了下来。房上的两挺轻机枪也响了，掩护着老姑和女抗联撤退。

这场战斗打得痛快，没用上一个小时便结束了战斗。打死日军十二人，打死伪军和翻译官三十一人，缴获了粮食三万斤，枪支一百五十支，子弹两万多发。

分完东西，老夏过来了。“真没想到，你们打起仗来有板有眼，要不是房上那个神枪手和两架轻机枪，我们今天伤亡就大了。”

葛小亮说：“我们打仗差远了，不敢跟你们比，你们队伍里不是黄埔军校的就是讲武堂的。”

“哈哈，你听谁说的？”老夏说完，看了老姑一眼，“神枪少奶，你不用往后缩，我知道你是掌包的。怕啥呀，我们抗联队伍里就有很多女战士。”老姑礼貌地点了点头。

在回来的路上，葛小亮走着走着突然乐了。

老姑问：“小亮，你笑啥？”

“我笑神枪少奶，这帮抗联的真会起名。”

老姑瞪了一眼葛小亮：“去你的！”

又过了一个月，抗联三军派来一个杜教官。他训练柳条通人战略战术，排兵布阵，列队走步，整顿纲纪。他还让那个姓颜的山东人教擒拿格斗。可是没到半个月，杜教官就被气跑了，临走时扔下两句话：“孺子不可教也，都是扶不起的阿斗。”

杜教官气走后，老姑问：“这到底是咋回事儿？”

葛小亮告诉老姑，杜教官对我们绺子说黑话、见胡子礼非常反感。一天，猪倌儿把齐步走喊成了“拔嚼木”，气得杜教官上来踢了他一脚：“不许说胡匪黑话！”猪倌儿故意气他：“你敢说抗日队伍是胡匪，那你不成了日本鬼子了？”杜教官说：“我说的是你们，没说抗联。”猪倌儿说：“杜教官，没办法，我打小儿就在绺子长大，不说黑话你让我说啥，除非把我嘴缝上。”就这样杜教官被气跑了。

没过几天，杜教官又回来了。他回去后被赵尚志训了一顿。这回，老姑为了配合杜教官，她也跟大家一起参加训练，听讲课。

杜教官对老姑说：“听说你们的飞抓队和爆破队都有基础，这些专长都不能扔掉。”

老姑听了杜教官的话，让胖猪带领飞抓队训练，让半拉子带着爆破队练习炸碉堡。

1936 年 9 月的一天，张柏又来电报了。张柏在电报中说，日本宪兵在兴山镇一街基抓了几个重要人物，明早通过陆路押往佳木斯，在路过八号时你们要不惜一切代价救出这些人，一定保证他们毫发无损。

葛小亮说：“立即集合队伍，提前到达指定地点，再研究怎么打。”

队伍集合完毕，马匹驮上了重迫击炮准备出发。这时，杜教官突然出现在院子里，非要问明去哪里作战。

老姑说：“现在还不能告诉你，等我们回来再说。”

“不制定作战方案而贸然出战，是会吃大亏的。”杜教官极力阻止着。

葛小亮说：“来不及了，杜教官请你闪开。”说着，柳条通人马迅速出了大门。

“你们会后悔的！”人马已经出了大门，杜教官还在后面喊呢。

天还没黑，人马便到了八号地区。老姑在一个山冈上拿着望远镜一看，突然发现了三挂运木材的马车。她灵机一动，这可是个最佳的截击地点，从兴山镇方向来，走到这里正是上坡，岗上的一切在山下都无法看到。

老姑说：“小亮，你看看这个地点咋样？”

葛小亮也拿起望远镜看了看说：“这里再合适不过了。”

当三挂马车爬上坡时，葛小亮说：“半拉子，截住那三挂运木材的车，把车老板子看起来。”

有人上前截住那三挂车。老姑说：“大叔别害怕，我们只是借你们马车用一用，明天上午你们就可以回家了，我们多给车钱。”

“爷饶命吧，我们都是上有老下有小，要是今晚不回去，家里都得急死。”

这时胖猪走了过来：“二当家的，别跟他们磨叽。”他一使眼色，上来十几个人将三个车老板子用绳子绑了拉到山上。车老板子一看要带他们上山，以为要杀了他们，像杀猪一般号叫。

老姑对胖猪说：“别对他们动粗！”

“放心吧！”胖猪答应一声，将三个人拉到了山上的森林里。

葛小亮把大家召集在一起开始部署：“二当家的你和王大个儿各占一个制高点，见机行事打掉鬼子的轻重机枪。七哥你带着李东在山坡上架炮，安排几个好炮手打掉前面的摩托队和后面的护卫车，千万别打押犯人的汽车。山东好汉，你带领十几个人带着卡宾枪上车抢人，记住不能让他们受到半点儿伤害。胖猪和猪倌儿配合山东好汉接应被捕的人，要不惜生命保护好他们。半拉子你见机行事，哪里薄弱你往哪里补。我领着两个人赶着一挂马车在半坡上等着，发现鬼子上来时，我赶着马车往坡上爬，等鬼子的汽车过去后，我立即将马车横在路上，挡住他们的退路。愣头你带着两架重机枪埋伏在上岗的路两旁，既可以防止小鬼子后撤，又可以直接打他们的护卫车。”

老姑说：“前面咋办？”

葛小亮说：“前面的两挂运材车，把马和车轱辘卸下来横在路中间，架上两挺重机枪专打摩托队，一个也别想跑掉。”

部署完毕后，葛小亮对郝老七说：“七哥，天色晚了，你得想办法给大伙弄点儿吃的。”

郝老七说：“剩下的压缩饼干和罐头不多了，大家垫个底，坚持一宿。”

半夜，一个车老板子撸掉绳子跑了，气得胖猪两眼冒金花。他问另外两个车老板子：“你们是哪里的？”

“后夏家子的。”

胖猪又问：“他跑回去会不会报告日本人？”

那两个车老板子说：“那才不会呢，恨日本鬼子还恨不过来呢？”胖猪一听放心了。

第二天早上，太阳才升一竿子高，日本宪兵队的汽车已经上来了。老姑一看，这日本人也太狡猾了，一般押送要犯都在中午，可是今天小鬼子却一反常态起早押送。

葛小亮说：“都精神点儿，做好战斗准备！”说完，他命令人将前面的车轱辘卸掉，然后将另一挂马车赶到半坡上。

日本汽车上了坡，葛小亮也把马车往坡上赶，后面的两个人吃力地推着运材车。日本汽车超过马车时，车上的日本宪兵看着他们的狼狈相，哈哈大笑。葛小亮一看心里有了底，日本人没有戒备。

到了坡顶，日本人的汽车突然停了下来。那个宪兵中佐山桥下了车，命令摩托队看看前面是怎么回事儿。这时，老姑一枪撂倒了那个山桥中佐。王大个儿的枪也响了，连续打掉汽车和摩托车上的三个机枪手。老姑“啪啪”两枪将中间的汽车驾驶室上的机枪打落车下。

“轰轰”两声炮响，前面的摩托队没有多大损伤，但后面的护卫车报销了。郝老七高喊：“打摩托队！”“轰轰”又是两炮。

“嗒嗒嗒、嗒嗒嗒。”前后重机枪同时响起，像一张网盖住了摩托队和护卫车。

山东好汉带着十几人，没等靠近汽车就被打死六七个，最后只有四个人上了汽车，与鬼子展开了肉搏战。半拉子一看其他人都没有靠上去有些急了，他亲自带着五六十人迎着子弹向汽车冲去。这回可惨了，挨了打还不敢还击，眼看着众弟兄一片一片倒下。老姑和王大个儿也是干着急，不敢轻易开枪，生怕伤到汽车上那几个重要人物，让押送的鬼子占了大便宜。

由于半拉子和胖猪的人吸引了鬼子的火力，猪倌儿从背后好不容易带着十几个人上了车，与小鬼子短兵相接。这时候山东好汉已经受伤很重，没有力气站起来了。

半拉子、胖猪、猪倌儿利用人海战术，带着伤硬是将车上的三个重要人物抢了下来。当他们簇拥着三个重要人物上山时，摩托上一个被打晕的机枪手突然向他们开了火，可怜半拉子和胖猪身中数弹，滚到山坡下。

"半拉子，胖猪！"老姑在山坡上看得清楚，气得她连续向那个机枪手开了几枪。她还是觉得不解恨，跳下山坡抢过重机枪，把几辆摩托打起了火。

三个重要人物离开汽车后，猪倌儿带着几个人还在车厢上与小鬼子肉搏。这时一发迫击炮弹呼啸地飞了过来，猪倌儿听到炮弹带着尖叫声向这辆汽车飞来。他一个倒栽葱滚到壕沟里，"轰"的一声巨响，车厢被炸得粉碎。可怜山东好汉和七八个兄弟还没有来得及下车，连同日本鬼子一起被炮弹炸得血肉横飞。

炮声一停，猪倌儿骂道："我操你祖宗郝老七、李东，车上有自己人你也开炮啊！"

这次战斗打得异常惨烈，打死日军六十多人，炸毁摩托车五台、汽车两辆，缴获武器五十件。

柳条通死亡九十多人，伤了三十人，损失一挂马车，还结下了一段仇怨，猪倌儿见到郝老七和李东就骂娘。

被救出的三个重要人物，原来有两个老毛子、一个中国人。他们被砸开了手镣脚镣，同老姑他们一起回到了熊瞎子沟。

第二天，张柏和肖三儿带着几个人来接几个重要人物，还带来一批弹药和药品。他们一进院，看到了满院子摆的都是尸体，张柏心里"咯噔"一下。

老姑一看张柏来了，气得指着他的鼻子质问："看看你干的好事儿，就为了救这么三个人，让我们损失了九十多人。半拉子、胖猪和山东汉都死了，你知道不？"说完，老姑像疯了一样大哭起来。说实话，给老姑下命令的人如果不是张柏，她非得掏枪毙了他不可。葛小亮过来把老姑拽到一边，并劝她冷静点儿。

张柏一看老姑像个发疯的狮子，冲着她咧了咧嘴，然后领着几个人走向死去的弟兄，像个罪人一样挨个儿鞠躬。他还揭开半拉子和胖猪脸上的纸看了半天。看着张柏蹒跚的脚步和弯了的腰，老姑的心又软了。她心想：张叔这么大岁数了，还在为抗日奔波，我一个做晚辈的，不应这样对待他。

“张叔进屋吧！”葛小亮打破了尴尬场面。

张柏进屋后对老姑和葛小亮说：“唉，真没想到损失这么惨重。”

老姑稳了稳情绪：“张叔，你也别怪我发脾气，死了这么多人，我心里难受。”

“侄媳妇儿，我没怪你，知道一下子死了这么多人你接受不了。”

葛小亮问：“张叔，这三个人到底是干啥的，这么重要？”

张柏沉思一下说：“这三个人非常重要，他们掌握着东三省的全部国内外情报。如果他们在日本宪兵队里招供了，那可损失大了，在东北起码有上千人被逮捕，整个阵营全部瘫痪。”

“他们是怎么被抓到的？”老姑问。

张柏说：“他们从苏联到肇兴镇就被日本人盯上了，一直到兴山镇也没有把日本宪兵队的人甩掉，后来在一街基被捕了。”

“怪不得哪，这小鬼子也够厉害的。”葛小亮自言自语道。

“小亮，你马上安排一些可靠的人，保护这三个人从鸭蛋河先回苏联。”张柏说。

老姑补充一句：“你亲自去，别忘了把王乡带上。”

送走三个重要人物，张柏又回来了。老姑问：“张叔，你咋没走？”

张柏说：“我等到送葬后再走，不然我对不起弟兄们。”

柳条通不分昼夜地为这九十多人做棺材，老姑、张柏、郝老七、猪倌儿和李东几乎五天五夜没有合眼。

在半拉子和胖猪他们死后的第七天，葛小亮也带人回来了。

大家一起动手，将九十多人葬在了山坡上。

送葬的第二天，肖三儿来接张柏。送走张柏，老姑心里五味杂陈，抢出这么重要的三个大人物本该高兴，可是损失了半拉子、胖猪、山东汉三员大将和九十多个弟兄，让她肝儿都疼。

第二十二章　艰苦卓绝

1937 年秋，是北大荒抗日形势最好的时期。特别是被日本人称为“地皮红三尺”的汤原县，当时抗日联军有六千多人，抗日民众数以万计，不仅地皮是红的，江河山野也都是红的。日伪军处处遭到重创，恨得小日本咬牙切齿。

一天，离开已经半年多的杜教官突然回到熊瞎子沟。他上气不接下气地对老姑说：“二当家的，你马上集合人马，迅速到板结河地区配合抗联阻击日本的守备队围剿。现在北满临时省委、下江特委和汤原中心县委的几个大人物正向这一带集结准备开会，他们已经被汉奸出卖，我们必须截住守备队。”

老姑本想逗他一番，你不是反对我们说胡子黑话，怎么也叫我二当家的？可是情况紧急，她没有心思开玩笑。她来到院里高喊：“马上集合，带上家伙跟我走！”

不一会儿，葛小亮跑了过来：“二当家的，有什么急事儿？”

“杜教官来了，说日本守备队要到板结河围剿，那里还有几个重要人物，让我们配合抗联阻击鬼子。”

葛小亮一听情况紧急，便对着院子里喊：“马上出发，带足弹药。”他又对郝老七说：“七哥，重炮、小炮都带上。”

看来杜教官的心血没有白费，以前柳条通的人马集合磨磨蹭蹭至少要一个小时，而现在没用上半个小时已经齐刷刷地等在那里了。

一看弟兄们上了马，老姑说："出发，加快脚步跟上！"

队伍出发时，杜教官也跟了上来。葛小亮说："你跟来干什么？"

"我跟你们一起去呀！"杜教官说。葛小亮刚想说什么，被老姑瞪了一眼。

"咔嗒咔嗒"一阵儿马蹄声从后面追了上来。老姑回头一看，原来是豆花儿。

"你来干啥？"老姑问。

豆花儿神情凝重地说："打鬼子，为我家胖猪报仇。"老姑看了一眼豆花儿，啥都没说。要是放在以前，她会毫不客气地说："马上给我回去！"可是今天不同了，她完全理解豆花儿此时的心情，懂得战争给女人们带来的灾难。

自从胖猪死后，豆花儿始终萎靡不振，原来一个活泼开朗的女人，现在变得沉默寡言了。老姑安慰过她，可是在安慰的过程中，自己也想起了孟小虎死的时候撕心裂肺的心情，没劝几句，两个人便抱在一起痛哭起来。这一年来，豆花儿想胖猪差点儿疯了。

豆花儿来到老姑身边，像个可怜的小女孩儿，紧跟在老姑的身边。老姑在马上拍了拍豆花儿的肩膀，像是在安慰着一个受伤的孩子。

马队一刻不停地向前跑，老姑看到只剩下不到八十人的队伍，心里空落落的。

杜教官坐在马上，边走边翻看着手中的地图。葛小亮说："杜教官，劳驾你在前面当向导，避免走错了路耽搁时间。"

"好！"杜教官答应一声，催马向前。

杜教官走后，葛小亮对老姑说："要是半拉子还活着，他就是个活地图。"

一提起半拉子，老姑心里像被揪了一下隐隐作痛，他也是老姑生命中的一个男人。

"唉！"老姑叹了口气说，"为了救那三个重要人物，我们把家底子都搭上了。"

"张叔也没有想到会损失这么大。"

老姑不愿意说起这个话题，故意打岔地问：“小亮，到那里怎么打你想好了吗?”

“那就要看抗联有多少人，日本守备队有多少人了。”

三个小时后，老姑他们到了板结河，还没有到达预定的地点，就听到远处传来了枪炮声。柳条通的人马真是跟日本人结仇了，还没等老姑下命令，马队向射出的箭一样奔着枪炮声而去。

葛小亮打马跑到前头：“截住鬼子的退路。猪倌儿你带着二十人占领有利地形，用轻重机枪封锁道路，千万别让鬼子跑了。老魏，你带着三十人冲进去给我猛打。七哥，带着李东轰掉他们的炮位。王大个儿，你打掉他们的轻重机枪手和指挥官，二当家的配合你。其余的人都跟着我来，哪里薄弱往哪里补充。”

杜教官对老姑说：“这个葛小亮可以到黄埔军校任教了。”

老姑说：“小亮从小熟读兵书，再加上一步一步打出来的经验，现在我们很少打败仗。”

柳条通的人马立即开了火，日本守备队一看腹背受敌，分出了一部分兵力对付老姑的队伍，炮火也被吸引了过来。

王大个儿根本不顾老姑是否跟上，他下了马猫着腰跑起来比兔子还快，他先打死几个鬼子的炮手，然后一枪将日本指挥官小野正二打死。老姑也下了马，隐蔽起来专门打汽车上的机枪手。

在受到夹击的情况下，日本守备队在几个小头目的指挥下，一点儿都不乱。

“轰!”一颗迫击炮弹落在老姑的身边爆炸，她不由自主地将豆花儿搂到身下。让老姑没有想到的是，豆花儿根本没有害怕，起来举起匣子枪照样打。老姑拍了拍她：“好样的!”

“轰轰轰!”郝老七带领的炮队终于开了炮，这让日本守备队震惊不小。日本守备队知道抗联有炮，但这么密集的炮火他们从来没有见过。郝老七带着五个重迫击炮炸毁三辆汽车，李东带领七个小钢炮专打日军的炮队。

日军的汽车被炸毁，炮队也哑巴了。郝老七和李东的炮火又集中在日军身上，炸得他们四散而逃。

有了炮火支援，抗联的人马便冲了过来。老魏领着一队人马左突右冲，别看他们人数少，但多数都是卡宾枪，一扫一片子，打得日军乱了阵脚。

老姑看到老魏带着马队不要命地冲击，心里连连叫苦："老魏呀，我就剩下这么点儿人马了，你给我省着点儿打吧！"但这也不是老魏能控制得了的，柳条通这些人马见到小日本眼睛都红了，根本不听你指挥。

日军守备队被打散了，还被俘虏了十几个。老姑和豆花儿骑马来到山下，发现一个日本小兵呱啦呱啦地直喊，两个抗联按都按不住。

老姑说："那个小鬼子咋的了？"

"他吓疯了，在喊我要回家。"循着声音一看，老姑不知道杜教官什么时候已经站在了她的身后。

"杜教官你懂日本话？"

"我能听懂，不会说。"

老姑觉得那个日本小兵挺好玩的，又转头看了一遍蹲在地上的日军俘虏。无意中，老姑发现有个熟悉的目光在盯着她。仔细一看，老姑的心中一紧，那不是孟小彪吗？

"小彪，你给我过来！"老姑突然一喊，吓得孟小彪一哆嗦。

孟小彪稳了稳神，慢慢地站起来，心想："这回算彻底完了，翠花都恨死我了。自己为了升官发财，逼着柳条通的弟兄上前线，这些年来，一直不理翠花而在外面娶小老婆，这回她非得枪毙我不可。"想着想着，他向老姑这里走来。

"站住，你干什么去？"一个看押的抗联战士说。

老姑说："是我让他过来的。"

"你让他过去也不行，俘虏跑了谁负责？"那个抗联战士说道。

老姑刚想发火儿，杜教官对那个抗联战士说："小同志，她可是独立支队的领导，你要懂得下级服从上级。"

那个抗联战士给老姑敬了一个军礼："首长好！"老姑点了点头。

孟小彪耷拉着脑袋来到老姑面前："翠花，我对不起你。今天算是栽到你手里了，随你处置吧。"

老姑说："你过来，我有话问你。"

老姑下了马，领着孟小彪离开人群，豆花儿在身后跟着。走出不到一百米，老姑说："小彪，你理不理我，我都不怪你，可是你咋能投靠日本人当汉奸呢？你对得起列祖列宗吗？"

"是是是，我不是人。"说着，孟小彪抽了自己两个嘴巴。

老姑一看这个软骨头，伤心地闭上了眼睛。这时，孟小彪发现豆花儿手里拿着一把枪，吓得扑通一下给老姑跪下了。"翠花，饶了我吧，以后我再也不敢了。"

老姑一听这是咋回事儿？她睁开眼睛一看，豆花儿手里握着一支枪就把孟小彪吓成这个熊样儿了，还能指望他成什么大器？

老姑静了静心，说："小彪啊，你能不能挺起腰杆做人，像个男子汉有点儿骨气啊？"

"能能能，我一定要挺起腰杆做人，看在一日夫妻百日恩的分儿上，你饶了我吧！"孟小彪说着，又给老姑磕了几个响头。

老姑心想：原来小彪在自己面前像个爷，什么事儿我都得宠着他、让着他，可是今天他却像个三孙子，再三求我饶命。

老姑一想孟小彪算是无药可救了，便说："小彪啊，只要你不给小日本当汉奸，我就放了你，回去领着张大户的千金远走高飞吧！"

孟小彪没想到老姑会放了他，连连说："我不当汉奸了，我不当汉奸了。"说着，他还把那顶日本军帽摔在了地上。

老姑把头扭到一旁："你走吧！"

"不许走！"这时，杜教官把枪口对准了孟小彪。老姑一伸手，将双枪拔出来对准杜教官。"小彪，你把长枪给我从马鞍上摘下来，骑上我的马快跑！"

孟小彪听到老姑发话了，急忙从马鞍上摘下长苗子枪放在地上，跨上马逃命去了！

杜教官说："二当家的，你这是在违反军纪！"

老姑嘿嘿一笑："对不起了杜教官，我又不是你们抗联的人，从哪说起我违反了你们的军纪？"说完，老姑一看，豆花儿也将枪口对准了杜教官。

见孟小彪跑没影了，老姑才收起了枪。

孟小彪走后，老姑还沉浸在痛苦之中不能自拔。这时，杜教官领来一个人来到老姑面前。“赵翠花同志，你犯了一个非常严重的错误，你怎么敢私自放走汉奸？”

那个人还想说什么，老姑瞪了他一眼，然后对豆花儿说：“告诉葛小亮，集合人马立即撤退！”

这年初冬，肖三儿又给熊瞎子沟送来一批弹药物资，张柏派人还给老姑带来一封长信。老姑叫来葛小亮。葛小亮拿起信念给老姑听。信上说，日本关东军从下半年开始，向佳木斯一带调集四个师团、五个伪军旅、四个警察大队，总兵力达两万五千人，要对抗日武装实施全面围剿。今年冬季，定会对所有抗日武装进行疯狂扫荡，你们要立即做好准备，遣散家属，向深山老林转移。必须带足粮食和生活用品，武器能拿多少算多少，最好把重武器藏匿在隐蔽的山洞里，轻装简从与日本鬼子周旋。从当前形势看，抗联六军主力已经战略转移，到黑河和嫩江地区开辟新的根据地，这里没有一支武装能与日伪军抗衡。在日军大讨伐期间，阵营的运输线也会被迫切断，我无法供应你们弹药及生活用品，望你们保存实力，避其锋芒，切记切记！

念完张柏的信，葛小亮半天没说话。

老姑问：“你咋看？”

“从这封信上看，形势对我们可是不利。说是抗日联军战略转移，我分析这是抗日联军故意避开日军的一个策略，只留下一小部分抗日武装与鬼子周旋。”葛小亮说。

老姑说：“你赶紧安排一下，在江河封结实前，我们得撤到深山老林里去。”

“好，一切我来安排。”葛小亮说着走了出去。

送走肖三儿，老姑来到院里反复琢磨张柏信中的内容。她看了一眼熊瞎子沟大院，大门、房屋、炮台、高墙、护城壕，这么好的地方和设施，马上要离开心里实在有点儿不舍。这时葛小亮走过来：“二当家的，现在时间紧迫，我们得把粮食拉到关家亮子用火磨加工，不然仅靠我们的笨磨啥时候能磨完呀！”

“那还等啥，麻溜地把粮食运到关家亮子去呀！”老姑说。

"啪啪啪！"就在这时，老姑隐约听到几声枪响。"小亮，你听到没有，好像有枪声。"

葛小亮说："我怎么没听见？"

老姑说："肯定有枪声，你派人到东边看看到底是咋回事儿。"

葛小亮对着炮台喊："猪倌儿，二当家的说东边有枪声，你带着几个人去看看。"

"好像我也听到了。"猪倌儿说完对着另一个炮楼喊，"愣头，带着几个人跟我去东边。"

大约半个小时后，猪倌儿骑马跑了回来。"二当家的不好了，肖三儿和他带来的几个人被枪杀了！"

"啥？"老姑听后脑子嗡的一下。

葛小亮说："看来现在真的到了紧急关头了。"

老姑问："你们把肖三儿埋了没有？"

猪倌儿说："愣头领着几个人正埋呢，脑袋都打烂了。"

老姑说："看来，日本鬼子已经盯上咱们了，我们得赶紧离开。"

连续几天的忙忙碌碌，老姑心里总是空落落的。谷子、糜子、老妈子等十个人相继投亲靠友。老伙夫、豆腐倌儿一些老人都回了老家。只有豆花儿死活不走，她要为胖猪报仇雪恨。这些天熊瞎子沟表面看着很平静，但每个人的心都在悬着。

老姑去找小曹："你马上给张叔发个电报，让他一定想办法弄几万发马克沁重机枪子弹和手雷。告诉他肖三儿已经被日本人打死了，鬼子盯上了熊瞎子沟。"

"我马上就发。"

不一会儿，小曹来对老姑说："手摇发电机坏了，电报发不出去了。"

"那咋办？"

"我马上下山，到佳木斯把发电机修好。"小曹说。

老姑一想，肖三儿刚被打死，小曹千万不能再出事儿了。"我让葛小亮派别人拿到佳木斯修理。"

小曹说："修发电机必须我亲自去，别人也不懂。"

“猪倌儿、愣头，你们过来!”

猪倌儿和愣头来到老姑身边：“二当家的，有什么事儿?”

老姑说：“你们挑选几个好手，送小曹去佳木斯修发电机。再挑选一个机灵点儿的，跟着小曹进城。你们在城外等着他们，小曹修好发电机你们立马回来，千万保护好小曹，别让他再出事儿了。”

当天晚上，趁着天黑，猪倌儿和愣头带领十个人，护送报务员小曹去佳木斯。

小曹跟猪倌儿下山，一去就是好几天也没有个信儿，急得老姑整夜睡不着觉。

老姑告诉葛小亮：“这几天把望远镜都拿到炮台上去，岗哨再加些人手，注意观察周围的动静。”

“我去安排。”葛小亮走后，老姑还是觉得有点儿闹心，直觉告诉她，熊瞎子沟一天比一天危险了。老姑想：等猪倌儿、愣头和小曹一回来，马上撤往山里密营。

在这个数九寒天的季节里，每个人都不愿意向深山老林里转移，尽管葛小亮说已经找到了两处秘密木营子，可是毕竟故土难离。

这几天，郝老七昼夜都增加了岗哨，可是葛小亮还是不放心。他在东、西、南、北四个方向都放出了马哨，一旦发现日军讨伐队，马上回来报信儿。

葛小亮说：“我估计，现在松花江的冰快有一尺厚了，日军大扫荡也快开始了。”

老姑说：“我看这样，你可以先把重迫击炮先运到密营附近藏起来，粮食和多余的马匹也先弄走，等日本人来扫荡时，我们不能这样蔫不悄地躲起来，不打他个虎皮色，也得教训一下小鬼子。”

葛小亮说：“我也是这么想的。一会儿派王大个儿去深山里踩踩盘子，多选几条去木营子的线路，尽量避开地图上有标志的地方，万一日军追赶上来我们就转山，让小鬼子在深山老林里有进无出。”

老姑问：“你给驼腰子双龙绺子送信了吗?”

“已经送过了。”

这几天，老姑总是心神不宁。她惦记猪倌儿和小曹，也惦记着梦梦和奶奶家。

葛小亮早就看出了老姑的心思，便说：“我已经派人给你家送去了一些粮食，你不用惦记了。猪倌儿、愣头和小曹他们，我们只能耐心地等待了。”

“唉，猪倌儿和小曹他们都去六天了，咋还不回来，急死人了！”老姑叨咕着。

正如葛小亮猜测的那样，这几天松花江冰面已经冻有一尺半厚，汽车可以过江了，日本鬼子发疯似的在各处清剿，抓了大批共产党和抗日民众。他们在江北黄有屯，一次就杀害了七十名党员和抗日民众，全部扔在大井里。

第七天的中午，猪倌儿和愣头带着五个人，一路狂奔回到了熊瞎子沟。

老姑问：“小曹他们呢？”

猪倌儿气喘吁吁地说：“二当家的，不好了，小鬼子摸上来了。”

“小曹呢，他咋没回来？”老姑又问一遍。

“自从那天小曹和狗剩进了城，再也没联系上。我们在江崴子一直等到今天早上，也没见到人影，我看八成是出事儿了。”猪倌儿说。

老姑问：“你咋知道小鬼子摸上来了？”

“今天早晨，小鬼子扫荡路过江崴子屯时发现了我们，幸亏我们跑得快。可是，在回来的路上，又遇到二百多日本警备队朝熊瞎子沟摸来了。”猪倌儿回答说。

老姑说：“看来熊瞎子沟真是被日本人盯上了，不然鬼子不会一下子摸到这里，肖三儿也不会在熊瞎子沟被人打死。”

“你说会不会我们内部出了汉奸？”葛小亮分析说。

老姑说：“不好说。你留心点儿，看看是不是还有内奸。”

葛小亮、郝老七、猪倌儿忙着集合队伍。因为事先有准备，队伍集合得很快。

葛小亮说：“我们立即撤出大院埋伏起来，日军进入大院后我们来个关门打狗。不过我把丑话说到前头，不管是谁，只要敢提前开枪，就以汉奸论处。”回头他又对郝老七说：“七哥，你得快点儿，按照咱们商量的办。”

郝老七说：“李东，你带人上山把小钢炮架上，剩下的人跟我搬炸药。”

熊瞎子沟大院，只有两个大门，那就是南门和东门，西边和北边都是山。撤出大院后，葛小亮让猪倌儿和老魏在东门架起重机枪，葛小亮和老姑封锁南门。葛小亮还吩咐，如果撤退时来不及，就把重机枪扔掉，保住人马要紧。分派完毕后，葛小亮又把王大个儿和小球子叫到跟前，撤退时你们在前面领路。

二百多人的日本警备队，在一个打牲人（猎人）的带领下，骑着马靠近熊瞎子沟大院，用迫击炮轰开大门，炸毁了土炮台。王大个儿认识那个打牲人，叫黄皮子。他真想一枪先撂倒他，可是现在还不是时候。

王大个儿猫腰跑到老姑跟前，小声说：“二当家的，一会儿你无论如何也得先把那个领路的干掉，不然我们不管怎么转山，他都能跟上来。”老姑点了点头。王大个儿一猫腰钻进了山林里。

日本警备队蹑手蹑脚地靠近大门，他们迟疑了一下，最后还是进了大院。

这时候，山顶上的小炮响了，正好打在两堆炸药上，几声通天巨响，炸得日军猝不及防。日军还没有反应过来怎么回事儿，那个叫黄皮子的人，猫着腰蹿出大门，老姑一枪打中他的大腿，他就地一滚掉进护城壕里。老姑一拍大腿，自叹不如王大个儿的枪法。

这时，轻重机枪一起响了起来，火力封锁了两个大门。

李东还没等炮弹打光，小鬼子的重迫击炮开始还击，打得山上直冒烟儿。为了减少伤亡，李东将人从山上撤了下来。

小鬼子借着重迫击炮的火力掩护，向老姑他们埋伏的地点猛攻，门前鬼子尸体倒了一片。老姑打掉了几个炮手，可是倒下一个又补上来一个。

葛小亮一看这样打下去要吃亏，立刻命令队伍上马撤退。王大个儿和小球子在前面领路，老姑他们在后面紧跟，日本警备队穷追不舍。由于撤退时没来得及带走小炮和重机枪，老姑心疼得不得了。

王大个儿一会儿上山，一会儿钻沟塘，绕来绕去，绕得日军晕头转向。

在转到一个山冈时，王大个儿对老姑说："你看，小鬼子背着的那个铁盒子是啥玩意儿？"

老姑说："我也没见过。"葛小亮接过话茬儿说："可能是无线电台吧。"

老姑说："怎么跟咱们的电台不一样呢？"

"那是报话机。"

王大个儿说："你们先走，我打烂它。"

王大个儿隐藏在大树后，"啪啪"两枪，鬼子的报话机报销了，引来一阵儿枪声。

王大个儿赶上了老姑和葛小亮。"再过一个时辰，天就要黑了，我们得抓紧甩开他们，你安排几个手脚利落的扫平马蹄印。"

"能甩掉吗？"葛小亮问。

"能，一会儿咱们钻密林。咱们都是鞑子马，他们是东洋马钻密林不行，一会儿就能把鬼子甩掉。"王大个儿说完打马向前。

老姑说："这个王大个儿平时一句话也没有，一进深山老林话就多了起来。"

日本警备队边追赶边放枪。王大个儿一看时间差不多了，趁着天黑带领队伍开始钻山林，葛小亮带着人打扫雪地上的马蹄印。

天黑后，王大个儿带着人马进入赫金沟。估计日本警备队已经迷了路，再也没有追上来。

第二天早上，柳条通的人马才来到密营。葛小亮下令，白天不准生火做饭，免得被鬼子发现。

走了半天一夜的路，到了木营子时，柳条通的队伍人困马乏，有人和衣而睡，有人干脆拿出睡袋钻了进去。

老姑他们在深山老林里，藏了一个冬天，每天只能晚上做一顿饭，还要不停地在深山老林里与日本小股部队周旋，让小鬼子吃了不少亏。后来小鬼子学狡猾了，他们只在山外封锁一切物资不许进山，准备困死各种抗日武装。一些意志不坚强的山林队、大刀会和徒手队，实在坚持不下去了，就下山投了降，只有老姑他们和留守的抗联的一个团还在山里坚持着。

到了 1938 年春天，这是老姑他们最困难的时期，没有盐吃，没有火柴用，食物就更别提了。小球子和王大个儿下山几次都没有弄到食盐和火柴。

这个时期，日本人为了彻底切断抗日武装与民众的联系，对棉花、棉布、食盐和火柴等重要物品严加控制，还推行了保甲连坐制，让老百姓互相监视。

王大个儿在下山时，被伪军抓住。“你是干什么的?”

王大个儿背着一堆兽皮，抱着一支破枪说：“我是打牲的，半个月都没盐吃了，想下山换点儿盐吃。”

伪军一看他的打扮像个猎户，便问：“你在山上见到过抗联吗?”

“经常见到，都是三五十人一帮。”王大个儿说。

“他们都住在哪?”伪军又问。

王大个儿说：“他们在深山老林里，也没有个固定住的地方，今天住地窨子，明天住山洞，后天住伐木工留下的木营子，反正都在那一片转悠。”

“抗联都吃什么?”

“打牲下套子，什么猎物都吃。”

伪军没收了王大个儿的那杆破枪和兽皮，向日本守备队作了汇报。第二天，王大个儿被逼着带领四十多个伪军和三十多个日本守备队员进山围剿。进入深山老林后，王大个儿一看差不多了，借着方便的机会撒腿就跑，身后响起了爆豆般的枪声。王大个儿心里说：小鬼子，看你们咋出山，冻死你们这帮王八羔子。

关东军和伪军在山里迷了路，转悠来转悠去，也分不清东南西北。最后日本守备队和伪军走散了，伪军在一个打牲人的带领下走出山林，而日本守备队的三十来人几天后全部冻死在深山老林里。

王大个儿下山买盐和火柴没有成功，小球子还得继续想办法。这一天，小球子在山下遇到关爷，他像见了救星一样迎了上去。可是一照面儿，他发现关爷骑着东洋马，挎着东洋刀，小球子就有些后悔了。

关爷说："你是不是柳条通的，这段时间你们都跑哪去了？"

"还能去哪，被日本鬼子撵得到处跑也没有个固定地方。"小球子警惕地说。

"哈哈，我还以为你们跑到老毛子那里搂着'马达木'（女人）逍遥去了。"关爷开玩笑地说。

小球子看着关爷不说话。"你这样看着我干啥，你以为我是小鬼子的走狗啊？"关爷停了停一本正经地说，"现在小日本封锁得这么紧，你们是怎么活过来的？你给我一个地点，我想办法给你们送点儿吃的、用的去。"

小球子没有摸透关爷到底是不是日本汉奸，但唯一的一点儿希望也不能放过。"关爷，你知道熊瞎子沟有个后山吗？"

关爷说："知道。"

"你把东西放在山上就行，我们自己去取。"小球子说。

关爷说："好，不过你可早点儿去取，别整个你们没吃着让熊瞎子给造了。"

小球子临走时，关爷告诉他："抗联六军一部分人已经被赶到苏联去了，实在不行你们也去苏联避一避。"

小球子说："关爷，抗联六军的事儿你咋知道的？"

"哈哈，小伙子不是我老关跟你吹，日本人、伪军、抗联和胡子都是我家亲戚，不然我敢一个人大摇大摆地出门吗？"这个关爷，不管到了什么时候都没忘了开玩笑。

没过三天，关爷还真把棉衣、棉鞋、粮食、食盐、火柴和猪肉柈子送到了山上。

这回柳条通的弟兄们终于见到肉腥了，有人吃得跑肚拉稀。也别怪这些人馋，大年三十，他们杀了两匹马，外加王大个儿套了三只狍子和五只兔子才勉强度过。别听王大个儿跟伪军瞎吹牛，其实他们在深山老林里根本不敢放枪，生怕把日本人招来。

葛小亮说："小球子，你下次见到关爷看看他能不能给弄点儿药品来？现在受伤的、得伤寒的、发烧的人太多了。"

这次小球子直接去了关家亮子，还给关爷带去一堆兽皮，所以没有引起日本人的怀疑。

几天后，关爷在佳木斯弄了一些紧缺药品。没想到，被药店的陈掌柜报告给了日本人，把关爷抓进了大牢里。不管关爷怎么解释，宪兵中佐儿岛正范就是不相信。一顿皮鞭蘸凉水，打得关爷皮开肉绽。可是他被架回牢房时，也没忘了龇牙咧嘴地跟看管他的伪警察开玩笑。“见过熟皮子的，可是没见过这么熟的，挺好的一张皮子，硬是让宪兵队给熟烂了。”逗得伪警察捧腹大笑。一个伪警察早就了解关爷的为人，在晚上还偷偷地弄点儿药给关爷抹上。

第二天，日本宪兵改了招法，给关爷灌辣椒水。他憋住气不让辣椒水进到肚子里，硬生生地从鼻子、嘴里喷出来。虽然这样比较难受，但不至于被辣死。

翻译官孟小彪说：“太君问你，弄这些药品是不是送给抗联的?”

关爷说：“我吃饱撑的呀！我家伙计就一百多人，刀伤、斧伤每天都有，如果不给他们治，我成了什么人了?”

孟小彪告诉儿岛正范：“这位关爷是有名的活菩萨，家里有一百多个伙计和八十个大排兵，他弄的药品是给自家人用的。”

儿岛正范问孟小彪：“他的良民?”

“大大的良民。”小彪在不停地为关爷开脱。

关爷在监狱被关押期间，他跟看守他的伪警察混得称兄道弟。灌辣椒水回来，他对伪警察说：“太君的色酒没有法国白兰地好喝，人家的色酒是葡萄做的，太君的色酒是用辣椒面做的。太辣！不信，你们也尝一尝?”逗得伪警察哈哈大笑。

没几天，关爷被放了出来。他找到药店陈掌柜：“陈老弟，看来咱哥儿俩关系还是没处到位啊！为了看我有没有诚意，还把你哥送进宪兵队考验了一回，多谢了!”几句话说得陈掌柜满脸通红，他赶紧为关爷准备药品。没过几天，关爷派人把药品送到熊瞎子沟。

小球子带人在熊瞎子沟蹲了好几天，也不见关爷送药品来，他回去对老姑说：“现在日军把守这么严，关爷可能进不了山里。”

又过了一个礼拜，小球子看到有两名伤员因为没药治病已经死了，还有几个伤员每天只能吸大烟止痛。他对老姑说：“我今天再到熊瞎子沟去看看，如果关爷再不送药来我就下山去一趟，看看到底是咋回事儿。”

“你得小心点儿，千万别让日本鬼子抓了。”老姑叮嘱道。

小球子带人来到熊瞎子沟，一看关爷已经把药品送了上来，他急忙将药品放在马背上准备回密营。当小球子几个人骑马要离开时，突然从林子里窜出一个人，看打扮是个打牲的，手里拿着一支老洋炮。小球子也拔枪对准了他。那个人不慌不忙地来到小球子面前。“你们是柳条通的？”

“你管得着吗？”小球子警惕地说。

那个人说：“有个朋友托我找你们，现在你们都去哪了？”

“我们哪也没去，就在山里打牲，关你屁事儿。”小球子不耐烦地说。

“朋友托我给二当家的捎封信！”那个人说着，从毡疙瘩里掏出一封信递给小球子。

“我不认识什么二当家的。”小球子虽然这么说，但还是接过了那封信。小球子一看那个人站在那里还不走，端起枪说：“你再不滚犊子我打死你！”那个人一猫腰钻进了山林里。

小球子为了安全起见，在密林里开始转山，在确定没有人跟踪后才回到密营。

到了密营，小球子把药品交给了郝老七，然后去了老姑的住处。老姑、豆花儿、葛小亮等一帮人住在一个木刻楞（俄罗斯族典型民居）里，中间只挡了一个被单。小球子进来时，葛小亮也在，他把信交给了葛小亮。

葛小亮看完信，给老姑递了个眼色，两个人一起走出木刻楞。

来到屋外，老姑问：“是谁捎来的信？”

“信上没写，但从字迹看是张叔的，他找不到咱们了。”葛小亮回答道。

“张叔没说我们该咋办？”老姑急切地问。

"说了，这个送信的打牲人叫闪电，是咱们自己人。他让咱们还在老地方找这个人接头，过几天带咱们过江去苏联避一避。"

"老地方是哪儿？"

"信上没说，一会儿我问一下小球子在哪见到送信人的。"

"信上还说啥了？"老姑又问。

"信上说，小曹被捕了，但他始终没招供，狗剩为了掩护小曹已经死了。"葛小亮停了停又说，"张叔还说交给我们一个艰巨的任务，让我们无论如何在12月30日前到达蒲鸭河截杀一个人。"

"啥人？"

"一个搞情报的小鬼子，佳木斯'三一五'惨案的刽子手，日本宪兵大队中佐儿岛正范。"

老姑说："那个叫儿岛正范的日本鬼子到蒲鸭河干啥？"

"张叔说，他是去秘密抓捕一批地下党。"葛小亮回答道。

老姑说："张叔难道不了解我们的情况？我们现在饿得直打晃，哪有精神打鬼子？"

"我想张叔肯定了解情况，但这个日本人非杀不可，他掌握着能害死很多人的秘密名单。"

老姑问："现在是几号了？"

葛小亮想了半天："今天应当是12月29号了。"

老姑说："你马上让七哥再杀两匹马，给大伙吃饱。"

"一会儿我得先看一下地图，看看走哪个路线安全。"

第二天鸡叫头遍，老姑掏出怀表一看已经四点多了。这时候葛小亮正在召集人马，准备吃完早饭下山去蒲鸭河。

老姑穿戴整齐出来问葛小亮："咱们啥时候开拔？"

葛小亮说："二当家的，这次行动你和豆花儿就别去了，山下太危险。"

老姑一听眉毛都立起来了："我说小亮，你啥意思？"

"我是考虑你的安全，现在的形势不像以前了，到处都是日本鬼子和伪军。"葛小亮解释道。

"那可不行，我一个当家的不出马，那成啥事儿了。"

葛小亮没办法，只能听老姑的。大伙儿吃完早饭，立刻备马启程，到了佳木斯通往蒲鸭河的必经之路，太阳才升起一竿子高。

一大早，一个赶着马爬犁的中年人看到了老姑他们的队伍，跳下马爬犁就往草甸子跑。王大个儿一带马，把他截了回来。

葛小亮问："你跑啥?"

"爷儿，你放了我吧，千万别绑票，我家里只开了一个小铺，没钱赎我。"他说着给葛小亮磕头。

葛小亮说："我问你，大清早你赶着马爬犁干什么去?"

那个人说："我去佳木斯进货，家里开了一个小铺。"

"你蒙谁呢? 日本人封锁得这么严，你竟敢撒谎说是到佳木斯进货?"葛小亮说。

那个人看了葛小亮一眼，半天没有回答上来。

猪倌儿说："别跟他啰唆，先把他绑了，这小子肯定不是个好东西。"

"我是良民，我是大大的良民。"这小子不知道是吓蒙了，还是当汉奸走狗当惯了，竟敢当着抗联武装说自己是良民。

"给我绑了，翻他的钱褡子，看看这小子是干啥的。"葛小亮对郝老七说。

郝老七和小球子上来，将那个人绑了起来，在他的钱褡子里翻出一个良民证和一张路条。葛小亮拿过良民证和路条一看，这小子叫肖凤书，是三部落的甲长，正准备去佳木斯给儿岛正范送情报的。原定儿岛正范当晚带着宪兵队秘密抓捕地下党，可是今天一大早，肖凤书得到了消息，昨晚有一帮人在蒲鸭河开会，现在还没有散会。他想去佳木斯告诉儿岛正范立刻来抓捕，结果被老姑他们给撞上了。

"我问你，去佳木斯是不是就这么一条路?"葛小亮问。

肖凤书说："就这么一条路。"

葛小亮一听，今晚儿岛去蒲鸭河抓地下党肯定从这里经过。他又看了一下地形，前面不远处有个塔头甸子，人马都可以在那里隐蔽。"老魏，你看着这个狗汉奸，千万别让他跑了。"说着，葛小亮带着人马向塔头甸子走去。

老姑他们在塔头甸子里一等就是大半天。天气实在太冷了，老姑说："大伙笼把火烤烤吧，这地方三十里地没人家，不能被人发现。"

"二当家的，可千万不能笼火，谁知道日本人啥时候来，要是被他们发现了，那就等于给鬼子报了信儿。"葛小亮说。

老姑他们七十多人，就这样在塔头甸子里一直等着。

冬天的天气很短，下午三点多钟，昏沉沉的太阳就要落山了。这时，路上出现了一个马队。老姑耳朵灵，老远就听到了马蹄声。"小亮，告诉大伙抄家伙，鬼子来了。"

"能听出有多少人吗？"葛小亮问。

"大约四五十人吧。"老姑说。

葛小亮小声下着命令："都打起精神，准备开战。"然后他小声对猪倌儿和郝老七说："一会儿打起来，你们俩带着人马堵住他们的退路，千万不能让鬼子往佳木斯跑。"

当马队接近时，老姑看到走在队伍前面的是一个日本头目。她举起枪刚想打，肖凤书突然从塔头甸子里跑了出去。"太君，有埋伏！"

儿岛一愣神一挺腰，"啪！"老姑一枪打偏了，正打在儿岛的肩膀上。他疼得一哈腰，王大个儿的一枪打空了。老姑看准了，第二枪打在了儿岛高高撅起的屁股上，他一侧歪差点儿掉下马来。

这时候双方都开了火，猪倌儿和郝老七用轻机枪堵住了日军的退路，二十几个鬼子掩护着儿岛骑马向南跑去，其他鬼子开始阻击。

老姑一看，儿岛要跑，她绕过阻击的鬼子向南跑去，王大个儿紧随其后。在大草甸子里，老姑追上了猪倌儿。"你带着人跟我来，千万不能让那个鬼子中佐跑回佳木斯去。"

在追击的过程中，由于猪倌儿带的人大部分使用的都是卡宾枪，更适合马上作战，不一会儿就打死十多个小鬼子。其他日本人拼了命地掩护着儿岛逃跑。

到了悦来镇附近时，猪倌儿带领十几个人始终在西边拦截，小鬼子一看没招了，只能奔着勃利县方向跑去。

后面的二三十个鬼子，被葛小亮带着五十多人团团围住，一直打了一个多小时，才把鬼子全部消灭。葛小亮让小球子带着伤员和一些尸体先回山里，自己带着三十多人追赶老姑他们。

猪倌儿始终堵截儿岛不让他们靠近县城和村屯，老姑、王大个儿和郝老七带着人始终追在儿岛一伙鬼子身后。一直追到下半夜，儿岛领着十几个人钻进了一个部落里。后来才知道这是勃利县兴亚村部落。

听到一阵儿锣响，这个村子的汉奸走狗都行动起来，老姑勒马在村外看了一下。“别攻了，咱们马上离开。”

趁着天黑，老姑带着一帮人奔向松花江北，半路上遇见了葛小亮循着马蹄印找来了。

回来的路上，老姑问老魏：“你是咋看管的，怎么能让肖凤书那个狗汉奸跑了？”

老魏说：“我也不知道怎么回事儿，天刚一黑，这小子就把绳子挣开了。”

天刚蒙蒙亮时，老姑他们回到深山老林里。这一夜，老姑他们来回跑了三百多里路，个个累得东倒西歪。

日本宪兵中佐儿岛正范跑到勃利县兴亚村后，因流血过多，一个时辰后就死了。

截杀了刽子手儿岛正范，老姑他们回到密营里休息了一天。第二天早上，老姑说：“小亮，你派小球子到熊瞎子沟找闪电联络一下，我们尽快去苏联。”

派走小球子，葛小亮对老姑说：“弟兄们在深山老林里每天只吃一顿饭都吃不饱，饿得心里空落落的，就怕大伙熬不住了。”

老姑说：“熬不住也得熬，打今儿起，除了站岗放哨的以外，其他人都躺着睡觉，这样省粮食。”

“饿了睡觉也睡不着啊，我怕这样时间一长，恐怕……”葛小亮说到这里，猛然想起了屋子里还有其他人，把话憋了回去。

一帮人躺在木刻楞里，谁也不说话，彼此都能听到肚子咕咕的叫声。老姑躺在那里根本睡不着，想起了在柳条通和熊瞎子沟时，大碗喝酒大块吃肉的情景，想起了奶奶贴的焦黄焦黄的大饼子，她不知不觉地咽了口唾沫。这个时候，老姑更加理解了给一个大饼子就能换个媳妇儿的饥饿情景。以前，老姑曾经笑话过这帮逃荒人没有志气，为了一口吃的，连人格都不顾了。可是今天她却不那么想了，现在谁要给自己一个大饼子，自己也会毫不犹豫地答应嫁给他。

正在老姑胡思乱想时，王大个儿上山里下套子回来了。他坐在通铺上，两腿一盘，吧唧吧唧地吃着什么。刚开始，大伙都听到了，可是忍着没有出声。王大个儿这个人什么都好，就是有一个坏毛病吃饭吧唧嘴。听着，听着，老姑实在忍不住了。“王乡，你吃啥呢?”

“噢，吃松鼠生肉。”王大个儿回答。

“生肉能吃吗?”“松鼠肉啥滋味儿?”

两个对面通铺住着二十多人，一下子人都坐了起来。

王大个儿说：“我转了一天山饿了，军师又不让生火，只能生吃冻肉了。”

“给我一块尝尝呗。”

不知道是谁说了一句，二十多人都跳下床铺，凑到王大个儿的跟前，有人还可怜兮兮地伸出手来。老姑、葛小亮和豆花儿，没有了往日的矜持，也下地来到王大个儿面前。

王大个儿用腰刀削了一条冻生肉先递给了老姑。老姑一下塞进了嘴里，囫囵半片地咽进肚子里。“二当家的，好吃吗?”豆花儿问道。说话间，豆花儿的肚子咕噜一声响。

王大个儿又削了两片分别递给了豆花儿和葛小亮，其他人的眼睛都瞪圆了。

后来，王大个儿再削冻肉片时，这帮人开始抢了。“好吃好吃，吃在肚子里哇凉哇凉的。”“好吃，真香。”

不一会儿，一只松鼠肉被这帮人吃得精光。老姑问王大个儿：“今天下套子弄到野物没有?”

“套住一只狍子，两只松鼠。”王大个儿告诉老姑。一听到套到了狍子，人人都盼着天黑煮肉吃。

这时候小球子慌慌张张进屋来。老姑一看小球子回来了，急忙把他拉出木刻楞问：“咋样，你见到闪电了吗?”

“没有。”小球子喘了几口气，“二当家的，我去熊瞎子沟等闪电，没想到遇见了一帮鬼子的测量队。”

“他们有多少人?”这时候，葛小亮也跟了出来。

“有二十五六个人吧，五架马爬犁，还拉着挺多东西呢。”小球子回答。

老姑一听小鬼子带着东西，立马来了精神。“你回来的时候，他们还在吗?”

“还在，我估计他们今晚想在咱们熊瞎子沟大院过夜了。”

“小亮，你马上召集人去熊瞎子沟，测量队肯定带着吃的。”

“都出来，抄家伙去熊瞎子沟!”葛小亮在木刻楞外面喊着。

一会儿工夫，大家穿戴整齐上了马。小球子在前面引路，老姑他们在后面跟着。

队伍出发后，老魏说：“都饿得直打晃，还能打仗吗?”

老姑对大伙说：“都给我听好了，熊瞎子沟有一伙日本测量队，他们可带着罐头、饼干哪!”

听完老姑的话，大伙立刻来了精神。葛小亮说：“我再重复一句，谁要是枪走了火儿，可别怪我不讲情面!”

到了熊瞎子沟，天已经大黑了，葛小亮吩咐说：“老魏、小球子，你们两个带人上山，堵住鬼子别让他们从山上跑了。”回头又说：“猪倌儿、愣头，你们从南门进攻，我和二当家从东门进攻。”各自领命后，开始行动。

老姑他们还没有进入预定地点，“啪!”“啪!”两声枪响，从熊瞎子沟大院西北方向传出。

葛小亮说：“谁这么缺德，枪又走火了?”

老姑说：“这可不像枪走火儿，我看是有人故意的。”

枪声一响，站在墙头上放哨的四个鬼子，立即点亮了手电筒向西北方向照去。还没等老姑反应过来，王大个儿“啪啪”两枪，撂倒了两个鬼子岗哨。老姑他们撤走时炸坏了大门，柳条通的人马像潮水一般涌进大院。枪声、爆炸声连成一片。

打了不到半个时辰，鬼子扔下十六具尸体从山上跑了，扔下了测量仪器和食品。

葛小亮清点一下，柳条通死了五人伤了八人。“小球子，老魏，你们过来一下!”

老魏手里拿着罐头，小球子拿着饼干，他们边吃边来到葛小亮跟前。葛小亮训斥道：“你们两个怎么搞的，是谁先放的枪?”说完，拿着手电筒照着两个人的脸。

老魏嘴里嚼着罐头说：“是小秃子枪走了火儿，被我打死了。”

葛小亮回头看了老姑一眼，可是他发现老姑、豆花儿和王大个儿都没在身后。他拿着手电筒一照，三个人站在远处也吃上了。“大伙儿吃点儿垫垫底就行了，别一下子吃那么多撑坏了。”说着，他也奔着吃的去了。

大伙吃得差不多了，葛小亮召集人马。“小球子，你带着人把五架马爬犁上的马匹卸下来，驮着仪器。猪倌儿，你带着人驮着吃的东西，回去交给郝老七严格保管，千万别让人乱抓。其他人带着伤员回去。”他又对愣头说：“你带着几个人把死去的弟兄埋了吧。”

在回来的路上，有十几个人肚子疼得受不了。葛小亮一问才知道，原来有几个人像饿狼一样，吃了好多缴获的日本压缩饼干，所以肚子胀得受不了。回到密营的第二天，有五个人被活活胀死了。

葛小亮对小球子说：“明天，你还得带人到熊瞎子沟去找闪电，我们在深山老林里，时间长了不是事儿。”

“行!”小球子答应一声要走。

葛小亮说：“你等一会儿，我还没说完呢。”

“啥事儿?”小球子停住脚步。

“我问你，昨晚你听见小秃子的枪走火了吗?”葛小亮看着小球子。

“我也没看见，等我回头时，老魏已经把小秃子打死了。”

“噢，你走吧!”

小球子在熊瞎子沟转悠了半个月，可是始终没有见到那个送信的闪电。

第二十三章　血洒疆土

直到1939年4月，老姑他们也没有和张柏联系上。这段时间，老姑在深山老林里的艰苦可想而知了，那时由于抗联六军主力西去转移，日本守备队更加猖狂了，连关爷也休想往山上送来一粒粮食。柳条通原来带到密营一百五十多匹马，现在杀得剩下不到五十匹，连马皮都被他们煮着吃了。

老姑说："与其这样在山上等死，还不如下山跟日本鬼子拼了，也许能弄点儿吃的、用的。"

葛小亮说："拼了也要有个目标，总不能去打守备队的大营吧！"

"打守备队大营，那不是送死么，没等抢到东西我们这帮人就被报销了。"老姑接着说，"日本开拓团可是有吃的、用的，而且还好打。"

葛小亮说："离这里最近的日本移民点就是永昌的百万石开拓团和关家亮子的球磨开拓团了，可以挑选一些身强力壮枪法好的去。"

小日本经过三个多月的扫荡，这个阶段也放松了警惕。他们以为经过这么长时间的讨伐，抗日武装已被他们全部消灭。日本守备队在给陆军大将土肥原二的报告中称："红胡子尽剿，北大荒已无匪患。"

老姑的队伍下山，很快打下了关家亮子的球磨日本移民开拓团，夺取了一批粮食和生活物资。但在这次战斗中，猪倌儿和三个手下不幸牺牲。这次行动惊动了日本守备队和伪军，新一轮报复讨伐又开始了，日伪军又杀害了一批转入地下的党员和三百多抗日民众。

老姑他们这次攻打日本开拓团却救了他们自己，张柏派人找到了他们。

那天，老姑攻打完开拓团后，情绪很低落。因为猪倌儿被开拓团的武装打死了。中途遇到一个骑马的人问道："是自卫军十三团独立支队的人吗？"

老姑用手电筒一照，看这个人像中俄混血儿。"你是干啥的？"

那个人想了半天："有人托我找柳条通二当家的。"

葛小亮问："是谁派你来的？"

"是张尔寿托我捎来一封信。你们谁是二当家的？"

葛小亮说："你把信给我吧。"

那个人看着葛小亮，就是不把信拿出来。老姑一看，这肯定是张柏派来的人，一定是告诉过他二当家的是个女人。"我是二当家，把信给我吧！"这时，那个人才把书信掏出来。

老姑把信递给了葛小亮，借着手电筒的光亮，葛小亮匆匆看了一遍，然后对那个人说："你跟我们一起走吧！"

路上，老姑问葛小亮："张叔在信上咋说的，咱们啥时候能去苏联？"

葛小亮一勒马落到队伍后头，老姑也停下马。葛小亮说："二当家的，张叔派来这个人代号叫鹰山，让我们准备一下，马上去苏联，我们可以到那边享受去了。"说话间，葛小亮笑嘻嘻的，看得出他掩饰不住内心的喜悦。

葛小亮的喜悦，让老姑误会了，她说："到了苏联，你可不许瞎扯犊子。我听说，俄国的'马达木'见到男人就上，可骚性了。"

"我还想在苏联娶个'马达木'呢，尝尝异国风味。"葛小亮故意气老姑。

"你敢？"老姑的眉毛都立起来了。

葛小亮拍了一下老姑的腰，二人骑马并行追上了队伍。老姑回头一看，不知道啥时候，豆花儿在他们身后一直用眼睛盯着他们。葛小亮回头冲着豆花儿一笑。

队伍回到密营，开始大吃大喝起来，把夺来的开拓团的好吃的全部吃光了。

郝老七找到老姑说："二当家的，这样糟害东西可不行，别忘了咱们挨饿的时候。"

"七哥，还没告诉你哪，张叔派来一个叫鹰山的人来接咱们，马上就要去苏联，不用再挨饿受冻了。"听了老姑的话，郝老七才松了一口气，"唉，咱们的苦日子终于熬到头了。"

攻打日本开拓团的第三天，鹰山带着柳条通五十多人的队伍，从肇兴镇过黑龙江去了苏联。

老姑手下的人马到了苏联，已经饿得面黄肌瘦，休整一段时间后，又被送到伯力集训了几个月。在苏联期间，老姑由于天生能喝酒，交际面也广，结识了很多苏联朋友。当然，老姑在苏联不光喝酒，还接受了不少先进思想，掌握了许多军事技能。

1940 年 2 月，老姑他们从苏联回来时，马匹物资齐备，枪支全部换成了苏联最先进的轮盘轻机枪和轮盘冲锋枪。张柏还给老姑的队伍配备了一部电台和两个报务员。报务员小董和小路都是经过苏联特训的。

这年的 3 月末，葛小亮对老姑说："听说在兴山煤矿，日本人抓来了几万'浮浪'，我们应当打他们一下，救出'浮浪'，扩大我们的队伍。"

老姑说："浮浪是劳工吗?"

"日本人和伪军都称他们为浮浪。"葛小亮解释道。

老姑说："攻打兴山煤矿不难，但咱们得把藏在密营的重迫击炮取回来，尽量减少伤亡。"

老姑带人回到密营取重迫击炮时，还绕了很远的路到熊瞎子沟看了一眼，发现那里房屋都被日本鬼子炸平了。老姑气得大骂："小鬼子不用你们得瑟，早晚灭了你们!"

从1934年开始，兴山煤矿就被日本人强行霸占了，当时几个煤矿抓来的劳工有两三万人，所产的优质煤通过大连港运往日本。那时候，老百姓私下都把煤矿叫作阎王殿。他们在开玩笑时经常说："不用你得瑟，哪天把你送到'阎王殿'去，让你有去无回。"

那天晚上，在攻打兴山矿时，老姑按照预先制定的作战方案开始部署。"我和王乡、豆花儿专打岗楼上的探照灯和火力点。七哥你和李东带领炮队先轰开他们的炮楼，然后炸开大门。葛小亮和老魏，你们各带二十人阻击矿警，掩护劳工逃跑。"

部署完毕，还没等重迫击炮开火呢，不知道谁的枪又走火了，探照灯刷地一下照射过来。老姑一看情况紧急首先开枪打灭了一盏探照灯，接着王大个儿、豆花儿也向探照灯和机枪火力点射击。这时，重迫击炮响了，炮楼被摧毁，接着几个大门被炸开了。

矿山里的劳工一听到枪炮声，不顾一切地往外跑。他们心里清楚，被打死也是死，在这里累死也是死，不如逃跑还有一点儿生的希望。矿警一边向老姑他们开枪，一边开枪堵截逃跑的矿工。矿山大院大乱，被打死的劳工血肉模糊地倒地一片。

老魏高喊："伙计们，跟我来！"

老魏骑马在前，劳工们紧随其后。别看矿警人多，可是他们根本不敢迈出矿山大院一步。

老姑一看，大部分劳工已经跑得差不多了，她下令："上马撤退！"

这些劳工真是好脚力，跟着老魏一口气跑出二十多里。

借着歇脚的机会，老姑一看，黑压压的人群有四五千人。老姑高喊："伙计们都听着，谁愿意打日本鬼子跟我们走，不愿意的赶紧逃命去吧！"

"翠花，是你吗？"一个人在黑暗中喊着老姑的名字。

老姑一听不觉一惊："是谁在喊我？"

"我是你大哥。"原来这个人是父亲。他已经被抓进煤矿当了三个月的劳工。

"大哥，你咋在这？"老姑说着下了马走到父亲面前。借着手电筒光，老姑看到父亲黑不溜秋，而且鼻子眼儿、耳朵里都是黑煤灰，不说话根本认不出来。

父亲说："还能咋来的，被日本鬼子抓来的呗。"

"愣头，你骑马把我大哥赶紧连夜送回家。"老姑说。在父亲临走时，老姑还给父亲兜里塞了一沓满洲币。

老姑攻打矿山留下了一千多人，看到这些人，老姑有些犯愁了。这么多人没有枪支弹药不说，每天要消耗多少粮食？于是她对葛小亮说："你带着老魏和七哥再筛选一下，对来历不明的人都打发他们走吧。再说，这么一帮人在深山老林里也没地方住啊！"

葛小亮说："我也是这么想的，选中的人趁着黑龙江还没开江，送到苏联训练一下。"

老姑说："咱们现在的人马太少了，咋也得留下一些会骑马打枪的。"

经过一番筛选，最后葛小亮只留下了二百七十人，其他人发给路费打发走了。

老姑派小球子把二百人送到苏联，自己留下了七十多人。

小球子带人走后，老姑带着队伍撤到肇兴镇等待，在路过一个伪满警务所时，缴了二十七支枪和十八匹马。

到了肇兴镇的第五天，小球子还没有回来，老姑的队伍后来被汉奸出卖，与日伪军打了一仗，撤到萝北附近。

郝老七说："二当家的，这么一帮人没有枪支弹药也不是个事儿，不如咱们先回密营，把藏在山洞里的杂牌枪取出来，跟鬼子干几场。"

在去密营的路上，老姑的队伍遇到一个伪军骑兵连。那个年代，决定胜负的不在于人员多少，而在于武器的精良。轮盘冲锋枪每秒能射出三发子弹，而日本的三八大盖五秒才能射出一发子弹，打得伪军骑兵只跑了三十多人，其余的都被打死了。得到了马匹和武器，老姑带着人马钻进了深山老林。

这段时间，老姑的队伍始终在中苏边境与日伪军周旋，五天一大仗，三天一小仗，能打赢就打，打不赢就往苏联跑。

老姑发现，日本人在中苏边境不敢使用迫击炮，怕引起国际争端。可是老姑他们可不管那么多，架起迫击炮就轰，打得日伪军不敢到边境线附近来。

从1940年到1941年，老姑带领的人马，经常往来于苏联和中国之间，风声紧了他们就撤到苏联，日伪军一松懈他们便从苏联过江猛打一通。因为老姑的队伍使用的都是苏联的武器，队伍里还有一些苏联人和混血儿，日军守备队以为是苏联军队化装成抗联打击日本在东北的势力范围，他们向苏联驻满洲领事馆提出了抗议。

住在佳木斯的三江省日本守备队、宪兵队、伪军和警察出动八百多人围剿老姑的队伍。在梧桐河，老姑的队伍和抗联六军留守团联手开展了一次反围剿，使日伪军受到了重创。为了对付抗日武装，日本又从依兰、方正和延寿调来了大批兵力。没办法，老姑只能带领三百多人的队伍一直撤退到鸭蛋河，最后被迫去了苏联。

1942年2月的一天，老姑带领的人马从苏联过江，打完萝北太平沟就钻进了青黑山密营。一天，报务员小路突然拿着张柏的一封急电来找老姑。电报中说："抗日联军总司令赵尚志带领一支小分队已经从苏联回国。小分队在梧桐河金矿缴警务所的枪时，赵尚志被党内叛徒刘炮打成重伤，现在正朝着萝北方向撤退，你们无论如何要找到他们，带上最好的药品。"

"小路，你快去把葛小亮叫来。"老姑焦急地说。

没等葛小亮来到，老姑就站在外面喊："弟兄们，立马抄家伙，跟我走！"

这时候葛小亮跑过来："二当家的，又出什么事儿了？"

"路上再说，你组织人马带上药品快走！"

葛小亮以为是日本人围上来了："都快点儿备马，把东西带上。"

马队跑出来十多里，葛小亮才问老姑："二当家的，到底是咋回事儿呀？"

老姑一抽马，跑到了最前面，葛小亮催马追了上来。这时，老姑才把张柏的电报递给葛小亮看。

葛小亮看完电报："小球子，你过来！"

"啥事儿？"

"从梧桐河金矿去萝北有几条路？"

小球子想了想："一般走法有三条路。"

"最常走的是那条？"葛小亮又问。

"最常走的就是顺着梧桐河岸边走。"

葛小亮还是不放心，又掏出地图看了一下。"小球子，你跟王大个儿前面带路。"

可是，老姑他们沿着梧桐河一直跑到萝北，天快黑了，也没有找到赵尚志的小分队。

老姑说："赵司令的小分队到底去哪了？"

"这个很难说，也许他们走草甸子也说不定。"葛小亮回答说。

"不行，我们往回找，一定要找到赵司令。"老姑坚定地说。

独立支队一直找到梧桐河金矿，也没有发现赵尚志的人影。这时候已经是半夜了，老姑说："砸了金矿的警务所，一个不留。"

三百多人打一个警务所，就好比捏死一只蚂蚁，没用上一刻钟，就把留在警务所里的三十多人给灭了。

老魏说："烧了这个狗窝。"

不一会儿，警务所大火冲天，一些劳工一看来了这么多人，也不敢上去救火。

铲平梧桐河金矿警务所，老姑他们还在梧桐河金矿吃了一顿饭，休息了大半天。没承想，鹤立县的日本守备队、宪兵队、伪军和警察署的四百多人，坐着汽车、骑着马奔向梧桐河金矿而来。

马哨气喘吁吁地对老姑说："二当家的，不好了，日本人和伪军、警察来了一大帮人，离这不到十里了。"

老姑说："你慌啥，他们来了多少人？"

"没看清，大约有四五百人吧。"

"打他个狗日的！"老姑说。

"不行，我们跑了一天一夜，又打了警务所，咱们的人太累了，不能硬拼。”葛小亮看了一眼老姑，发现她没有反对，“大伙儿都听着，带上东西马上奔鸭蛋河。”

老姑他们刚走，日伪军和警察就到了，他们一直追过鸭蛋河，来到黑龙江边。

老姑说：“李东架炮，轰了他们！”

日伪军在黑龙江边境遭到了重创，可是小鬼子却后退十五里，在鸭蛋河一带安营扎寨。

听到马哨来报，葛小亮说：“我们必须撤到苏联，过几天再绕道回来。”

可是当老姑他们撤到苏联时，被苏联边防军给截住了，就是不让进入苏联。老姑不服气，她让小董和小路给张柏发电报。张柏与苏联交涉了两天，最后才允许他们进入苏联。

到了苏联的米高斯克城，张柏对老姑说：“你们暂时不能回国了。”

老姑问：“我们刚打了几场胜仗，为啥不让回去？”

张柏说：“你们作得太凶了，引起了苏日国际争端，给苏联方面添了大麻烦。”

“那又咋样，他们不打日本鬼子还不让我们打呀？”老姑理直气壮地说。

“这不是打不打的问题，这是外交策略问题，你们暂时留在苏联休整，都听我的。”张柏不作更多的解释，说完走了。

老姑看到张柏的背影，不知不觉地叹了口气。“唉，张叔真老了。”

老姑哪里知道，这几天张柏为老姑他们的事儿奔波劳累，憔悴了许多。

在苏联休整这段日子，老姑好像从来没有过的郁闷。她虽然喝着牛奶，吃着膻哄哄的牛肉和洋葱，但这里总归不是自己的家。

在苏联一休整就是九个月，眼看黑龙江就要封冻了。这些天老姑又开始想家了，她想起了赵家窝棚，想起奶奶家住过的房子，想起了奶奶走路的姿势，想起了梦梦那张麻土豆脸。一想到梦梦，老姑的心突然像被揪了一下，她现在已经十二岁了，也该变成一个大姑娘了吧？在老姑的记忆里，梦梦还是小时候的模样儿，鲜嫩的皮肤似乎能掐出水来。想着想着，她又想起了那次夜里回家看望梦梦时的那个麻土豆脸。她不敢怨恨奶奶没有照顾好梦梦，但孩子离开娘怎么也不行，即使别人照顾得再好也不如亲娘。想着想着，老姑又怨恨起了自己，她用手狠狠地掐了一下自己的大腿。“能把她生出来，干吗不能亲自养活她？你算个啥女人？”

这几天，豆花儿看着老姑闹心，便问她：“二当家的，你是怎么了，不行咱们找苏联朋友喝酒去！”

老姑说：“总喝酒有啥意思，那些苏联的骚老爷儿们，喝多了就搂搂抱抱，都烦死我了！”她回头一看豆花儿可怜巴巴地看着她，心软了，便和颜悦色地说：“豆花儿，你别生气，我不是冲着你。这几天我也不知道是咋了，明儿你跟我上街买点儿东西。”

第二天，豆花儿陪着老姑买了很多小姑娘穿的漂亮衣服，还买了一个苏联套娃。看着摇摇晃晃的漂亮套娃，老姑终于笑了，她似乎看到了梦梦的笑脸。

1942 年 11 月的一天，张柏来了，他对老姑和葛小亮说：“你们可以回国了。”

老姑一听到这个消息，高兴得差点儿蹦起来。

“小亮，赶快集合人马，咱们回家。”看到老姑高兴得像个孩子，葛小亮笑了。

集合好人马，队伍朝着鸭蛋河方向过了黑龙江。刚一踏进中国的土地，老姑就掩饰不住内心的喜悦，她深呼一口气对豆花儿说：“哎，好舒服啊，看看咱们家乡的空气比苏联的好闻多了。这几个月到处都是膻哄哄的味儿，烦死了。”

葛小亮听了老姑的话，笑了。老姑伸手摸了摸挂在马鞍上的包袱对葛小亮说：“小亮，你安排一下，这几天我要回家一趟，看看梦梦和我娘。”

葛小亮想了想说：“先不急，回去我先派小球子摸摸情况，然后我跟你一起去看孩子。”

“我发现你现在咋变得这么磨叽了？摸啥情况，遇到鬼子就打，还怕他们不成?”老姑的态度让葛小亮感到吃惊。

过了边境走出不到三十里，突然一阵儿炮弹声呼啸而来。老姑耳朵很灵，她可以听出炮弹落下的方向，她一带马躲过几发炮弹，可是豆花儿当场就被炸死了。老姑左躲右闪，不由自主地离开了队伍，她好像觉得所有的炮弹都是追着她来的。

葛小亮似乎看出了门道：“二当家的，把帽子扔掉。”可是，老姑根本听不见。原来老姑戴的是白狐狸帽子，非常扎眼。

老姑骑马跑出不到一里远，就被炮弹活生生地炸死了。葛小亮一看，高声大骂：“是哪个犊子出卖了二当家的!”他骑着马奔向老姑。

葛小亮过来一看，老姑被炸得血肉模糊，梨花马也被炸死了。包袱里给梦梦买的衣服散落一地，套娃被摔开几层，一个小娃娃在雪地上不停地晃动着。

葛小亮跳下马抱起老姑的尸体，这时候伪军也冲上来了。葛小亮像疯了一样，把老姑的尸体放在鞍桥上，端起轮盘枪向伪军冲了过去。“给我狠狠地打!”

可怜老姑才刚刚三十六岁的生命，就这样香消玉殒了，还扔下了一个只有十二岁的女儿和一个年迈的老娘。她的一生，是在动荡和仇恨中度过的，尽管有两支神枪一绺子人马，也没有打出天道公理、太平世界。

那天，天空突然下起了鹅毛大雪，黏糊糊的雪花如搓棉扯絮一般，苍苍茫茫，漫天飞舞。大雪淹没了山野，淹没了村庄，淹没了北大荒黑油油的土地。在这洁白的大地上，一片殷红的鲜血，绽放出玫瑰般的花朵，那也许就是老姑的香魂吧!

尾　声

1945年8月，苏军开始大举进攻东北，炮火从满洲里、黑河和虎头要塞猛轰。还有一批小股苏军偷偷地从萝北渡过黑龙江，打击日本军事设施。

老叔首先看到苏军进攻东北的情报，他和几个拜把子兄弟说：“日本人要完蛋了。”

石头说：“完蛋才好呢，省得受鬼子的窝囊气。”

刘振东说：“不行咱们先反了吧！”

“就是反了也得趁着他们慌乱时偷着下手。”老叔冷静地说。

第二天，老叔发现日本宪兵开始忙碌起来，他们用汽车运走很多秘密档案。老叔跟几个拜把子兄弟劫了汽车，打死了车上的日本鬼子。

第三天，日本宪兵和守备队开始逐步撤退。老叔发现便衣队还什么都不知道呢，独眼龙队长还整天得得瑟瑟地为日本人卖命。

一天下午，老叔跟刘振东说：“我想打死独眼龙为我爹报仇，你帮不帮忙？”

“那没说的，我去找咱们兄弟来。”说着刘振东走了出去。

不一会儿，刘振东和石头领着五个人来了。老叔说：“咱们哥八个一个头磕在地上就是亲兄弟，我今天要为我爹报仇，打死独眼龙。”

石头说："咱们是拜把子兄弟，你爹就是我们的爹，你说咋干吧？"

"我去便衣队把独眼龙叫出来，就说日本宪兵队队长找他有事儿，你们都在半路等着。"

"独眼龙能相信吗？"刘振东问。

"别忘了，我可是传令官。"老叔说完走了。

那天日本宪兵队还没有完全撤走，虽然独眼龙还有事儿要办，但也不敢违抗日本人的命令。

独眼龙带着两个警卫，跟在老叔身后，走到半路老叔突然拔出枪对准独眼龙的脑袋便是两枪。两个警卫刚想掏枪就被刘振东和石头几个人打死了。

老叔说："走，今天我请客，咱们喝两盅去！"说着，他们八个人一起走进饭馆。那天老叔喝多了号啕大哭，他说为我爷爷报仇了，也为奶奶报仇了。在晚上回来的路上，三个喝多了的日本鬼子被老叔他们弄到僻静处活活给勒死了。

苏联红军进入边境，形势越来越紧了，日本开拓团的人也开始大量向佳木斯各个码头涌来。他们一看没有船接他们，有的跳江，有的自杀，但大部分人都向上游走去。可是到了依兰还是没有船，他们继续往方正、宾县逃跑。

8月15日，日本人投降的消息迅速传开，人们走在大街小巷上到处传送着"光复"的消息。

这一天，三叔对奶奶说："日本开拓团都跑了，咱们家不去捡洋落儿啊？"

奶奶说："咋不捡，小日本用的可都是好东西。"

父亲套上牛车，奶奶骑着毛驴往开拓团驻地走去，路上发现有人往回抱东西，还有人猫着腰往日本开拓团驻地跑。

那年头，都是撑死胆儿大的饿死胆儿小的。一些胆大的呼呼往回抢东西，一些胆小的还在观望，甚至有人还去问甲长可不可以拿日本人的东西。甲长说："日本人跑了东西都得充公，捡回来也是白捡。"

奶奶一听生气了。"我就不信了，日本人白白拿走了咱们多少东西，我们捡他们的洋落儿还得充公，哪有这个道理！"

甲长说："不信你看吧！"

奶奶说："我今天还真就不信那个邪了，拴柱、留柱，咱们家就要西头的三间房，你们回家把东西都搬过来，把孩子也接来。"

父亲和三叔走后，奶奶走进屋子。她一看，屋子里的东西一应俱全，窗户都是玻璃的，真亮堂，比自己家的破马架子强多了。

奶奶走进里屋，地上、炕上的东西一片混乱。她往炕上一看，怎么还有一个小孩儿呢？脸上挂满泪痕，大概是把眼泪哭干了。日本人逃跑一天多了，估计这个孩子早就饿死了。尽管这样，奶奶还是怜惜地看了一眼。

这一看不打紧，奶奶觉得孩子好像没死，她用手指试了试还喘气呢。奶奶急忙来到外屋，在水缸里舀了一瓢水，用嘴温了温送到孩子嘴里。那个孩子像个饿死鬼，张嘴吸了进去。

喝了几口，孩子终于哭出声来了。奶奶把孩子放在炕上，赶紧找粮食，她抓了一把大米急忙熬粥。

奶奶给那个孩了熬粥时想：看看人家日本人吃的，不是大米就是白面，咱们中国人要是吃顿大米饭让人抓住还是经济犯，上哪说理去。奶奶又在想：要是自己家以后能够天天吃上大米、白面就算享福喽！

米粥熬好了，奶奶盛碗米汤喂孩子。她用嘴把米汤吹凉，一勺一勺给孩子喂下去。孩子吃饱了，奶奶又给孩子换尿布。她发现还是个女孩儿，小屁股被屎尿弄得通红。

在给孩子换完尿布时，那女孩儿还对着奶奶笑了笑。

不一会儿，父亲、母亲、三叔、三婶和我那些哥哥姐姐们都被接来了，日本房子都是南北炕，家人在往屋里搬东西。

奶奶说："麦子，你把屋子收拾收拾，然后做顿大米饭，也算咱家乔迁之喜了。"

母亲一抬头，看着奶奶手里抱着一个孩子。"娘，怎么还有个孩子，哪来的？"

奶奶说："大概是日本人跑的时候扔掉的。"

"这些日本人怪不得这么狠呢，要是咱们中国人宁可一家人死在一起也不能把孩子扔掉呀!”母亲对奶奶说。

三婶冷眼打量着孩子:“娘,这是日本孩子,咱们不能养活,以后人家还不得说咱们是日本汉奸哪?一会儿让老三把这孩子扔到野外去,免得给咱家带来灾祸。”

奶奶说:“好歹是个小生命,咋忍心扔到野外喂狼?”

父亲、母亲、三叔、三婶都不同意养这个孩子。三婶说:“实在不行送人吧。”

奶奶一听生气了。“这个家谁说了算,你们咋那么狠心?”

一看奶奶发火了,一家人全都不敢说话了。

关于奶奶,我在父亲和叔叔的口里听到最多的,就是奶奶那种不服输的性格和博大的胸怀。至于她长得什么样儿,父亲说老姑像她,但老姑我也没见过。在我的想象中,奶奶有着一双三寸金莲的小脚,走起路来一摇三摆,两只手臂像硕大的翅膀,呵护着正义,呵护着子孙,呵护着这片赖以生存的土地。

我曾经问过父亲,奶奶是哪年去世的?父亲说,是1947年的冬天。她老人家去世那天,阳光明媚,分外耀眼。

我问,奶奶的坟墓在哪?父亲说,奶奶去世前曾立下遗嘱,让儿子把她埋在三家子码头附近的江边上,一个能让爷爷看到的地方,她在那里等着爷爷的冤魂归来。奶奶还让父亲和叔叔们在下葬时放了一大缸长明灯油,她要为爷爷照着回家的路。

我又问,三家子码头在哪,奶奶坟墓的具体位置又在哪?父亲说,在佳木斯东边,“文革”期间破四旧立四新时,一夜之间所有的坟墓都夷为平地,后来奶奶的坟再也找不到了。

我想,知道奶奶的坟墓在佳木斯东边这就够了。奶奶的灵魂永远在这片土地上空,望着爷爷归来,望着子孙兴旺,望着土地富饶,望着国家昌盛。

后　记

用四个月的时间，终于写完了第一稿。不管这部小说结果如何，我想这都不重要，重要的是我把它写了出来。说我笔拙也好，说我人笨也罢，好孬算是拼成了一堆文字，就算是一部小说吧！如果您能忍受煎熬，读完这部不能称其为小说的小说，我感谢您；如果您忍受折磨，看完这堆荒唐的文字，并因此而浪费了您的宝贵时间，我真有些过意不去。

前段时间，有个作家朋友跟我聊天。他说，爱你所爱，写你所想，不能急功近利，要把目光放远一些。是的，一部有生命力的小说，一定是平实的、人性的、丰满的、有张力的；一部耐看的作品，一定是有味道的、有色彩的、有影像感的，在无意中告诉人们一个道理或者揭示一种社会现象。

看看过去的历史，你就会觉得，天灾并不可怕，可怕的是人祸；外族入侵也不可怕，可怕的是自相残杀。

这是一部纪实性的小说。它忠实地告诉人们，那个时代北大荒人的真实生存状态。

不管怎么说，小说终于“收官”了，其中的辛苦、困扰、折磨自不必说。掩卷沉思，作为作者，你又能做些什么呢？你既无法改写历史，又无法改变今天。我希望：没有战争，没有乱世，没有天灾人祸；我呼唤：世界和平，亚洲和睦，中国和谐；我祈祷：在这片土地上，风调雨顺，百姓安居，土地富饶。

一部作品出炉，署名是自己的，可是打造过程中却凝聚了很多人的心血。感谢史义军、马汉英、王林、焦红泰、姚永阁无私地为我提供史料；感谢周昕和张迤逦始终如一地给予我支持和帮助。值得一提的是我的儿子，“小说迷”景观，他建议我舍弃一些难懂的胡子黑话和方言，使这部小说变得不那么“老迈”。老爹也谢你了！

最后，感谢所有关爱我的人们！

是为后记。

景文玺

2013 年 3 月 18 日于北大荒